方李邦琴北京大学人文学科文库出版基金赞助

北京大学人文学科文库 | 北大人文跨学科研究丛书

德意志浪漫主义

German Romanticism

韩水法　黄燎宇　谷裕　等著

图书在版编目(CIP)数据

德意志浪漫主义 / 韩水法等著. —北京：北京大学出版社，2024.5
（北京大学人文学科文库·北大人文跨学科研究丛书）
ISBN 978-7-301-35025-6

Ⅰ.①德… Ⅱ.①韩… Ⅲ.①浪漫主义–研究–德国 Ⅳ.①I109.9

中国国家版本馆CIP数据核字（2024）第090722号

书　　　名	德意志浪漫主义 DEYIZHI LANGMAN ZHUYI	
著作责任者	韩水法　黄燎宇　谷裕　等著	
责 任 编 辑	田　炜	
特 约 编 辑	毛明超	
标 准 书 号	ISBN 978-7-301-35025-6	
出 版 发 行	北京大学出版社	
地　　　址	北京市海淀区成府路205号　100871	
网　　　址	http://www.pup.cn　　新浪微博：@北京大学出版社	
电 子 邮 箱	wsz@pup.cn　　zpup@pup.cn	
电　　　话	邮购部 010-62752015　发行部 010-62750672 编辑部 010-62752022	
印 刷 者	北京中科印刷有限公司	
经 销 者	新华书店	
	720毫米×1020毫米　16开本　38.5印张　623千字 2024年5月第1版　2024年5月第1次印刷	
定　　　价	198.00元	

未经许可，不得以任何方式复制或抄袭本书之部分或全部内容。
版权所有，侵权必究
举报电话：010-62752024　电子邮箱：fd@pup.cn
图书如有印装质量问题，请与出版部联系，电话：010-62756370

总 序

袁行霈

  人文学科是北京大学的传统优势学科。早在京师大学堂建立之初，就设立了经学科、文学科，预科学生必须在五种外语中选修一种。京师大学堂于1912年改为现名，1917年，蔡元培先生出任北京大学校长，他"循思想自由原则，取兼容并包主义"，促进了思想解放和学术繁荣。1921年北大成立了四个全校性的研究所，下设自然科学、社会科学、国学和外国文学四门，人文学科仍然居于重要地位，广受社会的关注。这个传统一直沿袭下来，中华人民共和国成立后，1952年北京大学与清华大学、燕京大学三校的文、理科合并为现在的北京大学，大师云集，人文荟萃，成果斐然。改革开放后，北京大学的历史翻开了新的一页。

  近十几年来，人文学科在学科建设、人才培养、师资队伍建设、教学科研等各方面改善了条件，取得了显著成绩。北大的人文学科门类齐全，在国内整体上居于优势地位，在世界上也占有引人瞩目的地位，相继出版了《中华文明史》《世界文明史》《世界现代化历程》《中国儒学史》《中国美学通史》《欧洲文学史》等高水平的著作，并主持了许多重大的考古项目，这些成果发挥着引领学术前进的作用。目前北大还承担着《儒藏》《中华文明探源》《北京大学藏西汉竹书》的整理与研究工作，以及《新编新注十三经》等重要项目。

与此同时，我们也清醒地看到，北大人文学科整体的绝对优势正在减弱，有的学科只具备相对优势了；有的成果规模优势明显，高度优势还有待提升。北大出了许多成果，但还要出思想，要产生影响人类命运和前途的思想理论。我们距离理想的目标还有相当长的距离，需要人文学科的老师和同学们加倍努力。

我曾经说过：与自然科学或社会科学相比，人文学科的成果，难以直接转化为生产力，给社会带来财富，人们或以为无用。其实，人文学科力求揭示人生的意义和价值、塑造理想的人格，指点人生趋向完美的境地。它能丰富人的精神，美化人的心灵，提升人的品德，协调人和自然的关系以及人和人的关系，促使人把自己掌握的知识和技术用到造福于人类的正道上来，这是人文无用之大用！试想，如果我们的心灵中没有诗意，我们的记忆中没有历史，我们的思考中没有哲理，我们的生活将成为什么样子？国家的强盛与否，将来不仅要看经济实力、国防实力，也要看国民的精神世界是否丰富，活得充实不充实，愉快不愉快，自在不自在，美不美。

一个民族，如果从根本上丧失了对人文学科的热情，丧失了对人文精神的追求和坚守，这个民族就丧失了进步的精神源泉。文化是一个民族的标志，是一个民族的根，在经济全球化的大趋势中，拥有几千年文化传统的中华民族，必须自觉维护自己的根，并以开放的态度吸取世界上其他民族的优秀文化，以跟上世界的潮流。站在这样的高度看待人文学科，我们深感责任之重大与紧迫。

北大人文学科的老师们蕴藏着巨大的潜力和创造性。我相信，只要使老师们的潜力充分发挥出来，北大人文学科便能克服种种障碍，在国内外开辟出一片新天地。

人文学科的研究主要是著书立说，以个体撰写著作为一大特点。除了需要协同研究的集体大项目外，我们还希望为教师独立探索，撰写、出版专著搭建平台，形成既具个体思想，又汇聚集体智慧的系列研究成果。为此，北京大学人文学部决定编辑出版"北京大学人文学科文库"，旨在汇集新时代北大人文学科的优秀成果，弘扬北大人文学科的学术传统，展示北大人文学科的整体实力和研究特色，为推动北大世界一流大学建设、促进人文学术发展做出贡献。

我们需要努力营造宽松的学术环境、浓厚的研究气氛。既要提倡教师根据国家的需要选择研究课题，集中人力物力进行研究，也鼓励教师按照自己的兴趣自由地选择课题。鼓励自由选题是"北京大学人文学科文库"的一个特点。

我们不可满足于泛泛的议论，也不可追求热闹，而应沉潜下来，认真钻研，将切实的成果贡献给社会。学术质量是"北京大学人文学科文库"的一大追求。文库的撰稿者会力求通过自己潜心研究、多年积累而成的优秀成果，来展示自己的学术水平。

我们要保持优良的学风，进一步突出北大的个性与特色。北大人要有大志气、大眼光、大手笔、大格局、大气象，做一些符合北大地位的事，做一些开风气之先的事。北大不能随波逐流，不能甘于平庸，不能跟在别人后面小打小闹。北大的学者要有与北大相称的气质、气节、气派、气势、气宇、气度、气韵和气象。北大的学者要致力于弘扬民族精神和时代精神，以提升国民的人文素质为己任。而承担这样的使命，首先要有谦逊的态度，向人民群众学习，向兄弟院校学习。切不可妄自尊大，目空一切。这也是"北京大学人文学科文库"力求展现的北大的人文素质。

这个文库目前有以下17套丛书：

"北大中国文学研究丛书"

"北大中国语言学研究丛书"

"北大比较文学与世界文学研究丛书"

"北大中国史研究丛书"

"北大世界史研究丛书"

"北大考古学研究丛书"

"北大马克思主义哲学研究丛书"

"北大中国哲学研究丛书"

"北大外国哲学研究丛书"

"北大东方文学研究丛书"

"北大欧美文学研究丛书"

"北大外国语言学研究丛书"

"北大艺术学研究丛书"

"北大对外汉语研究丛书"

"北大古典学研究丛书"

"北大古今融通研究丛书"

"北大人文跨学科研究丛书"[1]

这17套丛书仅收入学术新作，涵盖了北大人文学科的多个领域，它们的推出有利于读者整体了解当下北大人文学者的科研动态、学术实力和研究特色。这一文库将持续编辑出版，我们相信通过老中青学者的不断努力，其影响会越来越大，并将对北大人文学科的建设和北大创建世界一流大学起到积极作用，进而引起国际学术界的瞩目。

---

[1] 本文库中获得国家社科基金后期资助或入选国家社科基金成果文库的专著，因出版设计另有要求，因此加星号注标，在文库中存目。

"北大人文跨学科研究丛书"序言

申丹、李四龙、王奇生、廖可斌

五四新文化运动以来,北京大学一直是中国人文精神的引领者,并已成为举世闻名的人文精神家园。历代学者蕴蓄深厚,宁静致远,薪火相传。

人文学聚焦于人类的精神世界,着眼于文化的传承与创新,深入分析和深刻反思古今中外各领域精神文化的实质与特性,通常以学者独立思考、著书立说为特征。"北京大学人文学科文库"以近二十套丛书的形式,将众多学者的个人专著聚集到一起,成规模地推出,从不同的学科视角,整体展示北大人文学者的学术思考和研究成果,也从一个侧面展现这个时代的人文关怀和思想格局。

然而,当代人文学科与自然科学、社会科学一样,越来越注重跨学科研究和多学科综合研究,倡导打通界限,搭建平台,给不同学科的学者提供互相交流碰撞的机会,以求迸发出新的思想火花,发现新的研究视角。"周虽旧邦,其命维新。"人文学科传统深厚,但开辟新的研究领域,创新研究思路和研究方法,勇立潮头,这样的决心须臾不可离。学科的交叉整合,是推进人文学科整体发展的重要方法。

在这一背景下,北京大学人文学部借助"双一流"建设的契机,着力构建跨学科平台，积极推动相关院系的交流协作。围绕当前国内外人文学界关注的重要话题，首批组织了十五个跨人文院系（有的还跨社科学部和经管学部）的课题组。这是北京大学人文学领域首次较大规模地打破学术壁垒，从不同角度整合跨学科研究的力量，力图建立从人文学科整体视野出发研究问题的新范式。这些课题组通过近几年的合作研究，将陆续完成合著的撰写，纳入"北大人文跨学科研究丛书"出版。未来北京大学人文学部的跨学科合著也将在本套丛书中推出。

这些著作不同于以往单一领域、单一向度的研究成果，是具有不同学术背景的老中青学者交流探讨的结晶，具有新的研究框架，体现出多种角度和思路的交汇。我们相信这套丛书会在学术界产生较大影响，在突破人文学术藩篱、推动跨学科的研究方面起到重要引领作用。

2020 年 5 月于燕园

目 录

绪论 ··· 001
  一、理由与意义 ··· 001
  二、视野与方法 ··· 003
  三、理性与情感 ··· 011
  四、普遍与特殊 ··· 016
  五、多样与对立 ··· 020
  六、历史与未来 ··· 027

第一篇　哲学　自我与启蒙

第一章　非主体的自我：情感与自由 ································· 040
  第一节　自我：设定与否定 ·· 043
  第二节　情感与想象 ·· 048
  第三节　反转次序 ··· 054
  第四节　经由想象力——回到生命本身 ······························ 057

第二章　启蒙与反启蒙 ··· 063
  第一节　进行中的启蒙 ··· 063
  第二节　浪漫反思启蒙 ··· 075

第三章　浪漫主义美学 ··· 084
  第一节　美与有趣 ··· 084
  第二节　优美与反思 ·· 086

第三节	美与崇高	089
第四节	交互与往复	095
第五节	谈谈无法理解	097
第六节	作者、作品和读者——协同创作	108

第四章 浪漫主义悲剧哲学 ... 111
第一节	引言	111
第二节	奥古斯特·威廉·施莱格尔	117
第三节	谢林	125
第四节	崇高的消解：谢林与席勒	132
第五节	索尔格	140
第六节	结语	146

第二篇 文学 自然与自由

第一章 德国浪漫主义文学的"自然之书" ... 156
第一节	德国浪漫主义运动中的自然话语	156
第二节	"自然之书"（Buch der Natur）：浪漫主义自然书写的渊源	160
第三节	诗化自然：诺瓦利斯的自然哲学小说《塞斯的学徒》	166
第四节	寓像自然：艾兴多夫的自然诗	186
第五节	结语：自然作为启示和救赎	208

第二章 文学现代性的浪漫源头——以古今之争为思想背景 ... 211
第一节	文学现代性之发源地：魏玛与耶拿	211
第二节	席勒：质朴文学与多情文学	218
第三节	施莱格尔：浪漫与现代性	237
第四节	结语	256

第三篇 宗教 审美与政治

导言 浪漫主义者的改宗：审美政治和意识形态抉择 ... 264

第一章　罗马公教与艺术审美和欧洲统一 ·········· 271
第一节　瓦肯罗德的《倾诉》与审美动机 ·········· 271
第二节　诺瓦利斯的《欧洲》与欧洲统一 ·········· 275

第二章　施莱格尔的改宗与《古今文学史》 ·········· 280
第一节　改宗与《古今文学史》 ·········· 281
第二节　罗马公教视角下的历史书写 ·········· 287
第三节　宗教改革与德意志文学传统 ·········· 295

第三章　艾兴多夫的《德意志文学史》与教派博弈 ·········· 299
第一节　民族精神建构与宗教美学 ·········· 300
第二节　树中世纪为正统而消解民族性 ·········· 306

第四章　教会与国家关系：格雷斯的《阿塔纳修斯》 ·········· 312
第一节　格雷斯、科隆事件与《阿塔纳修斯》 ·········· 313
第二节　《阿塔纳修斯》与理想政教模式 ·········· 319
第三节　政治天主教主义与国家主义 ·········· 325

第四篇　文化　神话与现实

导言　启蒙还是浪漫？——1750—1830 年的德国文学 ·········· 338

第一章　克洛卜施托克的赫尔曼三部曲 ·········· 345
第一节　时代先驱克洛卜施托克 ·········· 345
第二节　赫尔曼三部曲的政治叙事 ·········· 355
第三节　赫尔曼三部曲的文化叙事 ·········· 365
第四节　德意志民族意识与赫尔曼神话 ·········· 374

第二章　克莱斯特的《赫尔曼战役》 ·········· 384
第一节　一部令人情何以堪的战争剧 ·········· 384
第二节　《赫尔曼战役》与德意志三国演义 ·········· 395

第三节　费希特《对德意志民族的演讲》——赫尔曼战役与德国
　　　　的文化命运 ·· 410
第四节　结语 ·· 419

第五篇　历史　传说与事实

第一章　浪漫主义史学 ·· 424
第一节　导言：作为一种思潮的浪漫主义史学 ···················· 424
第二节　浪漫主义的前奏 ·· 431
第三节　浪漫主义史学的高潮：施莱格尔的普遍史书写 ········ 443
第四节　浪漫主义的余音：史学专业化下的竞争性历史书写 ··· 453

第二章　浪漫主义与普鲁士改革 ·· 477
第一节　浪漫主义与普鲁士的结合 ···································· 478
第二节　亚当·米勒：浪漫主义政治思想的设计者 ············· 484
第三节　施泰因：浪漫主义的改革家 ································ 497
第四节　结语 ·· 508

第三章　马克思与德意志浪漫主义 ···································· 510
第一节　马克思对浪漫主义的批判 ···································· 512
第二节　对几种肯定阐释的反驳 ·· 519
第三节　克服浪漫主义 ·· 525

索引 ··· 535
　　人名翻译对照表 ··· 535
　　地名翻译对照表 ··· 557
　　作品名翻译对照表 ··· 565
　　术语翻译对照表 ··· 580
著者简介 ··· 595
后记 ··· 599

绪 论

韩水法

一、理由与意义

在当代哲学视野下,浪漫主义关涉人类意识的基本能力和现象,因而属于基础理论的范畴。不过,当论及德意志浪漫主义时,人们头脑中就会涌现出纷繁复杂五彩斑斓的历史场景。在哲学领域,浪漫主义以及德意志浪漫主义虽然重要,却并非热门的论题,处于边缘状态;在文学和艺术领域,浪漫主义不仅重要而且基础,在汉语学界也一直为研究的热点;在政治和历史领域,人们更倾向于从长时段来看待和研究德国浪漫主义,将它的历史效果一直追踪至20世纪上半叶,从而从18世纪末至20世纪上半叶,浪漫主义从一种思潮演变为德意志社会的基本观念和精神形态,作为社会微结构持续产生作用,而在特定的局势之下就会发挥出特殊的作用。

陈述上述情况并非仅仅为了说明浪漫主义研究的现状,同时也想阐述我们之所以从事当前这项德意志浪漫主义研究的理由。就理由而论,我们可以从许多方面入手。比如,在今天这个人工智能时代,由于意识的情感部分受到高度的关注,而浪漫主义事关人类情感的理论探索这个层面,其实践则直接展现其现实的形态;更具体地来说,人类的浪漫情怀从哲学的角度来看,应当是原创的和唯一的,那么人工智能是否能够产生浪漫情怀呢?

勃兰兑斯在近一个半世纪之前就说过，研究德意志浪漫主义是一项极其困难的任务。"首先，这个题目大得吓人；其次，它被德国作家写过许多次；最后，由于分工的缘故，又被他们如此精深地研究过。"作为德意志文化近亲的丹麦人，他竟感叹无法如德意志人那样如鱼得水般地掌握和领会相关的资料。[1] 在今天，这个领域的研究文献又几经层累，而我们身居与当时德意志殊异的社会、文化中，并有遥远的时代之隔，自然会面临远大于勃兰兑斯所说的困难，因此从事这项研究或许就需要特别的理由。不过，学术研究的理由始终存在，至关重要的一点在于，只要有根据，唯新则行。新的方法、新的材料和新的见解是学术研究永恒的理由，而现实的理由则是，在先行的准备中我们确实地认识到，对德意志浪漫主义我们有了一些新的看法和理解，于是就在北京大学人文学部于 2018 年实施平台建设的重大项目时，设计和开展了这样一项综合研究。

理由的另一点乃是意义。晚近几十年来，德意志浪漫主义的原著文本和研究文献陆续移译成汉语，为汉语读者理解和认识欧洲历史上的这个重大思潮提供了可观的材料，以及各种不同的观点和理论。但对汉语读者来说，这样的视野和知识还是不够的，因为自主的考察和研究的缺乏，汉语读者对德意志浪漫主义总有隔膜之感。就思想和文化的传播和影响来说，德意志浪漫主义绝非仅仅德意志的思潮或事件那么简单。德国哲学，尤其是德国唯心主义以及它的继承者和效仿者，对当代中国思想，进而对政治和社会，产生了极其重大的影响和作用。德国唯心主义在现代中国始终是显学，人们对它的去脉虽然有所研究，但对它的来龙却不甚了了。在德国唯心主义发展过程中兴起的德意志浪漫主义与德国唯心主义之间发生了直接而密切的互动关系，彼此影响，相互吸收和促进。德意志浪漫主义思潮构成了德国唯心主义，尤其是谢林和黑格尔的基本境域和条件，更何况谢林原本就是德意志浪漫主义的重要成员。黑格尔哲学则采纳了相当多的德意志浪漫主义观念以为己用。当有人说黑格尔是德国哲学的集大成者时，其所"集"的内容就包含不少德意志浪漫主义的因素。这些因素对全面深

---

[1] 勃兰兑斯：《十九世纪文学主流：德国的浪漫派》，刘半九译，北京：人民文学出版社，2023年，第2—3页。

入理解黑格尔哲学就是必不可少的。又比如，浪漫主义思潮兴起之时也是现代德国民族意识、认同和精神世界形成之时，浪漫主义的一些观念和因素整合和渗透至现代德国民族意识、认同和心理结构之中，而其中的若干以微结构的方式一直保留在德国社会之中，成为民众行动的观念根据和行为方式。这些观念因素和微结构也通过诸如黑格尔等人的理论传播到世界其他地区，融入其他文化之中。

就此而言，以中国的视野和观点并以汉语为载具研究德意志浪漫主义不仅具有充分的理由，甚至还有相当的必要性。这种必要性与纯粹的学术理由或许可以结合在一起，促使我们认识和理解现代中国思想和社会演变的某些流派的源流，以及潜在地发挥作用的一些微结构形成的缘由。

德意志浪漫主义一般被视为法国启蒙运动和大革命的反动。从宏观上来看，这个观点虽然并不会被颠覆，但是从微观上来看，情况却要复杂得多。这股思潮并不是简单地拒绝所有启蒙运动的观念，反对法国大革命的所有主张；除了部分的拒绝和反对外，它对这些观念和主张做出特殊的解释，从而引向了一个新的方向；后者不一定是逆流，但确实也不是顺流，而是斜流。这或许可以黄河改道、夺他流入海来做比方。在这里我将这种现象命名为变形。然而，正是在这样的对照中，我们可以清楚地看到，被后人视为启蒙观念正统的理性主义也曾发生类似的变形，成为另一种意义上的支流。

当然，我们在这里还可以举出更多的意义，不过，下面各节的文字事实上也从其他角度阐发了本项研究的意义，因此可以视为在其他维度对理由和意义的展开。

二、视野与方法

德意志浪漫主义研究文献汗牛充栋，研究的方法和叙述的角度也形形色色，然而，最令学者望而生畏的乃是如何定义德意志浪漫主义。首先我要说明，本著研究对象的时间范围集中于 18 世纪 80 年代至 19 世纪 20 年代这一时段,即主流观点所认为的德意志浪漫主义时期。就此而论,本著与同类其他研究著作所覆盖的时期是大体一致的。然而,本著不仅研究施洛塞尔和兰克等浪漫主义历史学家,也考察马克思关于德意志浪漫主义的论述,于是,所涉及的时间就延展至19世纪50年代左右,而所援引的兰克的著作甚至晚至1883年。任何一种宏大的思潮在历史的进程中都不会戛然而止,一些观念作为余脉会持续一段时间,而重要的批评也有考虑的必要。因此,这些阐述并不妨碍本著对德意志浪漫主义及其时期的基本界定。

在这样一个范围内,我们再来讨论定义。洛夫乔伊最早提出他的不可能主义,因为在他看来,有关德意志浪漫主义的术语和观念太过混乱,而"这种混乱,一个世纪以来成了而且依然是文学史和批评史上的丑闻,因为它不难显出大量的历史错误和对我们时代的道德和美学弊病不加辨别的可怕误断",在他看来,"一种实实在在的根本补救"就是"我们应该完全停止谈论浪漫主义"。[1] 伯林认为,洛夫乔伊及其弟子博厄斯尽管对浪漫主义研究的贡献甚大,但"他们却说错了。浪漫主义的确存在,它的确有个中心概念;它的确引起了思想革命。因此,揭示这种情况的确重要"。[2]

此外,同样困难的是,如何判定哪些人属于德意志浪漫主义者。比如说,克莱斯特是否属于浪漫主义?在萨弗兰斯基看来,按照施米特的机缘主义,他就是浪漫主义者。在本著中,他也被视为一个重要的浪漫主义者,他的《赫尔曼战役》得到了重彩渲染般的研究。但在不少德意志浪漫主义研究者看来,他不属于浪漫主义者。

在本著中,一些通常被视为理性主义的,或古典主义的,或至少不被算作浪漫主义的重要德国思想家、文学家、诗人、作家和历史学家,都被纳入了我们研究和讨论的对象。这并不等于说,我们认为这些思想家、文学家等的主体观念和思想是浪漫主义的,他们属于浪漫主义者。如果这样

---

[1] 阿瑟·O. 洛夫乔伊:《论诸种浪漫主义的区别》,载于洛夫乔伊《观念史论文集》,吴相译,北京:商务印书馆,2018年,第273—303页,引文在第281页。
[2] 以赛亚·伯林:《浪漫主义的根源》,亨利·哈代编,吕梁等译,南京:译林出版社,2011年,第26页。

的话，我们就陷入了泛浪漫主义的想象。他们之所以被纳入德意志浪漫主义的研究视域，正是因为他们的观念和思想确实包含了浪漫主义的因素，而且在有些思想家、文学家或其他人物那里，其浪漫的观念和思想还颇有特色，相当鲜明。文本的根据和观点的论证——基于我们对德意志浪漫主义思想和特征的一般理解——是所有判断的根据、讨论和分析的核心。这是本著的一个基本特色，当然也是颇有创新的所在。但它同时也就面临人们可能的批评，因为它或许突破了先前人们对德意志浪漫主义的理解和认识，尤其突破了许多关于浪漫主义者与理性主义者和古典主义者之间界限的习惯认知和分类。突破既有的观念和模式，对本著来说，是题中应有之义，关键在于是否具有坚实的基础。

1. 视　野

新的或独特的理由和意义的成立端赖于视野和方法的拓展。而新的视野和方法所揭示的并不止于一个维度和层面，而是多个维度和层面，并且后者的可能性一般要建立在学术中立的地基之上。

在本著中，比如，诺瓦利斯的哲学思想成了一个论述的重点。在以往的德意志浪漫主义研究传统中，诺瓦利斯是作为一位诗人、一位不断喷薄浪漫主义断篇观念的文学天才而出现的。但是，自20世纪下半叶诺瓦利斯历史批判版著作的出版，诺瓦利斯作为一位哲学家的形象也逐渐清晰起来，他研究和讨论康德和费希特的哲学并在此基础上提出自己的问题、判断和观点。诺瓦利斯对康德哲学不乏中肯的洞鉴，他说："康德对心智的理解是：构成既定观念的能力，并带来经验性知觉的统一性。／不是灵魂的实体——灵魂（anima）——而是animus／。"[1] 他对费希特的作为本原行动的自我提出质疑：自我在设定自我之前就存在，那么它是如何被知觉的？据此，他做出一个结论说，"自我从根本上什么都不是"（Ich ist im

---

[1] 诺瓦利斯著作引自 Novalis: *Schriften. Die Werke Friedrich von Hardenbergs*, Hg. von Paul Kluckhohn und Richard Samuel. 3. Aufl. Stuttgart u. a.: Kohlhammer 1977ff。后文将用 *Novalis Schriften* 表示该版本的诺瓦利斯文集，并相应标注出卷数与页码。此处参见 Novalis: „[Kant- und Eschenmayer-Studien]", in: *Novalis Schriften*, Bd. 2, S. 380。

Grunde nichts）。[1] 这个论断很容易就让人联想到黑格尔的"有……实际上就是无"的论断。[2] 又比如，费希特知识学的本原行动通常被视为纯粹思辨的演绎，但是，在诺瓦利斯的眼中，哲学的原初是情感，情感成了抽象和思辨的自我的"最初的动机"。这样，情感就成为理论思辨的起点。

从其现存的文献上来看，诺瓦利斯的哲学思考尽管依然是片段的，其中一些观念却确实让我们看到了自费希特之后的德国唯心主义思路与当时德国一般哲学思维的某种共鸣或同步，或许正是英雄所见略同的现象。

上面的例子，是从德意志浪漫主义者思想中发现与那些非浪漫主义者或反浪漫主义者思想相同的因素，或前者对后者的矫拂和变形。将所考察的思想和事物放大，从而更清楚地看到隐没的关系和细节，就如用高倍望远镜观察对象，当我们将视线对准浪漫主义时期，不断调大倍数，深入那个时期的各种思想细节之中，那么我们或许就会发现，浪漫主义的现象或因素是错杂在那个时代的总体精神现象之中。这当然有助于我们从这样的视野来追寻不同观念之间的关系，以及思想和当时社会之间的关联，以了解这些观念和现象的更多的来源和出口，从而认识到任何思想、任何事物发展都具有多向性，而其原因也同样具有多重性。

当我们调小倍数，纵观康德时代一直到 20 世纪上半叶，那么德意志浪漫主义思潮就只出现在这一个半世纪中的一个时段，而前后时期被赋予了其他的名称，比如启蒙主义、社会主义等。然而，我们需要记住的是，如果再换一个角度，那么人们也可以发现德意志浪漫主义诸因素作为社会微结构存在于这整个长时期。视野的放大和缩小与视角的转变具有同样的重要性，德意志浪漫主义在这种视野变换中也就展露出它的不同维度和面貌。

本著从哲学、文学、宗教、民族意识和历史等五个方面来考察德意志浪漫主义，重点放在每个领域先前不怎么为人注意的方面。比如第三部分着重考察德意志浪漫主义思潮中的宗教现象，尤其是浪漫主义人物的改宗事件；第四部分着重考察德意志浪漫主义者通过赫尔曼等传说构拟德国历

---

[1] 参见本书第一篇第一章第一节关于诺瓦利斯的相关论述。
[2] 黑格尔：《逻辑学》（上卷），杨一之译，北京：商务印书馆，2021 年，第 69 页。

史和文化的活动，尤其是所谓的德意志爱国主义的形成；第五部分考察浪漫主义史学，亦即通常被视为历史主义的史学，而后者的意义不仅在于力图以实证的方式从各个方面追溯德意志历史，还在于它同时建立了现代历史学的基本规范和方法。即便在德意志浪漫主义研究的传统领域，如文学，我们的研究也着重于先前为人所轻视的方面，比如，德意志浪漫文学中的自然主义、席勒的浪漫主义色彩等。就此而论，本著并不是对德意志浪漫主义的全面考察，而是着眼于重点的研究，旨在加强先前重视不够的方面和部分。

无疑，德意志浪漫主义并不止于这五个方面，它还波及绘画和音乐等艺术领域，不过，这些领域并非我们研究的专长，所以在本著中只能暂时付诸阙如。然而，可以指出的一点是，德意志浪漫主义每蔓延到一个领域，它的内容和形态都会发生一定的变化。在我们所考察和研究的五个方面内，德意志浪漫主义也各有其变形，因此只能依其核心因素或其与对立思潮相反的原则和观念进行判别。自然，这也是导致德意志浪漫主义的认定争议横生的缘由。这一特点也影响到了本著。它是一项集体合作的研究，每位成员对德意志浪漫主义都持有自己的见解，与其他成员的看法有所不同，而且在具体的行文中，各人对一些重要的术语也保有自己的译法。就此而论，在观点上，本著并不是内在一致的，不同的部分和章节呈现了观点和判断的差异。不过，从总体上来说，作者们对德意志浪漫主义的一般特征达成了共识。不唯如此，浪漫主义极致的多样性使得同一个作者在对其做系统研究时也不免陷于依违不定的局面，就此而论，不同作者在理解和阐释上的略微差异也可视为浪漫主义本身的一个特征。

浪漫主义时代的德意志社会和思想作为一个整体是由许多层面构成的，或者从现实的角度来说，相关的理解和认识必定要置于特定的区域和语境；而德意志浪漫主义本身也是一个由许多层面构成的思潮，切实的研究也必然要定位在特定的观念和思想现象上。宏观的视野虽然从理论上说能够俯视不同的范围，但深入的考察就要出入具体的区域。因此，这些分别从不同维度进入而在不同区域活动的研究就会在某个节点或某个地方，与从其他维度进入而在其他区域展开的研究相会、交叉和重叠。这也正是由多位学者共同承担的集体研究的一个鲜明特点。

与此同时，如下的情形在本著的出现也是可以理解的，即作者不免出现这样的倾向：研究什么对象就倾向于为其辩护，由研究而生情愫，更何况德意志浪漫主义的观念和作品尤其容易激发起人们的情感，无论赞同还是反对。不过，严肃的学术研究不是辩护状，本著的德意志浪漫主义研究也不是翻案文章。对德意志浪漫主义及其人物合理的和客观的评价，是必须秉持的态度和立场。客观和中立是学术研究之所以有价值而能够扩展人们知识的基本原则，尽管是坚持起来很难的一个原则。客观和中立原则要求，不能以先行的观点和偏好选择文献和资料，而是在全面掌握和理解文献资料的前提下做出判断，或者说谨慎和全面地引用资料，以便做出客观的阐述和有效的判断；这同时也是最费功夫的要求。此外，对汉语学者来说，同样需要努力做到的还有另一方面，就是在丰富的材料和充分的研究的基础之上，敢于下判断。本著在这一点上虽然还有所不足，但已经体现出了作者们敢于做出判断的勇气。做学术判断也是磨炼学术意志的行为，它反过来也要求判断者对材料的选取更加谨慎，做更加深入的反思。

2. 方　法

方法在这里包含两层意义：第一，它指德意志浪漫主义思潮所采用的方法；第二，它指研究这个思潮和现象的方法。无疑，第一层意义对研究者来说是一个极其复杂的局面，德意志浪漫主义者所采用的方法其实常常是相互冲突的，在这个意义上，他们的方法的特征就是多样化，而其极致就等于无方法。当然，在不同的方面，情况也有所不同，譬如对浪漫主义史学还是可以清楚地梳理出若干方法，并且他们也自有方法的意识。

就第二层意义的方法而论，我们的研究所采取的原则可以分述如下。首先，当然是实证的，以文献和材料为根据。然而，如大家所知道的，即便在具备充分的文献和材料的情况下，亦需要秉持客观的和中立的立场和态度，而对于德意志浪漫主义这样的研究对象来说，这无疑是一个艰巨的挑战。其次，在方法上，理解和认识特定时期的浪漫主义运动和现象与理解浪漫主义的一般心智结构，是两种不同性质的研究，因而需要分别对待。心智理论和分析不是本著所关注的问题，所以这些基础理论被暂时搁置，我们的重点在于德意志浪漫主义思潮。再次，浪漫主义思潮席卷当时德意志精神世界的各个层面，而仅就本著所关涉的范围而论，包含从理论到实践，从思辨到审美，从断篇到体系，从历史到现实，从理性到情感，从社会到自然，等等，关于所有这些领域和层面的研究，显然无法采取单一的方法，自然也就难以统一采用某些方法。实用的办法就是分别对待，当然是在可靠的文献和文本基础上与合乎逻辑的前提下的分别对待。

这里就关涉一个重要的方法论问题，即德意志浪漫主义是由许多因素组成的思潮，其中任何一个因素的单独存在并不构成浪漫主义的现象，更不用说浪漫主义思潮，而且德意志浪漫主义也并非由一些性质、趣味和倾向相近的因素聚合而形成。正是那些彼此冲突的甚至自相矛盾乃至彼此瓦解的因素组合在一起才造就了德意志浪漫主义。虽然从理论上来说，浪漫主义作为一种意识能力的体现，一种精神现象，乃是人类所共有的，但在不同的民族、文化、时代和国际环境中，这种心智能力的表现的方式、烈度、内容是相当不同的，被视为浪漫主义因素的那些东西也会呈现为相当不同的组合，因而其生成的现象也就有相当大的差异。与德意志浪漫主义相比，后来英国和法国的浪漫主义就成为某种偏向单一的、趋于优雅的情调和风格的现象，而与德意志那种毫无约束和彼此冲突的观念、对立的和紧张的精神状态、任性和冲动的激情等充满力量的复杂现象，不可同日而语。

德意志浪漫主义的归类也关涉以人划分或以观念和风格划分的差异。如果以人划分的话，对诸如施莱格尔、诺瓦利斯等核心人物的归类不成问题，而一些边缘的甚至被视为其他流派的人物则难以定论。这实际上也就涉及不同流派和思潮之间观念的重叠和交叉。如以观念和风格等来划分，也会面临同样的困难，因为浪漫主义与否端赖于一组因素的聚合，而非某个单一的因素。因此，无论就人物而论，还是就观念和风格而语，德意志浪漫主义其实都可以标识出一个由弱至强或由强至弱的系列，而至弱的浪漫主义实际上也就过渡到了其他的思潮或流派。比如，浪漫主义史学就是弱浪漫主义。若干浪漫主义因素构成浪漫主义史学特征的一个方面，或不可或缺的方面，但在浪漫主义史学中，非浪漫主义因素不仅发挥同样的作用，甚至起着主导的作用，比如对史学材料的批判态度，即实证的立场；而遵从历史发展的自身规则这个观念在当时属于浪漫主义史学的主张，在今天看来其实也是理性主义的要求。这似乎又增加了一层分析和界定浪漫主义的难度。然而，这里的要点在于，在当时的史学里，浪漫主义因素是与其他因素结合或混合在一起发挥作用的。

最后，对汉语学界来说，对德意志浪漫主义的不同理解和判断也导致了汉译词语的差异，当然，这些差异并不仅仅反映了对德意志浪漫主义的不同理解，同时也反映了各位作者对德意志社会和思想的不同领会。这一点也说明，西方的历史、社会和思想是以不同的面目呈现给我们的，这也导致了人们的相关认识达成共识的难度。然而，这也是社会认识的合理现象，提供一种统一的、一致的西方社会、历史和思想的观念和图景，只是一种不切实际的极端想法。

海涅或勃兰兑斯对德意志浪漫主义思潮的理解和感受与后世颇有不同，自然亦异于我们的认识和态度。这里有其相当合理的原因和缘由，譬如，海涅几乎就是那个时代的亲历者，他知道关于浪漫主义者的许多故事，拥有我们所没有的对那个时代的亲身感受，而勃兰兑斯相比于现代人更接近那个时代，掌握了更多的浪漫主义者的生活经历和故事，所以对他们的评价和对他们的感受更加生动和具体。或者说，海涅和勃兰兑斯对德意志浪漫主义人物的评价和态度更受他们所知道和了解的那些人物的日常事件、政治表现以及相互关系的影响。另一点也同样重要，即德意志浪漫主义的一些著作当时尚未发表出来，因此他们并没有全面地掌握和了解相关的文献，而这自然会妨碍同情地理解德意志浪漫主义的思想和态度，因而情绪和日常表现更容易影响他们的判断。

当代人由于缺乏关于那个时代多方面的、具体的知识和切身感受，相应地对那个时代人物的生活经历和故事所知甚少，即便有些了解，也脱离了当时生活的各种复杂的社会、历史境况，所以在某种意义上，多了几重疏离感。比如，对德意志浪漫主义人物之间的婚恋关系，由于缺乏那个时代婚恋关系的主流观念和相应的社会心理，现代人就无法深入当时社会的实际情形和当事人的心态而做出切实的评价和判断，这样也会妨碍中肯地理解和认识德意志浪漫主义作品表达出来的那些五花八门的情感。现代人基于现代的主流观念和社会心理的判断虽然也能够对古人达到一定程度的理解，但必定会有或多或少的隔膜。因此可以理解的是，我们的研究主要是建立在表达德意志浪漫主义的理论、思想和观念的文献、文本，以及相对客观的历史资料之上的。这就是说，我们关注的重点在于理论、思想和观念，透过文字传达出来的情感，以及它们与那个大时代之间的关系。因此，从这个意义上来说，这样的研究就是相对理论化的和抽象的。全力避免在社会心理、日常生活形态和体验等方面设身处地感的阙如，乃是一般历史研究的基本要求，却是难以圆满完成的任务。

三、理性与情感

1. 理论的情感效应

康德在《什么是启蒙》这篇著名文章中号召人们"要有勇气使用你自己的理智！"[1] 但他没有预料到的是：人们在独立使用自己的理性之后竟会产生虚无感。先前，基督教世界中的人们一直依赖信仰或上帝的庇佑，信徒由此可以免除许多需要自己劳心和操劳的事务，将最终的救赎和日常的重要决断都托付给信仰及其管理组织，即教会。人们一旦在精神上脱离上帝而在人世生活中脱离教会组织，真正理性地独立自主，就会立刻面临旷古的孤独和无助，尤其是精神的孤立无助：有勇气使用自己的理性也就意味每个人都要独立自主地处理一切事务，做出一切决定。这对许多人来说乃是巨大的危机和挑战——这当然也反衬出康德这个口号的深刻和彻底性。这正是德意志浪漫主义抗拒理性，诉诸信仰和情感，甚至脱离新教而改宗天主教的一个重要原因。他们要回到先前的神与世界一体的状态，而不需要理性那清醒高冷的孤独和自主。启蒙运动之后的理性世界与新教徒

---

[1] 康德：《回答这个问题：什么是启蒙？》，载于《康德著作全集》（第八卷），李秋零主编，北京：中国人民大学出版社，2010年，第39—46页。引文见第40页。

的精神世界具有很大的相似性,只是启蒙运动和理性至上原则使得这样的状态更加普遍化,而理性的自主亦更加决绝了。因为新教徒至少还有一个上帝可信仰,救赎和天堂依旧存在,只不过与上帝的关系和救赎不再是集体的行为,而成了个人的行为。但是,启蒙理性将上帝、救赎和天堂全部取消,宣告了它们的虚妄。这与在某些地方取消奴隶制之初,奴隶一时觉得无处可依、失去庇护的精神状态颇有相似之处。资本主义早期的情况也正是如此,失去了主人的农奴,虽然人身自由了,却一下子无法应对需要独自面对的社会生活,从而使得它似乎比农奴制度更加血腥,因为封建领主至少还提供某种最低限度的庇护,反而显得温情脉脉。这种精神状况在德意志浪漫主义若干人物身上以其宗教的热情、文学的夸张尽情地表达了出来,本著的宗教部分为此提供了颇有特色的个案研究。

理性自主以及相应的精神自由带来了无所依靠的情感代价,而这种孤独状况的消除有赖于现代社会在法律、社会保障制度等方面的逐步完善,但也只是部分消除。很显然,如果当时的上层阶级所面临的主要是信仰的和精神的危机,那么现代社会早期西欧下层民众面对的主要还是生存的艰难,他们的信仰危机是迟到的,只是在温饱得到了保障之后才出现。因此,自主地使用理性所造成的虚无感,就如人们所见到的那样,在当时主要出现在上层社会和知识分子那里。

2. 从思辨理论到情感理论

不过,在读过德意志浪漫主义人物研究康德、费希特等人的笔记之后,人们还需要进一步认识到,虽然理性自主所造成的孤独感是他们及其同时代许多倾向于信仰、情感和非理性的其他精神形态的缘由,但是,他们张扬情感、挥洒任性并非简单的自发倾向,而是有意识的作为,尽管其中包含若干自发的狂放。他们的张扬和任性有其观念的前提和理论基础。

诺瓦利斯的哲学研究,尤其是对费希特哲学的研究,让我们看到,浪漫主义的理论与费希特的唯心主义思辨具有共同的特征和路径:纯粹的概念思辨,不需要实证,也就不顾及现实的情形。不过,诺瓦利斯将费希特的哲学出发点修改为自己的理论,于是,哲学的本原行动从纯粹的思辨或抽象一变而为情感:"哲学在源头上就是情感。情感的直觉把握了哲学科学……情感的边界是哲学的边界。"[1] 诺瓦利斯又强调:"情感看起来是第一位的,反思是第二位的。"[2] 这样一来,诺瓦利斯就将德国唯心主义的理论思辨转变为情感思辨,从而为德意志浪漫主义情感的无穷变形提供了理论基础,这也正突出了德意志浪漫主义的一个重要特征:它是在德国唯心主义境域中吸收其养分而生成的。由此,我们也就看到,思想的流向如同汇入了许多其他因素的溪流,又会派生出其他流派,因而比自然河流更容易交汇而变动不羁,后者还更受堤岸的限制。与自然河流不同,任何一种思想永远不会只有一个泉源,总是多个泉源的汇合,尽管可能会有一个主源。诺瓦利斯保留了费希特理论的一些范畴及其演绎关系,除了本原行动,还有形式和反思:"本原行动(Urhandlung)结合了反思与情感,其形式属于反思,内容属于情感。它发生在情感中——其方式是反思的。想要呈现情感的纯粹形式是不可能的。"[3] 虽然我们不知道诺瓦利斯这里所指的纯粹是什么意思,但如果指一般形式,那么它确实不属于情感,情感的性质就在于不确定性。不过,诺瓦利斯在这样的推论中深受费希特模式的影响,他认为,"情感和反思在本原行动中为同一物"[4],或"本原行动是情感和反思的统一性"[5]。这种变换的可能性也就让人领会到德国思辨哲学与德意志浪漫主义在思维模式中的某种共同性。

不过,在德意志浪漫主义那里,情感又必定包含一定的内容,内容指向一个或大或小的畛域,比如自然,比如信仰。美化自然和回归自然,乃是德国浪漫主义的一个主要特征,亦是他们情感的一个主要指向。回归自然和美化自然的缘由和动力,当然还可以从其他方面来理解。人们通常会将启蒙运动视为确立人和自然对立的一个主要原因。然而,如果要追溯自

---

[1] Novalis: „Fichte-Studien", in: *Novalis Schriften*, Bd. 2, S. 113f. 同时参见本书第一篇第一章第二节的相关论述。

[2] Novalis: „Fichte-Studien", in: *Novalis Schriften*, Bd. 2, S. 114.

[3] Novalis: „Fichte-Studien", in: *Novalis Schriften*, Bd. 2, S. 116. 需要说明的是,诺瓦利斯在此使用"Urhandlung"(或可译为"原初行动")来指称费希特的"Tathandlung"(本原行动)。

[4] Novalis: „Fichte-Studien", in: *Novalis Schriften*, Bd. 2, S. 119.

[5] Novalis: „Fichte-Studien", in: *Novalis Schriften*, Bd. 2, S. 119.

然科学以及现代技术和工业的发展，那么，它们早在启蒙运动之前就已经兴起了。启蒙运动所生成的科学和理性的诸多观念乃是这个长期发展的结果，只是通过启蒙运动成熟起来、确立下来并且形式化了，从而成为现代的思想体系。这些无疑都是促使人们反思人与自然关系的重要动因。

从实际的情形来看，德意志浪漫主义所追求的自然呈现出复杂、多元和玄远的特色。人们一般认为，德意志浪漫主义所反对的乃是因科学和技术而变得可以理解和认识的，甚至可以人为利用和构成的自然，而这种自然也被纳入人为的制度之中。在他们看来，这种知识和制度导致了自然与人之间，乃至自然事物之间的分裂和隔离。因为很显然的一点是：人类凭借理性，利用自然科学和技术，通过现代工业，成为利用和驾驭自然的自主而独立的主体。

不过，德意志浪漫主义所理解和追求的自然却因人而异。艾兴多夫笔下的是纯粹的自然：云雀、森林、田野、小溪、云彩、高山，以及在其中徜徉的灵魂。在他看来，自然是和谐的，它与人也是和谐的，自然体现了天地与灵魂的统一。[1] 而诺瓦利斯的自然则打上了启蒙观念和自然科学的烙印，他试图将既有的各种知识和学科关联和混合起来，从而达到他所企求的自然的重新统一。[2]

谢林随意描述的自然"就是一部写在神奇奥秘、严加封存、无人知晓的书卷里的诗"。[3] 面对这样的自然，他所要追求的目标是"重新塑造自然和精神已经遗失的同一性"，而这个任务要由艺术来完成。

虽然德意志浪漫主义人物眼中的自然并不相同，他们崇尚和追求自然的目的也不尽相同，但至少分享三个共同点：其一，自然的神秘性，这正是令他们着迷的东西；其二，自然的整体性及和谐，包括自然与人的和谐，这是他们的理想目标；其三，通过上述两点认识基督教的上帝，并达到与

---

[1] 参见本书第二篇第一章第四节的相关论述。
[2] 参见本书第二篇第一章第三节的相关论述。
[3] 谢林著作引自 Friedrich Wilhelm Joseph Schelling: *Historisch-kritische Ausgabe*, Hg. von Thomas Buchheim u. a., Stuttgart: Frommann-Holzboog 1976ff. 后文将用 Schelling HKA 表示该版本的谢林文集，并相应标注出卷数与页码。此处参见 Schelling: *Philosophie der Kunst*, in: *Schelling HKA* Bd. II.6.1, S. 101. 汉译可参见谢林：《先验唯心论体系》，梁志学、石泉译，北京：商务印书馆，2021 年，第 310 页。

其的合一，这是他们的终极追求。就第一点而言，席勒也有类似的想法，他说，"真理的面纱不能被揭起"，而"只能猜测和想象"。[1] 值得一提的是，当时人们对这种与整体感关联在一起的神秘性的崇尚也是德意志社会启蒙不彻底的体现，因此也是基督教信仰依旧位居主流的反映；很显然，缺乏神秘性的信仰就不是信仰，而只能是理性的认识。

人与自然的合一也是中国古典思想的主要传统，但它是得意忘言，是坐忘，是人与天地万物偕游，是人与万物不分的状态。德意志浪漫主义崇尚自然并非限于它与人的和谐和融合这种境界，其最高目标是达到人与上帝的合一。这种状态也被现代许多中国学者称为超越。这样的合一，这种超越无疑不能以理性为手段和途径，而只能借助表现为情感的神秘的心灵体悟或直觉。

黑格尔把少年时代的同学谢林和其他德意志浪漫主义者那种超越意识和理性所达到的状态归结为梦幻："由于这样的精神完全委身于实质的毫无节制的热情，他们就以为只要蒙蔽了自我意识并放弃了知性，自己就是属于上帝的了，上帝就在他们睡觉中给予他们智慧了；但正因为这样，事实上他们在睡眠所接受和产生出来的，也不外是些梦而已。"[2] 在黑格尔之后，对德国浪漫主义做出最不留情面的批评的人大概就算勃兰兑斯了。他说，"以浪漫主义开端的德国文学，活跃在最深沉的情绪之中，陶醉在种种感觉里面，努力想解决问题，不断创造着随即加以破坏的形式"[3]。虽然浪漫主义者想要有所作为，但其结果却只是任性的作为："而今在浪漫主义者身上，心灵发生了这样的变化……用烈焰烧光了一切坚固的形式、形象和思想。诺瓦利斯做任何事情，总是倾其全力以赴。最深沉、最放纵的感情就是他的原则。"[4] 不过，尽管对德意志浪漫主义的情感做出了如此激烈的批判，无论黑格尔还是勃兰兑斯都没有指明其如下一个根本特征，即浪漫主义的情感出于有意识的放任，其沸腾炽热的情绪是有理论的张扬。

---

[1] 席勒：《妄想的话》，钱春绮译，载于《席勒文集》（第一卷），张玉书选编，北京：人民文学出版社，2007年，第115页。
[2] 黑格尔：《精神现象学》（上卷），贺麟、王玖兴译，北京：商务印书馆，2021年，第7页。
[3] 勃兰兑斯：《德国的浪漫派》，第4页。
[4] 勃兰兑斯：《德国的浪漫派》，第165页。

四、普遍与特殊

在讨论德意志浪漫主义能否得到规定时,普遍与特殊的张力已经包含在其中了。放弃派或失败派认为,德意志浪漫主义是由一大堆不仅特殊而且彼此冲突的因素和事件组成的现象,根本无法一般地予以规定。这样,普遍和特殊在德意志浪漫主义之中是不可调和的。韦勒克提出一个浪漫主义——不仅德意志的,而且整个欧洲的——普遍性的方案,即将抛弃新古典主义作为公约数,[1] 从而为这样的因素和现象设定了一个普遍的标准。而伯林则认为这个思潮体现或指称了某种普遍的东西,某种一般性的思想结构,但没有将它归结为心智结构,而我正是要从这个角度入手来讨论普遍和特殊的关系。

1. 普遍与特殊的内在根据

从心灵能力和意识角度考虑,浪漫现象主要出自于情感的能力,而情感同样属于人类的心灵能力,亦属意识的一种现象。不过,浪漫作为意识现象并非单纯的情感活动,它也包含理性的因素。在前文,我们已经将它理解为对情感的有意识的放任。不过,浪漫主义情感应当是独特的,或是独特的情感,或是情感的独特表达,当然更可以是独特情感的独特表达。一次日常的愤怒,一场日常的忧伤,并不浪漫,因为它们是惯常的而不独特,不仅内容不独特,表现的方式也不独特。有意识地以独特的方式表达某种情感,或者将理性的、惯常的东西予以独特的且情感化的处理,而不受既有的规范和常规的约束,这就是德意志浪漫主义出现之后的现代浪漫意识。那么,这里的问题是:现代浪漫意识之前出现的事件和现象之被视为浪漫的,应当如何解释?我们或许可以这样来理解:这些事件和现象对于现代人是陌生的和奇特的,处于现代人的理性规则和规范约束之外,且在现代人的常识之外,甚至亦在古代人的规范和常识之外——当然,后面这一个判断在今天看来要以严格的学术考证为根据。不过,至为关键的一

---

[1] 雷纳·韦勒克:《近代文学批评史(修订版)第二卷:浪漫主义时代》,杨自伍译,上海:上海译文出版社,2020年,第2页。

点乃是，在现代浪漫意识之下，这些事件和现象才成为浪漫的，因此所有古代的浪漫事件和现象都是现代浪漫观念下的产物。

综上所述，浪漫现象及其因素在主体条件上基于人的心灵能力，后者构成了浪漫主义的普遍性基础。不过，因为浪漫现象和因素，无论是现代的还是古代的，都以现代的浪漫视角为前提，在这个意义上，浪漫主义乃属于现代的普遍的东西。而且就如前文所说，单个的浪漫因素虽然可以是普遍的，但并不构成一个浪漫的事件、一种浪漫现象，更不能形成一股思潮，一种社会-历史事件的浪漫主义，后者是由无数的浪漫事件和因素形成的，而且还要以其对手或对立面为条件。

2. 普遍与特殊的外在根据

事实上，在浪漫主义前后的时代，大概只有康德一人从心灵能力来解释外在的多样性，尤其是理性产物的多样性。谢林即便在解释不同的艺术类型，尤其是解释浪漫作品的多样性时，也是从外在方面寻求根据的。他说，"浪漫的-史诗的材料类似于一个长满奇特人物的狂野森林，是一个迷宫，在其中除了诗人的任意和情绪之外，没有其他的向导"[1]。不过，这些材料在谢林看来却是相对普遍的，而它们之所以是普遍的，似乎是因为材料要求主体提供信仰、欲望、梦幻般的情绪等内容——显然，这样的解释很晦涩。谢林也说过，诸如长篇小说之类的作品的形式是普遍的。[2]与此相关，在他看来，在古代，是特殊性占据主导地位，而在现代则是普遍性占据主导地位。就如人们所说的那样，谢林在他的著作中迸发出许多关于普遍与特殊的念头，比如，越是原创的东西，越具有普遍性，或者普遍和特殊具有绝对同一性，[3]如此等等。这无疑说明，在当时，德意志浪漫主义重视普遍和特殊，却并没有形成清晰的理论，当然，就浪漫主义本身而言，他们也无法就此形成一般的理论。

德意志浪漫主义的对手也从外在方面来理解浪漫现象。歌德说："人

---

[1] Schelling: *Philosophie der Kunst*, in: *Schelling HKA* Bd. II.6.1, S. 354.
[2] Schelling: *Philosophie der Kunst*, in: *Schelling HKA* Bd. II.6.1, S. 355.
[3] Schelling: *Philosophie der Kunst*, in: *Schelling HKA* Bd. II.6.1, S. 182.

们把一切与祖国、乡土有关的东西都算作是浪漫的。所以产生这样的误解，是因为浪漫的总是面向生活，面向习俗和宗教，而在这些方面母语和乡土观念必然是最富有生命力的和最富有宗教色彩的。"他举例说，当时有人开始用意大利文撰写碑文，而不是像以往那样用拉丁文，人们就将它视为浪漫的时尚，而不顾及其为了让大家都能看懂的初衷。他就此得出结论说，"一个词经过反复使用可以具有一种完全相反的意思，因为真正浪漫的东西并不比希腊的和罗马的东西更接近于我们的习俗"[1]。

纠缠德意志人的普遍和特殊的问题一直困扰着他们的意识形态，直至今天也没有消停。但是，解决这种难题和困境的努力催生了丰富的哲学和社会科学的理论。哈贝马斯将19、20世纪之交兴起的探索人的行为和历史事件独特性的精神学科和相应的理论视为浪漫主义的继承者，这一点他是对的，不过，他却没有认识到，就这种努力而言，黑格尔其实是一个先行者，后者并没有为普遍和特殊的区分提出明确的和可行的规定，却又给出了许多难以落实的启示。哈贝马斯对有关德意志浪漫主义的普遍和特殊关系的理解来自黑格尔，但他在这种关系中增加了个体，认为正是个体将某种个体性的东西赋予了主体间共享而具体的相互关系，从而形成了特殊的东西，而特殊的东西是普遍和个体之间的居间者。历史学派就是在这种特殊的概念摸索中前进。[2] 在另一处，哈贝马斯认为，历史学派缺乏理性的一般的概念，所以德国日耳曼学者——他们中既有浪漫主义者亦有历史学派人物——就要从民众精神中抽绎出自由宪法的原则。[3] 哈贝马斯似乎聪明的方案让人联想到了传统的三段论，但他既没有从基础上说明普遍性的来源，也没有从方法上说清楚普遍性的生成。

3. 将特殊的东西视为普遍的，或充任普遍性的东西

或许除了康德和韦伯之外，缺乏普遍的或一般的原则乃是德意志思想

---

[1] 歌德：《古典派和浪漫派在意大利的激烈斗争》，见《歌德论文学艺术》，范大灿编，范大灿、黄燎宇等译，上海：上海人民出版社，2017年，第405页。
[2] Jürgen Habermas: *Nachmetaphysisches Denken. Politische Aufsätze*. Frankfurt a. M.: Suhrkamp 1992, S. 166f.
[3] Jürgen Habermas: *Die postnationale Konstellation. Politische Essays*. Frankfurt a. M.: Suhrkamp 1998, S. 23.

的一个重要特征。黑格尔哲学常常被误解为某种普遍性的东西，其实，它不仅缺乏一般的原则，而且以整体的和具体的两者之间的辩证充任一般的原则。这种普遍性和一般性的薄弱自然就造就了德意志意识形态的许多后果。但是，就如人们在德意志浪漫主义时代所看到的精神状况那样，思想的多样性和社会的多样性，甚至它们渊源的多样性，原是德意志意识形态的传统和基本状态。黑格尔哲学后来成了普鲁士的国家哲学，而将多样性压制在整体性之内，也就成了德国思想和理论的一个趋势。在这种状况下，不是一般性或普遍性而是整体性占据主导地位。一般性或普遍性与整体性是有巨大的差别的。自黑格尔之后，与无法容忍多样性同时并存的是缺乏一般性或普遍性。

于是，在德国的哲学和思想中这样一种倾向就颇为常见：不愿意接受真正的普遍的或一般的东西，而是追求整体性以及其中的特殊性。一些重要的哲学家或思想家似乎依然追求某种普遍性的东西，但是，由于他们缺乏对真正的普遍的东西的理解，于是就将那些特殊的东西或德意志的特殊性矫拂为普遍性，黑格尔是如此，海德格尔是如此，哈贝马斯及其所代表的社会理论在一定程度上也是如此。比如，在《法哲学原理》中，世界历史被划分为四种王国的递进，在最后阶段达到日耳曼王国，它是现代世界的代表。黑格尔认为，精神在这个王国中认识到真理"在国家、在自然界和在理想世界中，原是一物"[1]。他之所以能够以日耳曼的特殊的东西替代普遍的东西，乃是因为在他看来，绝对的普遍性无非就是具体理念的总体，即世界精神。[2]因此，以特殊性乔扮普遍性，与以整体性充任普遍性是同一种做法的不同层面。

---

[1] 黑格尔：《法哲学原理》，范扬、张启泰译，北京：商务印书馆，2021年，第409页。
[2] 黑格尔：《法哲学原理》，第408页。

五、多样与对立

1. 多样性

上文所论述的普遍与特殊的关系已经关涉多样和对立的问题,对此亦可以从不同维度来考察,在这里我要着重讨论关于它们的可能态度和立场。

德意志浪漫主义的多样性乃是一般思想史和文学史上的奇观,以至于人们难以为其做出一个大致内在一致的规定。洛夫乔伊列举了人们关于浪漫主义的许多种说法,从起源、肇始的时间、写作方式,到对其的各种判断,即或对现实的错误理解、或对过去事物的热情、或创造先例的倾向、或观察无限的幻想,以及诸种浪漫主义现象与法国大革命的关系,然后得出结论说,对这些五花八门的说法,他无法做出区分,遑论清楚地分类,于是就放弃了对浪漫主义定义的寻求,把试图寻求浪漫主义规定的尝试视为丑闻。[1] 在上述讨论中,德意志浪漫主义始终是分析的核心。不过,事实上,他还尝试区分种种不同的浪漫主义,比如德意志浪漫主义与法国浪漫主义之间的差异,而这事实上也就是以另一种方式来定义浪漫主义,因为很清楚,没有定义就没有区分。[2]

伯林在追溯"浪漫主义根源"的讲演起首就提出寻找一个定义的目标,然而,他很清楚,按照常规的路数这是无法达到的,他将之称为一个陷阱:"浪漫主义是一个危险和混乱的领域,许多人身陷其中,迷失了,我不敢妄言他们迷失了自己的知觉,但至少可以说,他们迷失了自己的方向。"[3] 不过,伯林还是选出了一些他认为是经典的或有代表性的浪漫主义定义,比如,司汤达认为它是现代的和有趣的,歌德认为它是一种疾病,尼采认为它是治疗疾病的药方,海涅说它是从基督鲜血开出的激情之花,泰纳则说它是资产阶级反抗贵族的叛乱。而当论及浪漫主义的情感的或感性的性

---

[1] 洛夫乔伊:《论诸种浪漫主义的区别》,第281页。
[2] 洛夫乔伊:《论诸种浪漫主义的区别》,第302页。
[3] 伯林:《浪漫主义的根源》,第9页。

质,各种说法更是彼此对立,直接冲突。有人说它是粗野的和青春的,有人则说它是堕落;有人说它是自然的和谐一致,有人则说它是骚动和暴力。[1] 伯林在列举了近三页有关浪漫主义五花八门的定义或描述之后得出结论说:"简言之,浪漫主义是统一性和多样性。它是对独特细节的逼真再现……它是美,也是丑……它是个人主义的,也是集体主义的……是对生命的爱也是对死亡的爱。"[2] 与洛夫乔伊及其弟子博厄斯的放弃主义不同,他坚持认为,"浪漫主义运动的确存在,它的确有个中心概念;它的确引起了思想革命"[3]。伯林在讲演的最后提出了自己颇具哲学深度的分析和答案。与洛夫乔伊不同的是,伯林所谓的浪漫主义主要就指德意志浪漫主义,因此,他关于浪漫主义的论断当然就适用于它。在这里,我先略过伯林的观点,而是据此强调一点:多样性既是浪漫主义的现象,也是其根本特征。如果人们能够抑制对其中某些种类和因素的嫌弃或厌恶,那么就应当承认这种多样性确实是人类精神创造力的产物,而且也是人类精神的实在状态的表现。

不过,我以为,在解开浪漫主义基础的奥秘之前,它的这种多样性也可以从现象上予以分类,比如,体裁的多样,素材的多样,时代的多样,情感的多样,政治态度的多样,社会事件的多样,自然景色的多样,生命和死亡的多样,如此等等。无疑,上述分类不在一个平面上,而是处于不同的维度,因此,它们之间会有交叉和重叠。不仅如此,浪漫主义与其他思潮,比如古典主义、现实主义乃至理性主义在不同的层面同样也有交叉和重叠。

就这种多样性,我要强调两点。首先,如果浪漫主义被定义为非理性的和情感的,或更一般地说,精神活动的情感层面,那么情感的一切现象都可以成为浪漫的东西,但从原初的意义上来说,情感的现象要成为浪漫的,关键在于它是如何被表现出来的,这就是说,它的表达形式至关重要,因为人类的绝大部分情感是人们所熟识的——为了谨慎起见,我可以承

---

[1] 伯林:《浪漫主义的根源》,第23页。
[2] 伯林:《浪漫主义的根源》,第25页。
[3] 伯林:《浪漫主义的根源》,第26页。

认,少数可能是原初地独特的,也就是说,或许有一些前所未有的情感冒了出来。其次,理性和情感的分离原本是理论的和抽象的,这就是说,在现实中,包括在浪漫主义的主要载体即文学和艺术作品中,情感的东西始终羼杂着理性的东西。不过,我在这里所要强调的不是这样的混合,而是如下一点:理性原本也是多样的——尽管这代表了启蒙之后的现代理性主义立场。

人们可以看到,在浪漫主义兴起之时,德意志原本是一片多样性丛生的土地,从历史、政治、社会、语言、传说、民族,无不如此。萨丕尔甚至说过,这群德意志人的祖先日耳曼人原来说的语言可能不属于印欧语系,自然也就与后来的德语无干。[1] 浪漫主义思潮以弥漫的方式很好地表现和反映了这样的多样性。然而,正如人们所看到的那样,德意志这片土地以及后来的德国却成为一个极度排斥多样性的社会,并达到了登峰造极的地步。这是一个严峻的事实,亦是人们应当理解的观念的另一种历史—因果关系。一种颇有影响的观点是将浪漫主义从正面与纳粹主义关联起来。但是,从多样性的角度看,纳粹主义是否同样可以被理解为对浪漫主义多样性的一种反动?当浪漫主义中的某一种或一些态度和观点被突出并被赋予至高无上的地位时,它就失去了浪漫主义的特征,就如理性主义中的某一种理论或原则被置于至高无上的地位时,它也就不再是理性主义的情况一样。就此而论,浪漫主义始终要在多样性的大地上才能存在和发展。当今的德国社会虽然可谓后多样性时代,但这种趋于千篇一律的多样性更具表演的性质,而缺乏原创的生产力。因此,它也不可能是浪漫的,无非为庸常的和再生的表现。

伯林就浪漫主义提出这样的疑问:"当我谈论浪漫主义的时候,我指的是一个历史事件(我似乎正在说它是的),还是一种不专属于某一特定阶段的普遍的精神状态?"[2] 不论一般泛指的浪漫主义,还是单单德意志浪漫主义,我以为,既是历史事件,也呈现为社会的精神状态。它是在特定社会—历史条件下错综复杂的理性态度和形形色色的情感集中爆发的综

---

[1] 爱德华·萨丕尔:《语言论》,陆卓元译,陆志韦校,北京:商务印书馆,2007年,第190页。
[2] 伯林:《浪漫主义的根源》,第13页。

合事件，因此，不是一个或几个浪漫主义的观念和行为，而是在许多领域和层面同时喷涌的浪漫主义的观念和行为才成就了这样一个思潮，一种历史现象。

2. 对　立

多样必定承带差异和对立。从其自觉的方面来看，德意志浪漫主义的起因就包含强烈的抗议和反对的因素，比如，最为直接的，反对启蒙观念，反对法国统治和法国文化，反对新教。不过，这些反抗和对立并非一般的和全面的，而是有其特定的内容和指向。

本著分析和研究了德意志浪漫主义思潮中的若干对立。比如，浪漫主义与启蒙理性的对立，奥古斯特·威廉·施莱格尔专文批判启蒙运动，指责启蒙的种种观念和态度。[1] 又比如，新教与天主教的对立，浪漫主义人物由新教改宗天主教也是本著的主要内容，而它所体现的对立还包含了从信仰到情感的多维度冲突。综合本著不同作者的观点，可以得出与贝娄相同的结论：浪漫主义虽然不一定是新教精神的产物，但确实是新教土壤和普鲁士国家的产物，[2] 但它后来却导致了若干主要人物改宗天主教、推崇天主教体验的结果。这个事件本身也反映了对启蒙理性的抗议，因为理性要求祛魅，而改宗在一定程度上倾向于神秘主义。

然而，重要的一点是，德意志浪漫主义思想中包含了自相矛盾的内容，也就是自相反对的因素，而这又可以从两个方面来考虑。其一，他们无法内在一致地表达自己的观念和情感，尤其是后者。其二，应是更有价值的方面，他们认识到这个世界包含着对立、冲突和矛盾。这种观念的自相矛盾以及关于对立和矛盾的现象的认识，如前面所述，应是德意志浪漫主义多样性和对立思想的最典型的和独有的特征。

诺瓦利斯以明快乃至犀利的方式来表达对立。诺瓦利斯说："魔鬼与

---

[1] 参见奥·威·施莱格尔：《启蒙运动批判》，李伯杰译，载于孙凤城编选：《德国浪漫主义作品选》，北京：人民文学出版社，1997年，第374—400页，引文见第374页。
[2] 参见卡尔·施米特：《政治的浪漫派》，刘小枫编，冯克利、刘锋译，上海：上海人民出版社，2016年，第31页。

上帝是两个极端，人由此产生。魔鬼是毁灭力，上帝则是创造力。"[1]在其著名的《夜颂》中，对立便是主题，亦为最重要的隐喻形式。白昼与黑夜、生与死、爱与恨构成了意义展开的场域。在这里，他描述和刻画了光的有限与夜的超越时空、死亡与新生、新世界与旧世界、众神与无神、异乡与回乡、远古与天堂等对立。正是在这样的框架中，诺瓦利斯才能够在极其广阔的宇宙和悠久的历史背景中尽量挥洒其细致、温柔和敏感至极的复杂的情欲、情感和想象。

本著所论及的古今之争在一定意义上也汇聚了上述的对立，比如在《夜颂》中，诺瓦利斯歌颂远古，而要通过死亡回到故乡，即天堂，亦即远古的神圣时代。[2] 因为古典和现代的意义在持续变动，而最主要的是现代人对当代的理解在持续变动，所以古今之争就是一个永远不会完结的争论。所谓质朴作家和多情作家的区分让人们看到，启蒙和理性呈现为许多形式并打开了不同的维度，反启蒙和非理性主义也同样如此。并且在这些对立的流派之间其实存在许多关联和过渡的层面和线索。

当然还有一些在当时看似不那么激烈但对后世却影响深远的对立，比如当时史学界的普遍史与专门史的分野，基于观念的历史与基于实证文献的历史的分野，就潜移默化地影响了德意志民族意识和国家认同。顺便提及，对文献的历史批判的方法，迄今还是德国人编辑重要作家的著作的主导原则。

不过，如果仅仅止步于这样的对立，德意志浪漫主义就不会显得那么的复杂和难以把握。他们其实还更有一种雄心，亦可以说是幻想，就是要将这些多样的乃至对立的东西一并包容在一个整体之中，就如他们的总汇诗所表明的那样。

施莱格尔说："总汇性就是所有的形式和所有的材料交替地得到满足。只有凭借诗与哲学的结合，总汇性才能达到和谐……总汇精神的生命乃是一连串不间断的内在革命；所有个体，即最本质、永恒的个体就生活

---

[1] 诺瓦利斯：《夜颂中的革命和宗教——诺瓦利斯选集卷一》，刘小枫编，林克等译，北京：华夏出版社，2007年，第158页。

[2] 诺瓦利斯：《夜颂中的革命和宗教——诺瓦利斯选集卷一》，第44—45页。

于其间。总汇精神是真正的多神论者，它胸怀整座奥林匹斯山上的全部神祇。"[1] 无疑，他也明白，这种包罗万象的总汇其实只是观念的产物，其所谓的和谐也同样如此。一旦面临现实，这种和谐就成了借助压制而达成的均势，"在精神上与革命和专制主义形成均势，是我们时代首要的需要。我们的时代依靠压缩最高的世俗兴趣，对精神实行专制"[2]。施莱格尔前揭文中的自相冲突正是他们思想的特点，他同时也认识到，所谓总汇的和谐同时也包含分离的趋势和不休的争吵，而他的独到见解在于：这乃是"现代文明的核心"。[3]

就这种冲突，诺瓦利斯不乏深刻的洞见，"诸成员越精神活泼，越生机勃勃，国家就越生机勃勃，越有个性。国家的天才从每一个真正的国家公民身上闪现出来，就像在一个宗教团体中，一个有个性的上帝将自身显示在千百个体之中：国家和上帝，就如每一个精神存在一样，并不单独地显现，而是显现在千百个人物形象之中"[4]。他的这个说法在当时包含相当进步的因素，不过，人们需要注意的是，所谓的成员和国家公民并非指国家之中的每个个人，在当时等级制依旧普遍存在的德意志土地上，只有部分人才被视为国家成员和公民。就在前揭文中，人们也可以瞥见与黑格尔类似的过分强调国家的因素，即将国家落实在每一个成员身上，诺瓦利斯说："人们太少关注国家，这是我们国家的一大失误。国家应当随处可见，每个作为公民的人应当具有特征。徽章和制服从前不是很普遍吗？谁认为这些事微不足道，谁就没有认清我们天性中的一个重要特点。"[5]

梅尼克注意到了施莱格尔和诺瓦利斯等人将对立的东西汇集在一个整体中的观念，他引用施莱格尔所说的上帝一方面是"个性的深渊"，另一

---

[1] 施莱格尔：《断片集》（《雅典娜神殿》断片集），载于施勒格尔：《浪漫派风格——施莱格尔批评文集》，李伯杰译，北京：华夏出版社，第 61—107 页，引文见第 107 页。本书正文中统一将这位浪漫主义代表性人物的姓氏译为"施莱格尔"，引用时则按照所引书目的作者姓名制作脚注。
[2] 施莱格尔：《断想集》，载于施勒格尔：《浪漫派风格——施莱格尔批评文集》，第 108—123 页，引文见第 111 页。
[3] 施莱格尔：《断想集》，第 111 页。
[4] Novalis: „Das Allgemeine Brouillon", in: *Novalis Schriften*, Bd. 3, S. 314.
[5] 诺瓦利斯：《信仰与爱》，参见诺瓦利斯：《夜颂中的革命和宗教——诺瓦利斯选集卷一》，第 113 页。

方面也是"处于最高潜能的个性",以证明这一点。[1]如果予以合理的发挥,那么,从上述诺瓦利斯和施莱格尔的引文中还可以揭示出两层对峙:个别的事物与所有这些事物的整体;个别事物的个性与所有这些事物整体的共性。无疑,这种观念依然散发着浓厚的基督教味道,但也透露出那个时代特有的辩证观念的气息。比如,施莱格尔认为,自然和自由的相互作用推动了人类历史的发展这个观念一旦能够确定,那么人类历史"不变的必然法则"也就能够被推导出来。[2]这种观念就是相当启蒙而近似理性主义的观点了。

施米特将德国浪漫主义规定为主体化的机缘主义（Occasionalismus）。机缘的意义等于缘由（Anlaß）、机会（Gelegenheit）和偶然（Zufall）。所谓机缘主义就是秩序、因果关系和目的的对立面:"它否定 causa（原因;理由）的概念,换言之,否定可计算的因果性力量,所以也否定一切固有的规范。它是一个消融化的概念（ein auflösender Begriff）,因为,凡给生活和新事物带来一致性和秩序的东西——不论它是初始原因的机械的可计算性,还是目的性或规范性的关系,都与纯粹机缘的观念不相容。"[3]这个论断在一定范围内是中肯的,在他们的文学作品中,有关宗教、哲学、文学（诗学）和社会的断片中,德意志浪漫主义者确实以其才智纵情挥洒他们的观念、情感、想象和希望,并不受秩序、因果规则和逻辑的约束。不过,就现在所看到的文献而论,就如前面施莱格尔的必然法则的说法所表明的那样,他们也有对秩序和规则的若干关怀。如果放宽视野,那么在历史、经济等领域的浪漫主义虽然强调德意志历史、民族乃至国家的独特性,但依然寻求这种特殊现象的秩序和原因。

不仅如此,从起因和理由来看,德意志浪漫主义者之所以听任机缘,应当缘于他们对现实缺乏必要的认识能力,从而缺乏足够的知识,无法做

---

[1] 弗里德里希·梅尼克:《世界主义与民族国家》,孟钟捷译,上海:上海三联书店,2012年,第47页。
[2] 弗里德里希·施莱格尔的著作引自 *Kritische Friedrich-Schlegel-Ausgabe*, Hg. von Ernst Behler, München u. a.: Ferdinand Schöningh 1967ff. 后文将用 *KFSA* 表示该版本的弗里德里希·施莱格尔文集,并相应标注出卷数与页码。此处参见 Friedrich Schlegel: „Vom Wert des Studiums der Griechen und der Römer", in: *KFSA* Bd. 1, S. 621-642, hier S. 631. 同时可参见本书第二编第二章第三节的相关论述。
[3] 施密特:《政治的浪漫派》,第15页。

出合理的判断，因此，他们的机缘化或任性在一定的程度上要归因于认识的历史局限。这样的解释可以弱化机缘主义中的投机因素，而重视认识和判断不足在其中所起的作用和影响。如果施米特论断的前提是德意志浪漫主义者具有必要的认识能力和足够的知识却趋向于投机的话，那么他的批评在因果分析上也就同样有所不足。当然，还有一种情况，浪漫主义者的说法与他们的实际选择和决定是矛盾的；他们的说法可能出于他们的浪漫任性、想象或情绪，而实际的决定则依据他们所拥有的知识和对现实的考虑。这种观念和实际决定之间的对立和分裂，正符合德意志浪漫主义的特征。

就当时德意志社会和思想的整个环境来看，浪漫主义者似乎并没有将他们的观念和想法付诸政治，或者说通过政治和社会活动强制推行他们的想象和幻想，在这种情况下，多样性、对立甚至机缘行为，与其他的思潮并存于世，则实际上有利于德国社会的正常发展。如果拓宽视野，从此后的宏观社会历史着眼，这种多样性能够长期存世，那么德国的社会发展就会有另外一种结局。

六、历史与未来

历史与未来属于德国浪漫主义思潮的重要内容，既是这些人物的创作和思考所面临的时代的基本疑难，也是德国浪漫主义研究一入手就要面对的杂症。如果抽象地说，前面的五个方面无不关涉历史与未来，而具体地说，德国浪漫主义思潮正是德意志民族意识和现代民族国家认同形成过程的重要部分，就此而论，德国浪漫主义思潮对德国、对欧洲来说乃是无可避免的历史事件和阶段。民族－国家认同的形成虽然难以限定在一个特定时段内，但只要一个处于现代化进程之中的政治共同体以民族－国家为目标，那么在这个目标达成之前，这种认同就会持续保持在形成状态中。

1. 塑造历史

在欧洲，相对于英、法等国，在18、19世纪之交，德意志刚刚开始步入现代民族－国家形成的过程。在当时，并不存在具有现代国家形式的统一的德意志国家，在德意志土地上存在大大小小的前现代的半封建的政治共同体，它们中的绝大多数与一些主体为其他族类的类似政治共同体，在神圣罗马帝国的框架之下，组成了一个松散的联合体，而这个联合体也被人称为一个空架子，并且当时开始主导现代德国历史主流的普鲁士并不在这个帝国的空架子之中。就是这个空架子，也在拿破仑全面入侵德意志土地之后不久于1806年彻底倒塌了。

但是，神圣罗马帝国的历史并不等于德意志的历史，更不等于后来形成的现代德国可直接继承的历史。这个帝国原本是极其松散的架子，在三十年战争之后更是徒具形式，原本那些分裂的、独自为王的封建政治共同体更是取得了彼此承认的即条约下的国际法意义的独立主权。因此，聚集在这个名实不相符合的帝国框架之下的各种政治共同体从来没有考虑过共同的德意志的文化、历史、制度和语言等。共同的基督教信仰和帝国的框架虽然赋予他们以空洞的共同性，但既没有现代民族－国家的共通感，也没有共同的制度，甚至没有共同的语言。不仅如此，在德意志浪漫主义兴起之时，共同的基督教信仰早已分裂，而帝国的亭子亦即将崩塌。还有一个重要的事实，在当时，德意志的许多精英甚至连这样空洞的共同性也不具备，古奇指出："德意志宗教上与政治上的分裂，使它的居民很难认识到他们的统一性。莱辛与赫尔德、克洛卜施托克与维兰德、歌德与席勒都觉得自己是世界公民。"[1]

对于失去这两种空洞的共同性的德意志人，以及当时那些已经觉悟到塑造德意志意识和现代民族－国家认同的人来说，他们还面临一个更困难亦更基本的挑战，即从日耳曼人到德意志人的演变过程并不清楚，而最早的日耳曼的历史又是由罗马人记载的，其中多数也散落在教会和其他机构的各种文献之中。

---

[1] 乔治·皮博迪·古奇:《十九世纪历史学与历史学家》，耿淡如译，卢继祖、高健校，谭英华校注，北京：商务印书馆，2009年，第157页。

因此，就现代民族－国家意识和认同来说，他们就面临一系列重建工作，从非日耳曼的历史文献中追溯日耳曼的历史，从非德意志的文献中追溯德意志的历史，从所有的文献中追溯、构拟甚至构造出德意志的历史，而这种历史后来也就被纳入所谓的德国史之中。古奇说："德意志的政治独立与精神统一，是通过同一剧烈的斗争而赢得的。"[1] 这种斗争包括艰苦的精神的和学术的劳动。

在这个过程中，德意志浪漫主义历史学家成为日耳曼史、德意志史和普鲁士史撰写的核心和领袖人物。从既有的研究来看，为了形成和构建德意志民族意识，追溯其历史，他们首先从事历史研究，包括文献和资料——主要是民间诗歌、神话和童话等——的搜集和整理。

（1）生活、神话、童话

在18世纪末，赫尔德指出，自然诗、民族精神和语言是各个世纪文化的宝库，"我不相信，德意志人对他们祖宗功绩的感情会比其他民族少些。我想，我看到一个时期正在到来，在这个时期中，我们会更认真地回顾他们的成就，并懂得珍视我们的古老财富"[2]。在这个时期，博德默尔取得了雅各布·欧伯莱特（Jakob Hermann Obereit）从霍赫内斯城堡图书馆发现的尼伯龙根（Nibelungen）之诗的手稿，出版了其中的一部分，而约翰内斯·冯·缪勒将此叙事诗称为"德意志的荷马史诗"；毕尔格编辑了德意志民歌，企图重现它们早期的原貌；冯·德·哈根出版了德意志的古诗集；富凯开始出版中世纪传奇小说丛书；阿尔尼姆和布伦塔诺汇编了三卷德意志民间流传数百年的民歌，以《少年神号》（*Des Knaben Wunderhorn*）为名出版（1806—1808），从而使得中世纪德意志的日常生活形态、情感和传说有如潮水般涌现。这些中世纪的精神和风情激励了当时的德意志抒情诗人。[3] 上述工作都是浪漫主义者对当时德意志历史研究

---

[1] 古奇：《十九世纪历史学与历史学家》，第157—158页。
[2] 转引自古奇：《十九世纪历史学与历史学家》，第143页。
[3] 古奇：《十九世纪历史学与历史学家》，第143页。

做出的重大贡献。[1] 随后格林兄弟搜集了大量德意志古代传说与童话，于1812—1815年出版了两卷本《格林童话集》（*Kinder- und Hausmärchen*），从而进一步丰富和充实了德意志民族的日常生活形态。[2] 雅各布·格林于"1835年出版了详细记载日耳曼诸部族皈依基督教之前的宗教观念的《德国神话》（*Deutsche Mythologie*）"[3]。

施莱格尔当时就表达了契合这些现象的观点，他说："德意志人除了更加广泛地使用这个工具之外，要效法歌德树立的榜样，把一切艺术的各种形式一直追溯到源头，为的是能给它们注入新的活力，或者把它们联结起来；追寻它们自己的语言和诗歌的泉源，把这种古老的力量和高尚的精神重新解放出来，而这种古老的力量和精神从《尼伯龙人之歌》到弗莱明和韦克尔林到今天，一直沉睡在他们祖国史前时代留下的文献里，为后人所不识；因为在任何一个现代民族那里，诗都没有被如此纯朴如此出色地撰写出来，起初是英雄传说，后来是骑士的游戏，最后成了市民的一门艺术，而只有这样，诗才会是并一直是真正的饱学之士的全面的科学和原创诗人的有价值的艺术。"[4] 这个简明扼要的概括很清楚地表明了德意志浪漫主义对这种历史工作的认识，以及由此想要达到的目标。

就如施莱格尔所说，追溯一切艺术的源头同时就要追溯其语言的发展。除了童话之外，雅各布·格林研究和廓清了德语语法，撰写并出版了四卷本的《德语语法》，并成功地揭示了日耳曼诸语言间的亲缘关系。雅各布·格林还撰写了《德意志语言史》，除了考察日耳曼语言发展之外，"着重记载了日耳曼诸部落的文化和历史"[5]。格林兄弟还着手编写《德语辞典》，这项工作由后世数代语言学家接续，至1960年编成了煌煌32卷。格林兄弟清楚地意识到他们工作的意义，雅各布·格林自述其工作的目的是："我们祖先的语言不是粗野的，而是文雅和谐的；他们不是过着游牧部落的

---

[1] 古奇：《十九世纪历史学与历史学家》，第144页。

[2] 古奇：《十九世纪历史学与历史学家》，第146页。

[3] 约阿希姆·席尔特：《简明德语史》，袁杰译，上海：同济大学出版社，2012年，第130页。

[4] Friedrich Schlegel: "Gespräch über die Poesie", in: *KFSA* Bd. 2, S. 284-362, hier S. 303. 汉译参考施勒格尔：《浪漫派风格——施勒格尔批评文集》，第186页，此处根据德语原文有改动。

[5] 席尔特：《简明德语史》，第130页。

生活，而是自由的、有道德的和守法的人们。现在，我要揭示他们充满信仰的内心，并要追述他们关于神的宏伟的——即使不完善的——概念。"[1]

（2）德意志史

德国浪漫主义者及其相关人物正是构建日耳曼-德意志历史的核心人物。古奇说，在19世纪头十年，德意志历史撰写的工作获得了令人惊异的成就，[2] 在此后，更是巨著迭出。施泰因说："从我退休以来，我一直希望促进对德意志历史的爱好并为它的研究工作提供便利，从而有助于保持对我们的共同祖国和伟大的祖先的热爱。"[3] 他动员朋友们于1819年成立德意志早期历史研究会，同时组织编纂《德意志史料集成》，[4] 而"《史料集成》是民族主义的新精神的主要产品"[5]。

卢登（Heinrich Luden）被浪漫主义者缪勒视为义子，他深受卢梭的影响，但其撰写的德意志史的目的和原则是颇具浪漫主义精神的，致力于构建和塑造德意志民族-国家的意识和认同。古奇说："没有任何一个作家比卢登更积极地参与鼓励对民族史的新兴趣……1806年，即在费希特发表他的《对德意志民族的演讲》后一年，卢登在耶拿大学发表了关于德意志历史研究的演讲。"[6] 卢登撰写了十二卷的《德意志民族史》，于1825—1837年间出版。[7] 古奇指出，卢登一直热烈地崇拜德意志人的性格，认为中世纪的历史应该从德意志人开始，并回到德意志人。卢登说："就德意志历史来说，幸运是：德意志人从来没有堕落到成为使其他民族也蒙羞受辱的那种地步，而是一向以坚毅的决心来争取他们认为是人类的真正有价值的东西。他们的品格从来没有改变。"因此，相对于其他民族，"德意

---

[1] 转引自古奇：《十九世纪历史学与历史学家》，第151页。
[2] 参见古奇：《十九世纪历史学与历史学家》，第144页。
[3] 转引自古奇：《十九世纪历史学与历史学家》，第159页。
[4] 古奇：《十九世纪历史学与历史学家》，第159页。
[5] 古奇：《十九世纪历史学与历史学家》，第166页。
[6] 古奇：《十九世纪历史学与历史学家》，第167页。**本章按费希特名篇的通行译名改定了原译文。**
[7] 古奇：《十九世纪历史学与历史学家》，第168页。

志人不论在权势或文化方面都享有最高的地位"。[1] 在他看来，研究德意志的全部历史，"不是一种责任而是人心的一种本能"[2]。

在浪漫主义精神的鼓励之下，历史学家还完成了若干部日耳曼-德意志民族-政治共同体的专门史。古斯塔夫·施滕策尔（Gustav Stenzel，1792—1854）撰写了两卷《法兰克尼亚诸帝治下的德意志史》（Geschichte Deutschlands unter den frankischen Kaisern，1827—1828），稍后还撰写了五卷《普鲁士史》（Geschichte des preußischen Staats，1830—1854）[3]，并强调其著作字字皆有来历。劳默尔（1781—1873）撰写了《霍亨施陶芬家族及其时代》（Geschichte der Hohenstaufen und ihrer Zeit），维尔肯撰写了《十字军史》，而福格特撰写的九卷《普鲁士历史》也被视为浪漫主义时代的典型产物，[4] 他另外还撰有《条顿骑士团史》。

在浪漫主义晚期，也出现了一些在当时影响很大的历史学家以及德意志史的著作，比如"革飞努斯（1805—1871）的《德意志民族文学诗歌史》和《德国诗歌史》，路德维希·豪则（1818—1861）的《德意志史》"[5]。

除此之外，当时的浪漫主义史学家还撰写了若干日耳曼-德意志制度史。雅各布·格林1828年发表了汇集目耳曼法规等的《德意志法古事志》（Deutsche Rechtsaltertümer）。[6] 劳默尔出版了考察自古以来有关法律和政治观点及其历史发展的著作《论帝国、国家、政治等概念的历史发展》（Über die geschichtliche Entwicklung der Begriffe von Recht, Staat und Politik 1826）。[7]

自此之后，德意志人自觉地将德意志史与现代民族-国家的意识和认同关联起来，并认识到其深远的意义。博默说："知道过去曾经有过而现

---

[1] 转引自古奇:《十九世纪历史学与历史学家》，第168页。
[2] 古奇:《十九世纪历史学与历史学家》，第168页。
[3] J. W. 汤普森:《历史著作史》(下卷第三分册)，孙秉莹、谢德风译，李活校，北京：商务印书馆，2009年，第223—224页。
[4] 参见古奇:《十九世纪历史学与历史学家》，第169—172页。
[5] 汤普森:《历史著作史》(下卷第三分册)，第227页。"革飞努斯"现多译作"盖尔维努斯"，其代表作现通译为"德意志民族文学史"。
[6] 席尔特:《简明德语史》，第130页。
[7] 汤普森:《历史著作史》(下卷第三分册)，第229页。

在没有的东西,看到有多少来源于过去的东西仍然存在,这是一切高级文化的开端与条件。对于一个希望不是用继续最近几个世纪的衰落而是把自己与较早的强大时期相结合的方法来提高自己的民族来说,这是具有特别重大意义的。"[1] 不过,我们也应该看到的是,浪漫主义史学在同时代人眼里也呈现出不同的色彩,在梅特涅及其门徒看来,任何追求民族性的活动背后都潜藏着自由主义与革命的因素,因此,他们对德意志历史并没有多大的兴趣。[2]

浪漫主义不仅发起和促进了德意志现代民族–国家意识和认识的历史建构,而且对当时正在形成中的德国历史学本身也产生了重大的影响。德国史学在这个时期发生了重要的转折,人们开始重视对史料的批判和考证,从而努力将历史记载奠定在可靠材料的基础之上。兰克是这个转变的最重要的代表人物。在他身上兼具对当时德意志历史学来说相当重要的两种品质,其一就是浪漫主义精神,尤其是强调德意志历史的独特性,它不仅促进了德意志民族意识和认同,而且也为现代德意志国家提供历史的正当性。[3] "在拿破仑垮台后,在写作上出现强烈的朝浪漫主义发展的运动,在史学上出现的是民族主义运动。浪漫主义和民族主义实际上倾向于汇合成一个潮流。"[4] 其二就是对史料的批判和考证,建立了批判史学。[5] 就此而论,德意志浪漫主义促进了德意志史学的兴起,并且构成了德国史学传统的若干重要因素,或曰史学微结构。

这里需要指出的是,德意志浪漫主义的这种贡献同时也是对世界史学的贡献,以古奇的著作为例,尽管德意志史学是在18世纪下半叶才兴起,但是就如德国唯心主义一样,一旦崛起就立刻成为欧洲历史学舞台上的主角。不过,历史学作为一门独立的学科在欧洲也是18世纪下半叶才出现的事情。

---

[1] 转引自古奇:《十九世纪历史学与历史学家》,第165页。
[2] 古奇:《十九世纪历史学与历史学家》,第159页。
[3] 汤普森:《历史著作史》(下卷第三分册),第236页。
[4] 汤普森:《历史著作史》(下卷第三分册),第361页。
[5] 汤普森:《历史著作史》(下卷第三分册),第272—273页。

2. 未来史

德意志浪漫主义重建了德意志历史，促进了德意志意识和现代民族-国家认同的形成，而后者不仅旨在追溯过去，实际上更是指向未来。哈贝马斯虽然认识到，浪漫主义者对中世纪的理想化透露出将之作为未来蓝图的意思，却又认为他们仅仅是从自身奠定规范。这显然是没有理解浪漫主义以过去预制未来的用心，以及他们的观念，尤其浪漫主义历史学所塑造的德意志意识对后世德意志社会发展的深远影响。[1]

一般认为，德意志浪漫主义思潮在 19 世纪 20 年代之后就逐渐衰落，这或许是因为浪漫主义的核心人物停止了浪漫主义的写作和创作，或更准确地说，这些核心人物不再以浪漫主义精神从事写作和创作。但事实上，德意志浪漫主义思潮并非戛然终止，而是在题材上和风格上，不绝如缕。这可以从三个方面来考虑。其一，在不同的领域，浪漫主义退潮的时间各有先后，比如在历史学，浸润了浪漫主义精神的著作一直到 30—40 年代，甚至更晚，还在出版。其二，在戏剧、诗歌等类型中，诸如神话和传说等浪漫主义题材和风格依然塑造了若干影响巨大的作品的表现形态：比如歌德的《浮士德》，尤其是他于 1832 年出版的第二部；瓦格纳的《尼伯龙根的指环》（1848—1874），以及尼采的神话哲学。另外，雷瑙（Lenau）的自然诗《芦苇之歌》（1831），格拉贝（Grabbe）的《唐璜和浮士德》（1828）和《赫尔曼战役》（1835）等皆是如此。其三，一些体现浪漫主义精神的创作和写作是由那些不被视为浪漫主义者，甚至被视为其批评者和对手完成的，比如海涅。在浪漫主义的洪流中，许多人都被浪漫主义潮水浸湿过，他们即使抗拒这潮流，但也无可避免地沾染了浪漫潮水的生猛气味。

更重要也更基本的事实是，德意志浪漫主义是由许多因素构成的，这些因素集中涌现在特定时期的诸多文学作品和其他著作之中，形成了一股思潮，一场特征清晰、边界却不甚分明的运动。不过，德意志浪漫主义也可分解为一些自在的因素，后者可以独立地起作用。这些因素包括态度、风格、方式和精神形态等，后来以不同的途径进入德国的哲学、历史、社

---

[1] 尤尔根·哈贝马斯：《后民族结构》，曹卫东译，上海：上海人民出版社，2002 年，第 178 页。

会和政治等各种思想，甚至进入了个人的观念结构，成为潜在地发挥作用的观念微结构。这些微结构也能够以不同的方式集合起来造成综合的事件，于是，浪漫的现象或思潮就又出现了。这就是说，浪漫主义的自在因素虽然可以独立地发挥作用，但并不形成浪漫主义运动或思潮，甚至难以形成浪漫的事件。任何的浪漫主义现象都产生于多个浪漫的自在因素的聚合作用。而当断定某一事件、运动或现象呈现出浪漫主义的精神或色彩时，那么它至少要包含几种自在的浪漫因素。

就此而论，德意志浪漫主义的历史效果就要从两个方面来考察。第一，浪漫主义所构拟和塑造的德意志民族－国家意识、认同和精神对后世的德意志社会发展的作用和影响；第二，德意志浪漫主义所形成和塑造的精神形态、表现风格和方式、观念范式以及情感类型以自在因素的方式浸淫和融混于德意志意识形态和社会风尚，对后世产生长久的历史效果。这样的视野就可以令人看到，在过往的分析和讨论中，由于缺乏适当的分析模式，无法区分浪漫主义不同因素的不同作用。不同因素、不同聚合的不同作用，浪漫主义只是显示了其消极的历史效果，而几乎没有考察它与19世纪德意志社会巨大创造力的关系，从而忽视了它激发人们创造力的作用。19世纪德意志社会在哲学、人文和社会科学、艺术、科学等领域展现出的创造力，许多宏大且基础的理论体系的创立、空前的科学发现和技术发明，以及伟大音乐作品的诞生，除了得益于其他的原因，也闪耀着浪漫主义的点点辉光。

德意志浪漫主义与纳粹的关系是其历史效果的重要部分，诸如蒂利希在纳粹兴起之时就将它归类于浪漫主义，而伯林和沃格林则将德国浪漫主义视为纳粹的精神前史。[1] 人们将纳粹视为政治浪漫主义，从德意志浪漫主义思潮那里追溯它的根源。不过，如果不从结构和因素的角度来分析，就难以从根本上澄清这种关系。纳粹主义包含了德意志浪漫主义的因素，后者以微结构的方式成为纳粹主义及其运动的一部分，但纳粹主义本身并不等于浪漫主义，而浪漫主义也并不是纳粹主义的唯一观念来源。无论

---

[1] 伯林：《浪漫主义的根源》，第144页。

是将过去理想化，还是将未来的蓝图理想化，并将之作为社会的目标和标准，要求人们去实现，都是浪漫主义的。如果不止于提倡，而且强制人们实行，那么这就超出了浪漫主义的范围，就成为政治的东西。德国浪漫主义思潮本身仅仅是理论的、文学的和艺术的，为德意志社会造就了别样的精神形态和观念范式。正如人们通过阅读所能体会到，或如洛夫乔伊和伯林所概述的那样，德意志浪漫主义就其现象而论，乃是一大堆充满矛盾而自相反对的观念的集合，它们的现实存在仅仅是观念的，主要展现在文学作品、哲学和历史著作中；它们根本无法整体地付诸现实。如果要将它们的部分付诸实践和行动，那么就需要浪漫主义观念以外的东西。政治浪漫主义并不仅仅是观念的，也并非仅仅是非理性的东西，除了行动，亦包括了相当合理化的高度技术性的因素。理性的偏颇与非理性对社会产生同样的危害。在德意志浪漫主义之后，纳粹主义之前，在德意志土地上产生了许多伟大的科学理论、数学发现和人文社会科学理论，对于这些理论并不能如卢卡奇那样都从中追溯出非理性的性质来。它们与纳粹主义兴起的关系同样需要考虑在内。理性得以真正容身的环境应是对不同理论的平等对待，而不是仅仅排斥一切情感的因素。

沃格林指出，纳粹德国与法西斯意大利一样，它们的"神圣的实质就是民族精神或者客观精神，即经历整个时代而保持不变的最高实在"，作为集体人格的合法性源泉，[1] 其语言是"理性的、统一的、高度发展的"[2]。他认为这种系统的话语来自德国浪漫主义，这显然是偏颇的，因为德意志浪漫主义从任何角度来说都没有高度的统一性。事实上，黑格尔的观念更符合他所描述的特征。

在《法哲学原理》中，黑格尔将君主制的国家视为神物、永世勿替的自在自为的存在，[3] 因为"世袭权和继承权构成正统性的根据"[4]，虽然后者容纳了许多现代国家的因素，但在他看来人民是无定形的东西，唯有

---

[1] 沃格林：《没有约束的现代性》，张新樟、刘景联译，谢华育校，上海：华东师范大学出版社，2007年，第217页。
[2] 沃格林：《没有约束的现代性》，第217页。
[3] 黑格尔：《法哲学原理》，第330页。
[4] 黑格尔：《法哲学原理》，第344页。

君主制国家才赋予他们以统一的力量，正是在这个意义上，"作为国家的人民是具有实体性的合理性和直接的现实性的精神，因而是地上的绝对权力"[1]。这个说法正与沃格林所谓国家为集体人格合法性源泉的说法相契合。黑格尔哲学追求理性的普遍性，但他的普遍性却来自特殊的普鲁士国家制度，他不仅将当时德意志国家的君主制度神圣化，而且认为世界历史也将终结于这样的日耳曼王国。[2] 在这点上，他与历史学派不同，后者主要强调了德意志历史的特殊性，而黑格尔却赋予这种特殊性以普遍性。黑格尔不仅接受了德意志浪漫主义的许多观念，而且也如他们一样，对启蒙运动和法国大革命的许多观念做了变形处理，比如，在他那里，自由乃是等级制的自由，因而在某种意义上恢复了 liberty 的特权意义。所以，试图以黑格尔方案来解决现代社会的设想都或隐或显地包含了等级制的主张。

如果不做这样的区分，而是简单地将纳粹主义归因于德意志历史上曾经出现过的主义、思想、事件和社会结构，忽略这些元素的不同结合、特定的国内形势和国际环境的作用，就既无法真正认识和解释纳粹主义的形成原因、它的特殊性和危害性，也不能准确地理解为其提供了不同思想和社会资源的那些德意志思想、制度和传统等，比如德意志浪漫主义。

德意志浪漫主义时代是一个多样性并生的时代，这种促进原创的多样性一直维持到 19 世纪末和 20 世纪初，而那些彼此冲突和矛盾的观念，无论理性主义的还是非理性的，如何进入了不共戴天的状态，则是一个迄今也并未得到清楚解释的历史过程。二战之后，德国社会恢复了多样性，但是原创的多样性则难以恢复，主流的是庸常的多样性。不过，我们应当记住的是，化为微结构的德意志浪漫主义因素依旧潜隐在德国社会之中。

2023 年 5 月 22 日写成于北京褐石园听风阁

---

[1] 黑格尔：《法哲学原理》，第 393 页。此处根据黑格尔的德语原文有改动，参见 Georg Wilhelm Friedrich Hegel: *Grundlinien der Philosophie des Rechts oder Naturrecht und Staatswissenschaft im Grundrisse*. Frankfurt a. M.: Suhrkamp 1970, S. 498。

[2] 黑格尔：《法哲学原理》，第 407—408 页。

第一篇 哲学

自我与启蒙

第一章
非主体的自我：情感与自由

王 歌

在哲学研究中，浪漫主义长时间处于边缘，被看作文学现象、文化现象，在哲学上构不成体系。而德意志浪漫主义——尤其是德意志早期浪漫主义[1]——不仅对哲学、文学、宗教、历史、政治等提出了带有先知意味的问题，其回应与回应方式也极大地影响了甚至重塑了当今的学术、艺术与社会。德意志浪漫主义以哲学的方式切入很多议题，与时代产生互动。很多民族都有这样或那样的浪漫主义传统，却很少像德意志浪漫主义这般关注哲学，并且以哲学的方式工作、创作并生活。随着时代变迁，随着哲学关注问题的不断改变，德意志浪漫主义的丰盈的哲学遗产具有了特殊的当代性。

德国古典哲学被视作德国哲学的巅峰，也是世界哲学的重镇。在某种意义上，我们可以把德意志浪漫主义看作德国古典哲学的后裔，或者将其视为广义德国古典哲学的一分子。两者密切交织，若是没有对康德、费希特等人的不断研读、评判，若是没有从文学、艺术、语言等其他领域补充哲学的议题，德意志浪漫主义就不会形成他们对这些领域的洞见与贡

---

[1] 德意志早期浪漫主义是指1795年到1804年活跃在耶拿和柏林的文人学者圈，主要包括哲学家费希特、谢林、弗里德里希·施莱格尔（亦称"小施莱格尔"）、施莱尔马赫，诺瓦利斯的哲学思考也是浪漫主义哲学主要来源；语文学家和翻译家奥古斯特·威廉·施莱格尔（亦称"大施莱格尔"）；剧作家蒂克和作家瓦肯罗德。参阅 Lothar Pikulik: *Frühromantik. Epoche - Werke - Wirkung*. München: C. H. Beck 1992.

献。同样，如果不理解德国古典哲学，我们就难以真正理解德意志浪漫主义。

从20世纪70年代开始，迪特·亨里希等学者改变了德国古典哲学的叙述：人们不再局限于从康德、费希特、黑格尔到谢林几位巨擘主导的粗线条、大叙述，而是围绕着自我概念，在丰富文献的支撑下，细致地勾勒出众多学人灿若星辰（Konstellationen）的相互启迪、相互争鸣。耶拿的哲学圈以赖因霍尔德（Reinhold）为中心，围绕康德展开争论，激发了"绝对观念论"，其麾下汇集了众多才俊，弗·哈登贝格（笔名诺瓦利斯）也是以此为契机，记下了他对康德、费希特等哲学的批判反思。[1] 今天的学者将浪漫主义视为对德国古典哲学的"另类突破"，[2] 是具前瞻性的挑战者；或有人将其视为德国古典哲学的"有机环节"[3]。

有学者将德意志浪漫主义分为早期（1797—1802）、中期（1802—1805）和晚期（1805—1830）。早期的浪漫主义最具哲学原创性，越到晚期，保守主义色彩日益浓烈。有人称早期德意志浪漫主义和晚期浪漫主义之间的差异，大于它和古典主义之间的差异。鉴于与德国古典哲学的亲缘性，早期德意志浪漫主义是本章考察的主要时段。

德国古典哲学提出了诸多相互启迪与博弈的系统，浪漫主义试图从中突破。这种出走是否成功，没有定论，然而它们开启了许多可能性：比如情感、语言、想象力、教化、自然、理解等很多问题域。浪漫主义的出走契合了康德对"批判"的启蒙时代的理解：一切都可以并且应当被考察。无论如何，我们都要回归德国古典哲学的问题，在与之对话的张力中，理解德意志浪漫主义哲学。

浪漫主义者认为"自我"是哲学的难题，也是理解与推进那个时代所必须探讨的根本问题。哲学从自然到自由，从外物到自我，经历了漫长

---

[1] 参阅 Manfred Frank: "Novalis' *Fichte-Studies*: An 'Constellational' Approach", in: Michael N. Forster, Lina Steiner (ed.): *Romanticism, Philosophy, and Literature*, Cham: Palgrave Macmillan 2020, pp. 19-104。

[2] Manfred Frank: *Auswege aus dem deutschen Idealismus*, Frankfurt a. M.: Suhrkamp 2007.

[3] Walter Jaeschke und Andreas Arndt: *Die Klassische Deutsche Philosophie nach Kant. Systeme der reinen Vernunft und ihre Kritik 1785-1845*. München: C. H. Beck 2012.

的道路。笛卡尔从"我思"出发，确立哲学思考的原点，也是确保其确定性。自我也是康德哲学的重要概念，表面上看，不同于休谟对"自我"弃如敝屣，康德引入了一个拗口冗长的词儿："统觉的先验统一"，自我成为某种整合功能，是经验得以可能的预设条件，与世界相互支撑。在康德理论的整体建构中，康德更关心自我中与人格（Person）——自由相关的部分。这个自我的面向，构筑了当时的时代精神：批评、自由、启蒙正是定义自我的关键词，而早期的德意志浪漫主义者是沐浴着这样的精神出走并成长的。

18世纪、19世纪之交的几十年间，德国的哲学思潮是在与康德的对话中展开的，费希特不仅在一开始的宗教思想上与康德心有戚戚，在建立他的第一哲学——知识学（Wissenschaftslehre）时，他就是从"自我"概念开始的。所谓知识学有点让人不知所云，知识既不是认识，也不是科学知识，而是关于认识方式与认识得以可能的学说，因而延续着康德在《纯粹理性批判》中的思考。只是费希特的"自我"概念更在第一哲学的层面强调——康德在实践哲学中才大力书写的——"自由"。

早期德意志浪漫主义在哲学上怀有抱负，他们论辩的对象首先是早期的费希特哲学，而"自我"是费希特整个"知识学"的基石。在一个对个体主义习以为常的时代，我们很容易失却理解某些概念的历史感的敏锐触角。哲学家们与当时的文人艺术家们敏感地找到了时代的"关键词"。他们用思想与表达，共同塑造着自己的时代、自己的世界。浪漫主义哲学的主笔之一弗里德里希·施莱格尔将"法国大革命、费希特的《知识学》与歌德的《麦斯特》"概括为他所置身时代的大势所趋。[1] 这种列举很像亚里士多德以来"理论、实践和艺术"的学科分类，知识学是理论，法国革命是实践，而歌德的小说是时代艺术的代表。有趣的是，施莱格尔顶置了（今天已然是历史的）法国人的实践，行动在先。这也契合费希特将"本原行动"（Tathandlung）作为设定自我的第一原理。我们可以从中了解，临近18世纪尾声的德国——乃至广大的欧罗巴——如何被哲学和艺术浸

---

[1] Friedrich Schlegel: „Über Gpethes Meister (1798)", in: *KFSA* Bd. 2, S. 71.

淫，被法国大革命所给予政治的现代价值而鼓舞，尽管当法国入侵德国后，这种振奋转化为义愤和反抗。

浪漫主义者除了在意识思辨层面探究自我，还考察个体生命与历史、时代和永恒的关联，自我同时有了具体的"肉身"，甚至有了情绪与情欲。诺瓦利斯在其康德研究笔记中提到康德的心性（Gemüt）具有整合所有表象、统一所有经验的统觉能力，不是心灵实体（Substanz der Seele）——不是 anima——而是 animus。Anima 和 Animus 都有精神、心灵、心性、生命之意，但却有差异。与后来荣格心理学上的区分不同，诺瓦利斯并非强调前者的阴性，后者的阳性；而是另有侧重：Aminus 在意志和思想层面，具有能动性，Anima 更是生命力本身，是气息，是风，更加具体。不论诺瓦利斯、施莱格尔兄弟、施莱尔马赫，或是谢林，都试图从神话、宗教、诗学、史学等更广阔、更幽微的角度不断探求自我与心灵的诸多侧面。

第一节　自我：设定与否定

早期德意志浪漫主义的代表人物非诺瓦利斯和弗里德里希·施莱格尔（或称小施莱格尔）莫属。诺瓦利斯一生短促而丰盈，他的哲学研究并非专著或者论文，而是读书笔记，主要涉及费希特、赫姆斯特惠斯（*Hemsterhuis-Studien*, 1797）和康德（*Kant-Studien*, 1797）等，而《费希特研究》（*Fichte-Studien*, 1795/1796）占据主要篇幅，多来自阅读费希特1794/1795年版《知识学》时所进行的思考，[1] 被看作早期德意志浪漫主义哲学的翘楚之作。其中对"自我"概念的论述，考察浪漫主义对德国古典哲学以及对当时启蒙的接受与批判所基于的哲学考量。虽然这部作品并未成书，只是笔记断篇，但是它不仅系统地梳理了费希特知识学，也以"极

---

[1] 诺瓦利斯在《费希特研究》中主要涉及费希特的《论知识学或所谓哲学的概念》（1794）、《全部知识学的基础》（1794—1795）及《略论知识学的特征》（1795）等作品。参见 Herbert Uerlings: *Friedrich von Hardenberg, genannt Novalis. Werke und Forschung*. Stuttgart: J. B. Metzler 1991, S. 115。

其细致的概念工具"，提出了自己的不同理论。[1] 诺瓦利斯的思考方法和结论，也浓缩了早期德意志浪漫主义的特质。

面对笔记、断篇、译稿，人们有着几重的不确定。作者所述能代表其意图吗？作品是通常的完整作品吗？编者的视阈与意图能在多大程度上施加影响？读解诺瓦利斯的作品要时时权衡这几个问题。

《费希特研究》的接受与遗作的编撰史紧密相关。诺瓦利斯的好友蒂克和小施莱格尔在1803年仓促将其编辑成书，使原作面貌含糊，歧义重重。考虑到浪漫主义一直倡导并实践协同创作（Sympoesie），也无可厚非，毕竟德意志浪漫主义理解的"自我"和"作者"，与今日"作者"威名下的版权和主权意识相去甚远。直到20世纪60年代历史批评版陆续出版，诺瓦利斯的形象才被渐渐更正。之前被视作思维跳跃的天才诗人，如今同时也被视为严谨而彻底的思想者。他兼备自然科学的训练、诗人的敏锐资质和哲学思想者的刨根问底，步步为营。这个接受史上的修订，或多或少也扭转了人们对德国早期浪漫主义的理解范式。

诺瓦利斯试图通过细读费希特，也通过反思康德的批判哲学，把握当时的哲学议题。他的哲学文本所展开的对话，包含费希特如何理解康德，他如何理解康德，他如何理解费希特，又如何批评费希特，他如何与有意创造浪漫主义思潮的同仁们有共同的思考，又如何存在分歧。这些层面交织在文本中，一方面代表某种年轻锐气的浪漫主义者的质疑，另一方面也呈现出广义德国古典哲学内部的差异。

费希特虽然深受康德影响，但是他不认同自然与自由、物与我的割裂。在费希特看来，康德的"物自体"是个迷思，即便在哲学构架上，它通过界定而被悬隔，本身仅是公设，但是"物自体"使"我"处于被动，由"主"沦为"客"。即便在"先验哲学"的实践理性那里，主体自由位于核心，但在理论层面，我与物、主与客，由此被割裂了，这是无法弥合的割裂，根本的割裂。费希特的自我要吸纳物自体，从自我中创造出物自体，化解康德哲学中的主客张力。"物自体是为我而在的东西，因而也在

---

[1] Manfred Frank: *Einführung in die frühromantische Ästhetik*. Frankfurt a. M.: Suhrkamp 1989, S. 249.

自我之中，它若是不在自我中，就会产生矛盾，可是尽管如此，作为必然理念的对象，它还是应该为我们所有的哲学思考奠定基础。"[1] 人不是造物，而是造物主，于是，他使用的"非我"，是在概念上改造"物"，物虽然否定我，但是由我而生的。

诺瓦利斯认同费希特的批评：康德未能解决感性（我）与超感世界（物自体）如何建立关联的问题。"凭借洞见的事实明见性，康德的哲学思辨止于思辨所能企及的至高点，感性世界和超感世界必须以一个关联两个世界的原则——亦即一个纯粹生成的、绝对创造并规定两个世界的原则——作为基础。"[2] 虽然纯粹反思可以考察自我意识，但却无法给它奠基。主体能够事后综合（Synthesis post factum），却没有创造，费希特要通过太初有为的——"本原行动"（Tathandlung）来弥合两者。"本原行动"创造了最初意识、自我和他者的理智直观，这个原初包含着作为完成时的"行为后果"的事实（拉丁文的 factum，德文的 tun-Tat）和行为的进行分词"（Handeln-Handlung），本身即是发端，也是延续，也是结果，是在当下发起并贯穿始终的自由行动。换句话说，诺瓦利斯和同时代的其他浪漫主义者们一样，要行动，要创造，要成为鲜明的"我"。因为他们要哲学地理解与表达出"我"与世界、与物究竟是怎样的关系。

尽管浪漫主义者们在社会和艺术实践上张扬自我的自由创造，但是在哲学上，他们并非对"自我"的能力毫无质疑。小施莱格尔写道："哲学是一项实验，每个要进行哲学思考的人都必须一再从头开始。"其他科学可以接受前人的结论，继续前行，哲学则不同，它必须重回零点。这个从头开始不是臆想、悬设、猜想，而是绝对的，"我们的每一步都是必然的"。在小施莱格尔眼中，费希特"绝对自我"的设定是一种悬设，难以避免任意性。

在《论知识学的概念》前言中，费希特称："以下研究除了一种假设的有效性（Hypothetische Gültigkeit）之外，并不要求任何其他的有效性。"知识学是"假设确立的概念"（Hypothetisch aufgestellter Begriff）。此外他

---

[1] 费希特著作引自 Johann Gottlieb Fichte: *Fichtes Werke*. Hg. von Immanuel Hermann Fichte. Berlin: Walter de Gruyter 1971。后文将用 *Fichte Werke* 表示该版本的费希特文集，并相应标注出卷数与页码。此处参见 Fichte: *Grundlage der gesammten Wissenschaftslehre*, in: *Fichte Werke*, Bd. 1, S. 283。

[2] 参见 Fichte: „Die Wissenschaftslehre", in: *Fichte Werke*, Bd. 10, S. 111。

在§1也提出"系统形式对于科学纯属偶然，前者不是科学之目的，而仅是实现目的之手段"。这是因为基本原理若是可证实，它就不是原生的，而是衍生的，因而费希特称每种科学都有一个无法证明的基本原理。这不是科学的窘境，而恰好是科学自由的端点：科学不是发现现实中的规律，而是通过精神自由所创造出来的知识。由于原生性，而非衍生，知识学中设定的"自我"是自己创作，自我是作者，这种反身结构是自由自我的形式，是自治，也是德国古典哲学的形式上的基因。自我的自由也带来了"我"的不确定性，形式的确定性与内容的不确定性是第一原理"自我"的自由属性所带来的。

诺瓦利斯对费希特进行细致的分析，他更关心通过"我"完成物我统一或一致性的问题，费希特想通过本原行动融合主体和客体、感性和超感世界。在《费希特研究》中，诺瓦利斯从各个侧面反复追问"自我设定"何以可能：

> 命题"A是A"无非就是一个设定、区分和连接，它是哲学的平行结构。为了更清晰而区分了A，建立了作为普遍的"是/存在"和作为特定的"A"，但是这个同一性的建立只可能在一个假象命题（Scheinsatz）中成立。经由A是A，"A"被一分为二，被置于存在系词的两端。为了表现同一，我们离开了同一。[1]

"A=A"是费希特自我概念的出发点，这个逻辑命题说明，当A被设定时，A存在。由此，存在与通过"本原行动"奠定存在是同一的。诺瓦利斯认同费希特的"行动与存在"（Tätigkeit und Sein）同一，他不认同的在于其他地方。

在考察费希特的基本命题时，诺瓦利斯将等式中的系词"是"或者"="问题化。"是"通常被认为"存在"，或被赋予真值的判断，但这个"是"只是在命题中的"视之为"，以之为是，似是而非。因而，所谓"等于"只是"相对"地等而视之。当通过系词"是"，将A与作为表语的

---

[1] Novalis: „Fichte-Studien", in: *Novalis Schriften*, Bd. 2, S. 104.

"A"等同时，人们必须先预设 A。然而，只有被连接起来比较两者，才会比较其间的差异，只有存在差异，它们的同一性才有意义——才不是同义反复（Tautologie），而是有差异的相似性（Analogie）。在这个意义上，系词表达了"更为深刻的差异"。[1]

诺瓦利斯质疑语言表达真理的限度，能指和所指分属"不同的域",[2]它们之间的关联相当任意。

费希特从"A=A"的基本形式命题推导出意识的基本原理"自我＝自我"，即"我存在"是"我设定"的直接结果。人是生产者，生产自身，因而是积极生活的人（vita activa），而非意识哲学中认识世界并认识自我的人。这里的设定是无前提的（Setzung ohne Voraussetzung）自发性，没有外在原因，是没有基底的奠基行动（Grundlegung）。没有自由行动，既无自我，亦无世界。世界不独立于我们存在（Sein an sich），而"应"是自由精神创造出来的。

诺瓦利斯——连同与他心有戚戚的德意志浪漫主义者——非常赞叹无前提的自我设定中蕴含的自由，他们在这个无前提中呼吸到启蒙时代精神性的东西。但是诺瓦利斯也指出，费希特在解释"设定"时，自我和非我的关系存在问题："费希特岂不是任意地把一切都纳入自我的囊中？凭什么？没有另一个自我或者非我，自我如何把自身设定为'自我'？"[3]

在第二次世界大战之后，列维纳斯将这种从"自我"出发的西方哲学传统概括为"我学"（Egology），他在这种自说自话中找到历史灾难的思想症结：主体的自发性，以自我为中心，将他者/他物还原成"我"、我思、我的所有物，认识对象是认识主体的战利品。只有这种同一化之，才能把无限的世界囊括为"整体"。德里达也称整体是"世上一切压迫的起源和托辞"，从古希腊以来一直主导着西方形而上学。[4] 诺瓦利斯——连同

---

[1] Novalis: „Fichte-Studien", in: *Novalis Schriften*, Bd. 2, S. 265.
[2] Novalis: „Fichte-Studien", in: *Novalis Schriften*, Bd. 2, S. 108.
[3] Novalis: „Fichte-Studien", in: *Novalis Schriften*, Bd. 2, S. 107.
[4] Jacque Derrida: "Violence and Metaphysics: An Essay on the Thought of Emmanuel Levinas", in: Claire Elise Catz (ed): *Levinas: Critical Assessments of Leading Philosophers*.Vol. 1: *Levinas, Phenomenology and His Critics*. London: Routledge 2005, pp. 88-174, here p. 92.

施莱格尔兄弟——却早早辨析出理性狡黠的一面，看出未有反思乃至反讽的"主体"潜藏着怎样的强力。

诺瓦利斯认为费希特的本原行动——对自我的前反思设定——已经是推导出的非本原的行动。当自我设定自身时，自我应当已然存在，费希特的自我设定的直接性与反身性不能兼容。诺瓦利斯如何解决自我的难题呢？如果自我在自我设定之前就存在，自我如何被知觉？出于对同一性（身份）的质疑，同一中已然包含了不同，包含了判断，不再是本真的所是，诺瓦利斯曾断言"我并非通过自我设定，而是通过自我放弃而存在"。[1] "我从根本上什么都不是"（Ich ist im Grunde nichts）。[2] 他关切的不仅仅是真实的认识，而是真实的自我，有"真心"或者"情感"的"生活"。

第二节　情感与想象

费希特提出三个绝对：绝对自我、绝对非我与纯粹设定的绝对能力，它们均可以被表象。费希特将表象看作哲学"最高的绝对原初的行动"[3]。诺瓦利斯则不这样看，他认为表象与反思都是"反身"状态，直观与情感才具有直接性。这个反驳表达了诺瓦利斯对费希特奠基问题的怀疑，他的替代解决方案在于"情感"（Gefühl）："我不知道的，却能够感受到，我相信，自我感受作为内容的自身（Selbst）。"[4] 当自我除了质料别无形式时，在认识开始之前，情感就已然能感受。只有直接的情感和信仰才能够通达原初的存在。自我原初的"内-在"（Inne-sein）不像费希特的原初意识、自我直观或者理智直观，而是带有神秘色彩，只能通过情感直接体

---

[1] Novalis: „Fichte-Studien", in: *Novalis Schriften*, Bd. 2, S. 196.
[2] Novalis: „Fichte-Studien", in: *Novalis Schriften*, Bd. 2, S. 273.
[3] Fichte: „Darstellung der Wissenschaftslehre", in: *Fichte Werke*, Bd. 2, S. 151.
[4] Novalis: „Fichte-Studien", in: Novalis: *Schriften*, Bd. 2, S. 105.

会的东西。[1] 情感才是母体，它产生了主体、客体和知觉能力。情感提供了"最初的动机"，也提供了自我关涉的空间。"反思只能在情感中建立其纯粹形式。"[2]

诺瓦利斯在第一哲学中重申"情感"概念的重要性："哲学的原初是情感……情感的边界也是哲学的边界……情感似乎是第一位的，反思是第二位的。"[3] 如果感觉是意识的原始模式，那么它就不可能是反思性的，否则它就不再被称为根本。

正是情感的被动性，不是自我的"本原行动"的单一主动性，构成哲学的起点。但是随后产生的问题是，情感如何完成费希特通过理智直观的"本原行动"试图解决的问题？

因此，让我们一窥诺瓦利斯摧毁费希特的不可分割的绝对我的过程。

如上所述，诺瓦利斯将"A=A"、"我是我"以及"我—设定"和"我—存在"的身份分别暴露为一种假象的设定。而诉诸可感的情感，体现了对这种存在和我的泛抽象化的抗议。

通过新引入的感觉维度，诺瓦利斯将不可触摸的"我"剖析为质料和形式。在本源行动中，智性设定的行动也是以感觉和思考的互动为前提的。这里的悖谬在于，如果自我或本源行动可以被证明，它们就不再本源，而哲学又迫于证明无法被证明的东西，因为证明本身也依赖于此。

诺瓦利斯认为，情感与反思的共同作用构成了费希特的"本原行动"，因而"本原行动"算不上奠基性的本原行动。

> 本原行动结合了反思与情感，其形式属于反思，内容属于情感。它发生在情感中——其方式是反思的。想要呈现情感的纯粹形式是不可能的。[4]

---

[1] Christian Iber: *Subjektivität, Vernunft und ihre Kritik. Prager Vorlesungen über den Deutschen Idealismus*. Frankfurt a. M.: Suhrkamp 1999, S. 107f.
[2] Novalis: „Fichte-Studien", in: *Novalis Schriften*, Bd. 2, S. 116.
[3] Novalis: „Fichte-Studien", in: *Novalis Schriften*, Bd. 2, S. 114.
[4] Novalis: „Fichte-Studien", in: *Novalis Schriften*, Bd. 2, S. 116. 需要说明的是，诺瓦利斯在此使用"Urhandlung"（或可译为"原初行动"）来指称费希特的"Tathandlung"（"本原行动"）。

本原行动、理智直观,被费希特归属于理性,而诺瓦利斯则加入了提供内容的情感,不仅如此,反思也一直作用其中。他认为,费希特的问题在于:把"状态的我"仅仅当成了"对象的我"。理智直观从情感处获得质料,从反思处获得形式。自我之在(Ich-Sein)是状态,而自我设定(Ich-Setzen)对自我做了物化地处理,将其视为"对象"(Objekt)。

这里需要界定一下"状态和对象"(Zustand und Gegenstand)[1]这对诺瓦利斯较为常用的概念。

    I.   对象的形式本身   /关系和模态
           动态的和
    II.   状态[的]形式本身——   /量和质
           数学范[畴][2]

诺瓦利斯在搭建自己的概念时,参照了康德的知性先验范畴中的量、质、关系和模态。

Zustand(状态)意味着自我或自然之"在",它是自在的,无关联、也不受制于条件。由于认识在于建立关联、陈述命题,那么状态由于没有关联,并不是认识对象。量与质都是抽象的,尚不具备空间,也不具备时间。空间和关系、模态与时间是相关联的。

由于设定/行为创造了——主体与客体之间的——关系,从而也创造了对象。而状态尚未有主客的分疏,因而"状态"显得比"对象"更为原初。

通过行动、互动,状态不复存在,而是被卷入关系、运动和条件。诺瓦利斯在此处论证"状态"与"对象"的关系,与处理"情感"与"反思"可类比观之。

当状态被反思,如同此处正在发生的一般,那么"状态"到底是"状态"还是"对象"呢?通过这对概念区分,诺瓦利斯质疑费希特,在《知

---

[1] Novalis: „Fichte-Studien", in: *Novalis Schriften*, Bd. 2, S. 208.

[2] Novalis: „Fichte-Studien", in: *Novalis Schriften*, Bd. 2, S. 213.

识学》中的本原行动已然是反思后的产物：

> 行动是本真的现实性。
> 无论对象，还是状态，都无法单独地、**纯粹地**被思考。[1]

行动（Tätigkeit）就是现实（Realität），而且是原本的、真正的现实。正如维特根斯坦在《逻辑哲学论》一开头提到的"事实"："世界是事实的总体，而不是事物的总体。"事实（Tatsache）是所做之事，英语中 fact 源自拉丁文 facere（做）的完成时。我们的行动是因，事物是果。因而，世界中的事实是我们行动的后果。这是一个重要的概念，使得我们从自身的意愿和能动的视角看待世界，而不是把世界看成"现成之物""对面之物""对立之物"（Gegenstand），或是全然的他者，而是"我"的意愿与行为的后果。

如果行动（或能动）只有在"主客之间"被思考，状态的意义到底做何解呢？

诺瓦利斯在进一步的意义上反转了"状态"与"对象"之间的关系，恰好就是通过反思，而反思在词源上意味着反射、反转（Rückbeugung）。

> 反思后的对象与状态转化了其本性——不再是纯粹的对象与状态，而是被反转了，各自显得像对方。存在着一个纯对象、纯状态，以及反思后的对象与状态。
>
> ……
>
> 纯对象是行动者，反思对象是非行动者；状态亦可如此区分。能动的是反向受动的，被动的是反向能动的。[2]

不反思就无法被思考。而为了反思"前思"，反思"思的原初"，就不得不反思，经由"反思"，"前思"就变成了"后想"，表达无法表达，将无条件置于特定的条件下，岂不是一项不可能完成的任务？岂不是将自己

---

[1] Novalis: „Fichte-Studien", in: *Novalis Schriften*, Bd. 2, S. 214.
[2] Novalis: „Fichte-Studien", in: *Novalis Schriften*, Bd. 2, S. 213.

卷入了悖谬？诺瓦利斯再次诉诸"反转次序"（ordo inversus）的方法。

为了能描述反思后的"后反思状态"（reflektierter Zustand），诺瓦利斯引入了一个新规定：

> 所谓存在，就是经由行动而在。只要存在着对象与状态，它们就受制于行动的法则，亦即它们是行动的。[1]

行动将主客（主体与对象）分疏对立起来。如何理解其中"状态"的状态呢？在行动之中，"阻碍/抵抗行动"（Tätigkeit des Widerstandes）属于对象，而"概念的能动"（Tätigkeit des Begriffs）则属于状态。[2]

尽管时间上具有同时性，在认识上，先有对象，再有状态；在逻辑上，先有状态，再有对象："前者只能经由后者被认识，后者仅能通过前者被奠基。"我们只能在后果中反溯前因。在反思中**对象**在先，因为经由**对象**才能认知**状态**。"反思对象是主动的，因而是促发的——而反思状态是作出反应，因而是被动的。……每件事物都同是对象和状态。"[3] 这里"同是"对象和状态，只有经过认识上的从后向前，再从奠基角度的前后反转，才能得出。

在梳理了状态和对象这对概念的"反转次序"之后，我们重新回到"情感"上。

情感先于反思，它并不设定，因而无法被认知或理解，一如上面提到的**状态**，它不反思，而是接受性的。由于**情感**"不自我感觉"[4]，所以它不被反思。诺瓦利斯对这一点穷追不舍：如果情感不能被感受，如何能对情感进行哲学思考？如果我们试图描述情感，甚至用概念去把握它，除了情感在反思中呈现的晦暗不明，我们如何亲近情感呢？如何用情感来奠基呢？

情感不是意识的现成物，情感甚至也无法被独断地假定为是前意识

---

[1] Novalis: „Fichte-Studien", in: *Novalis Schriften*, Bd. 2, S. 215.
[2] Novalis: „Fichte-Studien", in: *Novalis Schriften*, Bd. 2, S. 215.
[3] Novalis: „Fichte-Studien", in: *Novalis Schriften*, Bd. 2, S. 218.
[4] Novalis: „Fichte-Studien", in: *Novalis Schriften*, Bd. 2, S. 114.

的。相应地，情感与意识以及反思的关系不是自足的，需要在对照与反转之间进行梳理，正如之前状态与对象的反转提供的路径。

> 它（情感）只能在反思中被考察——情感的精神由此可见。……直观被情感和反思一分为二。未应用时，直观保持一体，应用时则分疏为倾向和成品。倾向属于感觉，成品属于思考。主体的属于情感，客体的属于反思。[1]

诺瓦利斯给予情感以独特的位置，情感和反思构成了认识的平等且相互关联的两极，它们共同作用于直观。此外，两者还被赋予了不同的属性，而这些属性在之后的思考中被再次反转。

> 情感：具有倾向、（潜在）能力、被动性和主体性；
> 反思：包括成品、应用、能动性和客体性。

诺瓦利斯的概念设定独具特色，他不对单个概念给出明确界定，而是通过成对的概念，甚至几对概念进行细分、类比，从而在定义中引入关系，通过差异确立同一。如果一味追究概念泾渭分明，就会与其思路失之交臂。在梳理《费希特研究》时，一开始我们会为不断转换的内涵与外延感到困惑，但是顺着其思路，线索会次第明晰起来。

为了避免概念上的混淆，我们可以将"前反思的情感"与"反思的情感"区分开来。在质疑费希特的"自我存在"和"自我设定"是否同一时，诺瓦利斯诉诸的是前者，在论及与反思的共同作用时，情感则成了后者。

对情感进行思考，难道不已然是反思吗？两种情感实际上难道不都是反思后的情感吗？一个是反思的"前反思的"**情感**，另一个是反思的"反思的情感"？

这里与其说通过对"情感"概念的细分解决了"情感"的前反思，不如说显示了反思"前反思的情感"的悖谬。

---

[1] Novalis: „Fichte-Studien", in: *Novalis Schriften*, Bd. 2, S. 114.

面对这样的难题,诺瓦利斯的挚友弗里德里希·施莱格尔进入一种无限回溯,而诺瓦利斯则要在"情感"和"反思"间的"往复指向"中来解决问题,"反转次序"(ordo inversus)再次得到运用。

关于反思,不论小施莱格尔,还是诺瓦利斯,都强调了两者关系僵持不下的悬浮状态。事实上,一开始提出的关于"**情感**"的地位问题,仍然没有得到回答。

目前,一方面,"情感"在时间上先于"反思",但仅仅是假设;另一方面,"情感"不能与"反思"分离。

接下来,我们继续通过诺瓦利斯突出的思想方法之一"反转次序"来看"情感"是如何被进一步追问的。

第三节　反转次序

Ordo 在拉丁语中意为"秩序"和"次序",inversus 意为"反转""倒置"。两者一起意味着"颠倒顺序""反转次序"。直观地说来,类似镜像,或者照相。图像在取景拍摄时,底片被颠倒,之后要经过次序的再次反转,回溯到正片,在诺瓦利斯那里,反转不是一次性的,而是在反转中不断相互参照,使得所谓秩序不断重估,不断调整。这是诺瓦利斯哲学思考的方法。

前文在分析"状态"和"对象"这对概念时,已经采用了"反转次序"的方法,接下来,我们试图通过"反转次序",重构诺瓦利斯对"情感"原初意义的论述。

> 普遍规则。在绝对自我中一体(Eins)的,是根据绝对自我的法则在主体中分离的(getrennt)——或者更普遍地说,在绝对自我与间接自我那里同样有效的,只有**反转次序**(*Ordine inverso*)。……绝对的本原行动既无正题,亦无反题或合题。它只是类似于反思形式。而

对于反思来说，本原行动是以合题开始，以正题结束。[1]

如果出发点是绝对自我中的一体（Eins）；它既不构成论题，也无法形成对立面，更谈不上综合，即无所谓"正 – 反—合"。它也许最容易被想象为一个无差异的原始同一——但是并不因此排除相互作用，哪怕仅仅是潜在的分裂的张力。甚至所谓的"一"，都是分离出的，反转出的。是与"多"相互反转出的"一"。因而对于反思，合题乃是开始，正题"一"是反向推论的结果。

首先产生的不是主动的行动，绝对行动不可思议。一旦可思，必然可感，是在混乱和晦暗中萌生的受动，即感受，即情感。在原初行动中，情感是质料，反思是形式，两者在自我中同时一分为二，又合二为一。情感奠基了本原行动，而后者反过来使情感变得可识别。因而情感是原生的，反思是次生的。

然而，依据反转的方法，随后原生的情感和次生的反思被颠倒过来。因为情感只有在反思中才能被思考、被描述，因而反思成为情感的基础。在这个意义上，情感一方面被反思所消解：对难以把握的情感进行把握，将情感的"前思"变成"后想"，但是同时，反思又重构了情感。

这是**反转次序**的第一步。

> 我还是想弥补（存在）——使本原行动与自己相互作用。本原行动的相对第一个行动，它的相对的建构，原本是第二个行动；而它的相对第二个行动，走向成为什么（Was）的一步，原本是第一个行动。后者是原初绝对的，前者是相对绝对的——但两者前后必须被颠倒过来。[2]

为了重新还原颠倒的次序，需要对反思再次进行反思。将"相对绝对"与"原初绝对"区分开来。在18世纪下半叶19世纪上半叶的系统哲

---

[1] Novalis: „Fichte-Studien", in: *Novalis Schriften*, Bd. 2, S. 128f.
[2] Novalis: „Fichte-Studien", in: *Novalis Schriften*, Bd. 2, S. 122.

学那里，存在着令哲学大家趋之若鹜的艰难任务，即寻找奠基，寻找开端，寻找原初的绝对性，这与西方文明一神教的创世说传统息息相关，上帝"无中生有"的创造，要通过哲学思辨来呈现，并且得到理解。而原初绝对作为思维创造的成果，便不再原初，也不再绝对。这其中的悖谬——至少在诺瓦利斯那里——通过"先后"的次序颠倒得以揭示。

"相对绝对"被赋予同样的重要性，它要回溯地指向本源。然而哪个是本源呢？所谓的本原行动是相对的，其实已然是第二个行动。然而，倘若没有它，绝对的第一个行动将无踪迹可循。由于本原行动是直接的，无中介的，无端的，因而只能通过第二个行动，间接地否定性地回溯第一个行动。

第一个行动在这里如果是反思的话，绝对原初的行动则是指情感。前者可以说是后者的踪迹。因此，绝对者只能被否定地和事后回溯地认识或描述。

以上是**反转次序**的第二次反转。

在接下来的断片中，**反转次序**被继续下去：

> 现实只有通过关系、形式、假象——否定来认识现实。/
> 存在的形式就是非存在——非存在的形式就是存在。/
> 非存在的关系就是存在。因此，真理，实存就是假象的形式，非存在的形式，并且假象即实存的形式。[1]

第一次反思赋予存在以形式，从而将其转化为非存在。非存在不可避免地与现实相混淆，并产生了假象。

第二次反思否定了第一次反思，将非存在转化为存在。然而问题是，经过两次逆转，还能认识真正的存在吗？

意识只是表象了"存在中的存在的图像"（ein Bild des Seins im Sein），[2] 不论它被辗转颠覆多少次，它仍然是一个图像而已，因此仅仅是假象。

---

[1] Novalis: „Fichte-Studien", in: *Novalis Schriften*, Bd. 2, S. 181.

[2] Novalis: „Fichte-Studien", in: *Novalis Schriften*, Bd. 2, S. 106.

> 直观和表象不过是假象。因而，一切思维都是假象的艺术。……所有的思想物都是假象物——原始形式，所有的感觉物也是如此……假象从真理处得到它的质料——真理从假象处得到它的形式。假象是否定——真理——现实。[1]

诺瓦利斯反复强调反思的假象特质和中介性质，却不能弃绝它。

对待假象也是如此。一种假象只能被另一种假象所取代、反转或废除，通过这样的不断反思，诺瓦利斯不仅解构了反思、情感、真理和现实，而且还重构了它们。这里他诉诸的构造能力就是想象力——用假象来创作。

对于中国读者而言，"假象"是个非常扰人的概念，因为用了带有价值倾向的"假"一词，便让人觉得远离"真"，仿佛假象就是误导人远离真理的。德文中的 Schein 一词在日常语用中包含以下几层含义：显现，间接来自某个光源或者发光物的反射；不明晰，暧昧；被当作真的不实之物；也有降为二维的意思——比如纸钞也用这个词。由于语言的隔膜，Schein 的间接性，即间接来自真理代名词的"光"的含义就在转译中失落了。而其中蕴含的间接性、关系性和反转性，更是诺瓦利斯的哲学特点，这一特点也彰显在其他早期德意志浪漫主义者的思想与创作中。

第四节　经由想象力——回到生命本身

在诺瓦利斯看来，想象力应该取代费希特的本原行动，解决奠基的动力问题，弥补情感和表象的被动性。

> 情感、知性和理性在某种意义上都是被动的……相反，只有想象力是力——唯一主动的——使动的。[2]

诺瓦利斯在提到哲学的魔力时，同样强调了想象力的作用。其主动性

---

[1] Novalis: „Fichte-Studien", in: *Novalis Schriften*, Bd. 2, S. 181.
[2] Novalis: „Fichte-Studien", in: *Novalis Schriften*, Bd. 2, S. 167.

之所以重要,在于想象力不是由相应的外在对象所唤起,因而不受制于所谓"机械性法则",想象力具有一种有机的、综合性的魔力。诺瓦利斯不满意于费希特的本原行动仍然受制于知性的框定。想象力不是源自知性,而是源自情感。对于诺瓦利斯来说,情感既创建意识,也创建存在。情感、表象和想象力"总是一同作用——构成经验意识"。

> 一切存在,一般存在,无非是自由之在(Freisein)——在必然结合、又必然分离的极端之间悬浮往复。一切现实都从这个悬浮往复的光点流溢而出——这个光点中包含了一切——客体和主体均由它而生,而不是它通过它们。
>
> ……存在,自我存在,自由之在和悬浮往复是同义词。[1]

客体和主体不是由现实,而是由想象力的悬浮往复(Schweben der Einbildungskraft)产生。存在,一般存在,之所以极端,因为存在充满悖谬:同时包含生与死、对与错、是与非、升腾与沉沦,存在之"是"在于它既是又非,似是而非。因为两可,因为悖谬,所以自由得以可能。自由在这些必然结合、又必然分离的极端之间游移往复。想象力是"绝对综合",既不是潜在的倾向,也不是实现的成品。想象力(Einbildungskraft)是"力",构建着,塑造着,化多为一,合二为一(ver-einen)。想象力在充满张力的二元概念——譬如直观与表象、情感与反思、状态和对象等——之间往复。正是这个间域(Zwischensphäre)形成了想象力的产品:这个"之间"的"往复"形成了实际的"现实领域,或严格意义上的事实领域"[2]。就像通过物体振动产生的声音一样,现实是在两端之间的不断折返中产生的。

想象力被赋予如此地位,不免让人疑惑。因为我们是在用不同的语言思考"想象力",即便在德语的语境中,也有"Einbildung""Imagination"和"Phantasie"作为同义词。"Imagination"更强调心灵之眼创建内在图

---

[1] Novalis: „Fichte-Studien", in: *Novalis Schriften*, Bd. 2, S. 266f.

[2] Novalis: „Fichte-Studien", in: *Novalis Schriften*, Bd. 2, S. 225.

像的能力，重在"像"。"Phantasie"则更突出如梦如幻的"想"，非实在的"想"。"Einbildung"是德语独有的，意为"统觉"，综合为一体的能动的作用，如若没有这"构图为一"，便是无法被心灵成"像"的杂多，便无法"存在"，而是非现实。诺瓦利斯的这个"一"（ein-）无时无刻不在"一分为二，合二为一"，在端点之间争执并调和着。

德语的"想象力"即便翻译成其他西方语言，恐怕也要在翻译中迷失。我们可以试着勾勒出诺瓦利斯的想象力概念的若干面向：

1. 想——的综合性
2. 像——的图像性（幻相）
3. 像——的现实性（实相）
4. 力——的能动性
5. 两端之间的往复

行至此处，我们不得不产生这样的追问：是否存在比想象力的产物更真实、更原始的现实？依照诺瓦利斯的说法，就是活生生的在，或者更确切地说，是生命，不是哲思或言谈。

通过悬浮往复的想象力，生命在不竭的动态中不断被重塑。即使回溯式的追问试图获得确凿而明晰的路径，诺瓦利斯最终还是放弃了它。"一切对原初第一的找寻都是无稽之谈——它是一种调节性观念（regulative Idee）。"[1] 调节也意味着一时一地，一彼一此。因而，想象力的往复运动，还在继续着，没有给出究竟而绝对的答案。

诺瓦利斯再次强调了反思的无解难题：理性的内容和形式不相容。通过严格的限定而勉强获得的哲学上的确定性，既无法回溯至本源，也无法臻至绝对。用他的说法，哲学"不应是本源史，而必须是——并保持——直接存在的法则"。[2] 由于往复运动只能在当下发生，朝向未来，诺瓦利斯将奠基哲学的问题消解了。哲学不是本源，而是另一种开端，一种直接存在的开端。第一哲学不再是回溯性的，而是当下发端并定夺。早期浪漫主义的基调与其说"好古"，不如说出于迫切的现实感，以乡愁召唤未来，

---

[1] Novalis: „Fichte-Studien", in: *Novalis Schriften*, Bd. 2, S. 254.
[2] Novalis: „Fichte-Studien", in: *Novalis Schriften*, Bd. 2, S. 254.

以当下的诗作重写历史。

哲学应将视线投向他处，它要处理的不是表象和概念（Vorstellung und Begriffe），而是想象力和表现力（Einbildung und Darstellung）。

> 如果还有一个更高的领域，那么它就介于存在和非存在之间——往复在两端之间——一个不可言喻的领域，在这里，我们才能把握生命（概念）。生命无非人死物质尚在，如果我可以这样说的话，物质和毁灭之间的中间环节消失了——物质没有了规定性，什么都能自行其是，自我处置。
>
> 哲学在这里止步，也必须终止——因为生命之妙恰恰就在于此，在于其无解（引者注：无法被概念把握）。[1]

存在与非存在，以生命经验而言——生生死死，方生方死。通常，非存在被理解为存在的终结，然而生命恰恰是由存在与非存在的悖谬共同构成的，或者说生命在于两者之间的往复。位于存在与非存在之间的所谓更高领域，是无法命名的：不是实存，而是关系、流变、动态更为原生，它可能既是生命也是某种超验/先验/超越（Transzendenz）。诺瓦利斯区分了存在与生命。存在是观念的或质料的现成品，可以被哲思反复掂量，如琢如磨。在生活面前，哲学捉襟见肘，在自己的圈套里反复反思。浪漫主义者张扬美学大有深意，在第一哲学的意义上，情感依然被固守，因为情感——感觉的、情感的、美学的（das Ästhetische）——在建构人的伦理、存在、政治、审美方面具有奠基性意义。

然而哲学并未被束之高阁，而是作为激发往复互动的一极。诸如"上帝""生命""不可言说""幽暗"等语用恰好表明了哲学和美学之间的缓冲地带。[2] 同时，想象力和表现力在哲学和艺术、信仰和生活之间架起了桥梁。

如果我们把表现力看作想象力的外在形式，那么与反思一样，表

---

[1] Novalis: „Fichte-Studien", in: *Novalis Schriften*, Bd. 2, S. 106.
[2] 参阅 Hans-Wilhelm Eckhardt: „*Wünsche und Begehrungen sind Flügel.*" *Die Genesis der Utopie bei Novalis*. Frankfurt a. M. u. a.: Peter Lang 1987, S. 56.

现力面临着形式与内容不可弥合的紧张关系,"自毁式的自我动能"（selbstzerstörerische Eigendynamik）[1]。

> 通过自愿放弃绝对,我们的内在产生了无限的自由活动——这是唯一可能的给予我们的绝对,并通过我们的无能为力去企及和认识某个绝对,我们才会发现它。这个给予我们的绝对,只能消极地被认识,即只有通过我们的行动我们才能找到,我们所寻找的东西根本无法通过行动企及。[2]

诺瓦利斯认为克制对绝对的迷信,甚至放弃对绝对的孜孜以求,才可能启动内在的无限。不是出于无能为力,而是出于自由、自愿。因为真正的绝对和无限,如果被理解为外在的,人就将自甘奴役,因而会丧失自由。人所具有的唯一的绝对性、无限性,就是自身的自由能动性。我们无法找到想找到的无限性,非但没有否定我们的寻找,反而是一种证实:找不到,是因为我们找的乃是一种绝对,若是找到了,便只能说找错了。这便是悖谬之处,也是所谓消极的证明。知其不可为,而为之。为之,方知不可为;知之,方知不可知。

"对绝对的放弃",但是并不放弃对绝对的寻找。在某种意义上,将绝对融入自身生命的实践中,也揉入对绝对的想象与创造中。不存在现成的绝对、完整、完美。理解的碎片性质被运用在浪漫主义文学的体裁和诗作中。承认我们不完整的认知、体悟不堪的生命经验,反而会释放"我们内心无限的自由活动"。诺瓦利斯没有绕开"难题",面对未解,能做的是呈现疑难。没有劳作,就没有徒劳无功,而徒劳的收获,便是深深经验并理解徒劳。这是诺瓦利斯给予哲学反思的寓言般的表述。诺瓦利斯称之为"中断对基底的认知冲动"[3]。而浪漫主义者几乎"娇媚地"声称哲思的捉襟见肘,并借此推进——充满情感、想象力和表象力的——无尽的否定性,

---

[1] Lore Hühn: *Das Schweben der Einbildungskraft. Eine frühromantische Metapher in Rücksicht auf Fichte*, in: *Fichte-Studien* 12 (1997), S. 127-151, hier S. 130.
[2] Novalis: „Fichte-Studien", in: *Novalis Schriften*, Bd. 2, S. 269f.
[3] Novalis: „Fichte-Studien", in: *Novalis Schriften*, Bd. 2, S. 270.

无尽的对话，和生活本身。

在《费希特研究》中，诺瓦利斯的哲学思考仅保存下断篇。虽然形式如此，但是在内容上，我们能看到一位年轻的思想者与费希特、与他身处的时代精神高浓度的对话，也可以看到，在这些思想的研磨与冲撞中激发了影响后世的多面相的浪漫主义思潮。

第二章
启蒙与反启蒙

王 歌

第一节 进行中的启蒙

浪漫主义背负着若干政治不正确的恶名,反启蒙就是其中之一。究其原委有三:一说浪漫主义反理性;二说反主体主义;三说反自由主义,是保守主义甚至极权主义的代言者。就德国浪漫主义而言,这些标签总是在具体历史语境中不断生成的,断章取义、固化其在政治与社会中的影响显然不公允,这与20世纪20年代、30年代德国保守主义和民族主义者声称继承了浪漫主义不无关系。[1] 德国纳粹对浪漫主义的工具化,为理解和接受德国浪漫主义增添了许多禁区。其实,纳粹宣传智囊对浪漫主义的态度也莫衷一是:先是为己所用,后来干脆突兀地抛弃。[2] 20世纪70年代,学界比较密集地质疑之前的调式,随着语境的衍变,浪漫主义不断被带入了新的意义关联。[3] 不仅仅不同民族——法、德、英美——的浪漫主义差异明显,不同时期——比如德意志浪漫主义早期和晚期——的志趣也相去甚远。

---

[1] Frederich C. Beiser: *The Romantic Imperative. The Concept of Early German Romanticm*. Cambridge: Harvard University Press 2003, p. 43.

[2] Richard Brinkmann: „Romantik als Herausforderung. Zu ihrer wissenschaftsgeschichtlichen Rezeption". In: Richard Brinkmann (Hg.): *Romantik in Deutschland.Ein interdisziplinäres Symposion*. Stuttgart: J. B. Metzler 1978, S. 7-37. Hier S. 29.

[3] 参阅 Lothar Pikulik: *Frühromantik. Epoche - Werke - Wirkung*. München: C. H. Beck 1992。

学者们把德意志浪漫主义看作批判现代性弊端的预言家；称后现代的主要思想在德意志早期浪漫主义那里都已有表述；[1] 此外，也有人在德意志浪漫主义那里解读出与维特根斯坦、海德格尔等现当代哲学家的思想亲缘性，把浪漫主义理解为建立开放未来的可能性的哲学。[2] 以赛亚·伯林称浪漫主义是"发生在西方意识领域里最伟大的一次转折"，变革的发生"不在英国、不在法国，而是在德国"[3]。德意志浪漫主义不仅是一个流派、一段历史，更是一种对当下具有启发性的精神气质。

　　我们暂且悬搁德意志浪漫主义是否反对启蒙的判断，起码它和启蒙的关系是理解其政治面向的关键所在。18 世纪被称作"光的世纪"，启蒙概念流通已久，但是在 80 年代，"光的世纪"方兴未艾，而启蒙的定义尚充满歧义，"什么是启蒙"依旧是一个需要讨论的问题。而能够在公共空间就当时的精神旨趣进行公开讨论本身，就已然不同凡响，铭刻了启蒙的烙印。启蒙问题在当时与真理问题具有同等的分量，它深藏了政治合法性的敏感议题。这个问题不是通过神谕、启示、战争、宫廷韬略产生的，而是由文化知识精英通过公开探究，不断追问开启出来的。这是一个在公共空间中展开的互动进程。

　　在当时的德国，很多人都参与了对启蒙的探讨，门德尔松（Moses Mendelssohn）、哈曼（Johann Georg Hamann）、雅各比（Friedrich Heinrich Jacobi）、维兰德（Christoph Martin Wieland）、莫泽尔（Friedrich Moser）、巴尔特（Carl Bahrdt）、里姆（Andreas Riem）、赖因霍尔德（Karl Leonhard Reinhold）、康德等都参与了这个概念的建构。他们关于启蒙的论述，既是对当时的理解，也是对未来的塑造。正是在复调的争鸣中，启蒙概念慢慢

---

[1]　参阅 Winfried Menninghaus: *Unendliche Verdopplung. Die frühromantische Grundlegung der Kunsttheorie im Begriff absoluter Selbstreflexion*. Frankfurt a. M.: Suhrkamp 1987. 同时参阅 Winfried Menninghaus: *Lob des Unsinns. Über Kant, Tieck und Blaubart*. Frankfurt a. M.: Suhrkamp 1995。

[2]　参阅 Stanley Cavell: "The Future of Possibility", in: Niklas Kompridis (ed.): *Philosophical Romanticism*, London: Routledge 2006, pp. 21-31, here p. 21。

[3]　伯林:《浪漫主义的根源》，第 13 页。

由暧昧变得清晰。[1] 这个过程不仅是观念性的。法国《百科全书》出版史把启蒙运动描绘成在技术、制度和理念上有内在冲突和妥协的过程，贯穿着质料和观念之间的博弈、引领与妥协。[2]

如今提到启蒙，通常会想到康德在《柏林月刊》1783 年 12 月的征文中写下的经典定义，其中包含了对流俗启蒙——强制传播正确思想，而非让人运用自己的理性——的批判。

> 启蒙就是人从他咎由自取的受监护状态走出。受监护状态就是没有他人的指导就不能使用自己的理智的状态。如果这种受监护状态的原因不在于缺乏理智，而在于缺乏无须他人指导而使用自己的理智的决心和勇气，则它就是咎由自取的。因此，Sapere aude［要敢于认识］！要有勇气使用你自己的理智！这就是启蒙的格言。[3]

康德的启蒙定义，为启蒙提供了检验自身的"试金石"，是对"启蒙的再启蒙"。康德带着批判哲学和先验哲学的理路，对时代精神，对启蒙的本质进行反思。一方面，强调了不依附、不被代理、独立思想的重要性，自治——自由是启蒙的要义；另一方面，指出启蒙的艰难之处在于"勇气"，运用理智虽然艰难，但可以日日实习，更大的困难来自意志层面，要么由于外在恫吓、利诱，要么因为内在怯懦、懈怠而难以为继。而运用理智，可以是技术层面的，工具性的；能否鼓起勇气则关乎自由，因为没有人能替别人鼓起勇气。康德没有把启蒙作为完成时态，而是进行中的朝向未来的启蒙——可能性的启蒙。德意志浪漫主义者深得其意，不同之处

---

[1] 有德国学者将 1680—1740 年之间定为启蒙的唯理论阶段，强调自然科学和逻辑建构的秩序，这时基督教形而上学、启示以及救赎并未遭受排斥，而是作为理性追究真理的补充。该时期的代表人物是笛卡尔、莱布尼茨和沃尔夫。1740—1780 年间是第二阶段，启蒙的经验主义、感性主义阶段，启蒙与唯理论阶段保持距离，强调经验、感知能力、个体感受，代表人物有休谟、洛克、门德尔松、舒尔茨、鲍姆加登等。1780—1795 被称作启蒙的批判主义阶段，主要通过康德哲学得以体现。启蒙即便是在同一时期、同一国度也存在分歧，法国启蒙代表人物伏尔泰和卢梭之间的隔阂就展示出启蒙思想内部的异质。参阅 Peter-André Alt: *Aufklärung*, 2. Aufl. Stuttgart: J. B. Metzler 2001, S. 7ff.

[2] 参阅罗伯特·达恩顿：《启蒙运动的生意：〈百科全书〉出版史（1775—1800）》，顾杭、叶桐译，北京：生活·读书·新知三联书店，2005 年。

[3] 康德：《回答这个问题：什么是启蒙？》，载于《康德著作全集》第八卷，第 40 页。

在于，他们不仅关切启蒙"知"的面向，更加彰显"情"与"意"的面向；他们不仅迎接启蒙所开启的，也回顾启蒙所终结的事物。总之，他们也是反思和批判启蒙运动的先行者。

尽管强调想象力和情感，早期德意志浪漫主义从不曾偏废理性，甚至始终承认理性的主导地位。诺瓦利斯在 1791 年 10 月 5 日给赖因霍尔德的长信中说，他的理性远远重于感性和想象力（Fantasie）。[1] "明晰的知性与温润的想象力如同姊妹，能带来真正健康的精神食粮。知性迈出全然前瞻的确定步伐。"[2]

通过前一章，早期德意志浪漫主义代表人物诺瓦利斯的思考方式可见一斑，算是回应所谓反理性的批评。接下来通过比较小施莱格尔与康德就共和制概念的异同，大施莱格尔对康德启蒙概念的批判等，来反思德国浪漫主义者们对主体主义、自由主义的理解，并由此考察他们对启蒙的一般态度。由于无法涵盖多位代表人物复杂的思考变迁，这里更多的是再现了德国浪漫主义者们与当时的思想巨擘、与时代精神展开的一种启蒙的对话方式。

一、共和制概念——小施莱格尔与康德商榷

从实践哲学的视角考察德意志浪漫主义，世纪之交——或者更准确地说，巴黎时期的 1802 年前后——被看作分水岭。之前小施莱格尔的政治思想所秉承的思路，基本受古希腊的古典政治学浸润，有人也称之为激进的雅各宾派。[3] 不论如何，不管哪个流派，德国思想家不曾把暴力革命看作真正的变革。所谓激进，亦是在精神领域内完成的究竟之"革命"。所谓雅各宾派，更多是修辞学意义上的表述。

诺瓦利斯、谢林、施莱尔马赫和小施莱格尔都对法国大革命报以持久的热情。"九月大屠杀"、处决路易十六、入侵莱茵河流域都没有改变他

---

[1] 参见 Novalis Schriften, Bd. 4, S. 96。
[2] Novalis: „Fragmente und Studien 1799-1800", in: Novalis Schriften, Bd. 3, S. 560f.
[3] Peter D. Krause: „‚Vollkommne Republik'. Friedrich Schlegels frühe politische Romantik", in: Internationales Archiv für Sozialgeschichte der deutschen Literatur, Bd. 27, Hf. 1 (2002), S. 1-31.

们的态度。1798 年之后,诺瓦利斯、谢林、施莱尔马赫和小施莱格尔才开始批评法国大革命,他们批判的是现代社会的"自我主义""唯物主义"和"功利主义"。在很大程度上,他们都兼有民族国家与世界公民的视角。

就所谓革命,康德这样的启蒙哲学家主导了对革命的认知:"通过一场革命,也许将摆脱个人的独裁和利欲熏心的或者惟重权势的压迫,但却绝不会实现思维方式的真正改革;而是无论新的成见还是旧的成见都成为无思想的广大群众的学步带。"[1] 真正的革命来自持之以恒的改革,来自精神,来自思想方式的转化。早期浪漫主义者虽然理解法国大革命,并激进地针砭时弊,但是他们没有反抗领主的封建压制,捍卫自身的自治自由,更多的是精英式地批判现代社会的异化、疏离。

小施莱格尔早期看重诗学、哲学与政治之间的关系,要将它们"整合起来"重述政治,重构政治。[2] 德语的"政治"一词源自古希腊语的 Polis(城邦),古希腊在他眼中就是将艺术、伦理与城邦结合的典型形态。这种整合需要认识与审美上的革命,离不开政治教养。古希腊是个多元的概念,很难一概而论。小施莱格尔对雅典情有独钟,谈起斯巴达,他喟叹其自由不足,但也会佩服多利安人的克制、力量与守法。他提到"斯巴达、罗马与雅典在一起或可产生出一个完整的共和制"[3]。

小施莱格尔早期褒希腊、贬罗马,而随着时间的推移,历史研究强化了他的现实意识,罗马人的实践哲学慢慢占了上风,比希腊人重理论和修辞的政治哲学更为有力。而罗马的没落,被小施莱格尔归咎于美感和伦理的丧失:"没有哪个民族比罗马人更强壮,更没分寸,更无法无天与残暴。"[4] 美感意味着合比例、匀称,体现在伦理方面是行事的适度。

小施莱格尔在 1796 年写了《论共和制概念》,[5] 呼应康德 1795 年出版

---

[1] 康德:《回答这个问题:什么是启蒙?》,载于《康德著作全集》第八卷,第 41 页。
[2] 参见弗里德里希·施莱格尔 1795 年 7 月 5 日致哥哥奥古斯特·威廉·施莱格尔的信,载于 KFSA Bd. 23, S. 238。
[3] Friedrich Schlegel: „Philosophische Fragmente. Erste Epoche. III. [1797-1801]", in: KFSA Bd. 18, S. 121-193, hier S. 128.
[4] Friedrich Schlegel: „Über die Grenzen des Schönen [1794]", in: KFSA Bd. 1, S. 34-44, hier S. 40.
[5] Friedrich Schlegel: „Versuch über den Begriff des Republikanismus [1796]", in: KFSA Bd. 7, S. 11-25.

的《论永久和平》，我们可以从中了解小施莱格尔与康德对共和制——及其相关的自由、平等、宪政——的态度与分歧所在。

讨论所依据的共和制概念来自康德的界定：

> 首先依据一个社会的成员之自由的原则（作为人），其次依据所有成员对一个惟一的共同立法之附属性的原理（作为臣民），再次依据这些成员之平等的法则（作为国家公民）所建立的宪政——由源始契约的理念所产生、一个民族的一切法权立法都必须建立于其上的惟一宪政——就是共和制的宪政。[1]

人类社会并非一团散沙的集合，而是共生且接续的连续体。缔造共同体，就需要共同共通的东西。普遍意志是一切政治行为的基础。这是共和制的特点。小施莱格尔认为公共意志是纯思想的产物，不是现成品，是一种政治虚构（politische Fiktion），无法出现在经验世界，个体与一般被永恒地隔在两岸。面对这种在思想中诞生的先天的绝对公共意志，在现实中，它必然被经验意志——或多数意志——所替代。常见的历史经验更为危险：私人意志篡夺多数意志，进而篡夺公共意志，使共和之名被独裁冒用。独裁专制中，私人意志是政治行为的基础。应该说，私人意志篡夺了普遍意志，小施莱格尔认为在严格意义上，这样的独裁专制甚至称不上什么国家。

文人、哲人讨论理想的共和制概念，颇有坐而论道的理想主义，深信国家建制必须是契合理性的。小施莱格尔所讨论的共和制中，宪法代表不变的政治权力，政府代表过渡的政治权力。各个政治权力之间是部分与整体的关系。立法如同理性，行政如同知性，司法如同判断力。

他也提到，不能只在理论上预设公共意志，在现实中以各种理由打折扣，称个体不配自由意志或者公共意志。进而剥夺贫穷的人、有贿赂之嫌的人、女性和弱者的选举权。他们理应享有选举权。有意思的是，上述

---

[1] 康德：《论永久和平——一个哲学策划》，载于《康德著作全集》第八卷，第 347—392 页，引文见第 354—355 页。

例子被放在括号里,女性与穷、弱、有道德瑕疵的人并列。不论如何,小施莱格尔为他们呼吁选举权,因为他们若是缺席,公共意志就难以名副其实。

国家是以人的共同体作为目的的人类社会。对于个人意志与公共意志之间的张力——附属性和支配性都来源于此,政治也是如此——小施莱格尔认为,自我不仅是在与所有其他自我的关系之中,而且内在于每个自我之中。他提出政治自由乃是政治命令的必要前提,也是国家概念的本质特征。

只要是国家,就自然蕴含了附属性,法权的附属性原则在国家宪政中不属于共和制的特殊属性。这个原则康德没有详述。小施莱格尔认为,附属性根本称不上共和制的特殊原则,而康德的界定应该是出于三个原则在逻辑上的必要——附属性是自由和平等原则的中间环节。

共和制余下的两个特质——自由和平等——乃是讨论的关键:

自由原则在康德的共和制定义中是原初原则,也是人之为人最根本的原则,我们可以解读为优先于其他原则。康德对外在的——法权意义上的——自由的定义是"除了我已经能够同意的法则之外不服从任何外在法则的权限"。也就是说,人们宁可无休止地相互争斗,也不愿服从一种本可以由自己来建立的法律强制。因而人们偏爱放纵的自由,而不是理性的自由。[1]

小施莱格尔提出了政治价值(Der politische Wert)概念,它取决于实际达到的共同性,自由和平等的广义量与强度量。政治价值越高的国家,国民的道德教养才会越高。这也意味着,政治价值低的国家会败坏国民的道德水准。然而小施莱格尔并没有特别彰显自由的原初地位,甚至认为作为共和制的定义,原始契约的理念必然包含了自由与平等原则,如此一来,康德的共和国定义成了循环定义。

小施莱格尔为共和制的自由设定了三个阶段,显然远比康德自律版的自由激进:

---

[1] 康德:《论永久和平——一个哲学策划》,载于《康德著作全集》第八卷,第355页。

最低：如上文康德所解释的公民自由。

中间：这种公民自由的权限不听从任何外在法则，不论是代议制的人民多数所意愿的，还是可设想的人民普遍意志。

最高：只要不对任何人行事不义，就可以为所欲为，如康德所驳斥的那种任意的自由。这种最高自由必然是一种同义反复，甚至不再是政治自由，而是道德自由。但最后两者是一致的，都不再受制于任何强制。

小施莱格尔同时具有理想主义——如他在自由和平等的最高目标中所陈述的那般，也兼具现实感——不相信可以一劳永逸地解决政治问题。但仅有现实性、可能性、应然性还不够，施莱格尔认同康德，这个过程需要一个"无限前进接近"（Unendliche fortschreitende Annäherung）才能让自由价值成为现实，或者说目标理想起着调节性的作用。这个过程就是目标的实在化。

针对康德关于共和制的平等概念——"没有人能够在法权上责求别人做什么事情，而不同时服从能够被后者转而以同样的方式也责求的法则"，小施莱格尔认为这只是平等的最低配置，他列出的最高平等是——取消一切支配与（作为臣民的）附属性的公民权利与义务的绝对平等。

由于认同每个人的自由与所有人的平等这一终极目标，小施莱格尔呼应着康德为了永久和平而提出的"世界共和国"构想，并将其称为"合目的"的、调节性的。小施莱格尔强调这个理想带有不确定性，因为整个过程有待各个国家、所有民众共同互动创造。因而"世界共和国"不是联合多个国家的"合众国"，而是更接近邦联的"共和国"。

小施莱格尔和康德的分歧在于民主与共和的关系。康德对民主制不以为然，警告不能把共和制与民主制混为一谈。他设想的能引向和平的自由共和国并不是民主制，分权（把行政权和立法权分开的国家原则）与法治才是共和制的保障。人类社会的一切争执应当通过"最高的立法、行政和司法的权力"来调停，[1] 而不是通过战争。康德认为民主政体必然是一种

---

[1] 康德：《论永久和平——一个哲学策划》，载于《康德著作全集》第八卷，第362页。

专制，公共意志依然可以被私人意志操控，与自由原则矛盾，也与共和制相悖。

受古希腊政治哲学警惕民主暴政的影响，小施莱格尔也很审慎地使用民主概念。但从概念上，他觉得康德应当用"暴民统治"（ochlokratisch），而非民主制，因为前者才是多数对少数的暴政。民主制毋宁说是对所有人统治的政治虚构（Fiktion 在这里毫无贬义，而是突出观念建构、政治想象的面向）。他反对康德把民主制视为一种必然的专制，反而呼吁共和制必然是民主的，只可能是民主的。民主制才能保障平等和公共意识，普遍意志只能在现实层面通过多数得以体现。至于如何克服多数人的盲目，他提出在选票数量之外，还应当有权重的原则。

> 即这样一种原则——选票的有效性不仅依据数量，也要依据权重（每个个体契合接近绝对普遍意志的程度）来决定——是可以与平等法则很好地结合起来的。[1]

时隔十年，也就是 1806 年前后，小施莱格尔在《普遍史讲义》中对民主制的看法变得更为警惕，认为民主极易受蛊惑，容易导向专制主义，他甚至还做出了"终免不了"的论断：

> 一个真正的共和制，并非建立在需求、贸易等基础上，而是基于热爱自由、平等与民主，它在其或长或短的发展过程中终免不了自我毁灭；自由蜕变为无拘无束，平等沦为暴民统治。[2]

若要使得民主制保持本色，就需要民主的"多数"能够真正代表"普遍"意志，也就是真正有效的政治参与——代议制。若想契合绝对普遍意志，就要仰仗共和制所倚重的代议制。小施莱格尔提出共和制中两个分野的代议方向：民主代议或贵族代议，现实大都是两个极端不同程度的混合而已。贵族代议时至今日已经是个带有历史性的概念。

---

[1] Friedrich Schlegel: „Versuch über den Begriff des Republikanismus [1796]", in: *KFSA* Bd. 7, S. 11-25.
[2] Friedrich Schlegel: „Vorlesungen über Universalgeschichte (1805-1806)", in: *KFSA* Bd. 14, S. 1-256, hier S. 63.

代议制度不可或缺，但还是难免腐败的可能性。小施莱格尔认为，代议制无法避免独裁，权力通过代议代表，最后还是会落到几个摄政者、贵族或者代表手中，他们位高权重，与共和制的平等原则相去甚远。就算将行政权、立法权、司法权分开，在形式上做到三权分立，也难保实际上再被集中在一人手中，徒有宪政之名，而实为专制。尽管独裁从根本上只可能是短期的、过渡性的，但真正的政治的可能性必然是在转化过渡中的。

没有固化体系的根由在于其自我不是个体主义的，而是在共同哲思、共同创作的交互关系中被生产出来的，就像生产一个作品一样。小施莱格尔强调，政治是共同体的塑造，因而人的"智性教育与政治教养"决定了政治的本质。[1] 若是没有公共教育，公共意见将是碎片化的，也会引发法治的崩坏。这个共同体是否会吞噬个体呢？诺瓦利斯提到"共同体——多元主义是我们最为内在的本质，或许每个人都以独特的方式，参与了我的所思所想，所作所为；我也以同样的方式参与到别人中去"[2]。

二、启蒙的欧洲 vs 基督教的欧洲

在欧洲——尤其在德国——启蒙运动与对古希腊和希伯来传统的批判性接受交织在一起。德意志浪漫主义者们对于两希传统的关心充满张力与纠结，这一点在诺瓦利斯、施莱尔马赫和小施莱格尔那里格外显著。后两者对古典语言的精通，使得他们能够切入充满差异的丰盈传统中去。如果说对共和国概念的理解可以追溯到古典政治学的语汇与思想，对欧洲文化认同的思考则更多是围绕基督教与当时的时代展开。

诺瓦利斯 1799 年撰写了《基督教共同体或欧洲》，在他眼中，曾经由基督教主导的欧洲并非黑暗压抑，而是美好而闪耀的时代。哪怕在穷乡僻壤，人们也追寻着共同关切，基督时代是一个广袤的精神（宗教）帝国。[3] 面对现代性所带来的自行其是、众说纷纭，诺瓦利斯深深缅怀在精神层面

---

[1] Friedrich Schlegel: „[Über] Esquisse d'un tableau historique des progrès de l'esprit humain. Ouvrage posthume de Condorcet. [1795]", in: *KFSA* Bd. 7, S. 2-10, hier S. 5.

[2] Novalis: „Fragmente und Studien 1799-1800", in: *Novalis Schriften*, Bd. 3, S. 571.

[3] Novalis: „Die Christenheit oder Europa. Ein Fragment", in: *Novalis Schriften*, Bd. 3, S. 507-524. 汉译参见诺瓦利斯：《基督世界或欧洲》，载于诺瓦利斯：《夜颂中的革命和宗教——诺瓦利斯选集卷一》，第 198—218 页。

均质的基督教社会共同体。康德笔下大众被监护的未成年状态,被诺瓦利斯美化为"孩童",充满信任,勤勉耕耘,错误与罪孽也由教廷得到宽宥洗涤。

启蒙的自决自主导向孤立。诺瓦利斯提到基督教时代人与人之间充盈着善心与义举,援助与慰藉。自由的可能性同时也释放了最为野性的偏好,人们远离了曾经的敬畏与恭顺。在他眼中,对圣母与耶稣的爱比"德性"或"义务"更能抵制诱惑。教会睿智的头脑教化顽劣的倾向,规训在知识领域不合时宜的危险发现。

对于教会禁止的日心说,诺瓦利斯也给予了某种理解:"人们会将有限的知识优先于无限的信仰,并对轻蔑伟大与神迹习以为常,而仅仅将其视为僵死的自然法则。"[1]"轻蔑"这个词也被与他心有戚戚的施莱尔马赫使用。无独有偶,施莱尔马赫在同年(1799年)匿名发表了《论宗教》(*Über die Religion*),副标题为"对蔑视宗教的有教养者的讲话"。他所面对的对话者就是活跃的启蒙者。在浪漫主义者眼中,以知识验证一切的启蒙者必然滋生傲慢,渐渐失却基督教一再推崇的谦恭。当人从外在寻找确认,并只认可外在的证实,人就不再有时间过内在的生活。

诺瓦利斯在世俗化时代看到了信仰与知识(科学)之间的博弈。看到了自由人格作为现代思想方式对基督教信仰——甚至对一切宗教——的拒斥。人进入了激情自由的永动机模式(*Perpetuum mobile*),无限制的宣泄,无止境的创造,在偶然性中盲目旋转,跟拉动磨盘的驴子无异,却没有"磨坊主",也没有"建筑师"。自然科学日益彰显的时代,自然却越来越穷困。人类叹为观止的所谓新发现、新发明,不过是光的折射。"我们用已知的工具,已知的方法,无法找到我们想要找的本质。"[2]

> 古老的天主教信仰曾是应用的、活生生的基督教,也是这些形态中的最后一种。它在生活中无处不在,它热爱艺术,深怀人道主义,保障婚姻不可动摇,乐于善待他人的交流,在贫穷、顺从和忠诚中感

---

[1] Novalis: „Die Christenheit oder Europa. Ein Fragment", in: *Novalis Schriften*, Bd. 3, S. 508f.
[2] Novalis: „Die Christenheit oder Europa. Ein Fragment", in: *Novalis Schriften*, Bd. 3, S. 521.

受喜乐，这些使它成为"真正的、不同于其他的宗教"，并包含了其组织的基本特征。[1]

在诺瓦利斯看来，新教对欧洲的世俗化进程难辞其咎。新教的发展对于基督教信仰是一种分裂，同时也是过渡性的混乱状态。世俗权力的介入，使得新教的发展被限定在主权国家的疆域内部，而没能像天主教那样，有超越国界的教廷，这样一来也瓦解了宗教世界政治的利益与立场。世俗越发甚嚣尘上，艺术也受牵连，被庸常裹挟同化。随之而来的是共同体的离散肢解，实践意味着边走边看，如浪潮一般涌向一个无信仰的时代。天主教和新教等宗派林立，相互隔绝。

诺瓦利斯认为路德任意曲解了基督教的精神，甚至是创建了另外的宗教——基于《圣经》神圣性的新宗教，阐释经典使得语文学可以获得过多的权限，世俗学科之见的语文学登堂入室，可以文过饰非，把个人对经典的阐释当作福音，把翻译经典化。

然而宗教改革是一个时代的符号，对于欧洲意义深远。欧洲各民族的优秀头脑都在潜移默化间成熟（heimlich mündig）。[2] 在某种意义上，可以将发轫于德国的宗教改革看作基督教内部的启蒙运动，用以对抗来自已然僵化的宗教势力的强制。这个运动一方面分裂了基督教，分裂了欧洲；但另一方面也在双方中都唤起了活力。

诺瓦利斯将基督教看作欧洲文化的基本特质，连启蒙运动也是其内在逻辑的延伸。启蒙被看作第二次宗教改革，比第一次更为彻底，更为独特。基督教曾经辉煌，充满神性与驾驭世俗的权力。诺瓦利斯不认同法国的方案，即宗教从公共领域进入了私人领域。他认为没有众神的地方，只会群魔乱舞。他期许的欧洲需要真正的共同体。基督教影响力的式微，没有被理解为时过境迁，而是更广阔的进化、历史，人们可以一再尝试。

"沉睡的欧洲"如若重新觉醒，就需要合众之国（ein Staat der Staaten），也需要政治哲学（知识学），并以国家联合的原则为前提。如果看看当时对

---

[1] Novalis: „Die Christenheit oder Europa. Ein Fragment", in: *Novalis Schriften*, Bd. 3, S. 523f.
[2] Novalis: „Die Christenheit oder Europa. Ein Fragment", in: *Novalis Schriften*, Bd. 3, S. 515.

什么是启蒙、什么是共和国、什么是宗教、如何缔造和平等议题的争鸣,我们就会惊诧于当时的思想精英们如何通过公共讨论,参与缔造那个时代。

对于康德设想的从自然状态下的战争状态过渡到人与人之间的和平状态,"法权概念"必不可少,不论在私人关系中,还是在公共领域中。[1] 诺瓦利斯并不信任世俗社会的和平意愿,互相争斗的大国之间无法缔结和平,一切和平都是幻想,都只是停火。只有宗教可以重新唤醒欧洲,给欧洲带来真正的和平。"它会来的,它必然来临,那永久和平的神圣时代,到那时新耶路撒冷将是世界的首都。"[2] 很明显,诺瓦利斯的激情是欧洲中心的,甚至是带有文化帝国意味的,缺少他者文化视野的。

尽管施莱格尔马赫强调"教会的本质将是真正的自由,所有必要的改革将在教会的指导下,作为和平而正式的国家进程来运作"。这里的"将是"既是期许,也说明现实并不尽如人意。我们依然可以看到建立"人间天国"的宏大理想背后,是对基督教普世化的理解。

从前面涉及的诺瓦利斯、小施莱格尔的文本,我们可以看到高度的哲学论辩风格。从另外的角度看,他们的方法是批评的、反题的,而不大以立论出现,如同一个专唱反调、吹毛求疵的粉丝,不以建立系统为己任,而是敏锐地、激情满腹地拿着小锤子敲打的反思者。批评不仅是一个动词,也是早期德意志浪漫主义者的思考方式、工作方式,甚至是他们的特质。

浪漫主义毕竟严肃地对理性提出了批判,他们批判怎样的理性?张扬怎样的理性?他们的批判本身是理性的逻辑,还是反对理性的?接下来,我们要看一下早期德意志浪漫主义的代表人物们如何评判当时通行的启蒙。

第二节　浪漫反思启蒙

一、理性:建立自我 vs 吞噬自我

理性的自我设定既以自由为前提,也反过来设定了自我的自由。诺瓦

---

[1] 康德:《论永久和平——一个哲学策划》,载于《康德著作全集》第八卷,第382页。
[2] Novalis: „Die Christenheit oder Europa. Ein Fragment", in: *Novalis Schriften*, Bd. 3, S. 524.

利斯在解读费希特时，批评理性"目中无人"，自我之外没有他人。自我将非我纳入自我之中，凭什么"任意地把一切都纳入自我的囊中？"早期德意志浪漫主义者强调的不是自我或者非我的优先性，不是谁规定谁。而是在充满张力的自我与非我，系统与反/非系统之间呈现"关系性"的动态运动。这一方面受益于费希特哲学中"自我"和"非我"之间同时建立的同一性和矛盾性。自我通过非我才得以可能，事物通过对立面获得规定，从而得以被认识。另一方面是由于引入了他者，引入了被动的情感，引入了不确定性。确定性只是一种寻求真理的稳妥方法，而不是决定一切真伪的原则，否则会导致科学的妄自尊大。

小施莱格尔的哥哥大施莱格尔批评启蒙要消除偏见，自己却陷入更大的偏见，自以为是。要教育众生摆脱无知，却惧怕自己的无知，把一切幽暗不明斥为非法。[1] 这种批评与法兰克福学派对启蒙进行的反思是一贯的：启蒙祛除了神话的神力，自己却又荣升为神话。从解放走向了奴役，对集权的产生负有不可推卸的责任。[2]

福柯说理性是酷刑，但是他后来解释德语的理性（Vernunft）与法语的理性（raison）内涵不同，理性在德语中包含了伦理纬度，而在法语中则更倾向于算计的工具理性、技术理性，德语中的理性不可能是酷刑。语言的意义在历史中不断发生偏移，一个貌似可转译的概念需要在词源和概念史的滤镜下被反复端详。德国浪漫主义通过批评工具理性和技术理性，与德国古典哲学——尤其是康德哲学——对理性概念的讨论一起，共同赋予了（德语中）理性的自由与实践面向。

德意志浪漫主义很早就开始批评理性的工具化、技术化，担心"用"篡权成为"体"，从而将人的本质也以量化和有用的标准来衡量，进而将万物和自身工具化。在可计算的机械与琐碎中消耗，生活世界便渐渐丧失灵性。有如庄子对"机心"的担忧，也如马克斯·韦伯提到的合理化对世界的祛魅，如前文所述，诺瓦利斯在他的《基督教共同体或欧洲》一文中

---

[1] August Wilhelm Schlegel: „Kritik der Aufklärung", in: Otto F. Best und Hans-Jürgen Schmitt: *Die deutsche Literatur. Ein Abriß in Text und Darstellung*. Stuttgart: Reclam 1974. Bd. 8. S. 25-56, hier S. 26f.

[2] 参见 Max Horkheimer und Theodor W. Adorno: *Dialektik der Aufklärung: Philosophische Fragmente*. Frankfurt a. M.: Suhrkamp 2003。

也提到了这个概念,他认为启蒙对世界进行了祛魅。

浪漫主义者们反感量化所带来的算计,认为不可度量的幽微的情感世界、内在世界会被数字囚禁。[1] 合理化将一切变成可测量的,例如从"美食"到"营养"就说明了这种变化:难以言传的味道——趣味——变成了营养成分表。合理性没有能力创造,而是通过推理在事实的基础上建立关联。有用性使人疏离情感,销蚀想象力。感受力(Sensibilität)才是体味生活的钥匙,想象力才是创造生活的源泉。

施莱格尔兄弟和诺瓦利斯对于歌德的大作《威廉·麦斯特的学习时代》之所以先扬后抑,也缘于此。起初,小施莱格尔认为歌德的《威廉·麦斯特的学习时代》别开生面,在内容和形式上都符合浪漫主义的"总汇诗"(Universalpoesie)理想,诺瓦利斯也称歌德为"诗歌精神的真正首领"。而1800年前后,诺瓦利斯的态度发生了180度的转变,他在给剧作家好友蒂克的信中评价道:《麦斯特》是艺术的无神论,浸透了经济思想。[2] 他要写另一部教育小说,一部反《麦斯特》——《海因里希·冯·奥夫特丁根》,且要在同一家出版社、同样装帧、同样开本出版,来彰显不同的旨趣:以诗化来反驳歌德的经济性和有用性。[3]

两部作品的主人公都是"文艺青年",歌德的威廉·麦斯特——通过与威廉·莎士比亚同名不难看出——酷爱戏剧,戏剧使这个市民之子踏入世界,接触贵族社会,兜兜转转,他最终放弃了"由一群游手好闲"的人组成的平庸剧社,从表象生活转向实在生活,习得一技之长,成为伤科医生。歌德笔下的麦斯特相当写实,他与世界一同成长,他的成长反映着世界本身的历史。麦斯特的漫游描述了前工业社会到工业社会的过渡,从静态的所有制到动态的资本流动,从全面教育到注重一技之长的社会分工。这些描述是展现社会发展的万花筒。

---

[1] 诺瓦利斯有一首契合这一主题的诗:"当数字和图形不再是/开启万物的钥匙,/当歌唱或亲吻的人群/学识比大师还精深,/当世界回归自由的生命/和世界本身,/当光明和阴影/重又融合为纯粹的澄明,/当人们从童话和诗句/认识永恒的历史世界,/于是整个颠倒的世界/随一句秘符消失。"参阅 Novalis: „Paralipomena zum ‚Heinrich von Ofterdingen'", in: Novalis Schriften, Bd. 1, S. 344。
[2] Hermann Kurzke: *Novalis*. München: C. H. Beck 1988, S. 88.
[3] Herbert Uerlings: *Novalis (Friedrich von Hardenberg)*. Stuttgart: Reclam 1998, S. 179.

诺瓦利斯笔下，艺术诗歌是使命，是其所是，是从有限到无限的转化。他的主人公"海因里希是与生俱来的诗人、艺术家"。其成长是譬喻民族乃至人类历史与精神生活存在的经历，奥夫特丁根与商人、骑士、楚丽玛、隐居老人、玛蒂尔德和克林索尔的交流让他了解到什么是战争、自然、历史、爱情和诗，了解到人与人的相遇是启示（Offenbarung）和必然。他作为诗人的天命有先定论的色彩，他不曾在现实中碰壁，"期待"和"实现"之间没有闪失或失落，他耐心而坚定地成为自己——一个"宁静无名的人，他们的世界就是其性情，他们的行为是观察，他们的生活是内在力量的安静影像。没有任何不安会将他牵扯向外界"。在诺瓦利斯看来，将精力投注在充满或然性的外在经验中毫无益处：

> 生来行动和务实的人不能及早地关注自身，赋予自身灵性。……他们的心灵不允许转向对自身的关照，而是一直定向于外界，是理性的奴仆，辛劳而果敢。他们是英雄，周围充斥着亟待完成、解决的事。在他们的影响下，一切偶然都将成为历史，他们的生活是一连串剪不断的可笑、眩目、纠缠而稀罕的事件。[1]

诺瓦利斯预见到了危险，即科学、理性、功利会延伸成科学主义、理性主义和功利主义，权力的攫取和自我的丧失。他们也从麦斯特在新大陆创建新天地的梦嗅到了扩张和奴役。工具理性提供便利，但另一方面增加了奴役和冷漠。大施莱格尔说火药摧毁了骑士精神，指南针带来的（欧洲视角下的）地理大发现造成了商业民族对非商业民族的统治。[2] 大施莱格尔对启蒙的反思，批判了欧洲的殖民扩张和文化霸权以推行真理之名行强制之实。

认为浪漫主义用唯美主义代替了理性主义的说法也是偏颇的，而应该说是唯美主义与理性主义之间的震荡代替了理性的一统天下。人的精神状态和动机比行为结果更为重要，在这一点上，德意志浪漫主义者与康德一

---

[1] Novalis: *Heinrich von Ofterdingen*, in: *Novalis Schriften*, Bd. 1, S. 183-370, hier S. 266.
[2] August Wilhelm Schlegel: „Kritik an der Aufklärung", S. 25-56.

脉相承；但是情感的纯洁和全然投入俨然已成为一种道德态度，这一点与康德的义务论的道德奠基相左。

二、相互启蒙与自由教育

批判启蒙，也是一种启蒙精神。德国浪漫主义也有和启蒙深度契合之处，即高扬自由——强调从他治到自治，从不知到自知。在这个意义上，浪漫主义者是执着的启蒙价值捍卫者。只不过，他们会追问：引领他人独立思考，是不是另一种监护？启蒙会不会因此产生悖谬？康德说"不成熟的状态就是没有他人的指导，便不能使用自己的理性"。人很难自己走出蒙蔽，不成熟的人并不知道自己的蒙蔽，而以成熟自居，要么在权威的监护下过得逍遥而安全，要么对控制与压制全然不觉。蒙蔽并非都是咎由自取，一个缺少公共性、透明度的社会本身就是愚蒙黔首。这也是批判的时代精神的意义之所在。走出蒙昧需要他人，需要相互照亮，相互警醒。

康德要求的不仅是运用个人的理性，或者充当官僚机器中的零件，"私下"运用理性，启蒙的可能更在于"公开地"运用理性。启蒙不仅是主体的，也是主体之间的。康德称："唯有公开使用自己理性的自由才能带来启蒙"，这里指的就是言论自由。没有言论自由，就难以形成公共意志。康德称言论控制更糟的地方在于：压制他人思想的人以为自己总能提供放之四海而皆准的言论，事实上，阻碍他人独立思想的暴力必然作用于其自身，渐渐地，压制他人言论的人也会丧失思想的能力。为公众套上羁绊，自己也同样被套上了桎梏。启蒙是艰辛而缓慢的，没有"顿悟"一般轻巧。康德说："通过一场革命，也许将摆脱个人的独裁和利欲熏心的或者惟重权势的压迫，但却绝不会实现思维方式的真正改革；而是无论新的成见还是旧的成见都成为无思想的广大群众的学步带。"相互解开偏见的圈套，是对自己、他人，乃至后代的责任。

在任何高尚的思想面前，激进的浪漫主义批评家们都不会望而却步。对于言论自由，他们也提出了部分保留意见，为此他们也收获了不少被认为保守的质疑。

首先，大施莱格尔不同意将思想自由和言论自由说成启蒙的产物，作为自由的否定形态，它们源自压制和审查，在中世纪就存在。政教分离和众多主权国家给自由的思想者（异端异见人士们）提供了不同方式的庇护。人类历史上不断有无畏的言论，铤而走险，传达给世人。其次，他认为启蒙倡导的言论自由，从另一个方面也导致了很多垃圾作品和不负责任的言论。[1] 他的这种态度也遭到浪漫主义团队内部的诟病。同被称为浪漫主义诗人的海涅曾经漫画式地嘲讽过自己昔日师长的贵族做派。[2] 再次，大施莱格尔还忧虑，要是有人以无所不能、自以为是的态度进行传播，试图消除偏见，事实上却限于有限性，那么他不仅会丧失继续思考的能力，还会成为压制力量。所谓言论自由虽然可以使沉默的人发声，但如若没有充分地思考、教养和对话，也会滋生可操纵、可行贿、可滥用的大多数。这些声音并不必然形成"公共意志"，而是被流俗和民粹劫持。大施莱格尔抱怨高明和愚钝被等齐划一，良莠不齐、各类心智不成熟的自封才子们大放厥词，其实言之无物，浪费出版资源。最后，大施莱格尔也担心，言论自由若是没有与责任和见识相结合，则要么成为闲谈，要么惑众，会导致无限的否定性，尤其是对历史和传统的否定，最终也会导向虚无，看似自由的人其实是零散的个体。他担心言论自由存在的悖谬：一是强制——当代的所谓道德强迫与政治正确——倾向，一是民粹倾向。

然而，大施莱格尔从不曾否定的是：他身处的启蒙时代是产生自由人的时代，自我意识达到了从未有过的高度。这与启蒙提倡思想自由、言论自由和出版自由息息相关，宗教宽容也一改教条刻板的社会风气。

与其说浪漫主义者关心自由表达"正见"，还不如说他们更为关切自由表达本身，更注重"对话性"，因而他们忠实于激进批评和教育。他们希望通过教育[3]，使人人成为精英，人人成为艺术家，只有这样，才会产

---

[1] August Wilhelm Schlegel: „Kritik an der Aufklärung", S. 25-56.

[2] 参阅海涅：《论浪漫派》，张玉书译，北京：人民文学出版社，1979年。

[3] Bildung 一般译作教育，是无法直译的德语词。基督教神学赋予了 Bildung 以"依照上帝形象"塑造人的宗教内涵，启蒙时代，尤其是在威廉·冯·洪堡的人文教育的理念之下，Bildung 不限于一般的机构教育，而是侧重整个自由人格的发展。因而在英语的翻译中，多译成 liberal education，而不是 education。诺瓦利斯、施莱格尔兄弟等德国早期浪漫主义者将 Bildung 运用到公共教育、社会教化和自我教养的不同语境中。

生真正的共和制，才有真正的民主制。诺瓦利斯称"我们的使命在于教育这个地球"[1]。一个共和国要求智慧和美德，而这需要某种全民的教育来完成。这方面，浪漫主义与席勒的审美教育思想心有戚戚：审美教育不仅把能力分裂的个人统一起来，还能重新凝聚社会。

德语的学校教育或者机构教育（Erziehung）不同于教养的全人教育（Bildung）。前者常常被看成是他治——外来的强制性规训，而后者则更强调自由人格。全人教育从根本上体现了康德的"自由即自治"的理念，意味着从自己精神和心灵的内核当中进行的成长；或者在黑格尔的意义上，离开单纯存在，通过放弃特殊自我的异化，获得普遍性的本质，而成为人。早期德意志浪漫主义者对教育的理解与卢梭在《爱弥尔》（1762）中描述的通往自然本真的教学法异曲同工。这一点从浪漫主义者对歌德的《麦斯特》做出的批评可见一斑。

1800年前后的德国是学习和教养的年代，是将求知求真的触角伸向广阔时空的年代。小施莱格尔古典语文学造诣深厚，曾受施莱尔马赫的邀请翻译柏拉图全集，因心有旁骛，不了了之。此外他还阅读神学、哲学、伦理学、政治学、心理学，明显受到了斯宾诺莎、康德、歌德、席勒还有赫尔德等人的影响。不仅如此，早期浪漫主义者涉猎自然科学领域，诺瓦利斯同时非常了解矿物学、地理学等等，积累了百科全书式的知识。他们的目的不在于仅仅将这些知识转化为经世致用，而是作为"总汇诗"的组成，既是自我教养——格物致知修身齐家，也是世界实践——治国平天下。小施莱格尔、诺瓦利斯、瓦肯罗德、蒂克等人还对异域文化深感兴趣，他们大多掌握了多门外语，施莱格尔兄弟甚至为了解东方文明学习了梵文。

这些尚古的浪漫主义者们不是想回归过去，而是要从过去孕育新的东西。传统不是物件，堆放在博物馆的展示柜后面，而是通过重塑当下，关联着未来。浪漫主义反对以非历史的标准对过去进行批判，而是要究其根本，在时代精神那里整理出它的原则。"没有过去，现在是无法理解的。若是没有受到良好的教育，浸泡在时代的最高产品以及最高贵的精神中，

---

[1] Novalis: „Vermischte Bemerkungen und Blüthenstaub", in: *Novalis Schriften*, Bd. 2, S. 399-470, hier S. 427.

并且能消化它，人就没有办法产生出预言家的视野。"[1] 历史研究就是阐释未来，历史是未来的福音。在教育的意义上，人类的历史不再是救赎史，而是内在的由自我出发的发展过程。人的自由在浪漫主义那里不是单靠外在制度可以完成的，而是需要内在的提升、超拔，需要一生的学习和教养，以便习得自由的精神，并践行自由。

三、没有先天真理

伯林说"浪漫主义……是对各种普遍性的激烈反叛。"[2] 1800 年前后，正是与体系热恋的时刻，天才的思想者一个接着一个展示自己的体系，黑格尔把体系与真理等同起来。这时浪漫主义者提出了一种蕴含无限批评的形式断篇（Fragment），"有体系和没有体系都有问题"，"我"不在两端，而是在之间，在对体系进行破与立的途中。

小施莱格尔说："真理只可能被生产出来"[3]，因而真理不是先天存在，而是处于无限生产的过程中。浪漫主义者拒斥将真理系统化、实体化，真理无法被占有，更不是可以强制他人接受的教条，譬如不受领便斥其为蒙昧。他们崇尚在对话中生成，在生成中对话，崇尚现在行进中的当下。不论真理"显而易见"抑或"隐而不显"，都需要在对话中形成，这是他们崇尚"协同哲思"（Symphilosophieren）和"协同创作"（Sympoesie）的缘由。对友爱与社交（Geselligkeit）的崇尚极大塑造了"公共性"。此外，集体创作的方式带有诘问的戏剧性，有时人们有意从各个角色视角探讨，有时作者意图显得模棱两可，对话者不时相互诘问或启发，若是断章取义，则难免得出自相矛盾的判断。

浪漫主义有关真理的理解不是符合论真理，不是认知意义上的，而是与情感和生活实践相关的真理。诺瓦利斯说："越是诗意的，越是真理的。"[4] 诗意（poesis）的希腊语词源是"制作、创建"，诗意就是自由创

---

[1] Novalis: „Fragmente und Studien 1799-1800", in: *Novalis Schriften*, Bd. 3, S. 586.
[2] 以赛亚·伯林：《浪漫主义的根源》，第 15 页。
[3] Friedrich Schlegel: „Philosophische Fragmente. Zweite Epoche. II. [1798-1801]", in: *KFSA* Bd. 18, S. 323-422, hier S. 417.
[4] Novalis: „[Über Goethe]", in: *Novalis Schriften*, Bd. 3, S. 640-647, hier S. 647.

造，创造自由。当然这种创造也受到批驳，被认为是任意的，没有准则的。可是浪漫主义的创造中虽然没有先天的规范性，却有以下若干自身的和主体间的制约：一是主体之间的对话性；二是对整体和目的的假设带有调节性（regulativ）；三是反讽的结构，不断通过自我掣肘、自我否定来汲取自我创造的新契机。可以说，在哲学史上，没有哪个流派像德意志浪漫主义一样，在第一哲学和政治哲学上赋予美学如此重要的地位。

第三章
浪漫主义美学

王 歌

第一节 美与有趣

早期德意志浪漫主义对美学的重要贡献之一，是将看上去不美的东西纳入了"审美"。一方面可以说使审美领域得到扩展，包含了"审丑"，另一方面"美"被重新定义。这种对美的理解一直影响到现当代艺术。

小施莱格尔认为他所处时代最显著的审美特征在于，将"美"拓展到"有趣"（interessant）。那时主导的美的观念是质料和形式的统一完善，而"丑"被看成衰败和匮乏，"有趣"这个概念在当时称得上标新立异。不仅如此，丑的哲学意味从与"存在"相悖的匮乏转为否定，由衰败转为启发。不仅光照亮审美，隐蔽、下行等同样是真与美的呈现方式。

在《论古希腊文学的研究》（*Über das Studium der griechischen Poesie*, 1797）中，小施莱格尔称"有趣"才是"美学价值的真正现代尺度"[1]。为什么要引入"有趣"的概念？怎样才算"有趣"呢？有趣又给审美带来了怎样的新视阈？小施莱格尔另辟蹊径的原因在于之前的审美遇到了瓶颈。

小施莱格尔对当时的艺术和诗学做出了自己的诊断：古典有真正的

---

[1] Friedrich Schlegel: „Über das Studium der griechischen Poesie", in: *KFSA* Bd. 1, S. 217-367, hier S. 346.

美,但已是明日黄花,现代艺术和诗不过是有趣而已。他在《诗学对话》（*Gespräch über die Poesie*, 1800）中称,古典神话曾给艺术提供了坚实的支点和统一的、无法分割的完整诗学,人间与众神的交融缔造了古典世界观,而现代世界被祛魅为客观对象化的世界。过去的神话框架无法支撑当下的生活世界。现代诗学和艺术丧失了古典神话,完善的美一去不复返。时过境迁,返回已不可能,对古典的模仿都与自身境遇隔膜,沦为戏仿和卖弄。古典所效仿的自然与人和众神的关联已经不再,与之相关的"古人完整的自然教育已沦落,不可挽回地变质了"[1]。现代艺术中,个体创造看似活跃,却匿名而散乱,艺术品呈现出各种形态和语言,人却丧失了审美敏感。

> 现代诗学要么还没有实现它所追求的目标,要么它就根本没有确定的目标。它的教化没有方向,它的历史内容没有合规律的关联,整体没有一致性。[2]
>
> 现代诗学的唯一性格似乎就是没有性格,其内容的共性是混乱,其历史精神毫无规律可言,其理论的结果就是怀疑主义。[3]
>
> 此外,特性、个体和有趣在整个现代诗学的内容中占据主导,这在近些时代格外突出。焦灼而无止境地追求新鲜、辛辣和炫目,而最终还是难以让人心满意足。[4]

现代诗学呈现出的无目标、无方向、无支点、无规律、无性格,原本是小施莱格尔描述的时代症候,起初也令浪漫主义者感到不知所措,心烦意乱。但是渐渐地,他们的笔锋反转,在现代诗学的危机中窥见了"转机""生机"。这种批判慢慢成为滋生新诗学的契机,甚至成为早期浪漫主义美学的起点,成为"渐进诗"（progressive Poesie）不可或缺的构成

---

[1] Friedrich Schlegel: „Vorrede [zu *Die Griechen und Römer. Historische und kritische Versuche über das Klassische Alterthum*]", in: *KFSA* Bd. 1, 203-216, hier S. 213.

[2] Friedrich Schlegel: „Über das Studium der griechischen Poesie", in: *KFSA* Bd. 1, S. 217.

[3] Friedrich Schlegel: „Über das Studium der griechischen Poesie", in: *KFSA* Bd. 1, S. 222.

[4] Friedrich Schlegel: „Über das Studium der griechischen Poesie", in: *KFSA* Bd. 1, S. 228.

要素，以至于他后来明确表示，审美的无政府状态可以引发有益的革命（wohltätige Revolution）。[1] 原有的审美秩序将得到重新建构。

到底什么才算"有趣"？小施莱格尔是这样定义的：有趣即"通过丧失有限现实性，摧毁完整形式，从而激发对无限现实性的追求"[2]。这是对传统美学所谓形式与内容统一的宣战。"有趣"不关心感性和精神、形式与内容之间的和谐，它在意的是辛辣、惊诧、怪异，简单来说就是唤起注意力。艺术的有限边界——完整性——被打破了，与完整形式一同被击溃的是明晰的艺术表达。这样貌似对整体的击破，引入了时间性，也引入了审美实践。

由于不完美，有趣使得审美不再是被动接受，如同审美（ästhetisch）强调感性受动的本意一样，不再臣服于艺术家、艺术品的光照。艺术晦暗不明起来，而它的吸引力恰恰与疑惑并行，无法循规蹈矩。它摄住人，却不让人把握住它。在这种"有趣"引发的疑惑当中，观众化被动为主动，产生追求无限的冲动——当然，观众也可以愤然或漠然地拂袖而去，但是这种无措甚至愤怒又何尝不是一种审美经验呢？这恰好也是浪漫主义者乐见的，因为这样的艺术能够激发情感，启发互动。正因为这样，"有趣"只具有暂时的审美价值，带有过渡性质，被看作"无限完善审美能力的必要准备"[3]。与其说它"丑"，倒不如说它是处于"美"的边缘，是某种待定义的中间物。与美的当下直观相比，"有趣"因令人费解而引发思考，从而激发审美教育（ästhetische Bildung）。

第二节　优美与反思

"有趣"引发反思，甚至引发对反思的反思。这里会产生另一个问题：审美是由感性主导的，而反思则属于知性范畴，浪漫主义的反思是否阻碍

---

[1] Friedrich Schlegel: „Über das Studium der griechischen Poesie", in: *KFSA* Bd. 1, S. 224.
[2] Friedrich Schlegel: „Vorrede [zu *Die Griechen und Römer. Historische und kritische Versuche über das Klassische Alterthum*]", in: *KFSA* Bd. 1, S. 213.
[3] Friedrich Schlegel: „Vorrede [zu *Die Griechen und Römer. Historische und kritische Versuche über das Klassische Alterthum*]", in: *KFSA* Bd. 1, S. 214.

审美，远离了审美呢？

德国剧作家克莱斯特对这一问题给出的回应，高度契合浪漫主义对审美中反思的理解与实践。他的《论木偶戏》（Über das Marionettentheater, 1810）虽然篇幅短小，却作为艺术理论的经典文本而不断被引述。文中提到一位技艺精湛的歌剧舞蹈家，常常喜欢看民间木偶戏——尽是些充满戏剧性的庸俗闹剧。他认为与鉴赏经典艺术品相比，懂得品鉴一件平庸之作需要更多的天分。前者之美显著，并已得到公认，平常的理解力就能理解它的意义；而平庸的作品充斥着偶然，甚至矛盾，因而需要敏锐的判断力、幽微的感受力、活跃的想象力，才能提炼其中的美。木偶虽然没有灵魂，却能展示均衡、灵活与轻盈，之所以这样，是因为"每个动作都有一个重心，从木偶内部指挥这个重心就足够了，四肢不过像锤摆一般，没有任何附加动作，机械地随之而动"[1]。附加和修饰破坏了舞蹈艺术的美，"因为修饰让……心灵发生偏移，离开了运动的重心"，只有通过专注，回避所有的干扰，才能达到优美的境界。克莱斯特以木偶为例所说的专注是一个没有意识、没有反思的状态，然而集中（Kon-zentration）作为从外向内汇集的过程，则是由意识主导的。

文中提到了另一位舞者，因听到别人赞叹他与古典雕塑《拔刺少年》[2]一样优美，便开始寻思自己和雕像之间的相似之处，甚至尝试模仿雕像。他通过镜像反观自己的姿态，由于反思，产生了观察者和被观察者、主体和客体之间的空间。这个间距使反思得以可能，使人得以"出离自身"（Außer-sich-Sein）。原本要自我控制、自我展示，却丧失了原初的自在的优美。

这里的悖谬在于，对美无意识时，无从感知美；对美有意识时，优美却恰恰因意识遭到了损害。克莱斯特将"优美"譬喻为伊甸园的无邪状态，

---

[1] 克莱斯特著作引自 Heinrich von Kleist: *Sämtliche Werke und Briefe*. Hg. von Helmut Sembdner, 8. Aufl., München: Deutscher Taschenbuch Verlag 1987。后文将用 *Kleist SW* 表示该版本的克莱斯特文集，并相应标注出卷数与页码。引文参见 Heinrich von Kleist: „Über das Marionettentheater", in: *Kleist SW*, Bd. 2, S. 338-345, hier S. 339。

[2] 《拔刺少年》（德语 Dornauszieher，英语 Thorn-Puller 或 Boy with Thorn），是一尊希腊化时期的罗马青铜雕塑，描绘一个男孩从脚底拔出一根刺。现藏于罗马的保守宫（Palazzo dei Conservatori）博物馆。在佛罗伦萨的乌菲齐美术馆，还有一尊来自美第奇家族收藏的大理石版本。在1160年代，拉比本雅明看到这座雕塑，将其认定为大卫王之子押沙龙（Absalom），他说押沙龙"从脚底到头顶一丝瑕疵"。据说它的大理石副本或启发过米开朗基罗。托马斯·曼在中篇小说《威尼斯之死》（1912）中也提到拔刺少年之美。

当人从认识之树上吃了果实,就丧失了无邪,失却了身体与灵魂的浑然一体。审美判断是一种判断,荷尔德林对判断(Urteil)的解释在词源上或许不正确,但是却带有洞见:理智直观内在统一起来的,被一分为二成主客体,这就是判断(ur-teilen)。正因为有了判断,才有了主体和客体之分。[1]

为了达到最高的艺术,人们须回到失乐园之前身心一体的状态。然而这扇天堂之门已经锁闭,木偶牵线者不再重要,他可以无动于衷(ohne Empfindung),也不必意识到木偶之美。克莱斯特强调的不是牵线人的掌控,而是有机世界中人为(伪)之外的自然力,它主导了"舞者的心灵道路"。

事物的秩序对于我们是晦暗不明的:

> 我们看到,在有机世界里,反思越晦暗、越微弱,从中产生的优美就越炫目,越充满主导力量。——尽管如此,如同两条双曲线的交汇,一个点在一侧经过无限的进程,突然抵达了另一侧;或者如同曲面镜的成像,当成像无限远离之后,忽然清晰地呈现于眼前。认识也是如此,当它经历了无穷跋涉之后,优美(Grazie)又再次降临。正因为如此,优美同时在要么毫无意识、要么具有无限意识的人体上最为纯粹地显现出来,即或在木偶身上,或在上帝那里。[2]

克莱斯特反问:"难道我们要再次吃智慧树上的果子,以便回到天真无邪的状态吗?"要想失而复得天然之美,消除反思已经于事无补,相反要继续反思,将其推到极致。无论反思的结果是增加,还是还原,都依赖这臻至极致的积累。

然而,"无限意识"同"无意识"一样不可能,这是典型的"浪漫主义反讽"。克莱斯特提出一个可能方案,随即又指出它的不可能。在这个意义上,浪漫主义对自身的反讽常常令人疑惑,有时甚至显得造作、自相矛盾。然而,自我反讽的目的不是因为思想混乱,而是出于对思考的"对话本质"——"辩证本质"——的理解,这是反思结构所要求的,要将思

---

[1] Friedrich Hölderlin: „Urtheil und Seyn", in: Friedrich Hölderlin: *Sämtliche Werke. Große Stuttgarter Ausgabe*. Hg. von Friedrich Beißner und Adolf Beck. Stuttgart: Kohlhammer 1961. Bd. 4, S. 216-217, hier S. 216.
[2] Kleist: „Über das Marionettentheater", in: *Kleist SW*, Bd. 2, S. 345.

考进行下去。克莱斯特在另一篇文章《论谈话中逐渐产生的思想》（*Über die allmähliche Verfertigung der Gedanken beim Reden*, 1805—1806）中，[1] 也强调了对话和情势对思想的构造力。思想不是现成文本，等着照本宣科；而是急中生智——在情境之中、在情势促迫之下脱口而出的表达。

伊甸园般无邪的"无意识"和反思的"无限意识"之间并不对称。无意识无涉时间，是非时间性的，而无限意识则在时间中展开。前者"无始"，后者"无终"。"无意识"的规定性带有独断的意味，而"无限意识"因包含无限的可能性，向未来敞开，从而给行动开启了空间。前者不存在自我规定或者自我否定，后者通过自我界定在获得自我否定同时也获得自我创造的可能。这种延绵的时间感改造了德国早期浪漫主义美学，它将动态引入了原本相对静态的审美感受中。

第三节　美与崇高

为了进一步理解德国浪漫主义美学的动态结构，还要引入两对概念：一对是"美"（Schöne）与"崇高"（Erhaben），王国维将其译成"优美"和"壮美"[2]；另一对是"反思"与"自我"。前者是对康德在《判断力批判》（1790）中提出概念的呼应，后者受到费希特的直接影响。早期浪漫主义对此分别提出了不同的思想。

在考察"美"与"崇高"之前，先澄清一下翻译可能引发的概念混乱。上面克莱斯特文中提到的优美（Anmut 或 Grazie）在中文译介中被笼

---

[1] Kleist: „Über die allmähliche Verfertigung der Gedanken beim Reden", in: *Kleist SW*, Bd. 2, S. 319-324, hier S. 319ff.

[2] "美之为物有二种：一曰优美，一曰壮美。苟一物焉，与吾人无利害之关系，而吾人之观之也，不观其关系，而但观其物，或吾人之心中，无丝毫生活之欲存，而观物也，不视为与我有关系之物，而但视为外物，则今之所观者，非昔之所观者也。此时吾心宁静之状态，名之曰优美之情，而谓此物曰优美；若此物大不利于吾人，而吾人生活之意志为之破裂，因之意志遁去，而知力得为独立之作用，以深观其物。吾人谓此物曰壮美，而谓其情感曰壮美之情。"参见王国维：《王国维全集（第一卷）》，谢维扬、房鑫亮主编，杭州：浙江教育出版社，2009 年，第 57—58 页。

统地译成"美"[1]，已经无法与美（Schön）区分，然而德文中，优美却另有侧重。在不同的作者那里，优美被赋予了不同的内涵。

席勒将优美——或译"秀美"——看作精神与感性、伦理与审美的自然结合。他在《论秀美与尊严》中提到：优美是一种不由自然赋予，而由主体创造出来的美，但却如同自然美一样自然，不着雕饰之痕迹。优美之所以轻盈，在于它憎恶任何强制和做作，连同让人履行道德义务的强制都是不优美的。席勒强调审美与自由的关联，美是现象中的自由。这是席勒不认同康德义务论之处，他认为优美呈现了最为自然的发自美好心灵（Schöne Seele）的道德感，任何善举能够"轻松愉快地履行人类最痛快的义务，仿佛仅仅是由它而来的本能在行动"[2]。当然席勒也涉及具有张力的道德，而优美是理想的道德形态。在克莱斯特那里，优美和美一样没有内在的紧张感，但是前者更为质朴。优美是自然的前意识的美，与反思构成辩证的关系。

康德对浪漫主义美学起了根本性的影响，当代德国哲学家赫费认为"康德的有机体哲学和他的美学理论一样使他成为浪漫主义的开路人"[3]，有同样想法的还有如美国当代哲学家斯坦利·卡维尔，尽管他所参照的浪漫主义主要来自梭罗、柯勒律治、华兹华斯等英语作者。[4] 康德在《判断力批判》中提出的诸多美学概念，成为当时与后世美学的主导概念。"美"和"崇高"对于理解浪漫主义美学具有启发意义。

康德对这两个概念做出了细致的区分：

> 自然美涉及对象的"形式"，其形式因受限而有限，且泾渭分明；崇高可以在一个"无形式"的对象上看到，不留于具体，对象诱发一再超越的"无限"渴求，令人联想到整体性的东西。美被看作某个不确定的"知性"概念的表现，与想象力保持和谐关系；崇高因无限扩张的趋向，超越了知性领域，想象力与知性发生冲突，要与理性结合。美联系着"质"的

---

[1] 参阅克莱斯特：《论木偶戏》，吴宁译，摘自刘小枫选编《德语诗学文选（上卷）》，上海：华东师范大学出版社，2006年，第300—307页。

[2] 席勒：《论秀美与尊严》，载于《席勒经典美学文论》，范大灿等译，北京：生活·读书·新知三联书店，2015年，第112—192页，引文见第162页。

[3] 赫费：《康德——生平、著作与影响》，郑伊倩译，北京：人民出版社，2007年，第253页。

[4] 参阅 Stanley Cavell: "Genteel Responses to Kant? In Emerson's 'Fate' and in Coleridge's 'Biographia Literaria", in *Raritan: A Quarterly Review* Vol. 3.2 (Fall 1983), pp. 34-61。

表象，具体的有限物与无限之间不存在矛盾张力；崇高联系着"量"的表象，不论在数量上还是在力量上，都寻求超越。美"直接"促进积极而平和的生命情感；而崇高是通过阻碍及紧随其后的情感爆发"间接"地产生愉悦。美"游戏"般轻盈，举重若轻，因而吸引人，令人愉悦；崇高则有"工作"的严肃态度，吸引与拒斥交替，包含着惊叹和敬重，是消极的愉快。美多"静观"，从容不迫，信手拈来；崇高则捉襟见肘，求之不得，却又知其不可而为之，带着粗暴的"激动"。简单说来，美与利害（Interessen）无关，而崇高则抵制所有利害。[1]

尽管美与崇高作为一对带有张力的概念被成对提出，在涉及客体的形式考察上，前者从质开始，后者从量开始，然而不论美带来的愉悦，还是崇高带来的愉悦，都存在着共性："都必须在**量**上表现为普遍有效的，在**质**上表现为无兴趣的，在**关系**上表现出主观的合目的性，在**模态**上把这种主观的合目的性表现为必然的。"[2]

康德的反思性判断区别于规定性判断，后者所要做的无非是在给定的规律（法则）之下进行归摄，所谓给定的规律是知性所提供的先天规律。反思性判断的任务是反向的，把特殊上升为普遍、上升为规律，但它没有给定的规律可循，所以要自己给予自身规律。这是反身的自我立法，而不是给自然立法。有了自我立法，自然界就"俨然"有一个知性提供规律一般。这虽然只是一个"假定"，但假定的却是先天原则，针对认识的可能性条件，经验的可能性条件。即便面对看来"偶然"之物，我们依然要假定一种统一性（虽然无法证明或者证伪），依然要按照某种"必然"的意图来判断，设想自然界是合目的性的。

浪漫主义的崇高概念中包含的反思解构，不同于康德"反思性判断"中的反思。浪漫主义者对康德的"反思性判断"——在特殊被给予的情况下，判断力必须为此寻求普遍性——心有戚戚，还要实践这种"反思性"。在由施莱格尔兄弟和诺瓦利斯共同编撰的断篇集《雅典娜神殿》中，美被看

---

[1] 参阅康德：《判断力批判》，载于《康德著作全集》（第五卷），李秋零主编，北京：中国人民大学出版社，2007年，第175—508页。
[2] 康德：《判断力批判》，第256页。

成一个总和概念，同时包含了美和崇高。"崇高的趣味"则是将"事物进行升幂，比如拷贝仿制品，品评各种评论，为添头续添，为边注加注"（断篇110）。早期浪漫主义者要在二阶的意义上贯彻反思，对反思进行反思，而不是规定它。浪漫主义在反思性的"自我立法""自我规定"之外，加入了——至少是强化了——"自我创造"和"自我否定"。正是在这个意义上，浪漫主义不惜放弃对象、认识，甚至自我的完整性，把寻求普遍性、整体性变为一个两极之间无限往复的动态过程。上文提到的通过无限反思不断接近无邪之优美正是这样一种尝试。重点不在于殊性归摄于共性的审美判断，而在于审美经验过程的不断延宕。断篇（Fragment）的独创文学体裁，也反映了在"有限"中无限寻求并接近"整全"的努力。对乌托邦化的整全念兹在兹、求之不得，恰好呈现了审美的崇高面向。

在康德那里，崇高是可怖的宏大，引发恐惧或敬重，之后又因毫发无损而释然；而早期德意志浪漫主义的崇高表现为方法，崇高既不描述审美对象，也不描述审美感受，而是被建构到一个动态的审美过程中去，在时空中延展，在概念的两极之间往复震荡。极致的美成为天堂般的"理智直观"的境界，属于无可挽回的过去（失乐园前），另一端属于无法企及的未来，无限反思的过程，就是一次次经历崇高感，并在这个过程中获得审美经验。如果说美消融对立，那么崇高则让对立彰显并震荡起来。

康德在《判断力批判》中没有把审美单独放置于知性或想象力之下，而是突出两者之间的游戏，赫费从中读出一个交往的维度。浪漫主义者将知性与想象力之间的嬉戏极端化，不仅把审美看成审美主体的经验，而且大大拓展了审美主体，将作品、艺术家和鉴赏者纳入一个在时间中展开的"交互维度"。

浪漫主义审美的"崇高"与"自我"概念具有反思同构性，这一点可以借助费希特的知识学来解读。我们在前面的章节详述过自我概念，这里仅对美学的相关范畴简单勾勒一下。费希特的知识学概念不是以独断的方式，而是以"假设"（Hypothese）的方式来建立的，"自我"确立的基本原理，无法被证明，而知识——科学——要建立在这个无法被证明的基础之上。基本原理的提出遵循"自由行动"原则，费希特哲学，甚至可以说整个德国古典哲学,其核心概念就是"人的自由"。早期德意志浪漫主义者心有戚戚,但认为理性之外,需以情感共鸣,而非思辨说教唤起自由意识,并以审美教育操练自由,引发自由。

小施莱格尔把自由的行动看作理解费希特哲学的钥匙:

> "知识学"的唯一开端和全部依据就是"行动":是整体化的抽象反思,是与观察联系在一起的自我建构,是对自我性、自我设定和主客体同一性的自由的内在直观。整个哲学无非就是分析若干在运动中被理解、在行为中被描述的行动。[1]

他认为"本原行动"创造了最初的意识,行动创造并联系起主体和客体,从而保障了主客之间的同一性。这个原初包含着作为完成时的"行为后果"的事实(Tat)和进行时的"行为进行"(Handlung)。本原行动既是原初的,也是当下的自由行动;既是因,又是果;既创建了自我,也建构了非我。在这个本源行动中,不存在现象和本质的割裂,也没有自然和自由两种视角,这个行动是本源的、发端的自由行动。行动的另一个面向就是流变性、过程性。这种理解深刻影响了浪漫主义美学的开放性,甚至总是制造一个可以促成演变的缺口,不会一劳永逸地以整全的方式来思考或者创作。

费希特把人看成生产者,而非认识世界并认识自我的人。自我存在是自我设定的直接结果,设定是无前提的自发性,是没有原因、没有基底的行动。世界并不独立于我们存在,而是向着一定方向趋近的自由精神创造出来的。费希特早期哲学对绝对主体性的张扬招来了很多批评,但即便费希特后期哲学对现实性有了更多的关照,却始终坚持自由的原则。当时雅各比(F. H. Jacobi)批评费希特的知识学会导致虚无主义。让·保尔称之为自恋和无神的狂妄,批评他所处的时代精神是"无法度的恣肆","在自我迷恋中销毁世界与万物,以便在虚无中清理出自由的'嬉戏-空间'(Spiel-Raum),把自己伤口上的绷带当作束缚扯碎,并轻蔑地谈论对自然

---

[1] 参见 *KFSA* Bd. 13, S. 28。

的模仿和学习"[1]。

虽然自我设定突出自由原则,但小施莱格尔批评费希特那里对象贫乏,漠视对象世界,不过他自己也遭受过类似的批评;诺瓦利斯则说费希特的自我概念缺少实在性,几乎就是形式的,缺少情感的质料性。此外他也抱怨费希特"可怕的抽象漩涡令人无所适从"[2],虽然充满哲学思辨性,却缺乏神秘性。早期浪漫主义者的神秘性不同于晚期浪漫主义,也与怪力乱神无关,是思想特质使然,他们并不是要将神秘性具象化,而是拒斥全然祛魅的粗暴和封闭性,认为这样会扼杀想象力,变为工具理性的压制与暴政。为了能摆脱缺乏对象的抽象思辨,小施莱格尔诉诸将费希特的唯理论和斯宾诺莎的泛神实在论结合。他看重斯宾诺莎思想中"神秘主义的价值和尊严,以及它与诗意的关系"[3]。

"自我"与"本原行动"概念具有解放性力量,自我无限的创造性令人振奋。他们看重"无中生有"(ex nihilo),这个充满创世譬喻的词构成了基督教文明的基底:"无中生有"同时创造了"存在""自我""自由",尽管这个创造行为同时也以三者为前提,但是这个如神性一般被呼唤而出的"无中生有"确定了西方文化的基因符码。自我创造的"反身"——一个充满玄妙的曲线折返——隐匿着自由的"自律"(Autonomie)原则。康德正是用自律界定其自由概念。艺术不仅要自由创造作品,创造新的自我,最重要的乃是重新创造法则,摆脱传统的辎重束缚。小施莱格尔之所以称法国大革命、费希特哲学和歌德的《威廉·麦斯特》代表时代精神,不仅因为它们在实践、理论和诗艺的领域创造了不同于以往的作品,更为重要的是它们试图创建新的法度。尽管小施莱格尔同时认为三者只是趋势,不是彻底实现。[4]再后来,他与浪漫主义同仁对法国大革命、知识学和《麦斯特》都给予了认真的批评与探讨。评价时朝三暮四的倾向在小施莱格尔那里屡见不鲜,却也可以说是自洽的,因为批评是针对不同的人、不同的

---

[1] Jean Paul: *Vorschule der Ästhetik*. Hg. von Norbert Miller. München: Hanser 1963, S. 31.
[2] 参见诺瓦利斯 *Novalis Schriften*, Bd. 4, S. 230。
[3] Friedrich Schlegel: „Gespräch über die Poesie", in: *KFSA* Bd. 2, S. 321.
[4] Friedrich Schlegel: „Philosophische Fragmente. Erste Epoche. II. [1796-1798]", in: in: *KFSA* Bd. 18, S. 17-119, hier S. 85.

情景一再互动而出的。改写、重估成为思维的常态，在对话和互动中不断被激荡出来。

第四节 交互与往复

诺瓦利斯试图超越费希特哲学的"自我中心"，在方法上引入"交互规定性"（Wechselbestimmung）。交互性也契合费希特知识学的基本方法，但是费希特的"交互规定"是"自我规定"的过程，而诺瓦利斯强调"交互规定"的过程本身。在心灵与反思、内在与外在、理念与直观、有限与无限、综合与分析等等之间，通过互动不断生成。在可认识的现象界和不可认识的物自体之间，自我和非我之间，自我和自然之间——往复回荡（Oszillation），往复运动（Hin und her Direktion）[1]。小施莱格尔在这个问题上持一致的观点，他说，"康德发现了形而上学的终结，……费希特却发现了开始，但并非在自我与非我中，而是在反思的内在自由当中"[2]。

在小施莱格尔那里，这种不断往复的反思是浪漫主义思想的根本形式。[3] 本雅明在论及德意志浪漫主义的艺术批评概念时，对费希特和浪漫主义反思之间的关系给出了较为详尽的叙述。[4] 本雅明描述了早期德意志浪漫主义者如何将费希特《论知识学概念》（1794年版为主）中自我与非我之间的展开关系与反思概念糅合在一起：自我 A 在想象力中设定了一个相对立的非我 B，这个非我先是自我的无意识的产物。随后，理性参与其中，规定 B，并通过规定从而把 B 纳入 A 之中，A 扩展成 A^{+B}，而重新产生了非我 B^{-B}，上述过程不断重复，直到完整的规定性，也就是费希特的"绝对自我"——我即世界，主观性即客观性。这个过程就是从虚无般

---

[1] Novalis: „Fichte-Studien", in: *Novalis Schriften*, Bd. 2, S. 117.
[2] Friedrich Schlegel: „Philosophische Fragmente. Zweite Epoche. I. [1798-1799]", in: *KFSA* Bd. 18, S. 195-321, hier S. 280.
[3] Friedrich Schlegel: „Philosophische Fragmente. Erste Epoche. III. [1797-1801]", in: *KFSA* Bd. 18, S. 179.
[4] 参阅瓦尔特·本雅明：《德国浪漫派的艺术批评概念》，王炳钧、杨劲译，北京：北京师范大学出版社，2014年。

的"自我"建构丰盈世界和自我的过程，浪漫主义者对教养（Bildung）和交往（Geselligkeit）的倚重有着哲学上的依据，教养既是异化为他者的过程，也是形成自我的过程，这是一个漫长的奥德赛还乡之旅。自我本来是空泛的，了无一物，从自我出走，经由他者返回自我的过程是一个不断丰富的过程。

以上描述的浪漫主义反思是一种扩展的样态，还有一种形态是回溯的反思——我不仅思考，还要思考我的思考，并将这种反思持续下去。正如费希特对反思的定义："借助自由的行动，形式作为其内容，成为形式的形式，并返回自身，这就是反思。"反思不仅是空间的折返，也是时间上的绵延展开。

小施莱格尔把艺术看成"反思媒介的原型"，诺瓦利斯也称艺术的基本结构是"反思媒介的结构"。强调艺术中反思的无限性是早期德意志浪漫主义者的共性，但是他们之间也存在差异。施莱格尔看重反思媒介的完整性和统一性，强调艺术的自我意识，强调艺术始终是人为的，"仿佛是思考自身、模仿自身和构成自身的自然"。在诺瓦利斯那里，自然是比艺术更好的表达，内在感受比外在表达更本质，因为自然代表绝对的东西。换句话说，诺瓦利斯的反思是还原的媒介，始终与情感平衡；而小施莱格尔的反思强调无中生有的创造。

浪漫主义的"诗意的反思"（poetische Reflexion）想要呈现多层面向：反思**现实**世界；呈现**可能性**世界；呈现表象与被表象物之间，或精神与文字之间无法弥合的差异——即呈现**不可能**。在另一个向度上，诗意的反思不仅反思作品呈现的**内容**，也反思作品的呈现本身。

浪漫主义如此青睐断篇或反讽的形式，就是因为这些形式呈现了自身的难题，把不能转化为能动，将知其不可转化为行为的动力。断篇和浪漫反讽表现出确定性的不可得，呈现自己的无能为力，并开放朝向他人、朝向未来的维度，从而通过艺术缓缓践行自我教育和社会教化的使命。黑格尔批评浪漫主义反讽是思辨思维的死胡同，而克尔凯郭尔却强调，浪漫主义反讽与苏格拉底的反讽都不是纯粹形而上思辨的，而是真正"存在"意义上的反讽。[1] 因为浪漫主义独创的断篇文体和反讽恰恰不是反思的中断，而是使得无限反思得以延续的形式。

德国浪漫主义的反思改变了审美过程，这是一个结构性的改变。我们以浪漫主义代表画家弗里德里希的一幅《海边僧侣》（*Der Mönch am Meer*）[2]为例，来看看对浪漫主义美学抽象的叙述。这幅画绘于早期德意志浪漫主义活跃的时期，无限的云海、大海、天空，仿佛前景和背景之间存在着不可跨越的隔膜——如同有限和无限、此岸和彼岸之间一般不可逾越。一个有死的人，一个有限的人，一个面目不详的人，也可能暗示画家本人，面朝大海和天空。这个"我"位于画的中央，和观画的"我"正在看同样的风景，于是海天便有了三重的观看：画中僧侣、画家、看画的人。与此同时，画家也在看僧侣，看自己；看画的人在看僧侣之时，是否会"反思"到画家，"反思"到自己的观看呢？我看画，也看画中人，也看我的看，或者设想别人看我的看……弗里德里希的许多作品中只画了人的背影，有人谑称他不善画人物，以此藏拙，然而背影促使观画者设身处地于画中人，最为妥帖地呈现了德意志浪漫主义的反思。由此，画中所呈现的无限——不仅仅是空间上的，也是时间上的，无限不仅平行延展到画布之外，也在纵深的方向上启动了无限反思的链条。《海上僧侣》有很多阐释空间，比如神学，尤其是新教，以及虚无主义、艺术家自传等视角的解读，这里仅从反思概念的视角着眼，权当案例分析。

第五节　谈谈无法理解

作者的使命不在于布道，而在于提出问题。作品不是传达现成思想，而是驱动引发独立思想、新思想。大施莱格尔在《批判启蒙》一文中说道：启蒙试图消除一切"偏见、妄念和谬误"，宣扬"正见"，后面依然是权威的监护人思想。诺瓦利斯认为，停止自我反思并自恃正确的人，要么会对

---

[1] 参阅 Søren Kierkegaard: *Über den Begriff der Ironie mit ständiger Rücksicht auf Sokrates*. Gütersloh: Gütersloher Verlag 1991。
[2] 《海边僧侣》创作于 1808—1810 年间，画幅为 110cm×171.5cm，现藏于柏林的老国家美术馆（Alte Nationalgalerie）。

他人，要么对自身施暴。所以像小施莱格尔这样的浪漫主义者不惜让"无法理解""不懂"成为思维的发酵者、催化剂、接生婆。德国浪漫主义对"无法理解"的阐述深刻地影响了现当代艺术，不懂不是艺术的瑕疵，而是它的特质，它的要求，目的恰恰是为了促进理解与自由。

小施莱格尔在1797年底与共同出版《学苑》（*Lyceum*）的编辑赖希哈特分道扬镳，决定与自己的哥哥大施莱格尔一起出版《雅典娜神殿》。[1] 凭借独树一帜的风格——诸如"断篇""对话"，这本刊物与其他同时代的杂志在志趣上判若云泥。读者反响积极，但是态度比较两极化，除了赞许之外，也有不少人抱怨内容令人费解，甚至部分难以卒读，尤其是小施莱格尔执笔的文字。此类争议不限于出版商[2]、一般读者，其中也不乏一些好友。[3] 为此，小施莱格尔在1798年修改了一篇旧文，并将其作为"跋"附到《雅典娜神殿》一期之后。

在这篇题为《论无法理解》（*Über die Unverständlichkeit*）的文章中，小施莱格尔从探讨思考的魅力开始，追究未厘清的事实本身所具有的吸引力，它包括一个尚疑惑不解的阶段，对感官能起到诱惑作用。我们之所以被唤起兴趣，追随这种诱惑并沉浸其中，进行更深入的思考，是因为我们通过不解建立了新的关联。表面的顺理成章可能永远不会引起我们的注意。

小施莱格尔说，在我们理解事物之前，会被它们引诱，乃至误导，由于这些事物不可见或难以把握，我们甚至无法确定其边界，"杂多"会含混地被认作"一"，"相关的"会被漠视为"不相关的"细枝末节。这种暧昧不清会激发我们进一步思考，而且我们也无法指望一蹴而就的反思。只有经由反复的反思，原本暧昧不明的关系和概念才可以变得丰富，愈发明了。[4]

---

[1] Ernst Behler: *Friedrich Schlegel in Selbstzeugnissen und Bilddokumenten*. Reinbek bei Hamburg: Rowohlt 1966, S. 69f.

[2] 《雅典娜神殿》（*Athenäum*）的第一位出版商弗里德里希·费维格（Friedrich Vieweg）在1798年杂志第二期出版后请辞，杂志次年由海因里希·弗洛里希（Heinrich Frölich）的出版社接手。在多次抱怨《雅典娜神殿》销量不佳未果之后，他决定在1800年暂时停刊。参见 Hans Eichner: „Einleitung", in: *KFSA* Bd. 2, S. IX-CXX, hier S. XCVII.

[3] 大施莱格尔无法理解弟弟的部分断篇，此外，施莱尔马赫和诺瓦利斯也发现《观念》（*Ideen*）中的部分内容令人不解。参见 Hans Eichner: „Einleitung", in: *KFSA* Bd. 2, S. XCIX.

[4] Friedrich Schlegel: „Über die Unverständlichkeit", in: *KFSA* Bd. 2, S. 363-372, hier S. 363.

正因为彻底究竟的理解如此遥不可及,我们只有继续反思。通过无限接近的方式,(从外部考察的)"事物本质"和(从内部考察的)"人的规定"得以被揭示出来。如果只满足于孤立地探索个别事物,就会忽视其他关联的存在。事物之间可以不断搭建新的意义关联,因而小施莱格尔认为理解不是弄懂孤立对象,而是需要不断地"相互告知""相互沟通"(gegenseitige Mitteilung)来"生成""复制"和"交织"。一旦自以为"知道",就会固化现成关系,从而终止搭建新的意义关联。

一方面,小施莱格尔提到了我们无法完全认识、无法全然理解,也无法无碍传达,因为我们缺乏一种实相语言(reelle Sprache)作为完整传达的前提。然而,另一方面,这种捉襟见肘不是烦恼,反而成了菩提。

在引入论题时,小施莱格尔亮出了两个重要观点:

首先,人思考的对象是相对的,而不是绝对的,它们以"关系和关系概念"(Verhältnisse und Verhältnisbegriffe)为中介而产生。通过关联理解认识,通过关系与沟通理解作品,这是早期德意志浪漫主义者思考方式的独特之处。

其次,人思考的对象出自集体创造,是"最亲密的协同哲思或协同创作"[1]。大多数早期浪漫主义者都不独来独往,而是向往充满互动的艺术家社群。在讨论了交际中的合作的重要性之后,施莱格尔提出了一个问题:传达是否可能?他首先从读者的角度探讨了导致传达问题的条件。

无论对理解的兴趣还是理解的难度,对于小施莱格尔来说,都源于人际交往,他并没有预设他心的问题,而是强调"只有通过社会交往(Geselligkeit),原始的独特性才能得到净化和缓和,变得温暖而愉悦;内心的火焰才能被轻轻地引向光明,外在的形态才能被修正并确定,变得周详而清晰"[2]。善于社交的"共同思想者",在共同创作的过程中,进行着相互的"塑形"——相互教育。那么,他们之间的交流如何可能?"相互告知"如何可能?

一、交流的难题:不理解、实相语言与卡巴拉

语言交流包含诸多要素,比如信息、发送者、接收者、渠道、语境和

---

[1] Friedrich Schlegel: „Lyceum-Fragmente", in: *KFSA* Bd. 2, S. 147-163, hier S. 161.
[2] Friedrich Schlegel: „Über das Studium der griechischen Poesie", in: *KFSA* Bd. 1, S. 361.

双方互通的符码。[1]一条信息未能成功传达，往往受制于不止一个因素。在小施莱格尔的时代，还没有今天意义上的符号学或语言学，然而他很早就做出区别，理解不仅与语言传达的内容（即信息）以及共同使用的语言（即符码）有关，还与接收者的意愿以及能力有关，后者甚至还带有"情感"的因素。小施莱格尔曾写信给好友施莱尔马赫：

> 亲爱的朋友，你对我上次写给你的东西的反应是多么奇怪，好像我可以要求你理解那些观念，或者对你的不理解感到不满一样。对我来说，没有什么比全然理解和误解的是与非更令人生厌的了。当我所爱或敬重的任何一个人知晓我所愿之事，眼见我之所是，我都会满心欢喜。你不难想象，我是否能经常身临此境，欣享这种喜悦。我从不奢望，而是将其视为天赐之物，一旦爱打开理解之门，我才会领受它。[2]

小施莱格尔坦率地表达了他的请求，几乎没有惯用的反讽文风。与其说恳请友人的理解，不如说在恳请爱，期待施莱尔马赫关注他的《理念》断篇。对于小施莱格尔而言，友爱意味着"两个朋友同时在对方灵魂中清晰而完整地看到自己最神圣之物，共同因其价值而感受到愉悦，感到自身的局限只有通过相互补充才可以弥补。这就是对友谊的理智直观"[3]。小施莱格尔期望的读者是可以产生心灵共鸣的友人，可以相互补充、相互启发。他认为"无理解意愿的不解"更多的是认识上的懒怠。因此，他除了宣扬"歧义的福音"[4]，还倡导一种开放的阅读态度："学习阅读"[5]并培养"另一种新读者"[6]。理解的过程无法操之过急、一蹴而就，而是需被视为一种渐进的反思性活动。

他称最纯粹、最深入的难以理解正是来自科学和艺术，它们将理解与被理解看作出发点和目的，于是整个过程变成一个循环，对理解的要求反

---

[1] 参阅 Roman Jakobson: *Aufsätze zur Linguistik und Poetik*, Hg. von Wolfgang Raible, München: Nymphenburger Verlagshandlung 1974.

[2] 参阅 Hans Eichner: „Einleitung", in: *KFSA* Bd. 2, S. XCIX.

[3] Friedrich Schlegel: „Athenäum-Fragmente", in: *KFSA* Bd. 2, S. 165-255, hier S. 226.

[4] Walter Muschg: *Tragische Literaturgeschichte*. 2. Aufl., Bern: Francke 1953, S. 285.

[5] Friedrich Schlegel: „Über die Unverständlichkeit", in: *KFSA* Bd. 2, S. 365.

[6] Friedrich Schlegel: „Über die Unverständlichkeit", in: *KFSA* Bd. 2, S. 363.

过来造就和强化了不理解。小施莱格尔的意图并不是为无法理解辩护，相反，不解、不懂被视为经过深思熟虑的概念，从哲学史上，我们甚至可以找到与之心有戚戚的苏格拉底的策略：意识并承认自己的无知，并由此展开认识与理解之途。

在考察了信息接受者之后，小施莱格尔转向了交流所需的符码中存在的问题——这里主要指的是语言。在小施莱格尔看来，"所有的不可理解都是相对的"，而任何可理解性都具有时间和空间上的滞后。沟通总是通过"相对概念"来进行。语言概念不仅不准确，而且是由集体的语言游戏引发，甚至"有时词语比使用它们的人更好地理解自己"[1]。这句话概括了小施莱格尔对语言理解的关键，他强调了语言的自主性，即语言蕴含了超出使用者理解的内容。当语言传达说话者所说的内容时，同时也传达自身，其质料性不能被媒介的功能性所替代或抵消。对于小施莱格尔而言，语言不仅仅是表意的媒介，同时还隐藏并连接着另一种"世界精神的无形力量"，是"神圣精神的缩影和镜子"。从混沌中，宇宙被"唤生"出来（ein Kosmos ins Leben gerufen）。"真实的文字无所不能，是真正的魔杖。"[2]

语言有其自身的法则，尽管语法可以被认识和使用，但语言的起源和历史却超出一般认识。语法不是封闭的法则，而是通过排列和变异无限转变。小施莱格尔将语法与犹太神秘学等同起来，他提出卡巴拉（Kabbalah）就是无限的语法。[3] 无法解读的秘密以及无限的变形共同构成了字母的神秘性。

语言的自治（Autonomie）支持了小施莱格尔对诗歌及艺术具有客观

---

[1] Friedrich Schlegel: „Über die Unverständlichkeit", in: *KFSA* Bd. 2, S. 364.
[2] Friedrich Schlegel: „Lucinde", in: *KFSA* Bd. 5, S. 1-92, hier S. 20.
[3] 卡巴拉（Kabbalah）源自希伯来语的 kibbel，意为传承、接受，通常被看作犹太教口传的秘教教义。在处理《摩西五经》的托拉（Torah）时，人们常运用字母和数字来阐释。卡巴拉原则根植于对托拉神圣性的信仰。通过学习卡巴拉，人们应可揭示《创世纪》的秘密。与犹太教卡巴拉传统不同，欧洲思想中的基督教卡巴拉传统之所以得以建立，是经过了乔万尼·皮科·德拉·米兰多拉（Giovanni Pico della Mirandola）、约翰内斯·罗伊希林（Johannes Reuchlin）、克里斯蒂安·克诺尔·冯·罗森罗特（Christian Knorr von Rosenroth）、约翰·弗兰茨·布德（Johann Franz Budde）和雅各布·布鲁克（Jakob Brucker）等学者的创造性解释，将神学、哲学与古老智慧融合为有机的整体。而小施莱格尔则是将卡巴拉运用在世俗化的美学语境中。参阅 Wilhelm Schmidt-Biggemann: *Geschichte der christlichen Kabbala*. Stuttgart-Bad Cannstatt: Frommann-Holzboog 2012.

性的理解，在某种程度上，甚至也可为空洞主观性的指责[1]做辩护。语言的客观性还有另一层意味：无法理解并不一定仅仅源自信息发送者的意图或无能，也源于语言的内在性质。

信息传递总是伴随着时空延迟，不合时宜的思想如同"过早产生的群灵"[2]，在特定时间和特定条件下，尚无法传达出真理。从另一个角度看，理解的延迟与反思有关，尽管直观直接、即时，但反思迂回而行，具有过程性。小施莱格尔在其中窥见现代与古代艺术的差异："旧时人们对整个诗艺的完美文字一目了然；现时人们则预感着生成中的精神。"[3] 预感不仅描述了一个影影绰绰、正在形成的形象，还传达了空间的迟滞和定位的困难。那么无尽的反思不可避免，是否可以诉诸"理智直观"呢？

小施莱格尔对"理智直观"的思考和表述并非如康德、费希特或谢林那样在形而上学意义上展开，[4]他强调"理智直观"的审美维度。它既不在主体或客体的同一性中，也不在"自我"或"自我反思"中，而是在主体和客体之间迂回往复。

小施莱格尔提出的"实相语言"具有迂回的特点，就契合了他所谓的往复运动的理智直观。

---

[1] Walter Benjamin: *Der Begriff der Kunstkritik in der deutschen Romantik*. Frankfurt a. M.: Suhrkamp 1978, S.82ff.

[2] Friedrich Schlegel: „Über die Unverständlichkeit", in: *KFSA* Bd. 2, S. 364.

[3] Friedrich Schlegel: „Lyceum-Fragmente", in: *KFSA* Bd. 2, S. 158.

[4] 理智直观（intellektuelle Anschauung）被赋予不同的内涵。虽然康德在某些论辩语境下将其时而看作能把握现象本质的非感性直观，或非知性但是理性的直观理解，参见 Stefan Klingner: „Kants Begriff einer intellektuellen Anschauung und die rationalistische Rechtfertigung philosophischen Wissens ", in: Kant-Studien. Vol. 107, No. 4, 2016, pp. 617-650。但在康德哲学中，只有上帝才可能这所谓理智直观，它是"真正的唯心论在任何时候都有一种狂热的意图。"（康德：《未来形而上学导论》，载于《康德著作全集》（第四卷），李秋零主编，北京：中国人民大学出版社，2007年，第381页）康德在《纯粹理性批判》中否认人在认识论的意义上具有理智直观，主要基于两个顾虑：首先，理智直观试图将范畴应用于现象之外的对象（本体，即物自体），超出了人的认知能力范围。其次，理智直观排除了外部对象，因而作为感性直观的反义词，它不具有感觉器官，因此其存在被彻底瓦解了。然而在谢林看来，理智直观与自我的反思是等同的。他在《先验唯心论》体系理智直观是"一切超验思维的工具，因为超验思维正是要通过自由，将在其他情况下无法成为对象的东西做成对象；超验思维预设了一种能力，即某种精神行动能同生成并直观，从而使得生成对象和直观本身绝对同一，而恰恰这种能力就是理智直观的能力"。参见 Schelling: „System des transzendentalen Idealismus ", in: Schellings Werke. Bd. 2. Hg. von Otto Weiß, Leipzig: Fritz Eckardt Verlag 1907, S.1-308, hier S. 43。费希特的理智直观与谢林的比较一致。黑格尔认为，无论是在费希特的哲学还是在谢林的哲学中，理智直观的绝对原则确保了主体和客体的同一性，因此应被视为"哲学的唯一真正基础和坚实支点"。参见 Georg Wilhelm Friedrich Hegel: „Differenz des Fichteschen und Schellingschen Systems der Philosophie ", in: Hegel Werke. Bd. 2, Frankfurt a. M.: Suhrkamp 1979, S. 114。

我指的是一种实相语言，有了它，我们会停止咬文嚼字，而是观看一切行动的力量和种子。这样的一种卡巴拉的席卷，应该教会人们的精神如何自我转化，从而能够最终绑缚那个可转变的永恒变化的对手……[1]

通过这种实相语言，人们不必纠结文字，无须解释，无须修饰，直观行动的力量和种子便知究竟。小施莱格尔的实相语言既非恒定的精确语言，也非诺瓦利斯所理解的原（初）语言，而是源自一种艺术语言的创造，旨在与事物建立起一种神秘的关系。

二、制造黄金的寓言

黄金制造的寓言看似随意插入，却呈现了小施莱格尔"无系统的概念矩阵"概念，也包含了他对启蒙的批评态度，讽刺了"一种近乎狂喜的时代信念，即在启蒙精神下试图为自然科学拟定一个有关未来的明确计划"[2]。此外，这一段还附带评论了一下"小施莱格尔自己的术语，自己的写作方式，以及被描述为不可理解的文本处理方式"[3]。

小施莱格尔引述哥廷根化学家吉尔塔纳（Girtanner）预言的论述可以用以解释无法理解如同一个寓言，探讨了通过实相语言传达思想的可能性——类似黄金作为一般交换物和约定价值尺度的意义。《雅典娜神殿》119号断篇也提到了黄金隐喻：

> 即使那些看似任意的语言形象，也往往大有深意。我们或许会想：金银的质量与思想技艺之间是否存在某种类比？那些思想技艺如此确然、如此完善，仿佛变得恣肆任意，偶然妙手而得，与生俱来一般。然而，很明显，才华只是一种占有物，如同占有货真价实的物品一样，即使它们无法让其所有者加官晋爵。[4]

---

[1] Friedrich Schlegel: „Über die Unverständlichkeit", in: *KFSA* Bd. 2, S. 364.
[2] Ralf Schnell: *Die verkehrte Welt. Literarische Ironie im 19. Jahrhundert*. Stuttgart: J. B. Metzler 1989, S. 14.
[3] Eckhard Schumacher: *Die Ironie der Unverständlichkeit*. Frankfurt a. M.: Suhrkamp 2000, S. 207.
[4] Friedrich Schlegel: „Athenäum-Fragmente", in: *KFSA* Bd. 2, S. 183f.

哪怕思想技艺被斥为恣肆任意，它们仍然"货真价实"，不依靠市场上声嘶力竭的叫卖或是投机，而是通过内在的类似实物价值来保证。语言、黄金和精神（天才）都是类似的货真价实。

吉尔塔纳向人们预言："19世纪的人们将能制造黄金……每位化学家，每个艺术家都将能够制造黄金，厨房器皿将由金银制成。"[1] 小施莱格尔不无反讽地讥笑了这个预言的平庸。即便普遍制造黄金是可能的，也会是无法忍受的，或者无意义的：黄金的广泛流通将使它广泛地运用在"厨房器皿"中。

接下来，他突然视角一转，称在那些"稍有点儿教育和启蒙的国家，金银是可以理解的，并且通过金子的硬通货，一切他物也随即得到理解"。那里人们尊重"黄金的客观性"。黄金的名义价值源于其实际价值，后者也保障前者。

然而，客观性的日渐式微反倒与教育和启蒙的深入密切相关。"因为客观性是不变和坚挺的：如果艺术和趣味达到了客观性，那么美学教育也必须被固定下来。而美学教育的绝对静止是不可想象的。"[2] 一个名副其实的"批判的时代"已不可能再相信最古老的美学教条主义的基本原则。现代诗歌"几乎清一色地与那些纯粹规则相抵触"，它们"根本没有身价。……甚至根本不去要求什么客观性"。[3]

小施莱格尔通过制作黄金的寓言，生动地阐明了金的暧昧和辩证性，黄金不啻一种隐喻，形象地表达了实相语言对精神的传递或诗歌的客观性。

> 但这一切只是头脑中的幻想或理想：吉尔塔纳已经去世，而现在离制造黄金还有漫漫长路要走，我们只能穷尽所有技术制作一些铁块儿，倒也足够，用来制造一片缅怀他的小小纪念币。[4]

---

[1] Friedrich Schlegel: „Über die Unverständlichkeit", in: *KFSA* Bd. 2, S. 365.

[2] Friedrich Schlegel: „Über das Studium der griechischen Poesie", S. 255.

[3] Friedrich Schlegel: „Vorrede [zu *Die Griechen und Römer. Historische und kritische Versuche über das Klassische Alterthum*]", S. 208.

[4] Friedrich Schlegel: „Über die Unverständlichkeit", in: *KFSA* Bd. 2, S. 365.

如果黄金如此容易制造，人们就不会苛责"银板上写金字的浮雕作品"，用粗粝的语气说它们"无法理解"。[1] 由于普遍存在的黄金和普遍适用的实相语言并不存在，人们可以用"艺术的所有规则"（即便仅用"铁"）制造缅怀用的小小纪念币。正是因为存在这样的缺失，艺术才得以产生。

三、精于算计：无关与简化

小施莱格尔以他饱受"难懂"诟病的《雅典娜神殿》第 216 号断篇为例，从作者或信息发送者的角度，阐述导致无法理解的策略。他承认，将费希特的哲学、歌德的文学和法国革命相提并论，是一种"极其主观的见解"。这种任意联系可以被理解为一种"在最不同的事物之间意外地揭示其相似性的组合能力"[2]。在理解的过程中，我们将新事物与个人的先见建立关联。施莱尔马赫将"无法理解"定义为"不遵循任何关联规律的东西"[3]。如果碰到含糊不清的关联，受众或者读者就要调动想象力。停滞懈怠只是不去理解的另一种状态，与其说是出于缺乏，还不如说是"由于认识的过剩"所导致。[4] 然而，能激发注意力和想象力的留白乃是一门精巧的手艺。

> 一切最高的真理都是极其庸常琐碎的，正因如此，没有什么比不断以新的方式表达它们更为重要，如有可能，甚至要以更加悖论的方式来提醒人们，真理仍然存在，并且它们永远无法被完全表达出来。[5]

"意犹未尽"是德意志浪漫主义诗学的着力点，未尽不一定仅仅是回溯性的，也可是前瞻性的，"一切都只是倾向（Tendenz），这是一个倾向的时代"。[6] 小施莱格尔在未发表的初稿中写道："时代最大的三个倾向是知

---

[1] Friedrich Schlegel: „Über die Unverständlichkeit", in: *KFSA* Bd. 2, S. 365.
[2] Lothar Pikulik: *Frühromantik*. S. 130.
[3] Friedrich Schleiermacher: *Hermeneutik und Kritik*. Hg. von Manfred Frank, Frankfurt a. M.: Suhrkamp 1977, S. 203.
[4] Novalis: „Vermischte Bemerkungen und Blüthenstaub", in: *Novalis Schriften*, Bd. 2, S. 452.
[5] Friedrich Schlegel: „Über die Unverständlichkeit", in: *KFSA* Bd. 2, S. 366.
[6] Friedrich Schlegel: „Über die Unverständlichkeit", in: *KFSA* Bd. 2, S. 367.

识学、威廉·麦斯特和法国大革命。但是所有这三者都只是倾向，尚未得到彻底的实现。"[1] 后半句保留之意在发表时被删去了。

说了一半的话提供了自由空间，引发新的解释。倾向不代表完成，而只是潜力。我们也可以认为小施莱格尔也无意给出最终评判，而只是提供即时的观察。在另一处，纯粹倾向指的是"空有思想，没有文字"，没有"质料与形式性"。[2] 除此之外，也可能出现消极的倾向，比如在《雅典娜神殿》第382号断篇中：

> 本能被表达得幽暗而具象。一旦被误解，就会产生错误的倾向。这种情况发生在时代和民族之上的频率并不比发生在个人身上少。[3]

当没有质料的精神被误解，被欢呼的时代就可能滑向邪路。既然误解会带来错误倾向的恶果，甚至有误国误民之虞，为何还要铤而走险，不惜用风牛马不相及与过于简化等策略，来制造无法理解呢？小施莱格尔意图将开放的文本交由有智慧的读者，一开始它可能会给读者带来困惑，但是"倾向"可能会引发更积极的理解。而倾向意味着可能性，意味着自由。因而，无法理解正是自由开始时的窘境。

反讽和无法理解之间存在一种类比关系，我们从反讽大师苏格拉底身上不难看出反讽与"我知道我不知道"的关系。然而，问题在于，不可理解如何被"反讽地"理解呢？反讽在普通意义上是正话反说，然而，小施莱格尔将反讽描绘为将一切笑话和一切严肃，将"所有开诚布公和所有讳莫如深"，将自然哲学和艺术哲学，将"不可能性和必然性"统一在一起的东西。[4] 反讽具有颠覆性，也不姑息自己，因而"自我反讽"不可或缺。小施莱格尔并没有明确地区分反讽中颠倒的所说和所指，而是在两者之间交互反讽。

因此，这里所谓的无法理解在知和不知之间摇摆，通过精于算计的文

---

[1] Friedrich Schlegel: „Philosophische Fragmente. Erste Epoche. II. [1796-1798], in: *KFSA* Bd. 18, S. 85.
[2] Friedrich Schlegel: „Lyceum-Fragmente", in: *KFSA* Bd. 2, S. 155.
[3] Friedrich Schlegel: „Athenäum-Fragmente", in: *KFSA* Bd. 2, S. 236.
[4] Friedrich Schlegel: „Über die Unverständlichkeit", in: *KFSA* Bd. 2, S. 368.

学技艺来循循善诱,不惜省略、化简、委曲……小施莱格尔不是直接展示不可理解,而是暗示。他想要表现出无法表达、无法言说、无法理解,因此,他的线索将读者引向字里行间与言外之意,远远超出了所说和所指的边缘。

四、无法理解令人憎恶吗?

> 如果世界上的一切都变得完全可理解,正如你们所要求的那样,你们就会感到无聊至极。而这个无限的世界本身不正是由理性从无法理解或混沌中建立起来的吗?[1]

国家、制度以及知识都是人为的和历史性的建构,并非普遍有效或理所当然。无法理解也可以被用于无法自洽的合法性叙述。因而,小施莱格尔不仅反讽了"全然理解",也反讽了"无法理解",两者都非灵丹妙药,放之四海而皆准。标榜"理解"的理性既助力启蒙运动,推翻所谓蒙昧,但是也将知识用于权力的合法化,掌控权力,进行规训和排斥。继续思考和批评的人,无论是启蒙者,还是浪漫主义者,或者同是两者,都要再次经受批评的审视,以免滥用"理解"或"无法理解"。小施莱格尔不无讽刺地提出一个假设:如果一切都是完全可理解的,人们会感到无聊得要死,因为理智再也没有对象了。依据学者孟宁豪斯的观点,"明智地限制认识(理解)并不会引发意义危机,而恰恰能避免这种危机"[2]。意义危机常常源自对理解的自信而僵硬地划定楚河汉界。

浪漫主义者对"不解"的热爱,蕴含着怀疑的方法。现代艺术"让人看不懂",也有必要如此,其后面的理论支持,就来自浪漫主义美学。没有固定的阐释,甚至有意制造阻隔,因为我们要在不解中继续反思与创作。

---

[1] Friedrich Schlegel: „Über die Unverständlichkeit", in: *KFSA* Bd. 2, S. 370.
[2] Winfried Menninghaus: *Lob des Unsinns*, S. 60.

小施莱格尔曾通过区分作家类型，表达自己的理想型——不仅是理想作家，也是理想的读者。

[112] 分析型作家（analytischer Schriftsteller）观察读者的样子，然后精心算计，开启他的机器，以便对其施加合适的影响。综合型作家（synthetischer Schriftsteller）构建并创造一个读者，成为他应该的模样。他不将读者想象为静止而死板的，而是活生生的并与之相互作用。他让他所创造的事物在读者的眼前逐步转化，或者诱使读者自己去创造。他不想对读者施加特定的影响，而是与读者建立起最亲密的协同哲学或协同创作的神圣关系。[1]

第六节　作者、作品和读者——协同创作

传统的"阐释学"从作者权威出发，定位于作者的意图、视域以及环绕作者的历史和文化背景。"形式主义"以及之后的"结构主义"把视线投向作品的肌理，强调作品的自治，作品或者文本有自身的文法结构。接受美学侧重阅读、观看的过程对作品的再实现，是与文本的对话。德意志浪漫主义则把作者／艺术家、作品和读者／鉴赏者—批评家重新融合在一个互动关系中，只有理解了前面所谈到的"崇高""反思"和"自我"等概念，我们才能够理解这种关系重建的思考脉络。

施莱尔马赫将解释与批评区分开来，认为前者是为了正确理解他人言谈和文字的艺术，后者是经由充足资料和数据正确评判作品和作者是否货真价实的艺术。[2] 若是解释过于侧重作者的意图，可能会丧失意义的多元性，也有将艺术品当成权威工具和媒介的危险。另一方面，批评家具有法官一般的地位，强化了审美领域的权力等级关系。但是在浪漫主义那里，

---

[1] Friedrich Schlegel: „Lyceum-Fragmente", in: *KFSA* Bd. 2, S. 161.
[2] Friedrich Schleiermacher: *Hermeneutik und Kritik*. Hg. von Manfred Frank, Frankfurt a. M.: Suhrkamp 1977, S. 71.

批评家不是法官,也不是天才艺术家的知音或精英粉丝,而是有反思能力的读者,是读者和作者之间的中介,也是续写(广义的未完成)作品的合作者。

在小施莱格尔眼中,并非每个写作的人都是"作者",作者是对话和交往的"发起者",参与教化,也自我教化。[1] 此外,协同创作(Sympoesie)构成了集体的作者。诺瓦利斯说:"人类世界是众神的共同的器官(Organ),诗联合起众神,正如诗联合起我们。"[2] 在讨论中形成思路,匿名共同写作,是那个时代的艺术家和学者的风尚,不限于德意志浪漫主义的圈子。

早期浪漫主义强调读者的敏感,也注重作品与读者之间的互动。读者不是学生或有待启蒙的芸芸受众,而是平等的对话者,"是扩展的作者"[3]。作品永远在形成中,"永远是未完成品",而且无法被理论穷尽。若是完成了,作品便属于历史,而不再属于批评。[4] 浪漫主义没有膜拜任何伟大作品,而是关注于过程,不存在被动的接受,接受就是创作,受作品激发,酝酿并创作"意义、惊叹和冲动"[5]。不是作品,而是创造将生活与艺术合二为一。早期浪漫主义对过程的钟爱,是对自由主体的实践。对于任何一个作品而言,当下是断篇,未来则是一项规划。作品在未来将继续是断篇,并继续被完善。人们不仅无限补充,无限地接近完整,而且要在补充的时候创造新的断篇。一个作品正是"自我创造和自我毁灭的结果"[6]。对于一个开放的"断篇"般的作品,我们能够与之发生的关联,如诺瓦利斯所说:"我们永远无法理解全部,但是我们将会做的,也能够做的,比理解更多。"[7]

审美过程也体现着制度和权力关系。改变审美的意识,放弃被监护的状态,成为审美主体:浪漫主义对审美关系的重建可以衍生出许多深意。浪漫主义把人生看成自然的艺术品。将艺术融入生活,并与他人分享,是

---

[1] Friedrich Schlegel: „Lyceum-Fragmente", in: *KFSA* Bd. 2, S. 155.
[2] Novalis: „Vermischte Bemerkungen und Blüthenstaub", in: *Novalis Schriften*, Bd. 2, S. 461.
[3] Novalis: „Vermischte Bemerkungen und Blüthenstaub", in: *Novalis Schriften*, Bd. 2, S. 470.
[4] Friedrich Schlegel: „Athenäum-Fragmente", in: *KFSA* Bd. 2, S. 169.
[5] Friedrich Schlegel: „Lyceum-Fragmente", in: *KFSA* Bd. 2, S. 154.
[6] Friedrich Schlegel: „Lyceum-Fragmente", in: *KFSA* Bd. 2, S. 149.
[7] Novalis: „Vermischte Bemerkungen und Blüthenstaub", in: *Novalis Schriften*, Bd. 2, S. 413.

为了将生活和社会建成"诗意的"。与分工秩序井然的古典国家设计不同,浪漫主义的世界图景是"人人都应当是艺术家,万物都能成为美的艺术"[1]。当人们于 2021 年纪念 20 世纪极具创造力的艺术家博伊斯(Joseph Beuys)百年诞辰时,用的就是"人人都是艺术家"——博伊斯生前的著名口号,他深信每个人都有改变自己和世界的创造能力。我们不难看出,德意志浪漫主义美学为当下的艺术提供了资源。当我们理解了浪漫主义,现当代艺术似乎不再令人无所适从,甚至很多是浪漫主义现代版的注解和变奏。

施莱格尔对于以学问或艺术谋生的人嗤之以鼻,浪漫主义者共同的特质是希望人类生活不被合理性工具化,不被劳动分工异化。因为艺术已经不再是造型艺术,而是人创造自由生活的代名词。"为艺术而艺术"的主旨来自浪漫主义,它后面的逻辑是拒斥任何工具化,拒斥将艺术工具化,拒斥将人工具化,世界万物互为目的,又都以自身为目的,各得其所。浪漫主义艺术美学深深契合康德的人是目的与有机世界的理念。

早期德意志浪漫主义的崇高为主导、反思为形式的"动态美学",不仅源自浪漫主义哲学,也包含在其带有乌托邦特质的政治理念中。"诗是一种共和制式的讨论,这种讨论本身就是自己的法则和目的。其各组成部分就是自由的公民,他们都可以参与决策。"(批评断篇 65)浪漫主义哲学和美学在政治上的表述契合康德就启蒙事业所提出的"理性公开运用"。

"一切艺术都应成为科学,一切科学都应成为艺术,诗学与哲学应当合二为一。"[2] 这是浪漫主义者的综合方式。美不再限于审美领域,而是生发创造力的渊薮,是完成由自由公民组成的人类社会的必要事业。人们给浪漫主义冠名"诗学中心主义"或"美学中心主义",这里的"诗学"更带有其古希腊语创作的宽泛内涵,是一切"美的艺术之精神"[3]。让世界"浪漫化"的呼唤看似大而无当,但也许期待着来自未来的回声。

---

[1] Novalis: „Glauben und Liebe ", in: *Novalis Schriften*, Bd. 2, S. 475-503, hier S. 497.

[2] Friedrich Schlegel: „Lyceum-Fragmente", in: *KFSA* Bd. 2, S. 161.

[3] August Wilhelm Schlegel: *Kritische Schriften und Briefe*. Hg. von Edgar Lohner, Stuttgart 1962ff. Bd. 3, S. 46.

第四章
浪漫主义悲剧哲学

毛明超

第一节 引 言

浪漫主义没有悲剧经典,只有经典的悲剧哲学。纵观德语戏剧史,在克莱斯特的《洪堡亲王弗里德里希》(*Prinz Friedrich von Homburg*, 1810)和毕希纳的《丹东之死》(*Dantons Tod*, 1835)[1]之间的二十五年,找不出一部可称为典范的悲剧作品;占据德国戏台的除了古典主义的不朽名作,便是科采布、伊弗兰等人的煽情家庭剧。施莱格尔兄弟这两位浪漫主义的领军人物也仅各有一部悲剧作品,且虽在歌德的支持下登上魏玛舞台,但却均未能成功,今天也已被人淡忘,以至于人们不禁要问,对浪漫主义悲剧的研究之所以不受重视,是否部分也应归结于研究对象本身的缺憾[2]。

---

[1] 海因里希·冯·克莱斯特的《洪堡亲王弗里德里希》于1810年完成,但直到1821年才由路德维希·蒂克整理出版;他生前发表的最后一部完整剧作是1810年首演的《海尔布隆的小凯蒂》(*Käthchen von Heilbronn*),但这是一部以中世纪神圣罗马帝国为背景的"大型历史骑士剧",最终有情人终成眷属,尽管融合了多种浪漫主义元素,但不能称之为悲剧。参见范大灿主编:《德国文学史(修订版)第三卷》,北京:商务印书馆,2020年,第251—254页。而格奥尔格·毕希纳的《丹东之死》于1835年发表,参考大量历史资料,呈现了革命中的历史虚无主义与宿命论,具有真正的悲剧色彩;但毕希纳登场之际,浪漫主义文学已日渐式微,毕希纳本人也因檄文《黑森快报》(*Der Hessische Landbote*)、戏剧《沃伊采克》(*Woyzeck*)等具有强烈社会批判力的作品被纳入强调文学中的政治性的"前三月"(Vormärz),因而也不在浪漫主义悲剧的考察维度。

[2] Gerhard Schulz: „Romantisches Drama. Befragung eines Begriffs", in: Uwe Japp u. a. (Hg.): *Das romantische Drama. Produktive Synthese zwischen Tradition und Innovation*. Tübingen: Max Niemeyer 2000, S. 2.

但不可否认的是，悲剧体裁在浪漫主义时期的式微与其自古希腊以降在诗学反思中所占据的重要地位迥然相异。

在《诗学》（*Poetik*）的第六章中，亚里士多德曾如此定义悲剧：

> 悲剧是对于一个严肃、完整、有一定长度的行动的模仿；它的媒介是语言，……模仿方式是借人物的动作来表达，而不是采用叙述法；借引起同情（eleos）与恐惧（phobos）来使这种情感得到净化（Katharsis）[1]。

而席勒则与亚里士多德一脉相承：他在《悲剧艺术》（*Über die tragische Kunst*）一文中，将悲剧定义为"对一系列彼此联系的事件（一段完整的情节）所做的诗意模仿，这种模仿向我们展现了身处痛苦之中的人类，目的在于激起我们的同情"[2]。可见，就形式而言，悲剧在经历了古典主义的沉淀后有了清晰的、内在闭合的结构，独立于叙事元素，突出现时性，即在有限的舞台空间与时间中按照揭幕、升高、转折、延宕与灾难五个阶段，通过有限人物的对话与行动生动地展现一段通常以死亡或毁灭为结局的情节，以期激发观众的同情感并实现道德教化功能。

然而，这样的独立形式、有限结构与固定结局却并不符合早期浪漫主义文学理论所设想的理想文学形式，甚至可以说，在弗里德里希·施莱格尔的断篇中所呈现出的浪漫文学雏形是反悲剧的。"一切严格纯粹的经典文学形式在今天都是可笑的"[3]，施莱格尔在《学苑》（*Lyceum*）断篇集中如是写道，以此明确反对规范性的文学体裁定义。而在《雅典娜神殿》（*Athenäum*）的断篇中，施莱格尔则给出了浪漫文学乃是"渐进的总汇诗"（progressive Universalpoesie）这一经典定义：

---

[1] 亚里士多德：《诗学》，罗念生译，北京：人民文学出版社，1962年，第19页。考虑到德语诗学固有名词对译文有所改动，本章将罗先生译文中的"怜悯"改为"同情"（Mitleid），将"陶冶"改为"净化"（Reinigen）。
[2] 席勒的作品均引自法兰克福版《席勒全集》。Friedrich Schiller: *Werke und Briefe in zwölf Bänden*. Frankfurt a. M.: Deutscher Klassiker Verlag 1992. 后文将以 *Schiller FA* 指代该版本，并分别标明引文所在的卷数与页码。此处参见 Schiller: „Über die tragische Kunst", in: *Schiller FA*, Bd. 8, S. 269. 汉译参见席勒：《席勒文集》（第六卷），张玉书选编，北京：人民文学出版社，2005年，第46页。此处译文比照原文有改动。
[3] Friedrich Schlegel: „Lyceum-Fragmente", in: *KFSA* Bd. 2, S. 154. 汉译参见施勒格尔：《浪漫派风格——施勒格尔批评文集》，第52页。此处译文比照原文有改动。

浪漫文学是一首渐进的总汇诗。它的使命不仅是要重新统一文学所有相互割裂的形式，还要将文学与哲学和修辞学结合起来。它希冀，也应当将诗与散文、天才与批判、艺术诗与自然诗时而混合，时而交融于一体……其他的文学体裁业已定型，完全可以拆分肢解。但浪漫文学正处于生成之中；的确，永远只在变化生成，永远不会完结，这正是浪漫文学的真正本质。……只有浪漫文学才是无限的，正如只有浪漫文学才是自由，才将"诗人的随心所欲不受任何法则限制"视为自己的首要法则。[1]

在弗里德里希·施莱格尔看来，浪漫文学就形式而言应当是"总汇"的，即综合的，将不同种类的文学形式融于一体而不局限于单一固定的类别；同时浪漫文学又应当是"渐进"的，即始终否定自身、超越自身，始终处于变化与生成而不能受制于确定的终点，因而是一种开放的文学形式：不仅可容纳多重素材，更可以通过扬弃自身而实现不断的自我完善，因为其最终目标乃是不可企及的。正如施莱格尔在《论古希腊文学的研究》（*Über das Studium der griechischen Poesie*）中所言，"艺术可无尽地趋向完美"[2]，不管对于艺术史还是对于单独的艺术作品而言均是如此。正是对固化的系统性之冷淡与这种"无限之可完美性"的追求最能够刻画浪漫主义文学理论的特点。[3] 这样一来，结构统一且情节发展已被体裁框定的悲剧显然不符合这一要求：它既从文学表现的时态与方法上完全区别于叙事作品[4]，又无法提供趋向无限的发展路径，而是从一开始就预设了结局，并且在形式上是闭合的，因此难以被归入"渐进的总汇诗"这一范

---

[1] Friedrich Schlegel: „Athenäum-Fragmente", in: *KFSA* Bd. 2, S. 182. 汉译参见施勒格尔：《浪漫派风格——施勒格尔批评文集》，第 71—72 页。此处译文比照原文有改动。
[2] Friedrich Schlegel: „Über das Studium der griechischen Poesie", in: *KFSA* Bd. 1, S. 288.
[3] 恩斯特·贝勒尔：《德国浪漫主义文学理论》，李棠佳、穆雷译，南京：南京大学出版社，2017 年，第 4 页。
[4] 歌德与席勒曾探讨叙事文学与戏剧文学之间的分野，并在共同撰写的提纲中强调两种文体在艺术呈现的时间性与内涵上存在的差异，以将二者区分开来，确保文体的纯粹性："叙述文学把事件当作完全过去的事情来讲述，而戏剧文学作家则把事件当作完全眼前发生的事情来表现……叙事作品描述的是在自身以外进行活动的人……而悲剧描述的则是面向内心的人。"参见歌德：《论叙事文学与戏剧文学》，载于歌德：《歌德论文学艺术》，范大灿编，范大灿、安书祉、黄燎宇等译，上海：上海人民出版社，2017 年，第 41—42 页。

畴之中。施莱格尔认为，人们选择"戏剧"的原因在于"对系统性的完满性的偏好"[1]，但"系统"与"完满"恰恰是浪漫主义断篇的反面。事实上，施莱格尔在《学苑》断篇集中还讽刺过在"现代艺术史中具有极大普遍性"的所谓"悲剧"概念："悲剧就是一出皮剌摩斯（Pyramus）在其中自杀的戏。"[2] 也就是说，时兴的悲剧所描绘的只不过是爱情中的误解，是根源于世俗世界的一场意外，而不具有形而上学的必然性。

然而，对于悲剧形式的批判却并未影响到浪漫主义者对悲剧性的研究：他们在大学中开设了众多文学与美学课程，试图从理论上把握戏剧，尤其是悲剧这一"所有艺术之自在（An-sich）与本质的最高体现"（谢林语）[3]的内核。值得注意的是，无论是在谢林还是在日后黑格尔的艺术哲学讲演中，悲剧都被安排在最后一章，从结构上印证着悲剧作为各艺术形式之最高综合的地位。

从总体上看，浪漫主义悲剧哲学实现了一种从舞台效果美学（Wirkungsästhetik）到戏剧内涵美学（Gehaltsästhetik）的范式转换。启蒙主义与古典主义戏剧理论对悲剧的定义都围绕着其目标效果，即激发同情。莱辛在《关于悲剧的通信》中曾写道："悲剧的天职就是，扩展我们感知同情的能力。……最富同情心的人是最善良的人，是最能够接纳所有社会美德、接纳一切宽容大度品格的人。"[4] 可以说，莱辛从悲剧的效果中推论出了一种道德哲学。席勒同样认为："一部悲剧，如果其悲剧形式——模仿一段触动人心的情节——得到了最充分的利用，以激发同情之感，那么它便是完美的。"[5] 对于悲剧的效果美学定义而

---

[1] Friedrich Schlegel: „Athenäum-Fragmente", in: *KFSA* Bd. 2, S. 168. 汉译参见施勒格尔：《浪漫派风格——施勒格尔批评文集》，第62页。此处译文比照原文有改动。

[2] Friedrich Schlegel: „Lyceum-Fragmente", in: *KFSA* Bd. 2, S. 1543. 汉译参见施勒格尔：《浪漫派风格——施勒格尔批评文集》，第50页。此处译文比照原文有改动。关于皮剌摩斯，参见李伯杰先生的译注："皮剌摩斯，古巴比伦传说中河w女神提斯柏的恋人。当他得知情人被狮子撕碎后自杀身亡。提斯柏实际未死，皮剌摩斯的死讯传来，她当即用皮剌摩斯的剑自刎。莎士比亚的《仲夏夜之梦》和《罗密欧与朱丽叶》在一定程度上也是取材于这个神话故事。"

[3] Schelling: *Philosophie der Kunst*, in: *Schelling HKA* Bd. II.6.1, S. 366.

[4] 莱辛：《关于悲剧的通信》，朱雁冰译，北京：华夏出版社，2010年，第19页。

[5] Schiller: „Über die tragische Kunst", in: *Schiller FA*, Bd. 8, S. 269. 汉译参见席勒：《席勒文集》（第六卷），第51页。此处译文比照原文有改动。

言，其内容（即剧中呈现的悲剧冲突）是无关紧要的，席勒甚至在《悲剧艺术》一文中要求理想的悲剧弱化其中题材的效果："如果一部悲剧所激起的同情不是其中素材的功效，而是源自得到了最充分运用的悲剧形式，那么它大概就是最完美的悲剧了。这可以算作悲剧的**理想形式**（das Ideal der Tragödie）。"[1] 这当然与他之后在《审美教育书简》中所提出的"用形式来消除材料"的理念异曲同工[2]。但是，浪漫主义者所关注的核心问题不再是悲剧应如何上演、产生何种效果，而是何为悲剧性。弗里德里希·施莱格尔在评论莎士比亚的悲剧时，就开启了这一转变。他在《论古希腊文学的研究》中将《哈姆雷特》称为一部"哲学悲剧"（philosophische Tragödie），而"哲学悲剧的真正对象"乃是"无法消除的不和谐（unauflösliche Disharmonie）"。在弗里德里希·施莱格尔看来，没有一部现代戏剧作品能比《哈姆雷特》更好地凸显这种不和谐：

> 这部悲剧给人的总体印象是**最大限度的绝望**。一切单独看显得宏大而重要的印象，在那作为一切存在与思想最后的、唯一的结论显现于此的东西面前都变得平庸，消失不见：这就是永恒的**宏大分歧**（die ewige Kolossale Dissonanz），它无尽地割裂了人类（Menschheit）与命运（Schicksal）。[3]

以《哈姆雷特》为代表的现代悲剧所描绘的不再是个体不幸，而是普遍人性所面临的结构性冲突；悲剧不再被视为作者与观众间的媒介，旨在激发观众特定的心理情绪（如启蒙主义者所关注的同情），而是要呈现人类与命运之间的对立这一"宏大分歧"；悲剧不再具有道德教化作用，而是要塑造"最大程度的绝望"，因为人与命运的割裂是永恒而不可调和的。

---

[1] Schiller: „Über die tragische Kunst", in: *Schiller FA*, Bd. 8, S. 269. 汉译参见席勒：《席勒文集》（第六卷），第 51 页。此处译文比照原文有改动。

[2] Schiller: „Über die ästhetische Erziehung des Menschen in einer Reihe von Briefen", in: *Schiller FA*, Bd. 8, S. 641. 汉译参见席勒：《席勒经典美学文论》，范大灿等译，北京：生活·读书·新知三联书店，2015 年，第 326 页。

[3] Friedrich Schlegel: „Über das Studium der griechischen Poesie", in: *KFSA* Bd. 1, S. 246. 汉译参见施勒格尔：《浪漫派风格——施勒格尔批评文集》，第 19—20 页。此处译文比照原文有改动。

正如"哲学悲剧"这一概念所指明的，在浪漫主义文学理论中，悲剧从诗学命题转变成了哲学命题，从崇尚效果美学的文学体裁转变为反思人类存在本质的哲学形式；可以说，悲剧被当作哲学对象，纳入了体系哲学的范畴。

浪漫主义者在悲剧创作实践上的匮乏与对悲剧哲学反思的热衷所形成的对比，或许会让今人讶异，使人觉得梳理浪漫主义悲剧哲学仅具有文学史价值而无甚阐释学意义，遑论作为浪漫主义"思潮"的组成部分。但本雅明在对德意志悲苦剧的研究中指出，所谓"艺术没落"的时代恰恰是"体现坚定不移的艺术意志（Kunstwollen）的时期"，而艺术意志虽无法创作出经典作品，却能够借助反思凸显出"形式"本身的特质。[1] 尽管弗里德里希·施莱格尔曾调侃艺术哲学，质疑其说服力与有效性："在人们所谓的艺术哲学中，通常二者必缺少其一：不是缺少哲学，就是缺少艺术。"[2] 但是，敢于在哲学体系中塑造并定义概念，正意味着思想的高度成熟，因而对形式概念的研究，即便无法指导艺术实践却能够窥见其背后主导性的思潮。浪漫主义研究之幸在于，不必通过分析"走极端"的作品来发掘艺术形式的内在逻辑；[3] 浪漫主义与德国古典哲学在时间上的重合，确保了"形式"与"思潮"可在高度抽象的哲思中得到提炼。因此，本章试图通过分析奥古斯特·威廉·施莱格尔、谢林与索尔格的文学或美学讲座，展现浪漫主义者对"悲剧性"——悲剧冲突内核——的理解，并以此勾勒作为思潮的浪漫主义之若干特征与要素。

---

[1] 瓦尔特·本雅明：《德意志悲苦剧的起源》，李双志、苏伟译，北京：北京师范大学出版社，2013 年，第 69 页。

[2] Friedrich Schlegel: „Lyceum-Fragmente", in: *KFSA* Bd. 2, S. 148. 汉译参见施勒格尔：《浪漫派风格——施勒格尔批评文集》，第 46 页。此处译文比原文有改动。

[3] 本雅明：《德意志悲苦剧的起源》，第 73 页。

第二节　奥古斯特·威廉·施莱格尔

作为浪漫主义的理论旗手，奥古斯特·威廉·施莱格尔自 1798 年获得耶拿大学编外教授头衔后，就开始开设一系列关于美学与文学的讲座，以一种可称得上"反浪漫"的形式系统性地梳理了浪漫主义对不同文学体裁与艺术形式的理解，因而常被视为早期浪漫主义文学理论的集大成者与第一位史家[1]。他先是于 1798—1799 年在耶拿开设"艺术哲学理论讲演"（*Vorlesungen über philosophische Kunstlehre*），在 1801 年离开耶拿前往柏林后，又连续三年在那里开设"美文与艺术讲座"（*Vorlesungen über schöne Literatur und Kunst*）。其中，在 1802 年冬开设的第二轮演讲中，奥古斯特·威廉·施莱格尔借介绍古希腊悲剧的契机阐发了自己的悲剧哲学。耶拿与柏林讲座的讲稿虽未发表，但却以听众笔记的形式在学生中广为流传；柏林讲座的听众中既有后来出任梅特涅顾问的弗里德里希·冯·根茨（Friedrich von Gentz）、普鲁士军中青年将领路易·费迪南（Prinz Louis Ferdinand）与奥古斯特·冯·普鲁士王子（Prinz August von Preußen），还包括谢林、施莱尔马赫、亚当·穆勒（Adam Müller）与斯太尔夫人（Madame de Stael）等文化名人，影响不可谓不大。1808 年春，游历至维也纳的施莱格尔以柏林讲座为基础，如他本人在讲稿前言中所写，在"近三百位听众所组成的光彩夺目的圈子面前"[2] 又开设了"论戏剧艺术与文学"（*Vorlesungen über dramatische Kunst und Literatur*）的讲座，大获成功，讲稿于次年便出版面世，至 1846 年共四次重印，并被译为法语、英语、西班牙语等多种语言，英文版甚至远传至美国，成为欧洲最流行的

---

[1] 关于奥古斯特·威廉·施莱格尔这一系列讲演的地位，参见 Ernst Behler: *Frühromantik*. Berlin und New York: Walter De Gruyter 1992, S. 12. Manuel Bauer: „August Wilhelm Schlegels *Vorlesungen über schöne Literatur und Kunst*: die ‚Summe' der Frühromantik?", in: York-Gothard Mix und Jochen Strobel (Hg.): *Der Europäer August Wilhelm Schlegel. Romantischer Kulturtransfer - romantische Wissenswelten*. Berlin und New York: De Gruyter 2010, S. 125-140。

[2] 施莱格尔的讲座引自 August Wilhelm Schlegel: *Kritische Ausgabe der Vorlesungen*. Paderborn: erdinand Schönigh, 1989ff. 后文将以 *KAV* 指代该版本，并分别标明引文所在的卷数与页码。此处参见 A. W. Schlegel: *KAV* Bd 4.1, S. 3。

戏剧理论文献。[1]

在耶拿演讲中，奥古斯特·威廉·施莱格尔首先尝试从概念上把握"纯粹悲剧"的内核。他在讲稿中写道："悲剧是对情节（Handlung）的直接呈现；在这一情节中，人类与命运的争斗得以化解在和谐之中。"[2] 毫无疑问，这一定义是对其弟弗里德里希·施莱格尔"哲学悲剧"概念的阐发。但相较于"和谐"，施莱格尔更在意悲剧情节中所体现出的冲突，即人的自由与作为"绝对客体"的必然命运之间的矛盾。[3] 这一矛盾在希腊艺术中体现得尤为突出："在希腊艺术中，自由与一种无法克服的力量被对立起来，而这样一来，人的自由就表现为自我决断。所有一切均按必然性发生，只有自由存在者行动时才是例外。"[4] "命运"作为必然性的载体，处于同自由的对立之中；因此也就只有在残酷命运的背景下才能衬托出自由的存在："人类自由的最高表现形式，只有在与其爱好处于最高矛盾之中的处境下才能被激发。……人必须在肉体上遭受攻击，什么也不剩下，只有他自己的自由。"[5] 换言之，人的自由只有在悲剧中才能体现；而身处悲剧世界中的人一无所有，硕果仅存的只是他决断的自由。

可见，施莱格尔在构建其悲剧理论之初就将重心放在自由与必然之冲突上，并将之视为悲剧的结构性基础。他论述的出发点不是文学史上的某一部具体悲剧，也不是悲剧在观众心中所激发的情感，而是抽象的"悲剧"概念。同时，施莱格尔并未将悲剧看作个体的特殊不幸：与命运斗争的不是单独的主体，而是人类；在悲剧冲突中所呈现的也不是个人的道德禀赋，而是人性的普遍自由。

在柏林与维也纳讲演中，奥古斯特·威廉·施莱格尔延续了他对悲剧的思考。他同样未将"悲剧"这一文体形式视作既定之物，而是从概念本质着手，探究"悲剧"究竟为何成为悲剧，即回答"何谓悲剧性（Das Tragische）"这一问题。在1808年的维也纳演讲中，施莱格尔首先区分

---

[1] 关于奥古斯特·威廉·施莱格尔系列讲座的影响，参见贝勒尔：《德国浪漫主义文学理论》，第110页。
[2] A. W. Schlegel: *KAV* Bd 1, S. 83.
[3] A. W. Schlegel: *KAV* Bd 1, S. 84.
[4] A. W. Schlegel: *KAV* Bd 1, S. 84.
[5] A. W. Schlegel: *KAV* Bd 1, S. 86.

了"悲剧性"与"喜剧性",认为二者的对立正如"严肃"(Ernst)与"玩笑"(Scherz)的区分:它们虽同属于人的天性,但"严肃更多地属于天性的道德层面,而玩笑则属于感官层面"[1]。可是何谓严肃?施莱格尔继续论述道:

> 在最广泛的意义上,严肃就是灵魂以一个目的为方向。然而,一旦我们开始阐释我们的行动,理性就要求我们将这一目的关联到更高的目的上去,最终关联到我们的存在所具有的最高普遍性目的;但就在这里,居于我们本质之中的对无尽的要求就会撞上将我们困住的有限性的限制而无功而返。我们所创造、所实现的一切都是易逝的、无意义的,目之所及,都有"死亡"站在远处。[2]

只要人的行动不是出于自然本能,就必然可理解为受到某个确定的道德目标之驱使;而正如对原因的追问最终将导向一个"根因"(Urgrund)——这也是中世纪经院哲学对上帝存在论证的一个路径,对目的何以成为目的的追问,最终也同样会将具体行为回溯至某个与人的存在息息相关的终极目的,即人对"无尽"的追求。然而,倘若否定存在的独立价值,将之视为必朽的虚无而置于自然有限性的框架之内,那么先前构建起的行为目的论之辩护链就会整个崩塌;如果人无论如何都会死去,人的生理极限将导致他必然无法尽数实现他所追求的每一个目标,那么所谓的道德行为又有何价值?这不由地使人联想到巴洛克时代诗人格吕菲乌斯(Andreas Gryphius)的名篇《万物皆空》(*Es ist alles eitel*):"无论你望向何处,世上空为万物"[3]——一切都是过眼云烟罢了。

从施莱格尔对"悲剧性"的阐述便可发现,悲剧描写的不再是单独个体的偶然不幸,而是被上升为人之存在的悖论,即人的主体性与他作为自然造物的客观界限之间的矛盾。施莱格尔认为,这一"尘世虚无"的观念

---

[1] A. W. Schlegel: *KAV* Bd 4.1, S. 31.
[2] A. W. Schlegel: *KAV* Bd 4.1, S. 31.
[3] Andreas Gryphius: „Es ist alles eitel", in: Andreas Gryphius: *Gedichte. Eine Auswahl*. Hg. von Adalbert Elschenbroich. Stuttgart: Philipp Reclam 1968, S. 5.

正是悲剧情绪的根源。只要一想到人的辛劳与创造随时都处于前功尽弃的危险中，

> 每个不是毫无情感的心灵都会被一种无法言表的忧郁（Wehmut）所袭扰，没有别的方式抵御这种忧郁，只有对超越尘世之使命（Beruf）的意识。这就是悲剧情绪（die tragische Stimmung）；而当对可能之物的观察作为现实踏出精神世界，当那些有关人类命运的粗暴转折、有关意志与历经考验的灵魂之力在命运转折时的屈服被呈现出来，而那种情绪又贯穿了这一呈现并赋予其灵魂：这就诞生了悲剧文学（die tragische Poesie）。[1]

奥古斯特·威廉·施莱格尔笔下的悲剧情绪首先乃是"忧郁"，也就是对虚无主义的无能为力。这种虚无并非个体的偶然选择，而是与人的存在紧密相连：命运的重创随时可能抹去先前所积累的一切成就，而即便是灵魂之力也无法在命运的强制面前继续坚持。但在这种忧郁之外，悲剧情绪还有另一组成部分，即对主体"超越尘世之使命"的意识。这一"使命"便是自由，即在意图上不受制于自然欲求，即便在意识到"万物皆空"后依旧可以坚持道德追求。"对无尽的要求"与"有限性的限制"之间的背离本身就意味着至少在思想上人完全可以超脱物质世界的界限，因而在精神上是自由的；但正因为理性对无尽的欲求藏于人的本质之中，而作为有限存在的人又无法确保这一欲求的实现，故而这种自由又是内在的。在施莱格尔的悲剧理论中，"内在自由"与"外在必然"就构成了悲剧冲突的组成部分：

> 内在自由与外在必然，这就是悲剧世界的两极。……因为自由的自我决断之感让人得以超越欲望与天生本能的无限统治，故而人在本能的统治之外还需承认的必然性就不能仅仅是自然的必然性，而必须处于自然的彼岸、处在无尽的深渊之中，故而这种必然性就表现为

---

[1] A. W. Schlegel: *KAV* Bd 4.1, S. 31f.

"命运"（Schicksal）这种不可探究的力量[1]。

这是施莱格尔在 1802 年冬天的柏林讲演中提出的观点，他在 1808 年的维也纳讲演中将之完整保留。可见，作为悲剧结构性矛盾的自由与必然之冲突贯穿了施莱格尔悲剧哲学的始终。正因为仅仅顺从生理本能与自然因果律的存在称不上自由，而关涉人天性道德层面的"严肃"更要求将人的行为上升为由理性订立目标的道德行为，于是作为自由欲求与决断者的人就不会单纯屈服于自然欲望的强制。而为了塑造悲剧情绪，附着于人的存在之上的虚无感就需要在自然之外另觅来源，也就是"命运"的必然性。即便是古希腊的众神也受到这种命运必然的约束，他们或是作为命运的使者，或和人类一样陷于与命运的斗争之中，"必须通过自由的行动才能证明其神性"[2]。

施莱格尔认为，创作悲剧文学就必须借助艺术手法，在上述悲剧情感的笼罩下将诗人可以设想的"人类命运的粗暴转折"呈现在观众或读者眼前。但这就凸显了悲剧作品的道德合理性问题：如果说悲剧文学的结构就是必然迫使自由屈服、人类奋斗归于虚无，那么其作为艺术形式所具有的吸引力又该如何解释？戏中人物所经历的不幸与情节对读者的吸引力之间存在着张力，而为悲剧引发的快感辩护始终是诗学反思无法逃避的话题，在 18 世纪又因弗里德里希·席勒的一系列戏剧理论文章而更具时效性。[3] 席勒在《论悲剧题材产生快感的原因》（*Über den Grund des Vergnügens an tragischen Gegenständen*）中试图从合目的性的角度为这一情绪的错位提供解释：

> 道德的目的性，只有在和别的目的性发生冲突并且占到上风时，才能被人最清楚地认出……。正因为如此，使我们获得无上的道德快

---

[1] A. W. Schlegel: *KAV* Bd 1, S. 721. 同样的表述亦见于 *KAV* Bd 4.1, S. 48.
[2] A. W. Schlegel: *KAV* Bd 1, S. 722f. 同样的表述亦见于 *KAV* Bd 4.1, S. 49.
[3] 关于对悲剧对象与观者心理之间张力的解读与调和，参见 Carsten Zelle: „Schiffbruch vor Zuschauer. Über einige popularphilosophische Parallelschriften zu Schillers Abhandlung Über den Grund des Vergnügens an tragischen Gegenständen in den achtziger Jahren des 18. Jahrhunderts". in: *Jahrbuch der deutschen Schillergesellschaft*, 34/1990, S. 289-316. 另见 Mao Mingchao: „Theater als ein erhabenes Objekt: Zu Schillers erzieherischer Forderung nach der Freiheit des Zuschauers", in: *Literaturstraße. Chinesisch-deutsches Jahrbuch für Sprache, Literatur und Kultur*, 17/2016, S. 243-254.

乐的诗艺，必须利用混合的情感，需要通过痛苦来使我们快乐。悲剧特别能做到这一点，某一个自然的目的性，屈从于一个道德的目的性，或者某一个道德目的性，屈从于一个更高的道德目的性，凡是这种情况，全都包含在悲剧的领域。[1]

合目的性论述的逻辑可以归纳为：违背自然目的所造成的痛苦，是为了满足道德目的的要求；悲剧题材的吸引力就在于实现了规范性的道德层级序列。但这一论证预设了道德规范的现实有效性，同时将艺术形式简化为伦理准则，因而随着席勒戏剧理论的发展与成熟最终被放弃。而在道德合目的性辩护之外，席勒在《论激情》（*Über das Pathetische*）一文中则将悲剧的价值解读为对自由的展现：

> 表现痛苦——表现单纯的痛苦——从来不是艺术的目的……艺术的最终目的乃是超感性之物，尤其是悲剧艺术要做到这点，其方法是把人们情绪激烈的状态下（im Zustand des Affekts）不受自然法则束缚的那种道德上的独立性，生动地展现在我们面前。[2]

悲剧所要揭示的自由原则就是人脱离自然法则的因果律约束的"道德独立"，也就是作为理性存在免受自然因果律限定的自律。这一自由只有在人的感性遭受到极大挑战，即将在必然性的重压之下完全决定其行动之时，才能通过人的自由决断得以体现。但无论是合目的性还是"道德独立"，席勒对于悲剧的辩护都遵循着一种辩证结构，即悲苦的存在是另一种升华的基础：或是某个更高的秩序，或是人内在的自由。这也是席勒核心美学概念"崇高"（das Erhabene）的根本结构。[3]

---

[1] Schiller: „Über den Grund des Vergnügens an tragischen Gegenständen", in: *Schiller FA*, Bd. 8, S. 241. 汉译参见席勒：《席勒文集》（第六卷），第 22 页。此处译文比照原文有改动。

[2] Schiller: „Über das Pathetische", in: *Schiller FA*, Bd. 8, S. 241. 汉译参见席勒：《席勒文集》（第六卷），第 52 页。此处译文比照原文有改动。

[3] 关于席勒戏剧理论中的"崇高"，参见 Klaus L. Berghahn: „Das Pathetischerhabene. Schillers Dramentheorie", in: Reinhold Grimm (Hg): *Deutsche Dramentheorien. Beiträge zu einer historischen Poetik des Dramas in Deutschland*. Bd. 1. Frankfurt a. M.: Athenäum 1971, S. 214-244.

曾在耶拿与席勒过从甚密、一度参与席勒创立的《季节女神》杂志编辑工作的奥古斯特·威廉·施莱格尔对于席勒的悲剧理论当然不会陌生[1]——尽管他在讲座中没有提及席勒，而是只提到了康德在《判断力批判》中关于"崇高"的章节[2]，但他的行文却难以掩盖与席勒论述之间的关联。施莱格尔认为，悲剧情节使人产生某种"满足之感"的原因主要有二：

> 或是由伟大的榜样所激起的对人类天性之尊严的感受；或是万物更高秩序的痕迹，它刻印在事件看似非同寻常的进程之中，并在其中秘密地得以启示；或是二者兼而有之。[3]

"人类天性之尊严"可对照席勒强调的"道德独立"，亦即自由，而"万物的更高秩序"则类同于席勒所构想的目的论秩序，换言之便是伦理必然。悲剧世界的两极又作为悲剧效果之根源再度出现在施莱格尔的理论之中。同时，施莱格尔还和席勒一样，指出应通过自然法则对人的感性存在造成的苦痛反衬精神的尊严，即作为"内在神性"的道德自由：

> 因此，悲剧描写之所以不应忌惮最深的苦难，真正的原因在于：一种精神性的、不可见的力量，只有通过对一种应从感官上测量的外在力量之抵抗才能衡量。因此，人的道德自由只有在与感官欲望的矛盾中才能启示自身。……道德只有在斗争中才能证明自己，而若是要将悲剧目的呈现为一段教条，那就应当是：为了坚守心灵对内在神性的要求，尘世的存在应被视作虚无，必须忍耐所有的痛苦，必须克服所有的困难。[4]

但是，抛开与席勒理论的亲缘性，施莱格尔对悲剧性，尤其是对悲剧

---

[1] 关于席勒与奥古斯特·威廉·施莱格尔等浪漫主义作家的关系，参见吕迪格尔·萨弗兰斯基：《德意志理想主义的诞生：席勒传》，毛明超译，北京：社科文献出版社，2021年，第18、19章。
[2] A. W. Schlegel: *KAV* Bd. 4.1, S. 49.
[3] A. W. Schlegel: *KAV* Bd 1, S. 723f. 同样的表述亦见于 *KAV* Bd 4.1, S. 50。
[4] A. W. Schlegel: *KAV* Bd 1, S. 723f. 同样的表述亦见于 *KAV* Bd 4.1, S. 50。

之目的的论述，有若干值得注意的地方。首先，"万物最高秩序"的呈现方式是"启示"（offenbaren），即蕴含宗教意味的"天启"；这一秩序自发地展现在主体面前，而无须主体在认识论上有任何付出，因而在悲剧最后，主体是被动的，他只能接受原先隐藏在看似奇异、实则必然的事件背后的秩序。其次，主体的被动性不单体现在认识论上：施莱格尔多次提及的内在自由，并不是行动性的自由；在与感官之力对抗中得以体现的精神性力量并非人的积极进取，而是斯多亚式的"忍耐"，即被动地承受所经历的痛苦。此外，施莱格尔并未说明当对人尊严的感受与对更高秩序的意识"兼而有之"时，二者处于何种关系。体会到自身尊严的人应如何面对更高秩序的束缚？这一问题实际上涉及如何调和自由与必然的关键问题，而施莱格尔在指出二者间的矛盾后，便再无进一步阐发。自洽的推论只能是，人的尊严仅仅在于有尊严地服从作为宿命的必然性，或如席勒在《论崇高》（*Über das Erhabene*）一文中所言："凡是无法改变的就忍受，凡是无法拯救的就庄严地放弃！"[1] 最后，在这种忍耐中，尘世再度被定义成无意义。悲剧最终的教义回归了其出发点，即人之存在的本质虚无，除了自由一无所有。

总的来看，奥古斯特·威廉·施莱格尔的悲剧理论将内在自由与必然命运之间的矛盾视为悲剧的核心结构，初尝了构建文学形式的形而上路径。他对悲剧的研究"并非通过诗歌、诗艺和规则的角度，而是从哲学的角度"进行的[2]。而在具体论述过程中，浪漫主义悲剧理论始终处于同席勒理论的张力之中，既有所继承，又必须在对席勒的批判中证明自身的独立性。同时，宗教词汇开始进入悲剧理论，无论是更高秩序的"启示"，还是"尘世虚无"的论断，仿佛都遵循着"此岸"与"彼岸"的二元辩证。浪漫主义悲剧哲学之后的发展将会围绕上述问题展开进一步的阐发。

---

[1] Schiller: „Über das Erhabene", in: *Schiller FA*, Bd. 8, S. 836. 汉译参见席勒：《席勒经典美学文论》，第394页。

[2] 贝勒尔：《德国浪漫主义文学理论》，第103页。

第三节　谢　林

作为文学体裁的悲剧真正进入体系哲学的思考，是从谢林开始的。"自亚里士多德后有了悲剧诗学，自谢林后有了关于悲剧的哲学"，德国戏剧理论大家彼得·斯丛狄（Peter Szondi）在他的《试论悲剧性》（*Versuch über das Tragische*）一书中就如此开篇。[1] 1798—1799 年的冬季学期，谢林赴浪漫主义重镇耶拿，出任编外教授，一年后开始尝试讲授艺术哲学专题。在 1802—1803 年的冬季学期，谢林再度开设艺术哲学课程，首次成体系地讲授艺术的哲学基础与各个门类。课程从 1802 年 10 月中旬开始，每天下午 3—4 点一讲，约持续到次年 4 月复活节前，是当时耶拿大学的热门课程。奥古斯特·威廉·施莱格尔的妻子、后来嫁给谢林的卡洛琳娜·施莱格尔（Caroline Schlegel）在给友人的一封信中写道："谢林的讲堂容不下那么多听众，有些找不到座位的人不得不放弃，甚至谢林自己也没有讲课的地方。报名听课的大约有 200 人。"[2] 卡洛琳娜·赫尔德（Carolina Herder）在 1803 年甚至不由得惊叹："这个男人现在成了青年唯一的伟大指路人。他的课堂有着最多的学生。"[3]

不过，尽管谢林的授课笔记早已在学生与同僚中流传，但他本人却一直未将讲稿编辑出版。直到 1859 年，谢林之子卡尔·弗里德里希·奥古斯特·谢林（Karl Friedrich August Schelling）才整理出父亲的艺术哲学手稿，将之作为全集第一编第五卷出版。而在其整个艺术哲学的框架中，谢林最为重视的并非对"美"的哲学建构，而是悲剧哲学。他在遗嘱中写道："四号纸的手稿，标题为'艺术哲学'。其中只有《论悲剧哲学》一整章值得出版。其他的最多只有零散一些内容值得刊印。"[4] 幸而其子并未完全遵从父嘱，而是将整部手稿编辑出版，因此后世才得以一窥谢林艺术哲学的全貌，并在此基础上更好地理解谢林对悲剧之本质的阐发。

---

[1] Peter Szondi: „Versuch über das Tragische", in: Peter Szondi: *Schriften*. Bd. 1. Hg. von Christoph König. Frankfurt a. M.: Suhrkamp 2011, S. 151.
[2] Schelling: *Philosophie der Kunst*, in: *Schelling HKA* Bd. II.6.1, S. 17.
[3] Schelling: *Philosophie der Kunst*, in: *Schelling HKA* Bd. II.6.1, S. 17.
[4] Schelling: *Philosophie der Kunst*, in: *Schelling HKA* Bd. II.6.1, S. 84.

在阐发其艺术哲学时，谢林遵循的是二元对立统一的结构。在他看来，艺术所呈现的是"理念与现实在理念世界的无差别（Indifferenz）"[1]，因此是二者的合题。而美也同样具有此种调和的功用：

> 人们可以说，只要光与物质、理念与现实接触的地方，就会有美。美既非单纯的普遍或理念之物（即真理），亦非单纯的现实之物（只在行动中存在），而是二者完全的融汇或合一。[2]

原本对立的二者在艺术中实现统一，这样的思维模式在很大程度上继承了席勒在《审美教育书简》的第十五封信中所阐发的理念：感性冲动与形式冲动的对立，只有通过游戏才能实现统一；在游戏冲动中，前二者的对象（即物质性的生命与精神性的形式）统一为"活的形象"，也就是"最广义的美"[3]。正是在审美状态中，人原本割裂的双重天性（即动物性与精神性）实现了统一，自然欲求与意识活动相协调；他在游戏中创造美，也在艺术中实现了个体的完满。由此，艺术便具有了合题的性质。而谢林所沿用的正是这种结构。他在《艺术哲学》中写道：

> 美是在某个现实事物中所直观到的自由与必然之无差别。……若在一首诗中，最高的自由又重新在必然性中把握自身，那么这首诗便是美的。由此，艺术便是绝对的合题，或自由与必然的相互贯通。[4]

尽管谢林认为，"在艺术的素材中，只能设想形式对立而无法设想其他对立。就其本质而言，艺术的素材永远始终只能是一，始终且必然是普遍与特殊的绝对同一"[5]。但这种同一由于观察角度的不同，而展现两个不同的侧面："在艺术的素材中，绝对与有限（特殊）的一体从一个角度

---

[1] Schelling: *Philosophie der Kunst*, in: *Schelling HKA* Bd. II.6.1, S. 125.
[2] Schelling: *Philosophie der Kunst*, in: *Schelling HKA* Bd. II.6.1, S. 125.
[3] Schiller: „Über die ästhetische Erziehung des Menschen in einer Reihe von Briefen", in: *Schiller FA*, Bd. 8, S. 609. 汉译参见席勒：《席勒经典美学文论》，第 284 页。
[4] Schelling: *Philosophie der Kunst*, in: *Schelling HKA* Bd. II.6.1, S. 127.
[5] Schelling: *Philosophie der Kunst*, in: *Schelling HKA* Bd. II.6.1, S. 182.

看像是自然的作品，而从另一个角度看则像是自由的作品。"[1]自然即意味着法则性与必然性，故艺术作品所表现的正是自由与必然的无差别，而此二者的背离与统合则形成了不同文学体裁的历史分野：

> 诗从作为"同一"（Identität）的叙事文学出发，它就仿佛一种天真无邪的状态，那些之后只能分散地存在或者只能从分散状态下重回一体的东西，在这里尚未分离、仍为同一。随着教化的进步，此种"同一"在诗歌中被点燃成矛盾，而只有通过更后期教化的最成熟的果实，同一才能与矛盾和解，二者才能再度在一种更完善的教化中成为一体。[2]

将二元对立的辩证结构同时运用于文体与历史构建上，不由地让人联想到席勒《论质朴的和多情的文学》（*Über naive und sentimentalische Dichtung*）这一名篇。质朴的作家"就是自然"，即尚未因反思而与自然产生距离，而仍旧是"一个未被分割的感性统一体，就是一个和谐整体"[3]。其代表正是荷马史诗。而多情的作家则恰恰因为文明的进步而与自然的割裂，只能"寻找自然"。其代表则是近代作家的讽刺、哀歌与牧歌。但二者并非永远对立，而是可以通过理想实现合题："自然使人成为一体，人为则将人割裂开来，使其失去和谐，通过理想人又回归一体。"[4]由此，文化批判就成了一种特殊的文体论与历史哲学。

席勒认为，上述理想，人只能永远趋近而无法真正实现。但在谢林看来，这一合题已在艺术，尤其是戏剧艺术中成了现实。为了使得必然与自由这两种完全对立的形式能够形成合题与整体，就必须首先表现出二者"真正的、也就是客观的矛盾"[5]，而鉴于在叙事诗中占主导地位的仍是必

---

[1] Schelling: *Philosophie der Kunst*, in: *Schelling HKA* Bd. II.6.1, S. 183.
[2] Schelling: *Philosophie der Kunst*, in: *Schelling HKA* Bd. II.6.1, S. 366.
[3] Schiller: „Über naive und sentimentalische Dichtung", in: *Schiller FA*, Bd. 8, S. 733f. 汉译参见席勒:《席勒经典美学文论》，第 448 页。
[4] Schiller: „Über naive und sentimentalische Dichtung", in: *Schiller FA*, Bd. 8, S. 7335. 汉译参见席勒:《席勒经典美学文论》，第 450 页。
[5] Schelling: *Philosophie der Kunst*, in: *Schelling HKA* Bd. II.6.1, S. 367.

然性，在诗歌艺术中只有主观的冲突，因而自由与必然的真正对抗在以上两种文学形式中无法实现。所谓真正的对抗，即冲突双方均有同等的获胜可能，故而这一场对抗的终局，只能是：

> 必然与自由同时作为胜利者与失败者出现，因此从每个角度都是等同的。但这无疑是艺术的最高形式：自由将自己提升为与必然相同，而必然则显得与自由相同且并不减损自由分毫。只有在这一种关系中，那在绝对者中的真正而绝对的无差别，即不建立在同时性，而是建立在同等性之上的无差别，才能成为客观。因为自由和必然正与有限和无限一样，别无他法，只能在同等的绝对中合一。[1]

为了实现这个目标，艺术必须以人类的本性为依据，象征性地表达此一合题，因为人类既服从于必然，又有自由决断的能力。由此，艺术的最高形式就需以"人"（Person）为对象，展现情节的必然与其中主体的自由，将叙事中固定的情节与诗歌中情感的抒发结合起来——采用戏剧的形式；更具体地说，采用悲剧的体裁。谢林也承认，他所考虑的首先是悲剧。既然"戏剧从根本上只能源自自由与必然、差异与无差别之间的真正且现实的斗争"，那么就必须认识到，"这一斗争原初而绝对的表现形式，毕竟是作为客观的必然性与作为自由的主观性，而这正是构成悲剧的关系"[2]。正如奥古斯特·威廉·施莱格尔将"内在自由"与"外在必然"视作希腊悲剧世界的两极一样，谢林也认为，"悲剧的本质是主体中的自由与客观的必然性之间的一场真正斗争。这场斗争并不以一方的失败而告终，而是双方同时既是胜利者又是失败者，出现在完全的无差别当中"[3]。

由于悲剧所展现的是自由与必然的结构性矛盾，悲剧冲突的动因就不能是纯粹偶然与外在的了。单纯的不幸或意外无法体现作为无限性之具象化的必然性，因此也就不对自由提出本质性的挑战。出于同样的理由，谢

---

[1] Schelling: *Philosophie der Kunst*, in: *Schelling HKA* Bd. II.6.1, S. 368.
[2] Schelling: *Philosophie der Kunst*, in: *Schelling HKA* Bd. II.6.1, S. 370.
[3] Schelling: *Philosophie der Kunst*, in: *Schelling HKA* Bd. II.6.1, S. 371.

林批判了亚里士多德《诗学》第十三章中关于"错误"（*Harmatia*）的论断。亚里士多德认为，由幸运转向不幸的悲剧情节，应通过主人公的"错误"引起[1]，这一点尤为启蒙主义者所强调。莱辛在《汉堡剧评》中就曾指出："居然会有人平白无故地身遭不测，这个想法本身就是令人厌恶的。"[2] 他之所以拒绝在戏剧中展现这类"无妄之灾"的情节，其背后隐含的是对悲剧的神正论与道德哲学的思考：人的不幸应归咎于其本人的过错，而非偶然或神意，否则"善恶各有报"的道德良序将被动摇，而神（以及其所代表的世界秩序）的正义原则也将遭到质疑。但这恰恰是谢林所反对的，因为个人的错误是自由决断的结果，不仅无法体现出必然的强制，同时也可以轻易克服，从而取消悲剧的逻辑基础。因此，真正的悲剧是"悲剧人物**必然**地犯下罪行"——"这是可以想象的最高不幸：没有真正的罪责，却因天意而有了罪。"[3]

自然，谢林不曾说明这种"天意"究竟如何而来，正如黑格尔在他的悲剧哲学论述中也没有说明，两种就其本身而言具有合理性的道德要求何以就陷入了冲突。[4] 但在谢林那里，这种冲突却借由"罪"的形式，成为无法变更的命运，也就实现了必然性在悲剧世界中的客观化。然而悲剧人物应当是无辜的，他的行为并不是导致其不幸的根源，在自由与必然间并不存在因果联系；不仅如此，他定然会竭尽所能自证清白、逃离其罪。因此，自由的每一次表达都是与必然的直接冲突。只是必然之所以是必然，就在于其逃无可逃，正如俄狄浦斯为了避免弑父娶母的命运而自我放逐，但远离故乡的每一步都是命运的实现。因此，自由的行动恰恰导致必然的降临，导致其自我消解。这也正是谢林所阐述的："自由与必然的冲突，只有在必然侵蚀意志本身、自由在它自己的领地上遭受攻击时，才是真实

---

[1] 亚里士多德：《诗学》，第 38 页。
[2] 莱辛：《汉堡剧评》，张黎译，上海：上海译文出版社，1981 年，第 420 页。
[3] Schelling: *Philosophie der Kunst*, in: *Schelling HKA* Bd. II.6.1, S. 375.
[4] 黑格尔在《美学》第三卷论及悲剧时认为，悲剧人物必须追寻伦理目的，但却因此陷入相互对立与不可避免的冲突。然而，普遍道德秩序中为何会产生个体正当性的矛盾，却未得到充分回答。参见黑格尔：《美学》（第三卷下册），朱光潜译，北京：商务印书馆，1996 年，第 285—287 页。

的。"[1] "自由在它自己的领地上遭受攻击",说的正是自由在面对命运般的必然性时所陷入的自我矛盾:人们越是自由地行动,就越陷入命运的泥潭,自由的表达恰恰证明了悲剧人物的不自由。

现在的问题就在于:一俟自由与必然陷入冲突,又该如何重得统一?自由与必然任意一者的单方面胜利,都令人难以接受:谢林坦言,用必然性取消自由是一个"令人反感的念头",而用自由否定必然性则会导致完全的失范。同时,必然之所以称为必然,就在于一切反抗都是无用功,也就是说,自由试图逃脱必然性的尝试,必定将以失败告终,主体只能接受命运的安排,成为无罪的罪人,也就是悲剧的主角。换言之,在客观上,一定是必然压倒自由行动;那么若为了实现必然与自由的同一,只能求助于主观层面,即在主体的意识中以自由消解必然事件的必然性,将必然之事看成自由选择的结果。这也正是谢林所采取的策略。他论述道:

> 在幸福中,自由与必然之间既不可能有真正的斗争,也不可能有真正的平等。这种平等的显现,只有当必然造成了痛苦,而自由却超越了(必然性的)胜利,**自愿地**接受了那必然的痛苦,也就是**作为**自由,与必然性平起平坐。[2]

换言之,在客观上不得不屈服于必然性的自由,通过主观上的视角转变,将原先尚属必然的悲剧看作主体自愿的选择,自由地服从于必然。从外在的角度看,人物的经历并无转折,但对其的内在解读却发生了更替;不以人的意志为转移的必然命运与个体的自主决断在事实上实现了统一,必然与自由有了相同的落脚点,因而成了"无差别"。

但这种对于悲剧的解读免不了会被质疑为一种消极的虚无主义与宿命论:无论作何主观阐释,个体终究需得承受必然的痛苦。谢林曾经承诺,在自由与必然的"真正斗争"中,"双方同时既是胜利者又是失败者"。必然的胜利既已实现,那么自由的胜利又该在何处寻?谢林出乎意料地认为,

---

[1] Schelling: *Philosophie der Kunst*, in: *Schelling HKA* Bd. II.6.1, S. 373.
[2] Schelling: *Philosophie der Kunst*, in: *Schelling HKA* Bd. II.6.1, S. 369.

自由恰恰在毁灭中凯旋:

> 我们业已证明:自由与必然的真正斗争只有在前述的那种情形下,也就是有罪的人是因为命运而犯下罪行之时才会出现。但有罪之人虽只是屈服于命运,却依旧受到惩罚,却是必要的。这是**为了**展现自由的胜利,是对自由的承认,是自由所应得的尊严。……自由最伟大的想法与最高贵的胜利,乃是自愿地接受对不可逃避之罪的惩罚,以便在失去自由之时证明自由,在毁灭时依旧宣告着自由的意志。[1]

这一段是谢林悲剧哲学的核心。事实上,他在《关于教条主义与批判主义的通信》(*Briefe über Dogmatismus und Kritizismus*)中便已提出过相同的观点。自由的必要意味着对命运这一必然性之具象化的抗争不可避免,同时,恰恰是因为人的自由意志不愿轻易服从命定的安排,使得此种抗争不仅在事实上成为塑造悲剧冲突的素材,也奠定了人之尊严的基础。谢林在第一封信的开篇就写道:"反抗一种绝对的力量,并在抗争中毁灭,比之从一开始就用某个道德上帝确保自己免受一切危险的做法,实在要伟大得多。"[2] 也就是说,依靠对来世天国的应许来承担世间所有苦难而无抵抗,并不具有悲剧的伟大。人之为人,正在于要在一切场合彰显其自由意志,即便与命数陷入避无可避的冲突。这也正是谢林在撰写通信时对(斯宾诺莎式的)"教条主义"的描述:"其原则不在于抗争,而在于屈从;不在于暴力的,而在于沉默的毁灭,在于将我之自我默默地交于绝对客体。"[3] 他也因此反对"斯多亚主义的精神寂静",而是要求自由与必然的冲突,因为只有在斗争中,自由才能确证自己的存在,而其最后的毁灭之所以可被称为胜利,是因为主体在走完命运所划定的道路的同时,其自由的抗争并未被当作无关紧要的附带物而遭到忽略,而是被发现、被重视,也就是被视为与必然平起平坐的对手而得到承认。在谢林看来,自由对必

---

[1] Schelling: *Philosophie der Kunst*, in: *Schelling HKA* Bd. II.6.1, S. 373.
[2] Schelling: *Briefe über Dogmatismus und Kritizismus*, in: *Schelling HKA* Bd. I.3, S. 50.
[3] Schelling: *Briefe über Dogmatismus und Kritizismus*, in: *Schelling HKA* Bd. I.3, S. 50.

然的反抗虽然无果，却因此证明了自身的价值，受到的惩罚实际上是对其意义的肯定。但这种惩罚并不是强制性的，而是主体自愿接受的，于是最后的必然性也消解在这种自发性之中。自由在抗争中证实了自身的存在与价值，在自愿受难中超越了必然性的强制，由此得以在悲剧终章宣告自由意志的实存。在谢林看来，这便是自由在悲剧中"最高贵的胜利"。

第四节　崇高的消解：谢林与席勒

明眼的读者或已发现，谢林对悲剧的建构，特别是关于自愿地接受不可避免的命运之罪的论断，与席勒对"崇高"的分析似乎颇为接近。在《论崇高》一文中，席勒将"崇高"这一美学范畴概述为"感性与理性的不一致"[1]，而正是在二者的矛盾与冲突中，道德主体能在其受制于自然的物质性之外，发现自己的内在力量。尤其是当自然的强力已无法以物质手段克服时，席勒则建议"按照概念消灭他事实上必须接受的强制暴力"，即"自愿地屈从于它"，使得"自然向他施加的一切，都不再是强制暴力，因为在这尚未触及他之前，就已经变成他自己的行动"[2]。这一论述与谢林所提出的对命定之罪的自愿接受，仿佛确有异曲同工之处。此外，在席勒的悲剧哲学中，外在于主体的世界（无论是自然界还是作为道德世界的世界史）处于同主体的自由意志相冲突的"无政府状态"，除了自然的强力之外，只有"幸福的消失、安全的丧失、非正义的胜利和纯洁的失败"；因此作为美学原则的"崇高"必须"把自然的这种不可理解性本身当作判断的立脚点"[3]，由此反推出主体的价值。而谢林也同样认为，"必然"在悲剧中的客观表达也在主体的经验理解能力之外。[4] 以上二例再度证明，浪漫主义诗学与美学是以对席勒的接受为理论基础的。而在《艺术哲学》的论述中，谢林更是大段引用了席勒的《论崇高》，其中最具有代表性的

---

[1] Schiller: „Über das Erhabene", in: *Schiller FA*, Bd. 8, S. 828. 汉译参见席勒：《席勒经典美学文论》，第384页。
[2] Schiller: „Über das Erhabene", in: *Schiller FA*, Bd. 8, S. 823f. 汉译参见席勒：《席勒经典美学文论》，第377页。
[3] Schiller: „Über das Erhabene", in: *Schiller FA*, Bd. 8, S. 835. 汉译参见席勒：《席勒经典美学文论》，第393页。
[4] Schelling: *Philosophie der Kunst*, in: *Schelling HKA* Bd. II.6.1, S. 376.

非以下论自然之崇高的一节莫属。席勒在原文中写道：

> 人只要还仅仅是物质必然的奴隶，他从需要的狭窄圈子里还没有找到出路，他还没有预感他胸中的精灵般的高尚自由，那不可捉摸的自然就只能使他想起他的表象力（Vorstellungskraft）的局限，那破坏性的自然就只能使他想起他在物质方面的无力……但是，对自然力盲目进逼的自由观赏为他争得一席之地，一旦在这势如潮涌的现象之中，他发现他自己的本质中有某种固定不变的东西，他周围的粗野凶狠的自然物质就开始用完全另外一种言语对他讲话，他身外的相对宏伟就成了一面镜子，他从中看到他自己身内的绝对宏伟。[1]

而谢林则在《艺术哲学》第65节写道：

> 对于纯粹感性的观察者而言（我在这里借用席勒的话），自然的不可估量只能让他想到自身理解力（Fassungskraft）的局限，正如带着不可估量之力大肆破坏的可怕自然只能让他想到自身的无力……但那更高直观的无限之物刚一踏入现象的洪流，才刚与感性直观的可怕相结合，将之作为其单纯的外壳，他周围的粗野凶狠的自然物质，就开始成为一种对他而言完全不同的直观，也就是他身外的相对宏伟就成了一面镜子，他从中看见那绝对宏伟、那自在自为的无限本身。[2]

在行文中，谢林为这一段话加了注，标明了引文的来源。乍看之下，二者不仅在论证结构上相似，甚至在遣词造句上都近乎雷同。但若细细分析，谢林却在一个关键问题上修改了席勒原文，并借此完全颠倒了席勒的本意。席勒认为，作为观察者的主体在自然的"相对宏伟"中看到的是"他自己身内的绝对宏伟"（das absolut Große in ihm [= dem Betrachter] selbst），而谢林却将之改为了"那绝对宏伟、那自在自为的无限**本身**"

---

[1] Schiller: „Über das Erhabene", in: *Schiller FA*, Bd. 8, S. 835. 汉译参见席勒：《席勒经典美学文论》，第388—389页。
[2] Schelling: *Philosophie der Kunst*, in: *Schelling HKA* Bd. II.6.1, S. 191.

（das absolut Große, das Unendliche an und für sich selbst）。

"自己身内的宏伟"并非孤立的概念。在作于 1793 年的《关于若干美学对象之随感》（*Zerstreute Betrachtungen über verschiedene ästhetische Gegenstände*）一文中，席勒详细分析了"宏伟"（die Größe）在逻辑上与美学上的效用："在对'宏伟'的逻辑分析中，我所体验的是对象上的东西；而在美学分析中，我却以对象展现出的宏伟为契机，体验到我自身的某些东西。"[1] 在审美的观察中，主体不再以物理或逻辑的方式尝试把握远超人类认知界限的自然，甚至不再测量任何外在的宏伟尺度，而是在自身内部发现不受自然制约的自我。这正是席勒所论的"崇高"概念的二元结构：

> 崇高是感性与理性的不一致。而它所以能抓住我们心绪的那种魔力正好处于这两者的这种矛盾之中。物质的人与道德的人，在这里最鲜明地以此分离，使后者体验到他自己的力量；恰恰把前者压倒在地的那些，使后者得以无穷地提高。[2]

也就是说，审美是主体发现自我、肯定自我的过程，在这一过程中体验的"宏伟"是内在化的伟大，或如席勒所言："那宏伟之物在我之内，而非在我之外。它是我永恒同一、在任何更迭中恒存、在任何变化中都重新寻回自身的自我。"[3] 席勒的审美思想中，处于人之内部的"绝对伟大"乃是人的主体性，或曰"人格"（Person），因为《审美教育书简》中，与"状态"（Zustand）相对应的正是"人格"这一表示人身上恒常不变之物的抽象概念[4]。自然之宏伟并非自为，而是促使人在审美观察中将知性所不能把握的外物视为客体，与之拉开反思的距离，从而体验主体相对于自然的独立。由此可以说，席勒引入作为美学范畴的崇高，根本上是为了勾

---

[1] Schiller: „Zerstreute Betrachtungen über verschiedene ästhetische Gegenstände", in: *Schiller FA*, Bd. 8, S. 475.
[2] Schiller: „Über das Erhabene", in: *Schiller FA*, Bd. 8, S. 828. 汉译参见席勒：《席勒经典美学文论》，第 384 页。
[3] Schiller: „Zerstreute Betrachtungen über verschiedene ästhetische Gegenstände", in: *Schiller FA*, Bd. 8, S. 483.
[4] Schiller: „Über die ästhetische Erziehung des Menschen in einer Reihe von Briefen", in: *Schiller FA*, Bd. 8, S. 592f. 汉译参见席勒：《席勒经典美学文论》，第 261 页。

勒"因审美以自由"[1]的路径。

在席勒看来,"人格"概念的基础就是"自由"的概念。而"自由"也是席勒美学哲思的落脚点。"自由"并不意味着任意,而是"自律"（Autonomie）,即非他律、不受外人或外物的强制力。主体之独立与自由作为艺术创作与审美教育的目标,贯穿于席勒的悲剧理论中。在上文已提到的《论激情》一文中,席勒就将艺术的目的定义为表达人在情绪激烈之时依旧具有的"道德上的独立性"。也就是说,悲剧作家应当展现人物的大喜大悲以表达其从属于动物性、服从自然法则的一面,但他更应在此基础上颂扬作为理性存在者的人"贫贱不能移、威武不能屈"的精神自律。在他的构想中,必然与自由自始至终存在着对立,而悲剧的意义就在于,在不减损人的感性知觉的同时,塑造其独立于自身物质性之上的自主性,亦即"伦理的人不从物质的人那里去接受规则,思想和现状之间不许有因果关系",也就是席勒所称的"崇高的心灵状态"。[2]正是在这种"绝对的意志能力和无限的精神力量"与"自然的强制和感性的限制"之间的对抗中,主体（与观者）才能借由前者相对后者的独立,感受到自身不依赖于外物的自由。因此,席勒在他最后一篇美学文稿《论歌队在悲剧中的运用》（*Über den Gebrauch des Chors in der Tragödie*）中,将艺术的最高享受定义为主体的自由体验:"真正的艺术……不仅要把人带入瞬息即逝的自由之梦,更要真正且实在地使人自由。"[3]只不过这种自由的实现,必须依赖于主体与客观的完全脱钩,也就是以放弃实践地改变世界之可能性为代价,故而难免被批评为"酸葡萄心理"或逃避主义[4]。

但无论如何,作为美学概念的"崇高",其核心归根结底仍是主体。客观世界的进逼虽是威胁,但人更因以此为契机超越自然之上,并由此体验自身的自律与自由,进而发现内在于心的伟大。这样一来,必然所

---

[1] 参见毛明超:《审美教育的政治维度》,载于《同济大学学报（社会科学版）》,第30卷第6期（2019年12月）,第42—51页。
[2] Schiller: „Über das Pathetische", in: *Schiller FA*, Bd. 8, S. 440. 汉译参见席勒:《席勒文集》（第六卷）,第67页。
[3] Schiller: „Über den Gebrauch des Chors in der Tragödie", in: *Schiller FA*, Bd. 5, S. 283.
[4] 以赛亚·伯林:《自由论》,胡传胜译,南京:译林出版社,2018年,第188页。

统摄的客观世界,无论取何种形态、含有何种意蕴,最终都是主体自我提振的阶梯。这也正是席勒作于1796年的短诗《圣彼得大教堂》(*Die Peterskirche*)所要传达的含义:"你若是在这里寻找不可估量之物,便是错了,/我的伟大只在于,将你自己变得更加伟大。"[1] 即便是宗教圣所,其功用最终并非以建筑的宏伟象征上帝之无限,借此激发信徒的宗教情感,进而体验自身之渺小与上帝之无限,而是借此实现主体的升华。在《论崇高》一文中,席勒也再次提及了独立于客观的必然性、作为意志自由的"我们身内的绝对伟大"(das absolut Große in uns):

> 具有全部无限性的自然是不可能触及我们身内的绝对伟大的。我们之所以愿意让我们的安康和生存屈从于物质的必然,是因为这正好使我们想到,物质的必然并没有主宰我们的原则。人在物质必然的手中,而人的意志却在人的手中。[2]

但这一主体性的契机,在谢林的引用中不复存在。谢林不仅删去了"精灵般的高尚自由"这一表述,同时将原本内在的"绝对宏伟"客观化,成为"那绝对宏伟、那**自在自为的无限本身**"(das absolut Große, das Unendliche an und für sich),使之成为独立于主体的必然实存。这样一来,主体就被降格为缺乏独立价值的认知工具,只是意识通往"自在自为的无限"的阶梯。而无论自然多么宏大,也不过是"绝对宏伟"的容器。在引用了席勒之后,谢林对"崇高"的美学机制做了进一步的论述:

> 现在观者有目的地激发起那种直观自在之无限的能力(das Vermögen, das an sich Unendliche anzuschauen),令感官上的无限之物(das sinnlich-Unendliche)作为纯粹的形式屈从于他,并在感官之伟大的失败中,更加直接地体验到,他自己的理念要胜过自然可以激发或

---

[1] Schiller: „Die Peterskirche", in: *Schiller FA*, Bd. 1, S. 284.
[2] Schiller: „Über das Erhabene", in: *Schiller FA*, Bd. 8, S. 827. 汉译参见席勒:《席勒经典美学文论》,第383页。

呈现的最高之物。[1]

谢林继承了"崇高"在席勒那里的辩证结构，但在这一"审美直观"（ästhetische Anschauung）过程中，观者所发现的并非自身的独立与自主，而是将自然转变为"绝对宏伟的象征"，从而认识后者。由此，无论是自然还是主体，只有认识论而无本体论意义上的独立价值，只是认识过程中的必要环节而已。

同时，在谢林那里，实际上并不存在主客观的对立。席勒论述的出发点是自然界的不可把握与道德世界的无政府，并以此推演出精神相对二者的独立性。整个"崇高"的美学结构就建立在这种对立的基础之上。而谢林虽然也谈及自然与物理世界的"不可理解性"，并将之称为"混沌"（der Chaos），但他却并未由此得出主体的自律与自由，而是将"混乱"视为"无穷"的象征，因为"绝对之物的内在本质，就是'万有即一、一即万有'，这正是原初的混沌"[2]。恰是在混沌中，观者得以一窥"绝对形式与无形式性的同一"。不可理解性意味着认识主体与认识对象之间存在着冲突，对象超越了主体的知性或理性所能把握的界限；但恰恰因为谢林艺术哲学的出发点是必然与自由的"无差别"，就意味着在认识主体与认识对象之上，必然有一个更高的、不依赖于二者的存在，可以统一这对矛盾。正如"分"必以"合"为前提，合题（Synthese）必以正反题之同一的先验可能性为逻辑基础，"崇高"之美学结构中的主客体冲突也预示着二者在更高层面上的一体。而这种"一体"（Identität）正是主体之外那"自在自为的无限"。

因此谢林才会论证道：

> 我几乎想说，在艺术中也好，在科学中也罢，知性（der Verstand）正是通过对混沌的直观，过渡到对绝对之物的认识。当寻常的知识在徒劳地尝试以理智发掘自然与历史现象中的混沌之后，过渡到

---

[1] Schelling: *Philosophie der Kunst*, in: *Schelling HKA* Bd. II.6.1, S. 374.191f.
[2] Schelling: *Philosophie der Kunst*, in: *Schelling HKA* Bd. II.6.1, S. 193.

这一决断,即——用席勒的话说——"把这种不可理解之物(das Unbegreifliche)当作判断的立脚点",也就是当作原则时,这就是通往哲学,至少是通往对世界的美学直观的第一步……每一个单独的现象都给只追求条件的知性画上了句号,而正是在现象的独立性中,知性才能认识到世界乃是理性的真正象征,一切在理性中均不受限定;认识到世界同时是绝对之物(das Absolute)的真正象征,在其中一切都是自由,都不受强制。[1]

在引用席勒时,谢林再度将席勒用于描述自然之性质的词汇实体化,将"不可理解性"改为"不可理解之物",并将之奉为美学直观的出发点,亦即对世界的美学表达都需围绕这一独立于经验世界与主体的实存。认识能力的限制并未引申出意识及作为意识之主体的个人相对于客观世界的自由,而是从对有限性的否定推导出无限性的确定,从"混沌"的现实性与"同一"的必然性推演出"绝对之物"的存在。更关键的是,正是因为自然与历史中的种种现象不受知性法则的限制,仿佛独立而自由,它们才能作为象征,预示着绝对自由的实存。重要的不再是主体相对于客观事件的自由,而是客观世界相对于主体的自由。由此,席勒力图借助"崇高"这一美学范畴所实现的个体之自由,在谢林的阐释与发挥中便渐趋消散。

因此可以说,谢林悲剧哲学的核心是那个"自在自为的绝对伟大",也就是绝对客体。尽管他在《关于教条主义与批判主义的通信》中仍对斯宾诺莎所代表的"教条主义"有所保留,但他对"教条主义"那种将自我拱手让与绝对客体的描述,却与其对悲剧的建构极为相似。而从结构上看,谢林整个艺术哲学推演的逻辑起点正是那个"自在自为的绝对伟大",即上帝。他之所以只谈"无差别",是因为理念与现实、自由与必然的真正"同一"(Identität)孕于上帝之中。而又因为艺术被定义为理由与现实的无差别,于是蕴含着二者之同一的上帝便成了一切艺术的起源。正如施莱格尔的讲演一样,宗教词汇再度进入了悲剧哲学之中。因此谢林写道:"万有(Das Universum)在上帝中成为绝对的艺术品,被塑造于永恒之美

---

[1] Schelling: *Philosophie der Kunst*, in: *Schelling HKA* Bd. II.6.1, S. 194.

中。"[1] 他更在"艺术的一般性建构"一章的末尾断言："一切艺术的直接原因是上帝。——因为上帝正是通过其绝对的同一（absolute Identität）成为一切现实与理念合一（Ineinsbildung）的源泉，而一切艺术正是建基在这种合一之上。"[2] 因此，艺术的素材来源于上帝：正是因为必然与自由在上帝那里是同一的，艺术才有可能、才应当在其具体实践中展现二者的无差别。艺术的内容不是任意的，其目的在于展现"原型之形式"（Formen der Urbilder）[3]。也就是说，艺术的实质不是创造，而是再现，而其再现的正是"同一"的现实化，亦即上帝在客观世界中的呈现："上帝之创世正是通过艺术得以客观地展现。"[4]

"文学的自在（Das An-Sich der Poesie）也是一切艺术的自在：这就是在特殊之中展现绝对之物或万有。"[5] 于是艺术便不再遵循审美自律的原则，而是具有了认识论的功效，其功用正在于天启，而其所启示的是必然与自由的同一性。鉴于艺术所依赖的及其所表达的是个体的自由，为了赋予自由以其应有的价值，自由又须与必然处于真正的冲突之中，因此为了实现艺术的定义，就必须使自由重归必然，也就是以自由行动者自愿的自我毁灭来证明其与必然的合一。但必然之为必然，却是神秘的；它不仅不解释自身，而且更以自己的不可理解性为标志：知性面对命运的无力恰恰象征着在主体之上另有不可参透的原则。主体所要做的便是自愿地接纳这种必然性，即便这一必然要求的是自由的覆灭。在毁灭中，英雄不应对命运有任何怨恨（怨恨意味着自由与必然之间仍存在着隔阂），而是欣然接受，在对绝对伟大的认知中与必然实现和解。斯丛狄总结到，自由与必然的无差别若要实现，其代价便是"胜利者同时是被征服者，而被征服者同时亦是胜利者"[6]。由这一辩证结构出发，可以说，悲剧的结尾虽是苦难，在苦难中却蕴藏着解放，因为在个体中实现的自由与必然的无差别，

---

[1] Schelling: *Philosophie der Kunst*, in: *Schelling HKA* Bd. II.6.1, S. 128.
[2] Schelling: *Philosophie der Kunst*, in: *Schelling HKA* Bd. II.6.1, S. 129.
[3] Schelling: *Philosophie der Kunst*, in: *Schelling HKA* Bd. II.6.1, S. 130.
[4] Schelling: *Philosophie der Kunst*, in: *Schelling HKA* Bd. II.6.1, S. 129.
[5] Schelling: *Philosophie der Kunst*, in: *Schelling HKA* Bd. II.6.1, S. 342.
[6] Peter Szondi: „Versuch über das Tragische", S. 161.

昭示着主体已看到了二者在绝对客体（上帝）中的同一。正因为如此，谢林才会写道：

> 不幸只是在必然的意志尚未决定或尚未显明时才是不幸。一俟英雄心里已经清楚，他的命运明白地展现在他面前时，对他而言，就没有或至少不应再有任何怀疑，而他也正是在经历最高痛苦的那个瞬间，过渡到了最高的解放与最高的无痛苦。[1]

因为那与不幸斗争的勇者，"未尝在物理上胜过，也未尝在道德上落败"，却已是"'无尽'的象征，象征着那超越一切痛苦的存在"[2]。

第五节　索尔格

谢林在他的悲剧哲学中，不再像古典主义前辈一样力求主体的升华与人性的伟大——作为自由行动者的个人本身不再具有不可置疑的价值，而只是作为认识的主体，在对于那个"自在自为的绝对伟大"之认识中消解自身。为体现自由，悲剧英雄必须抗争，但为了使自由与必然重归同一，悲剧英雄必须毁灭。作为美学范畴的"崇高"不再是个体自我实现的途径，而恰恰证明个体乃至整个"自由"概念的无意义，因为个体的消亡不仅避无可避，更是绝对必要的——自由至上的理念只有在作为其容器的主体破碎之后，才能显现在观者眼前。

对席勒"崇高"观念的批判、对悲剧的理念建构以及对主体性的消解，同样也是索尔格（Karl Wilhelm Ferdinand Solger, 1780—1819）悲剧哲学的核心。与谢林一样，索尔格的美学思想也是以讲演的形式阐发的。这位对黑格尔影响颇深的哲学家自 1810 年至 1819 年曾八次开设美学课程，但同样未曾在生前刊发讲稿，直到 1829 年，他的学生海泽（Karl Wilhelm

---

[1] Schelling: *Philosophie der Kunst*, in: *Schelling HKA* Bd. II.6.1, S. 374.
[2] Schelling: *Philosophie der Kunst*, in: *Schelling HKA* Bd. II.6.1, S. 195.

Ludwig Heyse, 1797—1855）才将索尔格 1819 年夏天在柏林最后一次开设艺术哲学课程时的手稿编辑成《美学讲演录》（*Vorlesungen über die Ästhetik*）出版[1]，在浪漫主义思潮行将逝去之时再度为浪漫主义艺术哲学树立起一座经典纪念碑。

  索尔格与谢林一样，首先也将"美"置于二元统一的结构当中；他同样认为，艺术之"美"是现实与理念的合题，即"一个被置于质料中的思想"[2]。然而，这个定义就意味着在艺术当中，质料是从属性的，其全部功用就在于承载理念。于是对艺术的定义就必然是功能性的，亦即艺术并非自在自为，亦非以某一特定的观众群体的心理与情感收获为目标，而是要展露其中作为核心的理念："在'美'（Das Schöne）中，理念（Idee）应在实存（Existenz）中启示自身（sich offenbaren）。"[3] 无论是艺术自律的原则还是接受美学式的艺术效果理论，都不再是"美"所依凭的基础；正因如此，囿于现实世界的艺术作品被降格为理念的载体，其存在价值仅仅在于成为理念"启示自身"的场所。奥古斯特·威廉·施莱格尔在其演讲中就运用过"启示"一词，以修饰"更高的秩序"在悲剧主体面前的展现；而在索尔格那里，"秩序"被"理念"所替代，但其被认识的方式依旧是具有宗教内涵的"天启"。这表明在索尔格的艺术哲学中，艺术处于认识论与宗教的双重逻辑限定中：美学对象的存在是为了理念的自我呈现，而所呈现的理念却是宗教的天启。因此，索尔格将"美"的立场定义为"将现实世界视为神圣生命的启示"[4]。

  在这一过程中，有两点值得注意：其一，鉴于理念"启示自身"，作为认识主体的人便同样无关紧要，无论是艺术家还是观众，在艺术中的意义完全被约减为理念的被动接受者，而其现实存在与主观能动都不再具有审美价值；其二，鉴于艺术的功用在于承载理念，艺术作品所取用的素材与形式便是次要的了，审美判断无法再独立地运用于艺术作品本身，而必

---

[1] Karl Wilhelm Ferdinand Solger: *Vorlesungen über Ästhetik*. Hg. von Giovanna Pinna. Hamburg: Felix Meiner 2017, S. XV.
[2] Solger: *Vorlesungen über Ästhetik*, S. 4.
[3] Solger: *Vorlesungen über Ästhetik*, S. 66.
[4] Solger: *Vorlesungen über Ästhetik*, S. 68.

须以理念的自我启示为最终标准。

这种对主体的弱化同样体现在索尔格对"崇高"概念的批判中。在索尔格看来,作为美学范畴的"崇高"不应解读为主体的自我提振,而应当是其局限性的表现。面对超越知性把握能力的对象,主体并不会因为感受到理性不受知性局限的独立而愉悦:

> 通过崇高之物唤醒的情感,事实上恰好与之相反。我们更多地觉得自己无足轻重(unbedeutend),感到被贬低,将自己置于崇高的对象之下。因此,经验再次在此表示反对。……认为崇高仅能存在于主观情感之中,是荒谬的。我们更多的是顺从于对象,感受到对它的崇敬,绝不是被驱使着因为我们身内的彻底空虚(die ganze Leere in uns)而狂妄自大,而是学会谦卑(Demut)与知足[1]。

索尔格对"崇高"的分析与谢林的席勒批判如出一辙,而原本席勒笔下的"我们身内的绝对伟大",也只剩下"我们身内的彻底空虚"。浪漫主义悲剧哲学不再像席勒在其美学著作中所做的那样,通过一种辩证转折将威胁主体在物质世界中的生存与独立的"崇高之物"解读为主体感受自身精神之自由的契机,而是突出"崇高之物"本身的宏伟并将其绝对化,以此反对理想主义的主体观念。正是在这个意义上,索尔格在他对奥古斯特·威廉·施莱格尔的维也纳讲稿的书评中批评后者的悲剧理论对"内在自由"的推崇,认为施莱格尔将人的内在视为超脱命运之上的论点是一种对必然性的僭越。索尔格评论到,假定主体可借助"理念"摆脱作为外在强力的命运之束缚,就不会产生悲剧,更不会产生"诗意的或宗教的关联。恰恰是在我们的长处中存在着我们的弱点,或不如说是我们的虚无(Nichtigkeit)"[2]。所谓"长处"就是人的精神自由,但正如谢林业已指

---

[1] Solger: *Vorlesungen über Ästhetik*, S. 33.

[2] Karl Wilhelm Ferdinand Solger: *Nachgelassene Schriften und Briefwechsel*. Hg. von Ludwig Tieck. Leipzig: F. A. Brockhaus 1826. Bd. 2, S. S. 517. 参见 Hartmut Reinhardt: „Das ‚Schicksal' als Schicksalsfrage. Schillers Dramatik in romantischer Sicht: Kritik und Nachfolge", in: *Aurora. Jahrbuch der Eichendorff-Gesellschaft*, 50 (1990), S. 63-86.

明的，正是人的自由意志促使了命运的实现，主体试图将自身从必然性中解放，却只能证明自己彻底地受制于必然，其反抗因而是无意义的。

而索尔格美学理论中的"理念"就是谢林所谓的"绝对宏伟"。"理念"的绝对性体现在，这个词在索尔格的体系中始终只有单数形式，亦即不存在多样的平等变体，同时也无法再作进一步的定义与限制，但它依然是艺术在认识论意义上所应实现的目标。只是索尔格比谢林更进一步：如果说作为观者的主体在谢林的艺术哲学体系中仍具有认识的主动性，尚能通过反思认识到那自在自为的绝对伟大，那么索尔格甚至完全剥夺了主体的认识论价值，将启示自身的理念与内在空虚的主体完全对立起来：

> 理念涌入现实，将我们当作通道来利用。理念贯穿我们的个体意识，将之消解在普遍意识之中，把现实转化为本质的（ein Wesentliches）、被天启之物（ein Offenbartes）。艺术的必然性就建立在这条实践之路的基础上。由此就展示出，艺术有多么不受反思的个体之掌控。个体不过是理念的容器。[1]

可以说，按照索尔格的分析，对于理念不存在"认识"这一能动过程：作为理性活动之核心的反思（Reflexion）无法发挥任何作用，主体只能够像容器一样接纳涌入其意识的理念。而既然理念已居于绝对的地位，无关紧要的就不仅是主体，同样也包括作为具体艺术门类的戏剧：只要其中涵纳的理念能够启示自身，戏剧的形式、结构、素材都不具有独立的价值，作为理念的肉身仅仅是从属性的，在理念凸显后便失去了存在的意义：

> 戏剧艺术的本质并不在于其特殊的素材或视角，而取决于它是否能把握住人类一切活动与生命的内在本质——理念，同时表现出即便是最高的现实，就其本身而言什么也不是，只有当神圣的理念（göttliche Idee）在其中启示自身（sich offenbaren）时才有意义。[2]

---

[1] Solger: *Vorlesungen über Ästhetik*, S. 57.
[2] Solger: *Vorlesungen über Ästhetik*, S. 243.

索尔格的论断既不认可素材的地位，也拒绝承认具体戏剧作品特有的美学价值，更重要的是，他否认现实世界独立的本体论意义，而仅仅将之视为"神圣"理念的附庸：即便是最具潜能的实存，也必须依赖其中理念的"天启"才不至于陷于无意义。在这一点上，他又继承了奥古斯特·威廉·施莱格尔悲剧理论中所蕴含的虚无主义倾向。但这是否意味着，作为特殊戏剧形式的悲剧也是无关紧要的呢？并非如此。从整体上看，"悲剧性"乃是索尔格艺术理论的结构性原则，甚至可以说是理念天启的方法论。因为理念的呈现必然以承载其的现实世界之消解为前提："尘世之物可以被完全扬弃在神性之物中并被毁灭"——这就是索尔格理论中的悲剧原则（das tragische Prinzip）[1]。从"美"的二元结构出发，现实所承载的理念必然与作为"尘世之物"的质料交融在一起；然而若要作为理念彰显自身，就必须剥去附着其上的质料。其中的悲剧结构在于，表象世界与纯粹理念在概念上对立且矛盾，但却又统一在蕴含着理念的现实之中；而若要实现艺术的意义，使得理念得以启示自身，实存就必然会成为虚无而被消解。因此，理念的呈现不可避免地以其承载者的消亡为前提：只有在消除了实存的限定之后，精神性的理念才可作为神性之物以不受现实世界约束的"天启"方式显现在毁灭的世界眼前。而又因为理念原本作为普遍概念蕴藏于现实的特殊性之中，因此其天启就是要求脱离先前承载其的质料；扬弃在现实世界中已具象化的理念，就是要求理念的自我毁灭——毫无疑问，这同样是悲剧性的：

> 在**悲剧性**中，理念通过毁灭证明自身的存在；理念通过扬弃作为存在的自身，就成了作为理念的理念，二者完全同一。作为存在的理念之消亡正是其作为理念的天启。[2]

而对于现实世界及身处其中的个体而言，这一悲剧性是双重的：他们本已失去了存在的意义，而现在又必须在消亡中确证理念的天启。可以说，

---

[1] Solger: *Vorlesungen über Ästhetik*, S. 68.
[2] Solger: *Vorlesungen über Ästhetik*, S. 245.

索尔格的悲剧哲学是对尘世生活的双重否定：既否定其独立的价值，又在理念的天启中否定其实存。这是一场关于个体命运的存在主义悲剧：一方面，人能够体验在艺术之"美"中进入现象世界的理念，甚至其自身的行动与生活也是理念具象化的一部分；但若是他要表现纯粹的理念——或更准确地说，若是作为理念之容器的主体要凸显他所承载的内核——就必须主动地排除尘世的干扰，也就是从根本上否定自身的存在。"同情"这一启蒙主义戏剧理论的核心概念所关涉的只是特定个体的特殊不幸的共情，而并不满足悲剧哲学对必然性与普遍性的要求。在索尔格看来，真正的悲剧情感并不仅仅是一种忧郁，更来源于生存的原则性悖论，即灵与肉、个体的精神性与物质性之间的根本矛盾：

> 引发真正悲剧情感的乃是人之命运本身，即他能够享有最高之物，却依旧必须存在。当人想要展现理念、却只能在与存在的矛盾中实现时，就会感受到他的虚无。因此，正是人陷于存在的囹圄激发了悲剧情感。[1]

剥夺尘世之人的意义的，不再是外在于人的命运，而是人之存在所必然经受的困境：扎根于现实世界的主体为了体现内在于其身、为其存在提供意义的理念，不得不否定自身的物质性，亦即诉诸自我毁灭这一极端手段，才能使得"理念"解开感官世界的束缚从而启示自身。主体不仅无法主动地认识到理念，甚至于接受理念的天启也须以自我消解为前提。但正如谢林在自由的毁灭中看见自由的胜利一般，索尔格也从悲剧情感内读出了人"最高的升华"：

> 但正是在这一情感中，也同时藏着最高的升华，并且完全是因为同样的缘由，而不是处于其他的关系。我们知道，我们的毁灭（Untergang）并非偶然性的后果，而是因为存在无法承受永恒（das Ewige），而永恒正是我们的使命；所以牺牲（Aufopferung）本身便是

---

[1] Solger: *Vorlesungen über Ästhetik*, S. 77.

我们更高使命的最高证明。因此正是在毁灭中蕴藏着悲剧性振奋心灵、舒缓精神的一面……我们在这里所要面对的仅仅是存在与神性之物在存在中的天启（Offenbarung des Göttlichen in der Existenz）。这里谈论的仅仅是当下的存在，但所观照的并非它的偶然性，而是它的本质。在毁灭的瞬间之中同时就有着抚慰人心的升华，因为毁灭不是别的，只是在这场毁灭中启示自身的神性（Gottheit）之显现。[1]

宗教词汇在这里又一次与悲剧哲学交融，个体在悲剧中的毁灭成为"理念"神性天启的前提。被理想化的不再是作为自由决断者的主体，而是"牺牲"与"毁灭"，也就是真正的悲剧形式：在主体自我消解的过程中，"存在"与"永恒"之间的悖论得以被化解，而"理念"——无论其内涵究竟为何——作为"神性之物"，也得以通过宗教启示展露自身，并为主体的牺牲赋予价值。因此，索尔格的悲剧哲学就是要求接受尘世生命的虚无，并将悲剧作为宗教情感的媒介；不过这种宗教意识并非对来世应许的向往，而是在"神性"面前的谦卑与虔敬：因为个体不过是理念的容器，只有在破碎之时才能意识到自身所蕴含的究竟是什么，也只有自身的破碎才能称为其存在的意义。

第六节　结　语

通过对奥古斯特·威廉·施莱格尔、谢林与索尔格三人理论的梳理，可以这样总结浪漫主义悲剧哲学的若干特征：浪漫主义悲剧哲学所关注的是悲剧的结构特征，亦即"悲剧性"，其核心是人与命运、自由与必然的冲突。在对席勒的悲剧理论，尤其是他关于"崇高"之论述的接受与批判中，浪漫主义悲剧哲学反思了对主体性与自由的理想化表达，认为主体既无作为行动者的自由亦无作为认识者的独立，因而转向个体价值的消解与世界的虚无。与之相伴的则是对某种具备规范性的绝对之物的向往。在要

---

[1] Solger: *Vorlesungen über Ästhetik*, S. 77f.

求彻底的自由决断的"自我"哲学之外，浪漫主义悲剧哲学揭示了主体性的另一维度，即希冀通过回溯至不受物质实存约束的客观体系为自己在现象世界的纷繁混乱中寻求可以栖身的确定性，即便这意味着其存在的毁灭。承认个体的无意义与追寻超越此世的必然性合在一起，便造就了一种特殊的宗教情感，这在绝对之物向主体的自我"启示"过程中就已明显。不过浪漫主义的悲剧哲学并未明确地将这种宗教情感与基督教，或将"自在自为的绝对伟大"与基督教中的人格神等同起来，而是强调身处尘世的必朽之人面对神性之物时的谦卑与虔敬。

之所以将浪漫主义悲剧哲学视为浪漫思潮的有机组成部分，是因为上述特征在浪漫主义其他艺术门类中亦有体现。第一，索尔格论及的尘世虚无与"理念"在主体毁灭之际的天启，与他对浪漫美学核心概念"反讽"（Ironie）的论证如出一辙。所谓反讽，就是否认先前断言的有效性，在否定中上升至更高的认知；先前断言越是华丽、越是绝对，对其的否定所造成的反差就越是强烈，反讽的效果也就越明显。因而可以说，反讽就是一种刻意的毁灭。索尔格在《美学讲演录》中将"艺术反讽"的本质定义为这样一种情绪状态：

> 我们在其中认识到，我们的现实如果不成为理念的天启，就不会存在；但正因如此，理念和这种现实一样都成了某种虚无之物而趋向毁灭。理念之存在当然必须包含现实，但这就总是同时包含了对理念的扬弃。[1]

反讽中的"理念"与悲剧中的主体经历了同样的命运：二者都因为其扎根于物质世界的实存而与自身的精神性处于不可调和的矛盾之中。作为精神之物的理念必要要进入现实世界才能具象化，但正是其在尘世的实存阻碍了它作为理念的显现，因而与悲剧主体一样，只有在消亡中才能凸显自身的意义。在发表于1815年的哲学对话《埃尔温》（*Erwin*）中，索尔格就已阐发了反讽的悲剧结构：

---

[1] Solger: *Vorlesungen über Ästhetik*, S. 191.

当我们看见最壮美之物被碾压着，经历它必然的尘世存在直至无价值，就会被无尽的悲伤所侵袭。但我们又无法将这桩罪（Schuld）强加到别处，而只能归结于完善之物自身为了尘世认识的天启（Offenbarung für das zeitliche Erkennen）。……理念在这种过渡中必然毁灭自身，而这一过渡的瞬间却正是艺术的真正领域……艺术家的精神必须在此将所有的方向统合到纵览一切的唯一一瞥之中，而这种居于一切之上、毁灭一切的一瞥就是我们所称的反讽。[1]

所谓"过渡"就是指理念从一般抽象进入世界成为特殊存在的过程，这是人认识理念的必由之路；而为了向主体启示自身，理念就必须否定其尘世的实存，如悲剧中的主体一样选择毁灭；艺术反讽就在于洞察了这一悲剧结构，意识到即便是最壮美之物，无论包装得多么精美、描绘得多么绚烂，其具象化形式中也必然是虚无，甚至必须加以否定才能使其普遍意义脱离其尘世表象而得以显露。索尔格让他笔下的埃尔温说道："我认为，正是通过作为尘世表象的理念之无价值，我们才能意识到理念是现实的，意识到所有呈现在我们之前的应当被视为理念的实存。"[2] 反讽与悲剧的同构再度可见：理念与悲剧主体的价值，只有在其现实存在遭到毁灭之时才能得证。

第二，从"我们身内的绝对伟大"到"自在自为的绝对伟大"这一过渡，在逻辑上与将个人降格为理念的容器异曲同工，实际上都是否定主体的独立价值，视之为纯粹被动的接受者而非创造者。这一视角在浪漫主义艺术哲学中尤其明显。艺术家不再被视为"另一个神"（alter deus），其创作的源泉不再是自身的天才，而是仅仅作为工具呈现出启示在其眼前的神性之物。这一特征可通过比较古典主义与浪漫主义对拉斐尔一则轶事的不同解读来说明。约翰·约阿希姆·温克尔曼在其古典主义美学奠基文献《关于在绘画和雕刻中模仿希腊作品的一些意见》（*Gedanken über die*

---

[1] Karl Wilhelm Ferdinand Solger: *Erwin. Vier Gespräche über das Schöne und die Kunst*. Zweiter Teil. Berlin: Realschulbuchhandlung 1815, S. 277.

[2] Karl Wilhelm Ferdinand Solger: *Erwin*. Zweiter Teil, S. 279.

Nachahmung der griechischen Werke in der Malerei und Bildhauerkunst）中，提到了拉斐尔绘制古希腊神话中的海中女神伽拉忒娅（Galatea）时所采用的方式：

> 经常有观察自然的机会，促使希腊艺术家们更进一步：他们开始形成若干关于人体各个部位与整体比例之美感（Schönheiten）的普遍概念，这些美感应当超越自然；它们的原型乃是一种在知性（Verstand）中绘制出的精神性的自然（geistige Natur）。拉斐尔正是这样创造他的《伽拉忒娅》的。人们可以参考他写给巴尔达萨尔·卡斯蒂廖内伯爵的信："因为女性中的美是如此地少见，"拉斐尔写道，"于是我便运用了我想象力中的某种理念。"[1]

温克尔曼所要解决的是拉斐尔信中所提到的"理念"的来源。根据他的阐释，艺术理念首先应来自经验观察，这正是他在《意见》一文中着力强调古希腊人形体优美的原因：艺术之美的基础是对自然之美的观察。但温克尔曼认为，美的概念虽源于自然，但却必须经过理性的归纳、抽象与普遍化，因而是一种"理想美"（Idealische Schönheit）[2]；他用"精神性的自然"这一矛盾逆喻（Oxymoron）来概括"美"的物质性基础与其在艺术家的知性中所实现的精神性升华的统一。"理想美"根源于自然，却是主体抽象思维与创造力的产物；它不仅能够弥补自然的缺憾，更是艺术创作的来源：温克尔曼笔下的拉斐尔主动地运用了他想象力中的理念，来塑造经验世界所不得见的女性之美。

而在开启浪漫主义文学的划时代之作《一个热爱艺术的修士的内心倾诉》中，瓦肯罗德也同样引述了拉斐尔致卡斯蒂廖内伯爵的信：

---

[1] Johann Joachim Winckelmann: „Gedancken über die Nachahmung der Griechischen Wercke in der Malerey und Bildhauer-Kunst", in: Johann Joachim Winckelmann: *Kleine Schriften, Vorreden, Entwürfe*. Hg. von Walther Rehm. 2. Aufl. Berlin und New York: De Gruyter 2002, S. 27-59, hier S. 34f. 汉译参见温克尔曼：《关于在绘画和雕刻中模仿希腊作品的一些意见》，载于温克尔曼：《希腊人的艺术》，邵大箴译，桂林：广西师范大学出版社，2001年，第1—34页，引文见第7页。此处译文比照原文有改动。

[2] Johann Joachim Winckelmann: *Kleine Schriften, Vorreden, Entwürfe*, S. 30.

拉斐尔，众画家中闪烁的太阳，在写给卡斯蒂廖内伯爵的信中给我们留下了如下这段话。我视之贵如黄金，每每读到此处，信中便悠然燃起阵阵隐秘的敬畏与崇拜："由于难得寻见完美的女人形体，所以我遵从降临到我灵魂中的源于精神的形象。"[1]

与温克尔曼相比，瓦肯罗德的引述在细微之处有重要改变。在温克尔曼那里，"理念"居于"想象力"之内，且服从主体的调遣，是主体在运用（sich bedienen）理念；而在瓦肯罗德笔下，是理念"降临"到画家的灵魂中（in die Seele kommen），而画家只能"遵从"（sich halten）这一理念。正如谢林对席勒的批判性接受，主体的成就在浪漫主义的艺术想象中再度被外化，独立于主体而存在，而主体的伟大（在这里就是拉斐尔的艺术伟大）恰恰在于放弃自身创造的自由，而是像遵从必然性一般遵从其身外降入其灵魂中的理念。

更重要的是，瓦肯罗德改变了这段引文的背景。他将原本描述《伽拉忒娅》诞生的信嫁接到了"那幅美妙无比的圣母和圣家族像"[2]上，也就是将古希腊（因而是异教的）女神改写成了基督教的圣母；同时，他借助一份虚构的手稿，描述了作为艺术创作灵感的天启：

> 一个夜晚，当他像往常一样站在梦中向圣母祈祷时，猛然感到一阵震撼，从梦中惊醒。黑暗的夜晚中，他的目光被对面墙上一束亮光吸引过去，仔细看时，发现正是自己那幅悬挂在墙上尚未完成的圣母像。它在一片柔和宁静的光晕中变成了一幅栩栩如生的完美画像。他为画中的神韵所打动而痛哭起来。画中的圣母用一种无法言表的动人目光注视着他，活灵活现。他感到她真的呼之欲出。[3]

---

[1] Wilhelm Heinrich Wackenroder und Ludwig Tieck: *Herzensergießungen eines kunstliebenden Klosterbruders*. Hg. von Martin Bollacher. Stuttgart: Reclam 2009, S. 8. 汉译参见瓦肯罗德：《一个热爱艺术的修士的内心倾诉》，谷裕译，北京：商务印书馆，2016年，第6—7页。
[2] 瓦肯罗德：《一个热爱艺术的修士的内心倾诉》，第7页。
[3] 瓦肯罗德：《一个热爱艺术的修士的内心倾诉》，第8页。

在梦中显现的圣母以天启的方式展现在拉斐尔的眼前,而主体仅仅是"神性之物"的容器:创作的灵感不再是艺术家天才的灵光一现,"美"也不再需要以经验观察为基础再由主体加以升华,而是如宗教启示般降临的神性理念。艺术大师只有通过"神性的启迪"(göttliche Eingebung)——这个词的含义象征着从外向内的给予与传递——才能完成其创作。这一结构恰是浪漫主义悲剧哲学所强调的对主体性的消解与宗教转向。在瓦肯罗德的笔下,这种宗教性不仅在于虚构作者的修士身份,也不仅在于作品体裁的基督教渊源,更在于艺术创作从整体上被视为一种宗教体验:

> 人们是否能借助万能天主启示的奇迹(dieses offenbare Wunder der göttlichen Allmacht),感悟拉斐尔那纯洁的心灵用这句言简意赅的话想要表达的深邃而伟大的思想呢?难道人们还不明白,那些关于艺术家激情的平庸的夸夸其谈其实是对它真正的亵渎吗?难道它们不是恰恰证明了,它们本是直接来自上帝的一臂之力(unmittelbarer göttlicher Beistand)吗?[1]

拉斐尔的圣母像不再是艺术家的原创,而是"万能天主启示的奇迹";"理想美"的诞生不再需要艺术家的主动参与,而是依赖于"来自心灵深处的启示"(die inneren Offenbarungen)[2]。正如谷裕所言,瓦肯罗德的用词"体现出基督宗教启示论的思维模式……也就是说人唯有借助神的启示,才可以获得对自身和世界的认识"[3]。艺术实践的成功与否最终取决于是否有上帝的直接助力:这一视角正是浪漫主义悲剧哲学所描述的主体之消解,以及作为认识论的模态"启示"。

第三,浪漫主义悲剧哲学不仅在对经典画作的阐释里有所预示,在浪漫主义的绘画中亦能找到诸多痕迹。这一点尤以卡斯帕·大卫·弗里德里希(Caspar David Friedrich)的风景画最为典型。弗里德里希通过艺术将自

---

[1] 瓦肯罗德:《一个热爱艺术的修士的内心倾诉》,第9页。
[2] 瓦肯罗德:《一个热爱艺术的修士的内心倾诉》,第5页。
[3] 谷裕:《近代德语文学中的政治和宗教片论》,上海:复旦大学出版社,2018年,第51页。

然与宗教虔敬结合在了一起。弗里德里希宗教风景画中的自然是无尽的。尤其是在名画《海边僧侣》中，无论是作为近景的沙滩、作为中景的大海还是作为远景的天空，都仿佛没有边界；整幅画中既没有引导观者目光的其他自然物，也没有起到画框作用的景致，观者一眼望去，也会同样陷入无尽的自然之景中。但与象征无尽的自然相比，画中人物的形象显得极为渺小。一双习惯了雅克-路易·大卫（Jacque-Louis David）的法国古典主义肖像画的眼睛，必然会因弗里德里希画中人与自然在尺寸上的不成比例而感到讶异。只需将大卫所作的《波拿巴穿越圣伯纳关隘》（*Bonaparte franchissant le Grand-Saint-Bernard*）与弗里德里希的《海边僧侣》相对比，就可以体会到二者及他们所代表的美学倾向有多么不同。在大卫那里，骑着骏马的拿破仑充满整个画幅，体现的是誓要征服不可逾越的阿尔卑斯山的豪情壮志；拿破仑右手高举，面向画外的观看者，使得观看者仿佛成了他军中的一员，要追随他一道进军山巅。英雄个体的伟大在此体现得淋漓尽致。但在弗里德里希的画笔下，海边的僧侣只是背影，沉浸在祈祷之中，身形在晦暗的海水与天空双重的阴影下显得极为渺小。超越人类知性把握能力的自然不再是衬托出内心伟大的背景，而是催生出人心中虔敬之感：在无尽的自然面前，主体仿佛失去了自由与独立，在对无限自然的观照中完全沉浸在宗教虔诚的情感中，以自身的渺小反衬神性之物的绝对伟大。悲剧哲学中主体消解的主题在这里再度浮现。

同时，弗里德里希的画作也可解读为施莱尔马赫对宗教本质的诠释[1]：宗教既非形而上学亦非道德伦理，而是直观与情感，更具体地说，对宇宙的直观（Anschauen des Universums）是"宗教最普遍的和最高的公式"[2]；而在这一直观中，主体既需放弃认知的努力（因而非形而上学），也无法再运用自身的自由意志（因而非道德），而是只能作为观者被动地感受宗教。施莱尔马赫在他的《论宗教》（*Über die Religion*）中写道：

---

[1] 关于弗里德里希与施莱尔马赫，参见 Werner Busch: „Caspar David Friedrich und Friedrich Schleiermacher", in: Gert Mattenklott (Hg.): *Ästhetische Erfahrung im Zeichen der Entgrenzung der Künste*. Hamburg: Felix Meiner 2004, S. 255-267.

[2] Friedrich Schleiermacher: *Über die Religion*. Hg. von Günter Meckenstock. Berlin und New York: De Gruyter 2001, S. 81. 汉译参见施莱尔马赫：《论宗教》，邓安庆译，北京：人民出版社，2001年，第33页。

[宗教]不像形而上学那样，按照宇宙的本性来规定和解释宇宙，它也不想像道德那样，用人的自由与神圣的恣意之力来继续塑造和完成宇宙。宗教的本质既非思维也非行动，而是直观和情感。它想直观宇宙，想要虔敬地（andächtig）注视着宇宙自身的表现与行动，想要以孩子般的被动性让自己被宇宙的直接影响所攫取、所充盈。[1]

宗教体验是一种直观，主体在其中放弃了认知与行动的双重自由，纯粹被动地接受宇宙的直接影响，这均是日后浪漫主义悲剧哲学所强调的元素。施莱尔马赫之所以要将宗教与道德区分开，正是为了强调宗教中对个人自由的扬弃："道德是以自由意识为出发点，它想要把自由的王国扩大至无限，使一切都服从于它；而宗教的脉搏跳动在自由本身已再度成为自然之处。"[2] 宗教否定了自由的无限扩张，将之重新纳入自然的框架；而自然与自由在宗教中的统一也正预示浪漫主义悲剧哲学中对自由与必然之辩证的思索，以及字里行间流露出的宗教倾向。

---

[1] Friedrich Schleiermacher: *Über die Religion*, S. 79. 汉译参见施莱尔马赫：《论宗教》，第 30 页。此处译文比照原文有改动。
[2] Friedrich Schleiermacher: *Über die Religion*, S. 80. 汉译参见施莱尔马赫：《论宗教》，第 31 页。此处译文比照原文有改动。

第二篇 文学

自然与自由

第一章
德国浪漫主义文学的"自然之书"

胡 蔚

第一节 德国浪漫主义运动中的自然话语

在德国浪漫主义运动中,自然与宗教、政治、科学、哲学、文学、艺术等话语交织融合,成为一个核心命题,对后世影响深远。无论是德意志人将森林视为民族图腾,还是20世纪兴起的全球绿色环保运动,都植根于德国浪漫主义运动的思想传统和文化经验中。英国浪漫主义诗人威廉·布莱克和柯勒律治,美国自然文学作家梭罗和爱默生纷纷吸纳德国浪漫主义的自然哲思,在英美的文化语境中逐渐发展成了蔚为壮观的生态批评和自然文学传统。

浪漫主义运动对于自然本体及自然认知的哲学反思和文学艺术中的山水风景的美学建构,在欧洲思想史的语境中,是第一次现代性危机的集中体现。17世纪现代自然科学蓬勃兴起,源自笛卡尔的世界观,通过"普遍数学"(*Mathesis Universalis*)的方法论,将整个自然领域抽象为纯粹的数学关系,最终表达于牛顿建构的机械物理力学体系,世界被喻指为一座制作精密、运转有条不紊的巨钟,创世主作为钟匠隐身其后。这一机械世界图景取代了中世纪基督教神学传统中的自然寓像观,自然存在的意义不再仅仅是《圣经》的注解,神意的显现,自然科学也不再是神学的婢女。自然的实用价值得到挖掘，其美学的本体价值得到关注。在18世纪启蒙运动时期，河流改道，高峡出平湖，沼泽地被开垦，自然景观被重塑，自然成为人类约束和征服的对象。[1] 同时，自然科学的专业分科愈益精细，研究工具愈益先进，实验、解剖、测量、分析、计算的研究方法成为认识自然的必然途径。到了浪漫主义时期，人们已经意识到现代物理研究方法割裂了自然的有机整体性，痛感数学关系和分类体系治下的科学自然观导致经验的干瘪和贫乏。在知识和科学统率的自然领域，知性为自然立法，意味着人类对自然的支配；在道德和伦理掌管的自由范畴，理性为自由立法，理性压抑了感性。对于数学语言的信仰，对人类理智能力的信心，对现代进步神话的确信，伴随着一种严重的失落感，以及对前现代神意秩序下的稳定性和确定性的渴望。1810年，歌德在《颜色学》中述及近代化学学科的创始人，17世纪英国科学家罗伯特·波义耳时，如此总结17世纪以来现代科学的精神忧患：

> 精神和肉体、灵魂和躯体、上帝和世界之间的分裂已经形成。……当人类要宣称自己的自由，他必须与自然为敌，人类要与上帝比肩，他必须将自然置于身后。在这两种情况下，人类理所当然地将自然作为敌人和累赘。因此，那些想要将分裂的二者重新弥合起来的人，就会遭到非难。当人们不再以目的论的方法来解释自然的时候，自然就被剥夺了理智；当人们不再有勇气赋予自然理性，自然也就失去了精神。人们要求自然只是提供技术机械的服务，人们对于自然的理解和把握也就仅仅局限于这个层面。[2]

17世纪帕斯卡尔在沉思宇宙的永恒寂静时所体验到的恐惧，在1800年前后的德意志浪漫主义运动中获得了广泛的回应。如何修正机械世界图

---

[1] 大卫·布莱克本：《征服自然——水、景观与现代德国的形成》，王皖强、赵万里译，北京：北京大学出版社，2019年，第4—5页。

[2] 歌德著作引自法兰克福版歌德全集。Johann Wolfgang Goethe: *Sämtliche Werke. Briefe, Tagebücher und Gespräche*. Hg. von Friedmar Apel u. a. Frankfurt: Deutscher Klassiker Verlag 1985ff. 后文将用 Goethe FA 表示该版本的诺瓦利斯文集，并相应标注出卷数与页码。此处参见 Johann Wolfgang Goethe: „Materialien zur Geschichte der Farbenlehre", in: *Goethe FA* Bd. 23.1, S. 735。

景，弥合人类主体和客体的分裂，调和人类理性与信仰、理智与情感的分裂和冲突，是德意志浪漫主义哲人瞩目的问题。自然成为谢林、荷尔德林、诺瓦利斯和青年黑格尔展开系统哲学思考的对象。[1] 他们普遍认为，克服现代性危机的途径在于，扬弃"我"和"非我"的二元论结构，重建主体与客体的原初统一，试图克服在德国古典哲学时期，康德关于物自体和现象，费希特在"我"和"非我"之间的区分。自然，作为"理性的他者"[2]，在浪漫主义运动中成为修正弥合分裂的灵感来源和获得救赎的精神家园，成为整体性和统一性的象征。

谢林的同一哲学（Identitätsphilosophie），即在绝对精神中主体和客体、精神和自然、理念和实在的同一，构成了德国浪漫主义自然哲学和生物学研究的哲学基础，对同时代人和后世都影响深远。谢林的自然哲学论述集中在《关于一种自然哲学的若干理念》（*Ideen zu einer Philosophie der Natur*, 1797）、《论世界灵魂》（*Von der Weltseele*, 1798）和《自然哲学体系纲要》（*Entwurf eines Systems der Naturphilosophie*, 1799）三部书中。在《关于一种自然哲学的若干理念》一书中，谢林作出了如下著名论断：

> 自然应当是可见的精神，精神应当是不可见的自然。当我们内部的精神与我们外部的自然达成绝对的同一时，外部自然如何成为可能的问题得到了解答。因此，自然研究的最终目的应该是自然的理念。[3]

谢林认为，自然本身就具有先验自我的绝对能动性，包含着生命和精神的自然，同时具备生产性和物质性，即斯宾诺莎所说"能动的自然"（*natura naturans*）和"被生的自然"（*natura naturata*）的统一。

仅仅将浪漫主义自然哲学限定为谢林的学说，显然并不全面，浪漫主

---

[1] 自然哲学（Naturphilosophie）成为哲学史中的固定概念，专指以谢林为代表的德意志浪漫主义自然哲学。

[2] Hartmut Böhme, Gernot Böhme: *Das Andere der Vernunft. Zur Entwicklung von Rationalitätsstrukturen am Beispiel Kants*. Frankfurt a. M.: Suhrkamp 1983, S. 30f.

[3] Schelling: *Ideen zu einer Philosophie der Natur*(1797), in: *Schelling HKA* Bd. I.5, S.107.

义时期对于自然哲学的反思在理论和文学文本中呈现出多样性的特点。更为有效的方式是，将浪漫主义时期的自然哲学定义为一种时代话语，其中包括各种对于机械自然图景的批评和反思。属于前现代自然科学的知识类型，如被归属于神秘学（Esoterik）的赫尔墨斯主义、炼金术、梅斯梅尔主义、犹太教卡巴拉主义等，在17世纪以来科学清明统治的表面下，暗潮浮动。当自然科学和哲学分化成为独立的学科，古老的神秘学传统就逐渐被主流科学界排斥和边缘化。但是，这一传统并未消失，"启蒙时代同时也是神秘的世纪"[1]，这是学界已经形成的共识。瑞士炼金术士帕拉塞尔苏斯（Paracelsus, 1493—1541）和西里西亚鞋匠雅各布·波墨（Jakob Böhme, 1575—1624）的神秘主义学说在德语区影响甚广。他们继承和发展了大—小宇宙的对应模型，及其和自然界土气水火四大元素的辩证关系。自然万物、人体和宇宙是一种平行、关联、共振和同流的关系。18世纪下半叶，德意志地区的神秘主义思潮主要集中在虔敬派团体，如金玫瑰十字会、共济会等秘密社团，成为浪漫主义自然哲学观念的重要源头，并成为文学作品中的热门主题。

谢林的自然哲学和神秘主义自然观念对浪漫主义自然科学研究产生了深刻影响。浪漫主义自然科学家的视野超出了启蒙时期以物体为出发点的切割与分类，而是致力于寻找和解释自然中隐秘的关联及潜在的作用力。其中，代表性人物如奥地利医生梅斯梅尔（Franz Anton Mesmer），发现动物身体内部的电流，根据宇宙内部物质世界的普遍连接的原理，发展出了动物磁力学说（Animalischer Magnetismus），并将之应用于医学治疗中；又如舒伯特（Gotthilf Heinrich Schubert），1808年发表的公开演讲集《自然科学的夜的一面》（*Ansichten von der Nachtseite der Naturwissenschaft*）研究受到启蒙科学排斥、压抑的研究领域，阐释了自然科学与心理、情感等不可知领域的关联，代表着德国浪漫主义时期自然科学研究的范式转换。亚历山大·冯·洪堡（Alexander von Humboldt）是德国浪漫主义时期最有代表性的地理学家和博物学家，他的美洲地理考察记录、自然科

---

[1] Karl Barth: *Die protestantische Theologie im 19. Jahrhundert*. Zürich: Evangelischer Verlag 1947, S. 18.

学论著《关于自然的观点》(*Ansichten der Natur*)和五卷本大著《宇宙》(*Kosmos*),将当时的气象学、地理学、天文学和生物学知识融会贯通。他绘制了全球等温线,创立了植物地理学,建立了地磁气象站,是浪漫主义自然的整体观念与数据定量研究相结合的典范。

德意志浪漫主义自然研究流派众多、渊源有自,德意志浪漫主义诗哲对于自然的认知却在反思机械世界图景带来的现代危机中达成了共识:其一,普遍将宇宙视为一个有机的整体,"世界灵魂"充满宇宙万物,自然万物普遍连接、相互转换,能量保持守恒定律;其二,致力于重建人和自然的连接,达成心灵和肉体、理性和感性的结合;其三,认为自然万物内部存在两极对立的结构,在两极作用下形成一个辩证的动态发展过程,向更高的层次发展。

第二节 "自然之书"(Buch der Natur):浪漫主义自然书写的渊源

从中世纪、文艺复兴到巴洛克的西方文化传统中,自然始终是一个表意的符码系统,是指向上帝之言和认识上帝的途径,即"自然之书"。作为一种古老的隐喻,"自然之书"在思想史上的流变体现了"自然"观念古往今来的演变过程和表现形式。汉斯·布鲁门伯格在《一种隐喻学的范式》中指出,这些固定的隐喻成为一种预制的模型,如同一种有待实现的纲领或必须完成的任务,成为一种思想和行为的范式。[1]"自然之书"所代表的寓像自然观,在启蒙运动中一度被边缘化,在德意志浪漫主义运动中重新被广泛援引。[2]人们普遍认为,自然作为一个多元复杂的现象系统,背后隐藏着一个更高的秩序和超验的存在,自然现象是绝对精神的外在显现。

---

[1] Hans Blumenberg: *Paradigmen zu einer Metaphorologie*. Frankfurt a. M.: Suhrkamp 1960.

[2] Bengt A. Sørenson: *Symbol und Symbolismus in den ästhetischen Theorien des 18. Jahrhunderts und der deutschen Romantik*. Kopenhagen: Munksgaard 1963, S. 133 ff.

[3] Schelling: *Ideen zu einer Philosophie der Natur*, in: Schelling HKA, Bd. I.5, S. 107.

超验的绝对精神与自然现象的关系类同于文字与意义的关系，就像意义只能经由词语和图像显现一样，自然的意义和真理也需要经由诗歌和艺术的方式显现出来。在西方传统中，"自然如诗"的观念古已有之。柏拉图在《蒂迈欧篇》中延续了前苏格拉底学派创世诗的传统，以言说的创制（poiesis）——在诗（poesis）的本义上——来模仿宇宙的创制，揭示宇宙的意义和秘密。斯多亚派和新柏拉图主义中都有"宇宙如诗"的观念，前者认为"宇宙之诗"的作者是自然本身，以普罗提诺为代表的新柏拉图主义则将创世者命名为"世界灵魂"（Weltseele）。"宇宙如诗"的观念，在俄耳甫斯神话中进而演化成新的含义：诗人（歌者）如创世者，他们的诗歌有创造自然和影响自然的神秘力量；诗人完成文学作品的过程如同创世，从精神中生成万物，又将万物联系在一起。由此，诗人被比拟为造世主（*Poeta Creator*），这在后世发展成为一种固定的观念。

　　在基督教神学传统中，"自然如诗"转化成了"自然之书"（*liber naturae*）。"自然之书"在《圣经》中的依据主要来自《创世记》和《罗马书》中的两处经文：《创世记》：神说："天上要有光体，可以分昼夜，作记号，定节令、日子、年岁。"（1：14）天上的光体不仅服务于实用目的，而且还充当着永恒真理的"标记"，自然物就是指向更高真理的记号；《罗马书》："神的永能和神性是明明可知的，虽是眼不能见，但藉着所造之物就可以晓得。"（1：20）这表明，神不可见的能力和性质可以通过可见的造物来认识。奥古斯丁最早提出上帝同时是"自然之书"和《圣经》的作者，"自然之书"成为除《圣经》之外，认识上帝的又一个可靠途径。博纳文图拉（Bonaventura）进一步指出《圣经》具有的内在和外在的双重意义："其一符合内在文本，即上帝永恒的艺术和智慧；其二符合外在文本，即人的感官可以感知的自然之物。"用于诠释《圣经》的寓意诠释法（Allegorese）同样可以用来诠释"自然之书"，自然世界由一系列标记和象征组成。"自然之书"的观念从中世纪一直持续到了17世纪。经验世界的所有要素都是被赋予了神圣含义的图形，造物就是自然记号。正是这种象形文字或神圣符码（Hieroglyphe）的自然观念支撑着中世纪的信念，即存在着两本书——"自然之书"和《圣经》之书。

"自然之书"这一古老的基督教神学观植根于中世纪以来欧洲人的世界观中,其在历史进程中发生的意义推移,反映出不同历史时期自然观的变化。[1] 直到 17 世纪,自然研究是一门在《圣经》的基础上,阐释自然物寓意的人文科学。动植物被指定为具有特定的寓意,是重要的道德和神学真理的象征,和古埃及的象形文字一样,被视为一种可理解的语言的文字。对于自然的认知需要一种《圣经》诠释学,而不是一种分类的或数学的科学。[2] 直到 1678 年,博物学家约翰·雷在剑桥大学出版的《威洛比的鸟类学》才开始采用写实记录的方法,取代了寓意解释。这是自然志的转折点。17 世纪以后,自然被认为是比书面文本更具优越性的权威,帕拉塞尔苏斯率先重塑中世纪的隐喻,将"自然之书"与《圣经》之书对比。这是"神亲自撰写、制作和装订"的书籍库。在 17 世纪的人看来,自然的优越性在于,自然是一部普遍和公开的手稿,任何时代、地方和族群的人都能读到它。普吕什说:自然是比《圣经》更古老的书;它从未将自己的教导局限于特定的语言或族群,自然是我们的第一部《启示录》。[3]

　　启蒙运动之后,随着现代科学意识的普及,自然在现代人眼中失去了神圣寓意,成为物理数据定性的物品。对于自然物的解读方式,从寓意阐释转换成了抽象的数学语言和科学定理。伽利略认为"自然之书"用数学语言写成,里面的文字是三角、圆以及其他几何图形。18 世纪启蒙时期流行的《瓦尔赫哲学辞典》[4] 里已经没有"自然之书"的词条,基督教神学的自然寓像观被现代机械世界图景所取代,自然成为数学符号和方程式。于是有了帕斯卡尔在《思想录》中的著名感慨:"这些无限空间的永恒沉默使我恐惧。"[5] 之所以恐惧,因为星空和宇宙不再与人有情感道德上的

---

[1] "自然之书"(Buch der Natur)的概念流变参见 H. M. Nobis: „Buch der Natur", in: Joachim Ritter (Hg.): *Historisches Wörterbuch der Philosophie*. Basel und Stuttgart: Schwabe & Co. 1971, S. 957-959.

[2] 14 世纪德国修士梅根贝格的康拉德(Conrad von Megenberg)在康定培的托马斯(Thomas von Cantimpré)编写的博物学百科全书《物性论》(*De naturis rerum*)基础上编撰而成《自然之书》(*Buch der Natur*)。全书共八个部分,分别介绍人体、宇宙学、动植物、药草学、炼金术、预言异象等自然现象及其神学寓意,被认为是第一部德语博物志,在德语区流传甚广。

[3] 彼得·哈里森:《圣经、新教与自然科学的兴起》,张卜天译,北京:商务印书馆,2019 年,第 265—267 页。

[4] Johann Georg Walch: *Philosophisches Lexikon*. Leipzig: Gleditsch 1726.

[5] 帕斯卡尔:《思想录》,何兆武译,北京:商务印书馆,1986 年,第 101 页。

连接，而只是陌生冰冷的物体。这种恐惧与17世纪自然研究的迅猛发展形成了对比。17世纪的人们并非义无反顾地朝着一个经验科学的美丽新世界迈进，而是意识到一种将自然知识归结为数学关系和分类系统的自然观的贫乏和意义的空洞。

意义的空洞和信仰的缺位引发了普遍的焦虑，人们需要寻找信仰的载体来排遣意义虚空带来的迷茫。在18世纪下半叶开启的反思启蒙理性的浪潮中，"自然之书"作为一种神学寓像的观念重新得到重视，自然万物重新被赋予了寓意指向的传统，具有对于绝对精神的指示功能。哈曼在1758年《关于圣经的思考》中回到了"自然之书"的基督教神学解读上："上帝通过大自然，通过他的话语向人类启示，如果能够找到自然启示和圣言启示的和谐点，就能够为建立一种正确并完全的哲学开辟一个广阔的空间。……圣言启示和自然启示互相解释和支持，并不矛盾。恰是理性的过多解释，才使问题矛盾重重。"[1] 赫尔德1774年在《人类最古老的证明》中指出："上帝在自然中无处不在，自然是上帝最早的启示，是一本伟大的书，用人人可懂的语言写成"，而"自然之语丰富、简单、强大，无论是整本天地之书，还是人类的义务和智慧，都可以用'自然之语'来象征"。[2] 自然作为启示，昭示着在此岸世界获得救赎的所在。这种观念在浪漫主义的自然书写中成为一种普遍共识。

在浪漫主义自然哲学体系中，艺术具有特殊的地位和功用。谢林于1800年发表的《先验唯心论体系》中的相关论述颇有代表性，他在早年自然哲学论说的基础上进一步指出，艺术／文学，是弥合自然与精神裂痕的唯一途径；诗既是哲学和科学的起源，也是哲学和科学发展的最高形式：

> 艺术是哲学唯一真实和永恒的工具和证书。哲学无法表达之处，由艺术持续不断地提供证明，并揭示出行为与创作中无意识与意识

---

[1] 哈曼：《关于圣经的思考》，载于哈曼：《纪念苏格拉底》，刘新利、经敏华译，北京：华夏出版社，2006年，第74页。

[2] 赫尔德的作品引自 Johann Gottfried Herder: *Werke in zehn Bänden*. Hg. von Martin Bollacher u. a. Frankfurt a. M.: Deutscher Klassiker Verlag 1985ff. 后文将用 *Herder Werke* 表示该版本的赫尔德文集，并相应标注出卷数与页码。此处参见 Johann Gottfried Herder: *Älteste Urkunde des Menschengeschlechts, in: Herder Werke*, Bd. 5, S. 239.

的原初同一性。……自然是一首诗，用神奇的秘密文字写成，为人所不识。

哲学和科学终将流入诗歌的海洋，这里也是哲学和科学的发源之处。[1]

谢林的这一著名论断揭示了艺术/文学在自然认知和自然呈现上的独特价值和功能，是对于"自然之书"这一基督教神学传统的继承和发展。早期德意志浪漫主义作家瓦肯罗德1796年发表的《一个热爱艺术的修士的内心倾诉》被认为是"德国浪漫主义文学的开山之作"。他在书中将"自然"和"艺术"比作两种"神奇的语言"："自然之语"出自上帝之口，隐含着造物主的神圣启示，"艺术之语"出于遴选者之口，指向人的内心。

> 我知道有两种神奇的语言，造物主通过它们赐予了人类一种能力，即他可在受造物可能的范围内，不偏不倚地认识和理解那些神圣的事物。……它们会以一种神奇的方式猛然触动我们的灵魂，渗入我们的每一根神经和每一滴血液里。这两种神奇的语言，其一出自上帝之口；其二则出自为数不多的遴选者之口。……我指的是：自然与艺术。……自然牵引着我们穿过大气中广博的空间直接到达神性。艺术则向我们开启人类心中的宝藏，将我们的目光引向我们的内在，向我们展示那些无形的东西，即人的形体中所蕴含的所有那些高贵、崇高和神性的东西。[2]

浪漫主义时期的"自然之书"继承了柏拉图"自然如诗"的理念，审美感知、智性直观和诗学建构被看作一条揭开了自然奥秘、认知自然真理的道路。皮埃尔·阿多在他考察自然观念史的著作《伊西斯的面纱》中将"通过言说、诗歌和艺术来揭示自然秘密"的方式概括为"俄耳甫斯的态度"，以区别于"通过技术来揭示自然秘密"的"普罗米修斯态度"。亚历山大·冯·洪堡将1799年至1804年在南美洲科学探险的考察报告的德文

---

[1] Schelling: *System des transscendentalen Idealismus*, in: *Schelling HKA*, Bd. 9.1, S. 328.
[2] 瓦肯罗德：《一个热爱艺术的修士的内心倾诉》，第60—63页。

版《植物地理学的观念》题献给歌德。献词页上画有一组雕像,展现了诗歌和艺术之神阿波罗正在揭开自然女神伊西斯的面纱,寓指着诗歌和艺术可以洞察自然的奥秘。洪堡以此感谢伟大诗人、自然研究者和自然哲学家歌德给予他的启发——诗歌、哲学和科学的三位一体。[1]

比较文论家韦勒克(René Wellek)在1949年发表的文章《文学史上的浪漫主义观念》中,通过比较德国、法国、英国和北欧的浪漫主义文学运动指出:与18世纪新古典主义不同,整个欧洲的浪漫主义运动对于诗歌、诗歌想象的作用与性质,都有着相同的看法,对自然与人的关系所见略同,对诗体风格及其修辞都有相同的选择取向。诗学、世界观以及诗体风格三方面的统一性,就构成了浪漫主义美学标准与文学实践的重要方面:"就诗歌来说是想象,就世界观来说是自然,就诗体风格来说是象征与神话。"[2] 而要证明这一点,韦勒克认为,德语文学是最清晰的案例,只要观察德国文学史,就很难否认从克洛卜施托克的《救世主》(1748)到歌德去世(1832)是一个连续的整体,而在整个欧洲文学史的视野下就是浪漫主义运动的德国部分[3]。在这篇影响深远的论文最后,韦勒克指出浪漫主义文学三要素"自然、想象和象征"之间的紧密关联:"没有浪漫主义的自然观,我们就无法看到象征和神话的重要性;没有象征和神话,作家

---

[1] 皮埃尔·阿多:《伊西斯的面纱:自然的观念史随笔》,张卜天译,上海:华东师范大学出版社,2015年,第1—2页。

[2] René Wellek: "The Concept of 'Romanticism' in Literary History. II. The Unity of European Romanticism", in: *Comparative Literature*. Vol. I, No. 2, 1949, pp. 147-172, here p. 147.

[3] 需要说明的是,德国文学史家通常将德国浪漫主义文学(Romantik)和魏玛古典文学(Weimarer Klassik)相提并论,称之为1800年前后德语文学鼎盛时期的双峰。将歌德和席勒在魏玛结盟的1794年至1805年定为魏玛古典文学时期,是19世纪下半叶德国文学史家为了弘扬德意志民族文化,提高德意志民族在欧洲地位的刻意建构。盖尔维努斯(G.G. Gervinus)《德意志民族文学史》(*Geschichte der poetischen National-Literatur der Deutschen*)中将歌德和席勒在魏玛合作时期定义为"民族经典",目的是证明"伟大的(德意志)民族产生伟大的文学"。而韦勒克、伯林、艾伯拉姆斯为代表的英美学界则普遍将德国视为欧洲浪漫主义运动的滥觞之地和重要组成部分,将德意志浪漫主义放在整个欧洲文学史的框架中,即把从1789年法国大革命到1848年欧洲革命,介于启蒙运动时期和现实主义时期之间的德国文学,统称为德国浪漫主义文学阶段。这个阶段的德国文学按照文学观念和作品风格的不同,区分为"古典的""浪漫的"等流派。同一个作家可以兼有两种风格,不同时期以不同的风格为主导。这样的界定和划分显然更符合史实,且避免产生"古典文学"和"浪漫文学"为互相对峙和前后相继两个阶段的错觉。因此,在欧洲文学史的视野下,以歌德(1749—1832)和席勒(1759—1805)为代表的魏玛古典作家并非如人们惯常所认为的"古典主义"作家,他们的创作时期同样应该被归为德国浪漫主义运动阶段。另有学者科尔夫将这个时期命名为"歌德时代"(Goethezeit),参见 H. A. Korff: *Geist der Goethezeit: Versuch einer ideellen Entwicklung der klassisch-romantischen Literaturgeschichte*. 5 Bände. Leipzig: J. J. Weber 1923ff.

就缺少了表现自然的工具；没有了对人类想象力的信任，就不会有鲜活的自然和真正的象征。"[1] 显然，韦勒克在此强调了浪漫主义自然观念对于理解文学象征的重要意义，而文学象征又被赋予了超出文学修辞之外的神学、哲学和美学内涵，成为理解浪漫主义自然观念的一把钥匙。

德意志浪漫主义的自然书写中，"自然之书"这一古老隐喻传统的形变表现出两种倾向性：其一，浪漫主义的"自然之书"延续了柏拉图、卢克莱修以来将书写作为自然认知方式的传统，通过文学的"创制"来探讨和反思自然的本质，同时吸纳了浪漫主义"协同诗学"和"总汇诗"的诗学主张；其二，浪漫主义诗哲回归基督教神学的寓意自然观，将自然现象视为绝对精神的寓像和启示，"自然之书"的寓像作为一种隐喻进入文学传统中，成为象征主义的先驱。前者在早期浪漫主义作家诺瓦利斯的自然哲学小说《塞斯的学徒》中表现得尤为集中，后者以晚期浪漫主义诗人艾兴多夫（1788—1857）的文学作品中的自然书写为典范。下文将探讨两位浪漫主义代表作家的自然观念和自然书写，以期揭示出德意志浪漫主义自然书写的特征和本质。

第三节　诗化自然：
诺瓦利斯的自然哲学小说《塞斯的学徒》

一、诺瓦利斯其人及其百科全书计划："一切科学都必须诗化"

诺瓦利斯（Novalis, 1772—1801），原名格奥尔格·菲利普·弗里德里希·冯·哈登贝格（Georg Philipp Friedrich von Hardenberg），1772年5月2日出生于神圣罗马帝国萨克森公国偏僻宁静的奥博韦德施泰特（Oberwiederstedt）庄园，他的家族属于图林根古老的新教虔敬派贵族家庭。"诺瓦利斯"是他1798年在《雅典娜神殿》创刊号上初登文坛，发表断篇集《花粉》（*Blütenstaub*）时使用的笔名，取自他13世纪先祖庄

---

[1] Wellek: "The Concept of 'Romanticism' in Literary History. II. The Unity of European Romanticism", p. 172.

园的名字，意为"新垦荒者"。诺瓦利斯是耶拿早期浪漫主义的核心成员，弗里德里希·施莱格尔和蒂克的挚友，他天资聪颖、视野开阔，对哲学、数学、神秘学和自然科学等多个领域都有深入研究和独到见解。未及而立之年便因罹患肺结核英年早逝，从事文学创作的时间不到三年，且同时担任萨克森公国盐矿经理的繁重职责。传世的作品也仅有诗集《夜颂》《虔敬之歌》，两部未完成的小说《奥夫特丁根》和《塞斯的学徒》，一部未正式刊发的演讲辞《基督教共同体或欧洲》，以及《花粉》《百科全书》《信仰与爱：国王与王后》等断篇集。

诺瓦利斯的一生显然是一个尚未完成的人生断篇，是"开端的开端"[1]，但是诺瓦利斯被公认为最典型和最纯粹的浪漫主义者，"唯一一位真正践行了浪漫主义原则的诗人"[2]。他留下的作品内容广博丰富、思想深邃而灵动、意象神秘而明净、语言优美而纯净，从对后世的影响来看，的确可以称得上是德意志浪漫主义文学卓尔不群的"新垦荒者"，因此很快在英国和法国受到重视。19世纪英国浪漫主义托马斯·卡莱尔、济慈、爱伦·坡和法国象征主义波德莱尔、兰波都曾从他的作品中汲取过养分和灵感。而在德国，对诺瓦利斯的接受和认可在他去世百年之后的现代主义文学时期方才姗姗来迟，现代主义诗人霍夫曼斯塔尔、特拉克尔和黑塞堪称他的传人，他在《奥夫特丁根》中塑造的"蓝花"形象成了欧洲浪漫主义运动的标志和图腾，引领人们去追求和寻找世界纯真的本源。

从20世纪60年代开始，克鲁克霍恩和萨穆埃尔主持编写的《诺瓦利斯文集》（历史注疏版）[3]的出版是诺瓦利斯研究的一个里程碑事件，标志着学界对于诺瓦利斯系统研究的展开，研究者试图在手稿和历史文献的基础上，客观还原这位"蓝花"诗人的真实面目，纠正他在读者心目中神秘黑暗的"死亡诗人""基督教卫道士"的片面印象。中国学界对于诺瓦

---

[1] 卡尔·巴特：《论诺瓦利斯》，林克译，载于诺瓦利斯：《大革命与诗化小说——诺瓦利斯选集卷二》，刘小枫，林克等译，北京：华夏出版社，2008年，第233页。

[2] Georg von Lukács: „Zur romantischen Lebensphilosophie: Novalis", in: Georg von Lukács: *Die Seele und die Formen*, Berlin: Egon Fleischer & Co. 1911, S. 115.

[3] 诺瓦利斯著作引自Novatis: *Schriften*，可参考本书第5页注释1。本章将在行文中以罗马数字标明卷数，以阿拉伯数字标明页码。

利斯的系统研究始自冯至先生。1935年他在海德堡大学完成的博士论文《自然与精神的类比——诺瓦利斯的文体原则》[1]从诺瓦利斯神秘主义的思想源头出发，对于诺瓦利斯的哲学思想和文体风格作了细致全面的文本阐释，很快受到了评论界的瞩目。陈铨先生翌年在《清华大学学报》（1936年第一期）发表书评予以高度赞许。1949年后，诺瓦利斯和他的作品被贴上了"消极浪漫主义"的标签，长期得不到合理的评价。[2]2008年由刘小枫主编，林克、朱雁冰翻译的两卷本《诺瓦利斯选集》出版，首次较为全面地译介了诺瓦利斯的重要作品，并收入了魏尔、卡尔·巴特、维塞尔和伍尔灵斯等学者的代表性论文，分别从天主教和新教神学、哲学、政治思想史和语文学的语境和角度进行论述评价，拓展和深化了国内学界对于诺瓦利斯的认识和理解。国内的研究者对诺瓦利斯的研究逐渐摆脱以往印象式刻板化的批评，力图在历史语境中重新认识和评价这位"既站在18世纪与19世纪之间，也在哲学与艺术之间，既在自然与哲学之间，也在爱与宗教之间"[3]的浪漫主义诗哲。

在后人心目中，诺瓦利斯是最纯粹的浪漫诗人。事实上，他的生活态度在早期浪漫主义知识分子的圈子里最为务实入世。他的人生中有两条平行的轨道：一条是安稳有序的世俗人生。他的家族属于图林根士绅贵族，作为长子，早已设定了子承父业的人生道路。诺瓦利斯从1790年起在耶拿、莱比锡和维滕堡大学学习法学、哲学、数学和化学，1794年毕业，以优异成绩通过法律考试。1796年前往父亲管理的萨克森公国盐矿工作。为完善矿山管理方面的知识，他于1797年去弗莱贝格矿学院进修地质、矿物学、采矿、化学，这所学院由萨克森选帝侯管辖，在欧洲享有盛誉。诺瓦利斯因为工作出色得以晋升，直到突发疾病辞世之前，一直是能干而敬业的帝国公务员，与人们想象中的耽于梦幻、不食人间烟火的浪漫主义文

---

[1] Tscheng-dsche Feng: *Die Analogie von Natur und Geist als Stilprinzip in Novalis' Dichtung*, Heidelberg: August Lippl 1935. 参见冯至：《自然与精神的类比——诺瓦利斯的文体原则》，李永平、黄明嘉译，载于《冯至全集》（第七卷），范大灿编，石家庄：河北教育出版社，1999年，第3—141页。

[2] 1979年出版的权威教材《欧洲文学史》中对诺瓦利斯《夜颂》的评语就颇有代表性："全篇用迷醉的语言歌颂夜和死，引诱人脱离现实生活和光明，是德国浪漫主义文学中毒素最浓的一部作品。"参见杨周翰、吴达元、赵萝蕤：《欧洲文学史》（下卷），人民文学出版社，1979年，第34—35页。

[3] 卡尔·巴特：《论诺瓦利斯》，第235页。

人生活相距甚远。而他人生的另一条轨道是惊心动魄的精神生活,这得益于他在莱比锡结识弗里德里希·施莱格尔之后,与耶拿早期浪漫主义知识分子团体的交往,激发了天性敏感的他对哲学的兴趣。他的爱情和婚恋也显示出这种世俗和精神生活的并行不悖:他在1794年与13岁女孩索菲·冯·屈恩一见钟情,1797年索菲去世后,对索菲刻骨铭心的爱凝聚在了《夜颂》这篇"德国最美的散文诗"中,但这并不影响他在1798年与夏鹏蒂尔缔结幸福的世俗婚姻,因为对索菲的爱上升到了哲学和宗教的领域,具有形而上学的意义。这种世俗生活与精神生活之间的巨大张力始终是理解和定位诺瓦利斯的一把钥匙。

1798年2月24日,诺瓦利斯将他的首部断篇集《花粉》寄给奥古斯特·威廉·施莱格尔,在信中,他提到正在撰写《塞斯的学徒》(*Die Lehrlinge zu Sais*),并写道:"一切科学都必须诗化。我希望与您多谈谈这种实在的科学的诗"(IV, 252),此时正当诺瓦利斯在弗莱贝格矿学院进修。1799年,为了完成《奥夫特丁根》,诺瓦利斯中断了《塞斯的学徒》的写作。1800年2月他在信中向蒂克提及,读了蒂克向他推荐的波墨之后,要将《塞斯的学徒》写成"一部真正具有象征意义的自然小说(ein ächtsinnbildlicher Naturroman)"。可是计划未及完成,他就匆匆离世,已经完成的两章《学徒》和《自然》由他的两位挚友弗里德里希·施莱格尔和蒂克于1802年整理发表。《塞斯的学徒》发生在位于埃及古城塞斯的自然女神——伊西斯女神——的神殿中,人物为塞斯的学徒和他们的老师,全文并没有明确的情节线索,主要是一些身份不明的声音关于自然观念的对话和辩论,列举了从前苏格拉底学派到中世纪炼金术,再到当时的费希特、谢林等人的自然哲学观念。这部作品篇幅短小,其主体是对话录,其"相互交错的声音"之复杂往往令读者摸不着头脑。研究中通行的解读是将全文按照"正反合"三段论的结构进行梳理归纳,但也不得不承认这部作品在结尾并没有达到辩证合题,而更具有复合性和开放性的结构。[1]

1968年,诺瓦利斯在弗莱贝格时期的读书笔记整理出来后,以《百科

---

[1] 伍尔灵斯:《〈塞斯的弟子们〉解析》,朱雁冰译,载于诺瓦利斯:《大革命与诗化小说——诺瓦利斯选集卷二》,第172—173页。

全书》(*Das Allgemeine Brouillon*)之名出版，使得读者得以了解当时诺瓦利斯制定的一个庞大的百科全书写作计划。《塞斯的学徒》是这部百科全书计划的诗学呈现，集中体现了诺瓦利斯对于自然本体、自然认知、自然科学和自然教育的思考，是诗化的自然哲学，也只有在诺瓦利斯的自然哲学和艺术哲学观念的框架下才能得到合宜的解读。

从《百科全书》中可以发现，诺瓦利斯对当时自然科学的重大发现和进展都保持着密切的关注，对斯宾诺莎、康德、沙夫茨伯里、费希特、赫姆斯特惠斯、谢林的哲学有过深入研究，还通过新近出版的医药史和哲学史著作[1]研读了普罗提诺、帕拉塞尔苏斯的学说。他在写给施莱格尔的信中，称普罗提诺是"为我而生的哲学家"（1798年12月10日, IV, 268f.）。新柏拉图主义代表人物普罗提诺的密契主义"流溢说"（Emanation）深刻地影响了中世纪基督教神学，也是文艺复兴以后泛神论的思想来源。诺瓦利斯的自然哲学可以清晰地看到普罗提诺的影响：人与自然万物都是"太一"的流溢和显现，上帝是"万物之源"，同时创造了世界的秩序。从"流溢说"中衍生出"再现说"（Repräsentation），意即自然万物一切有限的东西都是上帝精神的象征和图像，上帝的形象化身为千万无尽的形象，上帝的精神寓于人和自然中，也就是"一即是万，万即是一"；又衍生出感应说（Sympathie），意即指代物的自然符码和物的秘密感应相通。从"感应说"和"再现说"又推衍出宇宙万物的"互为再现说"（Wechselrepräsentationslehre des Universums, II, 137），也就是说，宇宙万物源自"太一"，万物相互关联，相互转化，"我们处在宇宙所有部分的关联中"（II, 454），"万物都能成为他物的象征"。自然物之间，历史事件、人与自然之间处在"互为再现"、感应（Sympathie）与排斥（Antipathie）的关系，所谓万物有灵、万物关联、万物感应、天人合一。万物都是绝对精神的象征，是世界灵魂（Weltseele）的流溢。诺瓦利斯在《断篇》中指出："有机体不能没有世界灵魂作为前提，正如世界蓝图不能没有世界理

---

[1] Kurt Sprengel: *Versuch einer pragmatischen Geschichte der Arzneikunde*. 3.Bd. Halle: Gebauer 1792-1799. Dietrich Tiedemann: *Geist der spekulativen Geschichte der Philosophie*, 6 Bd. Marburg: Neue Akademische Buchhandlung 1791-1797.

智一样。在解释有机体时如果不重视灵魂，不关注灵魂和身体之间的秘密联结，就不会成功。"（II, 643）在弗莱贝格期间，诺瓦利斯在写给弗里德里希·施莱格尔的信中兴致勃勃地宣称，在"日常生活的哲学里"发现了"可见宇宙的宗教"（Religion des sichtbaren Weltalls），并保证："你无法相信它伸展得有多远，在这一点上，我会把谢林远远抛在身后。"（IV, 255）

《百科全书》原文"Das Allgemeine Brouillon"中的"Brouillon"是法语词，原意为"混合"，也就是说，诺瓦利斯推崇"普遍的混合"。这是一种整体性的哲学观念，反对学科的割裂，主张将各种学科融为一种"协同哲学"（Symphonie der Philosophie），就像各种音符融为一部交响曲那样。诺瓦利斯受到了化学研究的影响，他在《百科全书》里试图将原本没有联系的生活和知识的领域相互"混合"，以化学实验的方式产生新的学科，比如"音乐数学""病理哲学""道德天文学"等，雄心勃勃地要撰写"一部科学圣经，一个真实的理想的模型，一切书籍的雏形"（III, 363, 557）。之所以要创建一种新的知识体系和认知方式，因为诺瓦利斯认为："学科的分割是因为缺乏天才和睿智，理智和愚钝无法理解学科之间的联系。我们时代最伟大的真理来自科学各个被分割的肢体的重新连接。"（II, 213）

与诺瓦利斯的"百科全书"计划相契合，《塞斯的学徒》的对话体结构显现出一种混沌而又生机勃勃的有机体的特征，永远的未完成状态因而也产生了一种独特的接受美学，小说的开放性结尾邀请读者加入小说的成长，参与到小说主题的展开过程中。小说的对话形式显然受到了柏拉图和赫姆斯特惠斯对话录的影响，由各种人物、各种自然物的声音，呈现出众声喧哗的复调式统一。在这个貌似杂乱无章的对话中，各种学科——哲学、艺术、自然科学和修辞学，各个文学体裁——独白、对话、寓言、童话和诗歌——融合在一起。由此，《塞斯的学徒》在形式和结构上契合了弗里德里希·施莱格尔发表在1798年《雅典娜神殿》创刊号上的浪漫主义诗学纲领：浪漫主义文学是"渐进的总汇诗"。断篇的意义在于避免思想的固化，让思想保持思辨的活力，从而改变社会、改变自然、改变宇宙。而要做到这一点,首先要改变人,让人认识到自身的秘密和诗的力量。诺瓦利斯的文学观念并非模仿和表现世界,而是要把读者领入新的世界,让读者自己进行创造性的精神活动。

诺瓦利斯在《塞斯的学徒》里提出的核心问题是自然认识论问题:当自然古老的符码成为失传的秘密,现代人是否能够去揭开塞斯女神的面纱,又应该以什么样的方式获得自然的真理奥义?在一个"神圣绝迹,鬼魅横行"[1](Wo keine Götter sind, walten Gespenster)的时代,如何克服启蒙之后理性至上带来的虚无主义危机,摆脱人的虚空和孤独感,这是诺瓦利斯及德国早期浪漫主义一代哲人的真正关切所在。

二、自然之语:自然的神秘符码

在"自然如诗"的观念中,自然如诗人作诗般创制自然,其使用的语言是各种自然物形态表现出来的符号和象征。帕拉塞尔苏斯在《论自然物》(Von den natürlichen Dingen, 1527)中发展出了自然征象理论(Signaturenlehre),认为所有自然现象都是象征和符号,显现出事物的内在本质。"每位医生都应该知道,自然物中的力量可通过表象识别出来。……通过手相学、面相学和魔法,可以立刻根据外在的征象(signatis),根据外观、形态和颜色,识别每种草木的特征和品性的美德。"[2]在帕拉塞尔苏斯的基础上,波墨吸纳了亚当之语、犹太教卡巴拉主义等多种神秘主义思想,形成"自然之语"(Natursprache)的学说。[3]他认为"自然之语"是"物""词"和"本质"三者的统一,直接表达自然物的本质,也开启人类认识自然的途径。他写道:"自然之语是事物精神的器皿或者容器,是事物本质的反映,有如乐器,平时缄默而神秘,一旦被敲响,就能让人理解其形成。自然万物的外观体现了其内在的形成,如同我们于星辰和元

---

[1] Novalis: „Die Christenheit oder Europa. Ein Fragment", in: *Novalis Schriften*, Bd. 3, S. 520. 汉译参见诺瓦利斯:《夜颂中的革命和宗教——诺瓦利斯选集卷一》,第 214 页。此处译文比照原文有改动。

[2] Paracelsus: *Vom Licht der Natur und des Geistes. Eine Auswahl.* Hg. von Kurt Goldmann und Karl-Heinz Weimann, Stuttgart: Reclam 1976, S. 145f.

[3] Wolfgang Kayser: „Böhmes Natursprachenlehre und ihre Grundlage", in: *Euphorion* 31 (1930), S. 521-562.

素、花草树木上所见及所识。"[1] 自然之语的密码（Chiffre）被称为征象（Signatur）或者神圣符码（Hieroglyphe），自18世纪中叶起，就已经成为一种普遍的观念，哈曼、赫尔德、康德和歌德都曾经把自然的形态看作一种加密的符号系统，根据犹太教密契主义卡巴拉派的观点，神圣符码与绝对精神相感应。《塞斯的学徒》开篇即把各种自然物的形态看作自然的秘密符码，解密符码是自然研究者的使命。

  人们所走的道路各不相同。谁若追踪和比较一下这一条条道路，就会目睹奇异的形象出现，这些形象似乎属于我们处处可见的那种伟大的秘密符码：在翅膀上、蛋壳上，在云层、雪花里，在晶体和岩石的肌理中，在冰封的水面上，在山里山外，在植物、动物和人的内外形态中，在天空的星辰中，在擦亮的树脂和玻璃面上，在磁石吸附的锉屑中，在奇特的偶然状况中。我们从所有这些事物中感受到了解读那种奇妙文字的要诀及语法，但这种预感无法以明确的形式固定下来，似乎不愿成为更高超的要诀。一种万能溶液似乎浇到了人们的感官之上，他们的愿望和思想只在片刻间变得浓稠，由此产生了他们的种种预感，可是短时间以后，一切又变得像之前一样模糊，在他们眼前晃动。[2]

文中的"万能溶液"（Alkahest）是炼金术师帕拉塞尔苏斯的发明，据传能够溶解一切，但在诺瓦利斯看来，却无法帮助人解开自然的密码，也就是喻指技术无法解开自然之谜。随后，在文中出现了两个声音。一个声音说："自然之语无须寻求解读，比如梵文。"梵文代表人类古老的语言，靠近语言的源头，言说本身即是它的乐趣和本质；另一个声音来自塞斯学徒的老师，他同样认为，神圣的语言无须解读，它们构成了宇宙交响

---

[1] Jakob Böhme: „De signatura rerum", Kap 1, 5-15, in: Jakob Böhme.: *Sämtliche Schriften. Faksimile-Neudruck der Ausgabe von 1730*. Hg. von August Faust und Will-Erich Peuckert. Stuttgart: Frommann-Holzboog, 1955ff, hier Bd. 4, S. 276.

[2] Novalis: „Die Lehrlinge zu Sais", in: Novalis Schriften, Bd. 1, S. 79-109, hier S. 79. 汉译参见诺瓦利斯:《塞斯的弟子们》，朱雁冰译，载于《大革命与诗化小说——诺瓦利斯选集卷二》，第3—31页，引文见第3页。此处译文比照原文有改动。

乐的和弦,与自然的奥秘感应相通。

按照《圣经》中人类经历的"伊甸园——尘世——天堂"三阶段的启示,诺瓦利斯认为人类历史经历了从黄金时代,到人与自然的分裂,再到世界终末和谐三个阶段。在古老的黄金时代,人与自然处在"伟大的结盟"中,自然是具有"人的感知"的"神的器官",是人的"朋友、安慰者、教士和奇迹创造者"。在黄金时代,人可以与鸟兽虫鱼、树木岩石直接对话。在《旧约》中,亚当命名万物。当人类因为贪欲被逐出伊甸园之后,人就成了粗暴对待自然的陌生人,妄想成为上帝,"寻求我们所不可知和不可预测的东西"[1]。人与上帝之间,人与人之间,人与自然之间出现了异化和疏离。原本作为上帝启示的自然世界,上帝创造的神圣符码,因为人类无法解读而成为失去寓意的空洞神秘的笔画:"曾经的一切都富有灵性。现在我们只看见毫无生气的、难以理解的重复。象形文字失去了意义。"[2]《塞斯的学徒》中收藏在厅堂里的自然物发出了哀叹:"但愿人理解自然内在的音乐并能感悟自然外在的和谐。"

如何破译自然的秘密符码,重新建立人与自然世界的神圣同盟,就是塞斯弟子的使命。文章开篇明义,提出全文讨论的主题,也正是诺瓦利斯本人深切关注的问题。如果依赖理性逻辑的科学方法在认知自然上无法奏效,就需要发挥感性认知的作用,因为"感性认知是人的内在之光","比眼睛所看见的线和面更清楚,更多姿多彩"。[3]

为了恢复现象世界的尊严,帮助人们洞察自然背后的真理,诺瓦利斯提出的方案出现在他的《新断篇集》中:"世界必须浪漫化,这样人们会重新发现本真的意义。浪漫化无非是一种质数的乘方。在这个过程中,低级的自我与一种更完善的自我同一化。"什么是浪漫化?诺瓦利斯给出了著名的回答:"当我给卑贱物一种崇高的意义,给寻常物一副神秘的模样,给已知物以未知物的庄重,给有限物一种无限的表象,我就将它们浪漫化

---

[1] Novalis: „Die Lehrlinge zu Sais", in: *Novalis Schriften*, Bd. 1, S. 86, S. 95 汉译参见诺瓦利斯:《塞斯的弟子们》,第 10、18 页。此处译文比照原文有改动。

[2] Novalis: „[Kant- und Eschenmayer-Studien]", in: *Novalis Schriften*, Bd. 2, S. 383.

[3] Novalis: „Die Lehrlinge zu Sais", in: *Novalis Schriften*, Bd. 1, S. 96 汉译参见诺瓦利斯:《塞斯的弟子们》,第 18—19 页。此处译文比照原文有改动。

了。"[1]以类似于"浪漫化"的方式，赋予世界以崇高意义，也就给有限物以无限的尺度，迎接黄金时代的归来，也正如《塞斯的学徒》所描述的那样："世界万物在长久的分裂以后重又走到一起，古老的、失散的家庭将重逢。"[2]

三、掀开自然女神的面纱：走向内心之路

《塞斯的学徒》的标题已经向当时的读者暗示，这部作品是与歌德和席勒的对话。歌德的成长发展小说《威廉·麦斯特的学习时代》（*Wilhelm Meisters Lehrjahre*, 1795/1796）发表之后，受到了耶拿浪漫主义者的热烈推崇，尤其是弗里德里希·施莱格尔，因其具有"渐进的总汇诗"和"浪漫反讽"的特点，称之为浪漫主义小说的典范，并将之与法国大革命、费希特的知识论并列为1800年前后最重要的三大时代倾向。[3]而诺瓦利斯开始也同意施莱格尔的观点，后来却并不以为然，他在1800年写给蒂克的信中批评威廉·麦斯特是"一个没有诗意的戆第德（Candide）"，整部小说表现了金钱对诗的征服："最后一切成了闹剧，金钱便是剩余下来的真实本性。"而诺瓦利斯认为小说不应"仅仅描写人类寻常的事情"，还应该表现"自然与神秘"[4]。通常认为诺瓦利斯的《奥夫特丁根》是一部"反《麦斯特》小说"，《塞斯的学徒》也许可以被看作另外一部，它与《麦斯特》的主题都是关于"学徒"（Lehrling）的修养和成长。《威廉·麦斯特》描述了主人公从自我走向社会的"学习时代"，目的是个人修养的完善，是克制个人欲望、设立界限、融入社会的过程。《塞斯的学徒》则是关于一群学徒的自然教育，寓指着对人类的自然教育，目的是认知自然的奥秘，"揭开塞斯女神的面纱"，诺瓦利斯认为，认识自然真理需要打破一切对立的界限。

---

[1] 《Novalis: „Vermischte Fragmente I", in: *Novalis Schriften*, Bd. 2, S. 545. 汉译参见诺瓦利斯：《新断篇（节选）》，载于《大革命与诗化小说——诺瓦利斯选集卷二》，第134页。
[2] Novalis: „Die Lehrlinge zu Sais", in: *Novalis Schriften*, Bd. 1, S. 86. 汉译参见诺瓦利斯：《塞斯的弟子们》，第10页。此处译文比照原文有改动。
[3] Friedrich Schlegel: „Athenäum-Fragmente", in: *KFSA* Bd. 2, S. 198.
[4] Novalis: „Fragmente und Studien 1799-1800", in: *Novalis Schriften*, Bd. 3, S. 646, S. 638.

古城塞斯位于尼罗河三角洲，古时就是祭司求学问道之处，希腊哲人也来此与埃及学者切磋，这里亦是自然女神伊西斯神殿的所在地。席勒1790年发表的论文《摩西的使命》（*Die Sendung Moses*, 1790）描写了青年摩西在伊西斯神殿经历的神秘祭礼。神殿上刻有铭文："我是那一切的现在、将在和曾在；未有凡人揭开过我的面纱。"皮埃尔·阿多在《伊西斯的面纱》中对这一古老的寓像进行了详尽而又深入的观念史和艺术史研究。他指出，古罗马史学家普鲁塔克就已经记载了这段古老的铭文。在18世纪，披着面纱的伊西斯女神与自然的秘密明确联系了起来，揭开女神的面纱也就隐喻着对于自然秘密的窥探。[1] 席勒的叙事诗《披着面纱的塞斯神像》（*Das verschleierte Bild zu Sais*, 1795）描写了一个急切渴望认知真理的年轻人不顾祭司的警告，在夜间潜入神庙，偷偷揭开了神像的面纱。第二天人们发现他倒在女神像前，不省人事："他那一生的愉快就此永远消逝，深度的忧伤过早地送他入墓。"诗歌最后写道："通过犯罪寻求真理者，该倒楣！真理永远不会再使他高兴。"[2]

在18世纪末的语境中，自然有多重含义，既代表作为科学对象的自然，也代表被视为万物之母的自然，还代表无限的、不可名状的普遍存在的自然，或者等同于人类生存的处境。无论是哪种情形，席勒都在暗示，自然是不可知的神秘，是无法揣度和无法企及的真理。认为凡人会得到真理，这是一种妄想。"真理的面纱不能被揭起，"席勒在警句《妄想的话》（*Die Worte des Wahns*, 1799）中提醒大家，"只能猜测和想象。"[3]

年轻一代的浪漫主义者对席勒的警告不以为然，弗里德里希·施莱格尔就号召同时代人鼓起勇气克服恐惧："到扯下伊西斯的面纱，揭示其秘密的时候了。无法直视女神的人，要么逃走，要么死去。"[4] 诺瓦利斯在《塞斯的学徒》第一章末尾也写道："如果按照神殿的铭文，没有哪个凡人可以揭开面纱，我们就必须设法成为永生之人。谁不愿揭开女神的面纱，谁就

---

[1] 皮埃尔·阿多：《伊西斯的面纱：自然的观念史随笔》，第292页、第299—307页。
[2] 席勒：《赛伊斯的蒙着面纱的神像》，钱春绮译，载于《席勒文集》（第一卷），第74页。此处译文比照德语原文有改动。
[3] 席勒：《妄想的话》，钱春绮译，载于《席勒文集》（第一卷），第115页。
[4] Schlegel: „Ideen", in: *KFSA* Bd. 2, S. 256.

不是真正的塞斯的学徒。"在诺瓦利斯留下的《塞斯的学徒》未成文的笔记中,女神的面纱最终被揭开:"有人成功了——他掀开了塞斯女神的面纱。然而他看到了什么?他看见了——此乃奇迹之奇迹!——他自己。"[1]

席勒的恐惧来自对于绝对真理的敬畏。康德认为,人不能认识绝对真理,因为人没有理智直观(intellektuelle Anschauung)的可能。虽然绝对作为超验的概念(上帝、自由与不朽)对实践理性不可或缺,但并不是纯粹理性认识的对象,而属于信仰范畴。诺瓦利斯不承认康德为人的认识能力所设置的界限,他拓宽了人的经验世界,认为除了康德所论证的可靠的知识之外,还有"超感性的知识"。凭借这种"超感性的知识",人就可以认识绝对。而能认识绝对的不是理性,而是灵魂。灵魂处于认识的中枢"内心世界和外部世界的交接之处",这样就可以不囿于一孔之见,进行全方位的审视。只有认识到理性与感性、有限与无限的相互制约和影响,才能超越偏见,感知到绝对的整体。而人的内心是灵魂的载体,是能够感知意义的感官(Sinn für Sinn),世界是意义的载体。人的心境与世界心绪(Weltgemüt)相通,人的内心就是自然的一面镜子,可以接收和感知到自然的意义。

对诺瓦利斯来说,我们所认识的自然正是我们自我精神的反映,对自然的认识与我们的自我经验有着最紧密的关联。诺瓦利斯在《花粉》中写道:"神秘的道路是通向内心的。……理解自己就是理解世界。"人的内心世界是理解外部世界的钥匙。他让人把目光投向内心世界。因为外部世界支离破碎的印象让人永远无法认知世界的统一性。在《百科全书》中,诺瓦利斯再次断言:"内心的光照类似于知性直观。"[2] 走向内心就是寻找内在的整体性,人们应放弃以眼睛和理性逻辑来把握外部世界的徒劳之举,因为眼睛可见之物与逻辑可推之理都是外在的、次要的,重要的是认识到世界作为整体所隐蔽的内在关联,认识到宇宙与人的密切关联和感通的关系。

---

[1] Novalis: „Die Lehrlinge zu Sais", in: *Novalis Schriften*, Bd. 1, S. 82, S. 110. 汉译参见诺瓦利斯:《塞斯的弟子们》,第 6、30 页。此处译文比照原文有改动。

[2] 参见诺瓦利斯:《百科全书》,载于《夜颂中的革命和宗教——诺瓦利斯选集卷一》,第 172 页。

诺瓦利斯在诗歌《认识你自己》(*Kenne dich selbst*)中把德尔斐神庙的神谕与对自然真理的追求联系起来。诗歌开头写道,"人世世代代寻找的东西"虽然被面纱遮蔽,但是真理的面纱可以被揭开,认识的障碍可以被克服:

> 有福了,谁变得聪慧并不再把世界苦苦思索,
> 谁渴望从自身求得永恒智慧的宝石。
> 只有理智的人是真正的炼金术士——他把一切
> 化为生命和金子——不再需要炼金药。
> 他体内神圣的烧瓶热气腾腾——国王在他体内——
> 德尔斐也在,他终于领悟了那个:"认识你自己!"[1]

诗中借用了炼金术的寓意修辞,神圣烧瓶炼制的炼金药寓指技术的帮助,国王和王后的结合寓指人在精神和灵魂上的成熟,德尔斐神庙是上帝神谕所在之处。认知自然的奥秘,需要"认识你自己",从自身便能求得"永恒智慧的宝石"。然而,观照内心并不意味着遁入主观、逃避现实世界,这也是诺瓦利斯经常被误解的地方,而是用内在的整体精神照亮外部世界。诺瓦利斯说道:"第一步是向内看(Blick nach innen)——对自我进行隔离式的沉思","第二步必须有效地向外看(Blick nach außen)——自觉地有分寸地观察外部世界"。[2] 而现代人的困境在于,往往因为疲于追逐外物,屏蔽了内心的自我,失去了感知外部世界意义的能力,从而与真理隔阂疏离。

四、自然之友:"和诗人一个族群"

塞斯学徒的使命不仅是了解自然的奥义,还要成长为"自然之友"。所谓"自然之友",是自然宗教的传教士,其职责是向人类宣讲和传播自

---

[1] 诺瓦利斯:《认识你自己》,载于《夜颂中的革命和宗教——诺瓦利斯选集卷一》,第 11—12 页。此处比照德语原文有改动。

[2] Novalis: „Vermischte Bemerkungen und Blüthenstaub", in: *Novalis Schriften*, Bd. 2, S. 422.

然的福音，实现"新的耶路撒冷"。诺瓦利斯如此定义一个真正的"自然之友"："长期不断的接触，自由而巧妙的观察，专注于轻微的暗示和特征，内向的诗人生活，训练有素的感觉，单纯的敬神的心态。"[1] 只有对自然怀着虔诚之心和信仰的人才能胜任"自然福音的宣讲师"。这些人往往看起来头脑简单和笨拙——因为对于自然的认知需要长时间的"慎独和沉默"，具有"童稚般的谦恭和坚忍不拔的耐心"。很少从巧舌如簧、精明聪慧和翩翩风度的人那里发现真正的自然认知，后者总是与"简洁的语言、直接的内涵和平实的品质"分不开。

在《塞斯的学徒》中，诺瓦利斯以他在弗莱贝格矿学院的老师，著名的地质学家维尔纳（Abraham Gottlob Werner, 1749—1817）为原型，塑造了一位睿智可敬的导师形象。维尔纳的代表作是《化石的外在表征》（*Von den äußerlichen Kennzeichen der Foßilien*, 1785），诺瓦利斯上过他开设的课程"矿物学大百科"（Enzyklopädie der Bergwerkskunde）。维尔纳这位师者以培养合格的"自然之友"为天职，致力于在年轻人心中唤醒、训练、强化各种不同的自然意识，并结合其天赋使之得到进一步发展。他引导学生将散落各处的自然符码收集起来组合成新的秩序，发现万事万物之间的关联。他告诉学生："没有任何东西是孤立的，所有的事物中都存在着联系、相遇和巧合"，"时而星是人，时而人是星，石头是动物，云是植物"。认知自然并非依靠数学、逻辑和实验，而是需要使用和强化自己的感官："听、视、触、思同时进行，感官内涌入了一幅幅巨大的、五彩缤纷的画面。"老师并不要求学生模仿自己的经历，希望学徒走自己的路。"因为每一条新路都通向新的国度，而每条路最终都重又通向这里，通向这神圣的故乡。"文中描述了两位出师的学徒，正是后来未完成笔记中已经提到的"自然的弥赛亚和他的约翰"。其中一个孩子是弥赛亚的化身，"孩子的眼睛泛着蔚蓝的底色，皮肤闪烁着百合花般的光泽，夜幕降临时一头卷发如同闪亮的云朵"。当"我"靠近他，内心深处会变得清晰。另外一个孩子举止笨拙，"什么事都做不好"，但是在很久之后，他找到了一颗"不显

---

[1] Novalis: „Die Lehrlinge zu Sais", in: *Novalis Schriften*, Bd. 1, S. 112, S. 107f. 汉译参见诺瓦利斯:《塞斯的弟子们》，第 31、29 页。此处译文比照原文有改动。

眼的奇形怪状的"小石头,却恰恰是石头排成的光芒相切的核心。[1]

"自然之友"宣讲自然教义的时候,最爱使用的工具是诗。因为自然精神在诗歌中显现得最为充分。"当人们诵读并聆听真正的诗歌,就会感觉到自然的内在理智的运动,在自然之中和自然之上飘荡,仿佛是同一个自然的圣体。"[2] 诗人赋予自然更多的灵性,自然在诗人的笔下最富神性、最活泼。谢林在《先验唯心论体系》中同样指出,艺术审美的认知是整体的观照,艺术直观成为绝对认识的必由之路:"艺术是哲学的唯一真实而永恒的工具和证书。"[3] 与自然之友和诗人"俄耳甫斯式"的科学认知方式相对立的,是"普罗米修斯式"的实验室里的自然科学家,他们利用技术手段,使用魔法和实验"逼迫"自然吐露秘密,把自然看作一种工具和可以开发利用的能量储备。自然被整理、分割。切割自然,研究肢体的内部构造和状况。"友善的自然在他们手下死了,留下的只是没有生命的、抽搐的残骸。"

在诺瓦利斯看来,用"诗"的方式认知自然,并不是采取通常所见的文学再现自然的方式。诗是认识世界、把握世界、观察世界的方式。这里的观察不是静观(contemplatio),而是行动(actio),是以诗的语言给自然之物注入精神,不是依赖感官来摄取外界图像,也不是把捕获的现象归结在某一理性概念之下。诺瓦利斯认为,鲜活的知识,只有通过诗才能获取。因为在诗中,人对自然的认知和感知演变为自然与精神的相逢,自然也不复为客体,成为具有主体性的能动的自然。在诗中,认识自然便成为精神与自然之间主体与主体的相逢。这种相逢无法用理性和经验来把握,必须通过神秘的感知能力才能察觉。神秘的感知能力源自人在意识出现之前的原始状态,在这种状态下,精神和自然原本浑然一体,不分彼此。诗是有魔力的,它能赋予凝结在物质世界中的精神以生命,从而恢复自然本来的生机。但是诗的表达不是直接的,因为直接表达就意味着主客分离和客观化。诗的表达是间接的,启示性的。对于真理的认知产生于诗调和自

---

[1] Novalis: „Die Lehrlinge zu Sais", in: *Novalis Schriften*, Bd. 1, S. 80, S. 112. 汉译参见诺瓦利斯:《塞斯的弟子们》,第4—5、31页。此处译文比照原文有改动。

[2] Novalis: „Die Lehrlinge zu Sais", in: *Novalis Schriften*, Bd. 1, S. 84. 汉译参见诺瓦利斯:《塞斯的弟子们》,第8页。此处译文比照原文有改动。

[3] Schelling: *System des transscendentalen Idealismus*, in: *Schelling HKA*, Bd. 9.1, S. 328.

然与精神的过程中，是进行中的动态的诗，不是静止的僵化的真理。诗不是消极被动地反映自然，而是作为本体主动地创造。有了对整体世界的神秘体悟之后，诗人才超越了模仿和再现的阶段，才有能力把寻常事物升华和浪漫化，从而把它们变成无限的能指，诗人因而也具备了成为自然神殿祭司的资格和能力。

五、自然之爱：童话《风信子和玫瑰花》

18世纪末的浪漫主义小说经常会在文中插入童话，以童话来寓托全文内容和主题。诺瓦利斯在《奥夫特丁根》中插入了"蓝花"童话，在《塞斯的学徒》中也有一则插叙的童话《风信子和玫瑰花》（*Hyacinth und Rosenblüthe*），与"蓝花"同样，主题是关于爱和寻找，其中以风信子和玫瑰花寓指一对爱人。风信子（音译为：夏青特）在希腊神话中是阿波罗喜爱的少年，阿波罗不慎用铁饼将其误杀后，在他的血里长出了红色的风信子花。夏青特同时也是一种红宝石的名字，为矿物学家诺瓦利斯所熟悉。有学者认为在风信子（夏青特）身上体现了宝石与花、无机物和有机物的统一。[1] 在这则童话里，风信子寓指普遍的男性，代表理性、分裂和隔离；而玫瑰花寓指普遍的女性，是自然、真理的所在，代表全面的智慧和整体。童话以风信子的爱为线索，表现他从孩提到成人的发展过程，与整部小说的浪漫主义历史三段论结构相呼应：黄金时代（人和自然的和谐相处，风信子和玫瑰花的纯真爱情）——焦虑时代和漫游时代（来自异乡的魔法师让风信子陷入了忧郁，风信子为了"爱和心"离家出走，去寻找伊西斯的神殿）——更高的统一（神殿即是自己的家，玫瑰花即是伊西斯女神）。

最后一幕中，风信子在梦的引领下，掀开女神"轻盈、闪闪发光"的面纱，"玫瑰花倒在他的怀抱里"。这意味着通过爱，人对于绝对真理的直接体认成为可能。"我的爱人是宇宙的缩影，宇宙是我爱人的延伸。"爱被理解为重建原初统一性的直接方式。精神和自然作为爱的两个主体的相遇，"我"和自然（"非我""他"）的关系，转换成了"我"和"你"的关系，

---

[1] 伍尔灵斯：《〈塞斯的弟子们〉解析》，载于《大革命与诗化小说——诺瓦利斯选集卷二》，第182页。

不是目的和手段的关系，也不是统治关系，而是相互承认的同类的联合体。爱因此被升华为联通生命总体的原则。因此，诺瓦利斯在《百科全书》中写道："我们应该将一切转化为'你'——第二个'我'——只有这样，我们才能将我们自身提升为那个'大我'——它同时是一和一切。"[1]

诺瓦利斯推崇的荷兰哲学家赫姆斯特惠斯认为，在理性可以把握的世界之外，还有一个"道德世界"。道德世界在18世纪就是指超越物质的精神世界，只能用无形的"道德器官"（Moralisches Organ）来感知。"爱"既是宇宙生成的法则，也是领悟这一法则的"道德器官"。赫姆斯特惠斯把爱置于哲学体系的中心，把领悟爱的"道德器官"视为实现未来黄金时代的先决条件，这个观点让刚经历过索菲的爱与死的诺瓦利斯深有共鸣。他在一则断篇中写道：

> 神智论：上帝就是爱。爱是最高的实在——原初的根基。
> 百科全书派：爱的理论是最高的科学——自然科学——或科学自然。[2]

将世界"普遍爱欲化"是一种古已有之的精神传统。古希腊哲学家将爱欲（Eros）想象为宇宙形成之规范性的初始原理，柏拉图的爱欲则是追求哲理的渴望，从感觉世界到理念的上升之力。爱被点燃于瞥见美的事物之时，此美物令人回忆起宇宙在诞生之前所经验的原美（das Urschöne），此时爱作为探寻和创造冲动，作为精神的结合与生殖本能，在直观真、美、善之中以及在理念的王国之中方才得到满足。

《塞斯的学徒》中，有一位"两眼放光"的少年大声说道：

> 谁的心不随翻腾的情欲而震颤呢？当自然最深沉的生命无比充盈地涌入一个人的胸怀，当那种强烈的感觉——对此，语言除了爱情和爱欲之外，再也找不到别的名称——在他身上蔓延开来，像一股迅猛的热流熔化

---

[1] 参见诺瓦利斯：《百科全书》，载于《夜颂中的革命和宗教——诺瓦利斯选集卷一》，第180页。
[2] Novalis: „Das Allgemeine Brouillon", in: Novalis Schriften, Bd. 3, S. 254. 汉译参见伍尔灵斯：《〈奥夫特丁根〉解析》，林克译，载于《大革命与诗化小说——诺瓦利斯选集卷二》，第217页。

一切，而他怀着甜美的恐惧颤抖着，沉入自然那幽深迷人的怀抱中。[1]

人与自然和宇宙深深融为一体，就是庄子所说的"天地与我并生，而万物与我为一体"，这种阴阳开阖、天地弥荡的宇宙生命观在《易经》中就有体现。这种与宇宙融为一体的密契，是一种东西方宗教文化中共有的天人合一（Unio Mystica）的观念。在密契主义的观念中，梦幻中的神圣婚礼，必须在灵魂最深处发生。在这种结合之前，必须经历一种净化和深刻的转变，通过"化学的婚仪"（Chemische Hochzeit）的途径达到从灵性上认识世界的目的。宇宙和生命的起源是"原初之水"，"只该是恋人的秘密，更高的人类的奥秘"，不应该是掌握在"炼丹术士那样的僵死的人的手里"，他们只是用"野蛮的精灵"将其"以无耻和荒唐的方式呼唤出来"。[2] 而只有诗人可以有义务和责任歌咏这种神圣的液体，并获准向狂热的青年讲述它。由此，诗人的作坊成了歌颂爱的神殿。

但是诺瓦利斯不满足于爱的道德器官只是被动接受宇宙和谐的看法，而是赋予它主动的创造性，把爱理解为沟通有限与无限，联结自然和精神的中介。由此，诺瓦利斯将希腊人文主义哲学中自下而上的爱欲（Eros）和基督教神学中自上而下的圣爱（Agape）合为一体。他如此描述那些受过自然教育，通过爱获得自然的真理奥义的人：

> 他们就能通过研究自然而认识和享用自然，因为自然的无限和多样性而获得快乐，"因自然的二位一体而将它看作繁衍和生育力量，又因自然的单一性而将它看作一种无限的、永恒的婚姻"。他们"在自然之中宛如依偎在贞洁的新娘的怀抱里，而且也只有向她悄悄吐露他在甜蜜亲热的时刻所达到的认识"。他们的生活将是充溢着一切享受的湖泊，将是一条爱欲的长链；他的宗教将是固有的、真实的自然教。[3]

---

[1] Novalis: „Die Lehrlinge zu Sais", in: *Novalis Schriften*, Bd. 1, S. 104. 汉译参见诺瓦利斯:《塞斯的弟子们》，第 25 页。此处译文比照原文有改动。

[2] Novalis: „Die Lehrlinge zu Sais", in: *Novalis Schriften*, Bd. 1, S. 104f. 汉译参见诺瓦利斯:《塞斯的弟子们》，第 26 页。此处译文比照原文有改动。

[3] Novalis: „Die Lehrlinge zu Sais", in: *Novalis Schriften*, Bd. 1, S. 105f. 汉译参见诺瓦利斯:《塞斯的弟子们》，第 27 页。此处译文比照原文有改动。

六、结　语

在自然小说《塞斯的学徒》中，诺瓦利斯以文学的形式，探讨了浪漫主义自然哲学的宏大命题。诺瓦利斯以文学寓意的诗学形式回应了启蒙以后人类面临的认识危机和精神危机，指出人类只有走向内心，用内心之光照亮纷繁的世界，通过"诗"为媒介实现精神与自然交流，以"爱"为至高的认识形式，达到精神和自然的契合，才能重新恢复人类黄金时代与自然和谐统一的状态，获得关于自然的真理和生命的意义，摆脱海德格尔所说的人类被"抛掷"（Geworfenheit）于无垠虚空的命运。

下面这首出自《奥夫特丁根》的著名诗歌正是诺瓦利斯对其自然哲学观的诗意直观的总结：

> 当数字和图形不再是
> 开启万物的钥匙，
> 当歌唱或亲吻的人群
> 学识比大师还精深，
> 当世界回归自由的生命
> 和世界本身，
> 当光明和阴影
> 重又融合为纯粹的澄明，
> 当人们从童话和诗句
> 认识永恒的世界历史，
> 于是整个颠倒的世界
> 随一句秘符消失。[1]

如果说，康德通过实践理性批判，回答了"自由何以可能"的问题，那么，谢林及其浪漫主义同侪则试图在自然哲学的思辨中回答"自然何以可能"的问题。康德意在拯救自由，但是在他的浪漫主义后辈看来，康德的自由理念仍受制于启蒙的现代性框架，无法从根本上扬弃主体与客体的

---

[1] Novalis: „Paralipomena zum 'Heinrich von Ofterdingen'", in: Novalis Schriften, Bd. 1, S. 344.

现代性分裂所必然导致的问题。所以，拯救自由的根本途径在于拯救自然。通过建构主体和客体的绝对同一性，自然哲学成为重建自由理念的必由之路，这便是浪漫主义自然审美化或者说自然的复魅中蕴含的思想路径。自然的救赎，意味着自然的精神化。自然不再是死物，而是尚未自觉的主体。因而诺瓦利斯说："如果上帝曾经能够成人，他也能变成石头、植物、动物和元素，以这种方式，自然之中也许有一种持续的救赎。"[1]

诺瓦利斯对自然认知的哲学和诗学反思，建立在唯心主义古典哲学、新柏拉图主义、自然密契主义等多种古今思想资源的基础上，只有在浪漫主义所处的文化史和思想史的语境中才能得到合理的评价和解读。诺瓦利斯在1799年发表的演讲辞《基督教共同体或欧洲》最后呼唤道：

> 它会来的，它必然来临，那永久和平的神圣时代，到那时新耶路撒冷将是世界的首都。在此之前，我的信仰的同志，面对时代的危难，你们要始终保持乐观和勇气，用言语和行动传扬上帝的福音，并始终忠实于那真正而无限的信仰，直到死亡。[2]

诺瓦利斯所寄予无限希望的"永久和平的神圣时代"，并非恢复基督教会的旧形式，"不是以牺牲近代基督教徒的内心自由来争取退回到教条强制和迷信形式这种过去的状态，而是力图通过一种更高的综合来调解信仰冲突"[3]。诺瓦利斯寄希望于一个未来的新宗教，自然与人和谐相处的黄金时代乌托邦的实现。而这"上帝的福音"，便是自然的福音，是上帝通过自然的启示，带来新的救赎之地，正如诺瓦利斯为《塞斯的学徒》未完成的结尾所作的笔记中透露给读者的那样："新约——和新的自然——作为新耶路撒冷。"[4]

---

[1] 诺瓦利斯：《新断篇（节选）》，载于《大革命与诗化小说——诺瓦利斯选集卷二》，第158页。
[2] Novalis: „Die Christenheit oder Europa. Ein Fragment", in: Novalis Schriften, Bd. 3, S. 524. 汉译参见诺瓦利斯：《基督世界或欧洲》，载于诺瓦利斯：《夜颂中的革命和宗教——诺瓦利斯选集卷一》，第218页。
[3] Friedrich Hiebel: *Novalis. Der Dichter der blauen Blume*. 2. Aufl. München: Francke 1972, S. 260.
[4] Novalis: „Die Lehrlinge zu Sais", in: *Novalis Schriften*, Bd. 1, S. 112. 汉译参见诺瓦利斯：《塞斯的弟子们》，第31页。此处译文比照原文有改动。

第四节　寓像自然：艾兴多夫的自然诗

一、艾兴多夫其人及其自然寓像诗学

艾兴多夫全名约瑟夫·卡尔·本尼迪克特·冯·艾兴多夫男爵（Joseph Karl Benedikt Freiherr von Eichendorff），1788年出生于上西里西亚一个天主教贵族家庭，他童年生活在鲁博维茨宫。拉蒂波尔的丘陵和奈斯河谷是他作为浪漫诗人的精神家园。"在德意志诗人中，艾兴多夫不仅是最受人喜爱，而且也是最有德意志性的一位。古老的德意志民族的精神传统在他身上得到了最为纯净的体现：德意志的信、望、爱，德意志人的心绪，德意志男子汉的光明磊落，德意志人对自然真挚的热爱，天真和渴望。"[1]《艾兴多夫全集》历史校勘版的创始主编威廉·科施（Wilhelm Kosch）在1908年对他的评价代表着世人心目中的艾兴多夫浪漫主义诗人形象。同时期的文学史家称艾兴多夫的诗歌是浪漫主义抒情诗的巅峰，而其作为诗人的声名基于两点："与人类心灵紧密相连的、细腻的自然描写以及诗歌语言的音乐性。"[2] 19世纪现实主义代表作家施多姆（Theodor Storm）回忆与晚年艾兴多夫的相遇："在他宁静的蓝眼睛里蕴藏着整个浪漫主义的奇妙诗意世界。"[3]这一浪漫主义理想诗人的形象首先来自他在《一个无用人的生涯》（Das Leben eines Taugenichts）中塑造的与世无争、乐天知命的"无用人"形象，冯塔纳在1857年将之称为独一无二的"德意志心绪（Deutsches Gemüt）的化身"[4]。其次是他的抒情诗清新质朴，歌颂自然、家乡和爱情，朗朗上口，受到作曲家青睐，经由舒曼、门德尔松、李斯特谱曲后，雅俗共赏，广为传唱，深受各个阶层德国民众的喜爱。据统

---

[1] Wilhelm Kosch: „Vorwort", in: Wilhelm Kosch (Hg.): *Sämtliche Werke des Freiherrn Joseph von Eichendorff*. Regensburg: Josef Habbel 1908, Bd. 1, S. VII-XXV.

[2] Otto von Lexiner: *Geschichte der Deutschen Litteratur*. 6. Aufl. 1903. Zitiert nach: Hermann Korte: *Joseph von Eichendorff*. Hamburg: Rowohlt 2000, S. 150.

[3] 转引自 Wolfgang Frühwald und Franz Heiduk (Hg.): *Joseph von Eichendorff. Leben und Werk in Texten und Bildern*. Frankfurt a.M.: Insel 1988, S. 244。

[4] Wolfgang Frühwald und Franz Heiduk (Hg.): *Joseph von Eichendorff. Leben und Werk in Texten und Bildern*, S. 160.

计，从 1830 年到 1900 年，有 5000 多首为艾兴多夫诗歌谱写的艺术歌曲，直到 20 世纪 50 年代，它们一直是各种合唱乐团、候鸟运动中的保留曲目。艾兴多夫的真实人生绝非如此浪漫无忧、不谙世事，或者说，恰恰相反，充满了动荡、冲突和挫折。艾兴多夫在回忆录中如此评价自己与时代的关系："我生于大革命之年——政治、精神和文学的大革命，也是革命的参与者。"[1]

在艾兴多夫出生的第二年，法国大革命爆发，18 岁时神圣罗马帝国终结。在新旧秩序的激烈更替中，宁静的田园生活被打破，艾兴多夫的家族和个人命运被卷入历史的大潮中。在普鲁士的统治下，西里西亚在 18 世纪下半叶从传统农业区转变为冶金基地，大片森林被砍伐。家族祖业因为父亲经营不善而被强制拍卖，艾兴多夫与兄长威廉不得不离开家园另谋职业。1805 年起他们先后在哈勒、海德堡和维也纳的大学学习法律。学业结束后，1813 年至 1815 年，艾兴多夫响应普鲁士国王的号召，参加自由军团，抗击拿破仑军队，并被任命为普鲁士上尉，征战巴黎、蒂罗尔等地。反法战争结束后，他通过国家考试，在普鲁士政府部门担任文化官员，然而仕途不顺，在普鲁士新教政府中屡屡受到排挤，于 1844 年提前退休。艾兴多夫 1857 年去世，与妻子合葬于故乡上西里西亚的奈斯。

艾兴多夫受过良好的教育，幼年在家由神父担任家庭教师，接受了完备的天主教贵族教育，少年在西里西亚首府布雷斯劳的天主教人文中学接受教育。他在大学时代与早期浪漫主义和盛期浪漫主义的主要人物有过交集，亲身经历了浪漫主义的蓬勃发展。在哈勒大学他听过施莱尔马赫、斯特芬斯的课；在海德堡大学，格雷斯的课程对他影响最大。他受邀参加了诺瓦利斯的倾慕者罗本伯爵（Graf Otto Heinrich von Loeben）主持的厄尔琉斯联盟，1808 年开始在《科学和文化》杂志上发表诗歌，这个时期的诗歌受到早期浪漫主义的影响，具有密契主义倾向。艾兴多夫熟悉诺瓦利斯、蒂克等早期浪漫主义作家的作品，尤其是蒂克的《弗兰茨·施特恩巴德

---

[1] 艾兴多夫的著作引自 Joseph von Eichendorff: *Sämtliche Werke des Freiherrn Joseph von Eichendorff. Historisch-kritische Ausgabe*. Hg. von Wilhelm Kosch und August Sauer, Regensburg: Josef Habbel 1970ff。后文将用 Eichendorff HKA 表示该版本的艾兴多夫文集，并相应标注出卷数与页码。此处参见 Joseph von Eichendorff: „[Erlebtes. Ansichten. Skizzen und Betrachutungen]", in: *Eichendorff HKA*, Bd. 5.4, S. 98f.

的漫游》。布伦塔诺（Clemens Brentano）和阿尔尼姆（Achim von Arnim）1805年出版的《少年神号》（Des Knaben Wunderhorn）对他的诗歌创作风格产生了决定性的影响。在维也纳期间，艾兴多夫成为弗里德里希·施莱格尔家庭的密友。[1] 艾兴多夫的第一部长篇小说《预感和现时》（Ahnung und Gegenwart, 1815）在发表时就经过弗里德里希·施莱格尔之妻多萝苔娅·施莱格尔的亲自修订。

艾兴多夫担任普鲁士公务员之后，在公务之余笔耕不辍，进行文学创作。他影响最大的小说《一个无用人的生涯》发表于1826年，诗歌合集出版于1837年，后来在1841年再版，分为"漫游者之歌""歌者之歌""时代之歌""春天和爱情""亡者之歌""宗教之歌"六个章节。这两部作品的发表奠定了艾兴多夫作为德国浪漫主义诗人的声誉。艾兴多夫另有小说《大理石像》（Das Marmorbild, 1817）、《诗人和他们的伙伴》（Dichter und ihre Gesellen, 1834）和一些讽刺戏剧小品发表。他在退休后专注于翻译卡尔德隆的宗教剧，并受梅特涅的谋士雅尔克（Karl Ernst Jarcke）邀请，从伦理和宗教的视角撰写德意志民族文学史，有多部文学史论著传世。[2]

1848年革命以后，欧洲文学史进入现实主义阶段，晚年的艾兴多夫作为"最后一位浪漫主义诗人"被冯塔纳、施多姆等晚辈诗人仰慕的同时，也逐渐被历史化。艾兴多夫曾经在自传体小说《错过的星象》（Unstern）中戏仿了歌德《诗与真》的开头，自嘲自己的出生因为意外"迟到了一分半钟"，而错过了事先预设的吉祥星象，以至于一辈子都成为迟到者。艾兴多夫文集的编者，文学史家弗吕瓦尔德（Wolfgang Frühwald）如此总结艾兴多夫充满悖论的人生：

> 他有清晰的人生目标，可是从未实现。他原想继承父业成为一个西里西亚的贵族庄园主，却因为家道中落，不得不在普鲁士政府里谋

---

[1] 艾兴多夫的挚友和战友菲利普·怀特（Philipp Veit, 1793—1877），是弗里德里希·施莱格尔的继子，摩西·门德尔松的外孙，后来成为著名的天主教拿撒勒派画家。在施莱格尔家族的引荐下，艾兴多夫结识了亚当·米勒、富凯、萨维尼等维也纳和柏林的浪漫主义精英知识分子。
[2] 参见本书第三篇第三章"艾兴多夫的《德意志文学史》与教派博弈"。

求一份公务员的职务；他想成为歌德、布伦塔诺这样的诗人，却在作曲家那里更受欢迎（这也并不是件坏事）；在保守的普鲁士政府里他支持施泰因男爵的民主改革，却被任命为监管民主思想的书报监察官而被迫提交辞呈；即便在信仰问题上，作为虔诚的天主教徒，他有意维护自由开放的立场，却被批评者认为是天主教越山运动的狂热鼓吹者而卷入教派争端，这与艾兴多夫西里西亚人的宽容个性在本质上相抵牾。[1]

如何理解和评价艾兴多夫，如何在他自诩的"文学革命者"和大众心目中怀旧保守的"田园诗人"的反差中找到合题，一直是学界棘手的难题。而在民族主义情绪高涨的时期，无论是在德意志第二帝国还是纳粹第三帝国，艾兴多夫诗歌中对德意志家乡风景的赞美，对忠诚的歌颂，总是让他的诗歌一再成为强化民族主义意识形态的工具，与艾兴多夫的天主教普世主义价值观背道而驰。

1957年，法兰克福学派代表人物阿多诺在为纪念艾兴多夫逝世百周年发表的广播演讲《纪念艾兴多夫》（*Zum Gedächtnis Eichendorffs*）中指出，艾兴多夫不是"故乡的诗人，而是乡愁诗人"[2]。阿多诺此处所说的乡愁，既是现实维度上的"田园将芜胡不归"，也是诺瓦利斯形而上哲学意义的乡愁："哲学本是乡愁，处处为家的欲求。"[3] 艾兴多夫诗歌中的故乡风景，并非写实的描绘，而是无法回去的家乡和童年，是情感的寄寓，是语言建构的乌托邦，传递的是一种对旧山河的乡愁（Heimweh）和慕求（Sehnsucht）。而艾兴多夫笔下清新自然的风光，恬淡安详的生活，对于自然和生活的虔诚赞美，常常流露出一种对于生活的刻意肯定和美化，最典型的莫过于《一个无用人的生涯》的结尾：

---

[1] Wolfgang Frühwald: „Nachwort", in: Wolfgang Frühwald und Franz Heiduk (Hg.): *Joseph von Eichendorff. Leben und Werk in Texten und Bildern*, S. 312.
[2] Theodor Adorno: „Zum Gedächtnis Eichendorffs", in: Theodor Adorno: *Noten zur Literatur* (= *Gesammelte Schriften* Bd. 11), Hg. von Rolf Tiedemann. Frankfurt a. M.: Suhrkamp 1997, S. 69-94, hier S. 73.
[3] 诺瓦利斯：《夜颂中的革命和宗教——诺瓦利斯选集卷一》，第133页。

啊，我欢乐地叫起来："就穿一套英式的燕尾服和阔腿裤，戴一顶草帽，还套上一双马刺吧！结了婚以后，我们立刻到意大利去，到罗马去——那儿的喷泉美丽极了，我们还要带布拉格的大学生和门房一起去！"她默默地微笑了，亲切快乐地望着我。音乐不停地从远处传来，别墅里射出的火焰球，经过沉静的夜空，飞到花园上面去，从下面间或传来多瑙河的流水声——一切的一切都曾经那么美好！[1]

"一切的一切都曾经那么美好！"常常被解读为天真烂漫、积极感恩的人生态度。在阿多诺看来，这不过是一种为了摆脱困境的强作欢颜的"决绝的快乐"（Entschluss zur Munterkeit），充满"悖论的暴力"（mit paradoxer Gewalt）。阿多诺认为，艾兴多夫对于前市民社会传统和价值观的歌颂和坚持，他在自然书写中将灵性重新赋予自然，反对启蒙与科学的祛魅，正是对现代资本主义社会物化和异化现象的批判，是对物化人性的救赎，从而为启蒙辩证法找到一条出路。而阿多诺对艾兴多夫研究更为重要的启发在于，他察觉了艾兴多夫文本中的"无我"状态：当抒情自我放弃主体性，放弃对语言的"统治"，语言就能自主地向物的本质靠近，将物的内在灵魂从僵死中唤醒，让世界焕发生机和光芒，重新"放声歌唱"。阿多诺由此揭示出艾兴多夫诗学的现代性所在：

> 今天的人们方才意识到，艾兴多夫的现代性经验直达他文学作品的中心。他是真正的反保守主义者：拒绝一切形式的统治，尤其是反对个人的主体性对于灵魂的统治。……在德意志浪漫主义发端之初的思辨性同一哲学（Identitätsphilosophie）中，物是精神，精神是自然；而艾兴多夫再次赋予了已经物化的物以超出其自身的指向意义的能力。这将蜷缩战栗的物世界照亮的瞬间，在某种程度上解释了为何逐渐枯朽的艾兴多夫的不朽之处。艾兴多夫笔下的图像无不蕴含有超出其自身的意义，但也无法直接以概念来命名之：让意义处在悬浮状态

---

[1] Joseph von Eichendorff: Aus dem Leben eines Tagenichts, in: Eichendorff Werke, Bd. 2, S. 647. 汉译参见艾兴多夫：《没出息的人》，载于富凯等：《水妖：德国浪漫派文学丛书》，袁志英、刘德中译，上海：上海译文出版社，2010年，第487页。此处译文比照原文有所改动。

的寓像诗学正是他的文学介质。[1]

阿多诺的现代批判理论为理解艾兴多夫的现代意义，进而也为理解浪漫主义的现代性，开启了重要思路。需要指出的是，阿多诺对于艾兴多夫天主教神学立场的缄默，是出于启蒙批判的立场所进行的时代错位式（Anachronismus）误读。艾兴多夫对于个人主体性僭越灵魂统治权的反对，并非站在"反保守主义"的立场上，而是出于他对宗教改革的不满，这也是他撰写《德意志文学史》的出发点。作为虔诚谦卑的天主教徒，艾兴多夫坚信文学的使命在于表现永恒："诗是对永恒以及时时处处赋予意义者的感性呈现。永恒和赋予意义的是美，默默将尘世照得透亮。……这永恒和赋予意义者，正是宗教，而感知它的艺术感官是隐藏在人内心深处的不可磨灭的宗教情感。"[2]

阿多诺进而指出，艾兴多夫的自然观区别于早期浪漫主义的自然哲学，后者在新柏拉图主义及泛神论自然观的意义上将精神和自然同一。而在艾兴多夫的天主教神学自然观中，赋予万物以意义的主体并非阿多诺认为的作者本人，而是创造万物的"永恒和赋予意义者"。这也决定了艾兴多夫的自然书写是一种"寓像诗学"，即以自然物作为符码，作为一种寓像，来传达不可言说的永恒意义。寓像诗学是一种前现代通行的诗学模式，可以追溯到公元3世纪奥利金的《圣经》释义法，即解释《圣经》文本通过类推表明的教义寓意，也在圣像学（Ikonologie）的传统中用以解读圣像的寓意维度。中世纪以来，寓像诗学在世俗文学中被广泛使用，如但丁的《神曲》就是典范，《浮士德》第二部也被解读为19世纪的寓意诗。阿多诺对于这一源自前现代的寓意诗学的现代性宣称，显然受到了本雅明《德意志悲苦剧的起源》的启发。于是，在阿多诺这段著名的演讲中，以批判启蒙的祛魅为出发点的法兰克福学派批判理论，便与以批判宗教改革以后主体性的僭越为出发点的天主教神学传统殊途同归，都落在了"自然的复

---

[1] Theodor Adorno: „Zum Gedächtnis Eichendorffs", S. 78.
[2] Joseph von Eichendorff: *Geschichte der poetischen Literatur Deutschlands, in: Eichendorff Werke*, Bd. 3, S. 543f.

魅"和"寓像诗学"上，并在浪漫主义诗人艾兴多夫的自然观念和自然书写中找到了依据。如何理解和评价这一悖论，需要回到历史语境和原始文本中进行进一步考察。

二、艾兴多夫的自然虔诚：风景作为可见的神学和灵魂投射

弗吕瓦尔德在晚年著作《虔诚的记忆》（*Das Gedächtnis der Frömmigkeit*）中讨论基督教虔诚文化传统对于德语文学的影响，将关于艾兴多夫的章节题为"自然虔诚与回忆"（Naturfrömmigkeit und Erinnerung）[1]。艾兴多夫在风景如画的上西里西亚乡间鲁博维茨宫邸和托斯蒂宫度过童年，成年以后有过多次壮游（Grand Tour）的经历，对自然丰富的感受和记忆，构成了他自然书写的素材。1805年秋，艾兴多夫在日记里记录了与兄长威廉从哈勒经过哈尔茨山区前往汉堡路途中，登临布罗肯峰时的情景：

> 我们经常停下脚步，把目光投向谷地深处的黑色森林，林间偶现空隙，可以一览无余地看到山谷全貌。我们首先遇上的是一片小而密的针叶林，穿行其中，直到爬上海因里希高地空旷的山顶。倚靠在古老的布罗肯之屋的废墟上，眼前顿时出现了开阔的全景，这不可言说的神圣景象，让人心醉神迷。可惜我们的目光随即被稀疏的云朵吸引，它们从我们身边飘向布罗肯峰，又滑入谷底。山是如此荒凉，云朵飞得很快，在云朵的缝隙间突然传来芦笛美妙的曲调，如泣如诉，扣人心弦，有如来自遥远的异乡。[2]

在诗人十七岁的这段游记中已经出现了他后来诗歌中常见的风景元素：森林、云朵、山峰、废墟、俯视山林的全景式上帝视角、声景和视景的结合。自然与心灵产生共鸣，让人"心醉神迷"，最终指向"不可言说"

---

[1] Wolfgang Frühwald: *Das Gedächtnis der Frömmigkeit. Religion, Kirche und Literatur in Deutschland vom Barock bis zur Gegenwart*. Frankfurt a. M. und Leipzig: Verlag der Weltreligionen 2008, S. 159-181.

[2] Joseph von Eichendorff: *Tagebücher*, in: *Eichendorff HKA*, Bd. 11.1, S. 176.

的神圣信仰。在艾兴多夫所属的晚期浪漫主义,"万物有灵"已经是一种普遍的诗意想象,一方面来源于天主教神学传统的自然寓像观,另一方面来源于"物我同一"的早期浪漫主义自然哲学。前者认为自然万物是上帝书写的"自然之书"中的符码,是上帝的造物,是上帝意志的显现,具有多种寓意;后者是受到新柏拉图主义和自然密契主义影响下的同一哲学,认为精神与自然同一,自然万物是个人主体精神的外显和作用的结果,自然符码化的观念是建立在流溢论和万物感应论的基础上。

学界通常认为,艾兴多夫的自然虔诚主要来自天主教神学传统的影响。一个经常被引用的例子,便是《一个无用人的生涯》开篇,"无用人"告别父亲的磨坊,拉起心爱的小提琴,唱起一首《快乐的漫游者》(*Der frohe Wandersmann*, 1826),这首歌谣的首尾两段写道:

> 上帝要对谁显示真正的宠爱,
> 就会派他去漫游广阔的世界,
> 让他四处去看上帝的奇迹,
> 高山、森林、河流和田野。
> …………
> 我把一切托付给亲爱的上帝;
> 云雀、森林、田野、小溪、
> 和天地,都要听他旨意,
> 他也将我的事妥善管理![1]

这是艾兴多夫著名的歌谣之一,在19世纪被当作民歌广为传唱。研究者指出,这首歌谣化用了中世纪和巴洛克时期基督教赞美诗的句式、格律和主题。[2] 首段是歌颂上帝的安排,自然万物皆是上帝的造物,而上帝的宠儿应该走出内心的狭窄和生活的局促,来到广阔的世界,见证上帝的

---

[1] Joseph von Eichendorff: *Aus dem Leben eines Taugenichts*, in: *Eichendorff Werke*, Bd. 2, S. 566. 汉译参见艾兴多夫:《没出息的人》,第408页。此处译文比照原文有所改动。

[2] 参见陈曦:《宗教虔诚与文学审美的张力——浪漫诗歌对宗教赞美诗的继承和人文改造》,北京大学博士论文,2016年12月。

奇迹。尾段是"我"对上帝的认信，与云雀、森林、田野、小溪和天地一样同为上帝造物的"我"，只要把自己"托付"给上帝，不必有任何担忧，上帝就会做出最好的安排。

在浪漫主义文学的寓像系统中，自然同时也是人类情感和渴望、无意识情绪的载体，指向神秘不可知的自然魔性。魔性自然常以神秘的充满诱惑力的女性形象出现，常常伴随着痛苦的歌声、奇异的魔法、丁香的花香、午后的闷热、林中的孤寂等元素。在中篇小说《大理石像》（*Das Marmorbild*, 1817）中，艾兴多夫以维纳斯花园作为自然的象征，将魔性自然和神性自然的对峙演绎为一场信仰的战争。小说以维纳斯诱惑主人公弗洛里奥为线索，展现了古代异教与基督教世界观的斗争，最后以基督教的胜利和花园的被拯救而告终。花园起先是美神维纳斯和魔鬼骑士多纳提的居所，华丽空洞，实质是破败的异教神庙，象征着纵欲罪孽，本质是魔鬼力量的幻象；随后基督教诗人福尔图纳托和有圣母之美德的少女比扬卡出现，在神性之光照耀下的花园重新恢复了质朴清新的自然面貌。艾兴多夫并未否定古典文化的意义，他认为古典文化"在这个市侩的时代有力地打开了英雄时代"的大门。他反对的是宗教改革以后，德国精英知识分子对于古典文本的盲目崇拜，使文学沦为一种僵化的形式，失去了真正的诗的灵魂。浪漫文学对中世纪的回溯意味着对文学内在精神的探索，维纳斯的石化和古典花园的荒芜象征着古代艺术理念的僵化和走向没落。

《一个无用人的生涯》和《大理石像》中单纯虔诚的世界观与现实历史中的艾兴多夫本人当然不可完全等同。很长一段时间，艾兴多夫被认为是民歌风格的自然诗人，在启蒙以后强调个性的审美价值标准看来，艾兴多夫的诗歌清醒质朴，却缺乏个性和深度、意象重复。直到1960年代的巴洛克研究热潮中，著名学者阿尔文（Richard Alewyn）、库尼施（Hermann Kunisch）、塞德林（Oskar Seidlin）发现艾兴多夫笔下的大自然是一个寓意象征图像的符号系统，诗人笔下常见的风景描写，如森林、云雀、河流、云彩，并非对于自然的模仿，而是寓意符号，指向永恒的精神。

寓意文学源自中世纪，直到巴洛克时期，一直是主要的文学范式，正如塞德林的概括，艾兴多夫笔下的风景是"可见的神学"（sichtbare

Theologie）[1]，从而开启了艾兴多夫研究的深层视角。但是需要指出的是，艾兴多夫的自然观念和自然书写是在 19 世纪浪漫主义的历史和文学语境下进行的，如前文所述，他在哈勒和海德堡的大学时代，也受到早期浪漫主义自然哲学的影响，因此较之巴洛克文学，具有更加复杂的内涵和意蕴。艾兴多夫的代表作，由舒曼在 1840 年谱曲后广为流传的《月夜》（Mondnacht, 1837），便呈现出比"无用人"吟唱的《快乐的漫游者》更为复杂的寓像指意系统，体现出基督教神学和密契主义自然观的融合。

> 曾经，好像是那片苍穹
> 在静谧中亲吻大地，
> 她在花海流光中
> 不禁对他梦寐难释。
>
> 有风儿吹过了田野
> 轻柔地抚动着麦浪；
> 森林发出沙沙声响
> 星夜是何等的澄亮。
>
> 我的灵魂舒展开
> 那对宽阔的翅膀，
> 飞过安静的大地
> 好似正飞向家乡。

《月夜》以宁静轻盈的笔触，描绘了宇宙、自然、人的和谐，被认为是艾兴多夫最美的诗，由舒曼配乐后成为德意志浪漫主义歌曲的典范，托马斯·曼誉之为浪漫主义"珍珠中的珍珠"。诗歌创作于 1835 年，1837 年收入艾兴多夫《诗歌全集》中的"宗教之歌"（Geistliche Lieder）一章，

---

[1] Oskar Seidlin: „Eichendorffs symbolische Landschaft", in: Paul Stöcklein (Hg.): Eichendorff heute. Stimme der Forschung mit einer Bibliographie. Darmstadt: Wissenschaftliche Buchgesellschaft 1966, S. 218-214.

并被置于这一章的核心位置。全诗分为三段，第一段的核心意象是苍穹和大地的爱，构成一个宇宙生成论的寓像，爱象征着和谐与秩序，是宇宙的普遍原则和第一推动力，是古希腊神话和基督教密契主义中共有的观念。赫西俄德在《神谱》中提到了第一代提坦神族中的天空之王乌拉诺斯和地母盖亚的婚恋。在基督教神学中，以"苍穹"（der Himmel，阳性名词）寓指上帝，以"大地"（die Erde，阴性名词）寓指尘世。苍穹亲吻大地，使得大地有了灵性，寓指上帝赋予人以生命力，即《创世记》开篇所述"神用地上的尘土造人，将生气吹在他鼻孔里，他就成了有灵的活人"（2：7）。诗歌继而以大地对苍穹的梦中思念，来寓指信徒对上帝的渴慕。这来自《圣经》雅歌的传统，经由以明谷的圣伯尔纳为代表的基督教密契主义赞美诗得到普及。

第二段以清风、田野、麦浪、森林、星夜五个符码来构建天地之间的自然图景，在基督教神学中寓指上帝统治下质朴和谐的神圣秩序。清风寓指上帝的气息，清风吹过田野，轻抚麦浪，林声沙沙。麦穗寓指信徒的团结，星空是虔敬心灵和神性的象征。文字除了寓指神性，又用艾兴多夫诗文中最常使用的"rauschen"一词，拟写风吹森林的沙沙声，自然中连绵不断的天籁之音，营造出一种动态联觉的美学效果。

第三段以"我的灵魂"为主语，在月夜中，在天地和自然万物之间，张开翅膀，"好似"正飞向家乡。人是天地间孤独的旅人，在尘世间匆匆过往的异乡人。灵魂的翅膀来自古代信仰，人们认为灵魂由四大元素中的"气"组成，比如柏拉图在《蒂迈欧篇》中将灵魂想象成有翅膀的鸟形（81D）。翅膀是神性的象征，也是美德的象征。"返乡"寓指人类灵魂终将返回灵魂之乡，回到神的怀抱，获得永久的安宁。

全诗首句的"曾经，好像"（"Es war, als hätte"）使用了动词过去虚拟式，将古代神话特有开头句式加以虚化，产生远古历史的模糊感；末句"好似正飞向家乡"（als flöge）使用一般虚拟式，与首句呼应，产生出抒情主体对未来宣称的疏离感，呈现出一种未来的不确定性。而中间一段自然景象的描写用的是简单有力的直陈式，清晰地呈现出当下世界中，自然万物稳定的和谐秩序。由此，这首诗的三个小节分别对应"宇宙－自

然 - 人"和"历史 - 当下 - 未来",用文字建构了一个完整的时空寓像。弗吕瓦尔德指出,《月夜》是一首回忆之歌,是对于黄金时代中自然、人和上帝和谐相处的回忆,是内在与外在、天与地、自然与灵魂的统一。[1] 诚然如此,然而艾兴多夫的记忆并非对个人现实经历的回忆,而是对于人类黄金时代的想象,是心灵之眼的凝视,是灵魂的投射,是没有时间维度的永恒观念的诗意寓像呈现。艾兴多夫始终认为诗歌的本质是对于永恒的描写和赞颂,诗歌是"魔咒",能克服世界的分裂和人的异化。

三、艾兴多夫的自然寓像诗学

（一）艾兴多夫的诗学观念：魔咒，让世界醒来

> 有歌酣眠万物中，
> 自然沉睡梦境连，
> 觅得魔咒须臾间，
> 世界起身把歌唱。

艾兴多夫这首题为《魔杖》（*Wünschelrute*）的四行诗完成于1835年，1838年在沙米索主编的《德意志缪斯年鉴》上发表，至今仍被广泛引用。它形象扼要地道出了艾兴多夫浪漫主义诗学的本质，也是浪漫主义自然哲学和历史哲学的微型诗意图式。题目"魔杖"为沙米索所加，原意是古代用来勘探地下水系的金属或者木质叉状探测仪。"歌"寓指万物之间隐秘的内在关联，在一个祛魅的世界中，"歌"已经酣眠，万物陷入昏睡，只有诗人在"魔杖"的指引下找到"魔咒"后才能将世界唤醒，分裂的世界才能重新建立连接，放声歌唱，焕发生机。艾兴多夫的"魔咒"（Zauberwort）呼应前文引用的诺瓦利斯的名诗《当数字和图形不再是》中的"秘符"（ein geheimes Wort），都具有驱走"颠倒世界"的神奇魔力。艾兴多夫在1857年发表的《德意志文学史》中对"魔杖"和"魔咒"

---

[1] Wolfgang Frühwald: „Die Erneuerung des Mythos. Zu Eichendorffs Gedicht *Mondnacht*", in: Wulf Segebrecht: *Gedichte und Interpretationen. Bd. 3. Klassik und Romantik*. Stuttgart: Reclam 1984, S. 395-407, hier S. 402.

作出了解释：文学与宗教相同，都需要调动整个人的感觉、想象和理智（Gefühl, Phantasie, Verstand）。其中，感觉是魔杖，敏锐地感知到了活泉所在；文学想象是魔咒，用来召唤出自然精灵；而理智赋予它们文学形象。

> 沉睡在万物中的美妙的歌在浪漫主义文学中重新唱响，当林中孤寂重又讲起自然的古老童话，破败的城堡和教堂中的钟声似乎自己响起，树梢沙沙作响低头鞠躬，当上帝在广阔的寂静中行走，人在神的照耀下跪地祈祷。[1]

音乐成为自然精神的显现是一个古老的观念，可以追溯到毕达哥拉斯的天体和谐音乐说，也是早期浪漫主义中的普遍认知，蒂克在《弗兰茨·施特恩巴德的漫游》中将大自然的和声比作"世界精神"的管风琴演奏。弗里德里希·施莱格尔也说："永恒的歌，只有灵魂可以时而捕捉到只言片语，让人感知更高的奇迹。"艾兴多夫将"永恒的歌"加入了历史的维度，在回忆录《唤醒》（*Erweckung*, 1839）中，他描绘了童年记忆中的"缪斯之歌"，酣睡于万物中的"歌"曾经飘荡在自然中，如今只有诗人的耳朵能够听到，"如同已经衰老的族群回忆起他们美好的青年时代"。[2]

> 当我还是个孩子的时候，有一次独自一人走进拓思特花园。那是一个夏日闷热的中午，花园里的一切如同被施了魔法，化作了各种石像、奇特的花坛和洞穴。突然，在一个拐角里，我看到了一个闪闪发光的仙子抱着齐特尔琴在打盹，是位缪斯。我被惊到，正好有人喊我的名字，我赶紧跑走了。那天晚上我无法入眠，窗户敞开着，歌声在花园里飘荡：一支我永远无法忘记的歌。如今，花园荒芜，宫殿被毁，麋鹿四处逃散，只是有时候还会在寂静的夜里出现，在杂草丛生的废墟上吃草。在那个夜晚里响起的那首歌，我永远无法忘怀，无论我变

---

[1] Joseph von Eichendorff: *Geschichte der poetischen Literatur Deutschlands*, in: *Eichendorff HKA*, Bd. 9, S. 275f.

[2] Joseph von Eichendorff: *Geschichte der poetischen Literatur Deutschlands*, in: *Eichendorff HKA*, Bd. 9, S. 275f.

得多老，那首歌经常会响起，似乎邀请我走进月夜，陷入愁绪中。[1]

"花园"是艾兴多夫经常使用的一个寓像，被施了魔法的花园，也是缪斯和想象的乐园。当人类童年的乐园已经荒废，宫殿被毁、麋鹿四散，只有古老神秘的"歌"飘荡至今，成为人类回归伊甸园的秘密通道。

艾兴多夫在1806年就已经意识到某些词语的魔力，他在笔记中写道："有些词语，如同一道突然的闪电，在我的内心深处打开了一片花海，记忆拨响所有灵魂的琴弦。这些词语是：渴慕、春天、爱、家乡和歌德。"[2]这些词语，也就是艾兴多夫所说的魔咒。在艾兴多夫看来，真理无法直接用逻格斯言说，只能用心灵之眼内观，在诗歌寓像中得以呈现。"月夜"是一个典型的艾兴多夫意义上的"魔咒"，一个指向启示和观念的寓像，能够在诗歌中重新建立万物和人的连接。诗歌《月夜》便是蕴含启示和观念的寓像诗歌的典范。在艾兴多夫的诗歌中，类似的寓像还有遥远的宫殿、美丽的花园、宽阔的河谷、永远簌簌作响的森林，寓指工业时代的人们渴慕回归自然的乡愁。

（二）风景的发现：艾兴多夫自然寓像诗的现代转型

在西方中世纪以来的自然书写和绘画传统中，自然万物首先是作为上帝意志的寓像（Sinnbild）出现在文学和绘画中，自然万物作为绝对精神的载体而存在。也就是说，它本身的形态美丑善恶并不重要，它只是起到一个指示性符号的作用，其存在的意义指向自身之外，其意义的识别依赖于《圣经》及相关的解经学阐释程式。在中世纪艺术中，花草树木、鸟兽虫鱼、自然万物往往演变为普遍的理想化形象，具有装饰性的特征。

自然本体的发现，是近代主体性确立的结果，诞生于文艺复兴以后的田园风景画中。里特说："风景，就是被看见的自然。"[3]柄谷行人也在同样的意义上说：所谓"风景"，是"拥有固定视角的一个人系统地把握到"

---

[1] Joseph von Eichendorff: „Zu dem (umstehenden) Idyll von Lubowitz", in: *Eichendorff HKA*, Bd. 5.4, S. 59.
[2] 转引自 Wolfgang Frühwald: „Die Erneuerung des Mythos. Zu Eichendorffs Gedicht *Mondnacht*", S. 406。
[3] Joachim Ritter: *Landschaft. Zur Funktion des Ästhetischen in der modernen Gesellschaft*. Münster: Aschendorff 1963, S. 30.

的对象。[1]当"自我"主体走向独立的同时,作为客体的自然也获得了独立,也就是说,近代风景的发现依赖于主体的观看。在佛兰德斯画派中,当以观者为透视点的科学透视法开始运用在绘画作品中,风景和自然物成为人凝视的对象,自然风光便从圣母圣子的背后走向台前,成为被描摹的对象。透视法正是从一点出发来安排整个画面的景物的,所有景物都要根据透视点的确定来摆放各自的形态。因此,透视法既"发现"了"风景",也塑造了"风景","发现"的过程就是塑造的过程。18世纪末浪漫主义的风景的诞生,来源于英国美学家埃德蒙·伯克区别于美而称之为崇高的感受,崇高产生于人对于大自然的崇敬和超越。康德在《判断力批判》中发现:"崇高不存在于自然界的任何物内,而是内在于我们心里。"自然的崇高伟大成为艺术表现的对象,象征着人类内在理性的无限性得到了确认。由此,风景的发现在认识论上存在着两个悖论:首先,对主体性的重视,带来的是对客体的发现;其次,当风景被发现之后,主体会将本身的主体性投射到客体上,从而认为风景具有主体性,自发产生意义。

与启蒙时期人的主体性提升相关联的是,在诗学领域,指向超验精神的寓像修辞的有效性受到了质疑。魏玛古典文学中艺术自律观念的创立者默里茨(Karl Philipp Moritz)在《论寓像》(*Über die Allegorie*)一文中尖锐地批评了寓像的弊端:"寓像总是次要的,偶然的,从来无法展现一个美的艺术品的本质和真正价值","真正的美在于,一个事物完全呈现自我的意义,表现自我,包容自我,是一个内在完满的整体(ein in sich vollendetes Ganze)"。歌德在《警句和反思》(*Maximen und Reflexionen*)中发展了默里茨对于"寓像"的批评,并将其与"象征"对峙:"诗人是为了普遍而寻找特殊,还是在特殊中看到普遍,这之间有很大的差别。前者会产生寓像,在寓像中特殊者只被用作普遍的范例;后者才真正是诗歌的本性。"[2]"寓像将现象转化为概念(Begriff),概念转化为图像,图像将概念完整容纳和表达,以至于概念完整却有限地保留于图像中";"象征

---

[1] 柄谷行人:《日本现代文学的起源:岩波定本》,张京华译,北京:生活·读书·新知三联书店,2019年,第10页。

[2] Johann Wolfgang Goethe: *Maxime und Reflexion*, in: *Goethe FA* Bd. 13, S. 368.

将现象转化为观念（Idee），将观念转化为图像，观念在图像中永远保持无限，可以使用所有语言进行表达，而依然保持无可言说的特点"。[1]歌德对于象征的重视主要是基于自然研究的经验，强调现象本身的内在价值和意义，在这个意义上，寓像是来自中世纪的古旧的修辞方法，指向道德教诲和宗教教义，忽视了现象本身的价值；而象征是在特殊现象中发现普遍本质，现象和本质具有同一性，呈现的是一个"内在完美的整体"。但事实上，在文学实践中，象征和寓像并不是非此即彼、互相排斥的。《浮士德》第二部就被学者视为这样的作品，延续了巴洛克戏剧的传统。[2]

在浪漫主义时期的美学讨论中，寓像的哲学和美学意义重新被拈出。本雅明在《德意志悲苦剧的起源》中大段引用了浪漫主义时期文论家克罗泽（Georg Friedrich Creuzer）、索尔格（Karl Wilhelm Ferdinand Solger）和格雷斯关于寓像的讨论，以论证浪漫主义与巴洛克在文学传统和精神气质上的关联。克罗泽指出，象征是具有瞬间性的整体性，是富有包孕性的时刻；而寓像是时间性的、线性的，是一系列瞬间的渐进。[3]索尔格提出要区分指向神学教义的中世纪寓像和指向诗意和美的现代寓像，现代的寓意诗更富有个人色彩且文本的寓像更加多义。格雷斯则将"象征"和"寓像"的关系解释为"静默、宏大、有力的山林自然与充满生机地前进的人类历史之间的关系"[4]。格雷斯的类比敏锐地指出了两者的不同和关联，两者都是理念的显现，象征是静态的整体，是当下的自然，寓像是动态的碎片，是流动的历史，两者也可以类比于画与诗的关系，在这个意义上，巴洛克时期流行的寓意画（Emblem）便是诗与画的合作，寓意和象征的联盟。寓意画是一种以图示意的表意形式，形式上由三部分组成：题辞（Lemma, Inscriptio）、图画（Icon, Pictura）、图解（Epigramm, Subscriptio）。它源自文艺复兴时期的人文主义运动，流行于16世纪和17世纪，用途广泛，出

---

[1] Johann Wolfgang Goethe: *Maxime und Reflexion*, in: *Goethe FA* Bd. 13, S. 207.

[2] Heinz Schlaffer: *Faust Zweiter Teil. Die Allegorie des 19. Jahrhunderts*. Stuttgart: J. B. Metzler 1981.

[3] 本雅明：《德意志悲苦剧的起源》，第224页。原译将Allegorie译为"寄喻"，笔者译为"寓像"。Allegorie是一种寓意、寓言，以物言说寓意，物和寓意是指示的关系，并没有相似要求。而"喻"以本体和喻体的相似为前提。

[4] 本雅明：《德意志悲苦剧的起源》，第225页。

现在徽章、绘画、建筑等视觉艺术中，也以文字图示的形式出现，比如巴洛克时期十四行诗在结构上便是典型的寓意画。

在1960年代的巴洛克研究热潮中，波尔曼（Alexander von Bormann）在阿尔文、塞德林等前人研究的启发下，指出了艾兴多夫的自然书写中源自巴洛克文学范式的寓意画写作程式，即自然描写（pictura）指向了基督教信仰（incriptio），给出解读和教诲（subscriptio）。[1]需要指出的是，艾兴多夫的自然寓像书写与古代的徽章寓意画不同，首先其结构不是规整的三段式，更重要的区别在于其中的自然描写（pictura）部分不再是一种前现代的僵化单调的指意符号，而是被观看的风景（Landschaft），对自然有着细致的直观和深入的共情，增加了主观的情感色彩，自然的寓指意义变得多元，因而更是一种寓意和象征融合的风景书写，是一种现代的寓像诗。

在《德意志文学史》中，艾兴多夫指出了"象征"的必要性，是因为"超验精神无法直接表达，在所有艺术中只能将经验世界作为超验精神的尺度"。艾兴多夫在"象征"问题上，显然受到了歌德的影响，他指出"真正的诗歌应在直接的直观（Anschauung）中看到观念（Idee），并将其置入固定的图像（Bild）中，如同花朵象征香味，眼睛象征灵魂，或者正如同一个美丽的地方具有某种天然的精神气质，而解读的工作就交给游客来完成"。风景中的自然元素并非简单的模仿，而是自然寓像，是蕴含神圣奥秘的符码（Hieroglyphe）。艾兴多夫在《文学史》中继续写道："文学究竟是什么？并非对于现实的素描和模仿。这样一种对于自然的单纯描画只会模糊自然本身的奥秘特质。正如一幅风景画之所以能够成为艺术品，是因为它能够让人感知到神圣的符码，如同无字的歌和神灵的凝视，能够使得每处风景隐匿的美开口对我们言说。"[2]

在艾兴多夫的长篇小说《预感和现时》（*Ahnung und Gegenwart*, 1815）开头有一段风景描写，可以看作艾兴多夫自然寓像书写的典型：

---

[1] Alexander von Bormann: *Natura loquitur. Naturpoesie und emblematische Formel bei Joseph von Eichendorff*. Tübingen: Niemeyer 1968.

[2] Joseph von Eichendorff: *Geschichte der poetischen Literatur Deutschlands*, in: Eichendorff HKA, Bd. 9, S. 21.

从雷根斯堡出发，沿多瑙河顺流而下，大家就知道有个叫作"漩涡"的神奇地方，周围是高耸入云的山崖。在急流的中间，有一块奇形怪状的岩石耸立，上面立有一座高高的十字架，从高处为底下湍急躁动的河流带去抚慰和平静。这里没有人的踪影，没有鸟的歌唱，只有山林和这将一切生命拽入无底深渊的可怕漩涡，千百年一成不变地发出轰隆隆的声响。漩涡口不时张开，阴沉地凝视着周围，如同死神之眼。在这充满敌意的荒野自然里，人们顿生无助和无力之感，而那岩石上的十字架便在此时，显示出它最神圣伟大的意义。[1]

这一处关于"漩涡"的风景描写首先是象征修辞。"漩涡"处于具体的时空中，在雷根斯堡附近的多瑙河上，文本书写了观看者对于经验世界的具体感知和感受：山崖、急流、漩涡既象征荒野自然的伟力，也象征着人类命运的多舛，时时面临死亡的威胁。同时风景元素中也有"虚空无常"（Memento Mori）的寓像传统，比如形如"死神之眼"的漩涡口，岩石上的十字架更是一个清晰指向基督恩典的寓像，为祈祷救赎的人们送去安慰。艾兴多夫的自然寓像书写是一种传统寓意书写的现代转型。

这段文字中描写的"漩涡上的十字架"在造型、修辞、风格、气氛和寓意上皆可与浪漫主义代表画家卡斯帕·大卫·弗里德里希笔下大自然中的以十字架为主题的系列风景寓意画相类比，如《山峰上的十字架》（图一，Das Kreuz im Gebirge, 1807/1808）、《波罗的海海岸线上的十字架》（图二，Kreuz an der Ostsee, 1815）等。后者即著名的铁臣祭坛（Tetschener Altar）。将祭坛安排在大自然中的祭坛风景画，成为弗里德里希独特的艺术语言。弗里德里希如此解读这幅画的寓意：

被钉上十字架的耶稣面向落日，是那让万物复苏的永恒圣父的形象。古老世界的智慧、圣父直接漫游于大地的时代和耶稣一起死去了。……太阳西沉，人间无法再理解这远行的光。只有十字架上的耶

---

[1] Joseph von Eichendorff: *Ahnung und Gegenwart*, in: *Eichendorff HKA*, Bd. 3, S. 4.

稣,由至纯至高贵的金属制成,在落日的金色光芒中闪耀,又将这金色之光温柔地反射回大地。在一块山岩上十字架挺立,肖然不动,如同我们耶稣基督的信仰。环绕十字架而立的是四季常青的冷杉,历四季轮回而不衰,恰如我们对这位被钉上十字架者的希望直至永恒。[1]

图一,卡斯帕·大卫·弗里德里希:
《山峰上的十字架》(1807/1808)

图二,卡斯帕·大卫·弗里德里希:
《波罗的海海岸线上的十字架》(1815)

这幅画 1809 年在德累斯顿公开展出后,引发了艺术评论界中激烈的争论。艺术家拉姆道尔(Basilius von Rahmdor)发表文章批评弗里德里希让风景画进入教堂,占据了祭坛的位置,是一种"密契主义的"狂妄僭越。以自然风景来传递宗教信仰,以艺术语言来传递超验意义,这在 19 世纪初尚属创新之举。在此之前,风景的功能仅仅是作为背景,服从画面主题教化的目的。而弗里德里希在随后的作品中继续强化风景在画面中的主导力量,如 1810 年展出的《海边僧侣》《橡树林中的教堂》(*Abtei im Eichwald*),规避人类中心论的藩篱,把风景神圣化,这是对于基督教中世纪以来圣像画传统(Ikonographie)的革命性突破。自然风景从此取代圣像

---

[1] Caspar David Friedrich: *Die Briefe*. Hg. von Hermann Zschoke. Hamburg: ConferencePoint Verlag 2005, S. 53.

成为祭拜的对象,艾兴多夫在文学作品中的自然寓像书写在思想史上的意义与弗里德里希的风景画庶几类同。

(三)自然之声与民歌风格

艾兴多夫1807年在柏林读到布伦塔诺和阿尔尼姆主编的德语民歌集《少年神号》第一卷,认为在民歌中蕴含着"直接的自然之声",与大自然的"心绪和灵魂契合",这是他在海德堡期间所效仿的早期浪漫主义风格所缺乏的。在此之后,他开始疏远以罗本伯爵为核心的早期浪漫主义精英团体,认为其过于主观且矫饰主义,而在诗歌创作上转向德语民歌风格,因为民歌中"并不突出著名诗人的名字,其中的情感能够世世代代恒久流传,因为其真挚、自然、亲切;当合适的时机出现,那些有天赋的人就会根据自己的喜怒哀乐对诗歌加以改动"[1]。艾兴多夫的诗歌在形式上多采用传统民歌押韵诗行,诗句短小明快,语言通俗、意象鲜明,富有音韵美。

在晚年撰写的《德意志文学史》中,艾兴多夫指出民歌与艺术歌曲的不同"在于民歌的直接性,给人逻辑松散的印象,对于感官接受的印象既不给出解释和观点,也没有过多的描写,获得和传递印象的方式也是跳跃式的,如闪电转瞬即逝,如同迅疾飞行而没有过渡,在出乎意料之处开启了最美妙的视域。使用神圣象形符码写成的民歌,完全是旋律式的,吟诵式的,神秘如同音乐"[2]。

本雅明在讨论巴洛克悲苦剧的寓像时,已经发现了声音符码的深邃含义:"声音是造物主原初表达的自由领域,文字寓像则通过错综离奇的意义交织对物施以奴役。"他引用了波墨在《论物的征象》(*De signatura rerum*)中关于语言的论述,指出声音的价值高于沉默的寓像,是更为积极直观的形象:"永恒话语或者上帝回音或者话语 / 是一个圣灵……[圣灵]作为以其自身说出的形式 / 受鲜活的回音所引导 / 受这回音特有的永恒的一直精神所敲打 / 发出声音和回音 / 就如同多声部的风琴在一阵风击打下奏响 / 而每一个声部 / 每一个风管都有自己的响声。……每一物都有宣告

---

[1] Joseph von Eichendorff: *Geschichte der poetischen Literatur Deutschlands*, in: *Eichendorff HKA*, Bd. 3, S. 146.

[2] Joseph von Eichendorff: *Geschichte der poetischen Literatur Deutschlands*, in: *Eichendorff HKA*, Bd. 3, S. 146.

天启的嘴。而这就是自然之语／每一物都以其来诉说自己的特质／总是将自己展现。"[1] 而巴洛克诗人进而发现了自然之声对于尚在成形中的德语语言和抒情诗的神学意义，哈尔斯多夫（Georg Philipp Harsdörffer）认为："自然以万物来说话，它们自发给出的声调，是我们德意志的语言。所以有些痴妄之人甚至以为，第一个人亚当也只能用我们的语言给飞禽和地上所有的走兽命名，因为他要按照自然本性来表达每一个天生就会自己发声的属性；所以不足为奇的是，我们的词根大部分都和《圣经》的语言发音相同。"而德语抒情诗的任务就在于"用词语和节奏把握这一自然的语言"，另一位巴洛克诗人毕尔肯（Sigmund von Birken）指出："这种抒情诗甚至是一种宗教要求，因为上帝在树林的簌簌声中……在河流的淙淙声中展现了自己。"[2]

艾兴多夫诗歌出色的音乐性使他成为作曲家最为青睐的德语诗人。他的自然寓像诗中的"神圣符码"——森林、云彩、河谷、云雀——并非喑哑无声的"图形"（Bild），而是有声的、能歌唱的自然（*natura loquitur*）。艾兴多夫诗歌中最常见的声音是"Rauschen"，这一源自中古德语"rusch"的拟声词，既是风吹动森林和树梢的声音，也是河流泉水流动的声音，这种低沉神秘的自然之声成为一种声音的寓意符码，构成了艾兴多夫自然诗的声音背景，与云雀和夜莺的鸣啼、远方传来的森林号角（Waldhorn）一起，呈现出一个多声部的声景（Soundscape），从声音的维度上寓指造物主的神性。

四、结语：艾兴多夫"无我"之诗的现代性

阿多诺在《纪念艾兴多夫》的演讲中发现了艾兴多夫诗歌中"自我"的隐退，如同小说《大理石像》中的主人公唱道："我必须，如同大河中的波浪，无声无息地消失在春天的开始。"当抒情自我放弃了主体性，主体消失在语言中，语言具有了主体性。当文学进入无我的状态，语言不再"被统治，被有目的地使用。语言就能以新的方式向物靠近。通过命名，

---

[1] 本雅明：《德意志悲苦剧的起源》，第 277—278 页。
[2] 本雅明：《德意志悲苦剧的起源》，第 281—282 页。

给予物以第二次生命，被僵化的世界重新恢复灵气。诗歌以此为启蒙辩证法指出了一条出路"[1]。阿多诺站在 20 世纪现代主义语言哲学反思的立场上，发现了艾兴多夫"寓像"诗学的现代性及其对于启蒙批判的意义。在现代语言危机中，语言的表意功能受到质疑，文字成为一种图像和声音的寓像符码。语言不再是传递意义的交通工具，而是一种诗歌的表现形式。正如诺瓦利斯预见到的未来的象征主义诗歌："诗歌，纯粹是悦耳的，充满了美丽的词语，但是毫无意义和关联——至多只是单个的诗节可以让人理解——仿佛是来自最为不同的物体的碎片。真正的诗就整体而言至多只有一种寓意的意义，只发挥一种间接的作用，就如音乐一样。所以自然是纯诗意的。"[2] 象征主义诗歌连接词语的方式并非常见的隐喻、比较和其他修辞手法，而是揭示出词和物更深刻的关联。通过联觉、通感，发现意象之间在画面、气味、声音、颜色、词义上的连接关系。象征主义的哲学基础是万物"契合"（correspondance）的观念，是诗人和诗歌语言与自然的感应。阿多诺虽然明了艾兴多夫的"现代性"并非基于有意识的现代主义诗学创新，但是他依然将其称为象征主义的先驱，将艾兴多夫与法国象征主义代表诗人兰波的名诗《醉舟》作比，"艾兴多夫已经是一只'醉舟'，但是尚且徜徉在绿色的两岸之间，挂着红色旗帜"[3]。

艾兴多夫的自然寓像观念不同于诺瓦利斯早期浪漫主义的诗化自然哲学，不是基于新柏拉图主义的万物契合说，而是源自"自然之书"的基督教神学传统。每个自然物是自然符号，蕴含多重含义。自然之声是上帝在自然中的显现和启示；自然的寓像一方面作为被看见的风景，是人的情感或者潜意识的表达，另一方面是基督教"自然之书"寓像传统下的自然符码，是宗教道德伦理和历史社会的寓像。在艾兴多夫的自然寓像诗中，个人的主体性并非在语言中和自然中消解，而是臣服于上帝意志的谦卑，通过民歌的吟诵，将诗人自我的主体性，融入了民族和自然的声音中，诗歌由此不朽。

---

[1] Theodor Adorno: „Zum Gedächtnis Eichendorffs", S. 83f.
[2] 本雅明：《德意志悲苦剧的起源》，第 256—257 页。
[3] Theodor Adorno: „Zum Gedächtnis Eichendorffs", S. 78.

第五节　结语：自然作为启示和救赎

德意志浪漫主义运动发生于1800年前后的"鞍型期"，经历了1789年法国大革命、1806年德意志神圣罗马帝国终结等历史大事件，是近代的终结，现代的开端，是新旧交替、东西碰撞时期的产物。社会形态从封建农耕社会转变到近代工业社会，与之相应的是，人们的自然观念和文学观念都发生了急剧的变动。在浪漫主义时期，人们意识到启蒙进步神话和机械世界图景所带来的危机，人与自然的关系发生了从"征服自然"到"回归自然"的转变。用审美直观的方式认知自然，用寓像和象征的方式重构自然是"回归自然"的必由之路。自然和艺术成为德意志浪漫主义一代寻找启示和救赎，克服现代性危机的出路。18世纪开启的一种回归自然的时代情绪，与当时兴盛的自然密契主义和基督教虔敬主义融合在一起，在德意志浪漫主义运动中升华为一种对于无限和超验的渴望，自然成为上帝的现代名讳，自然成为神圣的象征。艾伯拉姆斯在他的名著《自然的超自然主义——浪漫主义文学的传统与革命》中指出，浪漫主义文学的核心要义是将宗教传统的虔诚信仰和礼仪规范世俗化后进入文学审美的领域。[1]自然及其书写，也就是古老的"自然之书"的传统，作为一种宗教信仰世俗化的形式在文学作品中得以保存，成了一种文学传统。

从文学史的角度看来，浪漫主义一代站在新旧时代的门槛上，他们的文学作品如同琥珀，鲜活地保留了前现代的社会风貌、时代情绪，也保留了人文知识和自然科学，体现了古典和现代、理智与情感、机械和有机的自然图景的对峙、交锋和共存。浪漫主义的自然文学书写展示了启蒙以后的知识分子在面对信仰危机和虚无主义时所采取的策略和立场，他们的思想资源既吸纳了当时最新的自然科学知识，也保留了前现代的自然科学技术和自然哲学观点。其中尤为值得重视的是，自然符码、自然征象等属于

---

[1] Meyer H. Abrams: *Natural Supernaturalism. Tradition and Revolution in Romantic Literary*. New York: Norton 1971.

古代密契主义的知识传统，在现代知识体系中被拒斥、被遗忘，却作为文学象征得以保留，并成为现代人反思启蒙、重建人与自然连接的重要思想来源。浪漫主义的"自然之书"用寓像（Allegorie）和象征（Symbol）呈现自然本质，继承了新柏拉图主义和基督教神学观念的思想传统，是对启蒙科学主义机械自然图景的纠正，从文学传统上则是继承了巴洛克文学的寓像诗学，又直接催生了现代主义的象征主义诗歌。

如何克服启蒙之后理性至上主义带来的现代虚无主义危机，摆脱人的虚空和孤独，弥合人与自然的分裂，这是诺瓦利斯和艾兴多夫等浪漫主义诗哲的真正关切，而在他们眼中，自然以及自然书写提供了新的启示和救赎的可能。

德意志浪漫主义自然书写中普遍将自然现象作为寓指绝对精神的符码和象征。在诺瓦利斯为代表的早期浪漫主义诗哲那里，自然与精神的类比和同一源于新柏拉图主义的"流溢说"和"感应说"。诺瓦利斯的自然哲学小说《塞斯的学徒》，以浪漫主义小说的诗学形式创造性地延续了西方哲学《物性论》以降的自然哲学的书写传统，探讨现代人应该如何解读"自然古老的符码"，如何重新获得自然的真理奥义，从而实践了"一切科学都必须诗化"的理念。诗是认识自然、把握自然的方式，在诗中，实现了精神与自然之间的相逢。联结自然与精神，沟通有限与无限的是爱，是爱欲（Eros）与圣爱（Agape）的联结，而自然，作为黄金时代的象征，成为未来新神话中的"新耶路撒冷"。

艾兴多夫写作的时代已经到了浪漫主义晚期，与早期浪漫主义自然哲学的不同在于，艾兴多夫的自然寓像观念源自自然之书的基督教神学传统。在他脍炙人口的自然诗和自然书写中，自然首先是上帝、秩序、历史、乡愁的寓像画，是"可见的神学"。艾兴多夫的自然寓像诗学承袭了巴洛克的寓意画像范式，是一种融合了主体情感、寓像传统和自然之声的现代自然寓像诗，诗中的自然不是模板化的寓意图像，而是个人主体精神和灵魂的投射，与传统的寓像符号契合，指向更高的精神和意志。而作为自然寓像符码的山水风景，具备了自主和自由，如海德格尔所云，其内在的神圣真理向人的凝视"敞开"（Offenbaren），自然便如其自身所是显现自身本质,呈现出一种真理无蔽(Unverborgenheit)的自由状态。[1] 诗人自我的主体性,融入了自然的声音中,让位给物的神性,指向更高的绝对精神。

---

[1] Martin Heidegger: *Vom Wesen der Wahrheit*. Frankfurt a. M.: Vittorio Klostermann 1961, S. 11.

第二章
文学现代性的浪漫源头
——以古今之争为思想背景

卢白羽

第一节 文学现代性之发源地:魏玛与耶拿

在 1800 年前后,德语文学迎来了第一个巅峰时期。从 18 世纪末到 19 世纪初,在魏玛与耶拿这两座邻近小城中涌现出真正具有欧洲影响的德语作家:文学史上称之为以歌德、席勒为首的"魏玛古典主义"和以施莱格尔兄弟为领袖的"耶拿早期浪漫主义"。前一文学时期始于歌德与席勒 1794 年的结交和随后长达十年的合作,直至席勒去世(1805);后一文学时期始于施莱格尔兄弟 1798 年在耶拿创办《雅典娜神殿》杂志刊载自己的以及同道好友的作品,直到 1804 年朋友们各分东西。可以看出,文学史上看似泾渭分明的两个文学时期,更确切地说是同一时间段的两个文学圈子。一提到这两个文学圈子的关系,我们首先想到的是歌德晚年对古典主义与浪漫主义的著名断语:"我把'古典的'叫作'健康的',把'浪漫的'叫作'病态的'",[1] 似乎两者针锋相对,势不两立。然而歌德发表的这一言论主要针对的其实并非耶拿的浪漫主义者。实际上,在 1800 年前后,魏玛古典主义与耶拿浪漫主义相互映照、相互批评、相互促进,共同

---

[1] 爱克曼辑录:《歌德谈话录》,朱光潜译,北京:人民文学出版社,2008 年,第 173 页。

代表了当时最为进步的美学意识与文学创作。以至于有观点认为，在某些方面，耶拿浪漫主义与魏玛古典主义的关系要比它与晚期浪漫主义之间的联系更加紧密。[1]

歌德是耶拿浪漫主义者崇拜的对象。施莱格尔兄弟首先发现了意大利之行归来后的歌德在文学创作上的真正突破。弗里德里希·施莱格尔敏锐地意识到，歌德的文学创作开启了德语文学的全新篇章。他称歌德的作品是"裹在现代外壳里面的这个古典精神"，是将古典精神与现代精神综合起来的伟大尝试。[2] 歌德成为"经典作家"，与施莱格尔兄弟在《雅典娜神殿》上对他无以复加的崇拜与吹捧不无关系。弗里德里希·施莱格尔在《雅典娜神殿》上发表了一系列重要的歌德研究，将歌德的小说《威廉·麦斯特的学习时代》视为真正的浪漫主义小说，认为它体现了浪漫文学"总汇性"的特征，甚至具有"古典与浪漫之和谐"的萌芽。[3] 耶拿的浪漫主义者从未将自己视为魏玛圈子的对手，而是认为他们与歌德是共同开启一个全新文学与哲学时代的盟友。

同样，歌德与席勒的文学创作并不能称得上纯粹意义上的"古典主义"。席勒创作于这一时期的戏剧《奥尔良的童贞女》（1801）甚至冠以"浪漫悲剧"的副标题，取材中世纪而非古典古代，是一部将超自然神迹搬上舞台的神秘剧，其情节安排更接近莎士比亚而非古希腊悲剧作家，甚至在体裁上更接近歌剧，以至于耶拿和柏林的浪漫主义者一度以为这是席勒在向他们靠近的信号。[4] 歌德本人虽然捍卫古典的绝对典范，但他从未自视为古典主义者。对他来说，更重要的是调解与制衡古典主义者与浪漫主义者之间的争斗，比如《浮士德》第二部里最著名的"海伦剧"作为单行本发表时曾以"古典－浪漫的幻象剧"为题，该幕将古典与浪漫的艺术形式发挥到极致，并致力尝试达到两者的平衡。

---

[1] Dieter Borchmeyer: *Weimarer Klassik. Portrait einer Epoche*. Weinheim: Beltz Athenäum 1994, S. 34.
[2] Friedrich Schlegel: „Gespräch über die Poesie", in: *KFSA* Bd. 2, S.346. 汉译参见施莱格尔：《浪漫派风格——施勒格尔批评文集》，第 214 页。
[3] 施勒格尔：《浪漫派风格——施勒格尔批评文集》，第 214 页。
[4] 吕迪格尔·萨弗兰斯基：《德意志理想主义的诞生：席勒传》，毛明超译，北京：社会科学文献出版社，2021 年，第 619 页。

可见，如果将古典主义与浪漫主义的典范性特征强行分配到魏玛"古典"圈子和耶拿"浪漫"圈子，必然会牺牲历史本真的丰富、多义、断裂与含混。[1]

如果着眼于魏玛圈子与耶拿圈子的共同点就会发现，具有代际差异的两个群体之所以仍然显现出许多共同特征，乃是因为他们共同经历着急剧的社会变化，都承受着要为在剧变中产生的问题提供解决方案的紧迫感。这个急剧变化的过程，我们可以统称为"现代性"。而浪漫文学的诞生，也与"现代性"具有密不可分的关系。

文学史家维耶塔（Silvio Vietta）区分了两种"现代性"。[2] 第一种是理性主义现代性，发轫于17世纪。理性主义现代性具有一套特殊的思维模式，它崇尚数学模型的精准与系统性，运用理性主义思维模式来解释和掌控自然，具有普世主义倾向，对任何威权机构都保持反思与批判的基本立场。理性主义现代性创造了一种全新的时间意识，塑造了"永恒进步"的意识形态，即永不止歇的改变与创新。第二种是文学的现代性，主要表现为对理性主义现代性的持续批判与反思。它既承续启蒙内部对理性主义文化片面性的批判，构造文学乌托邦来制衡其片面性；也追求与自然的和解，以对抗理性主义现代性试图掌控与剥削自然；同时还体现为将主体融入普遍统一来抵制思想主体的自我中心主义。处于世纪之交的早期文学现代性被另一位文学史家施托金格（Ludwig Stockinger）统称为"浪漫主义"，它不仅包括文学史上通常所谓的"浪漫主义"，也包括魏玛古典主义以及一些无法被划归到这两个文学流派中的其他作家，比如荷尔德林、让·保尔、克莱斯特等。[3]

---

[1] 在德国文学史学界里，反对将"魏玛古典"作为一个独立的文学分期的呼声越来越高，因为强调"魏玛古典"的独一无二以及垂范万世的高度，很大程度上与塑造和维系德意志民族身份认同这一政治功能绑定在一起。不过同样值得注意的是，呼吁取消"魏玛古典"的背后可能同样也出于欧洲一体化进程的政治背景。参看 Klaus L. Berghahn: „Weimarer Klassik + Jenaer Romantik = Europäische Romantik?", in: *Monatshefte*, Jg. 88, Hf. 4 (1996), S. 480-488。

[2] Silvio Vietta: *Die literarische Moderne. Eine problemgeschichtliche Darstellung der deutschsprachigen Literatur von Hölderlin bis Thomas Bernhard*. Stuttgart: J. B. Metzler 1992, S. 21-32.

[3] Ludwig Stockinger: „*Die ganze Romantik oder partielle Romantiken?*", in: Bernd Auerochs und Dirk von Petersdorff (Hg.): *Einheit der Romantik? Zur Transformation frühromantischer Konzepte im 19. Jahrhundert*. Paderborn u. a.: Ferdinand Schöningh 2009, S. 21-41.

文学现代性最初出现的时间大致可对应于社会史及概念史学家科塞勒克所谓"鞍型期"（1750—1850），也即从前现代向现代的过渡时期。法国大革命是其中关键的契机。当法国大革命在1794年转入恐怖统治之后，理性主义文化解放人类的期盼落空了。人们普遍认为法国大革命并没有实现它允诺的理想，大革命本身已经宣告失败，它给欧洲社会带来的毋宁是一个充满危机的状态。人们愈加强烈地意识到自己所生活的世界不再理所当然，而是具有了一个开放的、蕴含着无限可能性的未来。社会方方面面的急剧变化，使得从过去历史获得的经验不再有有效性。将来要来临的东西，过去不曾有过。未来的方向在哪里，我们也不能再从古人那里获得启发，只有通过自己为自己设定一个乌托邦的未来，为历史设定方向。过去的经验空间与面向未来的期待视域之间出现了无法逾越的鸿沟。"的确到了进行一场审美革命的时刻了。"[1]这不仅是年轻的弗里德里希·施莱格尔的热望。反思大革命的失败、反思理性主义现代性的片面性对人性的摧残，通过审美在未来重建乌托邦理想，成为1800年前后文学现代性最为关切的议题。

17世纪、18世纪之交发生在法国、18世纪、19世纪之交发生在德国的两场"古今之争"中崇今派的立场，几乎可以分别视为理性主义现代性与文学现代性的体现。古今文学孰优孰劣，这一争论自古以来就存在，库尔提乌斯（Ernst Robert Curtius）称之为"文学史和文学社会学中的恒定现象"[2]。17世纪末期发生在法国的那场著名的"古今之争"的缘起，从思想史角度来看，是由于随着近现代科学的兴起，一个有着无限进步可能性的现代世界逐渐展开，人们的生活世界和生存经验与以往的传统世界发生了前所未有的断裂。在法国崇今派眼里，随着近现代哲学、科学思维方式的崛起，知识和方法在前人的基础上无限增长、推进。今人在以运算与计量为基础的"精确"学科（比如天文、地理等）方面毫无争议地优于古人。照此逻辑，古代一定会，并且早已被现代人超越。黄金时代不在过去

---

[1] Friedrich Schlegel: „Über das Studium der griechischen Poesie", in: *KFSA* Bd. 1, S. 269.
[2] Ernst Robert Curtius: *Europäische Literatur und lateinisches Mittelalter*. Bern und München: A. Francke Verlag 1948, S. 256.

而在遥远的乌托邦未来。崇今派所理解的"今优于古",实际上是科学与技术现代性思维模式。

然而,当崇今派将这一模式运用到文学与美学领域上时却出现了问题:现代文艺一定优于古代文艺吗?荷马史诗不如路易十四时代的古典主义文学?崇今派给出了两种解决方案:一、彻底否定文学在未来时代中的地位。丰特奈尔以想象力和理性区分文艺与科学。凡运用理性的领域都会因为知识的累积而逐渐进步,但文学并不着眼于获取知识,文艺创作主要依靠活泼的想象力,因此谈不上进步。丰特奈尔的这一区分,使得哲学成为启蒙时代至高无上的学科,文学则不得不为自己参与理性的合法性而辩护,甚至处于终将被哲学取代的窘境。二、较为温和的崇今派佩罗提出绝对美和相对美这对概念,指出在绝对美这一范导性概念面前,一切历史现实中的艺术作品都只具有相对价值。这一区分虽然将古人从绝对典范的地位上拉了下来,却并不能证明现代艺术作品比古代更接近绝对美。并且佩罗的这个解决方案还为崇古派的反击留下了把柄。崇古派也运用这一策略指出,今人将理性绝对化,在未来人眼中也不过具有相对意义。今人的所谓"绝对""客观",不过是另一套"神话"而已。将"美"历史化的做法,使得相对美脱离绝对美厘定的框架,具有了独立性,从而最终造成审美历史主义和相对主义的兴起。[1]

崇今派无法完成对现代文学的辩护,正说明他们所依据的理性主义现代性思维模式本身的危机。接下来的百年是科学科技的理性主义现代性在欧洲社会各方面展开的时期,同时也是对理性主义现代性模式进行批判性反思的时期。

对理性主义现代性的反思首先体现为对现代文明的批判。卢梭的两篇论文《论科学与艺术》(1750)与《论人类不平等的起源和基础》(1755)质疑了乐观进步的历史发展模式。卢梭认为,历史的发展并非线性的进步,而是伴随着代价与损失的曲折过程,科学与理性的发展非但不会带来文化与政治上的进步,反而会出现在前文明阶段不曾出现过的不平等现象。

---

[1] Carsten Zelle: *Die doppelte Ästhetik der Moderne. Revisionen des Schönen von Boileau bis Nietzsche.* Stuttgart: J. B. Metzler 1995, S. 91-94.

与《论人类不平等的起源和基础》同年发表的另一部具有现代文明批判意义的著作，是温克尔曼的《关于在绘画和雕刻中模仿希腊作品的一些意见》。古典古代文艺是人类精神的最高结晶，这一观点自然并非温克尔曼首创，然而温克尔曼却可能是第一个将古希腊描绘为现代异化状态对立面之人。温克尔曼认为在现代人身上只有"分裂的之物的概念"（die Begriffe des Geteilten），古希腊艺术则体现了"自然中的整体性与完满性的概念"。[1] 直观与理念、精神与身体、自然与文化在古希腊仍然处于和谐统一状态，在现代历史进程中则陷入了对立与冲突。因此，现代人只有通过学习古人，才能克服现代文明对人性的伤害。"使我们变得伟大，甚至不可企及的唯一途径乃是模仿古代。"[2] 温克尔曼在德国掀起了一股推崇古希腊文化的热潮，将古希腊视为文学艺术创作、政治社会制度的典范，被视为连接法国古今之争与德国古典主义的关键环节。[3]

　　自温克尔曼以后，古希腊在德国成为现代文艺学习与模仿的唯一榜样，同时也成为现代人意识到自己永远也无法重现的与自然和谐之完满状态的黄金时代。无论歌德、席勒，还是施莱格尔兄弟，都承认古希腊的文学与艺术是人类精神史上的巅峰状态。席勒与弗里德里希·施莱格尔都曾经经历过一段奉古希腊为圭臬的时期。无论席勒的"多情文学"抑或弗里德里希·施莱格尔的"趣味文学"以及"浪漫文学"，都延续了温克尔曼关于现代性的核心乃是"分裂的自然"的诊断，将古希腊的教化理解为现代分裂自然的对立面，即人性力量的和谐与整一。

　　然而也正是沿着温克尔曼关于人性之原初统一与和谐在现代化进程中分裂异化的思辨轨迹，席勒与施莱格尔离开了古典主义者供奉崇尚古希腊人性原初自然的神殿，与古典主义美学分道扬镳，奠立了文学现代性的理论基础。席勒虽然一向被归为古典主义作家，然而他对文学现代性以及现

---

[1] Johann Joachim Winckelmann: „Gedancken über die Nachahmung der Griechischen Wercke in der Malerey und Bildhauer-Kunst", S. 38. 汉译参见温克尔曼：《关于在绘画和雕刻中模仿希腊作品的一些意见》，第11页。此处译文比较原文有较大改动。另参见 *Peter Szondi: Poetik und Geschichtsphilosophie I.* Hg. von Senta Metz und Hans-Hagen Hildebrandt. 2. Aufl. Frankfurt a. M.: Suhrkamp 1976, S. 34f.

[2] 温克尔曼：《关于在绘画和雕刻中模仿希腊作品的一些意见》，第2页。

[3] Hans Robert Jauß: „Schlegel und Schillers Replik auf die ‚Querelle des Anciens et des Modernes'", in: Hans Robert Jauß: *Literaturgeschichte als Provokation.* Frankfurt a. M.: Suhrkamp 1970, S. 67-106.

代文学的理论思考与建构远远超出了古典主义范围，具有鲜明的"浪漫主义"色彩。而与其说席勒是兼具古典与浪漫主义色彩的作家，不如说他和弗里德里希·施莱格尔一样，都是对文学的现代性以及现代文学极具自觉意识的作家。他们关于原初自然与人为现代的观点，深刻影响了现当代文学与美学理论的走向。[1]

观念史家洛夫乔伊曾经指出，在"浪漫主义"这一名号下是诸多相互抵牾甚至毫不相干的思潮。[2] 比如18世纪40年代至90年代盛行于英国的浪漫主义和18世纪末到19世纪初的德国早期浪漫主义，就是两股截然不同的思潮，其最明显的特征就是对待"自然"的态度。英国那场浪漫主义崇尚未经雕饰的天然。表达在艺术家心目中天然的艺术品具有素朴、不失纯真的自发性与野性，要远远胜过中规中矩、墨守成规的古典主义艺术。早期德意志浪漫主义则强调，现代文艺的发展方向不应该是追慕古代、奉古典古代为典范和理想，而应该沿着自然的对立面——人为（das Künstliche）——继续向前；不应该追求恪守边界的和谐，而应该追求永不止歇的自我超越，追求无限。在"自然"与"人为"的对立中，席勒与耶拿浪漫主义者都选择了"人为"作为现代文艺发展的方向。

洛夫乔伊还指出，弗里德里希·施莱格尔对"自然"的这一变革性理解与席勒有着共通之处。弗里德里希·施莱格尔从早年的"古典主义"立场幡然转向"浪漫主义"立场，是席勒起到了决定性的作用。[3] 而两人捍卫现代文学所运用的哲学工具均源自康德。对于本章探讨的问题而言，康德对文学现代性的最大贡献不是他在《判断力批判》中提出的"审美自律"原则，而是他对于"自然"概念的颠覆性理解。[4] 欧洲传统思想一向对自然充满敬畏与友善，认为自然是人类艺术的模仿对象、道德的起源与政治的基础。康德则认为，人之本质并不在其自然（本能）天性。因为自然就

---

[1] 参见 Carsten Zelle: *Die doppelte Ästhetik der Moderne*, S. 248。
[2] 参见洛夫乔伊：《论诸种浪漫主义的区别》，载于洛夫乔伊：《观念史论文集》，第273—303页。
[3] 参见洛夫乔伊：《席勒和德国浪漫主义的兴起》，载于洛夫乔伊：《观念史论文集》，第251—272页。
[4] 参见伯林：《浪漫主义的根源》，第79—80页。另参见以赛亚·伯林：《浪漫意志的神话：反理想世界的神话》，载于以赛亚·伯林：《扭曲的人性之材》，亨利·哈代编，岳秀坤译，南京：译林出版社，2021年，第265—306页，引文见第276—278页。

意味着服从物质世界的必然定律、意味着对自由意志的否定，而自由意志才是人的道德价值——也是其唯一的价值所在。自然的、有机的，也就意味着必然的，意味着不自由。自然与自由的对立，是席勒笔下质朴文学与多情文学的对立，是施莱格尔笔下古代文学与现代文学，也即古典文学与趣味文学的对立。席勒与施莱格尔都将"自由"这个伦理学概念创造性地移植到美学领域，正是"自由"这个概念帮助席勒与弗里德里希·施莱格尔找到现代文学相较于古代文学真正的优越性。所以，在这个意义上称席勒甚至康德为浪漫主义者，并不为过。[1]

席勒在《论质朴的和多情的文学》里对现代文学独特品质的描述，不仅暗合了施莱格尔同期对现代文学所下的诊断，还向施莱格尔显明，现代文学的出路只可能是继续沿着现代性进程无限渐进，绝无可能再重新回到古典古代。这条道路，也正是日后浪漫主义文学所走的道路。

第二节　席勒：质朴文学与多情文学

百年前的英法古今之争正值科学技术蓬勃发展之时。17世纪笛卡尔哲学与牛顿科学开启了一场对生活世界的全面革命。笛卡尔的"我思故我在"原则是人类理智首次明确的自我授权，成为一切认知的主体。理性主义现代性首先体现为一种运算思维，即人通过运算来统治自然，同时也统治与规划自身行为、概念与环境。[2] 这一过程同时也是对生活世界祛魅的过程。

在《希腊的群神》（1788）一诗中，席勒将这一过程的开端提前到基督教及其抽象超验之神的来临。现代世界经历着去感官化、机械化与科学化：取代太阳神赫利俄斯的，是一个没有灵魂的火球。[3] 法国古今之争中崇今派引以为豪的进步，即理性与科学思维的持续发展带来知识的不断增长，在百年之后被证明绝非解决一切问题的万能灵药，反而暴露出新的问

---

[1] 参见伯林：《浪漫主义的根源》，第79—91页。
[2] 参见 Silvio Vietta, *Die literarische Moderne*, S. 24。
[3] 席勒：《希腊的群神》，钱春绮译，载于《席勒文集》（第一卷），第39页。

题，即人的异化与自我分裂。在席勒看来，这个问题无法依靠理性本身来解决，只能假道审美教育。

社会的合理化过程反映在个体层面，体现为人的理性与感性能力失去平衡。理性／知性能力的急剧扩张导致原本整全的人性被破坏。《审美教育书简》（1795）著名的第六封信是对17世纪以来的理性主义文化的批判。文明生活的机械化与祛魅导致了个体的异化、想象力与情感的匮乏以及存在的普遍碎片化。社会生活开始出现分层，更加严格地划分各等级和职业，使得个体天性的内在联系被撕裂，感性与理性的和谐状态被彻底摧毁。自然天性的特征是"结合一切"，而知性的特征在于"区分一切"。知性将自然天性里的每种力量析分出来，只片面发展人的某一方面的力量。完整的自然天性被碎片化，"人永远被束缚在整体的一个孤零零的小碎片上，人自己也只好把自己造就成一个碎片……他永远不能发展他本质的和谐"[1]。

法国大革命及其后果，宣告了理性现代主义及其乐观主义的破产：底层社会堕落回感官本能的自然，人的兽性被释放出来；文雅社会只是理智的片面启蒙，忽略了情感的启蒙，理论理性并没有成功地转换成实践理性。[2]

此刻，古希腊人作为"知性的现代人"的对立面登场。他们的自然天性"既有丰富的形式，同时又有丰富的内容；既善于哲学思考，又长于形象创造"，总之，是"想象的青春"和"理性的成年"结合在一起而形成的"完美的人性"。[3] 古人的感性与精神处于和谐的状态，希腊文化的辉煌成果，无论艺术抑或哲学，都是感官与精神共同作用的结果。席勒提出，人类历史走向的最终目标，是重新回到古希腊人自然天性力量的和谐发展状态，回到感性自然与理性自然的平衡与统一。

然而，席勒从未陷入对古希腊的狂热之中。"我不想生活在另一个世

---

[1] 席勒：《审美教育书简》，载于席勒：《席勒经典美学文论》，第193—327页，引文见第231—232页。
[2] 随着法国大革命朝着暴力方向发展，18世纪90年代在德国爆发了一场关于理论与实践的大争论，其战场主要在《柏林月刊》上，论争的焦点就集中在纯粹理性是否以及如何可能转变为实践理性。参见 Frederick Beiser: *Schiller as Philosopher: A Re-Examination*. Oxford: Clarendon Press 2005, p. 130.
[3] 席勒：《审美教育书简》，第228页。

纪，也不想为另一个世纪而工作。"[1] 他永远立足于当代，以改造当代为目的而研究古希腊。他在诗歌或美学论著里描绘的古希腊，毋宁说是一种历史哲学的建构。[2]

席勒的历史哲学区分了处在文明发展初期、离自然未远的古希腊人，与作为现代文明发展目标象征的古希腊文化。作为前者的希腊文明虽达到了在人的自然天性范围之内知性与感觉仍处于和谐关系的最高程度，但此时知性与感觉的能力就自身而言并没有发展到极限。一旦人身上的各种力量想要得到进一步发展，就只能打破自然为它们规定的界限，这势必会破坏各种力量因均衡而形成的和谐自然的关系，力与力之间必将产生冲突。致力于追求达到单个力量发展的极限，就必须片面性地发展力量，牺牲个体身上的其他力量，从而造成个体天性被肢解，而人类作为类属却实现持续不断进步的悖论局面。[3] 理性主义现代性是人类历史发展的必然阶段，是人的理性天赋自然发展的结果，就算古希腊文化也不可能永远停留在自然人性范围之内，而必将放弃人性的完整性，走上分析与分裂的道路。[4] 席勒将人类文明从自然天性的整全到分裂到最后复归整全的三段论模式总结为："一切民族在通过理性返回自然之前，毫无例外地必然会由于拘泥于理性而脱离自然。"[5]

如何在沿着理性主义现代性的不断分裂人性的道路上让个体重新回到人性自然的统一与和谐状态？《审美教育书简》提出通过"更高的艺术"来补偿个体的牺牲，修正个体人性中知性的片面畸形发展，重新（至少在"审美游戏"中暂时）恢复人天性的整全与和谐。这种"美"的形态是现代社会之精神的对立面，也即能让人体验到在理想之中方能实现的人性的和谐。这种和谐状态首先体现为一种实现自然天性充分展开的自由，即各

---

[1] 席勒：《审美教育书简》，第 209 页。
[2] 作为美学家的席勒与作为历史学家的席勒对古希腊的理解是不一样的。温克尔曼将古希腊理解为政治自由创造出来的文化繁荣，而历史学家席勒很清楚，雅典文化的巅峰时期伴随着政治的压迫，建立在奴隶的不自由的基础之上。参见 Matthias Luserke-Jaqui: *Schiller-Handbuch. Leben - Werk - Wirkung*. Stuttgart: J. B. Metzler 2011, S. 462.
[3] 席勒：《审美教育书简》，第 234—236 页。
[4] 席勒：《审美教育书简》，第 235 页。
[5] 席勒：《审美教育书简》，第 227 页。

种力量不受任何强制却能和谐而全面地发展。[1]

《审美教育书简》通过先验美学与先验人类学层面的设定，推导出通过艺术激发出来的游戏冲动，可以让身处理性主义现代性文明深渊之中被异化、被碎片化的人，在更高层面重新经验到古希腊人曾经短暂拥有过的整全与和谐之人性。至于在当下具体的历史经验层面，现代文学应该如何实现对它的规定，则是创作于同一时期的《论质朴的和多情的文学》（1795/1796）需要解决的问题。在这部著作里，席勒再次将古希腊文学作为现代文学的对立面，将古希腊文学的理念视为现代文学的发展目标。不过现代文学作为通向理想文学的途径，本身却并不与作为典范的古希腊文学相似，甚至还与之相反。文学的现代性呈现出迥异于古代文学的面貌。

一、古人的自然与今人的自由

在《论质朴的和多情的文学》里，席勒仍然多次重申出现在《审美教育书简》里的三段论历史哲学：从自然的强迫，经过人为的自由，最后到达理想的神性；[2]"自然使人成为一体，人为则将人割裂开来，使其失去和谐，通过理想人又回归一体"。[3] 与《审美教育书简》不同的是，席勒对第二阶段里理性和反思对自由的积极建构作用给予了更高的肯定；相应地，对于第一阶段基于自然本能与直觉的自然，席勒的态度则要严厉得多。

《审美教育书简》只是简略提到古希腊文化作为仍然与自然保持和谐的文明状态，必将随着知性力量的不断扩张而走向衰落。《论质朴的和多情的文学》则更加清晰地勾勒出席勒渐进式的历史哲学观。其中最为醒目的是席勒对自然原初状态局限性展开的详细论述。

席勒首先批判通过彻底否定文明状态、回到自然状态来解决文明弊端的卢梭式激进做法。他将自然贬低为"死气沉沉的自然"。自然状态下的人并非"高贵的野蛮人"形象，而是处于"孤寂落寞"的可悲境地，更像

---

[1] 关于席勒美学思想中的两种自由概念，参见毛明超：《审美教育的政治维度》，载于《同济大学学报（社会科学版）》，第30卷第6期（2019年12月），第42—51页。

[2] 席勒：《论质朴的和多情的文学》，载于席勒：《席勒经典美学文论》，第401—558页，引文见第435页。

[3] 席勒：《论质朴的和多情的文学》，第450页。

是霍布斯笔下的自然状态。这种"无理性的自然"不值得人尊重,不值得人重返。席勒看到,今人对自然的向往与追慕,不过是自身理念的投射。自然只有在能够展现出"已经失去的童年"和体现出"至善至美状态"的时候,对今人才是有价值的。

另一种自然是古希腊文化。古希腊人本身就是自然,是人类文明发展的童年时期,彼时人的天性还未受到扭曲,人与自然是一体的,他们是"自然地去感受"。此时的人是仍然停留在大自然母亲体内的幸运婴儿,天生就完美而幸福。现代人被迫永远离开大自然母亲怀抱,进入一个人为的世界。这个世界道德混乱、恣意妄为而又杂乱无章,充满掠夺、重压与艰辛。现代人渴望重新回到自然的怀抱,羡慕古希腊人幸运地生在一个与自然尚未脱节的时代。他们对古希腊文艺产生一种温情脉脉、甜蜜忧伤的迷恋之情。这种情感就如同"病人对健康的感受"。席勒指出,我们对古希腊的热爱与崇拜,折射出来的其实是异化与贫乏时代的今人对于古希腊人性和谐统一与丰富的渴慕,与真实的古希腊并不相干。席勒明确指出,"质朴"这一概念并不等同于人类发展史的童年时期,而是在一个已经失去童真与无辜的状态下意识到曾经出现过的童真。[1]"(质朴的感情)并不是古代人的感情;毋宁说,它等同于我们的感情。"[2] 显然,古希腊的自然只是今人为了批判自身而设立的视角与坐标而已,历史哲学的"古典概念"实际上产生于多情的现代先验美学立场。诺瓦利斯已经非常清楚地看到了这一点:"如果相信真的存在古代",那就大错特错了,"古代直到现在才开始形成"。[3]

尽管古希腊文明的"自然状态"与前文明时期的自然状态并不能完全等同,但有一点是两者都付之阙如、唯有人类历史发展的第二阶段才出现的,那就是意志自由。席勒以自然与自由的二元对立为出发点,贬低自然状态。自然由于不具有道德自主性,因而不具备道德尊严,某种程度上说仍然是自然的奴隶。历史发展的目标只可能是通过自由达到无限接近伦

---

[1] 席勒:《论质朴的和多情的文学》,第 420 页。
[2] 席勒:《论质朴的和多情的文学》,第 438 页。
[3] Novalis: „[Über Goethe]", in: *Novalis Schriften*, Bd. 3, S. 640.

化的自然根基。[1]

这里的"自由",不是《审美教育书简》里提到的同时摆脱感性与理性要求的强制,实现感性冲动与理性冲动之和谐的自由,而是在《论崇高》(1801)所谓的自我意识与个人意志意义上的自由,[2] 是康德伦理学意义上的意志自由,即"自由评断理性选择目标的能力"。[3] 唯有出于自由意志的行为,才是真正具有道德价值的行为。在自然状态里,包括在古希腊时代,人是自然的一部分,他们的所作所为乃是自发性的表达,是其天性的一种无意识的、本能的、直觉的表达。与人摆脱任何他律(哪怕是自然天性),自觉地按照理性法则行动的这一能力相比,任何自然都因其并非出自自由意志,而毫无道德价值。唯有独立自由的意志才是人区别于自然、人所以为人之所在。

席勒的历史哲学小文《以摩西五经为主线略论人类社会之发轫》(1790)将人类文明的发轫定位在人类脱离本能、自我意识觉醒的时刻。当人的理性能力还未发展时,人只是感性动物,他的一切活动都是出于自然冲动,也即自然的强制。然而理性同样也是人的自然禀赋,它的萌芽与发展是大自然赋予人的冲动。理性的萌发同时体现为人的自我意识的觉醒和感性本能的逐步丧失。从动物的自然状态进入作为类属的人的文明状态,既是失去自然之清白本性的过程,同时也是理性与自由精神逐步发展,最终达到如同自然状态服从本能那样服从道德律法的理想状态。由于失去自然本能的引导,文明社会的发展注定伴随着自然状态从未出现过的道德弊端的滋生;另一方面,理性作为对自然本能的违背,它的萌芽则是人之自为性(Selbsttätigkeit)的首次表达,是人作为道德存在的开端。自我意识是"道德善好"的前提,因此席勒将本能的丧失、自我意识的觉醒,称为"人类历史上最幸运、最伟大的事件"。迈出这一步之后,人从此由自然冲动的奴隶变成自由行动的造物,从机械人变成了道德存在,最终将实现自

---

[1] Dietrich Naumann: *Literaturtheorie und Geschichtsphilosophie. Teil I: Aufklärung, Romantik, Idealismus.* Stuttgart: J. B. Metzler 1979, S. 47.
[2] 席勒:《论崇高》,载于席勒:《席勒经典美学文论》,第373—399页,引文见第375、381页。
[3] 伯林:《浪漫意志的神话》,第277页。

我统治。[1]

一面是因理性违背自然本能而带来的文明弊端，一面是理性之自我意识与自由精神而使得道德成为可能。文明社会的这一辩证特征成为席勒评价古今文学、为现代文学厘定发展方向的根本原则。

《论质朴的和多情的文学》奉劝今人对现代性的批判必须以对现代性的承认为前提："带着喜悦的心情勇敢地冲入人为世界，你得到的补偿就是产生出喜悦的自由本身"，也就是"在奴役之中也要自由地、在变化无常的情况下也要毫不动摇地、在秩序混乱的情况下也要合法地行动"。[2] 席勒劝告我们忍受因理性的片面发展而引起的人为文明的一切弊端与邪恶，因为我们境况里"违背自然"的地方，也正是孕育理性的前提条件，是产生自我意识与自由意志的前提条件，"是唯一善的自然条件"。因此，席勒设想人重新回归一体，是经过完全彻底的文明教化后达到文明的完善，这是精神的和谐与统一。文明将要达到的"一体"高于自然曾经达到的"一体"，因为自然的美"并不是它们自己的功绩，……并非它们自己选择的结果"[3]，也就是说，自然美的实现是受到自然力的强制，而不是自由意志的表达。更高层次的美则一定是主体自我意识与自由意志的表达。

席勒的历史哲学的框架以自然和自由的对立为根基，相应地，质朴－自然与多情－人为也获得了历史哲学维度上相应的位置。质朴－自然是受自然规律的支配，在绝对地达到有限量之后不可避免地衰落，而多情－人为则是在理性的持续进步模式中无限"接近一种无限的最大量"。[4] 这里的多情概念与早期浪漫主义所理解的"浪漫"已经十分接近，正如本节第二部分将要论述的，浪漫文学的理想"渐进的总汇诗"也是对平衡自然与人为的文化教养的这一终极目标的持续追求。

席勒不仅用自然／无意识与自由／主体意识这组概念来区分古代与现代，同时也以此来区分古今文学，也即质朴文学与多情文学：诗人"要么

---

[1] 参见 Friedrich Schiller: „Etwas über die erste Menschengesellschaft nach dem Leitfaden der mosaischen Urkunde", in: *Schiller FA*, Bd. 6, S. 433。
[2] 席勒：《论质朴的和多情的文学》，第 434 页。
[3] 席勒：《论质朴的和多情的文学》，第 414 页。
[4] 席勒：《论质朴的和多情的文学》，第 451 页。

是自然，要么将寻找已经失去的自然"[1]。

质朴文学，在席勒那里几乎等同于古希腊经典文学，其特征是呈现外在自然与内心自然的直接性。质朴作家是"自然地去感受"，体现在文学作品中就是对处理对象的冷漠与无动于衷。哪怕是呈现道德崇高与尊严的事件，荷马都是采用平淡无奇、枯燥乏味的写实手法。这是因为在质朴作家眼中，顺应追求高尚的自然天性与顺应趋利避害的自然天性，虽然一为高贵，一为普通，但终究都是顺应自身天性。质朴作家仅仅只描摹和模仿现实，他对自己的素材没有任何支配性，"没有选择如何处理的自由"[2]。而多情文学的特征则是创作主体对客体的观察与反思，彰显的首先是诗人本身的主体性。当自然不再是主体本身，而是被观察、被惊叹、被追慕的对象时，自然就成了诗人主体的理念。自从人对于理性的自由运用开始突破人性天然的界限，道德与审美品味开始普遍败坏之时，对于质朴的意识和兴趣就出现了，多情文学，或者说席勒理解的现代性也同时开始出现。

《论质朴的和多情的文学》将欧里庇得斯视为多情文学的萌芽，[3]也就是说，在伯利克里时代阿提卡文化（也即质朴文学）巅峰时期就已经开始出现危机与多情文学。贺拉斯身处的世界更加文明与开化，然而道德也更加腐败，但他被席勒视为多情文学的鼻祖。莎士比亚这个被弗里德里希·施莱格尔视为现代文学鼻祖的作家，因其悲剧里总是出现崇高与插科打诨的混杂，被席勒解读为类似诗人荷马的冷漠和无动于衷，因而被划归为质朴作家。

古今文学，即质朴文学与多情文学，孰优孰劣？法国崇今派甚至包括赫尔德的文化相对论，基本秉持一种文化循环论。百年前法国的崇今派也认为每一种文化都会经历萌芽、发展、巅峰与衰落的有机过程。法国路易十四时期与罗马奥古斯都时期都是各自文化的巅峰期，两者不分伯仲。赫尔德认为，古今文化不可通约已经是不容辩驳的共识，每种文化都是一系列因素共同作用的复杂结果，都是独立的存在，对它们进行比较既没有

---

[1] 席勒：《论质朴的和多情的文学》，第440页。
[2] 席勒：《论质朴的和多情的文学》，第455页。
[3] 席勒：《论质朴的和多情的文学》，第439页。

意义，也没有必要。[1] 席勒虽然也认定古今文学不可使用同一套标准来衡量，尤其不能用古代文学作为唯一典范来衡量现代文学的成就："如果预先就单方面地从古代诗人那里抽象出诗的类属概念来，那就再没有比贬低现代作家、抬高古代作家更容易，当然也是更庸俗的事了。"[2] 不过席勒下此结论的依据却并非文化相对主义。他认为衡量文学的唯一标尺是先验标准，即"最大限度完整地表现人"[3]。在还未完全脱离自然的古希腊时期，人的天性整体能够完整地在现实中体现，因此诗人单靠模仿现实就能完成诗的任务。在进入以知性发展为特征的人为文明时期以后，整全天性已经被扭曲，个体被异化成为碎片化存在，这时再依靠模仿现实已经不能实现文学面临的任务，因此只能通过表现天性和谐的理想状态来接近这一目标。

多情并非质朴的对立面。多情是"即便在反思的条件下也要努力……重新恢复质朴的结果"，是克服质朴的对立面而在更高层面重新确立质朴的努力（或曰追求），最后达到的目标是"理想的实现——也就是人为再次与自然相会……已经达到完美的人为又回归自然"[4]。真正与质朴相对的是"进行反思的知性"对自然的扬弃，是"人为"。在这个意义上，古今文学没有优劣之分，而只能说两种文学以各自不同的方式来实现"最大限度完整地表现人"这一目标。两者的不同仅仅在于，"前者是通过自然、个体和活生生的感性感动我们，后者是通过理念和高度的精神对我们的心灵施展一种同样是巨大的……控制力"[5]。不过当席勒将质朴文学与多情文学的特征总结为"矫饰"（Manier）上的差异时，两类文学其实就具有了同时性的比较基础。

二、贫乏时代的诗：多情文学

歌德在回忆席勒创作《论质朴的和多情的文学》的缘起时，曾经提到，

---

[1] Herder: *Briefe zur Beförderung der Humanität*, in: *Herder Werke* Bd. 7, S. 572ff.
[2] 席勒：《论质朴的和多情的文学》，第 452 页。
[3] 席勒：《论质朴的和多情的文学》，第 449 页。
[4] 席勒：《论质朴的和多情的文学》，第 512 页，注释 1。
[5] 席勒：《论质朴的和多情的文学》，第 487 页。

这部考察古今文学之争的作品是席勒面对歌德对文学"古典主义"理解的思考：

> 我主张诗应采取从客观世界出发的原则，认为只有这种创作方法才可取。但是席勒却用完全主观的方法去写作，认为只有他那种创作方法才是正确的。为了针对我来为他自己辩护，席勒写了一篇论文，题为《论质朴的和多情的文学》。[1]

可见，当席勒将质朴文学与多情文学视为不同创作风格上的差异时，他心里想的是歌德与自己在文学创作上的差异。在席勒眼里，歌德就是一个生在人为时代的质朴类型作家。

> 您那观察的目光，它那样平静、纯洁地落在客观事物的上面，使您永远也不会有堕入歧途的危险。而不论抽象推论还是随意的，只听从主观意志的想象力，却都很容易误入歧途。在您正确的直觉中，包含着分析法也难于寻找的全部内容，而且要完整得多。[2]

当席勒读到歌德小说《威廉·麦斯特的学习时代》时，他强烈感受到歌德作品的"质朴性"，也即与理性的抽象分析与思辨截然不同的"那样明朗、那样生动、那样和谐一致，通达人情地真实"。[3] 席勒比较当今时代质朴作家和多情作家的创作的同时，也是在为自己的多情文学创作寻找理论支撑。这里的质朴与多情就不是历史哲学框架下的古今差异，而是在人为时代里同时出现的两种文学创作类型。

质朴型作家完全通过他的自然本性来完成一切。只要他内心的自然本性按照其内在必然性发挥了作用，质朴作家就完成了他的任务。人这个类属所特有的"本性"——理性与反思——完全没有参与到创作过程中。因

---

[1] 爱克曼辑录：《歌德谈话录》，第 203—204 页。
[2] 参见 1794 年 8 月 23 日席勒致歌德的信，见《歌德席勒文学书简》，张荣昌、张玉书译，合肥：安徽文艺出版社，1991 年，第 5 页。
[3] 参见 1795 年 1 月 7 日席勒致歌德的信，见《歌德席勒文学书简》，第 30 页。

此他的作品只是自然通过他完成了自己的作品。质朴作家缺乏反思能力，他的优势在于他的天才。"每个真正的天才必然是质朴的，否则他就不是天才。"[1] 天才仅凭本能与直觉就可以避开错误趣味的误导。他的创作凭靠的是天赋的"灵感"。

多情型作家则相反，他的特点在于反思，"从他自己本身出发来弥补一个有缺陷的对象，并依靠他自己的力量使自己从受限制的状态迈向自由的状态"[2]。多情作家依据"已被认识的原则"来进行创作。[3] 因此，质朴作家完全依赖外部，而多情作家则可以滋养和净化自己，因为他的创作源泉来自内心丰富的理念。因此，多情作家的作品总是会引导我们将精神武装起来，脱离生活，投入理想的怀抱。

关键的问题在于，今人所处的时代恰恰对质朴作家最为不利。因为这是一个"没有诗意的时代"。知性的发展与进步必然分割完整的人性，劳动分工造成人的异化，"每一项劳动都随时破坏人的天性的那个美的整体，而且劳动的生涯会持续不断地破坏它"[4]。质朴天才带着自然的真实，在一个日益远离自然的文明之中只有两条出路，一是仍然坚持作为诗人的身份；一是坚持质朴的创作原则，这就必定放弃诗人身份。

为什么坚持创作的质朴性必定会导致作家丢失"诗人"的身份？在贫乏时代，整全的人性被理性的发展肢解得支离破碎，而文学要完成其使命，即"完整地表达人的本性"[5]，现代诗人不可能再像古代诗人那样，仅仅凭靠直接感受、被动接受外部素材就可以创造出表达完整人性的作品。在日常生活的碌碌与嘈杂中，现代诗人不可能看到"完整的人"，他只能在

---

[1] 席勒：《论质朴的和多情的文学》，第427页。在这里席勒列举了几位质朴天才，既有古代的索福克勒斯，也有人为时期的阿里奥斯托、但丁、塔索、莎士比亚、菲尔丁、斯特恩。这几位近代作家被施莱格尔称为"浪漫文学"鼻祖。因此有观点认为席勒的"多情"与施莱格尔的"浪漫"并不能完全等同（参看洛夫乔伊：《席勒和德国浪漫主义的兴起》，第271页）。然而席勒是从"天才"意义上来谈论"质朴"。下文将会论述，席勒认为，在人为时代，一切质朴天才都必须放弃质朴，成为多情作家。因此，席勒所列举的这几位现代质朴作家，当然同时也是"多情作家"。不过席勒确信，一旦将他们放置到古代，他们立即就会成为"质朴作家"。而一些天生的多情作家（比如他自己）即便回到古代，也仍然不改多情的特征。

[2] 席勒：《论质朴的和多情的文学》，第516页。

[3] 席勒：《论质朴的和多情的文学》，第428页。

[4] 席勒：《论质朴的和多情的文学》，第541页。

[5] 席勒：《论质朴的和多情的文学》，第512页。

自己的心中找到它，只有在静穆的自省中返诸自身才能找到这个理想。现代诗人必须脱离现实，返诸内心，借助想象力与哲学反思，从内心的精神源泉——理想（Ideale）——之中汲取他的创作动力，进而能动地对素材进行处理。

诗人要想使自己成为诗人，"他就得在心中扬弃一切与人为世界有关的东西，懂得在自己心中使自然重新获得它原有的淳朴单纯"[1]。也就是说，想要在这个贫乏的时代仍然保持诗人的品质，就只能成为多情作家——连歌德这个被席勒称为"距离事物的感性真实最近的一位"，最具有质朴性质的作家，为了保持住诗人的身份，也不得不成为多情作家。反过来，如果这类多情作家有幸出生在另一个时代、另一片天空下，他们就会恢复自己作为质朴作家的本性。

这一点在席勒致歌德的著名生日贺信中阐释得非常清楚。在信里，席勒为歌德勾勒出他作为一位质朴型作家如何在一个人为时代逐步接近自然的过程。席勒认为，歌德这位具有客观风格的作家，如果生在人性尚未分裂、周遭可供模仿的现实本身就是与自然和谐相处的现实那样的时代，那么他一定会成为杰出的质朴诗人。任何质朴作家的成长都十分依赖外部环境，歌德却不幸生在人为时代的德国。狂飙突进时期的歌德因其质朴型作家天生的被动性，受到贫乏时代（北方世界）的不良影响，成为北方艺术家。作为"诗人"而非作为"质朴型诗人"的歌德察觉到了这一缺陷。一旦歌德对这一缺陷有所察觉，就表明他已经不再是质朴作家，而成了多情作家。歌德只有通过思想力、理性和概念的指引，也即通过为多情作家所独有的反思，才能在内心重新找到那个古希腊曾经拥有的"完整的人性"。古希腊诗人凭借本能与直觉来模仿他们本身就有的完整人性，现代诗人却需要经过艰苦的跋涉与搏斗才能在理念上重构完整人性。正因为如此，现代诗人（即便是质朴诗人）的作品显示出古代文学不具备的人格的自主性与人之尊严。比如在席勒眼中魏玛古典时期的代表作《伊菲革尼亚》就令人惊讶地现代，毫无希腊风格，不可能拿它和任何一部希腊戏剧相比较。

---

[1] 席勒：《论质朴的和多情的文学》，第494—495页。

它彻头彻尾地只具有伦理性。而使得一部作品成为真正戏剧作品的一切：感性力量、生机、运动等等，则衰退得很厉害。[1]

席勒敏锐地察觉到，《伊菲革尼亚》的创作仍然是通过"人道"这一现代理念来打动现代读者的。因此，尽管歌德在题材与风格上都力求贴近古希腊悲剧范本，但实际上它并非质朴文学，而是具有鲜明的多情-现代气息。席勒向歌德证明，歌德"违背自己的意愿，其实是浪漫的，说（他）的《伊菲革尼亚》由于情感占优势，并不是古典的或符合古典精神的"[2]。比起初到魏玛时对古典古代的无限追慕，席勒这时已经对现代文学的真正本质有了更加全面的把握。[3]

现代诗人不可能再从他所生活的时代当中汲取养分，席勒批判同为"质朴作家"，却与歌德走了完全相反道路的诗人毕尔格。毕尔格坚持文学必须具有"大众性"，作家首先应该是"大众诗人"（Volksdichter）。对席勒而言，这无异于让诗人屈从于时代趣味，也就是质朴作家坚持其质朴的特性，像古人那样，完全让自己被动接受外部环境的影响。然而"我们的世界不再是荷马的世界"。在古代，"所有社会成员"——包括诗人本人——"在感受和意欲方面大体处在同一个水平上"[4]。而目前这个贫乏的异化时代，真正的自然，即具有内在必然性的自然，已经变得十分稀少。这主要是因为道德已经不再凭靠淳朴的天性来维持，而是依赖于"概念的准确化"，也就是哲学的持续进步。大众由于缺乏"概念"的训练，与民族精英之间的差距已经越来越大，因此当代诗人的任务已经不能停留在对现实的被动接受与模仿，而应该是通过文学创作提升这些"只掌握单一技能的天性粗野的人"的贫乏趣味，不是违背自己内心的自然去顺应或迎合他们的品味，因为那样创作出来的质朴作品"不是模仿真正自然，而

---

[1] 参见席勒 1802 年 1 月 21 日致克里斯蒂安·克尔纳的信，载于 *Schiller FA*, Bd. 12, S. 592f。
[2] 爱克曼辑录：《歌德谈话录》，第 204 页。
[3] 可对比席勒在 1787 年为歌德《伊菲革尼亚》撰写的书评。他称赞《伊菲革尼亚》体现出温克尔曼式的古典品质："使古人变得无法企及的那种伟大的静穆，以及即便在激情爆发之际也体现出来的尊严与美妙的严肃。"参见 Schiller: „Über *Iphigenie auf Tauris*", in: *Schiller FA* , Bd. 8, S. 939。
[4] 席勒：《论毕尔格的诗》，载于席勒：《席勒经典美学文论》，第 559—590 页，引文见第 572 页。

仅仅是对实际自然的枯燥无味和卑鄙无耻的表达"。[1]

由此可见,席勒认为,在贫乏时代,现代作家只有成为多情作家,才算得上是真正的诗人。不仅如此,任何艺术作品,只要它想要在贫乏时代发挥真正艺术的功能,就只能具有多情性质。因为质朴文学是"生活的孩子,它引导我们返回生活";多情文学是"遁世与静默的产物",它"总是让人厌恶现实生活"。[2] 对于出生在贫乏时代的人来说,返回生活、贴近生活、拥抱生活,是十分危险的事。

正如质朴文学与多情文学一方面是年代学概念,对应着古今文学,另一方面也是类型学概念,对应着两种不同创作风格的文学;"自由"这一概念一方面对应着古希腊人的"自然",另一方面则对应着顺应现代现实的"庸俗"。一方面,古希腊人与其所处环境之间并没有冲突,因此尚未发展出道德尊严、个人自由的崇高概念,从而无法创作出真正的悲剧,这一体裁只能留待多情作家去完善。另一方面,当外部环境因为文明的发展与理性的进步而逐渐偏离淳朴自然,从而失去内在必然性以后,如果仍然模仿这一外部现实,就会成为理性-科学现代性的牺牲品。现代文学的唯一出路便是多情文学,它需要展现仍然具有内在必然性的内心自然与外部自然产生的悲剧性冲突,这样才能在人为时代的环境里完成文学的终极任务,即呈现"完整的人性"的自然。

至此,席勒已经证明,由于古希腊诗人与现代诗人所处的时代背景不同,想要在现代复活或者模仿古代质朴作家,注定是不可能的,进而是失败的。贫乏时代的现代诗人唯有成为多情作家才可能创造出真正能与古代质朴作家比肩的杰作。

在一封写给洪堡的信里,席勒比他在《论质朴的和多情的文学》里更加直白地表达了这一立场:"在所有现代诗人里(包括罗马人),他们相互之间的共同之处——即现代——与希腊特性完全不一样。正是凭借这个,他们可以留下传世之作。"现代诗人恰恰因为具有现代性(也即远离古希腊人),才有可能在古希腊诗人面前为自己作为诗人的地位进行辩护。任

---

[1] 席勒:《论质朴的和多情的文学》,第 524 页。
[2] 席勒:《论质朴的和多情的文学》,第 514 页。

何将这一现代实在性（die moderne Realität）与希腊精神结合起来的尝试（比如歌德），终将归于失败，因为两者之间是水火不容的："一件作品里面自然越多，精神就越贫乏。"[1]

那么问题在于，现代诗人难道没有权利在完全属于他自己的领域里安营扎寨，砥砺精深，反而要在一个陌生的领域里——那里的整个世界、语言、文化都永远与他对抗——去和希腊人一争高低？一句话，如果现代诗人将理想作为现实来耕耘，岂不更好？

席勒暗示，与古希腊人"一争高低"没有必要，反而是多此一举。现代–多情作家必须抛弃古希腊文学的质朴风格，用理念来指导自己的文学创作。对于具有质朴天才的作家来说，也必须用理念来规束自己的天才，确保它不会被人为时代的糟糕趣味误导。

三、多情文学的浪漫性

在《论质朴的和多情的文学》的第二部分里，席勒勾勒出一部近现代文学史，并依照多情文学中体现出来的理念与现实的关系，确立了多情文学的体裁分类。他对多情文学现代性的理解呈现出浪漫文学的诸多特征。

古代/质朴文学的任务是通过模仿再现具象的现实，多情/现代文学的任务则是以感性形式呈现抽象的理念。因此席勒说："古代诗人因为谨守界限这一技艺而强大，现代诗人则因为追求无限这一技艺而强大。"[2]在这个意义上，古代文学更接近于在空间中延展的视觉艺术，比如雕塑与绘画。现代文学则要再现理念层面的人性的和谐与完整，也即通过感性现实的素材再现无法描绘和无法言传的精神理念。这一任务本身就是一个悖论，因为根据康德的说法，理性的观念不可能有合适的感性表现形式。[3]而席勒则认为现代多情文学恰恰就以这"无法描绘和无法言传"的理性精神为素材而进行创作。在表达无限理念的这个方面，现代文学更接近于

---

[1] 席勒1795年10月26日致威廉·冯·洪堡的信，载于 Schiller FA, Bd. 12, S. 77f。
[2] 席勒：《论质朴的和多情的文学》，第453页，比照德语原文有改动。
[3] 参见康德在《判断力批判》中对"崇高"的分析，见康德：《判断力批判》，《康德著作全集》（第五卷），第255页。

音乐。席勒称多情诗人克洛卜施托克为"音乐的作家"（der musikalische Dichter）。多情文学的重心不是其模仿的对象，而是不借助特定对象而在接受者心中唤起一种特定心境的状态。[1] 统领现代文学的原则不再是模仿论，而是复归人性完整与统一的最高理念。席勒认为，如果诗人能在读者的心绪中唤起对理念的感觉，他甚至根本没有必要将理念正面呈现出来。[2] 在这个意义上，多情文学与音乐更具亲缘性。

虽然莱辛在《拉奥孔》里就已经提出作为艺术门类，以文字为载体的文学要优于具象艺术（雕塑、绘画等），然而是席勒首先将文学与雕塑的区别归结为无限与有限、自然与自由的区别，并将之视为古代艺术与现代艺术之所长，实际上就是暗示了现代文学相较于古代文学无限的发展潜力以及潜在的优越性。弗里德里希·施莱格尔将雕塑、建筑称为古代特征的艺术，而将绘画和音乐称为现代/浪漫的艺术，[3] 并将其与"可臻完美性"联系起来，这是对席勒这一思想的深化与发扬。

黑格尔继承了席勒的美学观，将美定义为"理念的感性显现"。他按照感性形象是否以及如何呈现理念，将艺术史划分为古典（古希腊）与浪漫（中世纪－现代）艺术形式。前者的特征是理念与形象妥当地合为一体；后者重新破坏精神与感性形象的古典统一，因为精神是不能按照它的真正概念得到表现的，浪漫型艺术就是精神提升到自身。[4] 艺术一定会诉诸感性形式，而现代－浪漫艺术（其中包括席勒的多情文学）要用有限的感性形式去表达无限的理念，这本身就是一个不可调解的冲突。因此黑格尔认为现代－浪漫艺术已经不再是艺术，因为它本身就意味着"艺术超越了艺术本身，虽然它还属于艺术领域，还保留艺术的形式"[5]。艺术最终必须在哲学中被扬弃，只有哲学才是精神认识到它的真正旨趣的最高的绝对方式，思考和反省因为比美的艺术具有更丰富的精神内涵而高于艺术。[6] 黑

---

[1] 席勒：《论质朴的和多情的文学》，第 481 页。
[2] 席勒：《论质朴的和多情的文学》，第 459 页。
[3] Friedrich Schlegel: „Philosophische Fragmente. Zweite Epoche. II. [1798-1801]", in: *KFSA* Bd. 18, S. 389.
[4] 黑格尔：《美学》（第一卷），朱光潜译，北京：商务印书馆，1996 年，第 99 页。
[5] 黑格尔：《美学》（第一卷），第 101 页。
[6] 黑格尔：《美学》（第一卷），第 13 页。

格尔得出的这个结论显然又回到了法国崇今派丰特奈尔的立场，即如果以理性/理念来引导文学，那么文学迟早会被哲学吞噬。这显然不符合席勒对于艺术在现代社会以及理想社会中的功能的理解。如果现代多情文学一味追求理念的崇高而超越甚至舍弃具象形式，在席勒看来这并非艺术的最终形式——黑格尔所指的浪漫型艺术，而是多情作家因从理念出发进行创作而走上了歧途。[1]

多情文学的终点不是诗的终结和哲学的开始，而是"理想文学"，是在更高层面精神/理想与现实的统一。尽管多情文学试图呈现无法直接描绘的理念，然而只要它仍然停留在文学的界限，也即仍然不放弃和否认感性作为人性的一部分，仍然不放弃和否认人性，多情文学就必然要以感性经验现实为对象。质朴作家与其创作对象的关系只有模仿与被模仿这一种关系，在读者心中激发起来的心绪或印象也只有一种，"总是愉快的，总是纯洁的，总是平静的"，[2] 而多情作家却并非完全被动接受与模仿现实，而是以无限的理念去把握有限的现实，他关注的是有缺陷的现实在理念的观照下，在他的心绪上产生的印象与效果。多情文学就是对这一印象的反思。贝勒尔指出，"直到反思和自我反思的活动进入文学领域并成为它的推动力之后，文学才形成自己的现代观和艺术观"[3]。反思也决定了多情作家与现实之间的关系：多情文学总是暗含着对理念的爱慕与对现实的厌恶两种体现出主体性的心绪，这同样也是接受者感受到的心绪。施莱格尔将席勒对多情文学的划分理解为一种辩证式运动，可谓把握到其精髓：

> 有一种诗，它的全部内容就是理想与现实的关系……必须叫作先验诗。它作为讽刺，以理想和现实的截然不同而开始，作为哀歌飘游在中间，作为牧歌以理想和现实的绝对同一而结束。[4]

---

[1] 席勒：《论质朴的和多情的文学》，第 528 页。
[2] 席勒：《论质朴的和多情的文学》，第 456 页注 2。
[3] 贝勒尔：《德国浪漫主义文学理论》，第 127 页。
[4] Friedrich Schlegel: „Athenäum-Fragmente", in: *KFSA* Bd. 2, S. 204. 汉译参考施勒格尔：《浪漫派风格——施勒格尔批评文集》，第 81—82 页。此处译文比照原文有改动。

多情作家的描述是接近理想还是接近现实,决定了多情文学的种类。席勒在一则长注里表明,他的分类体系完全建立在多情文学里理想与现实的关系这一先验标准之上,而与从古代文学的惯例总结而来的体裁分类(比如史诗、长篇小说、悲剧)无关。因为质朴文学与多情文学的绝对差异,多情文学已经不可能完全使用质朴文学的体裁名称而不加以改变,是"在旧的名称下写出完全崭新的诗"[1]。席勒也只是在其心绪的感受方式的相似意义上使用了讽刺诗、哀歌和牧歌等传统文学体裁名称来命名多情文学的不同类型。在多情文学的所有亚种里,席勒认为牧歌是最高也是最难的问题,因为就其定义而言,牧歌是最为接近"理想文学"的体裁。牧歌的目的是"表现处在纯洁无瑕状态的人,……不论在内心里还是在同外界的关系中都处在和谐和和平之中的人"[2]。这不仅是文明开始以前的"自然状态",也是文明想要达到的最终目标。多情文学的牧歌并不是要复活古希腊文学中的牧歌。"现在再也回不到阿尔卡狄亚",只能一直向前进入"极乐世界"。[3] 因此,现代牧歌必须呈现在精致的人为环境、高雅的社交活动等文明的进步状态里,也即在文明状态里,牧人的那种纯洁无瑕的"自然状态"。对照着席勒勾勒的人类历史发展的阶段来看,这意味着自然与理念的重合,这就已经不是"多情文学",而是"理想文学"了。

　　席勒尤其要求读者注意,不要混淆多情文学与理想文学。[4] 理想文学是多情文学的目的(在理念中找回已经失去的自然),只要这个目的没有达到,多情文学就永远处于追求的状态,在文学意义上就仍然低于质朴文学。质朴文学作为一个已经终结的历史概念,已经达到了它的目标(呈现真实的自然),虽然目标不如多情文学高远,但却更富诗意。席勒甚至认为,多情文学如果真正成为理想文学,它就不再是文学。因此,在思辨意义上,多情文学的结果——理想文学——是诗艺的巅峰,然而在现实中,只要多情文学仍然是文学,它就永远达不到质朴文学的文学水准。

---

[1] 席勒:《论质朴的和多情的文学》,第 500 页注释部分。
[2] 席勒:《论质朴的和多情的文学》,第 501 页。
[3] 席勒:《论质朴的和多情的文学》,第 508 页。
[4] 参见席勒 1795 年 12 月 25 日致威廉·冯·洪堡的信,载于 *Schiller FA*, Bd. 12, S. 120。

因此，尽管席勒革命性地宣布现代文学的独特权利，但他远没有后来的浪漫主义者那样的激进，认为"一切严格纯粹的经典文学形式在今天都是可笑的"[1]。他也没有走到与代表人道主义理想的古典古代彻底决裂的地步。相反，席勒一再强调，多情文学的一切"感受方式"必须来源于多情作家对心灵的最高关切，即实现理想的人性、重建人性的自然。如果多情文学的激情不是由理想激起，而只是源于自然人性，那么多情文学就远离了自己的真正目的——在感性世界中呈现不可见的理念——而陷入迷途。另一方面，在与质料之强制的搏斗与对抗中，理念被表述为自由，然而如果自由反过来想要解除精神的强制，也即要冲破席勒为作家厘定的呈现完整人性之任务时，自由这一"就本身而言值得尊敬的、能完美地导向无限的禀赋，……也会走向无止境的境地，也会坠入无底深渊，最后只能以彻底毁灭告终"[2]。

《论质朴的和多情的文学》以滥用自由将会走向万劫不复的警告结束，仿佛预见到现代文学会沿着打破一切强制，尤其是道德伦理理念强制的自由之路越走越远。这也是为什么即便席勒的美学思想启发了浪漫主义者，但是在文学创作中他与浪漫主义者之间仍然势同水火的缘故。[3]

席勒曾经计划以赫库勒斯与青春女神赫柏的结合为题创作一首牧歌。赫库勒斯因其功绩累累最终由人升而为神，正是自然经由自由升为理念的绝佳象征。席勒雄心勃勃地预言道："如果计划成功的话，我希望可以以此确立多情文学对质朴文学的胜利。"[4] 也就是说，尽管席勒认为在概念上理想文学永远无法达到，而只能无限接近，但或许可以在单个的文学创作中实现。颇具有象征意味的是，席勒最后没有完成这首牧歌。他文学实践的失败间接证明了自己的美学理论。

与浪漫主义者相比，席勒没能成功地将自己的先验理论运用到具体的文学创作上。一方面，正如他对小说的消极看法所表明，席勒的文学趣味

---

[1] Friedrich Schlegel: „Lyceum-Fragmente", in: KFSA Bd. 2, S. 154. 汉译参见施勒格尔：《浪漫派风格——施勒格尔批评文集》，第 52 页。此处译文比照原文有改动。

[2] 席勒：《论质朴的和多情的文学》，第 558 页。

[3] Dieter Borchmeyer: *Weimarer Klassik*, S. 322f.

[4] 席勒 1795 年 11 月 30 日致威廉·冯·洪堡的信，载于 *Schiller FA*, Bd. 12, S. 102.

乃至伦理品德仍然停留在古典主义－人道主义框架内，这一点使他受到浪漫主义者（主要是弗里德里希·施莱格尔）的无情攻讦。另一方面，他对现代文学的特殊美学与形式结构的定义太过抽象，使得其很难与现实的文学创作架起桥梁。席勒日后也逐渐远离这个"艺术形而上学"计划，选择了一条远离哲学－美学思辨而进行艺术创作的新道路。然而，毕竟是席勒率先打破了奉古希腊为圭臬的古典主义文学趣味一统天下的局面，他使用质朴与多情来区分古代与现代文学，将现代文学从唯古典古代文学马首是瞻的状态下解放了出来，"为一种全新的美学奠立了根基"[1]。

第三节　施莱格尔：浪漫与现代性

奥古斯特·威廉·施莱格尔在就浪漫主义文学所作的系列讲座（1803/1804）中区分了"明显现代的文学"和受古典古代影响的文学，认为两种文学具有不同的精神实质，甚至经常产生对立。他批评百年前法国的"古今之争"还是拿古典古代文学与效仿古典古代文学的古典主义作家进行对比，并没有考虑完全不同于古典古代作家的作品（如莎士比亚、塞万提斯、卡尔德隆）。现在，人们将古代文学称为"古典主义"，现代文学称为"浪漫主义"，普遍承认"古典审美与现代审美的对立"，并意识到在批判这两类文学的时候，必须使用不同的原则才能真正理解它们。奥古斯特·威廉·施莱格尔骄傲地宣称，这一观点是他们施莱格尔兄弟在批评学上的重大贡献。[2] 可见，浪漫文学的诞生背景离不开"古今之争"，离不开意识到现代文学区别于古典古代文学的"现代性"。

早期浪漫主义论述古今文学差异的第一个文本，就是弗里德里希·施莱格尔的《论古希腊文学的研究》（1795/1797，本章以下简称《研究》），它被尧斯称为"古今之争的重要文献，或许是最重要的德文文献"[3]。同

---

[1] Johann Wolfgang Goethe: „Zur Wissenschaft im Allgemeinen. Einwirkung der neuen Philosophie", in: *Goethe FA* Bd. 24, S. 445.

[2] A. W. Schlegel: *KAV* Bd 2.1, S. 3.

[3] Hans Robert Jauß: „Schlegel und Schillers Replik auf die ‚Querelle des Anciens et des Modernes'", S. 71.

时,《研究》也是施莱格尔首次对现代文学(日后被他称为"浪漫文学")之现代性进行阐发的文本。

《研究》并非单纯古典语文学著作,它以谈论现代文学的状态开篇,以展望新文学的新生收尾,真正谈论古希腊文学的段落仅占不到一半篇幅。弗里德里希·施莱格尔原初拟定的题目是"论希腊教化与现代教化之关系"。可以看出,比起单纯从语文学角度研究古希腊文学史,《研究》有着更大的雄心,它的初衷是对比和融贯古今,创立具有能包容古今的美学体系。

施莱格尔在《研究》的前言中指出,这篇论文"尝试着对片面喜好古代或现代诗人的朋友之间的争端作出仲裁,……并通过在美的领域划出清晰的界限,使得自然和人为的文化教养重新握手言和"[1]。可见,施莱格尔不仅希望在《研究》中清晰地界定古今文学的本质差异,同时也希望能找到古代文学与现代文学相互关联、积极互动的联结点。实际上,正是在界定古今文学差异的过程中,施莱格尔概括了现代文学的现代性,也即他日后宣称的浪漫性。可以说,浪漫文学观真正的诞生时刻,并不在《雅典娜神殿》第116号断篇,而是已经蕴藏在施莱格尔的"古典时期",以至于有观点认为施莱格尔的浪漫主义理论是他18世纪90年代早期研究古典古代时的副产品。[2]

一、浪漫文学之现代性:知性与自由

《研究》以批评现代文学的现状开篇:

> 值得注意的是,现代文学要么还未达到既定目标,要么它根本就没有明确目标。它的发展还没有确定的方向,它在历史上的整体没有一个合乎法则的关联,这个整体没有统一性。[3]

---

[1] Friedrich Schlegel: „Über das Studium der griechischen Poesie", in: *KFSA* Bd. 1, S. 207.

[2] 洛夫乔伊:《早期德国浪漫派中"浪漫"的意义》,载于洛夫乔伊:《观念史论文集》,第223—250页,引文见第246页。

[3] Friedrich Schlegel: „Über das Studium der griechischen Poesie", in: *KFSA* Bd. 1, S. 217.

在施莱格尔眼里，现代文学庞杂的整体呈现出漫无目的、毫无章法的一派乱象——他借用当时流行的革命话语，将其形容为"无政府状态"。而一切无政府状态，不论是政治上还是美学上，都必将导致一场革命。[1] 如今现代文学已经如同大革命前的法国那样站在了一个决定性时刻前面：趣味究竟是逐步走向完全改善并且永不再后退，还是会一直衰退下去，以至于我们不得不放弃"一切真正艺术可以实现美和重建的希望"[2]。

面对现代文坛的喧嚣，施莱格尔给自己也给读者提出了这样的要求："难道不应该找到那根主线，来解开这团乱麻，走出这座迷宫吗？"[3] 在这部研究古希腊文学的著作里，施莱格尔首先追问的是现代文学的根本任务何在，是否能够完成以及如何完成这一任务等问题。不过悖论的是，未来发展的方向必须到过去、到历史之中寻找。这也是为何振兴现代文学必须以古代文学研究为基础的原因。

历史并不是对事实进行堆砌式描述。如果没有整体全局的视角，历史学家就只能称得上是"毫无目的的百事通"[4]。历史的任务不仅仅在于梳理过去史实的脉络，也要从中辨认出历史发展的原动力和规律性，从而为未来的发展指引方向。也就是说，历史研究必须上升到历史哲学才有意义。"历史学家是面向过去的先知"[5]，施莱格尔的历史观凝练地体现在这则著名断篇中。而作为文学史家的施莱格尔梳理古希腊文学的历史，则是为在与古希腊文学的对比中更加清楚地看到现代文学历史"乱象"背后的真正推动力，从而"预言"现代文学真正的发展方向。

人类历史的发展一定不是毫无目的或者毫无规律可循的。施莱格尔对此怀着坚定的信念。他坚决否定赫尔德的激进文化相对主义和历史主义，即"否认不同时期和不同民族的诗可以相互比较，甚至还否认有一个评价

---

[1] Friedrich Schlegel: „Über das Studium der griechischen Poesie", in: *KFSA* Bd. 1, S. 224.
[2] Friedrich Schlegel: „Über das Studium der griechischen Poesie", in: *KFSA* Bd. 1, S. 224.
[3] Friedrich Schlegel: „Über das Studium der griechischen Poesie", in: *KFSA* Bd. 1, S. 224.
[4] Friedrich Schlegel: „Vom Wert des Studiums der Griechen und der Römer", in: *KFSA* Bd. 1, S. 622.
[5] Friedrich Schlegel: „Athenäum-Fragmente", in: *KFSA* Bd. 2, S. 176. 汉译参考施勒格尔：《浪漫派风格——施勒格尔批评文集》，第 68 页。

的普遍标准存在"。[1] 赫尔德认为，古今文化的不可通约已经是不容辩驳的共识，每种文化都是一系列因素共同作用的复杂结果，都是独立的存在，对它们进行比较既没有意义，也没有必要。[2] 施莱格尔不这么看。他认为，如果仅仅按照人类所处的偶然外部条件来解释人类的文化，那么必定会否认人的自由与能动性。如果历史各阶段之间无法进行对比、无法确定其在人类历史发展上的位置，如果不能为历史指明一个范导性发展概念，那么赫尔德给自己提出的任务——促进人道——就无法完成。

施莱格尔提出，作为类属的人类应该具有与动物和植物一样的自然史。现代人虽已有了科学而有序的动植物自然史，然而对人类自身历史的认识，却还远远没有上升到科学的高度。施莱格尔期盼着人类历史早日找到自己的牛顿：

> 善于以同样的把握来揭示个别事物隐蔽的精神，懂得在不可估量的整体中辨清方向……不倦地整理粗糙庞杂的事实，直至找到光明、一致、契合与秩序为止。[3]

他的《研究》就是在文学方面进行这样的工作，"为普遍史找到那个绝对的统一性，统领全局的先验主线"[4]，找出古今文学发展一以贯之的原则，使得从古至今一切文学现象都能得到令人满意的解释，并按照这一规范性概念，指明现代文学发展的方向。

施莱格尔1795年写成的未刊稿《论研究希腊罗马的价值》（本章以下简称《价值》）奠定了他古典研究的历史哲学框架，同时也是他理解古今文学关联的历史哲学框架。《价值》指出，历史的对象是人的文化教

---

[1] 施勒格尔：《评赫尔德的〈促进人道书简〉第七卷和第八卷》，载于施勒格尔：《浪漫派风格——施勒格尔批评文集》，第130—137页，引文见第137页。
[2] Herder: *Briefe zur Beförderung der Humanität*, in: *Herder Werke* Bd. 7, S. 572ff.
[3] 施勒格尔：《评孔多塞的〈人类精神进步的历史画卷素描〉》，载于施勒格尔：《浪漫派风格——施勒格尔批评文集》，第124—129页，引文见第127页。
[4] Friedrich Schlegel: „Vom Wert des Studiums der Griechen und der Römer", S. 629.

养[1]，它包括"一切纯属人的行为、特性、境况"，即"伦理与时代，艺术与国家，信仰与科学"。施莱格尔从唯心论（尤其费希特）哲学二元结构的人类学预设出发，将人视为自然天性（本能）和自由（理性）的混合体，[2]两者在时间维度上展开的较量、斗争，就是人类发展的历史。

施莱格尔认为，一旦确定是自然和自由这两个量的相互作用和影响推动了人类历史的发展，那么就必定能够推导出人类历史进程"不变的必然法则"[3]。

历史进程的方向、前进的法则以及整个轨迹的最终目标，要看第一推动力是自然还是自由。[4]根据起主导作用的推动力的不同，施莱格尔区分出两种不同的发展模式。如果自然在发展过程中起主导作用，则是有限的封闭发展模式；如果是自由占主导地位，则是无限渐进发展的系统。施莱格尔创造性地将丰特奈尔用来区分哲学与科学和文艺的两种不同发展模式[5]嫁接到古代与现代文化的不同发展模式之上，运用唯心主义哲学来解释古今绝对差异。相应地，普遍历史被划分为两部分，自然和自由先后各自走完自己的发展过程。古希腊罗马人的历史就是人类历史的第一部分，而现代欧洲人的历史就是"未完成的第二部分"[6]。

施莱格尔的历史构想创造性地解决了他认为在孔多塞的历史进步模式中出现的一大难题——非共时性事物的同时存在：如果历史是持续进步的，那么如何解释古希腊和古罗马整个教化的总体大倒退？如何解释整个人类

---

[1] Bildung 一词具有丰富的内涵，大致相当于"教育，修养，文化，教化"，在具体语境下有不同的含义。关于其思想史内涵，参见谷裕：《思想史语境中的德语修养小说：创作与诗学》，载于《比较文学与世界文学》2012 年第 2 期，第 42—55 页，尤其是第 43—44 页。

[2] 参见 Carsten Zelle: *Die doppelte Ästhetik der Moderne*, S. 226。施莱格尔在一则注释中提到，他对自由、自然的理解，对应费希特在《知识学》中的自我、非我。自我即完全不受限制、约束的自由，是人类的规定、使命，既不能在个体身上，也无法在人类身上完全实现，而只能无限接近。参见 Friedrich Schlegel: „Vom Wert des Studiums der Griechen und der Römer", S. 640, Anm. 2。

[3] Friedrich Schlegel: „Vom Wert des Studiums der Griechen und der Römer", in: *KFSA* Bd. 1, S. 631.

[4] Friedrich Schlegel: „Über das Studium der griechischen Poesie", in: *KFSA* Bd. 1, S. 230.

[5] 参见 Heinz Thoma: „Querelle des Anciens et des Modernes", in: Heinz Thoma (Hg.), *Handbuch Europäische Aufklärung. Begriffe, Konzepte, Wirkung*. Stuttgart: J. B. Metzler 2015, S. 407-418, hier S. 412。另参见 Carsten Zelle: *Die doppelte Ästhetik der Moderne*, S. 81f。丰特奈尔只承认基于理性的"科学"（比如物理、数学、医学、哲学）具有无限臻于完善的可能，而以想象力为根基的文学与艺术则会在短期内迅速达到完善，从而区分出科学与文艺这两种截然不同的发展模式。

[6] Friedrich Schlegel: „Vom Wert des Studiums der Griechen und der Römer", S. 635.

教化的各个组成部分，尤其是智识与道德教化二者在发展程度上极大的不一致？[1] 将古代与现代理解为由两种不同推动力推动的独立历史进程，施莱格尔既承认了古希腊古罗马文明的辉煌，又将现代人从过去的辉煌造成的"压迫"中解放出来，论证了具有现代性特征的文明与文化具有无限发展的可能性。

首先，施莱格尔认为古代艺术走完了整个有机发展的全过程。[2] 希腊人由于机缘凑巧处于最佳的外部环境之下，最为全面地发展出人的天性。他们的文艺与其说是艺术家创造出来的，不如说是天然形成的，仿佛植物一般从整个古代教化中萌芽、涌现。古代文学的发展遵循着一切有机生命力的自然规律："幸福生长，绚烂绽放，迅速成熟，突然凋零"[3]——取自植物生长领域的词汇表明了古希腊文学的发展完全受自然推动，遵循自然法则必然发生的特征。古代文学也因此被施莱格尔称为"自然诗"，希腊文学则是"诗艺的普遍自然史，具有立法功能的完美观照"[4]，是"品味与艺术的自然史"[5]。希腊文学达到的"完满状态"，即所有追求的力量都得到完全的发展，意图完全实现，在整体的均衡与完整当中，没有任何紊乱与匮乏，[6] 是"至高之美"[7]。"至高之美"只有在自然成长发展的循环模式之中才能达到，由知性、概念引领的人为文化教养不可能再次达到这种均衡状态。

施莱格尔对古希腊艺术无限拔高，好像要研究美学只需要研究古希腊文学与艺术就足够了。著名浪漫主义研究者海姆（Rudolf Haym）认为，即便威廉·冯·洪堡、席勒、沃尔夫（Friedrich August Wolf）都没有在方法

---

[1]　施勒格尔：《评孔多塞的〈人类精神进步的历史画卷素描〉》，第 128 页。
[2]　Friedrich Schlegel: „Über das Studium der griechischen Poesie", in: *KFSA* Bd. 1, S. 307.
[3]　Friedrich Schlegel: „Über das Studium der griechischen Poesie", in: *KFSA* Bd. 1, S. 306.
[4]　Friedrich Schlegel: „Über das Studium der griechischen Poesie", in: *KFSA* Bd. 1, S. 276.
[5]　Friedrich Schlegel: „Über das Studium der griechischen Poesie", in: *KFSA* Bd. 1, S. 308.
[6]　Friedrich Schlegel: „Über das Studium der griechischen Poesie", in: *KFSA* Bd. 1, S. 287.
[7]　"至高之美"（das höchste Schöne）是施莱格尔对古希腊文艺的礼赞，在《论希腊诗研究》一文中多次出现，参见 *KFSA* Bd. 1, S. 219, 253, 274, 287, 292, 316。

论上将古希腊人、他们的文化和文学拔高到如此绝对化的地步。[1] 席勒甚至还撰写了一批"赠辞诗"来讥讽施莱格尔对古希腊的理想化,并赐给他"希腊癖"这个著名绰号。[2]

显然,席勒没有看到施莱格尔对古希腊文学局限性的认识。因为施莱格尔同时也十分清楚地看到,天然而得的成就背后所付出的代价就是,希腊艺术必须依赖外部环境。一如自然的青睐使得希腊人无论个体还是公共的教化达到的高度可以傲视古今,然而当他们抵达成熟的巅峰时刻,无情的命运也按照循环的法则,用铁一般的臂膀抓住古希腊人,逼迫他们走上命定的下坡路。[3] 本能(Trieb)作为古代文化教养第一推动力,虽然强大,却是盲目的。何况人还具有知性,不会像动植物一般纯然由本能驱使,也因此注定不会像动植物的发展那样永恒循环下去。[4]

古希腊的辉煌不可能在历史上重现,这是温克尔曼、赫尔德、歌德、席勒、施莱格尔等两代人的共识。不过却只有席勒和施莱格尔意识到,这种不可再现恰恰是古希腊文化的局限所在。现代人在文艺上必须走与古希腊人完全不同的道路,最终能够也必定超越古希腊人仅凭自然的馈赠而创造出来的艺术。古代艺术达到的巅峰并非现代文艺的最终目标,它只是"自然诗的最大值和典范"[5],是"相对最大值"[6]。

施莱格尔与席勒对于古代文学与现代文学的诊断如此接近,他将古今文学差异归结为自然文学与人为文学的差异,正如席勒将古今文学的差异归结为质朴与多情文学的差异,两人都不约而同地运用了德国唯心主义哲学关于自然与自由的二元对立的理解。施莱格尔的《研究》虽然创作于1795年,但正式出版却在1797年。就是在这段时间(即1795/1796年),

---

[1] Rudolf Haym: *Die romantische Schule. Ein Beitrag zur Geschichte des deutschen Geistes*. Berlin: Rudolph Gaertner 1870, S. 190.

[2] Friedrich Schiller: „Xenien. Musen-Almanach 1797", in: *Schiller FA*, Bd. 1, S. 618f.

[3] Friedrich Schlegel: *Geschichte der Poesie der Griechen und Römer*, in: *KFSA* Bd. 1, S. 395-568, hier S. 537.

[4] 施莱格尔在《研究》中专门批判了赫尔德将文学视为自然(天性)表达,从而每个民族每个时代的文学都是自成体系的封闭循环,文学史就是永恒循环的说法。Friedrich Schlegel: „Über das Studium der griechischen Poesie", in: *KFSA* Bd. 1, S. 217.

[5] Friedrich Schlegel: „Über das Studium der griechischen Poesie", in: *KFSA* Bd. 1, S. 307.

[6] Friedrich Schlegel: „Vom Wert des Studiums der Griechen und der Römer", in: *KFSA* Bd. 1, S. 634.

席勒在《季节女神》上分三部分刊载了《论质朴的和多情的文学》。其中，尤其第二部分《论多情文学》给施莱格尔带来强烈的震动。他在给哥哥的信中说道："席勒关于多情文学的理论是那么具有感染力，以至于我在许多天里除了读它及一切有关它的评论外，什么都做不下去。……席勒真的拓展了我的视野。"[1]

在1797年为《研究》出版撰写的前言里，施莱格尔特别承认了席勒对他的启发。正是席勒让他对趣味文学的理解（尤其是其起源可以追溯到古代）、对古代文学的局限性的认识更加深刻。席勒对多情文学作为现代文学通往理想文学的唯一出路给予积极肯定，与施莱格尔认为唯有经过现代趣味文学的震荡与混乱，才有可能实现现代文学的最终任务的历史哲学路径不谋而合。施莱格尔恳请读者不要因为看到自己对现代文学所下的"负面"判断，就误以为他是轻视现代文学的崇古派，而要看到《研究》一方面认为现代文学违背了美的客观法则，另一方面却对现代文学抱有理解的同情。

的确，我们在《研究》里能够看出施莱格尔对待现代文学的矛盾态度。一方面，相对于古代文学的均衡、克制与和谐，现代文学充满了分裂、恣意与不安，似乎离"至高之美"相去甚远；另一方面，现代文学的不和谐，又是某种力量运动的外显，而正是这一力量才是现代教化得以在无限的空间里发展的推动力，是现代文学不断前进的可能性所在。

施莱格尔对现代文学的信心建立在他的历史哲学根基之上。自然和自由以人为角斗场，最终的斗争结果，必然是自由受到培育而发展。在历史发展的某个时间节点上，自由必定会取得对自然的优势，这时的第一推动力就变成知性，总指挥由本能换成了概念，人类历史从此踏上了人为文化教养的道路，启动了一旦开始就永不停歇的现代化进程。现代文化的一切都是创造主体充分发挥能动性，按照其内心的规则，运用理性和概念建构而成。然而，如果这样来理解现代文化，就必然会面临丰特奈尔提出的文学最终将被哲学取代的问题。

---

[1] 参见弗里德里希·施莱格尔1796年1月15日致哥哥奥古斯特·威廉·施莱格尔的信，载于 KFSA Bd. 23, S. 271。

施莱格尔从唯心主义哲学立场出发，重新定义了哲学与艺术的关系。他认为，唯理主义者将文艺视为哲学初级阶段的看法，是"混淆了美艺术（die schönen Künste）单个的组成部分、它的发展过程中一个暂时的阶段和美艺术的本质本身"[1]。所谓艺术作为"认知的感性表达"，乃是在自然文化教养阶段运用精神来认知自然的结果；而在人为文化教养阶段，精神获得自由，不再接受外在自然规定，而是自己规定自身。与此同时，精神展现自身、追求美的本能，也是人类天性的一部分，虽然会在历史发展阶段中受到压制，甚至会陷入停滞或倒退，但永远无法泯灭。施莱格尔相信，随着知性与精神的持续发展，情感的强度与敏感度、"真正的审美活力"也会持续增强而不是衰弱。[2] 可见这里的"知性"已经不仅仅是席勒在《审美教育书简》里批判的启蒙晚期狭隘理解的理性，而应该是人整体的精神活动。现代人"不仅占有给定之物，他还让美能动地显现出来"[3]。这里的"美"已经不是自然人性均衡而全面的发展，而是绝对理念的表达与外显。

由于理性以人的自我规定作为明确目标，自然本能只是作为达到这一目标的辅助手段，因此人为文化教养不可能陷入自然界有机物的循环发展模式，而是能够"持续地逐渐完善"。[4] 虽然人为文化教养还没有达到自然文化教养曾经达到的高度，然而它具有无限的潜力，即"无限可完善性"[5]，有朝一日必将超越古人的"相对最大值"。古典古代是人凭借自

---

[1] Friedrich Schlegel: „Über das Studium der griechischen Poesie", in: *KFSA* Bd. 1, S. 266.

[2] Friedrich Schlegel: „Über das Studium der griechischen Poesie", in: *KFSA* Bd. 1, S. 268.

[3] Friedrich Schlegel: „Über das Studium der griechischen Poesie", in: *KFSA* Bd. 1, S. 285.

[4] Friedrich Schlegel: „Über das Studium der griechischen Poesie", in: *KFSA* Bd. 1, S. 232.

[5] Friedrich Schlegel: „Über das Studium der griechischen Poesie", in: *KFSA* Bd. 1, S. 288. "无限可完善性"与启蒙时期的历史进步乐观主义十分相似，但施莱格尔的概念其实更多的扎根于唯心论哲学语境下，更有可能是借鉴自费希特《论学者的使命》（1794）："使一切非理性的东西服从于自己，自由地按照自己固有的规律去驾驭一切非理性的东西，这就是人的最终目的……这个最终目的是完全达不到的，而且必定是永远达不到的。在人的概念里包含着这样一个意思：人的最终目标必定是不能达到的，达到最终目标的道路必定是无限的。因此，人的使命并不是要达到这个目标。但是人能够而且应该日益接近这个目标；因此，无限地接近这个目标，就是他作为人的真正使命，而人既是理性的生物，又是有限的生物，既是感性的生物，又是自由的生物。如果把完全自相一致称为最高意义上的完善，……那么完善就是人不能达到的最高目标；但无限完善是人的使命。人的生存目的，就在于道德的日益自我完善……"（参见费希特：《论学者的使命》，北京：商务印书馆，1984年，第11—12页）。参看 Johannes Endres (Hg.): *Friedrich Schlegel-Handbuch. Leben - Werk - Wirkung.* Stuttgart: J. B. Metzler 2017, S. 86。Johannes Endres (Hg.), *Friedrich Schlegel-Handbuch. Leben, Werk, Wirkung,* Stuttgart 2017, S. 86。 另可参见加比托娃：《德国浪漫哲学》，王念宁译，北京：中央编译出版社，2007年，第110页。

然天性所能达到的巅峰，而知性的发展在时间维度里却不存在任何界限，无论过去与未来，它永远处于不断变化生成之中。著名的《雅典娜神殿》第 116 篇断篇将此称为"浪漫文学的真正本质"："其他的文学体裁都已衰亡……浪漫诗风正处于生成之中；的确，永远只在变化生成，永远不会完结，这正是浪漫诗的真正本质。"[1] 正是在这个意义上，施莱格尔认为基督教在欧洲的兴起标志着古典古代的结束和新时代的到来。[2] 因为只有在受基督教影响的文学中才能看到"要实现绝对的善与无限的追求"、对永远无法企及的无限的渴求，这是"人们所能以最充足的理由称作现代的一切事物中常驻的特征之一"。基督教诗歌的想象力并非任由本能和天性的自由发挥，而是"在一条事先由理智为它规定的轨道上漫游"[3]。

与席勒一样，施莱格尔认为，在所有的艺术门类中，只有文学（Poesie）最能体现人为文化教养对理念的无限趋近，这是由艺术不同门类使用的不同媒介所决定的。如果说代表古典古代文化艺术巅峰的是雕塑，那么代表现代文艺的艺术门类则是文学、绘画、音乐，而施莱格尔尤其将文学/诗与无限可臻完美性这一现代所独有的特质联系起来。这是因为诗使用的是人造性质最为突出的材料，即任意的符号语言，这也是最能体现自由的工具。[4] 文学的另一媒介——想象力——也因为不受外部自然条件决定，也即不受人的动物性自然天性的决定，从而与自由联系得最为紧密。[5] 语言与想象力一方面因为没有完美天性的保障（如古希腊人那样）永远存在着走上歧途的可能；另一方面，也正因为不受外部自然的限制，具有普世性（这一点与基督教类似）以及无限趋近完善的可能性。

现代文学不再是被动地模仿自然，而是充分发挥创作主体的能动性，从外部自然、从媒介的物质性、身体性中解放出来，无限趋近知性为自己

---

[1] 施莱格尔：《断片集》（《雅典娜神殿》断片集），载于施勒格尔：《浪漫派风格——施勒格尔批评文集》，第 71 页。

[2] 施莱格尔并不认为是基督教触发了现代性。相反，基督教不过是现代人独有的"要实现绝对完善与无限的追求"的一种具体历史表达而已。参看施莱格尔：《评赫尔德的〈促进人道书简〉第七卷和第八卷》，载于施勒格尔：《浪漫派风格——施勒格尔批评文集》，第 130—137 页，引文见第 131 页。

[3] 参看施勒格尔：《评赫尔德的〈促进人道书简〉第七卷和第八卷》，第 131 页。

[4] 参见 Friedrich Schlegel: „Über das Studium der griechischen Poesie", in: *KFSA* Bd. 1, S. 294。

[5] 参见 Friedrich Schlegel: „Über das Studium der griechischen Poesie", in: *KFSA* Bd. 1, S. 265。

设定的、永远也无法达到的理想。自由优越于自然，因此以自由为根基的现代文学也就必将优于以自然为根基的古代文学。由此，现代文学终于确立起了独立于，甚至优于古代文学的正当性。

二、"有趣诗人"莎士比亚

无限变动与发展着的现代（浪漫）文学虽然很难被任何一种理论穷尽，然而施莱格尔仍然从理念层面为之设立了一个"理想"，这就是"客观美"。与古代文学已经达到的"相对最大值"不同，客观美是在历史中永远也无法达到的"绝对最大值"，是"客观的审美完善的最大值"[1]。施莱格尔对"客观美"的先验认识借鉴自康德与席勒。它是一种"介乎于法则和需要之强迫的中间状态，是自由游戏的状态，是人类天性中无规定的可规定性"[2]。美的主要特征是去除了一切外部强迫的自主性，在其中自然与自由可以得到协调。此外，客观美产生自"游戏中的想象力的自由表象"[3]，是"无目的游戏的绝对合目的性"[4]。而美造成的效果则是"止息最热切的渴望"[5]，满足"每一个被激发起来的期待"，让"热切地渴望"得到平息。[6]

相应的，施莱格尔将目前为止的现代文学特征概括为："个性化、性格化、矫饰风格。"[7] 简言之，是"有趣"（das Interessante）。这里的有趣，与我们日常语言的用法不同，很有可能是施莱格尔从康德对美的定义"无涉利害的快感"（Wohlgefallen ohne alles Interesse）反推回去的。[8] 不

---

[1] Friedrich Schlegel: „Über das Studium der griechischen Poesie", in: *KFSA* Bd. 1, S. 253.

[2] Friedrich Schlegel: „Über das Studium der griechischen Poesie", in: *KFSA* Bd. 1, S. 267.

[3] Friedrich Schlegel: „Über das Studium der griechischen Poesie", in: *KFSA* Bd. 1, S. 268.

[4] Friedrich Schlegel: „Über das Studium der griechischen Poesie", in: *KFSA* Bd. 1, S. 275. 从所使用的术语中可以看出，施莱格尔借鉴了康德的《判断力批判》和席勒的《审美教育书简》对美的定义。

[5] Friedrich Schlegel: „Über das Studium der griechischen Poesie", in: *KFSA* Bd. 1, S. 253.

[6] Friedrich Schlegel: „Über das Studium der griechischen Poesie", in: *KFSA* Bd. 1, S. 217.

[7] Friedrich Schlegel: „Über das Studium der griechischen Poesie", in: *KFSA* Bd. 1, S. 239. 其中"矫饰"（Manier）这个词借鉴了歌德的美学论文《对自然的简单模仿，矫饰，独特风格》（歌德：《歌德论文学艺术》，第 20—26 页）。值得注意的是，歌德区分这三种风格明显也带有唯心主义历史哲学三段论色彩。"简单模仿"完全顺从感官，依赖外部自然；"矫饰"则是艺术家主观思想精神的直接表现，而"独特风格"则是艺术家通过自己的精神把握到对象的本质。

[8] 参见 Johannes Endres (Hg.): *Friedrich Schlegel-Handbuch*, S. 85。

过施莱格尔对"有趣"的定义却并非利益、利害的意思，而是更贴合他自己对现代文学基本特征的概括：

> 有趣即每个独特的个体，它具有更大分量的智识内涵或者审美力量。我说"更大"，是出于深思熟虑。这个量比接受的个体所有的更大一些……因为所有大小都可以无限增长，因此很清楚，为什么在这条路上不可能实现完全的满足，为什么不会有至高的有趣。[1]

"有趣"指的是作品在独特性上超出和突破读者所拥有的智识和审美力量与界限。因此，"有趣"并不是对现代文学内容特征的概括，而指它在独创性上随着读者的知识与审美水平的提高而不断超越、不断渐进。因为界限打破边界才会制造出"有趣"效果，所以"有趣"是没有终点的：没有"最有趣"，只有"更有趣"。现代"有趣"文学不断超越自我，永不餍足地追求新颖、刺激、抓人眼球的效果，[2] 与谨守自然界限的均衡和谐的"美"形成鲜明对照。[3] "有趣"即是永远无法止息的渴望、永远无法满足的期待，是不安与撕裂，与客观美对读者产生的"宁静"效果截然对立。如果说古希腊文学曾经达到的至高之美是均匀与均衡，是普遍有效性与全面，那么现代"有趣文学"就是古代文学这种美的对立面，即不和谐、不协调、主观与片面、个性化、性格化。现代文学最为完美地体现这些特征的，被施莱格尔誉为现代文学之巅峰的，是莎士比亚。

施莱格尔写作《研究》的时候，正值《威廉·麦斯特的学习时代》出版问世。小说主人公自编自导《哈姆雷特》，并对这部戏剧发表长篇看法，在德国再次掀起莎士比亚崇拜的浪潮。狂飙突进时代强调的是莎士比亚宗法自然，以此贬低法国古典主义戏剧不自然的宫廷文学风格，[4] 赫尔德也认为莎士比亚的戏剧是现代北方民族的自然诗，可以与古代民族的自然诗

---

[1] Friedrich Schlegel: „Über das Studium der griechischen Poesie", in: *KFSA* Bd. 1, S. 252f.

[2] 参见 Friedrich Schlegel: „Über das Studium der griechischen Poesie", in: *KFSA* Bd. 1, S. 227.

[3] 参见 Richard Brinkmann: „Romantische Dichtungstheorie in Friedrich Schlegels Frühschriften und Schillers Begriffe des Naiven und Sentimentalischen. Vorzeichen einer Emanzipation des Historischen", in: D*Vjs* 32/1958, S. 344-371, hier S. 355。

[4] 歌德：《纪念莎士比亚命名日》，载于《歌德论文学艺术》，第 13—19 页。

杰作、索福克勒斯的悲剧相比肩，尤其在忠实于自然这点上两位文学家保持高度的相似。只是由于两人所处时代历史背景不同，具体呈现出来的样貌也不同。[1] 席勒在《论质朴的和多情的文学》里也将莎士比亚划分到"质朴文学家"的阵营，因为莎士比亚的作品具有质朴文学的直接性与现实主义风格，即在作品中看不到作家本人清晰的意图。莎士比亚如同古希腊人一样，对自己所处的时代没有进行反思，而是在自己的作品里直接映射客观现实，从而与多情作家的反思性特质对立。[2] 总的说来，他们仍然在狂飙突进的天才意义上来理解莎士比亚和他的作品。卡尔·恩斯特·舒巴特的总结颇具典型性："莎士比亚是一个勤奋的、无自我意识的人，他从不推理、反思……而是凭绝对的把握，如此准确无误、如此自然地表现人类的真实。"[3]

赫尔德与席勒在莎士比亚身上观察到的特征，施莱格尔同样也关注到了。首先，施莱格尔同意赫尔德的观点。他宣称，以古典文学之"美"来定义莎士比亚，完全错失了莎士比亚戏剧中最迷人的部分。[4] 莎士比亚戏剧的结构与布局已经迥异于以索福克勒斯为代表的古希腊戏剧，囿于古典趣味的人完全无法欣赏莎士比亚戏剧隐秘的结构。然而施莱格尔将索福克勒斯与莎士比亚的差异理解为古今差异独特的"现代性"，而非其"自然"与"质朴"。

同样的，施莱格尔也认同席勒的看法，认为莎士比亚在"绝对的呈现"意义上是"质朴的"。但他又补充说，莎士比亚在"呈现绝对"意义上却是"多情的"。[5] 显然，施莱格尔对莎士比亚的这段评价针对的是席勒在《论质朴的和多情的文学》里将莎士比亚称为"质朴天才"的论断。施莱格尔看到，莎士比亚的"多情"不体现在其表达风格，而在其表达的具体内容上，并且莎士比亚作品中体现出来的"多情"特征，非但不是无足轻重的，反而是其不可或缺的本质特征："多情若是没有莎士比亚的无穷

---

[1] Herder: *Von deutscher Art und Kunst*, in: In *Herder Werke*, Bd. 2, S. 515.
[2] 席勒：《论质朴的和多情的文学》，第441页及以下。
[3] 转引自歌德：《古代与现代》，载于《歌德论文学艺术》，第390—391页。
[4] 参见 Friedrich Schlegel: „Über das Studium der griechischen Poesie", in: *KFSA* Bd. 1, S. 250。
[5] 参见 Friedrich Schlegel: „Fragmente zur Litteratur und Poesie", in: *KFSA* Bd. 16, S. 85-190, hier S. 105。

能量与洞见则不再有趣，加上它们则无穷有趣。"[1]施莱格尔甚至宣称，只有莎士比亚才最完整、最贴切地代表了现代文学的精神。[2]

施莱格尔认为莎士比亚的悲剧可以作为一个单独门类，即"哲学悲剧"（在前言中他称之为"趣味悲剧"），它真正的内核体现在主人公哈姆雷特的性格之中。作为现代意义上的悲剧英雄/主角（Held），哈姆雷特的特征不是他积极行动最后为自己招致毁灭，而是他思考和知性的过度过量与行动的拖延之间巨大的失衡，从而带来行动的疲软与思想上的绝望。这其实是以理性反思、哲学思辨为特征的现代人所面临的困境。哈姆雷特的性格完美地体现了"现代性"。人物性格的"多情"体现出莎士比亚作为创作者的哲学精神，这也是现代文学的精神。[3]

就形式上看，席勒认为莎士比亚戏剧里体裁上的杂糅（悲剧与喜剧的混合），体现的是不加反思、完全凭借直觉把握到的生活的本真面目，是一种与理想主义相对立的现实主义风格。而在施莱格尔眼中，体裁的杂糅正是现代文学的特征之一，是浪漫文学的"总汇性"这一基本特征。在《研究》里，施莱格尔就意识到莎士比亚精神的总汇性特征，指出他的作品汇聚了"浪漫幻想开出的醉人花朵，哥特式英雄时代伟大的巨人，现代交游的风雅精致以及最深刻、最丰富的诗化哲学"[4]。施莱格尔认为莎士比亚的每部戏剧都称不上"美"，因为"美"的标准源自古希腊文学，源自索福克勒斯悲剧的样式。莎士比亚的戏剧却回避呈现这种美，反而追求"丑陋"的效果。如果说古典美体现在"多样性的统一"之中，那么莎士比亚的戏剧就是失去任何统一性的多样性；如果说古典美的特征是整体的均衡，是一切渴望得到满足之后的宁静，那么莎士比亚戏剧呈现的整体效果，就是理不清头绪的混乱面貌与无止境的争执。

施莱格尔认为，莎士比亚戏剧呈现这些违背"美的原则"的特征，他

---

[1] 参见 Friedrich Schlegel: „Fragmente zur Litteratur und Poesie", in: *KFSA* Bd. 16, S. 96。

[2] 参见 Friedrich Schlegel: „Über das Studium der griechischen Poesie", in: *KFSA* Bd. 1, S. 249。

[3] 歌德在《说不尽的莎士比亚》一文（1813）中也表达了类似的观点。他也探讨了莎士比亚作为现实主义天才（质朴而非多情）与作为现代/浪漫作家的双重特质，与施莱格尔的观点大致相同。参见歌德：《说不尽的莎士比亚》，载于《歌德论文学艺术》，第318—324页。

[4] Friedrich Schlegel: „Über das Studium der griechischen Poesie", in: *KFSA* Bd. 1, S. 249.

呈现的是现代性精神及其困境，是"生命全然的无目的"和"一切存在的彻底空虚"。[1]莎士比亚的作品无法呈现渴望与追求得到满足之后的宁静，施莱格尔也不认为他那个时代的作家有可能呈现这样一种现代人已经无法获得的宁静。现代文学只能呈现对宁静状态、对至高审美状态的欲求。

耶拿浪漫主义时期的施莱格尔更加强调现代文学与古代文学的异质性。为了凸显与古典趣味相对立的现代趣味，施莱格尔逐渐使用范畴概念"浪漫文学—古典文学"来取代年代学概念"现代文学—古典诗文学"。他甚至区分出"浪漫"与"现代"，称启蒙运动时期戏剧《爱米丽雅·伽洛蒂》虽是现代文学，却毫不浪漫，更是意在剔除现代文学中的"古典"成分。

施莱格尔提出，古典古代的经典文学形式是悲剧（以索福克勒斯的悲剧为代表），而现代的经典文学形式则是小说，莎士比亚的戏剧同时也是"小说"（Roman）。他宣称，比起史诗，莎士比亚的戏剧才是（浪漫）小说真正的基础。[2]这里的Roman并非我们今天狭义上理解的作为文学体裁的"长篇小说"，而毋宁说是具有"混合一切体裁"特征的文学作品。[3]

施莱格尔反对当时将小说的根源回溯到古典史诗之上来论证其正当性的做法。在他看来，作为古代文学形式的史诗，其特征是叙述的客观性，也即作者主观情绪的完全隐藏。然而"最优秀的小说中的最优秀者，不是别的而是作者……的自白，是他经验的结晶，是他的特质的精髓"[4]，换言之，也就是施莱格尔在《研究》里通过莎士比亚读出的所谓的"个性化"与"性格化"。

他甚至提出，由散文写成的小说也是"诗"。诗在散文体的小说中重

---

[1] Friedrich Schlegel: „Über das Studium der griechischen Poesie", in: *KFSA* Bd. 1, S. 251.
[2] 施勒格尔:《谈诗》，载于施勒格尔:《浪漫派风格——施勒格尔批评文集》，第169—218页，引文见第209页。施莱格尔主要是在"混合诗"（Mischgedicht）的意义上来定义Roman（小说）。并且这也并非施莱格尔的首创。赫尔德早在《促进人道书简》的第8卷里就提到"混杂"（Mischung）是起源于中世纪的现代文学（小说，Roman）的特征。莎士比亚的戏剧上承中世纪的这种驳杂形式，下启18世纪英国小说的传统，他的戏剧作品本身就是小说（Roman）。参见 Hans Eichner: "Friedrich Schlegel's Theory of Romantic Poetry", in: *PMLA* 5/71, pp. 1018-1041, here pp. 1020-1021.
[3] Hans Eichner: "Friedrich Schlegel's Theory of Romantic Poetry", pp. 1030-1031.
[4] 施勒格尔:《谈诗》，载于施勒格尔:《浪漫派风格——施勒格尔批评文集》，第207页。

生,这在当时是惊世骇俗的看法。即便是热心为现代文学辩护的席勒,也将小说家视为诗人"同父异母的兄弟"(Halbbruder),恰恰因为小说不像史诗、古典悲剧或诗歌那样使用韵文,而是用散文写成。施莱格尔大胆宣称"这非凡的散文是散文,然而也是诗",等于打破了古典诗学建立起来的等级制度,确立起新的诗学秩序。"浪漫诗风"与"古典诗风"之间的差异甚至大于诗学传统奠定的体裁之分。对比黑格尔《美学》仍然将小说视为"近代市民阶级的史诗",可以见出施莱格尔这一断言的革命性。

杂糅一切形式、凸显创作主体的个性化、打破韵文与散文的传统等级制,可以说,到了施莱格尔,现代(浪漫)文学与古典古代文学之间的对立真正确立起来。他向前挖掘出但丁、彼得拉克、薄伽丘、塞万提斯等人作为现代文学的鼻祖,无异于为现代文学确立了自己的统绪。

三、从"有趣"到"浪漫"

施莱格尔运用先验唯心哲学这一最新武器,找到了古典古代与现代文学之间的绝对差异,并在古今文学史中找到了理论的完美验证。不过,对他而言,工作仅完成了一半:

> (温克尔曼)通过对古今之间绝对差异的观察,给实在的古典研究奠定了基础。古今之间在过去、现在或将来都存在着绝对的同一;只有这个同一的基础和条件找到之后,人们才可以说这门学问已初具形骸。[1]

不过,迄今我们看到的只是古今文学最极端的差异,现代文学朝着"有趣"的方向不断累进,与古代文学的"客观"差距越来越大,古今之间"绝对的同一"在哪里呢?

施莱格尔并不认为"有趣"可以与"客观美"平起平坐。施莱格尔虽然承认"有趣"作为现代文学的特征有其独立的价值,然而"有趣"毕竟是作为"美"的对立面来界定的,并且只因为是作为"审美的无限可臻完

---

[1] 施勒格尔:《断片集》(《雅典娜神殿》断片集),载于施勒格尔:《浪漫派风格——施勒格尔批评文集》,第75页。

美性的必要准备",才是"可被允许的"。[1]"客观美"是审美律令,只能无限趋近,而"有趣"只是暂时具有审美价值,最终还是要朝"客观美"的方向发展。

按照施莱格尔对"有趣"的定义,现代"有趣文学"一定会加速走向灭亡。施莱格尔忧心忡忡地断言,"有趣文学"按照这种不断超越自我的审美力量发展下去,最终会使得接受者的趣味发生变化:接受者也会寻求更大的刺激,从而获得更大的审美享受,这又会反过来倒逼"有趣文学"更加"有趣",它将很快发展成为"辛辣与惊悚(文学)"(das Piquante und Frappante)。施莱格尔预言,如果"有趣文学"开始带有这种特征,那么它距离自己的死期也已经不远了。如果说莎士比亚的"有趣"还仅仅是在"消融边界"的"总汇"意义,虽然不符合古希腊艺术理想的美的模式,但也不失为一种崇高之美。那么按照"有趣"的定义,加速变得个性化、性格化的文学最终呈现的面貌将是真正意义上的"丑陋",是"奇情、令人作呕、丑陋不堪,是濒死趣味最后的痉挛"[2]。施莱格尔对"丑陋文学"的这番描述,被称为"文学现代性之病理化的创始档案"[3]。"有趣文学"如果继续发展其审美力量,最终会走向彻底的"丑陋"。这意味着趣味的彻底死亡。这样的文学将无药可救。然而如果"有趣文学"沿着其"哲学内涵"(理性)发展,而与此同时,自然也能挺过哲学思辨带来的震撼,那么"有趣文学"将有得救的希望。施莱格尔认为,只有当"有趣文学"脱离了追求知性上的刺激,但又保留着它追求无限、超越自我的能量,那么在制造出过量丰盛的"有趣"之后,它才最终会"突然一下"过渡到"客观"上来。[4]

理想的"客观美"与古典古代文学达到的"客观性"已经大不相同,因为它同时还吸收并综合了现代文学的"有趣",是现代文学与古典文学在积极互动之中产生的动态平衡。虽然日后弗里德里希·施莱格尔的关注

---

[1] Friedrich Schlegel: „Die Griechen und Römer", in: *KFSA* Bd. 1, S. 214.
[2] Friedrich Schlegel: „Über das Studium der griechischen Poesie", in: *KFSA* Bd. 1, S. 254.
[3] 参见 Peter-André Alt: *Ästhetik des Bösen*. München: C. H. Beck, S. 169。
[4] Friedrich Schlegel: „Über das Studium der griechischen Poesie", in: *KFSA* Bd. 1, S. 255.

点逐渐转移到现代或曰浪漫文学上来，这一基本历史哲学框架却并没有改变，耶拿时期的他仍然认为文学的终极目标是"艺术诗和自然诗的完美和谐"[1]，文学的最高任务也依然是"古典与现代的和谐"[2]。

在施莱格尔看来，要引导"有趣"最终趋近"客观美"，必须依靠"真正的模仿"。由于进入人为文化教养之后，我们不可能再回到自然文化教养，因此，任何机械模仿古希腊的做法，都不过是盲目追随古希腊文化的"本土性"，或者是把今人的"有趣"原则投射到古代文学上（比如维特阅读荷马），注定会失败。而现代人复兴荷马史诗的所有尝试（从塔索到维兰德），都因不可避免地带有一种嘲讽味道[3]而必定会失败。真正的模仿是"用爱、卓识、行动的力量去获取精神，获取真、美、善，获取自由。没有自己的本质，没有内在的独立，就不可能办得到"[4]。

不同于温克尔曼号召现代人通过模仿古人之精神来克服现代文明的弊端，施莱格尔认为，正是现代哲学的发展为现代人提供了安身立命的根本。现代人的本质和内在的独立是法则和概念，也就是唯心主义哲学提供给我们的关于历史走向的最终目标。他坚信，有了唯心论学这一强大武器，现代文学必将迎来全新的发展。文学创作的原则已不再是"模仿"，而是运用知性与想象力进行创造。古典古代已经失去了规范性力量，而仅仅具有范导性功能。

从施莱格尔随后举的例子来看，他所言"真正的模仿"，是希望博采众家之长，运用现代人的理念，熔铸出一个综合、总汇的理想。比如在政治上，对古典古代结合斯巴达的团结一心、雅典的合乎法则的自由、罗马的世界公民的力量，使之成为现代国家的根基；文学上，现代喜剧作家可以从阿里斯托芬那里汲取养分，也要通过学习索福克勒斯的风格来锤炼自己的性格，从而净化喜剧的理想目标，就好像从两个或多个已有的理想典

---

[1] 施勒格尔:《断片集》(《雅典娜神殿》断片集)，载于施勒格尔:《浪漫派风格——施勒格尔批评文集》，第83页。

[2] 施勒格尔:《谈诗》，载于施勒格尔:《浪漫派风格——施勒格尔批评文集》，第214页。

[3] 原文为 Persiflage（Friedrich Schlegel: „Über das Studium der griechischen Poesie", in: *KFSA* Bd. 1, S. 334.）。施莱格尔在1823年再版《研究》时改成了"反讽"。

[4] Friedrich Schlegel: „Vom Wert des Studiums der Griechen und der Römer", in: *KFSA* Bd. 1, S. 638.

范以及它们的相互关系之中合成一个未知的理想典范。这一过程，就是施莱格尔描述的从"有趣"逐渐向"客观美"无限接近的过程，他称之为现代文学的第三个发展阶段。[1] 比起"真正的模仿"，或许"创造性借鉴"更适合用来形容今人对古典古代的立场。

由于现代教化是人为教化，各种风格、体裁、内容熔铸成的整体就不像古代教化那样形成的是一个自然有机整体。古希腊作家与作品如同不可再进一步分割的自然元素，而现代作品则是将这些自然元素聚合起来，形成的也不是自然有机整体，而是可以进行条分缕析的人为聚合体，其聚合也并非必然，而是知性与想象力自由运用的结果。

在魏玛古典时期的歌德身上，施莱格尔看到了从主观、趣味、性格化转向客观的倾向：歌德"位于有趣与美、矫饰与客观的中间"[2]，融合了现代因素与古代因素的本质。他的风格就是"荷马、欧里庇得斯、阿里斯托芬的风格的杂糅"。[3]

浪漫时期的施莱格尔不再使用"杂糅"，而代之以"总汇"来概括现代浪漫文学的这一特质。歌德的小说"包含了任何体裁及各种各样形式的作品、科学研究、随笔断篇、论文等"，这已经不仅是体裁的改变和结合，更是哲学与诗的相互渗透与融合。[4] 歌德的这种总汇性，令他"首次囊括古人的全部诗，（他的作品）本身包含了永恒进步的萌芽"，而歌德本人将"成为一个新诗的缔造者和领袖"。[5] 在歌德身上，以他的《威廉·麦斯特的学习时代》为标志，尤其是在"总汇性"上，施莱格尔看到现代文学向"客观美"迈出的重要一步。如果我们了解"客观美"在施莱格尔古今文学框架下的重要地位，也就不难理解为什么"总汇性"概念在他的浪漫文学理论中如此关键。

魏玛古典时期歌德的小说创作，坚定了施莱格尔对现代文学终将向着客观之美无限接近的信心。因为有了这样的确信，现代人才得以用积极的

---

[1] 参见 Friedrich Schlegel: „Über das Studium der griechischen Poesie", in: *KFSA* Bd. 1, S. 355.
[2] Friedrich Schlegel: „Über das Studium der griechischen Poesie", in: *KFSA* Bd. 1, S. 261.
[3] Friedrich Schlegel: „Über das Studium der griechischen Poesie", in: *KFSA* Bd. 1, S. 308.
[4] 施莱格尔：《谈诗》，载于施勒格尔：《浪漫派风格——施勒格尔批评文集》，第185—186页。
[5] 施莱格尔：《谈诗》，载于施勒格尔：《浪漫派风格——施勒格尔批评文集》，第215页。

心态去面对现代文学的"无政府状态"——只有在混沌之中,在无数片面、主观、有趣的理论、概念和文学的相互冲撞之中,片面理论的"专政"才会消失,"客观美"才有可能从所有片面性的总汇之中诞生。

"渐进的总汇诗"这一浪漫主义文学概念并非横空出世,在《研究》里施莱格尔已经做出了充分的论证。只是在耶拿时期,在与浪漫主义同仁以及新的哲学思想的冲击之下,"渐进"与"总汇"等概念都得到了进一步的扩展,概念的边界进一步消失,"客观美"作为一个理想不再有具体可定义的内涵。无限渐进本身就成了理念的内涵。"总汇"的概念在《雅典娜神殿》断篇中也被无限扩展:浪漫的总汇诗要统一诗的所有体裁,要混合、熔铸诗与散文、天才与批评、人为诗与自然诗、诗与哲学和雄辩术——以及他后来添上的,古代与现代。在《研究》中带着批评口吻提到的"界限的消融",在这里成了积极正面的性质,甚至是浪漫文学的本质。

第四节　结　语

对于与温克尔曼勾勒出的古希腊理想样式完全相反的"现代文学",施莱格尔与席勒所持的积极立场是相一致的。两人都将唯心主义哲学的崛起、自由与自然的二元的先验对立视为现代文学必将超越古代文学的前提。在这个意义上,洛夫乔伊宣称"席勒可以被视为德意志浪漫主义的精神鼻祖"[1]。

的确,多情文学与浪漫文学就其突出现代文学里蕴含的可与古希腊文学比肩的现代性而言,具有很大相似性。不过,施莱格尔在《研究》前言中指出,自己的"有趣"与席勒的"多情"并不同。施莱格尔认为,席勒的"多情诗"只是他提出的"有趣诗"的亚种。[2] 从根本上说,有趣是能动性力量与理智关系的悲剧性失调,是用个性化方式表现出精神的、反思的现代人,他们一方面不再是自然,但另一方面也没有理想作为指路明

---

[1] 洛夫乔伊:《席勒和德国浪漫主义的兴起》,第266页。
[2] 参见 Friedrich Schlegel: „Die Griechen und Römer", in: *KFSA* Bd. 1, S. 211。

灯。施莱格尔承认"有趣"只是过渡阶段的危机产物，[1]有趣只制造出最深的绝望。唯有抵达最深的绝望，才能看到恢复"客观美"的希望。而在席勒的"多情"概念中，多情总是预设了对已经失去的自然的反思，以及对永远无法实现的理想的渴念，意志还怀有对理想的信念。席勒笔下的悲剧主角临死前并不陷入纯粹的毁灭或绝望，而是超越并克服了命运那毁灭的强力，主角胸中仍怀有对理想的"多情"信念，他们恰恰在毁灭之中实现了存在于自由、尊严与崇高之中的理想。

席勒历史哲学最终的落脚点是现代人的本质、他的局限与自由、在现实与理想的分裂中如何重新实现完满的人性等，他关心的是在任何时候、任何地点都可能发生的个人发展，而这种发展与现实历史的发展其实并没有必然联系，这从席勒《论质朴的和多情的文学》在历史哲学框架和先验美学框架之间的不停摇摆上可以看出。席勒在最后将质朴与多情的对立归结为现实主义与理想主义的对立，成为后世划分现实主义作家和浪漫主义作家的标尺，这也是马克思主义文艺理论家用以概括现实主义和浪漫主义两大文艺阵营的最早依据和根源。[2]浪漫主义被等同于理想主义，是"把个人变成时代精神的单纯的传声筒"[3]，是从理念而非现实出发的创作方式的反面典型。席勒本人也因此被划归到浪漫主义阵营，与"现实主义者"莎士比亚对立。"为了观念的东西而忘掉现实主义的东西，为了席勒而忘掉莎士比亚"[4]，即为了改造现实而罔顾现实，搭建空中楼阁，使得文学失去了鲜活的血肉。《论质朴的和多情的文学》表明唯心主义文艺理论的立场，面对经验与历史对人性的威胁，树立起理念的标杆。在将理想作为历史的先验原则置入历史进程本身的这个意义上，的确可以将席勒称为"理想主义者"，却并非浪漫主义者。

浪漫主义者施莱格尔意在从历史本身的整全之中寻找"理想"，也即

---

[1] 参见 Friedrich Schlegel: „Die Griechen und Römer", in: *KFSA* Bd. 1, S. 215。

[2] 曹俊峰、朱立元、张玉能：《西方美学史（第 4 卷）：德国古典美学》，北京：北京师范大学出版社，2013 年，第 361 页。

[3] 参见马克思 1859 年 4 月 19 日致斐·拉萨尔的信，载于《马克思、恩格斯、列宁、斯大林论文艺》，北京：人民文学出版社，1980 年，第 91 页。

[4] 参见恩格斯 1859 年 5 月 18 日致斐·拉萨尔的信，载于《马克思、恩格斯、列宁、斯大林论文艺》，第 100 页。

要在历史中为理论奠定基础。[1] 浪漫主义早期施莱格尔追求的"无限",就是生活与历史的丰盈本身。《威廉·麦斯特的学习时代》最后表达出来的"对生命有限性的古典式谨慎"[2] 已被耶拿浪漫主义者抛弃。他们认为浪漫主义小说是要通过想象力再现"人性的原始混沌",再现生活于无穷变化中的无限丰盈。而这最终或许会导致"先验"的丧失或是腐化的现实取得胜利。或许席勒预感到了这个危险,因此本能地厌恶施莱格尔。席勒在《论质朴的和多情的文学》结尾处警告那些"假理想主义者"和"幻想家",不要忘记背离自然的初衷是为了追求不可改变、绝对必要的东西,而不是出于任性、放纵自身的欲求,放任自己变化无常的想象力,最终引诱自由这一现代人值得尊敬的、能完美导向无限的禀赋堕入深渊,彻底毁灭。[3]

施莱格尔号召小说作家和读者不要羞于创作和阅读那些对"恶俗的痛苦、可恨的不名誉、令人恶心的肉欲和精神上的无能"进行的缓慢而细致的剖析,[4] 肯定了"有趣文学"向"丑陋文学"去伦理化方向发展的意义,而这正是他在《研究》里认定的现代文学的死胡同,是"堕落的艺术"和"腐化的趣味"。[5] 从《研究》到早期浪漫时期,施莱格尔经历的恰恰是席勒所担忧的这一去伦理化、去道德化过程,这一过程经由后期的黑色浪漫主义一直持续至20世纪。[6]

席勒毕竟是站在一个伟大时代的末尾,而施莱格尔却是即将到来的新时代的孩子。只是,施莱格尔仍然具有对整体与统一的渴望,不管是神话以及神话学研究、哲学反思、文学史研究、帝国政治思想等等,无一不体现出对统一与整体的向往。所以,尽管施莱格尔采用断篇式写作,写了无数的笔记与纲领,搜集"世界素材",吸收着历史的散碎颗粒,他

---

[1] 参见施莱格尔1798—1801年哲学笔记第1212号:"不能像研究古人那样从整体上研究现代人;而是要分隔来开,通过其最近的环境来研究。"见 *KFSA* Bd. 18, S. 296。
[2] 贝勒尔:《德国浪漫主义文学理论》,第161页。
[3] 席勒:《论质朴的和多情的文学》,第558页。
[4] 施勒格尔:《断片集》(《雅典娜神殿》断片集),载于施勒格尔:《浪漫派风格——施勒格尔批评文集》,第83页。
[5] Friedrich Schlegel: „Über das Studium der griechischen Poesie", in: *KFSA* Bd. 1, S. 255.
[6] Peter-André Alt: *Ästhetik des Bösen*, S. 167.

的思想却仍然一再地朝向统一、朝向整体。或许可以说,施莱格尔思想的这一趋势,在某种程度上是他抵御新时代精神的"修复性"防御,然而新时代的精神却不可抑制地出现在他身上,这就是历史的精神,现代性之浪潮。

第三篇　宗教

审美与政治

对于大多数人而言，浪漫主义似乎只是一个文学现象，而事实上浪漫主义涉及人文社会和自然科学各个领域，同时是一个复杂的政治现象和政治问题。浪漫主义出现在约 1790 年代末至 1830 年前后，此时正是在法国大革命后期与哈布斯堡的复辟结束之间。在浪漫主义纷繁复杂、不乏相互抵牾的倾向和思潮中，有一个十分重要但迄今缺乏研究的领域——浪漫主义者的改宗或称天主教情结及其引发的 19 世纪天主教政治运动。本篇旨在初步填补这项研究的空白，其题目也可称为"浪漫主义者的改宗与天主教情结：审美动机与政治诉求"。

本篇将以五章篇幅展开：首先在导言中对改宗现象进行外部描述和分析，指出在当时历史语境中，改宗乃政治和意识形态立场的抉择。因改宗是一个极其复杂的现象，本篇不可能面面俱到，而是以浪漫主义文学、文论和文学史书写为依据，借助文学这一具体领域，考察改宗后天主教情结背后的审美 – 感觉论动机及其克服民族主义并在精神层面重新统一欧洲的政治诉求。

同时本篇希望，从另一个即教会与国家关系层面考察浪漫主义与 19 世纪德国政治格局形成的关联，如知识分子如何把文学和思想领域的主张投入公共政治生活和政治实践，组织出版和舆论宣传；如何把罗马公教会作为与国家主义制衡的力量，以政治天主教主义对抗可能侵犯个体自由并引起民族间争端的国家主义。

本篇从第三章起所探讨的文本均第一次在国内学界论及。它们尤其涉及文学学科最基础也最为人熟悉的文学史书写。19 世纪以后的文学史书写向来被认为与民族精神建构不可分割，但关于它们是如何参与建构或如何对抗建构，学界却从未有过基于文本事实的研究和论述。本篇的相关作者在长期钻研古本的基础上，首次厘清了文学史评判标准和审美原则等问题如何与教派立场及政治诉求紧密结合。这不仅对于认识浪漫主义,而且对于理解整个文学史、文学现象乃至人文科学均不无启发和借鉴意义。

特别值得注意的是,本篇第五章对浪漫主义时期的宗教与政治格局、普鲁士政府与天主教地区的关系、教派博弈在现实中的表现和诉求等进行了基于史实和事实的再现,为本篇所讨论的问题赋予了一个坚实的实证的基底。这使人清楚地认识到,本篇所探讨的作家作品与思想表述,无论表面上多么专注于艺术审美,其实质无一不是对政治时局、宗教格局的回应,无一不是隐匿在学术中的政治发声。

导言
浪漫主义者的改宗：
审美政治和意识形态抉择

谷 裕

1800年前后，在德国公共知识界出现了成规模的改宗运动。所谓改宗，即改变宗教信仰或宗教派别，古已有之。[1] 抛开个别现象，亦抛开犹太人在欧洲历史上被迫改信基督教不提，大规模改宗现象，多出现在政治宗教格局发生重大变革时期：在德国是宗教改革之后、浪漫主义时期和1900年前后。浪漫主义时期的改宗，特别指新教徒改信天主教（罗马公教），或背离天主教的原天主教徒重新回归，两者均公开领洗或重新领洗加入天主教会。仅举令人瞩目的例子，前者中有出身新教牧师家庭的弗里德里希·施莱格尔1807年偕妻（门德尔松之女，时已由犹太教改宗新教），在科隆接受天主教洗礼；后者中有布伦塔诺1817年在柏林的重新领洗。其中，施莱格尔的公开改宗被歌德称为"时代的记号"。这股改宗浪潮一直延续到20世纪，且遍及英法等西欧重要国家。

改宗意味在教义、教理、信仰形式方面改变原有认同，首先是宗教层面的问题。然而，在尚未出现现代政治党派，故而主要以教派来区分政治立场和意识形态取向的时代，改宗不单纯是神学和信仰问题，更意味着政

---

[1] 关于改宗的历史、教会法和神学定义等参阅 Ilona Riedel-Spangenberg: „Konversion", in: Josef Höfer und Karl Rahner (Hg.): *Lexikon für Theologie und Kirche*. 3. Aufl. Bd. 6. Freiburg u. a.: Herder 1997, Sp. 338ff.

治和意识形态抉择。

就等级和社会归属而言，大体上新教，亦称抗罗宗，即反抗罗马公教的各宗派，是市民和小市民的宗派；天主教（在行文中有时简称旧教），正式称谓为罗马公教，是旧贵族和农民的宗派；论价值取向，新教与自由主义、民族国家思想、工商业文明、现代主义密切相关，罗马公教是保守主义、帝国思想、农耕文化、回归传统的代名词。当然，新教尤其路德教中也有贵族和保守派，天主教中也有市民和改革派，但均属大框架下的细微分别。为明确说明问题，本章暂在大格局上采用二元划分。17世纪英国的资产阶级革命，18世纪法国的资产阶级革命，分别由两位清教徒克伦威尔和罗伯斯庇尔所领导发动，史称清教革命，可从另一角度予以简明佐证。

德国之所以在秩序动荡时出现相对频繁的改宗现象，是因为欧洲范围内，唯有德国在宗教改革后，存在新旧二教各占半壁江山的格局。德国大致东部和北部是传统新教地区，西部莱茵河流域、南部多瑙河流域是传统天主教地区。16—17世纪的反宗教改革中，天主教方面在新教地区赢回了一些区域，新教在天主教地区亦有飞地，故而教派分布并非铁板一块，而是像穿插着很多碎片的拼接图。自宗教改革至19世纪末，教派格局同时也是政治格局。由日耳曼原始组织制度而来，扈从或邦国居民的教派归属，随领主或邦君而定。故而1555年奥格斯堡宗教和约之"谁的领地，便是谁的宗教"（俗称"教随国定"）原则，实际上造就了领地与教派和意识形态的统一体。异教派人士不得进入国家政治、军事、管理、教会和教育系统。个人若要进入异教派邦国的公共领域，便需要改换教派连同政治认同。

在浪漫主义盛行的19世纪初叶，欧洲正处于两种势力激烈交锋和对峙阶段：启蒙、革命和战争打破了欧洲旧秩序，复辟则试图恢复之。在德语区表现为：一方面是以普鲁士为首的新教诸邦中出现的思想革命，一方面是天主教的哈布斯堡皇朝引导的政治复辟。革命与复辟、自由与保守、现代文明与传统文化的对峙同时反映在教派对立中。在思想文化界甚至折射为哲学与"诗"的对立。

在这个新旧秩序交替、各种思潮交错、政治和思想常陷入无政府状态之时，改宗天主教与其说是出于信仰本身，不如说宣示了在现实政治中的某种立场和取向。浪漫主义者中由新教改宗天主教的著名人物除小施莱格尔外，还有亚当·米勒、Z.维尔纳、施托尔贝格伯爵兄弟等等；原本天主教徒，后又重新公开认信天主教的有布伦塔诺和格雷斯；新教徒瓦肯罗德和诺瓦利斯英年早逝，未列改宗者行列，但两人分别以《一个热爱艺术的修士的内心倾诉》和《基督教共同体或欧洲》在知识分子中强烈渲染了天主教情绪，直接引发了改宗运动。[1]

以施莱格尔为例，改宗可谓把其人生和创作分裂为两个阶段。在他"决绝地背离文学作为表达自我理解的核心媒介"后，便"从审美主义者转向政治的人，从自由主义者转向国家官员，从泛神论者转向一神论者；他背离理念主义，从共和主义转向封建君主制，从革命转向复辟"[2]。这代表了改宗者或重新认信者的一个共同轨迹：从法国大革命的拥护者、思想上的激进分子、政治上的共和派或无政府主义者，转变为旧秩序、帝国思想和天主教会的捍卫者。施莱格尔在早期试图以自由的断篇、格言、反讽打破稳固的文学形式，并以浪漫的"总汇诗"在文学中模拟出一个共和制，改宗后则转而为梅特涅政府效力，把自己纳入权威和等级秩序，参与政府和军队宣传工作，出任维也纳驻法兰克福公使，因外交事务得力而于1815年获得教宗授予的基督勋章；[3] 布伦塔诺在重新公开认信后，从早期追求纯审美的文学创作，转向宗教和修身文学；曾积极宣扬法国共和主义的格雷斯，在重新认信后积极投身天主教会的公共舆论建设。[4] 如此等等，

---

[1] 改宗者首先集中于作家和艺术家。除上述外著名的还有画家怀特（Ph. Veit）、欧沃贝克（J. F. Overbeck）等。参见 Winfried Eckel, Nikolaus Wegmann (Hg.): *Figuren der Konversion. Friedrich Schlegels Übertritt zum Katholizismus im Kontext*. Paderborn: Ferdinand Schöningh 2014, S. 7ff.

[2] Ulrich Breuer und Maren Jäger: „Sozialgeschichtliche Faktoren der Konversion Friedrich und Dorothea Schlegels", in: Winfried Eckel und Nikolaus Wegmann (Hg.): *Figuren der Konversion*, S. 127-147, hier S. 128, Anm. 2.

[3] 关于施莱格尔生平及改宗前后文学政治主张变化，全面而精准的论述参见李伯杰：《译者序》，载于施勒格尔：《浪漫派风格——施勒格尔批评文集》，第1—10页，尤见第8页；德文新近资料参见 Johannes Endres (Hg.): *Friedrich Schlegel-Handbuch*, S. 15ff, S. 18ff. 尤见 S. 313-316。

[4] 其人早期是共和主义支持者，视教会为"绝对主义的盟友"和"启蒙的敌人"，在1822年重新认信后，转为政治天主教主义的代表。参见 Monika Fink-Lang: *Joseph Görres: die Biografie*. Paderborn: Ferdinand Schöningh 2013, S. 214。

不一而足。

可以想象，真正意义上的改宗者，在现实中难免既遭到新教徒非议，又受到天主教徒怀疑：新教徒质疑他们的真诚，在此歌德的表述十分具有代表意义，他称之为"以新教的诗意方式表达天主教的宗教"[1]；天主教徒则怀疑改宗者的彻底程度，认为他们所奉行的所谓天主教有"诗意的天主教""玄想的泛天主教"之嫌。[2]

同样从宗教角度解读德语文学史，改宗的施莱格尔与原本是天主教徒的艾兴多夫之风格和关注点并不相同。施莱格尔的《古今文学史》（1815年第一版，1822年第二版）成稿于1812年——莱比锡会战同年，是面向维也纳宫廷开设的宣讲课。作者在对梅特涅的献词中明确表示，其目的在于以文学弥合现实中的鸿沟。[3]该文学史固然放眼欧洲，论及中世纪文学，[4]但侧重点在于理性批判和美学思辨，如作者前言自识，所作更像一部"哲学史，而非文学史"，"文学代表一个民族的智识生活"。[5]与此不同，艾兴多夫则力在揭示文学史中的宗教传统，目的在于倡导回归宗教文学。[6]

不可否认，从当时政治格局出发，至少部分改宗者不乏政治上的机会主义。[7]普鲁士以军事立国，对军政两界担纲者和高阶公务员明确要求贵族出身。出身市民或下层贵族者很难跻身公共领域，获得与其愿望和在知识界的声誉相匹配的职位。施莱格尔、亚当·米勒之类出身市民的知识分子，唯经过改宗，方有资格在维也纳复辟政府谋得某些特殊文职，如协助面向新教地区进行宣传，处理与新教邦国相关的外交事务。

由上述可见，在同一历史语境中，任何一个现象都可折射出浪漫主义问题的复杂性。在纷杂的创作风格、诗学主张背后，无处不隐藏着对具体政治现实的回应。对于浪漫主义作家研究，识别其宗派所属及其改宗前后

---

[1] 参见歌德 1808 年 6 月 22 日致莱茵哈德的信，引自 *Goethe FA* Bd. 33, S. 322。
[2] 参见 Johannes Endres (Hg.): *Friedrich Schlegel-Handbuch*, S. 314-315。
[3] Friedrich Schlegel: *Geschichte der alten und neuen Literatur*, in: *KFSA* Bd. 6, S. XXIIf.
[4] Friedrich Schlegel: *Geschichte der alten und neuen Literatur*, in: *KFSA* Bd. 6, S. XIII; S. XLVIff.
[5] Friedrich Schlegel: *Geschichte der alten und neuen Literatur*, in: *KFSA* Bd. 6, S. 7.
[6] 参阅陈曦：《文学史书写中意识形态的对垒——晚期浪漫诗人艾兴多夫的〈德意志文学史〉》，载于《比较文学与世界文学》，2014 年第 2 期，第 114—123 页。
[7] Winfried Eckel und Nikolaus Wegmann (Hg.): *Figuren der Konversion*, S. 17.

的立场变化，对于了解掌握其思想走向和流变不可或缺。进而，宗派－现实政治视角的引入，同样有益于鉴别浪漫主义研究者的基本立场，捕捉研究文献的主旨和取向。李伯杰在其德意志浪漫主义的思考中，敏锐认识到：浪漫主义研究本身就是一块试金石，"考验着人们的政治、思想和学术立场，被各种政治和文化思潮用来阐述自己的主张"[1]。

常常是秘而不宣的教派立场，对于德国学者研究导向起到怎样决定性作用，只需看一下浪漫主义研究专家弗吕瓦尔德的选题便可窥斑知豹。这位多年掌管德国最权威学术基金（德意志科研联合会）、德国最权威对外学者基金（洪堡基金会）的学者，终其一生致力于研究和编辑出版天主教作家作品，推动浪漫主义作家布伦塔诺、艾兴多夫、格雷斯及改宗后的施莱格尔研究，确立其德语文学史地位。[2] 就关于改宗者的研究而言，新教学者多凸显其哲学思辨和诗学创新的延续性，天主教方面则侧重挖掘其改宗后对文学传统的继承及宗教虔诚。[3] 值得注意的是，在19世纪新教普鲁士统一德国过程中，新教意识形态获得绝对话语权，新教方面通过编纂教科书和垄断大学教席确立文学经典，把浪漫主义研究导向对审美特质和民族性的发掘。[4]

最后需要指出，浪漫主义者的改宗直接引发了对浪漫主义"机缘主义"的论断。而该论断又揭示出改宗的根本机制所在。施米特《政治的浪漫派》（1922）之出发点是浪漫主义的等级所属：浪漫主义实质上是一场市民（资产阶级）运动，是一场非政治军事领域的革命。其在各个领域的摇摆不定，源于他们在变革后尚找不到属于自己的形式（包括政体、信仰、文学形式）和认同。因此他们忽而转向历史，在中世纪和天主教会中寻找支持；忽而转向民间和人民，在大众中寻找支持；忽而转向欧洲其他国家乃至异域，向远方寻找支持；忽而又试图在国家和集体中寻找归宿。他们

---

[1] [法]菲利·普拉库-拉巴尔特、让-吕克·南希：《文学的绝对——德国浪漫派文学理论》，张小鲁、李伯杰、李双志译，南京：译林出版社，2012年，第1页。

[2] Wolfgang Frühwald: *Das Gedächtnis der Frömmigkeit*, S. 11ff.

[3] Ulrich Breuer und Maren Jäger: „Sozialgeschichtliche Faktoren der Konversion Friedrich und Dorothea Schlegels", S. 128, Anm. 2.

[4] 参见谷裕：《19世纪德语文学经典的确立》，载于谷裕：《近代德语文学中的政治和宗教片论》，上海：复旦大学出版社，2018年，第245—251页。

转而又发现，凡此都不过是僧侣、贵族或第四等级的认同，抑或是某些悬浮和空洞的总体概念，并无一项是现实中的实在。因此浪漫主义者常找到某个支持，随后又提出它的反面，然后再试图以一个"其他的"（而非更高的）第三者扬弃已有的正题和反题。

根据施米特的论述，是暂时的无政府状态，导致浪漫主义者得以毫无约束地游走于哲学、政治、宗教、历史、艺术等各个领域，以主观审美-感觉论混淆各个领域的规则和界限。而造成这种状况的根本原因，亦即浪漫主义机缘主义得以实践的根源，在于宗教神学的世俗化。神和超验维度隐退，致使主观个体、历史、人民、艺术、国家都可以上位，又由于最高机制的缺失，它们犹如在共和制下地位平等。[1]

施氏问题的提出和对原因的辨析，确为认识浪漫主义改宗提供了一个宏大的历史坐标。然而施氏系在1920年代，借揭示浪漫主义机缘主义，批判魏玛共和国引入的议会制，为其政治决断论添加脚注。对于施氏，改宗者不过是诗意和审美地营造出一个映照他们主观愿望的中世纪，"教会本身从来不是浪漫派的主体和担纲者"[2]。但或许正是改宗者审美和诗意的修辞，更能唤起普遍的心灵向往和渴望，并在客观上引发了天主教方面持续一个世纪的觉醒和争取政治权利的运动。直至德意志第二帝国成立，为限制和打压天主教会日益强大的政治力量，为巩固新教帝国意识形态统一，1871—1887年俾斯麦在德国掀起"文化斗争"[3]，斗争促使天主教中央党——今日德国政党"基民盟"前身——成立，其中可谓尽显了政治实践中"无能的"浪漫主义改宗者的思想力量。

那么抛开现实政治中的机缘主义，在文学和思想史层面，驱动浪漫主义者改宗的动机和缘由究竟何在？它们又显示出哪些价值转向？以下即以

---

[1] 以上综述参见卡尔·施米特:《政治的浪漫派》，冯克利、刘锋译，上海：上海人民出版社，2016年，第8、13、16—17、62—63、69、75、79、89、119等页。德文参见Carl Schmitt: *Politische Romantik*. 6. Aufl. Berlin: Duncker&Humblot 1998. 弗兰克同样认为浪漫派"用主体的能力来取代上帝的能力，其代价是自我欺骗"。参见弗兰克：《浪漫派的将来之神——新神话学讲稿》，李双志译，上海：华东师范大学出版社，2011年，第54页。

[2] 施米特:《政治的浪漫派》，第55页。

[3] 关于文化斗争详见Hubert Jedin (Hg.): *Handbuch der Kirchengeschichte*. Bd.VI/1. Freiburg: Herder 1999, S. 59ff.

浪漫主义文学和文论为依据进行具体分析考察。既然是改宗，则说明与新教相比，天主教中必定有某些特殊形式或古老传统，在此时成为人们追溯和重新审视的对象，并且可以以之表达浪漫主义的艺术审美和政治诉求。

首先在18世纪末晚期启蒙语境中，天主教注重感官维度的特征被提取出来，用以应和浪漫主义的审美-感觉论，修正新教注重语言和文字的倾向，对抗晚期启蒙僵化的理性主义。其次在法国大革命给欧洲带来普遍的战争、暴力、分裂和无序之时，人们开始追溯中世纪在罗马公教统一下的欧洲。在此天主教成为给欧洲重新带来信仰和精神层面统一的保障。

第一章
罗马公教与艺术审美和欧洲统一[1]

谷 裕

本章分别以瓦肯罗德和诺瓦利斯为例,讨论改宗的两个基本动机:其一是艺术审美动机,其二是重新在精神和信仰层面建立统一欧洲的愿望。前者以瓦肯罗德的《一个热爱艺术的修士的内心倾诉》(本章以下简称《倾诉》)为例,后者以诺瓦利斯的《基督教共同体或欧洲》为例。两位早期浪漫主义作家均位列改宗者行列,但两人恰好暴露出某种自发的天主教情绪,并引领了后来的改宗浪潮。于瓦肯罗德,是提取天主教的感性因素,以对抗晚期启蒙的理性主义以及艺术的庸俗化和市场化倾向;于诺瓦利斯,是将天主教会视为欧洲在精神和信仰层面统一的标志。

第一节 瓦肯罗德的《倾诉》与审美动机

第一部明确描写改宗并渲染天主教情绪的作品,是浪漫主义的开山之作、瓦肯罗德的《一个热爱艺术的修士的内心倾诉》(1797)。瓦肯罗德(1773—1798)是出生在普鲁士首府柏林的路德教徒。书名中的"修士"

---

[1] 本章所表述内容,详见谷裕:《隐匿的神学:启蒙前后的德语文学》,上海:华东师范大学出版社,2008年,第二部分第三章"瓦肯罗德与早期浪漫派的'艺术宗教'"和第四章"诺瓦利斯与诗化宗教"。因已有成文,故在此进行了缩合,并仅按本篇主旨,择其要点述之。

（原文"隐修院修士"）即已带有天主教色彩。因宗教改革的一项重要内容，便是取消隐修院和僧侣独身制，修士自此成为天主教的特殊现象。作品中的"我"以"修士"自称，这在1790年代德国东部新教地区，在柏林晚期启蒙的背景下，不仅不合时宜而且颇具挑战意味。尤其应当考虑到，正在进行的法国大革命刚刚颁布解散修院和僧侣还俗的政令。"修士"出现在标题中，无异于给作品贴上异教派及保守的标签。

不仅如此，以下行文还显示，这位以"修士"自居的"我"是一位改宗者。"我"以书信形式向朋友"倾诉"改宗历程："我"从柏林行至班贝格——南德天主教重镇，号称"阿尔卑斯山以北的罗马"，亲历那里主教坐堂举行的盛大弥撒，受其感染而决定改宗。"我"称天主教为"古老而真正的信仰"，把它比作姑娘。"我"正在热恋这位姑娘。"我"曾经与她分离，此时将"重结"情缘。"我们"将举行婚礼，正式缔结婚姻。[1]作者在此借用雅歌传统，把天主教会比作情人，重结情缘和缔结婚姻，寓指"我"将领洗重归古老的天主教会。

驱使主人公改宗的契机，是天主教仪式给人感官造成的强烈冲击。它超越理性思辨，唤醒人心灵深处的感动。因与新教相比，天主教可谓感性的宗教。在宗教改革后，新教各派简化了礼仪，偏重读经和讲道，其结果，语言和文字取代了此前丰富的身体语言和感性体验。对于生长于新教环境的瓦肯罗德，天主教礼仪既陌生又令其震撼。[2]文中所描写的对天主教弥撒的体验，来源于作者1793年南德之旅的亲身经历。瓦肯罗德在同年致父母的家书中写道：

> 弥撒礼仪进入高潮时，一位神父举起圣坛上的饼和酒，让信众瞻仰，圣铃响起，所有士兵放下武器，脱下军帽，跪向地下。所有信众一同跪向地下并手画十字。号声鸣响，余音萦绕不绝。为了不引起旁人的异议，我也躬身跪了下去。周围的人纷纷跪倒，我怎能一个人站在那儿。我也当跪下来参与最神圣的瞻礼，否则我会感到自己不属于

---

[1] 瓦肯罗德：《一个热爱艺术的修士的内心倾诉》，第82—85页。
[2] Gerda Heinrich (Hg.): *Wilhelm Heinrich Wackenroder. Werke und Briefe*. München: Hanser 1984, S. 483f.

这个集体。[1]

家书再现了天主教弥撒礼仪的核心部分——感恩祭，突出了其与新教仪式的不同，如对十字苦像（带有耶稣受难像的十字架）和圣体的瞻仰、铃声和号角、躬身跪拜、把圣体（无酵饼）放入口中，当然还包括作者未及着笔但仪式不可或缺的香烟。也就是说，与新教以读经讲道为主体的礼拜不同，天主教仪式同时注重调动眼耳鼻舌身五种感官，通过感觉经验的作用，让人全身心投入敬拜对象。在强烈的感性经验作用下，"我自己也受到一股神秘而又奇妙力量的驱使，身不由己跪了下去"，一个理性的个体融入虔诚的集体。班贝格的经历给来自北德新教的"我"带来一次全新体验，感官感知的作用胜过语言的宣讲，促成"我"的皈依。

对于正统教会，瓦肯罗德的做法不但是不虔诚的，而且是渎神的。因为他偷梁换柱，把宗教虔敬经验移植到对艺术的欣赏。他真正关心的是艺术体验。为此他提取天主教中注重感性经验的特性，为其艺术审美－感觉论服务。[2] 瓦肯罗德的艺术感觉论直接针对艺术的理性化、庸俗化和功利化。因在 18 世纪最后十年中，普鲁士首府柏林发展出一种所谓晚期启蒙，艺术在其中沦为理性批判的对象，面临迎合大众口味和走向市场化的危险。[3]

《倾诉》即是对这种倾向的回应。其中的艺术家传记、艺术文论、艺术家小说，均为捍卫艺术审美的独立而作。作者开宗明义，申明立场，认为用理性去评判天启的艺术，以批判的目光去审视艺术作品，无异于以傲慢的理性亵渎神圣的艺术：

> 世人常常反其道而行之，就像对待神圣宗教中的神秘精神一样，企图以某种体系或抛开某种体系，以某种方法或抛开某种方法来讨论

---

[1] Wilhelm Heinrich Wackenroder: *Sämtliche Werke und Briefe. Historisch-kritische Ausgabe*. Hg. von Silvio Vietta, Richard Littlejohns. Bd. II: *Briefwechsel, Reiseberichte, Philologische Arbeiten ect*. Hg. von Richard Littlejohns. Heidelberg: Winter 1991, S. 204.
[2] 关于鉴赏判断是审美（感性）的，参见康德：《判断力批判》，载于《康德著作全集》（第五卷），第 210—217 页。
[3] 参见谷裕：《隐匿的神学：启蒙前后的德语文学》，第 249、255—264 页。

或者空谈。所谓的学者或理论家们无非是借助道听途说之言去描述艺术家的激情，沾沾自喜于为之找到了某些虚荣的、俗不可耐的哲理编造出来的措辞，而实际上却对激情一无所知。——艺术家激情的本质本是无法用语言来描述的，而那些人谈论它就像谈论眼前的实物；他们解释它，喋喋不休地讲述它；其实他们本该羞于谈及这个神圣的字眼，因为他们根本不知自己所云。[1]

很显然，艺术的神圣、艺术家的激情，在此被置于理论体系、实证方法的对立面。为避免艺术受到艺术批判的侵袭，为恢复其审美独立，瓦肯罗德试图全方位树立起一种"艺术宗教"。所谓艺术宗教，是后人的概括，顾名思义，指在世俗化语境中把艺术当作崇拜的对象，让艺术取代神的位置，获得所有神性特征。[2] 从艺术宗教出发，艺术家的激情和灵感源于天启，神圣而神秘，非理性判断可以捕捉。艺术欣赏者需要同样的激情和灵感，方可与艺术作品产生心灵互动。

言其全方位地树立，是指与同时代哲学家（如康德）、理论家（如莫里茨和席勒）相比，瓦肯罗德并未停留在美学思辨层面，而是提倡让艺术接受实在的、仪式化的顶礼膜拜，创作者和欣赏者均要把礼神时的虔诚态度、敬畏之心、感觉体验，全副移用到艺术审美，其状就好比为康德、席勒关于审美的"教义"提供一个具体的行为指南。因此有人称，浪漫主义者中，瓦肯罗德最深刻地为艺术赋予了神性。[3] 而引导瓦肯罗德有此突破的一个原因，可归结为他在南德天主教地区所获得的感性经验。

瓦肯罗德对天主教的推崇，并非空穴来风，而是具有明确针对性。在当时语境中，抬高启蒙和贬抑天主教总是相辅相成，反之亦然。在《倾诉》撰写前不久，尼库莱出版游记，从启蒙新教立场出发，大肆讽刺和诋毁南

---

[1] 瓦肯罗德：《一个热爱艺术的修士的内心倾诉》，第 5 页。
[2] 参见 Richard Littlejohns: „Humanistische Ästhetik? Kultureller Relativismus in Wackenroders Herzenergiessungen", in: *Athenäum. Jahrbuch für Romantik.* 6/1996, S. 109-124。
[3] Friedrich Strack: „Die 'göttliche' Kunst und ihre Sprache. Zum Kunst- und Religionsbegriff bei Wackenroder, Tieck und Novalis", in: Richard Brinkmann (Hg.): *Romantik in Deutschland. Ein interdisziplinäres Symposium.* Stuttgart: J. B. Metzler 1978, S. 369-391, hier S. 370.

德天主教文化。凭借尼库莱的影响力，他的游记连同对天主教的仇恨，造成有教养阶层对天主教的普遍偏见。[1] 而这位尼库莱，正是《倾诉》矛头所指的柏林晚期启蒙的代言人；尼库莱之批判天主教，所聚焦的也正是其不符合他理性方案的感性艺术和感性文化。

尼库莱的庸俗和狭隘，曾遭到歌德、席勒等人尖刻讽刺（除《赠诗》外，《浮士德》中尚保留了多段）。《倾诉》的改宗情节更是一段有针对性的挑战。作品有破有立，在浪漫主义文学中，第一次明确塑造新教徒改宗天主教，预示了此后浪漫主义者改宗的浪潮。然而瓦肯罗德的改宗，只为艺术审美 - 感觉论寻找支持，实则转向他所信奉的艺术宗教。艺术在此取代神成为信仰之本体。故此，艾兴多夫在晚期撰写的《文学史》（1846）中，公允地称是瓦肯罗德使"不专业的天主教化"成为"时尚"。[2]

第二节　诺瓦利斯的《欧洲》与欧洲统一

如前所述，自 16 世纪中叶宗教改革，欧洲和神圣罗马帝国内部便大体分裂为抗罗宗和罗马公教（即新教和天主教）两个阵营。教派分裂意味意识形态分裂，与变中世纪封建制为近代绝对君主制并最终引向民族国家诞生相辅相成。自此神圣罗马帝国内部诸邦国之间、欧洲君主国之间，一改中世纪状况，频繁发生战争。发生在德语区的大规模战争有 1618—1648 年三十年战争和 1757—1763 年普奥七年战争。中世纪的欧洲是一个基督教（当时只有天主教）共同体，所发生的战争如十字军东征，是以基督教共同体对抗欧洲外部的非基督教共同体。欧洲内部战争则多发生在局部，并非现代民族国家间的大战。

至浪漫主义时期，由于我们的注意力多集中于哲学和纯文学，而忽视

---

[1] Friedrich Nicolai: *Beschreibung einer Reise durch Deutschland und die Schweiz im Jahr 1781.* Berlin: o. A. 1783, S. 504. 关于尼库莱参见 Horst Möller: *Aufklärung in Preussen: der Verleger, Publizist und Geschichtsschreiber Friedrich Nicolai.* Berlin: Colloquium-Verlag 1974。

[2] Josef von Eichendorff: *Werke.* Bd. 6. *Geschichte der Poesie. Schriften zur Literaturgeschichte.* Frankfurt a. M.: Deutsche Klassiker Verlag 1990, S. 771.

了作为背景的基本事实,即法国大革命、反法同盟、拿破仑战争。如奥古斯特·威廉·施莱格尔的妻子曾在战乱中被俘并囚禁于法国;歌德曾随反法同盟出征并负责撰写围攻美因茨的战地报告;耶拿战役全称耶拿 – 魏玛 – 奥尔施塔特战役,发生在早期浪漫主义者聚集的中心;莱比锡会战离柏林只有百余公里。加之当时动辄即上万人的会战,火枪大炮和肉搏混合,战争给时人造成的震撼,非后人所能想象:歌德的房子险些毁于炮火,门前的教堂腾空收纳伤残士兵。亦即,浪漫主义者大多对战争亲眼所见,或对战乱有切身经历。

欧洲民族国家间的战争、旧秩序解体引发的无序,促使浪漫主义知识分子重新回望中世纪统一在天主教会下的欧洲。因事实证明,"永久和平"不会发生在理念层面,也非外交斡旋可以达成,而是只有通过一个在现实中发挥作用的政治实体才能实现。于是诺瓦利斯把目光投向天主教会和神圣罗马帝国,认为天主教会是一个现实中运行的庞大宗教和政治组织,神圣罗马帝国是中欧最庞大的政治实体,两者在中世纪相互渗透,历史证明它们可以容纳多元政体形式和文化形态,有效化解欧洲内部矛盾。

诺瓦利斯的《基督教共同体或欧洲》集中阐述了这一思想。该文原本是 1799 年诺瓦利斯在浪漫主义者的聚会上所发表的演讲,因论题过于敏感,1802 年作者去世后仅发表了片段,1826 年在天主教复兴运动的背景下全文出版。由标题构成可以看出,"基督教共同体"和"欧洲"系同义反复,一个是抽象的概念,一个是具体所指。欧洲不是某些抽象的"人"的共同体,而是由基督徒组成的具体的共同体,而以下行文表明,这个基督徒的共同体即团结在天主教会下统一的欧洲。

诺瓦利斯出身于古老的贵族家族。该家族起源于 11 世纪,其所在的萨克森地区在宗教改革后改信路德教。与 20 世纪对诺瓦利斯的接受不同,19 世纪接受的重点在于其政治保守思想。换言之,诺瓦利斯的文学作品直到 19 世纪末、20 世纪初才被重新发现。整个 19 世纪他并非因"蓝花"和《夜颂》而闻名,而是被奉为天主教运动和新教保守主义的先知。诺瓦利斯去世后,其崇拜者,包括他后来改宗的两个弟弟,以《基督教共同体或欧洲》为纲领组织了天主教团体。该文因系统宣扬天主教会的政治功能,成为19世纪天主教运动的纲领性文献,以及宗教和政治保守团体的精神支柱。[1]

诺瓦利斯以"我们曾经有过美好而辉煌的时代"开篇,追忆中世纪统一在罗马公教中的欧洲:

> 那时的欧洲是一个基督教的国度,一个由基督徒组成的团体,生活在这块以人性塑造的土地上;一个伟大的共同利益,把这个幅员辽阔的宗教帝国连结在一起,连同它最边远的省份。一个首领,不需要太多的世俗财产,就可以把各方政治力量统一在一起。[2]

文中称中世纪的欧洲是为共同利益组成的"一个"国度,"一个"团体;"一个"共同的首领把各方政治力量统一在"一个"宗教帝国中。这便是在罗马公教会中统一并由罗马教宗统一领导的信仰、精神和政治共同体。

然而宗教改革破坏了这种统一,造成欧洲近代以来的分裂。诺瓦利斯接着写道,宗教改革虽芟除了公教中不合理的因素,但却带来分裂,"恶劣"地破坏了原有的统一;(530)"更为不幸的"是,世俗君主参与其中,以分裂为代价巩固和扩张各自的权力;"通过革命得到的政权"被确立为长久统治,新教所采取的政教合一模式,彻底破坏了宗教维护和平的功能;(531)其结果是,各教派间的仇恨与隔阂,大过了基督教与伊斯兰教等异教之间的仇恨与隔阂。(532)

诺瓦利斯看似诗意化的表述,却大体上代表了天主教方面的共识。不仅如此,根据国际法学家施米特的表述,这原则上符合中世纪欧洲万民法的规定:

---

[1] Hermann Kurzke: *Romantik und Konservatismus. Das „politische" Werk Friedrich von Hardenbergs (Novalis) im Horizont seiner Wirkungsgeschichte*. München: Fink 1983, S. 257.

[2] Novalis: „Die Christenheit oder Europa. Ein Fragment ", in: Novalis Schriften, Bd. 3, S. 507. 本节将在行文中直接标明引自此文的页码。译文参见诺瓦利斯:《基督世界或欧洲》,载于诺瓦利斯:《夜颂中的革命和宗教——诺瓦利斯选集卷一》,第202页。此处比照德语原文有改动。详细论述见谷裕:《隐匿的神学:启蒙前后的德语文学》,第267—279页。

在基督教界域内，基督教君主或邦国间的战争是封闭性的，不会影响基督教共同体内部的统一，论其性质，与针对非基督教世界的征伐性战争迥然不同。基督教邦君之间的争斗，总是在维护合法权益或行使反抗权等正当名义之下进行。争斗双方均以一个大的共同体的法律框架为前提。换言之，邦君既不否认也不逾越基督教这个前提性的法律框架。[1]

可见，只有依靠一个有制度和权威保障的大的共同体法律框架，欧洲的统一与和平才能得以维护。在这一点上，诗人和法学家殊途同归。互相倾轧的民族需要一个更高的神圣力量来调解，和平需要一个超越机制来缔造和维护。相反，在相互争斗的世俗权力之间、在民族国家之间缔结和平，无异于"幻觉"或表面上的"停火协议"。寄希望于议会或培养公共意识，也不过是"西西弗斯的努力"。诺瓦利斯深信，"唯有宗教才能唤醒欧洲，为各民族带来和平保障，令基督徒的共同体光荣地立于大地，行使其古老的缔造和平的职能"（543）[2]。

也是在反宗教改革、维护欧洲统一意义上，诺瓦利斯不惜冒新教之大不韪，极力为耶稣会辩护。天主教耶稣会自1540年成立，一直充当反宗教改革、维护教皇权威、恢复原天主教属地的中坚。[3]1773年修会主要因启蒙和新教的攻讦而被取缔，1814年在复辟语境中重建。诺瓦利斯此时在修会被取缔后不久，用庞大篇幅列数修会功绩，惋惜它遭到取缔，并真诚期盼它的重建。（533—534）这无异于在新教阵营为敌对方进行辩护。这便难怪诺瓦利斯被贴上反动、消极和倒退的标签。然而诺瓦利斯以此所要切切表达的，依然是他希望以耶稣会式的"行动和思想"恢复统一欧洲的愿望。

---

[1] Carl Schmitt: *Der Nomos der Erde*. Berlin: Duncker&Humblot 2011, S. 28. 中译参考施米特：《作为空间秩序的基督教共同体》，载于施米特：《大地的法》，上海：上海人民出版社，2017年，第23—24页。此处译文参照德语原文有改动。

[2] 和平对于诺瓦利斯来说当是来自人内在的要求，来自人们对和平的信仰，是一种宗教式的和平。参见 Hermann Kurzke: *Romantik und Konservatismus*, S. 266-267。

[3] 参见哈特曼：《耶稣会简史》，谷裕译，北京：宗教文化出版社，2003年，第23—73页。

如果说瓦肯罗德之描写改宗是有的放矢,诺瓦利斯付诸天主教会的政治诉求,亦是对时局的回应。1799年教宗庇护六世被法国俘虏后病逝,这对于诺瓦利斯来说,象征着"古老的教宗制躺倒在坟墓里";法国人洗劫了罗马,"罗马再度变成一片废墟"。对于欧洲人来讲,这一切似乎在预示古老天主教会的终结。诺瓦利斯正是在罗马和教宗罹难之时,呼唤一个"有形的""超国界"的"新的永久教会"再度来临。(544)而这个新的永久教会并非某种抽象的乌托邦,而是有形的、超越狭隘民族国家的、在现实中存在并行使其职能的组织。

二战前的新教神学家或德语文学学者,试图将之解释为诺瓦利斯企盼某种普遍的"公教"、抽象的精神的乌托邦。[1]然而事实上,《基督教共同体或欧洲》与其说描画了一个未来的蓝图,不如说把理想投射到历史,希望以之修正当下,建构未来。在诺瓦利斯讲演后不久,德国依次经历了拿破仑入侵、神圣罗马帝国解体,欧洲陷入战乱和无序。诺瓦利斯可谓站在一个历史节点,发出他基于历史的预言。

---

[1] 参见卡尔·巴特:《论诺瓦利斯》,第233—285页。弗里德里希·希贝尔称"诺瓦利斯感兴趣的,绝不是对教会的旧形式加以革新,而是筹备一个未来的基督教,它可以使早期基督教的宇宙观与古希腊罗马的神秘智慧及诺斯替思想的遗产重新结合"。见 Friedrich Hiebel: *Novalis. Der Dichter der Blauen Blume*. 2. Aufl. Bern und München 1972, S. 260. 转引自魏尔:(Gerhard Wehr)对《基督世界或欧洲》的导读,载于诺瓦利斯:《夜颂中的基督》,林克译,香港:道风书社,2003年,第140页。

第二章
施莱格尔的改宗与《古今文学史》

卢白羽、谷裕

德意志浪漫主义与弗里德里希·施莱格尔的名字紧密相连。他与诺瓦利斯同为早期浪漫主义代表人物。有一句号称公允的话这样评论施莱格尔：其功绩"不在于他完成了什么，而在于他开辟了什么"。显然，这是在为施莱格尔的自由开创精神进行辩护。早期施莱格尔以思想活跃、涉猎丰富、富反叛精神著称，他研究过古希腊文化，讲授过哲学史，梦想当新时代的温克尔曼。1808年，出身新教牧师家庭、时值盛年的施莱格尔忽然公开由新教改宗天主教，成为浪漫主义时期"时代的标记"。

对于时人来讲，改宗后的施莱格尔仿佛一夜间"从费希特的追随者变为天主教徒，从法国大革命的支持者到坚决的反对者，从欧洲的世界主义者到德意志爱国者和德意志民族的神圣罗马帝国的崇拜者"[1]。在新教知识精英占主导话语权的学界，施莱格尔改宗后的作品被诟病，其中最受争议的莫过于那部《古今文学史》。

《古今文学史》本是一部讲稿，系施莱格尔为维也纳天主教贵族而作。讲座本身在当时已被视作政治事件而需经过警局审查。《古今文学史》并不同于1830年代后滥觞的德意志文学史，而是采用了欧洲视角，从古希腊讲述到当时代。施莱格尔在此的功绩，仍在于他的开创性而非完善

---

[1] Friedrich Schlegel: *Geschichte der alten und neuen Literatur*, in: *KFSA* Bd. 6, S. XXI.

性。施莱格尔之前的文学史，不过是按时间顺序，对材料不假条理地进行堆积，乃至将所有写成文字的东西，包括历史和哲学散文、数学医学农学等驳杂的文字，都列入文学范畴。施莱格尔则不仅锁定了具有审美意义的文学，而且提出浪漫主义是对启蒙的修正等在今天看来颇有建树的观点。[1]

然而，学界对《古今文学史》关注的焦点首先并不在于其学术意义，而在于它的教派亦即政治取向。虽然，对比下章艾兴多夫的《德意志文学史》会发现，施莱格尔的公教立场既不自然，也不那么顺理成章，他仍然无法抑制或改变早年的思辨倾向，把文学与历史、思想和哲学混在一起，对宗教改革的批判也流于空洞的断言。但备遭新教知识界诟病的，仍为施莱格尔面对天主教的哈布斯堡贵族所采取的亲天主教立场，以及他在素材上对天主教教父文学或中世纪文学的选取。比如阿恩特为《古今文学史》贴上诸如保守、僧侣、中世纪、大奥地利的标签，并认为它显然在与新教的民族、自由、革命对抗。[2] 当然更加不能容忍的，是其作者成为改宗者并由此成为梅特涅的追随者这一事件本身。[3]

第一节　改宗与《古今文学史》

1808年4月16日圣周六，出身新教牧师世家的弗里德里希·施莱格尔与妻子多萝苔娅在科隆大教堂北侧的圣母教堂领洗，改宗成为天主教徒。

施莱格尔加入天主教的这一事件在当时德意志帝国文化界掀起了轩然大波，首先被当时占据文化话语权的新教文化界名流视为政治不正确，遭到各方的猛烈抨击。歌德在1808年6月22日写给莱茵哈德伯爵（Carl Friedrich Reinhard，拿破仑派驻卡塞尔的大使）的信中谈起自己一向看重的弗里德里希·施莱格尔：

---

[1] Friedrich Schlegel: *Geschichte der alten und neuen Literatur*, in: KFSA Bd. 6, S. XXXI, XXXIII.
[2] Friedrich Schlegel: *Geschichte der alten und neuen Literatur*, in: KFSA Bd. 6, S. XXVII.
[3] Friedrich Schlegel: *Geschichte der alten und neuen Literatur*, in: KFSA Bd. 6, S. XXVIII.

施莱格尔的改宗完全值得人们花费心力密切关注,既因为它是时代的标志,也因为再不会发生这样的奇事:在理性、理智、对世界之把握的最高光照之下,一个天资如此优秀、教养如此深厚之人,竟会走上歧途,把自己蒙起来扮演傀儡——或者其他您愿意使用的比喻——拉下尽可能多的百叶窗和窗帘,将光明从堂区公所驱赶出去,把它变成一个漆黑的房间,为的是之后再开一个极小的孔,仅够搞魔法所需要的那一点点光透进来。[1]

歌德并不是作为一个新教徒从新教与罗马天主教的教派冲突角度来批判施莱格尔改宗。他本人对过于正统、与教会联系过于紧密的宗教虔诚其实也并无好感。在歌德看来,若是怀着对艺术的忠诚而投靠天主教,比如1754年温克尔曼改宗天主教,不过是一个对古希腊精神保持一贯忠诚的异教徒从一个他不在乎的教派转到另一个他同样不在乎的教派而已。但施莱格尔皈依天主教则是精神上的皈依,它意味着遮蔽启蒙运动带来的光明,从而达到其宗教目的,意味着背叛启蒙运动以来开创的理性与思想自由,尤其意味着取消艺术自律:回到教会就意味着承认宗教对艺术的他治,是对艺术与思想自由在精神上的背叛。

海涅在《论浪漫派》里同样是在这个意义上抨击当时德国新教艺术家与诗人的改宗潮。他认为这批人背叛了德国自宗教改革以来争取思想自由的进步传统:

> 这些年轻人站在罗马天主教会门前,仿佛排了一字长蛇阵,争先恐后地重新挤进他们的父辈费了好大的劲才得以挣脱的古老的精神囚牢。看到这幅景象,人们在德国忧心忡忡地摇头不止。可是当人们发现,原来是反对欧洲宗教自由和政治自由的僧侣和容克贵族的一种宣传在捣鬼,原来是耶稣会以浪漫主义的甜美声调引诱德国青年堕落,就像从前传说中的捕鼠人拐走哈默尔的孩子一样。于是德国主张思想

---

[1] 参见歌德 1808 年 6 月 22 日致莱茵哈德的信,引自 Goethe FA Bd. 33, S. 322。

自由、信奉新教的人士大为反感、怒火冲天。[1]

海涅认为，神圣罗马帝国的衰落、拿破仑入侵使得德国沦为异族统治，极大地打击了德意志人的民族自尊心，是19世纪这股文化人改宗天主教的潮流与德意志民族精神的兴起的历史和政治原因。但是转而回归天主教与贵族统治，在海涅看来就是愚民主义，是试图埋葬"新教的自由和市民阶级的政治自由"的反动和历史的倒退。[2]

对施莱格尔改宗的批判从19世纪一直延续至20世纪。施莱格尔的改宗被视为其人生的转折，他的生平与著作以改宗为界线被分为泾渭分明的两段，阐释者也随之分为两个对立阵营。一派宣称施莱格尔思想的断裂性，[3]将施莱格尔改宗解释为他对自己早年积极进取精神的背叛。比如德国文化名人理卡达·胡赫（Ricarda Huch）认为，1808年以后的施莱格尔"沦陷到舒适的无意识状态……他放下武器，可耻地投降了"[4]。德国著名文学史家本诺·冯·维瑟（Benno von Wiese）认为，施莱格尔的改宗意味着他放弃了"无限与有限的张力"，也反映出他思想活力的"疲软、松弛"，究其原因则是"不假思索地接受的信仰教条"[5]。

强调其一贯性的立场则认为，施莱格尔乃至整个早期浪漫主义本身就包含天主教倾向。比如瓦肯罗德的《一个热爱艺术的修士的内心倾诉》（1797）、诺瓦利斯的《基督教共同体或欧洲》（1799）已经显示出，相较于新教和启蒙运动，早期浪漫主义更接近天主教的审美和政治诉求。天主教追求的统一性，和浪漫主义提出的"总汇诗"，背后的思想推动力都是寻求整一而非分裂。而施莱格尔自从旅居巴黎以来，也对天主教以及中古

---

[1] 海涅：《论浪漫派》，张玉书译，北京：人民文学出版社，1979年，第32—33页。
[2] 海涅：《论浪漫派》，第38页。
[3] 参阅 Ulrich Breuer und Maren Jäger: „Sozialgeschichtliche Faktoren der Konversion Friedrich und Dorothea Schlegels", S. 128, Anm. 2。
[4] Ricarda Huch: *Blütezeit der Romantik*. Leipzig: H. Haessel 1916, S. 362.
[5] Benno von Wiese: *Friedrich Schlegel. Ein Beitrag zur Geschichte der Romantischen Konversionen*. Berlin: Julius Springer 1927, S. 53-54, S. 59.

德国绘画、哥特式建筑等天主教艺术产生了浓厚兴趣。[1] 他的朋友苏尔皮茨·布瓦瑟雷（Sulpiz Boiserée）清楚地意识到，施莱格尔"很早以来就对天主教信仰及仪式怀有显著的好感"[2]，并且也预见到，有朝一日他会公开地认信改宗，这不过是个时间问题。

施莱格尔从未就自己的改宗这一重大人生抉择做出过任何澄清与解释。他在个人层面为何认信天主教，以及他为何选择这个时间节点改宗，也并非本章要探讨的问题。本章重在分析施莱格尔于1812年在维也纳开设的公开讲座《古今文学史》中体现出来的天主教立场，与其早期浪漫主义文学理论相比转变何在，以及这一转变反映出晚年施莱格尔对文学的理解发生了什么样的变化。

弗里德里希·施莱格尔的《古今文学史》（1812/1815）是第一部用德语写成的欧洲文学史。在长达一个世纪中，这都是世界范围内唯一的一部欧洲文学史。仅仅4年之后，《古今文学史》就在爱丁堡出版了英译本，1819年就出版了第二版。到1880年，《古今文学史》在英国已经再版10次，1840年代也开始在美国出版。可见，这部文学史在英语世界颇具影响力。

施莱格尔本人也十分重视这部著作。他在1822年至1825年编辑自己的作品全集时，将第一卷和第二卷的位置留给了《古今文学史》。而按照当时的编撰惯例，作品集的第一、二卷一般都是诗歌这一当时被视为最高贵的文学体裁。施莱格尔在全集第一卷前言里提纲挈领地表明："我们以谈论古今文学作为全集之首。它最为全面，且以通晓易懂的方式呈现了我之前批判工作的成果。"[3]

然而这部文学史在德语学界却命运多舛。它非但没有跻身经典的行列，而且还成为德意志浪漫主义最令人头疼的文本之一。今天不仅少有人读，

---

[1] 参见恩斯特·贝勒：《弗·施莱格尔》，李伯杰译，北京：生活·读书·新知三联书店，1991年，第114页。

[2] Sulpiz Boiserée: „Fragmente einer Selbstbiographie", zitiert nach Michael Sievernich SJ: „Die Konversion Friedrich Schlegels in theologischer Perspektive", in: Winfried Eckel und Nikolaus Wegmann (Hg.): *Figuren der Konversion*, S. 104-126, hier S. 111.

[3] Friedrich Schlegel: „Vorrede [zum ersten Band der Sämmtlichen Werke]", in: *KFSA* Bd. 6, S. 421.

更少有人研究。造成这一状况的原因并非其作者已经成为过时作家,相反,施莱格尔的早期作品仍然属于早期德意志浪漫主义的经典,至今被学界细细研读。《古今文学史》遭到德国文学研究界的冷落,也并非由于其内容或行文具有某种客观缺陷。事实上,《古今文学史》上至古代(包括古希腊罗马,也囊括古希伯来、古印度、古波斯等东方古代文学),下迄当时代作家,共计400页余,在内容上不仅涉及文学史,而且涉及史学和哲学史。可以说,世界史上几乎没有哪一位著名作家不曾被提及或探讨。《古今文学史》遭冷遇、被排除在经典之外的情况,与这部文学史本身一样值得关注。

《古今文学史》几乎成为"经典之反面典型"。也就是说,它成了展示经典不应该是什么样子的典型。事实上,《古今文学史》在学界的遭遇可归结为,施莱格尔是在改宗天主教后撰写了这部文学史。人们的论点自然是施莱格尔在其中秉承乃至宣扬了天主教立场。这在新教知识分子掌握学术话语权的语境中,无异于从一开始就对这部文学史判处了死刑。

海涅在《论浪漫派》中对该书的评价,表明了同时代人对施莱格尔在《古今文学史》中表现出来的天主教立场的非难与不屑:

> 施莱格尔的文学讲稿……从很高的立脚点纵览全部文学,但是这个高高的立脚点始终是一座天主教堂的钟楼。施莱格尔不论说什么,我们都能从中听到教堂的钟声缭绕不绝,又甚至听见围绕着钟楼盘旋飞翔的乌鸦在叽呱鼓噪。我仿佛有这样一种感觉,好像书里散发出祭坛上的缕缕香烟,书中最优美的段落里,若隐若现的尽是些秃头僧侣的思想。[1]

虽然海涅紧接着就不得不公允地承认,在他那个时代,尚无一部著作

---

[1] 海涅:《论浪漫派》,第69页。此处译文比照原文有改动。比起海涅就事论事的攻讦,小德意志方案的爱国主义者阿恩特(Ernst Moritz Arndt)的抨击堪称诛心之论。他认为施莱格尔贬低宗教改革、一味奉承天主教,是为了迎合维也纳上流社会的口味,不惜牺牲学术良心,故意隐去一些可能会引起争议的段落,比如对中世纪教皇国的滔天罪行就以不痛不痒的几笔带过(Hans Eichler: „Einleitung", in: KFSA Bd. 6, S. XXVII.)。阿恩特针对的已经不是作为文学史家的施莱格尔,而是作为改宗天主教、投身梅特涅门下的新教叛徒施莱格尔。

能像《古今文学史》那样为读者提供一个西方各民族文学的全貌，但几乎所有人都忽略了海涅的这句公正的评语。即便权威如韦勒克的积极评价，[1] 也无法扭转后世对它刻意的遗忘。

实际上，施莱格尔也的确希望通过讲座，将文学史、教派和政治勾连为一个整体。这不仅体现在讲座的概念和内容层面，也体现在讲座作为一个社会事件对现实社会的潜在影响力方面。

毕竟，施莱格尔的讲座地点设在维也纳，天主教哈布斯堡皇朝的首府。1806年神圣罗马帝国解体之后，维也纳作为老帝国首府成为许多浪漫主义知识分子和作家向往的政治与文化中心，施莱格尔并非唯一想在维也纳立足的作家，何况他当时已受聘于梅特涅政府，负责协助处理外交事务。讲座开设地点也不在大学或者学术机构，而是在著名的"罗马皇帝"饭店的舞会大厅，作者招揽的听众并非学术圈里的同行，而是维也纳贵族名流及其女眷。[2]

然而，施莱格尔也面临改宗者共同遇到的问题，无论天主教的哈布斯堡政府还是新教普鲁士政府，都视这一群体为政治投机分子，并对之表现出不信任态度。施莱格尔作《古今文学史》，其动机便不排除为自己正名，并试图缓和改宗带来的紧张关系。他首先将《古今文学史》题献给梅特涅首相，毫不隐讳且极为恭敬地在献词中表达了自己的愿望：

> 我最大的愿望，即是弥合至今还存在于人类的文学世界、智识生活与实际现实之间的巨大鸿沟，并希望可以表明，民族精神的塑造会在世界大事的进程中，对国运造成多么重大的影响。如果不仅学者和文学之友，而且那些以领导重大命运与事件为己任的人，也对我的阐述感兴趣并加以赞许的话，便是对我的尝试没有失败的最好证明。[3]

---

[1] 韦勒克：《近代文学批评史（修订版）第二卷：浪漫主义时代》，第41—42页。

[2] 当时与施莱格尔过从甚密的年轻的艾兴多夫也在听众之列。在日记里他如此记载当时讲座的盛况："听众济济一堂。前排就座的是各位女士，有列支登士敦公爵夫人及其女儿，李赫诺夫斯基亲王等二十九位公爵。楼下宝马雕车熙熙攘攘，如同举行舞会一般。场面蔚为壮观。"（恩斯特·贝勒：《弗·施莱格尔》，第146页）

[3] Friedrich Schlegel: *Geschichte der alten und neuen Literatur*, in: *KFSA* Bd. 6, S. 4.

可见，施莱格尔对《古今文学史》赋予的期许颇高，不但要以之弥补文学与现实的鸿沟，而且要以之对左右国家命运的贵族、政治领导产生影响力。正是这一期许决定了讲座暨书稿的政治历史高度，即海涅所言"天主堂的钟楼"视角。

第二节 罗马公教视角下的历史书写

作为一部通史，施莱格尔的《古今文学史》具有这样几个特征：第一，它以历史为线索，意在"呈现最重要民族各个时代的文学精神、文学整体及其发展脉络"[1]；第二，施莱格尔所谓文学，由今观之，仍是广义上包含了哲学和历史的文学，他称之为"民族的智识生活的总和"[2]；第三，就文学与历史的关系而言，施莱格尔认为，一个民族之"伟大的民族记忆"[3]主要由文学来保存和传承，而历史书写的任务，则是为一个民族生产"对自己作为和命运的清楚意识"[4]。按此逻辑，若没有文学这一储存器，没有历史这一生产民族自我意识的机制，族群（Volk）就不成其为民族（Nation）。可见，就最后一点而言，这部著作在具有学术性质的德意志文学史出现前二十年，亦即文学史书写尚在自发的萌芽状态之时，就已意识到文学史与民族建构间的关联。

以下将具体考察施莱格尔文学史叙事中，如何试图从公教立场出发，探讨和呈现这一关联。施莱格尔所做的，无异于以基督教为经纬，梳理和论述欧洲文学和思想史。

一、基督教作为欧洲文学起源

施莱格尔以树的生长作喻，描述文学的起源和发展模式。文学就像一棵树，从根部开始，经过各个时代，同时以各种语言，历经教养和宗教的

---

[1] Friedrich Schlegel: *Geschichte der alten und neuen Literatur*, in: *KFSA* Bd. 6, S. 6.
[2] Friedrich Schlegel: *Geschichte der alten und neuen Literatur*, in: *KFSA* Bd. 6, S. 7.
[3] Friedrich Schlegel: *Geschichte der alten und neuen Literatur*, in: *KFSA* Bd. 6, S. 15.
[4] Friedrich Schlegel: *Geschichte der alten und neuen Literatur*, in: *KFSA* Bd. 6, S. 16.

各个阶段，逐渐开枝散叶（第 16 讲）。这一模式的前提是，所有民族的文学一定同根，且各民族精神或本质只服务于普遍精神，而这一精神就好比促使树发芽、抽枝、成型的法则。在此——为与下章所谈 19 世纪上半叶新教方面撰写的各种"德意志文学史"相区别——需特别指出，施莱格尔虽也强调民族性，但从不单独研究某个民族精神，而是将其置于与其他民族的相互作用和影响中考察。在大树的比喻中，近代欧洲各民族文学构成庞大的树冠，在茂密的枝叶中德意志文学或许会脱颖而出长成树巅。

《古今文学史》按时间顺序介绍各类大小民族的文学，而民族大小又与民族语言密不可分。如此标准表明施莱格尔秉承其初衷："文学"才是"一个民族智识生活的全部"；正是以此为前提，施莱格尔才可以保证文学史书写的重要性和正当性。另一方面，施莱格尔并未按语言的同源关系安排民族语言文学及其历史。换言之，施莱格尔虽然在四年前撰写了具有开创意义的《论印度人的语言与智慧》，将世界诸语言按构成规则划分为不同语系，其中希腊语、拉丁语在印欧语系之下，希伯来语则在闪米特语系里，但他在《古今文学史》中却把文学亲缘与语言亲缘进行了区分。其结果是，施莱格尔可以避开希腊 – 印度 – 罗曼 – 日耳曼语族间的亲缘关系，顺利地将《旧约》也整合进文学史中。这样，希伯来 –《圣经》文学与古希腊文学就占据主要位置，同属印欧语系的印度文学反而只占据边缘位置。而提升希伯来 –《圣经》文学的地位，就为他讨论基督教文学打下了基础。

施莱格尔文学史的出发点是原初启示（Uroffenbarung）概念及人类历史的史前阶段。[1] 该阶段被一场普遍的自然灾难毁灭。原初灾难之后人类重新组成三大族群体系。其中一个族群比其他两个更具智慧，定居在原初人类曾居住过的地方，即幼发拉底河和底格里斯河、基训河、恒河以及印度洋之间。第二大族群由野蛮和未开化的民族组成，他们向北方迁徙，未腐化堕落，故而后来从开化民族获益最多。第三个族群早前已开化心智，

---

[1] Jutta Osinski: *Katholizismus und deutsche Literatur im 19. Jahrhundert*. Paderborn: Ferdinand Schöningh 1993, S. 121.

但由于道德沦丧及其导致的精神野蛮，变得精神卑下。[1] 而古老的东方神话、宗教以及宗教仪式、敬拜场所、神庙等，"所有纪念碑，所有雕刻着象形文字的庞大埃及建筑，波斯波利斯山上的废墟，……雕刻在岩石上的印度神话"[2]，在施莱格尔看来，均作为史前史的遗迹，佐证了他勾勒的历史框架。同理，文学也有着如此恢宏的史前史：

> 精神的形成以及文学的力量，也自有它们神奇而宏伟的史前时期。彼时的概念、文学以及预感，一同发展为后来的诗文，继而经过进一步加工，在记录言谈的作品中，发展为真正的哲学和文学……[3]

在此史前史前提下，施莱格尔将欧洲精神和思想的起点设定在古希腊。与其他族群不同，古希腊人精神的形成完全凭借自身力量。他们发展出完全人性的、自然的精神，在艺术和文学中达到完满。罗马人不过继承了希腊人"业已完成和完满的思想塑造与文学"。此后欧洲人又从罗马人和东方民族手中接过思想遗产，完全消化后纳为己有。如此一来，欧洲各民族可谓吸纳了古希腊、古罗马以及东方民族的精神，并将之融合进自己的民族精神中。[4]

与古希腊一线不同，古印度、波斯及希伯来文化精神超越了人性的和自然的领域。其民族文学和神话历史都表明这些民族仍保存并传承着原初启示的残留。而在这些古老民族中，印度、波斯（甚至包括中国）以及道德沦丧的埃及，不久后都偏离或扭曲了原初启示，只有希伯来文化"以最大的忠诚、带着盲目的顺服与信仰"，保留了最纯粹的原初启示真理。唯有希伯来代表着不同于希腊的东方民族的精神原则。希伯来人用文学形式将传承的启示真理笼罩起来，真理成为"秘密"，就连希伯来人自己都无法破解。对这个秘密的"启示"要留待将来，也就是到基督教时代。[5] 认

---

[1] 参见 Friedrich Schlegel: *Geschichte der alten und neuen Literatur*, in: *KFSA* Bd. 6, S. 97f。

[2] Friedrich Schlegel: *Geschichte der alten und neuen Literatur*, in: *KFSA* Bd. 6, S. 117.

[3] Friedrich Schlegel: *Geschichte der alten und neuen Literatur*, in: *KFSA* Bd. 6, S. 117.

[4] 参见 Friedrich Schlegel: *Geschichte der alten und neuen Literatur*, in: *KFSA* Bd. 6, S. 20。

[5] Friedrich Schlegel: *Geschichte der alten und neuen Literatur*, S. 100-102.

为《旧约》文学隐藏着真理，直到基督教时代才能解开，施莱格尔由此一方面为天主教"预表式"（Typologie）解经法进行辩护，抵制同时期新教的历史批判式解经法，另一方面也在讨论《圣经》的背景下重申了对于文学的本质在于譬喻与象征的基本理解。这一理解与他的天主教信仰息息相关。[1]

自温克尔曼起崇拜古希腊之风盛行半个世纪后，施莱格尔重新树立了希伯来文学的地位，其用意显然是为欧洲文学的基督教谱系寻找一个可与古希腊并驾齐驱的源头。如果说基督教文学的本质，在于以感性方式指向更高精神与更高真理，那么这一方式不仅适用于基督教文学，也适用于所有文学。在这个意义上，施莱格尔将文学定义为"人精神中对永恒超验的回忆"，只是这个回忆在不同时代有着不同的体现。

施莱格尔对希伯来、希腊和浪漫文学的整合，正是建立在上述前提之上。他首先认为，从理论上讲，即便在没有接受基督教启示的历史时期，文学也可以指示永恒和唯一的神。在此，施莱格尔似乎故意不对普遍意义上"真正的诗"与基督教的诗进行严格区分，[2] 而只是暗示两者间唯一的区别仅在于，基督教的诗清楚地认识真理的神性源泉，并通过譬喻形式表达无形的真理。在宽泛的意义上，施莱格尔将真正的诗、浪漫文学、基督教真理等同起来：古希腊创作了真正的诗，表达意义更为深刻的生命象征，而这一象征与基督教真理并不矛盾，且就是浪漫的和基督教的，只是古希腊诗人尚不知晓基督教这一概念而已。在施莱格尔自洽的逻辑中，荷马史诗便既是浪漫的，又在譬喻意义上是基督教的。

那么在施莱格尔设定的统序中，对于新旧二教都十分敏感的罗马文学又处于何种状况？继古希腊文学之后，文学史暨思想史的下一个阶段是古罗马时期。在这一时期，古希腊与古代东方各民族思想交汇碰撞；也是在

---

[1] 然而，将希伯来文本的《旧约》作为基督教文学史的起源，其实是非常新教的做法。在1812年，没有一个天主教徒会认为《旧约》是文学，更不用说是希伯来文学。在天主教国家，尤其是反宗教改革氛围十分浓厚的维也纳，《旧约》从来不会用于宗教以外的教养或文化相关领域，更不应该在《古今文学史》里获得一席之地。施莱格尔的这一观点恐怕会引起听众的困惑不解。施莱格尔想建构一个天主教视角下的欧洲文学历史，然而却仍然带有新教的印记。他的观点很难让一个真正的天主教徒接受，反倒是新教徒能够理解这位新出炉的天主教徒的观点。

[2] 参见 Jutta Osinski: *Katholizismus und deutsche Literatur im 19. Jahrhundert*, S. 116。

这一时期，圣言发出了关于基督来临的启示。与古希腊和古代东方不同，古罗马人具有务实和健康的人类理智，这为年轻的基督教赋予了严格的秩序和严密的组织形式。不过据施莱格尔称，古罗马并不适于作公教谱系的起点，因基督教对于罗马来说不过是舶来之物，并非自然产生于罗马帝国自身的"精神形态"。只有在尚未开化因而也尚未腐化的北方民族中，圣言才真正在基督教中获得重生。

日耳曼民族天性质朴、热爱自由、精神健康，罗马精神与之汇聚，共同规定了中世纪文学的走向。在漫长的中世纪，超民族的拉丁文学保证了"知识的存留与拓展"，以民族语言撰写的文学，则表达了"文学中诗意、富有创造性、民族性的部分"[1]。与下章所述各种新教"德意志文学史"不同——它们径直摒弃了拉丁的中世纪，把德语文学起点定义在中世纪晚期与宗教改革时期，施莱格尔对中世纪使用了二分法，既肯定了超民族的拉丁文学，又未忽略各民族语言文学的价值。

二、树卡尔德隆为戏剧典范

在接下来的篇幅中，施莱格尔考察了意大利、西班牙、法国和英国的民族文学，其中尤其突出了西班牙戏剧家卡尔德隆对近现代文学的作用和影响。在1823年的一则笔记中，施莱格尔如此概括和重申卡尔德隆对近现代文学的意义："德语版卡尔德隆深刻影响了当下的时代特征，它对于真正解决当前艺术中的问题至关重要。"[2] 所谓"德语版卡尔德隆"指施莱格尔的哥哥奥古斯特·威廉·施莱格尔翻译的两卷本《卡尔德隆戏剧》（1803/1809）。当时德国著名学者和作家如歌德、谢林和稍后的艾兴多夫、叔本华等，均通过该译本了解和借鉴卡尔德隆。[3]

然而值得关注的是，施莱格尔1803—1804年在巴黎和科隆举办的欧洲文学史讲座中，并没有特别重视卡尔德隆，而是顺应当时的潮流，特别

---

[1] Friedrich Schlegel: *Geschichte der alten und neuen Literatur*, in: *KFSA* Bd. 6, S. 150.

[2] Friedrich Schlegel: „Zur Poesie und Litteratur 1823", in: *KFSA* Bd. 17, S. 457-500, hier S. 486, Nr. 106.

[3] Armin Erlinghagen: „Die Konstruktion Shakespeares und Calderóns in Friedrich Schlegels späten Schriften zur Poesie und deren theologisch-politische Prämissen", in: Winfried Eckel und Nikolaus Wegmann (Hg.): *Figuren der Konversion*, S. 180-201, hier S.193.

突出了莎士比亚对近代戏剧和浪漫主义的意义。待至《古今文学史》，西班牙的天主教剧作家卡尔德隆则被赋予了特殊地位。施莱格尔甚至借卡尔德隆发展出一套新的戏剧理论，重新评估了古今文学的关系，可以说是以卡尔德隆置换了莎士比亚。造成这种变化的缘由，或可从施莱格尔的一条注释中窥见一斑：1822 年施莱格尔重新编辑自己早年著作《论古希腊喜剧的美学价值》（1794/1795）时，就未来理想喜剧形态一段添加了如下注释：

> 本段预示了我的观点：在卡尔德隆一节，我把文学描述为"基督教式对被照亮的想象力的神化"，认为此乃浪漫喜剧的独特本质。[1]

在注释所对应的原文中，施莱格尔把喜剧无限渐进、最后达到的终极状态称为"迷醉"。"迷醉"一词原出自神秘神学，表达一种与神神秘合一的状态，触及感知无法达到、语言无法描摹的界域。[2] 施莱格尔把宗教体验转移到艺术审美，意在表达一种至高之美。比"迷醉"更为正统的显然是注释中的"神化"（verklären）一词，该词在德语中对应《新约》中耶稣之"显圣容"[3]，指耶稣显出神性，容光焕发。通过——实际上是渎神地——使用"神化"一词，施莱格尔成功地把文学与神性品质结合在一起，为文学赋予了神性。而强调"预示"，无非是想暗示自己在早期就已种下慧根。

在《古今文学史》之前，施莱格尔已出版过若干对文学或文学史的研究，如早期的《论古希腊文学的研究》（1795）或浪漫主义时期的《诗学对话》，其中均体现了典型的历史哲学三段论。而至《古今文学史》，历史哲学式的三段论与基督教救赎史的三段论趋于重合。两者之间的转折，或称对欧洲文学重估的契机，正在于此处借助卡尔德隆对文学的"神化"

---

[1] Friedrich Schlegel: „Vom ästhetischen Wert der griechischen Tragödie", *KFSA* Bd. 1, S. 19-33, hier S. 30, Anm. 3.

[2] Armin Erlinghagen: „Die Konstruktion Shakespeares und Calderóns", S. 190.

[3] Verklären,《新约·马太福音》中用于"耶稣显圣容"（17：2），是"显圣容"的意思。此处姑且译为"神化"。

定义。

然而究其重估的根本原因,还在于施莱格尔对文学使命的理解发生了转变。他将浪漫暨基督教文学的任务重新规定为,塑造"超验世界、神以及纯粹的精神"[1]。显然,这一目的只能间接实现:

> 就其本身而言,诗[文学]唯有呈现永恒,在任何时间地点都唯有描绘被赋予了意义的事物和美的事物;然而诗又不能直接而不加文饰地做到这一点。为此它需要一片物质的土壤,它在自己的领域里,即在传说、民族记忆或过去中,找到了这片土壤。诗将当代的所有财富——只要可以进入诗——置于过去的画卷中,引导这尘世现象的谜团和生命的纠缠走向最终的消散,并让万事万物在它的魔镜里预感到更高的**神化**;诗自身也因此影响着未来,兼有一切时代,无论过去、现在还是未来,保持自身作为对永恒或完满时代的感性呈现。[2]

继而,施莱格尔着力抬升戏剧地位,且把哈布斯堡治下西班牙黄金时期的戏剧,抬升到与法国古典戏剧、伊丽莎白时代英国戏剧比肩的地位。不仅如此,他继续论证,西班牙戏剧之所以优于法国乃至英国戏剧,就在于它完全脱胎于中世纪骑士文学,遵循中世纪以来独特的发展方向,而并未如法国和英国戏剧,转而借鉴和模仿古希腊。

此外,或者说与中世纪宗教剧模式相应,施莱格尔按人物的悲剧结局,重新区分出三种悲剧形式:一则是主人公在绝对毁灭中无可挽回地坠入深渊;二则是痛苦与和解参半;三则是从死亡和受难中复活,完成内在的人格神化。[3] 三者中属第三种最为完善,而前两种均尚处于不完善的阶段。毫无疑问,按照施莱格尔此时的理解,卡尔德隆属于第三类,古希腊悲剧和莎士比亚悲剧分别对应前两种。

这并不等于说,施莱格尔对莎士比亚的评价与之前有所区别,而是

---

[1] Friedrich Schlegel: *Geschichte der alten und neuen Literatur*, in: *KFSA* Bd. 6, S. 276.
[2] Friedrich Schlegel: *Geschichte der alten und neuen Literatur*, in: *KFSA* Bd. 6, S. 276f. 黑体为引者所加。
[3] 参见 Friedrich Schlegel: *Geschichte der alten und neuen Literatur*, in: *KFSA* Bd. 6, S. 282f.

他的评价标准发生变化。莎士比亚在施莱格尔眼中原本是无人可与之比肩的。然而按照新的标准,莎士比亚被列入不完善的中间阶段,因其作品并非"对永恒或完满时代的感性呈现",亦未"将内在之人的秘密摆在我们面前"。施莱格尔的新标准用他自己的话表述如下:

> [戏剧]不仅当呈现此在之谜,而且还应解开这个谜;它当引导生命走出当前的迷茫,带领生命穿越迷茫,达到**最终的发展阶段以及终极的规定**。因此戏剧的呈现影响着未来。在未来,一切秘密皆将明了,一切纠缠皆将松开。戏剧揭开死亡的面纱,让我们在深邃的想象力的明镜中,看见那不可见世界的秘密;让灵魂清晰地看见,内心的生命如何在外在的征战中成型……[1]

按此标准衡量,莎士比亚戏剧仅仅达到了初级目标,它们不过把人生之谜、把此世的纠缠与迷茫呈现出来。虽然就戏剧该阶段的使命来说,它们达到了登峰造极的程度,然而它们并未完成更高的使命,即没有给出解决方案,没有引导和带领生命走向终极目标,而只是让生命绝对地毁灭,或在痛苦与和解参半中结束。

与卡尔德隆相比,尽管莎士比亚生活在基督教时代,但他在精神本质上,更接近古希腊人或古代北方民族。在施莱格尔眼中,唯有卡尔德隆可称得上基督教戏剧家,而且是其中之最:

> 若论戏剧结局的第三种方式,即呈现从深重苦难中升起之精神的神化,则基督徒诗人最适合表现这种形式,其中要数卡尔德隆是头一个,也最伟大。[2]

可见,因设置不同标准,戏剧家之最便由莎士比亚转移到卡尔德隆。换言之,卡尔德隆的作品不仅呈现此在之谜,而且还可以引导生命走出迷茫,走向终极的规定;不仅呈现此世的纠缠,还可以让灵魂看到不可见的

---

[1] Friedrich Schlegel: *Geschichte der alten und neuen Literatur*, in: *KFSA* Bd. 6, S. 282. 黑体为引者所加。
[2] 参见 Friedrich Schlegel: *Geschichte der alten und neuen Literatur*, in: *KFSA* Bd. 6, S. 283。

世界的秘密。就此，早期施莱格尔及早期浪漫主义者确立的统序被打破，[1]继承了中世纪传统的、西班牙天主教戏剧家卡尔德隆，被树立为新前提下的新典范。

施莱格尔的《古今文学史》并非简单的作家作品罗列。它是作者新的审美认同或政治取向的一种曲折表达。卡尔德隆和莎士比亚，两位欧洲伟大的戏剧家，对他们的择选，背后隐含教派的博弈，以及在教派博弈的背后，仍然是不同的政治诉求。今天的学人尤其是异文化中的学人，已经很难理解背后的公案，以为评判准则、审美标准的确立，不过隶属学界，属于审美范畴。由施莱格尔的《古今文学史》可以清晰看到，他对戏剧评判标准的设立、对戏剧典范的选择与其教派立场息息相关。

第三节　宗教改革与德意志文学传统

新教方面存有一种普遍倾向，即把16—17世纪的宗教改革定义为近代的开端，认为由此发生了"科学重建与重生"。施莱格尔对此持深刻怀疑态度。他认为造成"人的精神与科学真正重生的改变"，不可能来自外部影响，而是一种从之前死亡状态的苏醒，一种从内部升起的新的生命。宗教改革并未带来全面改变，没有重新激活人的精神。[2]

相反，欧洲各民族文学的基督教谱系早在古代就已确立。行至近代，是拉丁语把新欧洲与之前的世界联系起来，[3]而拉丁语的主要承载者是《圣经》的拉丁通俗译本。这部作为中世纪基督教文化基础的《圣经》，把东方的风格转移到罗马的语言中，使之通过罗马得以在欧洲流传。[4]凸显拉丁语《圣经》，言外之意是针对路德的德语《圣经》译本，乃至最终把它从德语文学史中排除。

---

[1] 比如奥古斯特·威廉·施莱格尔在1809年于维也纳开设的"论戏剧艺术与文学"的讲座中，仍然花了大量篇幅介绍莎士比亚，而对卡尔德隆则一笔带过。
[2] Friedrich Schlegel: *Geschichte der alten und neuen Literatur*, in: *KFSA* Bd. 6,S. 253.
[3] 参见 Friedrich Schlegel: *Geschichte der alten und neuen Literatur*, in: *KFSA* Bd. 6, S. 150。
[4] 参见 Friedrich Schlegel: *Geschichte der alten und neuen Literatur*, in: *KFSA* Bd. 6, S. 154。

施莱格尔并没有否认路德的德语《圣经》对规范德语书面语的功劳，但同时强调拉丁语《圣经》是联结欧洲各民族的语言纽带。为排除路德对德语文学所作贡献，他又回到先前的逻辑：近代欧洲文学论其精神源自北方民族，日耳曼人除了对自由和自然强烈的热爱之外，还特别喜爱诗。[1] 也就是说，北方民族在基督教化之前、更在路德的《圣经》翻译前，就已是一个文学民族，拥有了自己的民族语言。可见，提升拉丁通俗本《圣经》和前置日耳曼文学语言的诞生时代，均意在淡化路德《圣经》。事实上，在讲述宗教改革文学时，施莱格尔甚至从未提到路德的名字，直到倒数第二次讲座，在谈论当时代作家时，才在"回顾"中对之略有提及。

在如此铺垫的基础上，对宗教改革与德语文学的关系，施莱格尔提出了他大胆的判断：宗教改革对于德语文学是一场影响深远的普遍的"冲击"。[2] 在此施莱格尔小心地回避了使用"宗教改革（反抗、抗议）"一词，而是使用了"冲击"，意指宗教改革不仅摧毁了语言，而且在"我们与更古老的德意志的语言文学之间"树起一道隔墙，[3] 这便相当于说，"宗教改革"阻断了古德意志文学传统，进而割裂了民族传统。

而宗教改革造成的后果，到18世纪启蒙时期更为清晰地显现出来。[4] 施莱格尔认为，对于英法德等民族，宗教改革最大的错误，即是把人类理性剥离出来，将之绝对化，这尤其发生在法国和德国。在法国，这一过程经由伏尔泰和卢梭从思想世界转向外部世界，最终导向把人类理性奉为神明，导致外部世界的革命。然而物极必反，在法国终于出现源于内部的真正回归。哲学家思想家纷纷从"无神论的深渊"回归更高一级的真理。

在德国，施莱格尔选中了莱辛作为"回归"趋势的代表。他认为莱辛晚年与正统路德神学的论争，暴露了莱辛回归旧教的倾向，或者说，莱辛的哲学神学思想为摒弃新教、回归天主教做好了准备。莱辛对于那个时代德语文学的积极作用，与其说在于他的文学理论和文学创作，不如说在于

---

[1] 参见 Friedrich Schlegel: *Geschichte der alten und neuen Literatur*, in: *KFSA* Bd. 6, S. 148-165。

[2] Friedrich Schlegel: *Geschichte der alten und neuen Literatur*, in: *KFSA* Bd. 6, S. 198.

[3] Friedrich Schlegel: *Geschichte der alten und neuen Literatur*, in: *KFSA* Bd. 6, S. 198.

[4] 参见 Friedrich Schlegel: *Geschichte der alten und neuen Literatur*, in: *KFSA* Bd. 6, S. 239。

他对"宗教真理"的追求。莱辛的"勇敢无畏""自由思想"和"怀疑精神",恰恰是摧毁新教的力量:

> 在某种意义上,莱辛终结了路德所开启的一切。他完结了德国新教。……在绝对的思想自由前,德国新教……不再是一个确定的体系和封闭的党派。……莱辛把自己勇敢无畏的学者精神,回转向对最古老哲学的信仰,回转到承认教会的传统及其律法的力量。莱辛对整个新教德国无疑起到了瓦解作用。[1]

把莱辛视为德国新教的终结者、教会传统的开启者,这在当时的学界乃至政界都是一个大胆的论点。并且按照施莱格尔的逻辑,恰恰是学界所倍加推崇的莱辛的自由思想,导致他对新教的怀疑,动摇了新教的体系和派别禁锢。对比下一章各种正统的"德意志文学"——其中无一不把莱辛视为(新教的)德意志民族文学的发轫,这种基于教派立场的针锋相对便更为昭然。

最后,德意志性或德意志精神,是当时任何思想者都无法回避的问题,其间的区别仅在于如何理解和塑造所谓"民族精神"。施莱格尔同样认为,文学史暨思想史发展的巅峰在德意志,德意志精神"是构成整体的最后那块拱顶石"。德国人虽然掀起宗教改革,造成西方信仰分裂,但这并不妨碍此时"新的光将从这里向其他民族传播开去"。因为较之其他民族,德意志精神更深入于对内在生命隐藏原则的追求,而唯有内在隐秘的原则方能促成各民族协作,使得思想从共同的灵魂力量的根茎上生发出来。一言以蔽,德意志精神完全承认世界历史进程中起决定作用的圣言,承认尘世的科学和艺术映照了圣言的重生。[2]

在圣言的关照下,德意志精神将实现自己的规定性,产生"更高的、精神的真理之诗"[3]。这是施莱格尔对德意志文学的憧憬。因为在他看来,

---

[1] Friedrich Schlegel: *Geschichte der alten und neuen Literatur*, in: KFSA Bd. 6, S. 389f.
[2] Friedrich Schlegel: *Geschichte der alten und neuen Literatur*, in: KFSA Bd. 6, S. 418f.
[3] Friedrich Schlegel: *Geschichte der alten und neuen Literatur*, in: KFSA Bd. 6, S. 420.

当时代的文学，也就是浪漫文学或此前的启蒙文学、古典文学等，其"一切尝试均以失败告终，一切都将成为碎片"，因为"没有信仰和生命的稳固核心将其整合为一个整体"。在这个意义上，"碎片化的多才多艺的"歌德成为当时代文学的写照。[1]

进而，德语文学之所以在1800年以后再没有产生任何伟大作品，便是因为它立足于新教立场，而新教并不适合孕育属于未来的新诗。维兰德和歌德便是佐证：他们要么退回到古希腊异教文化，要么只能非诗意地呈现现实，要么回溯中世纪，实际上仍在抱残守缺"现代[宗教改革后]的观点"[2]。新诗只能从"天主教精神中的新教会"之中产生。[3]

对比早期和改宗后的施莱格尔，可以发现他明显从一位自由主义者，过渡到对传统的保守者；他在早期提出和宣扬艺术自律，改宗后却主张重建以信仰和精神为基础的文学。难以分辨究竟是改宗使他改变了立场和观点，还是立场和观点的转变促使他改宗。但无可否认的是，宗教派别间的博弈，在显性层面，已不再表现为神学教义论争，而是进入思想和文学艺术等各个领域，尤其进入政治实践。

19世纪的德国和欧洲文学并未朝施莱格尔《古今文学史》所预言或期待的方向发展。相反，倒是他自己早年宣扬的艺术和审美自律占得上风。不过正如施莱格尔的批判者与崇拜者海涅所言：

> 这部著作至今尚未碰到有资格审判它的法官。……无论最近有多少人出于新教小家子气对弗里德里希·施莱格尔大放厥词，但至今仍无人有能力站出来评判这位伟大的评判家。[4]

下章将引入居于普鲁士新教立场的"德意志文学史"，以及艾兴多夫明确立足于公教立场的文学史书写，在更为明确的经纬坐标中或在对比中，施莱格尔作为改宗者，其思想的复杂性将显露得更为清晰。

---

[1] Friedrich Schlegel: „Zur Poesie und Litteratur 1823", in: KFSA Bd. 17, S. 457-500, hier, S. 462, Nr. 12.
[2] Friedrich Schlegel: „Zur Poesie und Litteratur 1823", in: KFSA Bd. 17, S. 457-500, hier, S. 482, Nr. 84.
[3] Friedrich Schlegel: „Zur Poesie und Litteratur 1823", in: KFSA Bd. 17, S. 457-500, hier S. 463, Nr. 17.
[4] Heinrich Heine: Politische Annalen. Bd. 27, Heft 3. Stuttgart, Tübingen: Cotta 1828, S. 284.

第三章
艾兴多夫的《德意志文学史》与教派博弈

谷裕、陈曦

文学史在很长时间里充当了语文学的重要基石，它宣称按照某种客观标准、科学原则，将散布于历史中的文学作品置于一个"关于文学传统的序列"[1]，然后相关学科再依此选择和规定文学经典，建立有关文学的"普遍共识"[2]。然而，文学史书写中是否真的存在客观标准与科学原则，真的存在关于文学的"普遍共识"？

文学史书写在德国始于19世纪上半叶，时值科学方法滥觞，这便从一开始就为文学史赋予了科学性和普遍性。[3]然而同时在德国，文学史书写的出现又与以普鲁士新教为基础的德意志民族性的确立相辅相成。或者说，文学史的出现和确立同属于历史主义关照下各类历史书写的出现和确立。首先出现的德意志文学史即为"民族文学史"，不言而喻，其前提和出发点即是认为，在德意志民族的文学和语言中，存在某种"内在而隐秘

---

[1] 周小琴：《科学的权威化与文学史的兴起——文学史作为文学研究形式的合法化》，北京：中国社会科学出版社，2015年，第1页。
[2] 戴燕：《文学史的权力》，北京：北京大学出版社，2018年，第15页。
[3] 19世纪的历史哲学和史学编纂构成文学史兴起的背景。参见海登·怀特：《元史学——19世纪欧洲的历史想象》，陈新译，南京：译林出版社，2013年，第50—55页。

的有机法则"[1],通过对文学的梳理,可以厘清民族的形成过程。[2] 这样,文学史书写就与新教主导下的现代民族国家建构紧密联系在一起。

为与此类新教文学史抗衡,艾兴多夫撰写了一部立足公教的文学史。对比两类文学史的评判原则、审美标准,不难看到19世纪发生在德国知识分子间宗教与人文、现代与保守、大公思想和民族倾向间的博弈。本章将以浪漫主义代表诗人、作品流传最广的艾兴多夫为例,考察其立足于公教的文学史书写体现了怎样特殊的文学审美标准,显示了怎样有别于民族思想的政治诉求。

第一节 民族精神建构与宗教美学

在艾兴多夫的文学史1857年问世之前,19世纪上半叶涌现的各类文学史全部由新教知识分子撰写。为与艾兴多夫进行对比,在此介绍两部有代表性的。第一部德语文学史是盖尔维努斯的五卷本《德意志民族文学史》(1835—1842)。该部文学史首先为"市民"(即资产阶级)或"中间等级"而作,与之相应,其书写起点是中世纪晚期,亦即市民兴起的时代,同时也是宗教改革时代。盖尔维努斯继而把宗教改革后的时代分为"宗教的""审美的"和"政治的"三个时期,其中自由精神渐次展开、上升。从思维结构来看,盖氏显然是把宗教改革后涌现的民族观念与市民等级、自由精神结合在一起,以文学史为依托,为宗教改革、市民阶层、自由精神和民族观念正名,并认为这些因素构成了文学史要素,担当着推动文学发展的功能。[3]

在这个意义上,中世纪晚期的工匠歌手汉斯·萨克斯、启蒙时期的莱辛成为文学史中的典范。以歌德、席勒为代表的魏玛古典文学达到了德意

---

[1] Jürgen Fohrmann: *Das Projekt der deutschen Literaturgeschichte. Entstehung und Scheitern einer nationalen Poesiegeschichtsschreibung zwischen Humanismus und Deutschem Kaiserreich*. Stuttgart: Metzler 1989, S. 45.

[2] 这与西欧自19世纪上半叶在民族意识上升阶段开始文学史编纂同步。参见戴燕:《文学史的权力》,第270、287页。

[3] 参见 Michael Ansel: *G. G. Gervinus' Geschichte der poetischen National-Literatur der Deutschen. Nationbildung auf literaturgeschichtlicher Grundlage*. Frankfurt a. M.: Peter Lang 1990, S. 202.

志文学的顶峰。[1] 与之相反，中世纪和 17 世纪巴洛克时期，文学与艺术则呈下降趋势。因为在盖氏看来，这两个阶段的文学资源及其创作和传播，主要掌握在僧侣和贵族手中，没有在修院和宫廷以外的范围产生作用。若深究这两个阶段文学的缺陷，则恰在于它们讲求（公教的）普世精神和规范的形式，亦即缺少民族性和审美自由。[2]

盖尔维努斯的文学史观，在 19 世纪上半叶奠定了学界以新教、市民、审美自由、民族国家建构为导向的认同，开启了文学史叙事的主导模式：以启蒙文学为德意志文学繁荣的起点，视魏玛古典文学为其巅峰。[3] 然而，盖氏的书写并没有终止于此。按照这位黑格尔门徒的进步的三段论，德意志民族的审美时代结束于古典文学，之后将进入"政治的"时代，德意志民族将不仅作为文化民族而存在，而且还将成为一个政治统一体。

另一部文学史是新教学者盖尔策（H. Gelzer）撰写的《克洛卜施托克及莱辛之后的德意志文学史》（1841）。与盖尔维努斯采用的政治视角不同，盖尔策文学史叙事的出发点，在于强调宗教伦理对于德意志文学的重要意义，其侧重点明显在于思想文化层面。[4] 尽管如此，他仍与盖尔维努斯殊途同归，把德意志对思想的重视，同样回溯到宗教改革，认为是宗教改革和新教给德意志带来思想文化转折，因从宗教改革开始，德意志思想文化就开始具有宗教与学术两个面相，且彼此相互融合。[5] 遵此思路，文学既然是德意志思想文化的重要组成部分，对其考察便不可脱离宗教视角。

盖尔策的宗教伦理视角显然以宗教改革为出发点，服从新教伦理，这在新教 – 民族一线中，只不过是民族视角的另一个面相而已。事实也正如此。因在盖尔策看来，宗教改革不仅开启了信徒个体的思想自由，而且是一场带有浓厚民族色彩的政治事件："路德与其同道中人捍卫了德意志民

---

[1] Michael Ansel: *G. G. Gervinus' Geschichte der poetischen National-Literatur der Deutschen*, S. 202.

[2] Michael Ansel: *G. G. Gervinus' Geschichte der poetischen National-Literatur der Deutschen*, S. 195-197.

[3] Jürgen Fohrmann: *Das Projekt der deutschen Literaturgeschichte*, S. 132.

[4] Heinrich Gelzer: *Die deutsche poetische Literatur seit Klopstock und Lessing. Nach ihren ethischen und religiösen Gesichtspunkten*. Leipzig: Weidmann'sche Buchhandlung 1841, S. 3.

[5] Heinrich Gelzer: *Die deutsche poetische Literatur seit Klopstock und Lessing*. S. 4.

族的荣誉和权利，使其不受威尔士人诡计与暴政的侵害，一如他们捍卫新教的自由，使其不受罗马教廷的压迫。"[1]可见这种民族意识针对日耳曼邻国，更针对居于西欧民族国家之上的罗马教廷。

将此思路转移到对文学史的考察，盖尔策认为，与宗教改革遥相呼应的18世纪中叶的德语文学，便具有这样一种既对抗异族、又对抗罗马的意识：它"对抗法国文学的品味，一如它在宗教改革时代对抗罗马的品味"[2]。因此在与法国文学的比对中，虔敬派（德国清教徒）的克洛卜施托克的《救世主》脱颖而出，成为盖尔策文学史叙事的起点，亦即近代德语文学真正意义上的开端，它甚至"可为其后所有德语文学祝圣"[3]。也是在新教文化意义上，盖尔策断言，德意志人"对宗教的兴趣与对民族的兴趣是一致的"[4]。

值得一提的是，由上述两部标志性文学史著作几乎可以推导出，新教学人普遍对浪漫主义持批判态度，且其诟病皆围绕公教－中世纪－贵族－不自由这一轴心展开。众所周知，由犹太教改宗新教的海涅在《论浪漫派》中，讥讽浪漫文学的本质是"中世纪文学的复活"[5]；两位青年黑格尔的信徒，埃希特迈耶（T. Echtermeyer）和卢格（A. Ruge）在檄文《新教与浪漫主义：对时代及其对立面的理解》（1839/1840）中，称浪漫主义者是一个"虔诚的、贵族的、耶稣会的团体"[6]，是宗教改革和自由原则的最大敌人。[7]两人给浪漫主义贴上了"反启蒙、中世纪、封建、天主教、不自由、耽于幻想和反动"等一系列标签，认为浪漫主义已"沦为天主教的奴仆"。

当然，一方面，此类批判和诟病从反面再度证明，教派、天主教情结、改宗等，对于浪漫主义及其研究多么至关重要，即便尚构不成核心要素，

---

[1] Heinrich Gelzer: *Die deutsche poetische Literatur seit Klopstock und Lessing*. S. 4.

[2] Heinrich Gelzer: *Die deutsche poetische Literatur seit Klopstock und Lessing*. S. 4.

[3] Heinrich Gelzer: *Die deutsche poetische Literatur seit Klopstock und Lessing*. S. 7.

[4] Heinrich Gelzer: *Die deutsche poetische Literatur seit Klopstock und Lessing*. S. 4.

[5] 海涅：《论浪漫派》，张玉书译，北京：人民文学出版社，1979年，第5页。

[6] Theodor Echtermeyer und Arnold Ruge: *Der Protestantismus und die Romantik. Zur Verständigung über die Zeit und ihre Gegensätze. Ein Manifest*. Hrsg. v. Norbert Oellers. Hildesheim: Gerstenberg 1972, S. 81.

[7] Theodor Echtermeyer und Arnold Ruge: *Der Protestantismus und die Romantik*. S. 1.

也可谓是理解浪漫主义的一个关键。另一方面，在如此背景下，"对立面"一方的文学史书写，亦即从公教视角和立场出发撰写的文学史，似乎也到了呼之欲出的地步。

艾兴多夫（1788—1857）属于晚期浪漫主义作家和诗人。1857年，其鸿篇巨制《德意志文学史》问世，在当时的德国学界引起震动。艾兴多夫一向以"温文尔雅的缪斯"著称，此时忽然以论战者姿态出现，站在公教立场撰写出版一部富有挑战性的文学史，令学界自由主义知识分子颇感惊诧。时任图宾根大学文学与美学教授的费舍尔，认为艾兴多夫遭到公教喉舌《历史政治报》的"毒害"，称"诗人艾兴多夫远比论战者艾兴多夫可爱"[1]。与此同时，天主教地区则因有了一部"自己的文学史"而感到欣喜，因为如此一来，人们便可以"澄清新教方面混淆的事实"[2]。

事实上，艾兴多夫于1855年受天主教地区学术出版社——薛宁出版社——之邀，着手撰写一部立足于天主教立场的德意志文学史，1856年完成，1857年去世。《德意志文学史》是他生前完成的最后一部著作，撰写的契机是与新教方面的论战，但著作本身绝非仅为赢得话语权的仓促之作。这部文学史的体量一千页有余，译成汉语约在八十万字以上，是一部恢宏的、系统的、完整的对德语文学史的考察与叙述。

艾兴多夫当然采用了宗教与文学关系视角，但他的视角不同于盖尔策的宗教伦理学，而是试图恢复宗教最根本的超验维度。因按正统公教理解，宗教伦理学包含了把宗教简化为伦理道德的危险。宗教与道德之间存在本质区别，前者具有超验维度，后者属于人的智性范畴。人的智性无法达到超验界域，故而需要借助感觉和想象力。在这个意义上，感觉和想象力是"宗教的一对翅膀"；也只有在这个意义上，亦即文学作为感觉和想象力的载体，才获得存在的正当性。纯文学的生成需要感觉、想象力和智性三者之间的协调配合：

---

[1] Joseph von Eichendorff: *Geschichte der poetischen Literatur Deutschlands*. Mit einem Nachwort von Wolfgang Frühwald.（以下缩写为"Frühwald, Nachwort"）Paderborn: Schöningh 1987, S. III.

[2] Frühwald, Nachwort, S. XIV.

> 感觉不过是测泉叉，对涌向神秘深处的活泉有着奇异敏锐的感知；想象力是魔咒，能召唤出熟悉的自然精灵；智性则负责调节和整理，为感觉和想象力捕捉到的东西赋予形态，使其呈现出来。[1]

可见对于艾兴多夫来说，在文学的深处，或者说在文学之上有着"神秘的活泉"，至少有着人的智性所无法捕捉的"自然精灵"；文学所依托的情感和想象力，乃至文学本身，只是接近和感知超验维度的媒介；智性的功能是为感觉和想象力捕捉到的东西赋予形态，把它们用形式呈现出来。文学在此既被赋予了正当性，同时又被抽取掉独立性，在艾兴多夫的理解中"沦落为宗教的工具"。

基于超验维度这一宗教的根本特征，同时基于文学仅为认识和表达超验维度之媒介的基本前提，艾兴多夫认为，"文学不应是纯粹的对现实的描摹和模仿"[2]，不应仅停留在对感性世界的塑造，而是应致力于表现永恒：

> 文学更多是对永恒的间接而感性的展现。永恒即美，它为尘世披上微光。……永恒和赋予意义者，正是宗教。[3]

在此，艾兴多夫径直把永恒定义为美，文学的感性和间接性再次充当了通向永恒的通道；美便是以有限表现无限，借助感性形象表现永恒。借用弗里德里希·施莱格尔的话，真正赋予艺术尊严的并非感官世界这一"尘世的外壳"，而是永恒这一"内核"。[4]

以此为前提，艾兴多夫对文学史评判的基本原则可归纳为：达到感性、想象力和智性和谐的文学，便是美的文学；反之，若三者间缺少平衡，过度突出任何一项，都会削弱文学美感，乃至生成"病态文学"。强调三者间平衡，反对突出其中任何一项，尤其是智性，显然是有所指，或称直指

---

[1] Joseph von Eichendorff: *Geschichte der poetischen Literatur Deutschlands*, in: Eichendorff HKA, Bd. 9, S. 22.
[2] *Eichendorff HKA* Bd. 9, S. 22.
[3] *Eichendorff HKA* Bd. 9, S. 22.
[4] Friedrich Schlegel: *Philosophie des Lebens. Philosophische Vorlesungen. Philosophie der Sprache und des Wortes*, in: *KFSA* Bd. 10, S. 394.

新教注重文字和思辨的文化特征。在艾兴多夫看来，过度强调理性思辨，专注于文字本身，将导致文学的情感和想象力缺失，故而也就失去了与超验维度的关联，仅拘泥于人的感知和理解。相反被新教方面斥为"迷信"和"非理性"的圣徒故事、宗教传奇，反而可以激发诗人的想象力，为作品赋予"与彼岸的张力"。

具体而言，艾兴多夫的文学史书写，首先以宗教改革为界，将前后的文学纳入不同范式，在对比中进行描述。比如就叙事文学，艾兴多夫推崇沃尔夫拉姆的《帕西法尔》，原因在于，该部史诗充满此岸与彼岸、经验世界与超验世界间的张力：此世的荣誉并非终极目标，寻找圣杯、加入圣杯骑士团才是尘世间最高的追求。相反，中世纪晚期、宗教改革前后出现的话本和讽刺文学则遭到艾兴多夫批判，认为它们打破了智性与想象力的平衡，探讨和说理使文学不再具有语言的美感，典型的如勃兰特的《愚人船》。而感伤文学和狂飙突进文学，因偏重情感宣泄，同样失去了平衡。

诗歌与戏剧同样如此。如中世纪的宫廷骑士爱情诗，虽属世俗诗歌，但因借鉴圣母颂和雅歌传统赞美封建女主，为尘世之美赋予了理想和超验维度，同时为诗歌赋予了更多想象力和美感。相反，艾兴多夫虽然肯定路德在宗教赞美诗方面的成就，但仍觉其因屏蔽传统圣母颂和圣人传奇而缺少想象力，基于人的理性和经验的赞美终究难以开启人对天国的想象。此外，艾兴多夫基于公教对赞美诗的理解，进一步指出，新教的赞美诗有一种私人化倾向，也就是说，它逐渐趋于表达个体感受而非集体情感，这终将导向个体的自我圣化。而在艾兴多夫看来，德语启蒙诗歌便因循了这条个体–理性发展线索，造成该时代诗歌的贫乏和暗淡。

在戏剧方面，艾兴多夫认为，戏剧的核心是表现冲突，而最大的冲突莫过于此岸与彼岸、有限与无限之间的张力。在这个意义上，中世纪的宗教剧包含最深刻的冲突，因此也是最优秀的剧作。[1] 对于艾兴多夫来说，基督受难的悲剧远比古希腊命运悲剧深刻。然而令艾兴多夫扼腕的是，德

---

[1] 艾兴多夫非常重视戏剧这一文学体裁。在他看来，具体意义上的历史离不开戏剧，因为戏剧最适于展示人在世界历史中的存在与行动，以及决定人的存在与行动的力量。参见 Oskar Seidlin: „Eichendorffs Blick in die Geschichte", in: *PMLA*, Vol. 77, No. 5 (Dec., 1962), ss. 544-560, here S. 544。

语戏剧在近代蜕变为狂欢节滑稽剧，而待至席勒时代，在"人本宗教"观照下，戏剧主人公被神化，仅凭理性便可完成对自身的救赎。

通过以上勾勒可以看出，艾兴多夫几乎将上文所述新教文学史建构的秩序翻转过来，在新教学者眼中晦暗、贫乏的中世纪文学，被塑造为富有想象力、情感表达丰富、充满此岸与彼岸张力的优秀文学；被新教学者誉为民族文学的各种巅峰之作，则被评价为暗淡而缺乏美感的思辨文字，或人本宗教的产物。

第二节　树中世纪为正统而消解民族性

艾兴多夫出身于古老的天主教贵族家庭，其家族所在西里西亚地区具有浓厚的天主教传统——虽然该地在当时名义上归属普鲁士新教邦国。就学于新教大学、任职于普鲁士首府，似乎都没有动摇艾兴多夫对教会的信仰。相反，他在求学经历和公务中，得以深入观察和了解普鲁士的政治与教派关系，这为他日后在政教关系中反思文学史提供了可能。[1]1844年，在担任普鲁士公务员28年后，艾兴多夫离职，从此直至1857年去世，他几乎不再进行文学创作，而是将主要精力投入学术研究和文学批评。他先在属公教阵营的《历史政治报》上撰文，参与讨论理性主义、泛神论等当时学界焦点话题，后在好友、梅特涅的顾问雅尔克（Karl Ernst Jarcke）督促下撰写文学史。

在《德意志文学史》出版前，艾兴多夫堪称最受欢迎、最有影响力的浪漫主义作家和诗人；但《德意志文学史》出版时，诗人却因明确的教派

---

[1] 艾兴多夫在1832年一封申请监察官职位的信中，以温和却坚定的语气写道："我本不是喜好夸耀之人。但我敢声称，我早年生活的闲暇均用于漫长而严肃的研究；在后来的人生道路中，我所能获得的知识较之普通法学家和公务员也更为丰富和广博。写作使我熟悉纯文学的流变；公务使我熟悉宗教各派别的观点；近期外事部的工作尤其使我熟悉了当代的政治斗争……"参见 Joseph von Eichendorff: *Literarhistorische Schriften I. Aufsätze zur Literatur*, in: *Eichendorff HKA*, Bd. 8/1, S. XXXI。

立场遭到当时以新教知识分子为主体的公共知识界冷遇。[1]另一方面，在改宗或具有天主教情结的浪漫主义作家中，艾兴多夫又因此而独树一帜。因与瓦肯罗德、诺瓦利斯、施莱格尔和格雷斯不同，艾兴多夫无须改宗或重新认信，无须改变信仰和政治立场，他唯一要做的只是捍卫原有的认同；亦即罗马公教出身和虔诚的信仰，这促使艾兴多夫不止停留于浪漫的憧憬，而是能够自觉告别"文学独立"的主张和"浪漫的泛审美主义"，重新审视文学与宗教的关系，有意识地消解民族主义观照下的文学史书写。[2]

对民族倾向的消解，首先表现在艾兴多夫对文学史的分期和描述。德意志文学史始于"古老的民族异教"时期，经过以罗马公教为底色的"中世纪文学"，转向"世俗文学"和"宗教改革文学"，然后过渡到"现代宗教哲学文学"，最后发展出来"浪漫文学"。其中，"古老的民族异教"文学是对中世纪的铺垫，"中世纪文学"构建了德意志文学的正统，"世俗文学"是对这一传统的偏离，"宗教改革文学"是第一次对传统的反抗，"现代宗教哲学文学"延续了宗教改革精神，"浪漫文学"则是回归天主教文学的努力。

由此可见，与新教学者把18世纪下半叶启蒙文学定位为德意志文学的肇始、把魏玛古典定位为民族文学顶峰不同，艾兴多夫把中世纪文学定位为德意志文学的正统。由此正统向前推演，"异教文学"是其铺垫；向后推演，宗教改革是对正统的反抗，"现代宗教哲学文学"，亦即启蒙和古典文学，不过是反抗正统的延续，"浪漫文学"再次回归中世纪即文学的正统。

显而易见，艾兴多夫的文学史，其背后隐藏着一种反现代线性历史进步观的思想，文学史并非从低级向高级的行进，亦非盖尔维努斯式的从

---

[1] 国内学界对艾兴多夫的《德意志文学史》尚鲜有关注，德国学界的研究文献包括 Christoph Hollander: „Der Diskurs von Posie und Religion in der Eichendorff-Literatur ", in: Wilhelm Gössmann und Christoph Hollander: *Joseph von Eichendorff. Seine literarische und kulturelle Bedeutung*. Paderborn: Schöningh 1995, S. 163-233; Jutta Osinski: *Katholizismus und deutsche Literatur im 19. Jahrhundert*. Paderborn: Schöningh 1993, S. 183-191。此外还包括 Frühwald 在单行本艾兴多夫文学史中撰写的后记。这些研究均涉及《德意志文学史》的政治和宗教语境。

[2] Winfried Eckel und Nikolaus Wegmann (Hg.): *Figuren der Konversion. Friedrich Schlegels Übertritt zum Katholizismus im Kontext*. Paderborn: Schöningh 2014, S. 21.

"宗教"向"审美"和"政治"的过渡。这等于宣告,并非启蒙以后,注重文字和思辨的(新教)文学构成文学史的顶峰,晚出现的(新教)文学并不优于中世纪文学。而这两个隐含的宣告,均意在化解试图以文学和思想建构德意志民族性的倾向。

因设定中世纪为正统,故而之前的状态便是"民族异教"文学。在19世纪中叶的语境中,艾兴多夫不可能摆脱"民族"乃至"德意志民族"或"民族文学"等称谓,但与新教学人不同,他揭示并论证了日耳曼异教中的基督教元素。比如艾兴多夫认为,德意志民族原始信仰中既包含基督教萌芽,表现为德意志所信仰的神,非古希腊有人性缺点的众神,而是正义的化身,接近基督教作为正义化身的一神。进而古希腊文化属于此岸,德意志民族的精神自其源头便已具有超验和永恒的特征。

这样,在艾兴多夫的文学史中,"异教"开端就顺理成章成为中世纪基督教文学的铺垫。在此《尼伯龙人之歌》标志了日耳曼异教与基督教的交错融合。其中勇敢尚武的日耳曼世界崩塌,中世纪基督教宫廷文化确立。在艾兴多夫看来,正是德意志民族这种根深蒂固的宗教性,孕育了真正具有德意志特性、以基督教(公教)精神为导向的中世纪文学。

之后发生的宗教改革,非但不是现代文学的开端,反而是对中世纪传统最大规模的反抗。就文学史而言,虽说中世纪晚期的讽刺文学、狂欢节滑稽剧等,已包含反抗精神的萌芽,但最终将反抗精神付诸实践的是宗教改革,它使反抗意识广泛散播,为反抗赋予了至高的地位和巨大的能量。对艾兴多夫而言,宗教改革不仅是一次具体的政治宗教事件,而且如其词源(新教,德文 Protestantismus,意思是反抗、抗议)所示,标志了人性中反抗精神的总爆发,并且这种"反抗精神"侵蚀了学术,自此个体性的"革命""解放"打破权威或教义,上升为学术研究的原则:

> 人天性中的反抗精神(Protestantismus)要比宗教改革古老得多。……宗教改革将学术研究置于教会权威之上,将个体置于教义之上,从而把主体性的革命式的解放上升为学术研究的原则。[1]

---

[1] *Eichendorff HKA* Bd. 9, S. 100.

可见对于艾兴多夫，新教表面上因教义的不同与公教分道扬镳，实则是从公教中分裂出另一种理解和推动世界的原则，它可以概括为：人以自身的认知和个体主义的冲动对抗自己的造物主。这种反抗精神如罪本身一样，自亚当起就扎根在人身上。亚当之子该隐的诘问"我难道是我兄弟的庇护者？"进一步暴露出"蓄谋已久的试图脱离与解放的思想"[1]。在反抗与延续的对峙中，罗马公教代表延续传统的一方，宗教改革则释放了反叛的能量，使反抗成为普遍原则，因此也势必带来无休止的革命，不断引发与传统的断裂。

继宗教改革之后出现了新教文学，脱离德意志文学的传统，亦即脱离中世纪传统，形成启蒙文学和魏玛古典文学一线。其中包含的反抗精神，首先是摒弃"黑暗的中世纪"，摒弃中世纪的母题和素材，转而向异教的古希腊寻求灵感，而因其在释经学中的特殊地位，古希腊语文也得到特别关注。在此前提下，所谓德意志古典文学应运而生。然而，由于艾兴多夫开宗明义对文学史的评价原则，即前文所述"超验"和"永恒"，以古希腊异教文化为圭臬的古典文学则无法算作德意志文学的巅峰之作。莱辛、哈曼和赫尔德最多可谓"停留在追求真理的半途中"[2]；在歌德的"自然"与席勒的"理念"之间，需要一个更高元素——"基督的道成肉身"达成和解[3]。这在逻辑上就无异于对以古典文学建构德意志民族性，进行了类似釜底抽薪式的消解。

在艾兴多夫的鸿篇巨制中，对浪漫主义的研究和表述，占据了近一半篇幅。这不仅因为浪漫主义是艾兴多夫亲身经历和参与的文学尝试，更因为他认为，浪漫主义肩负回归德意志文学传统的使命：

> 浪漫文学在本质上是天主教的，是新教对天主教爆发的乡愁。[4]

这是艾兴多夫对浪漫主义最为著名，同时也备受争议的定义。既然为

---

[1] Frühwald, Nachwort, S. XV.
[2] *Eichendorff HKA* Bd. 9, S. 229.
[3] *Eichendorff HKA* Bd. 9, S. 272.
[4] *Eichendorff HKA* Bd. 9, S. 470.

浪漫主义赋予了如此使命，艾兴多夫的浪漫主义书写便围绕其与公教的关系展开。浪漫主义者的天主教情结和改宗者的主张成为他关注的重点。对于如诺瓦利斯的《基督教共同体或欧洲》，布伦塔诺的宗教诗，弗里德里希·施莱格尔、亚当·米勒、格雷斯的改宗或重新认信，艾兴多夫的解释聚焦于，这是它们或他们在弥合知识与信仰、现代与传统、个体与集体层面所作的努力。

当然，艾兴多夫对浪漫主义的考察和塑造不止于此，它不仅具有系统性，涵盖哲学、宗教、政治和文学多个领域，而且不乏对其复杂性的清醒认识。浪漫主义与公教的关系，绝非想象中那样纯粹、明晰：

> 时髦的浪漫文学恰恰在南部天主教地区反响甚微。因为在那里，浪漫主义所呼唤的宗教文学，仍在民间流传；因此人们既惊讶又觉得好笑，为何浪漫主义要如此兴师动众地表述显而易见的东西。……而在北德这个浪漫主义大本营，浪漫主义者无一例外地接受过新教训练，在教会以外的学术与生活习俗中成长。因此，他们不得不将自己的语言翻译成天主教的俗语，因这并非他们的母语；在北德，他们早已品尝过智慧树的果实，……他们缺乏天主教精神的土壤。而事实上，要使他们的信念转化成鲜活的文学，只需有这方土壤就够了。[1]

生活在天主教土壤、以天主教为母语的艾兴多夫，一语中的地指出浪漫主义的悖论——人为地争取无法企及的东西；品尝过智慧树果实的知识精英，难以浑然天成地回归单纯信仰的境界。浪漫主义者因自身的个体和精英品质，无法引领自身遑论一个民族回归正统的中世纪。也因此，较之于浪漫主义，晚年的艾兴多夫显然对民间大众的宗教情感怀有更深的期待，他感觉在如1844年特里尔的圣母披风朝圣运动中，看到了"生动的浪漫主义"[2]。朝圣中的人民是现实中的实体，非新教学者或浪漫主义者构建出的"人民"，他们或许是弥合中世纪的德意志民族与近代新教"民族"

---

[1] *Eichendorff HKA* Bd. 9, S. 470f.

[2] Frühwald, Nachwort, S. II.

理念的力量。

再回到本章开篇提出的问题：有关文学史的研究认为，文学史在今天"早已通过学科体系进入我们的常识，成为我们理解文学的基本框架"[1]，它以科学和学术名义，左右人们对作家作品的基本认知。然而与此同时人们已忽略，文学史作为一门现代学科，其生成和设置与其他学科一样，体现着权力机制，需要依赖国家在制度性实践中完成。这就值得人们去剖析其产生的历史语境，追踪其评判标准、审美原则背后的意识形态取向。[2]

以今天的学术标准观之，艾兴多夫的《德意志文学史》显然太具论战性质。然而正因如此，它似乎更能够启示读者，去反观那个时代的各种文学史书写，尤其考虑到，是它们为以后的文学史给出了基调。文学史拟定的各项评判原则、审美标准，似乎无一不立足于某种教派立场或政治诉求。

---

[1] 李杨：《文学史写作中的现代性问题》，北京：北京大学出版社，2018年，第25页。
[2] 参见李杨：《文学史写作中的现代性问题》，第106—111页。

第四章
教会与国家关系：
格雷斯的《阿塔纳修斯》

袁媛、谷裕

本篇前三章主要从文学作品、文学史书写出发，探讨浪漫主义者的改宗和天主教情结，基本上集中在审美以及通过审美表现出的政治诉求。然而，随着时间推移，早期生发于敏感的知识分子中的情绪，与帝国总决定、神圣罗马帝国解体等政治事件发生共振，共同酝酿和激发了19世纪上半叶的政治天主教运动。政治天主教运动的宗旨在于，争取和捍卫帝国境内天主教地区及天主教徒的权益。这首先触及教会与国家关系问题。

所谓教会与国家关系，在此指天主教会与新教国家的关系，是浪漫主义所关注的新旧教博弈在现实中的体现。虽然其背后的对峙依然围绕自由与保守、进步与传统、帝国与民族国家展开，但已经不止发生在思想领域，而是波及政治生活和政治实践领域。自19世纪20年代起，天主教会与新教民族国家间的博弈，贯穿第二帝国的成立并继续延伸到文化斗争结束。具体矛盾的焦点在于，力求建构统一民族国家的新教的普鲁士，视境内天主教徒为分裂势力，制定一系列政策和措施限制和打压天主教，包括禁止天主教徒进入政府、军队和教育系统。作为回应，天主教方面开展"觉醒运动"，一方面以教会为依托谋求在政治、社会和文化领域的重建，一方面以越山主义和天主教大公思想对抗民族国家构想。

领导这场运动的除教内神职人员外,浪漫主义者如格雷斯等在舆论宣传方面也起到了重要作用。重新认信的格雷斯,作为神学家、作家和出版家,是政治天主教运动中最具公共影响力的人物之一。在重新公开认信后,他由早期自由主义者、法国大革命的支持者,转而投身于公教的出版和舆论宣传,以学术著作、论战檄文,为启蒙后在学界和公共领域丧失话语权的天主教徒争取政治和社会权利。

与诺瓦利斯、施莱格尔和艾兴多夫相比,格雷斯不再停留于文学审美,或在思想中构建某种美好蓝图,而是开始具体探讨现实中的民族、国家和教会的关系,即如何在君主权威让渡给国家和民族后,重新以现存的教会力量富有超越性地对抗民族主义,避免各民族国家之间的争端。[1] 这样,格雷斯便把文学和思想领域的主张,投入公共政治生活和政治实践,他以檄文《阿塔纳修斯》[2] 为先导进入公共政治生活。文中,格雷斯详细梳理了"科隆事件"始末。全文以科隆大主教在教区处理公务时被捕开篇,以查明事件真相为线索展开行文。在为大主教进行的辩护中,格雷斯以公平、正义、自由为原则阐述了对政教关系、教会自由等问题的理解,这些棘手的问题对 19 世纪的德意志而言极具现实意义。他以此檄文预测了该事件对教派关系暨政教关系的影响,唤醒了德意志天主教徒的政治意识。

第一节 格雷斯、科隆事件与《阿塔纳修斯》

约瑟夫·格雷斯(Joseph Görres, 1776—1848),1839 年被册封为贵族,一般被视为海德堡浪漫主义的代表。格雷斯其人的生平、著述和实践活动,在浪漫主义时代的知识分子中十分具有代表意义。如上所述,他在早期是

---

[1] Joseph von Görres: „Resultate meiner Sendung nach Paris im Brumaire des achten Jahres ", in: Joseph von Görres: *Gesammelte Schriften*. Hg. von Marie Görres. Abt. 1, Bd. 1. München: Commision der literarisch-artistischen Anstalt 1854, S.88f.

[2] 格雷斯著作引自 Joseph Görres: *Ausgewählte Werke in zwei Bänden*. Hg. von Wolfgang Frühwald. Freiburg u. a.: Herder 1978. 后文将用 Görres Werke 表示该版本的格雷斯文集,并相应标注出卷数与页码。这里参见 Joseph Görres: „Athanasius ", in: *Görres Werke*, Bd. 2, S. 572-719。该文是浪漫主义时期政治天主教主义最重要的文献。两个月售出一万份,四个月再版四次。见 Görres Werke, Bd. 2, S. 880-881。

自由主义者，一度狂热支持法国大革命；之后发生在欧洲和德国的政治军事事件，促使他进行深刻反思，并最终走向对传统秩序的保守和维护。对于格雷斯来讲，转折的标志是重新认信罗马公教，以此显示自己新的政治立场和政治认同。

1826 年，重新认信后的格雷斯受巴伐利亚王路德维希一世邀请，至慕尼黑担任通史和文学史教授。在这里他直到去世都是慕尼黑天主教界的领袖、慕尼黑浪漫主义的核心人物。在他周围聚集了著名的天主教思想家和艺术家。格雷斯传世的著作主要有四卷本的《基督教神秘主义》（1836—1842），主要针对以图宾根自由派神学家鲍尔和施特劳斯为代表的、新教神学中兴起的实证主义、历史批判的《圣经》研究，宣扬启示宗教，为天主教关于神迹的教义辩护，明确表达了反对历史主义、科学主义、实证主义，以及反对哲学中无神论和不可知论的立场。[1]

其次是一系列论战性的檄文。面对天主教自 1803 年还俗政策后在公共领域所处的弱势地位，格雷斯以及聚集在他周围的社团小组，开始创办报纸杂志，为天主教在公共政治和文化领域营造舆论，争取话语权，并由南德向整个德意志文化区辐射。[2]《阿塔纳修斯》即诞生于这样的背景，并且成为 19 世纪上半叶天主教徒争取社会地位和社会权利的重要文献。格雷斯等在政治宣传上的准备，连同 19 世纪中叶兴起的天主教社会运动，为天主教徒在 19 世纪下半叶形成政治力量、组建中央党奠定了基础。

直接引发格雷斯撰写檄文《阿塔纳修斯》的契机，也是 1837 年在科隆爆发的所谓"科隆事件"。事件起因具有偶然性，同时又具有必然性，可以说是自 1803 年帝国总决议以及 1815 年维也纳和会以来，普鲁士政府对天主教政策引发的必然结果。具体而言，即新教的普鲁士政府试图把东部的政教关系，移用到和会后归入普鲁士的西部莱茵兰和威斯特法伦等天

---

[1] 参见 *Görres Werke*, Bd. 2, S. 462, S. 465, S. 466f.
[2] 参见 *Görres Werke*, Bd. 2, S. 915f. 格雷斯的重要贡献还表现在，他一力促成了天主教政治意识和天主教政党的形成。1838 年格雷斯为抗议前一年发生的"科隆事件"，撰写了檄文《阿塔纳修斯》，成为复辟时期德意志教会史的重要文献。檄文的思想动摇了（普鲁士）"王位与圣坛结合"的政治宗教模式，帮助天主教会逾越了启蒙运动的影响。格雷斯因此成为德意志天主教政治意识的奠基人，现代－保守政治原则的创始人。

主教地区，把天主教会纳入官僚体系进行管理。这势必引发双方冲突，而普鲁士政府有时甚至采用过激的方式。

1837年11月20日，普鲁士政府突然逮捕科隆大主教德罗斯特（C. A. von Droste zu Vischering, 1773—1845），随后将其带至明登市软禁。科隆大主教自古与美因茨、特里尔大主教并称德语区三大主教，在德国天主教地区享有崇高权威和地位。普鲁士政府的行为构成了严重挑衅。莱茵兰和威斯特法伦地区天主教徒立刻对此表示强烈不满，与普鲁士政府发生正面冲突，史称"科隆事件"。[1]该事件标志天主教会与普鲁士国家冲突达到顶点，也有人将之与俾斯麦在1870年代发起的"文化斗争"相比，把它称为"第一次文化斗争"[2]。直到五年后，1842年，普鲁士王威廉四世出席了冯·盖瑟尔（时任助理主教，后任科隆大主教）主持的科隆大教堂续建典礼，满足天主教方面的基本诉求，冲突才暂时得以平息。[3]

如格雷斯在《阿塔纳修斯》开篇所言："知情者对科隆大主教被捕一事并不感到讶异"，这是"二十年以来"事态发展的必然结果。[4]换言之，这是1815—1816年维也纳和会导致的必然结果。因为和会规定莱茵兰地区（即莱茵河沿岸地区）与威斯特法伦地区并入普鲁士版图，传统天主教教会辖区自此需接受新教普鲁士政府管理。同时，在这两个地区并入后，普鲁士成为继奥地利之后拥有天主教人口最多的国家。当然随之也出现了一种奇特的格局：天主教徒在莱茵兰和威斯特法伦占绝对优势，而对于普鲁士国家却是少数派。

普鲁士政府对如何统治和管辖这两片地区也颇感棘手。时任普鲁士文化部长的阿尔腾斯泰因男爵（Freiherr vom Stein zum Altenstein, 1770—1840）在1819年的备忘录中写道："普鲁士是一个新教国家，却拥有三分

---

[1] Friedrich Keinemann: „Kölner Wirren", in: Josef Höfer und Karl Rahner (Hg.): *Lexikon für Theologie und Kirche*. 3. Aufl. Bd. 6. Freiburg u. a.: Herder 1997, Sp. 197f.
[2] 参见邢来顺：《德国通史（第四卷）：民族国家时代（1815—1918）》，南京：江苏人民出版社，2019年，第42—44页。
[3] 盖瑟尔（Johannes Baptist Jacob Kardinal von Geissel, 1796—1864），1839年被册封为贵族，1837—1841年担任斯派尔地区主教，1841—1845年担任科隆教区助理主教，"科隆事件"中被捕的大主教德罗斯特去世后，他担任科隆大主教，直至去世。
[4] 本章选用的《阿塔纳修斯》文本参见 *Görres Werke*, Bd. 2, S. 572-719。

之一的天主教臣民。关系很难处理。……不得不优先照顾新教教会。却也不该歧视天主教会……"[1] 在这位普鲁士高官的两难态度中，普鲁士国家与天主教会、新教政府与天主教臣民、旧邦与新并入的地区间的紧张关系可见一斑。

"科隆事件"爆发的具体诱因，一则源于婚姻领域，一则源于教育领域。源于婚姻领域的问题是：天主教徒与新教徒通婚所生子女当属何宗；源于教育领域的问题是：由哪方来规定莱茵兰地区波恩大学神学系的授课内容。婚姻，更确切说是子女教派归属问题，直接关系到教派的未来；教育，更确切说是新教渗入问题，同样关系到教派的博弈。可以想见，就此普鲁士政府所采取的措施将不同于天主教会和天主教徒的愿望。

双方的对峙十分尖锐。在子女宗派归属问题上，普鲁士政府于1803年帝国总决议后，便规定通婚所生子女需按父系宗派接受宗教教育，天主教方面则规定男女双方在缔结婚姻时，就当承诺让子女接受天主教洗礼并在之后接受相应的宗教教育。因1815年之前，莱茵兰和威斯特法伦为法国占领，需遵照《拿破仑法典》缔结民事婚姻，故而矛盾并未凸显。维也纳复辟之后，天主教会重新接管婚姻事宜。而在1825年后形势日趋紧张，因为该年普王弗里德里希·威廉三世发布敕令，要求西部省份（莱茵兰和威斯特法伦）按东部省份操作，亦即遵守子女信仰依从父系的规定。鉴于当时两教派信徒通婚中，多为男新教女旧教的组合，普鲁士方面的规定显然意在削减天主教人口。

作为回应，五年后的1830年，教宗发布通谕，重申了天主教方面的规定，明确指出只有男女双方做出前述承诺，神职人员方可为之举行婚姻仪式。普鲁士政府表示拒绝接受教宗通谕，阻挠将之公之于众，并公开对峙，表示凡按彼规定缔结的婚姻政府将不予以承认。

为缓和矛盾，1834年，普鲁士方面派特使冯·本森（von Bunsen,

---

[1] 引文出自 Heinrich Schrörs: *Geschichte der Katholisch-Theologischen Fakultät zu Bonn 1818 bis 1831*. Köln: J. & W. Boisserée's Buchhandlung 1922, S. 5。此处转引自 Norbert Trippen: „Das Kölner Dombaufest 1842 und die Absichten Friedrich Wilhelms IV. von Preußen bei der Wiederaufnahme der Arbeiten am Kölner Dom. Eine historische Reflexion zum Domfest 1980", lín: *Annalen des historischen Vereins für den Niederrhein*, Heft 182, Bonn: Ludwig Röhrscheid 1979, S.99-115, hier S.102。

1791—1860）与科隆大主教冯·施皮格尔（von Spiegel, 1764—1835）进行谈判，双方在罗马教宗不知情的情况下秘密签署《柏林协约》，其中天主教方面把要求降低到"仅抱有忠于信仰并履行义务的态度"即可。[1]1836年，持越山主义立场亦即后来被捕的德罗斯特出任科隆大主教。[2]德罗斯特开始坚决贯彻教宗通谕，拒绝接受《柏林协约》，直接导致了"科隆事件"爆发。

教育领域的紧张与婚姻领域同出一辙。冲突焦点在于，作为大主教的德罗斯特是否有权决定波恩大学神学系的授课内容。此前在冯·施皮格尔任职期内，这尚不成其为问题，也就是说大主教可自行决定。事情的转折发生在1820年赫尔墨斯（Hermes, 1775—1831）接受大主教委任出任波恩大学天主教神学系教义学教授之际。赫尔墨斯是天主教神学家和哲学家。与启蒙运动同时，18世纪下半叶天主教内部也出现过类似的启蒙运动，主张在不违背教义的前提下，接受部分启蒙思想。赫尔墨斯便承袭了这一支脉。他试图借鉴康德等人的思想，用理性解释天主教中的启示观念，并以此弥合两教派间的冲突。赫尔墨斯的思想被称为"赫尔墨斯学说"。从该学说逐渐衍生出支持教会与国家合作的思想，表现为把天主教徒培养为忠于普鲁士民族国家之良民的倾向。赫尔墨斯在天主教重镇如科隆、波恩、特里尔、明斯特等地的大学神学院得到支持，二十余位教席教授表示认同他的观点。[3]

1835年，教宗格里高利十六世发布通谕《当进攻时》，判"赫尔墨斯学说"为异端，将赫尔墨斯的著作列入"禁书录"。这就再次造成教会与

---

[1] 参见Helmut Berding und Hans-Werner Hahn: *Gebhardt. Handbuch der deutschen Geschichte. Bd. 14. Reformen, Restauration und Revolution 1806 bis 1848/49*.10. Aufl. Stuttgart: Klett-Cotta 2010, S. 401. 另参见Friedrich Keinemann: *Das Kölner Ereignis und die Kölner Wirren (1837-1841). Materialien der Historischen Kommision für Westfalen Bd. 9*. Münster: LWL 2015, S.12-56。

[2] 越山主义，即强调教宗权威和教会权力集中的理论，又称"教宗绝对权力主义"。19世纪罗马教会沿着维护教宗的最高权威这一方向发展，称作"越山主义"，因为从欧洲北部和西部看，意大利在阿尔卑斯山的另一边。越山主义把教宗的地位抬高到一切民族教会和地方教会之上，耶稣会在助长这种倾向上影响颇大。越山主义倾向在庇护九世任教宗期间表现突出，而第一次梵蒂冈公会议决定了越山主义的胜利。参见布鲁斯·L.雪莱：《基督教史》（第三版），刘平译，上海：上海人民出版社，2012年，第368页，注释1。

[3] Michael Buchberger (Hg.): *Lexikon Für Theologie und Kirche*. Sonderausgabe. Freiburg u. a.: Herder 2009, S.10-11.

政府间的紧张和对峙。大主教德罗斯特意欲贯彻执行教宗通谕，禁止赫尔墨斯讲授被判为异端的内容，而普鲁士政府则坚持履行国家对神学系的控制权，允许继续讲授，并希望德罗斯特采取和前任同样的亲政府态度。

双方最终斡旋无果，普鲁士政府以破坏邦联法律、煽动抗议、挑起宗教仇恨、颠覆大学教育等罪名，逮捕德罗斯特。[1] 在莱茵兰和威斯特法伦等传统天主教地区，婚姻和教育自中世纪起便归教区和教会管理，从未间断。此时忽然有世俗政府介入，试图中断传统，强行干预教会内部事务，不仅引起强烈抗议，而且释放了蓄积已久的不满情绪。

追根溯源，在现实政治中，莱茵河流域的不满情绪源自法国大革命和拿破仑入侵。拿破仑入侵德国，侵占了莱茵河左岸（西岸）地区，剥夺了贵族的土地。为补偿贵族的损失，普鲁士决定侵夺当地教会地产。普法奥1795年的《巴塞尔和约》和1797年的《坎波福米奥和约》承诺以教会财产补偿普鲁士和奥地利在莱茵河左岸的损失。1803年"帝国代表会议总决议"落实了1801年《吕内维尔和约》中以教会财产作为补偿的具体规定。

根据决议，各主教坐堂圣职团的财产及所有主教领地，均转移给世俗君主；隐修院的地产和设施归当地君主自由管理和使用；后果尤其严重的是，科隆、特里尔等传统选帝侯国以及许多教会邦国被取消邦国资格。这样，取消教会邦国、没收教会财产、关闭修院，直接造成天主教地区大规模的还俗，几乎中断了此前的教区管理和教育系统。虽然普王弗里德里希·威廉三世在接管西部省份时明确表示："宗教是人类拥有的最有价值的事物，我将尊重和保护你们的宗教。基督教两个教派的成员将享有平等的公民权与政治权"[2]，但如此承诺如同一切政治或外交承诺一样，在实践中被证明无非辞令而已。

维也纳和会后欧洲的复辟并未马上改善还俗地区天主教会的地位。直到1821年，罗马教宗才在与普鲁士政府协商的基础上，发布通谕《论灵魂的得救》（*De falate Animarum*），试图以此改善两方关系。根据此通谕，科隆大主教区得以恢复，下辖特里尔、明斯特与帕德博恩主教区；各主教

---

[1] 参见 *Görres Werke*, Bd. 2, S. 578-580。

[2] 参见 *Görres Werke*, Bd. 2, S. 597。

座堂圣职团获得了选举主教的权利。但普鲁士政府依然保留了一项权利，即主教候选人必须事先得到国王认可，[1] 也就是说，君主和世俗国家仍有权干预主教叙任。这表明教会对国家权利做出了关键性让步。

尽管如此，教会与国家之间结构性的对峙无法从根本上克服。除去一般意义上的政教冲突，区域性传统也产生了重要影响。[2] 莱茵兰和威斯特法伦属于德国历史最为悠久的天主教地区。科隆、美因茨和特里尔大主教，自中世纪起便以三大教会诸侯身份，位列德意志七大选帝侯。在这些地区，天主教信仰、组织、法律和习俗根深蒂固，这里的人民很难在短时间内与一个后起的新教世俗政府产生认同，遑论接受其干预和管理。"科隆事件"在此成为导火索，引发了压抑了近半个世纪的深层对抗。

现实政治中的对峙充分证明，浪漫主义者的改宗或重新认信，并非空穴来风，亦非仅由思想所至，而是实实在在地代表了知识界对历史政治事件的回应。时代的冲突，为敏感的诗人所预感和捕捉，他们随之做出符合自己价值认同的抉择。如果说诺瓦利斯、施莱格尔，乃至艾兴多夫都设置了审美距离，间接地表达自己的认同和诉求，那么直接回应并参与到政治实践的浪漫主义作家，就首推约瑟夫·格雷斯。

第二节 《阿塔纳修斯》与理想政教模式

《阿塔纳修斯》以对普鲁士政府的谴责为出发点，提出改善天主教环境的诉求，更为重要的是，作为作家、学者和神学家的格雷斯，同时在文中提出和论证了理想的政教模式。他根据当时的政教格局，提出"王冠与圣坛"的结合。这一主张可以说表达了19世纪下半叶德国天主教会方面的基本诉求。

虽然称之为檄文，但格雷斯在指责普鲁士政府、捍卫天主教权利的同

---

[1] Helmut Berding und Hans-Werner Hahn: *Gebhardt. Handbuch der deutschen Geschichte. Bd. 14*, S. 397.
[2] 参见 Paul Mikat: *Das Verhältnis von Kirche und Staat im Lande Nordrhein-Westfalen in Geschichte und Gegenwart*. Köln und Opladen: Westdeutscher Verlag, 1966, S. 24。米卡特（Paul Mikat, 1924—2011），德国民法、法制史及教会法教授，政治家，1962—1966年间担任北莱茵-威斯特法伦州文化部长。

时,并没有无视事实上普鲁士对莱茵兰地区的统辖权,而是采取了克制的策略,似乎更希望通过善意和鼓励,促使普鲁士方面意识到问题的严重性,从而致力于改善与天主教会的关系。鉴于19世纪初以来的现实,可行的办法不再是政教分离或脱离普鲁士国家以引发更大冲突,为此,格雷斯提出"王冠与圣坛"的结合,希望推动天主教会与普鲁士政府在平等原则上和平共处。

第一,格雷斯在前言中将普鲁士历史上的野蛮君主与当时代的君主进行了切割,称"士兵王"弗里德里希·威廉一世是"令人憎恶的野蛮人",然而这个阴魂不散的"老幽灵"并不代表当今的普鲁士精神,它只不过仍不愿放手,会时常再飘过普鲁士,带来灾祸,或总是在"关键时刻"死而复生。[1] 这种说法似乎就给了执政的普鲁士王以纠错的空间。同时,格雷斯并未顺应激进派的呼声而"发出雷鸣般的吼声","进行毫不留情的打击"或"撕开所有旧伤疤",而是认为各种粗暴的情绪宣泄乃至打击谩骂,不仅不能达到应有的效果,反而会引发更尖锐的冲突。[2]

格雷斯在《阿塔纳修斯》中提出并详细阐述了他心目中理想的政教模式:"王冠与圣坛结合",二者各司其职,共同维护国家稳定。具体而言,国家需要教会在信仰文化和道德教化方面的工作,教会需要国家的保护和支持,同时国家应给予教会最大限度的自由。[3] 当然这一理想模式并非格雷斯首创,而是产生于中世纪,以查理大帝为首的君主奠定了教会与世俗政权关系的基础:教会为世俗统治赋予合法性,世俗政权保护教会并协助传播信仰。格雷斯只是顺应时事,再次提出这一理想。他同时继承中世纪有关政教关系的神学论证:教会与国家如同基督具有人神二性,是同一的整体,两者之间非并列、联合甚或上下关系。基督教社会也当既拥有完全的神的秩序,也拥有完全的人的秩序。[4]

---

[1] 参见 *Görres Werke*, Bd. 2, S. 573。

[2] 参见 Monika Fink-Lang: *Joseph Görres. Die Biografie*. Paderborn u. a.: Ferdinand Schöningh 2013, S. 266。

[3] 参见 *Görres Werke*, Bd. 2, S. 601, S. 620f。

[4] 参见 *Görres Werke*, Bd. 2, S. 666-668。关于基督的二性参见马丁·开姆尼茨:《基督的二性》,段琦译,南京:译林出版社,1996年,第2页。

这样，格雷斯也就再次回溯教父时代关于基督一性论的神学辩论，并重申了教会正统信仰，认为无论否认神性还是否认人性都是谬误，言外之意，教会和国家，分别作为基督神性和人性的一面，对于一个信仰共同体而言必不可少。与之相应，格雷斯同时按照教会正统教义，批判以聂斯托利派为代表的异端思想"基督二性二位说"。[1] 这相当于从另一个侧面批判了政教分离的思想。就此格雷斯称，无论在理论还是实践层面，政教分离都是"荒谬的、当受到全面谴责的异端学说"[2]。

格雷斯在檄文中对政教分离思想的批判，在当时的语境中可谓一石二鸟。除间接批判普鲁士政府把天主教会视为对立面，必削弱之以维护自身绝对权威的做法，也针对天主教内部自由派的主张。后者的主要代表人物是法国神父拉梅内（de Lamennais, 1782—1854）。[3] 在拉梅内一系列所谓自由天主教的主张中就包括政教分离，而这在格雷斯看来，无异于重蹈聂斯托利派的覆辙。因为"倘若国家和教会之间不再协调共处，则必然出现不同党派，开始相互之间无休止的指责和攻击"[4]。无论世俗政府完全消失在教会机构中（如加尔文教的日内瓦共和国），还是让教会消失在国家中，都是剥离了基督一性论的产物。[5]

在神学论证基础上，格雷斯对科隆事件进行了对位分析，认为主要当事人德罗斯特大主教具有三重身份，即天主教徒、教会高阶神职人员和普鲁士国家臣民。作为大主教，德罗斯特当听从罗马教宗教令，以教会法为准绳行事；作为臣民，他当遵守国家法令。相应地，在一切世俗事务上，大主教当作为忠诚的臣民服从国君管理；在一切宗教事务上，他当具有行使主教权利的自由。[6] 这样，格雷斯就对德罗斯特做了基于神学和教会传统的辩护，并同时阐明了自己的政见和主张。

---

[1] 参见 *Görres Werke*, Bd. 2, S. 668。

[2] 参见 *Görres Werke*, Bd. 2, S. 593f。

[3] 拉梅内，法国神父，作家，基督教社会主义代表人物之一。早年维护教权，反对高卢主义，后转变立场，企图建立自由天主教，主张政教分离，要求实行普选和新闻、教育自由等一系列自由主义改革。参见王觉非主编：《欧洲历史大辞典（上）》，上海：上海辞书出版社，2007年，第835页。

[4] 参见 *Görres Werke*, Bd. 2, S. 668f。

[5] 参见 *Görres Werke*, Bd. 2, S. 666-668。

[6] 参见 *Görres Werke*, Bd. 2, S.577f。

那么，格雷斯为何在此时重新提出"王冠与圣坛结合"的主张，其形成经历了怎样的流变？这首先要追寻他的成长和思想轨迹。格雷斯本人出身于莱茵兰地区（莱茵河畔的科布伦茨）的天主教家庭，法国大革命的爆发使他一时间成为激进的自由派。格雷斯和当时许多德国年轻知识分子一样对大革命感到欢欣鼓舞，甚至支持将莱茵河左岸并入法国。他编辑出版《红报》宣传共和思想，[1] 热切盼望在德意志也发生一场同样的自由革命。此时的格雷斯视教会为"绝对君主制的盟友""启蒙的敌人"，把教会作为政治力量进行攻击。[2] 同当时许多知识分子一样，在亲眼见证了革命的结果后，格雷斯的思想也发生根本转变：1799年11月，格雷斯作为科布伦茨爱国会代表前往巴黎，就莱茵河左岸归属问题进行交涉。他见到革命后的法国与"自由、平等、博爱"相去甚远，自此革命和共和的理想破灭，开始冷静反思并退出日常政治生活。

拿破仑的入侵重新燃起格雷斯的政治热情。不过此时他已不再是雅各宾派的追随者，而是抵抗法国入侵的民族主义者。他创立《莱茵信使报》（*Der Rheinische Merkur*），号召德意志反抗拿破仑入侵，尽早实现民族统一。该报在当时莱茵地区产生了很大影响，被誉为"德意志自由的一根支柱"，进而在泛德意志地区聚集起一支强大的力量，法国媒体称之为反法（继普奥俄之后的）"第四股力量"。[3] 拿破仑入侵激发起德语区一度局限于文化层面的民族情绪，尤其在西部地区和莱茵河沿岸，而这种情绪很快进入政治实践。

此时的格雷斯提倡把莱茵河以及莱茵河畔的科隆大教堂塑造为德意志民族精神的象征，以此协助构建民族认同。然而在对抗拿破仑的解放战争结束后，莱茵地区转移到普鲁士手中，没有获得所期待的自由与和平，反

---

[1] 《红报》（*Das rote Blatt*）于1799年创刊，后易名《山妖》（*Rübezahl*），标题具有浪漫主义色彩，这是格雷斯后期的主要倾向。参见 Klaus Vogt: *Joseph Görres. Ein Journalist wird zum Gewissen der Nation*. Berlin: Kongress-Verlag 1953, S. 22.

[2] 参见 Monika Fink-Lang: *Joseph Görres. Die Biografie*, S. 214。

[3] 德国法学家萨维尼（Friedrich Carl von Savigny, 1779—1861）称赞《莱茵信使报》是"所有报纸的理想"，威廉·格林（Wilhelm Grimm, 1786—1859）称其为"德意志自由的支柱"（eine Stütze deutscher Freiheit）。格雷斯传记作家芬克-朗指出，常见的说法，即称该报被拿破仑形容为"第五大国"（5. Großmacht），应为谬误。这种说法很可能出自一位法国记者之口。参见 Monika Fink-Lang: *Joseph Görres. Die Biografie*, S.147-149, S. 322, Anm. 19。

而陷入异教国家统治。于是《莱茵信使报》随之把矛头指向普鲁士以及德意志小邦国普遍存在的绝对君主制,直接导致该报于1816年遭到查禁。三年后的1819年,格雷斯撰写《德意志与革命》,直接批判德意志邦国的无能与专行,遭到普鲁士逮捕令通缉,格雷斯被迫流亡。

德国文学史中习惯上把格雷斯归入以布伦塔诺及其好友阿尔尼姆为代表的海德堡浪漫主义。布伦塔诺与阿尔尼姆在海德堡期间出版了由他们搜集、整理、再创作的德意志民歌集《少年神号》,抒发爱国情怀。海德堡浪漫主义的贡献在于搜集整理民歌,通过挖掘历史寻找民族精神。格雷斯曾于1806—1808年在海德堡大学担任讲师,受赫尔德思想启发,研究德意志传说,认为解决当下问题的出路蕴藏于历史之中。他的思想与布伦塔诺和阿尔尼姆不谋而合。

格雷斯挖掘德意志历史和研究德意志民间传说的成果体现在其著作《德意志民间故事》(1807)中,这项工作又促使格雷斯再次把目光投向教会史、投向宗教本身,重新认识到基督教才是欧洲和德国一切精神活动的源头,一切历史都不过是救赎史,艺术和科学皆诞生于兹。[1] 于是他开始把政治诉求寄托于天主教的复兴。[2]1822年,时年46岁的格雷斯重新认信,回归天主教信仰和天主教会。

如学者拉普所言,格雷斯的政治转向显然发生在其重新回归天主教会之前。除了信仰的因素,重新回归天主教会可能是格雷斯在分析时代问题之后,结合对历史的认识而做出的政治选择,直到1825年,即格雷斯重新认信三年后,教友布伦塔诺(1817年重新认信天主教会)在评论格雷斯发表于《天主教徒》(*Der Katholik*)上的文章时一针见血地指出,他的神学讨论之下掩藏着政治热情。本篇一再强调的教派与政治取向的共融关系,可以说在格雷斯身上得到了最为充分的体现。当然另一方面无可否认的是,重新认信使格雷斯对教会、教会史、神学教义的思考变得更加自觉,也使得他的论证更加厚重,表述更加沉稳。檄文

---

[1] 参见 Heribert Raab: *Joseph Görres. Ein Leben für Freiheit und Recht.* Paderborn u. a.: Ferdinand Schöningh 1978, S. 32。

[2] 参见 Monika Fink-Lang: *Joseph Görres. Die Biografie*, S. 215。

《阿塔纳修斯》可以说是格雷斯此时之教会意识、学术思辨与政治诉求的一个有效结合。

《阿塔纳修斯》首先重拾教父神学和教会传统。它明显借用了教父阿塔纳修斯之名。[1] 在希腊和拉丁教父中,阿塔纳修斯以发展出教会独立、教会自治理论而著称。面对已身为基督徒的罗马皇帝,阿塔纳修斯曾发出德尔图良式的诘问:"教会的事物与皇帝何干?主教的决定若需皇帝批准,设立主教何为?"[2] 格雷斯所重申的"王冠与圣坛结合",其前提便是教会的自由和自治。不仅如此,在阿塔纳修斯的思想中,还包含着这样一层意思,即世俗国家不能自证合理性和必然性,而是需要一个更高的神性的机制为之赋予合理性。

同时,就当时具体的政治格局,格雷斯托出阿塔纳修斯,还意在以之对抗宗教改革后新教重新界定的政教关系。所谓"教随国定"的前提无非是认为教会隶属世俗诸侯。格雷斯无异于借阿塔纳修斯之名,明确了教会的独立地位,肯定了科隆大主教面对普鲁士国王行使其神职、贯彻教会谕令和法规的自由。在分属教会的"特有"领域,国家必须"允许教会享有依教会法进行调节和管理的自由"[3],不得对教会进行僭越性质的干涉。

第二,长期实践中养成的政治敏感,使格雷斯在"科隆事件"中明确意识到教会在现实政治层面争取权利的重要意义,也捕捉到为教会争取切实利益的重要契机。这场风波令教会蒙羞,不仅称得上教会史上"最极端"的挫折,[4] 而且暴露出天主教徒在国家中的被动处境。然而另一方面,事实证明,恰恰是这样的极端事件,可以更为有效地激发民众觉醒,带来国家和教会关系的转机。也就是说,教会不仅可借此机会重新争取原有在婚姻和神学教育中的主导权,而且可以利用爆发出的宗教热情,唤醒信众参

---

[1] 格雷斯受到了约翰·亚当·默勒(Johann Adam Möhler)六卷本著作《伟大的阿塔纳修斯和他那个时代的教会,尤其与阿利乌派的斗争》(*Athanasius der Große und die Kirche seiner Zeit, besonders im Kampf mit dem Arianismus*)的启发,参见 Monika Fink-Lang: Joseph Görres. Die Biografie, S. 347, Anm. 8.
[2] 参见周展:《阿他那修》,载于王晓朝主编:《信仰与理性:早期基督教教父思想家评传》,北京:东方出版社,2001年,第83—100页,引文见第96—97页。
[3] 参见 Görres Werke, Bd. 2, S. 597。
[4] 参见 Görres Werke, Bd. 2, S. 707f。

与公共事务的意识，[1] 打破束缚他们参政的枷锁。[2] 对此，出身新教的文学史家门策尔（Menzel, 1798—1873）给出了概括性的评论：

> 格雷斯之参与科隆事件，不仅高度增强了此前已积极活跃的所谓天主教党派的信心，而且激发了数百万天主教徒对宗派论战的兴趣。因在此之前，广大信众并没有萌发参与意识；同时，广大信众自此开始，有意识努力践行自己的世界观。而在此之前，这种意识还在他们身上沉睡。[3]

第三节　政治天主教主义与国家主义

本节将尝试把格雷斯的思想置于更为广泛的国家主义与政治天主教主义的关系上，给格雷斯之"王冠与圣坛结合"的主张做一个历史定位。国家主义是近代兴起的关于国家主权、国家利益与国民关系的一种政治学说，是近代欧洲国家学说的一种价值取向。[4] 作为政治理论概念，国家主义缺少统一和明晰的定义，这不乏意识形态因素的影响，但不同的定义方式反而能从各个侧面反映出国家主义的实质。概括而言，国家主义基于国家至上的理念，推崇国家理性，以国家为中心，以国家利益为神圣原则。为了

---

[1] 参见 *Görres Werke*, Bd. 2, S. 675-677, S. 694。格雷斯后期极力宣扬基督教神秘主义和圣人神迹，他与反对神迹的施特劳斯（D. F. Strauss, 1808—1874）之间的对立参见谷裕：《隐匿的神学：启蒙前后的德语文学》，第 320—329 页。

[2] 参见 *Görres Werke*, Bd. 2, S.708。

[3] Wolfgang Menzel: „Joseph von Görres", in: *Deutsche Vierteljahrsschrift*, Jg. 1848, Heft II, S.126-167, hier S.150.

[4] Nation 在不同的语境下，可以有国家、国民和民族三种不同的译法。关于概念内涵的区别，可参见许纪霖：《国家/国民、国家/民族：国家认同的两个面向》，载于《浙江社会科学》，2017 年第 6 期，第 4—16 页。本章讨论对象是因宗教关系形成的团体——教会，与因政治关系形成的团体——国家，因此采用国家主义的说法。关于国家主义的定义，参考 Paul Noack und Theo Stammen (Hg.): *Grundbegriffe der politikwissenschaftlichen Fachsprache*. München Ehrenwirth 1976, S. 204-206. Gerhard König u. a. (Hg.): *Kleines Politisches Wörterbuch*. Berlin: Dietz 1973, S. 584f.; 胡福明主编：《政治学词典》，浙江：浙江教育出版社，1989 年，第 487 页。以上工具书对于国家/民族主义的评价带有很深的意识形态烙印，但在国家/民族主义的主张及自身矛盾性方面，意见是统一的。

实现和维护国家的利益，国家（或国家的代表）可采取任何手段和形式。[1]国家主义理论自形成之日便蕴含着内在矛盾。

首先，国家主义必须具有融合性，唯有加强个人与国家的联系，才能够营建更大范围的政治统一体。国家主义认为国家对于个体而言极为重要，乃至"个人本身只有成为国家成员才具有客观性、真理性和伦理性"[2]。尽管国家主义并不否认个体的自由和权利，但它要求个体的特殊性必须适应国家的普遍性。这样就难免会造成强大的国家权力和个体发展之间的冲突。

其次，诚然，国家主义有利于国家的保持和维系，能够最大限度保证国家的利益和权利。但它很容易被过分提升，进而发展为具有扩张性的帝国主义。这一点在拿破仑对欧洲其他国家发动的战争中即有明显体现，其后的历史事件也不断重复地证明了这一点。由此可见，国家主义在捍卫国家独立的积极含义之外，必然包含着轻视或无视其他国家和民族的消极含义，即为捍卫本国和本民族的利益而不惜牺牲他国与他民族的利益。

对于个体与国家之间的积极关系，格雷斯在其早年，即法国大革命结束不久便做出过总结。他在《共和八年雾月出使巴黎的收获》（1800）中写道：

> 我们都已目睹法国曾如何努力争取自由。只要它所争取的自由是普遍意义上的自由，只要它尊重各民族的神，它的利益就代表所有……民族的利益。每一个个体于是都有义务不顾个人利益，不受任何地域因素影响，充满热情地投入这份共同的事业，投入全副精力为共同目标而奋斗，不畏牺牲，更不惧艰难困苦。[3]

可见在格雷斯看来，法国大革命至少在初期之所以受到法国内外民众的广泛支持，是因为它所争取的是普遍意义上的自由，并且尊重各民族的

---

[1] 参见蔡拓：《全球主义与国家主义》，载于《中国社会科学》，2000年第3期，第16—27页。
[2] 黑格尔：《法哲学原理》，范扬、张企泰译，北京：商务印书馆，2021年，第289页。
[3] Joseph von Görres: „Resultate meiner Sendung nach Paris im Brumaire des achten Jahres", S. 88f.

神，代表了所有民族的利益。比如当时欢欣鼓舞的德国知识分子曾相信，由此产生的"世界公民纽带"能够把一个新的法国和所有热爱自由的民族联结起来。

然而，随着革命后的法国为国家利益，以武力侵犯别国利益，这条联结所有热爱自由之民族的"世界公民纽带"便戛然断裂：

> 然而，一旦这个民族丧失尊严，只为本民族的自由而奋斗，只尊重本民族的神，只按照本民族的环境制定宪法，那么联结它与其他民族的世界公民纽带便断裂开来，随之分离的还有它与其他民族的利益纽带。[1]

格雷斯透过革命后的法国看到，一旦各国之间的政治生活彼此分离，那么每个国家便会为各自的利益而战，不惜牺牲与他国相互尊重的关系。换言之，法国革命后，原君主所代表的统治权威让渡给了国家，国家的存在一跃高于一切，获得绝对优先权。于是国与国之间，为各自利益和政治目的，便开始了如同个体与个体之间的争夺。革命就此彻底失去世界主义性质和普遍人性意义。

在这样的国际关系环境中，理性便很难判断，在对峙的双方中哪一方在秉持公平和正义。因此，恰恰在人们以为伴随现代国家兴起，教会可以退出世俗政治舞台的时候，反而需要教会作为更高的机制，在国家与国家之间、民族与民族之间进行裁决。而这一诉求将引导欧洲民族国家重新审视，乃至重新引入中世纪的政教关系。如诺瓦利斯在其宣言《基督教共同体或欧洲》中指出："世俗权力不可能自行进入平衡状态，只有宗教才能将欧洲重新唤醒，确保各民族的安全。"[2] 格雷斯的表述与之几乎同出一辙：必须要有"一个更高的力量，在它面前，尘世的统治者必须遵守正

---

[1] Joseph von Görres: „Resultate meiner Sendung nach Paris im Brumaire des achten Jahres ", S. 88f.

[2] 参见诺瓦利斯：《夜颂中的革命和宗教——诺瓦利斯选集卷一》，第216页。译文根据德语原文有改动。梅尼克在《世界主义与民族国家》中认为，诺瓦利斯在其《基督教共同体或欧洲》中清晰地体现了主观主义的早期浪漫派和复辟时代晚期政治浪漫派之间的相通点。参见 Friedrich Meinecke: *Weltbürgertum und Nationalstaat*. München und Berlin: Oldenbourg 1928, S. 72f.

义"[1]。在此,教会被视为现代国家主义的一个有效制衡力量,能够帮助它克服本身所固有的弊端。

在一国内部,同样需要一种超越的机制,制衡国家的专断。对于格雷斯而言,这一超越机制只能是具有超越性的罗马公教会。格雷斯本人作为个体,曾经深刻体验国家主义对个体自由的侵犯。如上文所述,他曾因言获罪,受到普鲁士政府通缉而被迫流亡国外。在"科隆事件"中,格雷斯认为,大主教德罗斯特首先作为个体受到国家侵犯,在未违反国家法律的前提下被捕:一位虔诚、无可指摘、学识渊博的主教,在自己的主教辖区,在处理日常事务之时遭到逮捕,然后不假"公开审判"[2],便被扣上违法的罪名。

这一无辜的个体所面对的,是一个"放弃了法律,将一切诉诸暴力"的政府,[3] 也是一个"一度被视为有洞察力、温和、公正且在很多事情上值得称赞"的政府。当这样一个政府采取了"无用、堕落、毁灭性"的行动,[4] 当国家僭越法律时,有什么机制可以保护在过于强大的国家面前显得弱小的个体?难道仅仅因为这个个体所采取的方式不符合普鲁士政府的要求,便要对之施行暴力逮捕和羁押吗?[5]

不可否认,格雷斯雄辩的文风制造了强大的感染力,然而更加引人深思的无疑是事件本身:因为德罗斯特不仅是一个个体,更是公教会在德国的代表。因此,这场冲突不仅意味国家对个体的侵犯,更可以定性为国家对教会的侵犯。如前所述,在所有现实存在的机制中,格雷斯认为唯有教会可以成为制衡国家主义的力量,那么他借科隆事件所要做的一切努力,便是重新追溯教会传统,树立教会权威,重启其历史赋予的强大凝聚力。因与国家相比,教会建立在个体自由和普遍正义的基础之上,可以联结所有民族,是一个既超越一切政治和社会领域又可见的机制。换言之,教会可以最好地抑制国家主义压制个体、侵略邻国的倾向。

---

[1] 参见 *Görres Werke*, Bd. 2, S. 575。
[2] 参见 *Görres Werke*, Bd. 2, S. 588。
[3] 参见 *Görres Werke*, Bd. 2, S. 574。
[4] 参见 *Görres Werke*, Bd. 2, S. 656。
[5] 参见 *Görres Werke*, Bd. 2, S. 617。

事实上，教会的超越性决定其在本质上反对国家主义。因从神性角度来看，国家、国家利益本身并非终极目标。[1] 在这个意义上，国家必须尊重个体，不可滥用法律和权威，反之个体也必须服从国家管理，因国家同样体现神的意志。只是在现实政治中，教会与世俗权力之间从未遵从某种理想模式，"卡诺萨事件"所象征的政教冲突从未完全平息。在 19 世纪普鲁士力求建立统一民族国家的背景下，格雷斯的"王冠与圣坛结合"的理想不过造就了最后一道防线。

当然，格雷斯的表述也并非无懈可击。比如他并未具体说明，民众当如何在现实中处理教会与国家的关系，对两者的忠诚是否能够兼容等等。以教会制约国家主义的主张，不可避免会引向越山主义立场，这不仅不会平息天主教徒与普鲁士国家之间的紧张，反而会引发更尖锐的冲突。信仰上忠实于罗马的天主教徒，被一步步贴上"帝国的敌人"的标签，最终在"文化斗争"中遭到彻底打压。

最后值得一提的是格雷斯政治天主教主义的第三重动机。在经历法国革命之后，格雷斯认识到，欧洲所面临的危害一方面是绝对君权，另一方面是无政府主义。两者都将或正在导致欧洲的动荡。[2] 在国家主义限制个体自由的同时，自由主义泛滥则会引向无政府状态。在这个意义上，教会组织、教阶制度、教会所维护的传统秩序，可以有效地为浪漫主义赋予形式。不过这又开启另一个复杂论题，在此不再展开。

19 世纪上半叶，同样是德国天主教地区，因历史传统、组成结构、外部影响等不同因素，造成各地区发展并不平衡。总体而言，西部城市工业化程度较高，信众中尤其市民阶层对自由主义经济和立宪思想颇为认同；莱茵兰和威斯特法伦地区属于传统农耕地区，贵族领主希望维护等级特权，重新赢回在西部地区的邦君地位；而生活在底层的民众，其信仰和生活方式几乎没有受到任何启蒙和现代思潮影响。[3] 1837 年的"科隆事件"唤醒

---

[1] 参见科佩尔·S. 平森：《德国近现代史：它的历史和文化》（上册），范德一译，北京：商务印书馆，1987 年，第 240—245 页。

[2] 参见 Monika Fink-Lang: *Joseph Görres. Die Biografie*, S. 207。

[3] 参见 Ute Schmidt: *Zentrum oder CDU. Politischer Katholizismus zwischen Tradition und Anpassung*. Opladen: Westdeutscher Verlag 1987, S. 45-47。

了教会内部各阶层的集体认同和政治觉悟。对此，格雷斯的出版和舆论宣传，尤其檄文《阿塔纳修斯》起到不可忽视的作用，成为德国政治天主教主义的第一份宣言书。而格雷斯本人作为浪漫主义改宗者的个案，其思想和学说充分显示了政治诉求的多面性、复杂性和现实性。

第四篇 文化

神话与现实

从 1750 年到 1850 年的一百年，是决定现代人类历史进程的一百年。在此期间，欧洲发生了霍布斯鲍姆所说的双元革命，即英国的工业革命和法国的政治革命。英国的工业革命始于 18 世纪 60 年代，终于 19 世纪 40 年代。法国大革命始于 1789 年，终于 1799 年，但如果算上为法国大革命做思想铺垫的启蒙运动和法国大革命之后的拿破仑战争和七月革命，法国的政治革命可谓轰轰烈烈搞了一百年。这双元革命是一个无与伦比的历史事件，因为它决定了世界历史的方向和进程。对此，霍布斯鲍姆总结说："它最引人注目的后果就是几个西方政权（特别是英国）建立了对全球的统治，这是史无前例的事件。在西方的商人、蒸汽机和坚船利炮面前，以及在西方的思想面前，世界上的古老文明和帝国都投降了、崩溃了。印度沦为由英国殖民总督统治的一个省，伊斯兰国家危机重重、摇摇欲坠，非洲遭到赤裸裸的征服，甚至庞大的中华帝国，也被迫于 1839—1842 年间向西方殖民者开放门户。"[1] 毫无疑问，双元革命也极大地影响了近代中国的历史进程。

双元革命发生在西欧，而西欧的主体民族至少有三个。自西向东，依次为英、法、德。就是说，德国缺席双元革命。其实，当英、法两国发生双元革命的时候，德国人也在搞革命。他们搞了一场文化革命，而且是一场影响深远、具有世界意义的文化革命。他们创造了一个文化崛起的奇迹，同时又极大地影响了世界。可以说，在 1750—1850 年间，在西欧发生的，不是一场双元革命，而是一场三元革命。这就是英国的工业革命，法国的政治革命，德国的文化革命。

德国的文化革命始于一个文化创造奇迹。这是一个奋起直追、一蹴而

---

[1] 艾瑞克·霍布斯鲍姆：《革命的年代：1789—1848》，王章辉译，北京：中信出版社，2017 年，第 4 页。

就的奇迹。德国是一个迟到的民族。在 18 世纪中叶即双元革命前夕，无论在经济、政治还是文化领域，德国都落后于英、法两国。当时的英国，不仅完成了光荣革命，为经济和科技的快速发展奠定了政治基础，而且实现了英格兰和苏格兰的合并，由此诞生了称霸近代的大不列颠王国。与此同时，英国在哲学、文学和自然科学领域出现欣欣向荣的局面，涌现出从牛顿到霍布斯和洛克、从莎士比亚、弥尔顿到亚当·斯密的各路大家。当时的法国，不仅早在路易十四统治时期实现了绝对王权，成为西欧的头号军事强国，而且不惜动用国家手段促进科技和文化事业的发展。从哲学家笛卡尔到阵容强大的古典主义诗人再到大百科全书派，法国的文学和哲学在欧洲大陆独领风骚。因此，在双元革命前夕，英、法两国都已成为强大的民族国家，都迎来了文化的繁荣，都朝着现代化方向稳步迈进。而此时的德国，整体上几乎停留在中世纪状态。这个"德意志民族的神圣罗马帝国"人口有两千多万，其中近 80% 为农村人口，文盲率达 70%。[1] 此外，它由三百多个主权国家、帝国自由城市、帝国直辖的及教会统辖的领地组成，还有一个通过选举产生的、没有多少实权和权威的皇帝。[2] 这个皇帝常常腹背受敌，一面受到罗马教皇的制约和打压，一面疲于应对诸侯及各路地方势力的阴谋和不从。及至近代，尤其在经历三十年战争之后，尽管有普鲁士和奥地利这两个德意志邦国异军突起，跻身欧洲列强俱乐部，但德意志民族的神圣罗马帝国[3]整体上却是一盘散沙，日渐衰落。难怪莱布尼茨要感叹"德国是列强彼此抛来抛去的皮球……是列强争夺欧洲霸权的战场"[4]，难怪伏尔泰要讥讽这神圣罗马帝国"既不是神圣的，也不是罗马的，更不是什么帝国"[5]。同样有目共睹的是，神圣罗马帝国在文化领域也乏善可陈。德意志各邦国君主普遍效仿法国，宫廷建筑是法

---

[1] Klaus Günzel: *Romantikerschicksale. Gestalten einer Epoche*. München: Eugen Diederichs Verlag 1988, S. 10-11.

[2] Klaus Günzel: *Romantikerschicksale. Gestalten einer Epoche*, S. 10.

[3] "德意志民族"这一修饰语是在 15 世纪才出现的。

[4] Brendan Simms und Benjamin Zeeb: *Europa am Abgrund. Plädoyer für die Vereinigten Staaten von Europa*. München: C.H.Beck 2016, S. 38.

[5] 伏尔泰：《风俗论：论各民族的精神与风俗以及查理曼至路易十三的历史》（中），梁守锵等译，北京：商务印书馆，2019 年，第 148 页。

式，宫廷礼仪是法式，君主和贵族普遍讲法语、读法语，用法语命名的建筑也比比皆是；德意志地区的学术语言是法语和拉丁语。莱布尼茨是一枝独秀享誉欧洲的哲学家，但是他的书面和学术语言并非德语。德国大学用德语教授哲学，是他的学生克里斯蒂安·沃尔夫1706年走上哈勒大学的讲坛之后才有的事情。德意志地区的文学状况更是惨不忍睹：作家虽说有一大把，拿得出手的却一个也没有。德国文学跟英、法没法比，跟意大利和西班牙同样没法比：前者早就出了但丁、彼得拉克、薄伽丘、塔索，后者拥有塞万提斯和卡尔德隆。难怪耻于说德语的普鲁士国王弗里德里希二世（Friedrich Ⅱ，或称弗里德里希大王）。要用法语撰文抨击德国文学，说德国文学还只相当于弗朗索瓦一世时代的法国文学的水平[1]；难怪法国史学家、语义学家兼德译法译者莫维庸要断言德国人"没有艺术和思想的天赋"[2]；难怪一位当代德国文学史家要发出语惊四座的感叹：邻国有五百年的文学史，我们只是二百五……[3]

直至18世纪上半叶，德国人只是在音乐领域初露峥嵘，因为他们有了巴赫和亨德尔。对于其名字意为"小溪"的巴赫，音乐后生贝多芬不得不惊呼"他绝不是小溪，他应该叫大海"[4]；至于亨德尔，贝多芬不仅将他誉为"古往今来最伟大的作曲家"，还说亨德尔如果不是安葬在异国他乡，他"真想摘下礼帽，跪在他的墓前"[5]。按理说，凭借巴赫与亨德尔的音乐成就，昔日的德国足以在文化领域傲视欧洲。遗憾的是，这两位音乐奇才，一个虽然为上帝谱写了最美的颂歌，但始终辗转于德意志小邦宫廷和教堂，所以未能享誉欧洲，"不过是个只在专家中才被知晓的名字"[6]；一个虽然享誉欧洲，但却加入了英国国籍，连姓名也改写成英文

---

[1] Klaus Garber, Ute Szèll (Hg.): *Das Projekt Empfindsamkeit und der Ursprung der Moderne. Richard Allewyns Sentimentalismusforschungen und ihr epochealer Kontext*. München: Wilhelm Fink 2005, S.144.

[2] Gesa von Essen: *Hermannsschlachten: Germanen- und Römerbilder in der Literatur des 18. und 19. Jahrhunderts*. Göttingen: Wallstein Verlag 1998, S. 88.

[3] 海因茨·史腊斐：《德意志文学简史》，胡蔚译，北京：北京大学出版社，2013年，第13页。

[4] 阿尔伯特·施韦泽：《论巴赫》，何源、陈广琛译，上海：华东师范大学出版社，2017年，第206页。

[5] Burkhard Reinartz: „Händel ist der größte Komponist, der je gelebt hat", in: https://www.deutschlandfunk.de/georg-friedrich-haendel-haendel-ist-der-groesste-komponist-100.html.（访问日期2023年10月15日）

[6] 迪特·博希迈尔：《什么是德意志音乐——博希迈尔教授中国演讲录》，姜林静、余明锋译，北京：商务印书馆，2020年，第80页。

的书写形式，从 Georg Friedrich Händel 变成了 George Frideric Handel，有点误导人的意思。亨德尔的《救世主》（音译：弥赛亚）首演过了半个世纪，争强好胜的克洛卜施托克才面朝英伦三岛写下诗歌《我们和你们》（1766），他传递的基本信息就是：凭借一个亨德尔，我们就让你们望尘莫及！[1] 直至 18 世纪中叶，德意志地区数量最多、人气最旺的宫廷乐师是意大利人，歌剧脚本的撰写与歌剧的演唱全部使用意大利语。用德文撰写的歌剧脚本在 18 世纪后半叶才问世，如维兰德创作的歌唱剧《阿尔采斯特》（1773），约翰·戈特利布·斯泰法尼为莫扎特歌剧《后宫诱逃》（1782）撰写的脚本。

在文化领域如此乏善可陈的德国人，在 18 世纪中叶之后却显示出令人刮目的文化创造力。他们在文学、哲学、音乐三个领域同时发力，在 50—60 年的时间里便做出了令人叹为观止的文化成就。从克洛卜施托克和莱辛亮相文坛，到歌德和席勒在魏玛携手合作、比肩而立，再到浪漫主义作家群星闪烁，德国文学成功登顶文学珠峰；随着康德、费希特、谢林、黑格尔四大圣哲完成思想接力，德国哲学成功登顶哲学珠峰；[2] 与此同时，作曲家海顿、莫扎特、贝多芬在德意志第一帝国首都维也纳大放异彩，把维也纳变成了举世瞩目的音乐之都，为德意志民族赢得了音乐民族的桂冠。最后，大约在 1830 年左右，三座文化高峰在德意志大地拔地而起。在中文里面我们有三个整齐而响亮的名字与之对应。一个是德国古典文学：始于维兰德抵达魏玛的 1772 年，终于歌德逝世的 1832 年；一个是德国古典哲学：始于康德发表《纯粹理性批判》的 1781 年，终于黑格尔逝世的 1830 年；一个是德国古典音乐：始于海顿走向自由创作的 1779 年，终于贝多芬在完成《第九交响曲》和《庄严弥撒曲》之后走向晚期创作的 1825

---

[1] Walther Siegmund-Schultze: „Klopstocks Musik-Beziehungen", in: Hans-Georg Werner (Hg.): *Friedrich Gottlieb Klopstock. Werk und Wirkung. Wissenschaftliche Konferenz der Martin-Luther-Universität Halle-Wittenberg*. Berlin: Akademie-Verlag 1978, S. 143-151, hier S. 143.

[2] 按照英国哲学家罗素的说法，康德一人就已足以抵消英、法的优势。他说过："德国在知识上的优势是一个从康德开始的新因素。"参见罗素：《西方哲学史》（下卷），马元德译，北京：商务印书馆，1976 年，第 264 页。

年[1]。而随着这三座文化高峰的出现，德国实现了文化崛起和文化超越，从文化进口国变成了文化出口国，也自然而然地赢得了邻国的尊重和景仰，尽管此时的德国尚未实现政治统一，尽管德国的经济远远落后于法国尤其是英国。[2] 法国女作家斯太尔夫人 1810 年出版的《论德国》就具有里程碑意义。[3] 她不仅用这本脍炙人口的德国印象记为德国人勾勒出一幅"诗哲民族"的肖像，几乎让德国人永世受益，而且"将浪漫主义的概念引进了法国"，她本人也由此成为法国"浪漫主义先驱"[4]。英国历史小说之父沃尔特·司各特[5]在 1830 年撰写的一段总结同样具有里程碑意义。司各特写道："新文学在 1788 年就开始引入我国。那时人们头一回听说德国是一种新的文学风格的摇篮。这种风格远比法国、西班牙或者意大利的文学流派更适合我们英国的文风。"[6] 司各特说的新文学，就是德国的浪漫文学。的确，在 1830 年前后，越来越多的英国文化青年开始学习德语，并前往魏玛拜访歌德，歌德则对他的英国粉丝说，德国人在外语学习方面树立了榜样，外国人学德语大有裨益；法国人开始研究和翻译德国作家并受到歌德的赞赏，法国有不少青年作家和艺术家崇拜歌德，圣佩甫、巴尔扎克、德维尼等人还通过雕刻家大卫向歌德赠送作品。[7] 与此同时，歌德居高临下却又自然而然地说法国人"有的是理解力和机智，但缺乏的是根基和虔敬"[8]。德国人开始一览众山小……

在德意志大地拔地而起的三座文化珠峰构成了相辅相成、相映成趣的三位一体，体现了德意志文化的统一性和特殊性。但是，这种统一性和特殊性不应局限于中文的古典二字让我们所产生的联想。德国古典文学、德

---

[1] 德文维基词条给出了维也纳古典乐派的起始时间：1779—1825，但没有说明原因。多方查找和咨询未果，最终是中国艺术研究院音乐研究所学者王纪宴先生给出了答案。
[2] 1840 年，人口与英国差不多的德国，煤产量比英国少 13 倍，生铁少 8 倍，棉花加工少 16 倍。阿尼金：《改变历史的经济学家》，晏智杰译，北京：华夏出版社，2007 年，第 274 页。
[3] 该书 1810 年在巴黎出版，随即受到查封。1813 年复在伦敦与英译本同步出版。法文版 1814 年在巴黎复出。
[4] 郑克鲁：《法国文学史》（上卷），上海：上海外语教育出版社，2003 年，第 511 页。
[5] 位于爱丁堡的司各特纪念塔是世界第一高的文人纪念碑，塔高为 61 米。
[6] René Wellek: *Grundbegriffe der Literaturkritik*. Stuttgart u. a.: Kohlhammer 1965, S.112.
[7] 爱克曼辑录：《歌德谈话录》，第 189—190 页。
[8] 爱克曼辑录：《歌德谈话录》，第 42 页。

国古典哲学、德国古典音乐无疑是三个整齐而响亮的名称,但它们多少有以偏概全乃至扰乱视听之嫌。具体讲,就是"古典"遮蔽了"浪漫"。个中原因在于,这里所说的"古典",更多的是指"经典"。在德文中,"古典"和"经典"是一个词。二者的名词形态都是 Klassik,形容词形态都是 klassisch。"德国古典文学"所对应的德文是 Weimarer Klassik,直译是"魏玛古典文学";"德国古典哲学"所对应的德文是 Klassische Deutsche Philosophie;"德国古典音乐"所对应的德文是 Wiener Klassik,直译是"维也纳古典乐派"[1]。就是说,三者都兼有"古典"和"经典"的含义,它们既是历史分期概念,又是质量标签。由此,问题来了:在中文语境里,古典与浪漫标志着两个截然不同乃至彼此对立的历史时期。我们一般都把浪漫视为对古典的反动。当我们说到古典文学、古典哲学、古典音乐的时候,我们的心灵之眼通常会望见它们与浪漫文学、浪漫音乐、浪漫哲学隔河相望。然而,德国不是法国。德国不存在泾渭分明、不共戴天的古典 – 浪漫对立阵营,更没有出现文攻武卫的"《欧那尼》大战"(1830 年 2 月 25 日法国的古典派在巴黎的法兰西剧场用大白菜砸向了法国的浪漫主义者)。在德国,魏玛古典派与耶拿浪漫主义者是近在咫尺的邻居。二者互动频繁,交集甚多,在精神方面多少形成了你中有我、我中有你的局面。歌德不仅是浪漫主义作家景仰的对象,崇拜歌德的英国和法国青年作家也都属于各自国家的浪漫主义者。

---

[1] 狭义的、具有"文化珠峰"意义的德国古典音乐是指代表维也纳古典学派的三大师:海顿、莫扎特、贝多芬。

导言
启蒙还是浪漫？
——1750—1830年的德国文学

黄燎宇

在18世纪中叶起步的德国文学可谓活力非凡、精彩纷呈。在通行的德国文学史里面，从1750年到1830年前后的德国文学是由鱼贯而入的四个流派组成的。先是启蒙感伤文学，然后是狂飙突进文学，然后是魏玛古典文学，最后是浪漫文学。浪漫文学还分早、中、晚三期。这种细腻的历史分期也常常用来描述作家个人的思想和艺术发展历程。以魏玛四杰为例：维兰德早期属于启蒙派，到魏玛之后就成为古典派；赫尔德早年属于狂飙派，到了魏玛就跻身古典派，同时还成为浪漫思想的先驱；作为文学新人的歌德和席勒属于狂飙一代，作为魏玛双雄，他们就成了古典文学的代表和缔造者。上述历史分期有助于揭示时代和个体思想发展的丰富性与复杂性，但也容易使人忽略德国文学的统一性和整体性。捷克裔美国文学理论家勒内·韦勒克就认为，德国学界对浪漫概念的理解过于狭隘。他在《批评的诸种概念》中写道："德国学者普遍认为浪漫文学就是施莱格尔兄弟、蒂克、诺瓦利斯和瓦肯罗德的创作。"[1] 他接着写道："如果纵览从克洛卜施托克的《救世主》（1748）到歌德逝世（1832）的德国文学史，人们就

---

[1] René Wellek: *Grundbegriffe der Literaturkritik*. S. 117.

无法否认这场运动具有前后关联和内在的统一性。"[1] 最后他指出,从"欧洲视角"看,这八十多年的德国文学就是一场"浪漫"运动。正因如此,他对赫尔曼·奥古斯特·科尔夫等德国学界的少数派表示赞赏,因为他们试图用"歌德时代"和"德意志运动"等概念来概括这一时期的德国文学,虽然这类概念遮蔽了这场运动的超民族特征。[2]

既然如此,是什么因素让1750年到1830年前后的德国文学总体上带有"浪漫"特征?何谓"浪漫"?这个问题一方面需要从诗学角度进行论证,需要对德国文学中占主流的自然观、现实观和艺术手法进行考察,另一方面,我们看看伴随这一时期德国文学发展的社会历史环境及其时代精神。人们都说,对欧洲而言,18世纪是启蒙的世纪,19世纪是浪漫的世纪[3]。但就德国而言,这一说法不太准确。德国的所谓启蒙运动太短暂、太弱势,也太另类。它在18世纪中叶就遭遇了"浪漫",它与法兰西启蒙有着不同的精神气质和思想内涵。它不仅不讲唯物论,不讲无神论,不开设审判一切的理性审判台,而且太不"感性",太远离"文学"和"政治",太沉湎于"哲学思维"[4]。这种思想状况与德国当时的社会和文化现实相映成趣。尽管德国的启蒙运动有莱辛和康德作旗帜人物,虽然他们一个创作了《犹太人》和《智者纳旦》等宣传启蒙理想的剧本,一个撰写了三大批判和《论永久和平》,但是德国社会并未因为他们而照耀着启蒙之光,而是在诸多方面都与启蒙文化格格不入。

首先,德国有着浓厚的宗教氛围,没有多少宗教理性和宗教宽容。近代德国文学第一部产生轰动效应的作品,是克洛卜施托克的《救世主》(前三歌)——这是一部真正的"神曲";1774年,莱辛因为出版对启示宗教表示质疑的莱马鲁斯文稿就被神学界禁言,他写《智者纳旦》属于"曲线自救";诗人舒巴特则因为撰写了抨击耶稣会的文章被奥格斯堡当局驱逐出境;1798年,费希特因为在他主编的《哲学杂志》上刊载表达宗教怀

---

[1] René Wellek: *Grundbegriffe der Literaturkritik*. S. 117.
[2] René Wellek: *Grundbegriffe der Literaturkritik*. S. 117.
[3] 19世纪下半叶另当别论,因为新兴的实证科学粉碎了一个又一个的浪漫主义梦幻。
[4] 赵林在《英、法、德启蒙运动之比较》一文中站在"哲学"的立场褒扬德式启蒙,贬低法式启蒙。参见赵林:《英、法、德启蒙运动之比较》,载于《启蒙与世俗化——东西方现代化历程》,赵林、邓守成主编,武汉:武汉大学出版社,2008年,第28—44页,引文见第36页。

疑论的文章就被耶拿大学革除教职。其次，德国人把森林、月光和幽暗的神秘之境视为理想境界，对明晃晃的启蒙之光反倒不太适应。1767年，克洛卜施托克发表诗集《山丘与林苑》，尽情讴歌德国的树木，尤其是后来成为国树的橡树，并由此开辟了绵延不断的颂扬森林的德意志传统。五年后，哥廷根大学的几个青年学生受克洛卜施托克诗集标题的启发，成立了载入史册的哥廷根林苑社，而且专门挑选了一个月白风清的夜晚在树林里举行了他们的成立仪式。哥廷根林苑社是德国狂飙突进运动的一支主力军，而哥廷根大学是唯一一所诞生在德国的启蒙世纪的德国大学。1796年，蒂克发表童话集《金发艾克贝尔特》，该书为德国人的树林情结创造了一个关键词：Waldeinsamkeit。中文译成"林中寂寞"。岿然不动的茂密森林可以视为对征服自然、砍伐树林的启蒙理想的无声反抗。再次，18世纪的德国人普遍多愁善感，情感泛滥。具体讲，就是泪点很低，动辄眼泪汪汪、潸然泪下。人们为各种事情哭泣，如自然和艺术，如爱情和友情。这一现象的始作俑者似乎也是克洛卜施托克。他至少带了两次头。第一次是《救世主》，据说这部作品产生轰动效应就是因为它与戈特舍德提倡的"理性文学"背道而驰，笔酣墨饱地描写了人物的内心和情感[1]；第二次是他的诗集《颂歌与哀歌》（1771），这部诗集极大地感染了一代青年，他们起而效之，甚至青出于蓝而胜于蓝。于是我们看到：维特的书信用眼泪写成，他的一部分眼泪还点名归功于克洛卜施托克，维特的故事本身又成为一部横扫德国社会的眼泪收割机；在哥廷根林苑社的成立仪式上，手拉着手围成一圈的小伙子们个个眼里噙满泪水；瓦肯罗德笔下的人物不仅一想起拉斐尔或者米开朗基罗就泪如泉涌，而且在对人倾诉、对人掏心时"泪水、叹息、紧握双手"就构成其全部的语言[2]；瓦肯罗德的好兄弟蒂克笔下的弗兰茨和塞巴斯蒂安在村头告别的时候一遍又一遍地搂着对方的脖子，伏在对方的肩头大声哭泣[3]，等等。凡此种种，让德国的启蒙文学与感伤文

---

[1] 范大灿主编：《德国文学史（修订版）》（第二卷），北京：商务印书馆，2019年，第159页。
[2] 瓦肯罗德：《一个热爱艺术的修士的内心倾诉》，第23页。
[3] Ludwig Tieck: *Franz Sternbalds Wanderungen. Studienausgabe.* Hg. von Alfred Anger. Stuttgart: Reclam 1994, S. 13.

学（Empfindsamkeit）相伴相生、如影随形，也让德国人从启蒙哭到狂飙，从狂飙哭到浪漫。可以说，德国人的启蒙世纪不仅是席勒所控诉的"舞文弄墨的世纪"[1]，而且是一个"洒满泪水的世纪"[2]。

最后，启蒙文化在18世纪的德国举步维艰，也是物极必反、殃及池鱼的结果。物极必反，是指持续一百多年的法兰西文学霸权在18世纪中叶引起普遍和猛烈的反抗，最终淡然出局；殃及池鱼，是指对法兰西文学霸权的反抗最终演变为整个文化界和思想界的去法国化，启蒙文化和启蒙人士随之受到排斥和冷落。众所周知，自近代以来，法国是德国的强大邻邦。它既影响德国的政治，也影响德国的文化。在18世纪，法国是启蒙思想的发源地，法国文化是绝对的强势文化，德国文化是弱势文化，在诸多方面只能模仿法国、追随法国。18世纪上半叶，德国文坛的绝对霸主是作家和文学理论家戈特舍德。戈特舍德的毕生事业就是大力传播法国的启蒙哲学和法国的古典主义戏剧理论，并以此改造和打造全新的德国文学。他的代表作《为德国人写的批判诗学试论》（1730）不仅凝聚了从希腊罗马到18世纪的法国古典主义文学理论，而且旗帜鲜明地要成为指导德国作家写作的文学指南。然而，自18世纪40年代起，戈特舍德的理论权威遭遇了越来越严重的抵制和挑战，因为德国文坛兴起了一股摒弃法国文学、认同英国文学的新风。瑞士学者布赖丁格和博德默尔、《不来梅同人》杂志社、青年莱辛等各路文人、团体都不约而同地站到戈特舍德的对立面。博德默尔用自己的弥尔顿译文唤起了年轻的克洛卜施托克对宗教题材的兴趣。克洛卜施托克的《救世主》前三歌完成后立刻在《不来梅同人》杂志发表，聪明的瑞士人随即把克洛卜施托克誉为"德国的弥尔顿"，克洛卜施托克和他的《救世主》随即变成射向戈特舍德的理论堡垒的一发重磅炮弹：德国出了弥尔顿！这是德国文学与英国文学亲如一家、比肩而立的明证。法兰西靠边站！至此，德国文坛的道路之争几乎不再有悬念。可以说，让戈特舍德陷入四面楚歌并且败下阵来的，与其说是他所宣传的文学理论，不如说是他所代表的法国或者说抗拒法国的社会思潮。因为在当时的德国，

---

[1] 席勒：《席勒文集》（第二卷），张玉书译，北京：人民文学出版社，2005年，第21页。
[2] Klaus Garber und Ute Szèll (Hg.): *Das Projekt Empfindsamkeit und der Ursprung der Moderne*, S.144.

不少人把文化目光转向北方和日耳曼时代，对法兰西和拉丁文化则是越看越生疏，几乎忘记了在法兰克王国时代德法是一家、查理大帝是德法的共同祖先这一事实。相应地，英国人被视为近亲，被视为同文同种。法国算什么？！法国的古典主义的戏剧大家一个个地被打倒在地。英国文学成为学习和借鉴的对象，远有莪相，近有莎士比亚。于是就有了莪相热（稍后细说），有了莎士比亚热。布赖丁格和博德默尔论莎士比亚，莱辛论莎士比亚，赫尔德论莎士比亚，歌德论莎士比亚，莎士比亚的德文译本随之接二连三地出现，莎士比亚作为新的文学偶像被高高树起。与此同时，人们大谈"德意志"和"民族剧院"。赫尔德主编的《德意志的特点和艺术》（1773）是狂飙突进运动的纲领性文献，兴建"民族剧院"形成广泛的呼声。所谓"民族剧院"，就是上演本国剧本并且使用本国语言的剧院。兴建"民族剧院"的潜台词，就是摧毁法国戏剧和意大利歌剧在德国的垄断地位，同时打破横亘在宫廷剧场和民间剧场之间的阶级藩篱，让贵族与庶民聚集一堂，让德语剧场变成民族统一的一面旗帜。于是，从汉堡到维也纳，从柏林到魏玛再到曼海姆，一座座"民族剧院"应运而生。而随着充满民族意识的德意志运动的蓬勃兴起，德国知识界与法兰西文化渐行渐远。

令人唏嘘的是，在这一过程中，源自法兰西的启蒙文化和深得法兰西启蒙文化真传的德国作家也或多或少成为被殃及的池鱼，或者说是跟洗澡水一起倒掉的孩子。莱辛的朋友和战友、著名的出版商和批评家弗里德里希·尼科莱堪称那个时代最纯正、最阳刚、最顽强的启蒙思想者。一方面，他本着走向大众、传播思想的启蒙原则，努力开辟公共领域，普及启蒙文化。他深知文化落后、政治分裂、缺乏一个像伦敦或者巴黎那样的文化之都的德国需要什么，所以他大力创办刊物，通过刊物开辟公共领域，促进批评文化。他的刊物给莱辛提供了批评阵地，他所创办的季刊《德意志万有文库》（1765—1806）先后刊登了150位作者写的8万份书评。另一方面，他是一个作家，一个犀利的笔杆子，对一切非理性、非道德以及反社会的人和事进行抨击，对于眼泪汪汪、神经兮兮、不接地气的狂飙派和浪漫主义者，他更是毫不留情地嬉笑怒骂。为了抵消《少年维特的烦恼》造成的各种消极的社会影响，他创作了题为《少年维特的快乐》的戏仿之作。四面出击的尼科莱和莱辛一道把 18 世纪的德国知识界引入了"战国时代",口诛笔伐成为一大时代景观。结果,尼科莱遭到"群殴"。从哈曼到歌德,从费希特到让·保尔和施莱格尔兄弟,各路文人都对他还以匕首和投枪。为了讨伐尼科莱,费希特特地撰写了一篇 130 页的檄文,在文中抱怨尼科莱写了如此糟糕的文字却没有被绞死[1]。德国文坛对尼科莱的怒气甚至百年未消。在 19 世纪后期出现的一部文学史中,对他的介绍总共就三句话:"尼科莱生于 1733 年,死于 1811 年;他活得太久。"[2] 后来唯一给尼科莱唱赞歌的,是无情剖析浪漫主义的浪漫诗人海涅。海涅在《德国,一个冬天的童话》里面把尼科莱称为"启蒙运动和人文主义最顽强的选手,迷信、神秘主义和浪漫主义的大敌"[3]。有"法国人"之称的维兰德有着与尼科莱相似的境遇。维兰德是魏玛四杰之一,也是德国启蒙文学的主要代表。法兰西文化给他打下了深深的烙印。法国女作家和最早的"知德派"斯太尔夫人,认为他是唯一得到法国文学真传的德国作家[4]。维兰德不仅跟尼科莱一样,试图通过创办杂志来开辟公共空间;而且,他所创办的《德意志信使》(1773—1789)从名称到办刊思路都效仿法国的《法兰西信使》杂志。与此同时,他手持批判利器,对一切有违启蒙价值的人和事发起攻击。当日耳曼国粹热兴起的时候,他撰文对"民族文学"这一概念进行解构,指出任何一种"民族文学"都是在对外来文化的借鉴并且与之融合的基础上发展起来的[5];克洛卜施托克的名望如日中天的时候,他批判过克洛卜施托克,引发克氏的铁杆粉丝哥廷根林苑派的激烈报复——他们在克洛卜施托克的生日那天把维兰德的书付之一炬;莎士比亚被封为神明的时候,他敢于对莎士比亚进行批判,虽然他是最早的莎剧译者之一,结果却换来歌德以《众神,英雄和维兰德》为题撰文对其进行攻击……在魏玛四杰中,"法国人"维兰德是第一个被后世遗忘的作家。他

---

[1] Marcel Reich-Ranicki: *Die Anwälte der Literatur*. Stuttgart: Deutsche Verlags-Anstalt 1994, S. 33.
[2] Marcel Reich-Ranicki: *Die Anwälte der Literatur*, S. 35.
[3] 海涅:《论浪漫派》,第 89 页。
[4] 德·斯太尔夫人:《德国的文学与艺术》,丁世中译,北京:人民文学出版社,1981 年,第 12 页。
[5] Hans Mayer (Hg.): *Meisterwerke Deutscher Literaturkritik. I. Aufklärung, Klassik, Romantik*. Stuttgart: Goverts 1962, S. 230ff.

的作品在 19 世纪几乎就无人问津。

18 世纪德国的启蒙运动就是如此地短暂和弱势。进入 19 世纪后,德国人与启蒙精神更是渐行渐远。敏锐的尼采甚至断言,"对启蒙运动的敌视"是德国文化的一个基本特征,因为他发现德国人"用情感崇拜取代理性崇拜"[1]。最后,在经历了两次世界大战尤其是二战之后,人们才蓦然回首,发现德国人走了一条特殊的道路。这条德意志特殊道路是一条远离启蒙的浪漫之路,一条错误的道路。马克思主义哲学家卢卡奇用"理性的毁灭"来概括德国的近代思想发展史;托马斯·曼在美国国会图书馆演讲时用反抗论来解释德国历史悲剧的来龙去脉,说德国人是"以浪漫主义的逆向革命反抗启蒙运动的哲学理性主义和唯理性主义,用音乐反抗文学,用神秘反抗清晰"[2];英国哲学家罗素指出,"德国永远比其他任何国家都容易感受浪漫主义,也正是德国,为讲赤裸裸意志的反理性哲学提供了政治出路"[3]。德裔美籍宗教哲学家保罗·蒂利希更是直言不讳,把民族社会主义称为"政治浪漫派"[4]。而凡此种种,都基于或者都指向一个简单的事实:德国有浪漫的历史却没有启蒙的历史。然而,由于启蒙话语是战后西方社会的主流政治话语,德国学界逐渐实现了观念转变。人们不仅对启蒙理想充满了敬意,而且有意无意地改写起自身的历史。而修改历史的结果之一,就是"将 18 世纪冠以'启蒙'之名"[5]。殊不知,德国社会学家、哲学人类学的创始人之一赫尔穆特·普莱斯纳早在 1935 年就指出:"德国精神即便在'最有启蒙立场'的时候也与新教虔诚思想紧密相连。直到 19 世纪,都是新教牧师家庭主宰方向。"[6]

---

[1] 尼采:《朝霞》,田立年译,上海:华东师范大学出版社,2007 年,第 240—241 页。译文略有改动。
[2] Thomas Mann: *Ausgewählte Essays. Bd. 2, Politische Reden und Schriften*. Ausgewählt, eingeleitet und erläutert von Hermann Kurzke. Frankfurt a. M.: Fischer 1983, S. 294.
[3] 罗素:《西方哲学史》(下卷),第 270 页。
[4] Rüdiger Safranski: *Die Romantik. Eine deutsche Affäre*. München: Carl Hanser 2007, S. 348.
[5] 史腊斐:《德意志文学简史》,第 68 页。
[6] Helmut Plessner: *Die verspätete Nation. Über die politische Verführbarkeit bürgerlichen Geistes*. Frankfurt a. M.: Suhrkamp 1994, S. 47.

第一章
克洛卜施托克的赫尔曼三部曲

黄燎宇

第一节 时代先驱克洛卜施托克

不管人们如何描绘、如何定义1750—1830年的德国文化史，有一个历史人物都会进入我们的视野。这就是弗里德里希·戈特利布·克洛卜施托克。他是多重意义上的文化先驱。

首先，克洛卜施托克是近代德国文学第一人。史家对此早有定论。德国文学史之父格奥尔格·戈特弗里德·盖尔维努斯在《德意志民族文学史》（1851）中称赞克洛卜施托克的作品"像手持武器的帕拉斯·雅典娜一样横空出世"[1]；马克思主义史学家和文艺评论家弗兰茨·梅林不仅把克洛卜施托克誉为德国文学"资格最老的经典作家"和"第一个经典作家"，而且盛赞他"自行创造一切，包括语言和韵脚"[2]。在中国，尽管克洛卜施托克的作品翻译尚未实现零的突破，我们的学界却是对他充满敬意。权威的五卷本《德国文学史》在第二卷对克洛卜施托克进行了大幅介

---

[1] Georg Gottfried Gervinus: *Geschichte der poetischen National-Literatur der Deutschen. Bd. 4, 1. Theil. Von Gottsched's Zeiten bis zu Göthe's Jugend*, Leipzig: Engelmann 1851, S. 115.

[2] Friedrich Gottlieb Klopstock: *Klopstocks Werke in einem Band.* Ausgewählt und eingeleitet von Karl-Heinz Hahn. 3. Aufl. Berlin und Weimar: Aufbau 1979. S. VII.

绍,并将其誉为"德语近代民族文学的创始人"[1];在《少年维特的烦恼》某一中译本的脚注中把克洛卜施托克称为"歌德之前最杰出的德国抒情诗人"[2]。史家们的高度评价源于丰富确凿的史实。克洛卜施托克的确是一个独一无二的文学传奇。在他的时代,几乎没有一个德国作家不曾捧读他的书,几乎没有一个德国作家不曾对他表示过钦佩乃至景仰之情。首先,魏玛四杰都曾做过克洛卜施托克的崇拜者。歌德在《少年维特的烦恼》中给克洛卜施托克树立了一块不朽的文学丰碑(详见维特在6月16日所写的信[3])。席勒曾自称是"克洛卜施托克的奴隶"[4],如今唱响世界的《欢乐颂》(Ode an die Freude)[5]的歌词是席勒创作的,而简称颂歌的颂歌体诗歌(德文是 Ode)则是一种经由克洛卜施托克进行本土化改造,然后在德国大放异彩的希腊诗歌体裁。赫尔德把克洛卜施托克与马丁·路德的语言贡献相提并论,称赞克洛卜施托克的诗歌和路德的《圣经》译文一样,给德国人贡献了"第一本经典的语言教科书"[6],把克洛卜施托克视为"开辟语言新时代的天才"[7]。维兰德不仅把《救世主》读得"废寝忘食、物我两忘"[8],不仅把克洛卜施托克誉为"我们民族的头号伟人"[9],而且想复制克氏成功的奇迹:一方面,正如克洛卜施托克因颂扬救世主获得"德国的弥尔顿"的称号,年方十八的维兰德通过颂扬造物主的长诗《物性

---

[1] 范大灿主编:《德国文学史(修订版)》(第二卷),第152页。

[2] 歌德:《歌德文集》(第六卷),杨武能等译,北京:人民文学出版社,1999年,第22页。

[3] "我们踱到一扇窗前。远方传来滚滚雷声,春雨唰唰地抽打在泥地上,空气中有一股扑鼻的芳香升腾起来,沁人心脾。她胳膊肘支在窗台上伫立着,目光凝视远方,一会儿仰望苍空,一会儿又瞅瞅我;我见她眼里噙满泪花,把手放在了我的手上。/'克罗卜斯托克呵!'她叹道。/我顿时想到了此刻萦绕在她脑际的那首壮丽颂歌,感情也因之澎湃汹涌起来。她仅仅用一个词儿,便打开了我感情的闸门。我忍不住把头俯在她手上,喜泪纵横地吻着。随后我又仰望她的眼睛。——高贵的诗人呵!你要是能看到你在这目光中变得有多神圣,就太好了;从今以后,我再不愿从那班常常亵渎你的人口里,听见你的名字。"参见歌德:《歌德文集》(第六卷),第22页。

[4] Katrin Kohl: *Friedrich Gottlieb Klopstock*. Stuttgart und Weimar: Metzler 2000, S. 147.

[5] 由贝多芬谱曲的《欢乐颂》已是欧盟的盟歌。

[6] Kohl: *Friedrich Gottlieb Klopstock*, S. IX.

[7] Kohl: *Friedrich Gottlieb Klopstock*, S. 129. 值得一提的是,赫尔德还算歌德的半个老师,在德国文化史上享有特殊地位。正因如此,昔日的民主德国非常巧妙地把他们的外宣机构命名为赫尔德学院,以便与联邦德国的外宣机构歌德学院分庭抗礼。

[8] Kohl: *Friedrich Gottlieb Klopstock*, S. 131.

[9] Kohl: *Friedrich Gottlieb Klopstock*, S. 129.

论》（1751）得到"德国的卢克莱修"的称号[1]，有趣的是，谁欣赏《救世主》他就把《物性论》寄给谁；另一方面，他在1752年踏着克洛卜施托克的足迹前往苏黎世，投奔博德默尔门下[2]。其次，狂飙一代都是克洛卜施托克的拥趸。歌德、席勒是克粉，哥廷根林苑社更是一个彪炳史册的克粉团。该社成立于1772年9月12日，由十几个大学生组成，其中包括约翰·海因里希·福斯、克里斯托夫·海因里希·赫尔蒂等日后成名的作家。林苑社的名称源自克洛卜施托克的诗歌《山丘和林苑》，社员们则对任何敢于攻击或者敌视克洛卜施托克的人都群起而攻之：1773年7月2日，他们还为自己的偶像隔空举行生日庆典，并为此把维兰德的书付之一炬——他刚刚对克洛卜施托克的作品发表了一点温和的批评。此外，狂飙诗人舒巴特的克粉经历也载入史册：捧读《救世主》的时候他不仅泪流满面，浑身震颤，他还惊呼克洛卜施托克纯属"天使下凡"[3]。最后，浪漫主义一代对于基本上属于爷爷辈儿的克洛卜施托克，同样充满了景仰。奥古斯特·施莱格尔曾满怀深情地写道："克洛卜施托克给了我们文学语言，他是令人敬仰的德国文学之父。"[4] 克莱斯特把《救世主》视为"出类拔萃的德国文学作品"[5]。年方十七的荷尔德林在题为《我的志向》（1787）的诗歌中就把"克洛卜施托克式的伟大"与"品达式的翱翔"相提并论[6]；1803年，他还认真考虑过是否参加汉堡方面为刚刚离世的克洛卜施托克举办的征文比赛（主办方预告大名鼎鼎的维兰德先生和赫尔德先生将为获奖者颁奖）[7]。著名文学史家弗里茨·马蒂尼认为，"没有克洛卜施托

---

[1] Irmela Brender (Hg.): *Christoph Martin Wieland. Mit Selbstzeugnissen und Bilddokumenten*. Hamburg: Rowohlt 1990, S. 18.
[2] 他和书斋学者博德默尔的关系远比活泼好动的克洛卜施托克与博氏的关系和谐融洽。
[3] Hermann Hettner: *Geschichte der deutschen Literatur im achtzehnten Jahrhundert*. Berlin und Weimar: Aufbau 1979, Bd. 1, S. 414. 舒巴特既是作曲家和管风琴家，又是学者、诗人。席勒剧本《强盗》的素材就来自他的论文《人类心灵史》，舒伯特的《鳟鱼五重奏》则是以他的诗歌谱的曲。
[4] Günter Hartung: „Wirkungen Klopstocks im 19. und 20. Jahrhundert", in: Hans-Georg Werner (Hg.): *Friedrich Gottlieb Klopstock. Werk und Wirkung*, S. 211-235, hier S. 217.
[5] Kohl: *Friedrich Gottlieb Klopstock*, S. 153.
[6] Kohl: *Friedrich Gottlieb Klopstock*, S. 150.
[7] Günter Mieth: „Einige Aspekte der Wirkung Klopstocks auf Hölderlin ", in: Hans-Georg Werner (Hg.): *Friedrich Gottlieb Klopstock. Werk und Wirkung*, S. 203-210, hier S. 203.

克,青年歌德、席勒与荷尔德林都不可想象"[1]。

普通民众对克洛卜施托克的崇拜更是令人叹为观止。在热泪盈眶捧读《救世主》的日子里,有人把克洛卜施托克的母亲视为圣母,有的把基督之死和《救世主》视为基督教历史上最重要的两个事件,有的甚至声称,倘若没有耶稣基督,基督徒就得敬拜克洛卜施托克……

克洛卜施托克又是第一个把文学创作提升到民族尊严的高度并且获得国际声誉的德国诗人。这位出生在德国中部历史名城奎德林堡的天才少年不仅自幼"三好"[2]:他有阳光的天性,有发达的智力和想象力,还有强健的体魄和矫健的身手,骑马游泳滑冰样样拿手,更加可贵的是,他自小就"忧国忧民"——为祖国的文化地位和文化形象担忧,自小就有鸿鹄之志,并且以自身经历演绎了一则少年强则国强的经典故事。他就读的中学是位于瑙姆堡的普福达中学。这所由萨克森公爵在 1543 年创建的学校有着源远流长的古典学教育传统。这里人才辈出,几乎和大名鼎鼎的图宾根神学院一样传奇。如果说图宾根神学院与开普勒、荷尔德林、谢林、黑格尔等一系列响亮的名字紧密相连,普福达中学就因为另外一串名字名扬四方。除了诗人克洛卜施托克,从普福达中学毕业的历史名人还有:哲学家费希特和尼采,历史学家兰克,德意志第二帝国总理霍尔维格,等等。克洛卜施托克在普福达中学不仅接受了系统而扎实的古典文化教育,获得了广阔的知识视野,而且树立起为国争光的雄心。他在他那篇载入史册的中学毕业演讲中告诫众人:"欧洲的每一个民族都应拥有一个可以引以为豪的叙事诗人;我们却对这种荣誉无动于衷"[3],这表现在德国迄今没有出一个写出像样的史诗的诗人,而史诗是"最高级的文学作品"[4]。与此同时,他含蓄地表示将从自己做起:"我们必须实打实地,必须通过一部伟

---

[1] Fritz Martini: *Deutsche Literaturgeschichte. Von den Anfängen bis zur Gegenwart*. 18., neu bearbeitete Aufl., Stuttgart: Alfred Kröner 1984, S. 193.

[2] 欧洲的"三好"理想源于古希腊的美善一体说,即 Kalokagarthie。

[3] Arno Schmidt: „Klopstock oder verkenne Dich selbst". In: Arno Schmidt: *Bargfelder Ausgabe, Werkgruppe II, Dialoge*. Zürich: Haffmans Verlag 1990, Bd. 1, S. 359-388, hier S. 362.

[4] Klopstock: *Klopstocks Werke in einem Band*. S. X.

大的不朽之作证明自己的本事。"[1] 几年后，年仅二十四岁的克洛卜施托克所发表的《救世主》的前三歌就在德国文坛引起史无前例的热烈反响，他一下收获了两个顶级的文学桂冠：《救世主》被德国诗人哈格多恩誉为"一部真正伟大的荷马式的史诗"[2]，他本人则被瑞士的文学评论家博德默尔称为"德国的弥尔顿"。巴洛克作曲家格奥尔格·菲利普·泰勒曼为《救世主》选段谱曲，几乎与亨德尔的《弥赛亚》撞车[3]。他在《救世主》前三歌中成功地将源自荷马史诗的六音步扬抑格（Hexameter）进行了本土化改造。六音步格的运用随之在德国文坛蔚然成风。1771年，克洛卜施托克发表了他的颂歌体诗集，再次引发文坛震动。这些堪称典范的颂歌不仅让德国的文学青年读得如痴如醉乃至竞相模仿，一些音乐大师也读得心情澎湃，随后主动为之谱曲。歌剧大师克里斯托弗·威利巴尔德·格鲁克如此，贝多芬的老师克利斯蒂安·戈特利布·内弗亦如此。内弗认为，"不朽的克洛卜施托克"的颂歌才是德国人应该传唱的严肃歌曲[4]。与此同时，人们把克洛卜施托克作为文化名片向国外递送，在他和欧洲王室之间牵线搭桥，其中包括英国国王和王储奥兰治王子[5]。最后，通过丹麦驻瑞士公使、德国人约翰·恩斯特·冯·贝恩斯多夫男爵的牵线搭桥，克洛卜施托克接受了丹麦国王弗雷德里克五世为他提供的作家薪俸。1751年，他与贝恩斯多夫一道前往哥本哈根。贝恩斯多夫在丹麦王宫做枢密顾问和外交大臣，他则潜心创作《救世主》。由此，他成为德国的第一个全职诗人[6]，他在哥本哈根也生活了整整二十年。后来，巴登封邦伯爵[7]卡尔·弗里德里希高薪聘请他到卡尔斯鲁厄做所谓的宫廷顾问。到卡尔斯鲁厄不久，他发现宫廷内部的人际关系十分复杂，所以很快辞别。但他领取的是终身薪俸，他

---

[1] Kurt Böttcher und Hans Jürgen Geerdts (Hg.): *Kurze Geschichte der Deutschen Literatur. Von einem Autorenkollektiv.* Berlin: Volk und Wissen 1983, S.215.

[2] 范大灿主编：《德国文学史（修订版）》（第二卷），第155页。

[3] 《救世主》和《弥赛亚》在德文中是同一个词：Der Messias。前者是意译，后者是音译。

[4] Walther Siegmund-Schultze: „Klopstocks Musik-Beziehungen", in: Hans-Georg Werner (Hg.): *Friedrich Gottlieb Klopstock. Werk und Wirkung*, S. 143-151, hier S. 144.

[5] Klopstock: *Klopstocks Werke in einem Band.* S. XVIII.

[6] 尼古拉斯·博伊尔：《德国文学》，续文译，南京：译林出版社，2019年，第41页。

[7] 德文是 Landgraf，又译"方伯"，是相当于公爵的伯爵。

和卡尔·弗里德里希也保持了终生的友谊。他晚年定居汉堡之后，很快就成为汉堡的文化地标，觐见者络绎不绝。这中间既有来自德语地区的文人、学者、贵族，如赫尔德和威廉·冯·洪堡，如拉瓦特尔和利希滕贝格，如符腾堡公爵卡尔·欧根和黑森－洪堡的封邦伯爵弗里德里希五世等；也有慕名前来的外国客人。这中间自然少不了弥尔顿的同胞，如英国海军名将纳尔逊勋爵和欧洲第一交际花汉密尔顿夫人，如英国浪漫诗人华兹华斯和柯勒律治[1]。柯勒律治还惊叹说："a very German Milton indeed!!!"（不愧为德国的弥尔顿！！！）[2] 隔壁的法国人同样对克洛卜施托克表示了崇高的敬意。1792 年 8 月 26 日，法国国民议会授予他"法兰西荣誉公民"称号[3]。斯太尔夫人在《论德国》中也写下一句令人刮目相看的评论："如果诗也有圣，那么克罗卜史托克应当在诗圣中名列前茅。"[4]

克洛卜施托克生前无比风光，死后同样荣耀。他是第一个享受国葬待遇的德国诗人。在他的出殡之日，汉堡城六座久负盛名的路德宗大教堂钟声齐鸣，汉堡港内的轮船汽笛长鸣，由 126 辆马车组成的浩浩荡荡的送葬队列开赴城外，100 名荣誉警卫环护着克洛卜施托克的灵柩行进。除了当地的名人显贵，送葬队列中还有来自比利时、丹麦、英国、法国、普鲁士、俄国等多国的使臣。他死后的另外两个待遇更让他永垂不朽：一是他的名字进入了新教教会年历，他的忌日即 3 月 14 日确立为克洛卜施托克纪念日；二是他的半身雕塑进入了万众瞩目的瓦尔哈拉英灵殿。1842 年，当这座形似雅典帕特农神庙的德意志英灵殿在巴伐利亚雷根斯堡以东的多瑙河畔落成并对外开放时，克洛卜施托克出现在首批展示的 160 位德意志民族英雄当中。代表他的，是一尊由著名雕刻家约翰·戈特弗里德·沙多[5]制

---

[1] Gunther E. Grimm und Frank Rainer Max (Hg.): *Deutsche Dichter. Leben und Werk deutschsprachiger Autoren vom Mittelalter bis zur Gegenwart*. Stuttgart: Reclam 1995, S.151.

[2] Kohl: *Friedrich Gottlieb Klopstock*, S.136.

[3] 克洛卜施托克获此称号主要因为其政治理念，如反专制，主张废除依附制度，支持法国大革命，反对普奥干涉，等等。有十六位国际名人同时获得这一称号，其中包括美国的开国元勋华盛顿和潘恩、波兰传奇名将柯斯丘什科。克洛卜施托克和席勒是其中仅有的两个德国诗人。据说席勒是由法国国民议会中的阿尔萨斯代表在最后关头临时提名添加的。见 Jean Murat: „Klopstock als französischer Bürger", in: Hans-Georg Werner (Hg.): *Friedrich Gottlieb Klopstock. Werk und Wirkung*, S. 173-177, hier S. 173.

[4] 斯太尔夫人：《德国的文学与艺术》，第 17 页。

[5] 沙多最有名的作品是摆放在柏林勃兰登堡城门上面的驷马战车雕塑。

作的半身塑像。他的塑像编号为 021[1]，上面刻有 Der Heilige Sänger 即"神圣歌手"的字样。

如前所述，克洛卜施托克是德国文化崛起时代的开篇人物。他改写了德国文学"一穷二白"的历史，增进了德国人的文化自信，他本人因此获得极大的荣耀。也许是历史使然，这位开篇人物也是一个来去匆匆的历史人物。身为近代德语文学之父的克洛卜施托克，在其有生之年就遭遇了身为德国文学批评之父的莱辛所预言的命运：他的崇拜者远远多于他的读者。从《救世主》前三歌产生的轰动效应到文学青年对他的抒情诗爱不释手，克洛卜施托克在德国文坛叱咤风云约三十年。之后他更多地体会到什么是热闹中的寂寞。尽管他作为《救世主》的作者蜚声文坛并赢得了广泛的尊重和爱戴，他的"毕生之作"《救世主》[2]在最终完成并发表之后却受到普遍的冷落。他昔日的崇拜者多半走出了自己的路，与他的关系日益疏远。歌德的态度就是其文学命运的风向标。当歌德仰望他的时候，他的文学名望如日中天；当歌德俯瞰他的时候，他已日落西山。老年歌德在回首往事的时候对克洛卜施托克（连同赫尔德）做了恰如其分的评论："如果没有这些强大的先驱者，我国文学就不会像现在的样子。他们出现时是走在时代前面的，他们仿佛不得不拖着时代跟他们走，但是现在时代已把他们抛到后面去了。"[3]克洛卜施托克在何种意义上领先或者落后其时代是一个需要人们进行细致探讨的问题。但毋庸置疑的是，进入19世纪后克洛卜施托克就彻底变成了一个小众作家。不过，在他为数不多的读者中间，却有好几个十分醒目的历史人物，如现代诗圣斯特凡·格奥尔格，如日耳曼学的大师级学者恩斯特·贝尔特拉姆和弗里德里希·贡道尔夫，如联邦德国的文学怪杰阿诺·施密特。

克洛卜施托克还是近代德国文学中的国粹主义先驱。如前所述，克洛卜施托克作为"神圣歌手"进入瓦尔哈拉英灵殿，从而名垂青史。然而，

---

[1] 第一批进入瓦尔哈拉莫灵殿的历史名人分别由 96 个半身塑像和 64 个纪念牌位代表。
[2] 《救世主》的前三歌发表于 1748 年，全部二十歌发表于 1773 年。发表后他继续进行修改，在 1781 年和 1800 年先后推出两个修订版。
[3] 爱克曼辑录：《歌德谈话录》，第 40 页。

他不是一个单纯的"神圣歌手"。巴登封邦伯爵卡尔·弗里德里希就曾总结说,克洛卜施托克的创作围绕两大主题进行:"宗教和祖国。"[1] 一方面克洛卜施托克不仅奉献了"毕生之作"《救世主》,不仅创作了由《亚当之死》(1757)、《所罗门》(1764)、《大卫》(1772)组成的《圣经》戏剧三部曲,以及诸多的宗教颂歌。另一方面,他心系祖国,频频赋诗讴歌德意志历史伟人,如《赫尔曼和图斯内尔达》(1752),如《捕鸟者亨利》(1700)。赫尔曼戏剧三部曲和《德意志学者共和国》(1774)更是集中体现其爱国思想的力作。赫尔曼三部曲由《赫尔曼战役》(1769)、《赫尔曼和长老们》(1784)、《赫尔曼之死》(1787)三个剧本构成。《德意志学者共和国》是一则描绘学术乌托邦的寓言,与柏拉图的《理想国》如出一辙。但是它脱胎于一个非常务实、并且有着强烈爱国动机的行动计划,即"维也纳计划"。克洛卜施托克在1768年撰写的这份行动纲要,旨在促进德意志的学术发展与繁荣。它所设想的有效手段,就是在德意志民族的神圣罗马帝国的首都维也纳成立一个群英荟萃的德意志科学院,因为隔壁的法兰西早在17世纪末就组建了群英荟萃的法兰西科学院。法兰西学院位于巴黎的塞纳河畔,并且直接由王室资助。法兰西学院对法国文化繁荣所做出的贡献有目共睹。克洛卜施托克撰写"维也纳计划",其良苦用心不言而喻。正因如此,与"维也纳计划"几乎同时产生的《赫尔曼战役》在献词页赫然写上了"An den Kaiser"(献给皇帝),并附上一篇热情洋溢的献词。这里所说的皇帝,是指时任神圣罗马帝国皇帝的约瑟夫二世。由于维也纳方面没有做出积极回应,克洛卜施托克只好托诗言志,把他的"维也纳计划"写成了一部《德意志学者共和国》(倘若约瑟夫二世让克洛卜施托克出任神圣罗马帝国的文化大臣,他和远在魏玛公国担任大臣的歌德就会形成有趣的对照或者呼应)。

一般而言,爱国与敬神是两种不同类型的情感。前者是一种民族情感,是纳雄耐尔(national),后者超越民族情感,是英特纳雄耐尔(international)。在克洛卜施托克这里,它们却不分伯仲,不分先后。二

---

[1] Kohl: *Friedrich Gottlieb Klopstock*, S. 36f.

者之间甚至存在千丝万缕的关系。《救世主》就是一个例证。一方面，这部表达作者纯净而神圣的宗教情感的作品，最终帮助其作者实现了为国争光的世俗目标，因为它向世人表明，德国人不缺文学才华，德国可以出史诗，可以出弥尔顿。另一方面，《救世主》是在与一部民族史诗的竞争中偶然胜出的。昔日的克洛卜施托克在立下鸿鹄之志的时候，原本打算以安息在他的家乡奎德林堡的国王亨利一世（绰号"捕鸟者亨利"）为主人公创作一部民族史诗。后来经过一番掂量，他决定先讴歌"人类的祖国"即基督宗教，德意志祖国先存放心头。二十年后，他写出了以赫尔曼为主人公的民族史诗。无论赫尔曼还是亨利一世，都是重要得不能再重要的德意志历史人物。他们不仅是首批进入瓦尔哈拉英灵殿的历史名人，他们还双双成为英灵殿的一号人物：赫尔曼是 01 号纪念牌位，亨利一世是 01 号半身雕塑。

  捕鸟者亨利一世原本为萨克森公爵。他的绰号源于他在林中捕鸟时得知自己被选为公爵这一美谈。公元 919 年，他被推举为东法兰克国王，并由此成为德意志历史上一个承上启下的关键人物。在他之前，东法兰克国王是康拉德一世。康拉德一世是第一位来自非加洛林王朝的东法兰克国王，所以从他开始，东法兰克王国与查理大帝建立的法兰克王国就不再有血脉关系[1]。站在今天的立场，可以说法兰西和德意志的共同历史正式宣告结束。别了，查理曼！[2] 别了，亚琛！[3] 可以说，是康拉德一世开启了东法兰克王国的德意志化进程，他应该成为一个划时代的历史人物。然而，由于康拉德一世治国无能、内外交困，他的统治仅仅延续了七年（911—918）。好在康拉德一世心胸开阔，举荐曾经与自己作对的亨利一世为继任者。亨利一世虽然因为在奎德林堡的加冕典礼上拒绝宗教仪式而未能成为名正言顺的国王（俏皮者称他为"无柄之剑"），但他至少建立了三项丰

---

[1] 在西法兰克王国，加洛林王朝则在公元 987 年结束了统治，其标志是雨果·卡佩当选为西法兰克国王。
[2] 查理曼究竟算德国人还是法国人已无从回答。他的父系说法语，母系说德语，他自己使用何种语言也看场合。查理大帝是德法共同的政治祖先和欧洲之父。1950 年在亚琛设立的查理曼奖就专门颁发给促进欧洲一体化的人士。
[3] 亚琛是查理曼帝国的首都，也是查理大帝的安息之地。2019 年 1 月 22 日，德法两国首脑特地在此签署了旨在加强两国合作和推动欧盟一体化的《亚琛条约》。

功伟业。一是通过其强势领导，极大地促进了德意志几大部落——阿雷曼、巴伐利亚、法兰克、图林根、萨克森、弗里斯兰——的一体化和德意志民族化的进程。二是巩固和扩大了东法兰克王国的疆域：向东，他成功地抵御了马扎尔人在东部边疆的骚扰和入侵，并史无前例地侵袭了易北河以东的斯拉夫地区；向西，他把洛林并入东法兰克王国，并在921年与西法兰克王国国王糊涂者查理在一条停泊在莱茵河的船上签订了友好条约[1]。三是他生了一个了不起的儿子。这就是赫赫有名的奥托一世。众所周知，奥托一世开疆拓土，威震四方，甚至挥师罗马，并因此被罗马教皇加冕为"罗马人的皇帝"。所以，奥托一世被称为奥托大帝。是奥托一世让德意志王国继承了罗马帝国的衣钵，德意志人拥有了皇帝，德意志第一帝国就此诞生。因此，亨利一世的地位相当于德意志开国国君。亨利一世死后，遗骸安置在位于奎德林堡的城堡山上的隐修院内。奎德林堡由此成为一座历史名城。第三帝国时期，纳粹官方把亨利一世视为德意志帝国东扩意志的象征，所以对其进行大肆宣传。1936年，纳粹德国在奎德林堡为逝世一千周年的亨利一世举行了盛况空前的纪念仪式。与亨利一世（Heinrich I）同名的海因里希·希姆莱（Heinrich Himmler）不仅亲自主持了纪念仪式，还宣布奎德林堡隐修院为朝圣之地[2]。

如果说亨利一世象征着德意志历史的起点，象征着德意志与曾经同属法兰克王国的法兰西和意大利彻底分道扬镳[3]，那么，切鲁西部落首领赫尔曼就象征着日耳曼人独立于强大的罗马帝国的自由意志，而且把德意志历史又向上推进了将近一千年[4]。赫尔曼无与伦比的历史功绩，在于他所策划和指挥的条顿堡森林战役。这是赫尔曼在公元9年率领日耳曼部落联

---

[1] 如果把这个充满诗情画意的历史性会晤视为东、西法兰克王国分家，东法兰克王国即德意志帝国成立的标志，921年就算是德意志帝国元年。

[2] 遗憾的是，Heinrich 旧译"亨利"，新译"海因里希"。普通的中文读者不知道二者同名。

[3] 德意志第一帝国的建国元年，若以亨利一世当选国王为标志，是公元919年；若以捕鸟者亨利与糊涂者查理在莱茵河心的历史性会晤为标志，是公元921年；若以奥托一世在罗马接受教皇加冕为标志，是公元962年。

[4] 德国史学家、1902年诺贝尔文学奖得主特奥多尔·蒙森把条顿堡森林战役称为"世界历史的转折点"，见赫尔曼·舍费尔：《100个物品中的德国历史》（上），陈晓莉译，北京：社会科学文献出版社，2020年，第28页。

盟在条顿堡森林一带对罗马军队进行的一场战役。该战役一举消灭了罗马统帅瓦鲁斯所率领的三个罗马军团大约 25 000 人，瓦鲁斯本人自刎。这三个军团属于精锐部队，占帝国总兵力的十分之一。据说，如此惨重的损失让罗马皇帝奥古斯都痛心疾首，一遍又一遍地喊"瓦鲁斯，你把我的军团还我！"条顿堡大捷是一个重大的历史转折点。它不仅决定了日耳曼人的命运——罗马史学家塔西佗把赫尔曼称为"日耳曼的解放者"，而且在一定程度上决定了罗马帝国的版图。据说，奥古斯都在遗嘱中为罗马帝国划定疆域——"西至大西洋边；北至莱茵河和多瑙河；东至幼发拉底河；南边则直到阿拉伯和非洲的沙漠地带"——之时就考虑到，"日耳曼的大片森林和沼泽地带住满了一个宁死也不愿丧失自由的强悍的野蛮民族"[1]。

综上所述，赫尔曼和亨利一世在瓦尔哈拉的排位和雕塑序号是由他们各自的丰功伟绩奠定的。克洛卜施托克心仪这两位历史人物，则说明他有宏大的历史视野和清醒的政治意识。

第二节　赫尔曼三部曲的政治叙事

克洛卜施托克的赫尔曼三部曲的第一部是《赫尔曼战役》，讲述的是战斗双方的激烈厮杀和战斗后续事宜。第二部是《赫尔曼和长老们》，讲述大敌当前——公元 16 年罗马名将小日耳曼尼库斯[2]率军前来讨伐——日耳曼部落长老聚会商议如何应对。长老会议否定了赫尔曼的丛林战和运动战建议，决定采用强攻罗马人营地的战术，结果惨败。三部曲的最后一部是《赫尔曼之死》，讲述了赫尔曼在日耳曼人的内部纷争中被杀的故事。由此，塔西佗等罗马史学家所勾勒的赫尔曼的生平事迹得以完整呈现。通过赫尔曼三部曲，克洛卜施托克既讲述了德意志民族的伟大和苦难，也展示了德意志文化的悠久和灿烂。对于他，三部曲既是一项政治工程，又是

---

[1] 爱德华·吉本：《罗马帝国衰亡史》（上册），黄伊思、黄雨石译，北京：商务印书馆，1997 年，第 20 页。
[2] 日耳曼尼库斯（Germanicus）意为"日耳曼的征服者"。小日耳曼尼库斯这一荣誉称号来自其父亲大日耳曼尼库斯。

一项文化工程。

德意志民族为何伟大？从赫尔曼三部曲可以看到，一方面，德国人推崇自由理想。若为自由故，一切皆可抛。献出生命也在所不惜。对于他们，条顿堡森林战役是一场命运攸关的自由保卫战。胜利了，他们就永保自由和独立；失败了，他们就沦为罗马人的奴隶。所以，他们前仆后继，与强大的罗马军团进行鏖战。在战役进行到第三天的时候，甚至出现了文武齐上阵、老少齐上阵的感人场景。有些之前没有上阵或者不宜上阵的，也因按捺不住而披挂上阵，如英俊少年齐格蒙德，如赫尔曼的老父亲西格马，如歌队队长维尔多马的儿子、为德鲁伊祭司长打杂的男孩子。德鲁伊大祭司布伦诺则郑重表示，倘若战败，他将选择自杀，因为他不能做"受奴役的民族的大祭师"（HD, 23[1]）。巴尔德歌队用歌声描绘了这感人的一幕：

> 我们是勇敢的民族，我们的少年
> 手持轻质的彩色盾牌，身负美丽的伤口，
> 他们宁死不屈
> 若是为了自由！
> 我们是勇敢的民族，我们有汉子和老人，
> 他们身经百战，疤痕累累，
> 他们宁死不屈
> 若是为了自由！（HD, 66）

条顿堡森林战役使罗马帝国停止了殖民和扩张的步伐，迫使其将势力范围大致限制在莱茵河以西、多瑙河以南，两河以东和以北的日耳曼地区则保持了政治和文化的独立。罗马人后来虽然不时地对日耳曼地区进行讨伐和征战，但他们始终未能实现征服日耳曼人的目标。我们在《赫尔曼和长老们》中看到，公元16年小日耳曼尼库斯带着手下干将凯奇率部扫荡日耳曼地区，把日耳曼部落武装打得落花流水。最后，连德鲁伊大祭司

---

[1] 赫尔曼三部曲的引文来自：Friedrich Gottlieb Klopstock: *Hermann-Dramen. Bd. 1: Text*. Hg. von Mark Emanuel Armtstätter. Berlin und New York: Walter de Gruyter 2009. 后文将以 HD 指代该版本，并在正文中以括号形式标明页码。

布伦诺也落到罗马人手中。可是，戴着镣铐的布伦诺依然正气凛然，对罗马军官说："你们可以打败我们，但是你们永远征服不了德国。"（HD, 262）对于赫尔曼战役的意义，克洛卜施托克在给皇帝约瑟夫二世的献词中用热情洋溢的语言进行了总结：

> 我把这首爱国诗歌献给至尊的皇帝。这首歌诞生在我火热的胸膛。比我的胸膛还火热的，唯有赫尔曼战役。这是一场正义的、运筹帷幄的、勇敢顽强的自由保卫战，它比我们最有名的战役还富有德意志特色。是赫尔曼战役使我们避免了被征服的命运。（HD, 5）

克洛卜施托克笔下的条顿堡森林战役的又一重大意义，在于它打出了民族威风，为德意志人打出了战斗民族的声誉。他们的战绩可谓空前地辉煌，可谓创下了历史纪录。所以赫尔曼对罗马战俘说：

> 你们说说，有哪一个民族，像我们今天这样打得你们落花流水？安息人？我衷心感激高贵的安息人打败了你们；但是他们没有我们打得艰难！克拉苏和他的军团被渴死在荒漠沙滩，帕提亚人给了他们最后一击，没有沙漠，帕提亚人不可能取得如此大捷……你们也许要说我们利用了茂密的森林和沼泽。难道森林没有出口吗？……（HD, 105）

众所周知，发生在公元前53年的卡莱战役是罗马军队此前遭遇的最大耻辱：罗马三巨头之一的克拉苏挥师讨伐帕提亚帝国即安息帝国，在卡莱附近遭到帕提亚军队的迎击。结果，罗马军团两万人被消灭，克拉苏本人被杀死。现在，日耳曼人在条顿堡森林战役中歼灭了三个精锐的罗马军团，即17军团、18军团、19军团。他们不仅消灭了两万多罗马军人和随军的几千头牲畜，不仅迫使绝望的指挥官瓦鲁斯和身边的几位军官自杀，他们还缴获了凝聚着罗马军队骄傲的三面军团鹰旗。其中一面还用来覆盖西格马的遗体。条顿堡森林战役让罗马人的自尊心深受打击，他们又是如此地迷信或者羞愧，以致他们从此永久取消了上述三个军团的番号，罗马军队再也没有第17军团、18军团、19军团。可以说，条顿堡森林战役的战绩和名声已经超过了著名的卡莱战役。更令日耳曼人骄傲的是，他们的战斗人员没有罗马军团多，双方的武器装备更是不可同日而语。日耳曼部落武装与罗马军队，这几乎是木器与铁器的反差和对垒。正因如此，赫尔曼让罗马战俘睁大眼睛看看："你们看看这些短矛，看看这些五颜六色的轻质盾牌。它们来自森林而非铁匠铺子。如果不和我们交手，你们一定以为这只是表演战争舞蹈使用的道具。"（HD, 106）赫尔曼所描述的双方武器装备对比听着有些夸张，但基本可信。20世纪80年代，英国考古学家借助磁力计等现代科技手段在条顿堡森林战役的旧址进行了发掘，发现不少罗马军队的遗物，如武器、盔甲、钱币、角斗士鞋等。但是没有发现日耳曼的历史痕迹。人们据此推断他们的盔甲并不是由永久的材料制成的，他们的武器要么是自制的木质武器，要么是从罗马人那里缴获而来[1]。

条顿堡森林战役的第三大战果，是一位民族英雄和领袖人物的诞生。这就是赫尔曼。他是这场战役的总设计师和总指挥，也是一名驰骋疆场的勇士。他是条顿堡森林战役当之无愧的头号功臣。他不仅骁勇善战、运筹帷幄，识大体顾大局，还有情有义，有不杀俘虏的骑士风度。战役结束后，他饶恕了罗马俘虏，因为他"不能把刀剑刺向手无寸铁的战士"（HD, 138），尽管他的母亲因为目睹他战死的父亲即将火化而悲愤欲绝，要求他杀掉全部俘虏，其中包括"4个保民官！20个百夫长！200多个为暴君服务的奴隶"（HD, 137）。此外，他珍惜骨肉之情，饶了归降罗马人的兄长弗拉维乌斯一命。当血气方刚的马尔西部落战士和同样血气方刚的切鲁西部落战士因为最荣耀的战利品——罗马鹰旗——发生严重争执并请求他进行裁决的时候，他公平大度地把鹰旗判给了马尔西战士，后者则非常知趣非常得体地把鹰旗交给赫尔曼的妻子图斯内尔达保管。由此，一场有可能演化为部族矛盾和部族冲突的争端以皆大欢喜告终。赫尔曼勇敢而智慧，既有慷慨大度又有温情脉脉，同时一心致力于日耳曼部落的团结、和谐与统一。毫无疑问，他是一位不可多得的领袖人物。

---

[1] 舍费尔：《100个物品中的德国历史》（上），第24页。

然而，如此伟大的一位民族英雄，却是一位巨大的悲剧人物。在克洛卜施托克的戏剧三部曲中，赫尔曼的命运就是一条下行曲线，让人越看越悲哀。如果说《赫尔曼战役》主要描述赫尔曼个人魅力和赫赫武功，那么，在《赫尔曼和长老们》和《赫尔曼之死》中，赫尔曼的伤心事和糟心事就已接二连三。我们在此所看到的，是赫尔曼如何在日耳曼部落长老的军事会议上受到排挤，是日耳曼部落联军如何因为否定了赫尔曼的作战方案而被日耳曼尼库斯和凯奇指挥的罗马军团打得落花流水，是赫尔曼最后如何被日耳曼部落长老们联手刺杀。民族英雄赫尔曼，不仅没有完成统一大业，最后还成为孤家寡人，乃至性命不保。他的个人悲剧，折射出的是整个民族的历史困境。

日耳曼人的问题，在于他们的四分五裂，在于其政治和思想的不统一。抗罗者有之，仰慕罗马帝国、臣服或者希望臣服罗马帝国的日耳曼人同样比比皆是。日耳曼部落有抗罗和亲罗之分，如三部曲中所说的乔西部落就直接与罗马结盟，与罗马军队一道前来讨伐其他日耳曼部落，其身份如同我们所说的伪军。更为糟糕的是，抗罗和亲罗的分裂也出现在部落内部乃至家族内部。赫尔曼是切鲁西部落的首领和抗罗派，他的老父亲西格马也是坚定的抗罗派，还在条顿堡森林战役中献出了生命。但是，他的岳父、同为切鲁西部落首领的塞格斯特又属于亲罗派，他的兄长弗拉维乌斯不仅亲罗，而且直接成为罗马军队的一员。另一方面，塞格斯特的亲罗立场并未妨碍他的儿子齐格蒙德成为抗罗战士。值得注意的是，日耳曼人中间的亲罗派几乎都是旗帜鲜明、理直气壮的。已是罗马公民的弗拉维乌斯，无论作为俘虏还是使臣，都奉劝其家乡父老臣服罗马人，因为罗马人是"世界的主宰"（HD, 90）。塞格斯特在条顿堡森林战役打得如火如荼的时候还在表示他"一直希望与强大的罗马人结盟"（HD, 55）。一个因为替罗马人传递情报而被捕的乔西人的亲罗意志更是令人唏嘘：切鲁西部落长老英戈马告诉乔西人，如果说出自己递送的是什么情报，他就可以"重新变成德意志人"，乔西人却反问道："英戈马，何时起背信弃义成了德意志特性？何时起人们可以通过背信弃义变成一个德意志人？"（HD, 195）抗罗派对亲罗派自然是充满了蔑视和抵制。对于德鲁伊祭司长布伦诺而言，亲罗派都是"叛徒",都不再是德意志人。民族认同没了,民族纽带就不复存在。所以他蔑视塞格斯特,斥之"贪生怕死"和"甘心为奴",所以他也不把弗拉维乌斯视为部族同胞。当被俘的弗拉维乌斯表示因为要见到"我母亲的小儿子"即赫尔曼而"热血沸腾"的时候,布伦诺冷冷地告诉他:"我给你点面子,告诉你一个事实:你的母亲不在了。"弗拉维乌斯诧异地问道:"我的母亲死了?"布伦诺的回答是:"赫尔曼的母亲活着!"(HD, 91)相应地,当祭司长主张对弗拉维乌斯处以极刑,图斯内尔达却提醒说"今天不能杀德意志人"的时候,布伦诺的回答是:"他不是德意志人。"(HD, 94)最后布伦诺因为看在赫尔曼的面上而饶了弗拉维乌斯一命。与此同时,弗拉维乌斯和塞格斯特在家族内部也受到蔑视和冷遇。老西格马耻于提起弗拉维乌斯的名字。在和布伦诺的交谈中谈到大儿子的时候他几乎陷入语塞。他说:"我既不想叫出我给他取的名字,也不想叫出罗马人给他取的名字。"(HD, 22)赫尔曼的儿子托伊德对大伯弗拉维乌斯和他的儿子意大卢斯(意为:意大利人)敬而远之,所以他拒绝堂兄意大卢斯的亲吻:"罗马人,你吻我干吗?再来一次我就不客气了!"(HD, 205)同样地,托伊德和他的姥爷塞格斯特划清界限。在他父亲遇害前,他还当众咒骂塞格斯特,对塞格斯特说:"我是西格马的孙儿,不是你的孙儿。"(HD, 317)

日耳曼部落存在亲罗派乃至归罗派,其根本原因在于日耳曼人缺乏民族认同,在于人们普遍有部落概念却没有祖国概念。《赫尔曼和长老们》第五幕的一个场景就很说明问题:卡狄部落长老阿尔普的女儿见到赫尔曼本人之后欣喜若狂,直呼赫尔曼为"祖国的解放者"(HD, 194)。她父亲却对她厉声呵斥,同时告诫她:"你是一个卡狄人!"赫尔曼随即对阿尔普说:"阿尔普,我可以回答说,我是切鲁西人;但最好别这样说,高贵的女儿的高贵的父亲。我们是德意志人。"(HD, 195)遗憾的是,赫尔曼跟没有德意志观念的人谈德意志,犹如对牛弹琴。日耳曼各部落不仅依然各自为政,而且谁也不服谁。阿尔普还正告赫尔曼:"我们卡狄人从未与你们切鲁西人结盟。"(HD, 229)日耳曼的统一可谓难上加难。最后,有着统一梦和大国梦的赫尔曼不得不尝试以武力实现日耳曼的统一。他首先打败了他的强劲对手、马博德领导的马科曼尼部落,随后继续征战,日耳曼地区随之进入战国时代。但他终究未能遂愿。他陷入了众叛亲离、四面楚歌的境地。最终,已经负伤的赫尔曼被内敌外敌联手抓获。日耳曼长老们对他进行了审判,并处以极刑。公诉人陈述了赫尔曼的两大罪状:

第一,他策划了条顿堡森林战役。公诉人指出:"赫尔曼,西格马的儿子,切鲁西人的首领,在条顿堡森林对瓦鲁斯进行了卑鄙的袭击,对他的三个军团、六个百夫队以及他从高卢带来的辅助部队,对这支五万人的军队,进行了无耻的杀戮。"(HD, 317)公诉人还随即补充说:"他对无辜的罗马人大开杀戒,使'红血溪'(Blutbach)和'白骨溪'(Knochenbach)这类词汇应运而生。"(HD, 317)这次战役招致罗马人的报复。"如果不是提比略将日耳曼尼库斯召回,我们将遭受毁灭。是他给我们的祖国带来了一场大灾难。"(HD, 317)公诉人还指出,在最近与罗马人的一次战役中,赫尔曼还图谋"弑兄",企图杀死在威悉河畔与他谈判的弗拉维乌斯。

第二,他图谋不轨并发起内战。公诉人指出:"赫尔曼对马博德发起不义之战,目的在于除掉绊脚石并发起蓄谋已久的内战。而且他得逞了!他撵走了马博德,迫使其远走意大利,并随即发动了这场旷日持久的血腥内战。"而赫尔曼发动内战,其目的在于"征服他的祖国"(HD, 318)。赫尔曼在随后的自我辩解中强调了两点:一是意欲称霸德意志世界的马博德先起兵,他只是奋起反抗并打败了马博德;二是他认识到只有统一的德意志才能对付罗马人。他产生了先发制人的理念,所以他想征服意大利:"我们德意志人必须做解放者,必须跨越意大利长城,然后挥师南下,其结局与罗马人对我们的祖先的讨伐很不一样。这是对蔑视人类的民族和世界征服者的讨伐,所以它会更可怕、更血腥。"(HD, 320)

很明显,赫尔曼认为只有统一的德意志才能强盛,才能彻底消除外患——罗马帝国。但是,日耳曼的部落首领普遍不认同他的理念。在"公审"现场的日耳曼部落长老——切鲁西部落的塞格斯特和英戈马、布鲁克特里部落的加姆布里夫以及马尔西部落首领卡特瓦尔德——全都主张对赫尔曼处以死刑。耐人寻味的是,卡特瓦尔德本是赫尔曼的朋友,现在却支持处死他。他对着赫尔曼陈述了自己的理由:"在你产生征服祖国的邪恶念头之前你是爱国者,而我依然爱国!我爱祖国甚过爱朋友!哪怕我的朋友是一个伟人!当我在内心听到祖国的声音的时候,我的心在流血。我不能继续摇摆,我终于铁了心。"(HD, 319)卡特瓦尔德爱祖国甚于一切,赫尔曼所追求的统一大业却有害于祖国,所以他别无选择。最后,全剧以一出惊天地泣鬼神的大悲剧告终:赫尔曼被处死,他的儿子托伊德当众刺死英戈马并随即被杀,他的妻子图斯内尔达得知噩耗之后倒地身亡,与他敌对的岳父塞格斯特死了,加姆布里夫自杀了,卡特瓦尔德倒地而死……

从条顿堡森林战役打杀出来的民族英雄赫尔曼,最终被同胞们视为害群之马,被视为民族祸患,并由此招来杀身之祸。这无疑是一个巨大的悲剧。而赫尔曼的悲剧,在于他想一统天下,想完成民族统一大业。日耳曼人不需要统一,或者不需要赫尔曼所理解的统一。日耳曼人有一种非常彻底的自由理想。他们既不接受异族的统治,也不容忍同族侵犯自己的自由。独立与自治、民主与协商是日耳曼部落的普遍诉求。大敌当前,日耳曼人可以联合行动,但必须遵循民主原则。这正如切鲁西部落长老英戈马在部落联盟召开的军事会议上所说:"我们总算有了约定:第一,由多数人而不是一个人决定我们采取什么行动!第二,每一次推选出来做行动总指挥的人,都必须牢记让其他人也清楚战役的进程,他只能在战役出现意外转折的时候发号施令。"(HD, 174)日耳曼部落不需要统一,因为统一必然导致集权。用现代政治学的语言来说,他们只能接受联邦制。这个由塔西佗所开创的、由孟德斯鸠强化的,再由克洛卜施托克进行文学加工的历史叙事,是一种具有思想颠覆意义的历史叙事。它一方面让赫尔曼显出民族英雄和潜在的独裁者的双重面相,一方面又促使我们重新审视德国的历史,借助长焦镜头和广角镜头进行取景和观察。而一旦换上长焦和广角镜头,我们也许就会对德意志历史和德意志精神刮目相看。因为我们会惊奇地发现,一部粗算两千年(从赫尔曼时代算起)、细算一千年(从亨利一世时代算起)的德意志历史,始于联邦共和,也终于联邦共和。联邦与共和是其绝对的主旋律。就是说,一直被视为走"特殊道路"甚至是走"邪路"的德国人,不仅绝大部分时间都走在西方政治学所指的"正道"

上，而且还可能是西方的"正道"的开路者。

如果结合史实，这个道理不难理解。德国历史始于德意志第一帝国即神圣罗马帝国。这个存在了约九百年的帝国（918—1806），实际上是一个松散的、奉行议会民主制的邦联。帝国的皇帝并非世袭制，自1356年颁布《金玺诏书》以来就一直是通过七个（三百年后增加到九个）选帝侯在法兰克福选举产生的。皇帝手中权力有限，皇帝有皇帝的领地，诸侯有诸侯的领地。皇帝与德意志各邦诸侯之间并非上级与下级关系或者中央与地方的关系。遇到重要的事情或者争端，需要大家平等协商，而协商的地点和场合就是帝国议会（1663年以后固定在雷根斯堡举行）。作为德意志人的远亲和近邻的法兰西人，自身早就实现了国家的统一和君主集权制，所以他们对于隔壁的政治状况充满了好奇。德意志不仅幅员辽阔，而且很有政治气魄。德意志人继承了罗马帝国的国号，他们的最高首脑叫皇帝（Kaiser），而法兰西的最高统治者始终叫国王（König）。18世纪的两位法兰西哲人——伏尔泰和孟德斯鸠——对德意志的社会政治状况进行了深入细致的观察，然后各自得出了令人耳目一新的结论。频繁出入德意志、被普鲁士的弗里德里希二世奉为上宾的伏尔泰说，这个德意志民族的神圣罗马帝国"既不是神圣的，也不是罗马的，更不是什么帝国"[1]；孟德斯鸠在对德国进行了一年半（1728年5月—1729年10月）的实地考察之后发现，这是一个组织松散但却运转正常的邦联，这个所谓的帝国实际上是一个"德意志联邦共和国"，可以视为模范政体[2]。这两位法兰西智者的说法一正一反，相映成趣，而且符合18世纪的德意志现状。换言之，直到克洛卜施托克的时代，赫尔曼的德意志统一梦还没有成为现实。此时的德意志帝国与塔西佗所描写的日耳曼世界有着惊人的相似。一方面是德意志邦国林立——在法国大革命爆发的1789年就存在大大小小1789个德意志邦国[3]，各邦主权独立，谁也不服谁，谁也甭管谁，维也纳虽然有一个皇帝，但皇帝既不能干涉各邦内政，也不能决定各邦国的外交，所以基本上

---

[1] 伏尔泰：《风俗论》（中册），第148页。
[2] 转引自Jürgen Overhoff: „Mendesquieus große Deutschlandreise", in: Die Zeit, Ausgabe 30. Dezember 2010。
[3] Golo Mann: Deutsche Geschichte des 19. und 20. Jahrhunderts. Frankfurt a. M.: Fischer 1992, S. 27.

就扮演着一个帝国会议召集人的角色。另一方面，犹如昔日的日耳曼部落出现了赫尔曼与马博德争霸战，18世纪的德意志也出现了相互争霸的普、奥双雄。普鲁士和奥地利在三十年战争结束后就脱颖而出，进入包括英国、法国、俄罗斯在内的欧洲五强俱乐部。普、奥都有称霸德意志的野心。在世纪中叶爆发的七年战争（1756—1763）中，普、奥干脆直接兵戎相见。七年战争既是一场有英、法、俄、西班牙等国参与的欧洲大战，更是一场德意志的内战，是普、奥兄弟阋墙引发的一场战争。普、奥交战时，德意志各邦国旁观的旁观，站队的站队，萨克森公国就站到了奥地利的一边。七年战争也是促使克洛卜施托克创作赫尔曼三部曲的一个历史因素。他不仅因为目睹德国人打德国人而痛心疾首，而且为18世纪的德意志人普遍不知何为爱国、普遍没有祖国认同而感到悲哀。德国人爱国，多半是爱自己所在的大小邦国，属于"邦国爱国主义"，克洛卜施托克本人则属于凤毛麟角的"帝国爱国主义"者。

1806年，随着普、奥双雄双双被拿破仑军队打败，德意志第一帝国土崩瓦解。德意志进入由普鲁士、奥地利和莱茵邦联三分天下的三国时代。这个时候，赫尔曼的德意志统一梦才逐渐成为德意志人共同的梦。1815年，在打败并驱逐法国军队之后，由奥地利牵头的德意志邦联成立。德意志各邦再度以松散的形式结合在一起，只是把帝国议会搬到了法兰克福。神圣罗马帝国复活了。然而，时过境迁。新成立的德意志邦联与昔日的神圣罗马帝国还是有明显的不同。一是皇帝没了，二是统一的呼声逐渐响彻德意志大地，三是普、奥的矛盾与争霸日益激烈。1866年，随着普、奥战争的爆发和奥地利战败，邦联瓦解，由普鲁士主导的北德邦联成立。1871年，随着普、法战争的结束，德意志第二帝国在凡尔赛宫宣告成立。赫尔曼的统一梦才最终得以实现。这个统一的德意志，是普鲁士打跑奥地利之后的小德意志。犹如赫尔曼撵走了马博德而成为日耳曼世界的主宰，普鲁士就是那梦想成真、一统天下的切鲁西部落。。

从切鲁西人赫尔曼，不，应该是从捕鸟者亨利到如今的联邦德国，德国人经历了由长短不一的八朝八代[1]构成的一千多年历史。其间他们一直都在搞共和、搞联邦。他们在"特殊道路"上满打满算——从德意志第二帝国（1871—1918）到俗称魏玛共和国的德意志国（1918—1933）再到德意志第三帝国（1933—1945）[2]——走了七十年，最后这十二年走的是一条绝对的歪路、邪路和死路。尽管如此，他们被视为一个走"特殊道路"的民族。用七十年或者十二年的历史去总结乃至替代一千年的德国史，这是否有点以偏概全？也许是，也许不是。谁让德国人在这短短的七十年里如此兴风作浪、咄咄逼人。在这七十年里，他们不仅在经济、科技、军事等领域快速超越了发达的西方邻国，向世人展现了令人刮目的硬实力，让世人看到一个诗哲民族也可以变成一个铁腕民族，还发动了两次世界大战，对犹太人进行了史无前例的工业化种族屠杀。有了这么一段历史，世人难免要向他们投去异样的眼光。有趣的是，进入21世纪后，随着在欧盟内部硬实力和软实力的进一步提升，德国实现了华丽转身，几乎变成了欧洲宪法的故乡。2006年，在庆祝《金玺诏书》诞生650周年之际，法学界已发出赞叹：《金玺诏书》的意义"不仅相当于一部德国的《基本法》，更堪称一部欧洲的《基本法》"[3]。

第三节　赫尔曼三部曲的文化叙事

如果说由于题材的缘故，一部关于切鲁西人赫尔曼的戏剧必然是一部政治剧，那么，克洛卜施托克的赫尔曼三部曲的非凡之处就在于它同时寄托着克洛卜施托克建构德意志历史的文化抱负。有时它甚至给人一种文化抱负大于政治抱负的印象。如前所述，克洛卜施托克有着强烈的民族自尊心和自信心。他自青少年时代起就非常关注德意志民族的文化实力、文化

---

[1] 八朝八代依次为：神圣罗马帝国，德意志三国时代，德意志邦联，北德邦联，德意志第二帝国，魏玛共和国，德意志第三帝国，德意志共和国（1990年与德意志民主共和国统一）。
[2] 需要指出的是，中文所说的"德意志第二帝国""德意志国""德意志第三帝国"，在德文里是同一个国号：Deutsches Reich。一会儿是"国"，一会儿是"帝国"，这种翻译有点扰乱视听。
[3] 舍费尔：《100个物品中的德国历史》（上），第145页。

形象和文化自信。他甚至写过一首题为《崇洋媚外》的诗歌来警示其德意志同胞[1]。与此同时，他怀有深深的文化忧思。他对德国文化的落后现状不满，他更为德国文化的历史操心。使他感到不安的，是德国的历史过于短暂，是德国人的祖先即古代日耳曼人因为粗鲁无文而没有留下任何历史记载。更有甚者，直到18世纪中叶即克洛卜施托克的时代，也不见一部由德国人撰写的德国古代史。当时人们所能读到的德国古代史，几乎全部来自古罗马作家的笔下。不管古罗马的史学多么发达，不管古罗马史家多么博学、多么长于修辞，他们终究是罗马人，他们终究是用拉丁语写作。克洛卜施托克说过："用德语说不出来的事情，就不是真事。"[2] 因此，他高度重视历史书写。他甚至把修史看作最基础的文化工程，相应地，修史成为其"维也纳计划"的一个核心部分。他创作赫尔曼三部曲的一大动机，就是要描绘一幅古代日耳曼的历史画卷。他不仅要书写赫尔曼战役的经过和意义、赫尔曼的思想和个性，还要描绘古代日耳曼的风土人情、精神风貌、社会制度乃至文化创作，以展示德意志文化的悠久和灿烂，以推翻日耳曼人野蛮说。

克洛卜施托克并非盲目自信。因为他在丹麦王宫收获满满。在哥本哈根，他不仅拓宽了自己的历史视野，而且更新了自己的历史思路。18世纪中叶的哥本哈根是"制造北欧神话的权威作坊"[3]。丹麦国王弗雷德里克五世有意将哥本哈根变成一个文化和学术中心，所以从各方邀请文人雅士到哥本哈根讲学、研究、驻留。也许是巧合，也许是出于投桃报李的心理，客居丹麦的文人雅士都热衷于挖掘丹麦乃至整个北欧的历史。施莱格尔兄弟的大伯约翰·埃利亚斯·施莱格尔在担任驻丹麦的萨克森公使的私人秘书期间，不仅学会了丹麦语，深入研究丹麦历史，而且为丹麦人创作了丹麦民族史诗《卡努特大帝》（1746）。充满感激的丹麦人把他视为"本地

---

[1] 他在诗中写道："你们尽管小看自己的祖国，/ 数典忘祖的德国人！/ 你们仰望外国，看得 / 瞠目结舌！"参见 Klopstock: "Überschätzung der Ausländer", in: *Klopstock: Klopstocks Werke in einem Band*. S. 84.

[2] Gesa von Essen: *Hermannsschlachten*, S. 138.

[3] 克里斯托夫·B. 克里布斯：《一本最危险的书：塔西佗〈日耳曼尼亚志〉——从罗马帝国到第三帝国》，荆腾译，焦崇伟校，北京：北京联合出版公司，2018年，第173页。

人"[1]。来自瑞士法语区的历史学者保罗·亨利·马利特的丹麦史研究更是引人注目。马利特深受孟德斯鸠思想的影响。如果说孟德斯鸠在日耳曼森林中发现了"优良制度"[2]，马利特就在日耳曼森林中发现了独具特色的文化，如神话传说和神话创作，业已消逝的古代文字如尼文[3]，等等。他据此构建出一个与南欧文化即希腊罗马文化平分秋色的北欧文化世界。北欧与南欧之间不再是文明和野蛮的对立，二者只是文化特质不同而已。马利特的研究成果可以说为18世纪60年代风靡欧洲的北欧热推波助澜，让不少德国人如获至宝，其中包括生活在哥本哈根的海因里希·威廉·冯·盖尔斯滕贝格和克洛卜施托克。与贝恩斯多夫和克洛卜施托克过从甚密的盖尔斯滕贝格自中学时代起就热衷于北欧神话，还发表并且公开朗诵过自己创作的一首诗歌：《古代凯尔特人欣然赴死的颂歌》（1754）。读了马利特的著述后，他深信北方文化的原创性和独创性，并由此撰写了《一位北欧游吟诗人的诗》（1766）等著作。无论是德国的莎士比亚热还是狂飙突进运动，他都功不可没。克洛卜施托克同样为重新发现古代北方欣喜若狂。他读过马利特编辑出版的《埃达》、莪相诗歌和塔西佗的著作。他义无反顾地投身国粹热。其标志就是在他的颂歌中用凯尔特-日耳曼神话素材替换原先所使用的希腊罗马神话素材，与此同时，北欧的自然景观在他的诗歌中越来越抢眼，森林和橡树最终成为代表德国的文化符号。由于他的鼓吹宣传，德国文坛刮起了一股"北风"，哥廷根林苑社是名气最大、势力最大、做事最彻底的跟风者。林苑社的名称来源于克洛卜施托克的诗歌《山丘和林苑》（1767），林苑社的成立仪式特意选择在一片林中空地举行，社员们朗诵克洛卜施托克的《赫尔曼战役》的时候不约而同地站到橡树底下，等等。当然，克洛卜施托克"北转"最显著的标志是他1767年发表的《赫尔曼战役》以及后来陆续完成的《赫尔曼和长老们》和《赫尔曼之死》。

赫尔曼三部曲所刻画的日耳曼人，是一个民风淳朴的渔猎和农耕民

---

[1] Gesa von Essen: *Hermannsschlachten*, S. 58.
[2] 洛朗·韦尔西尼：《导言》。载于孟德斯鸠：《论法的精神》（上卷，许明龙译，北京：商务印书馆，2019年，第70—73页。
[3] 纳粹党卫军的标识（SS）就来自德国版画家瓦尔特·赫克（Walter Heck）的如尼文艺术设计。

族。他们熟悉大自然的一草一木，与大自然和谐相处。无论是猎人和渔夫，还是农夫、船夫或者牧人，他们全都充分享受大自然的馈赠，过着天人合一的生活，所以他们丰衣足食，其乐融融，徜徉于山水之间。日耳曼人敬神，但用不着修建神庙，因为一棵橡树或者一块巨石就可以成为他们的祭祀场所。日耳曼人还有一种天当被子地当床的洒脱：他们在野外诞生，也在野外获得永生。切鲁西人赫尔曼就降生在一块巨大的石头上面，那是发源于山顶的溪水流经的第二块石头；赫尔曼的父亲西格马战死之后，切鲁西人就把他的遗体安放在新砍伐的冷杉树枝上面。西格马的灵魂在熊熊烈火中升天，西格马的遗骸则是葬在一棵高大挺拔的橡树底下。这棵橡树同时充当神庙，上面悬挂着日耳曼人在条顿堡森林战役缴获的最大战利品——罗马军团的金色鹰旗。在大千世界中，日耳曼人对于森林更是情有独钟。森林不仅是给他们提供牛奶和狍子肉的衣食父母，森林还是他们的吉祥物和保护神。他们在条顿堡森林战役大获全胜，森林是其制胜的关键因素。几年之后，当日耳曼尼库斯和凯奇率领罗马军团大军压境时，赫尔曼在日耳曼部落联盟的军事会议上告诫众人："丛林战：凯奇大败！日耳曼尼库斯大败！堡垒战：凯奇得救！"（HD, 230）部落长老们多半却是刚愎自用、固执己见，坚持打堡垒战，执意对罗马军团的营垒发起进攻。结果，日耳曼武装一败涂地，他们的村庄和百姓也随之遭殃。日耳曼人死的死，伤的伤，逃的逃，被俘的被俘。赫尔曼侥幸冲出了重围，已有身孕的图斯内尔达却落入罗马人的手中，并被带到罗马。当日耳曼尼库斯率领他的军团在罗马举行传统的凯旋仪式时，图斯内尔达成为罗马人用来四处炫耀的战利品和阶下囚。祭司长布伦诺也被抓获。布伦诺在被捕之前曾怒斥先前坚决主张打堡垒战，自己后来也身负重伤的切鲁西首领英戈马："我诅咒你，因为你剥夺了我们的祖国赢得第二个条顿堡森林大捷的机会。"（HD, 256）后来，当罗马军队的百夫长听说日耳曼人就是否应该打丛林战的问题祈求过神谕时，百夫长评论说："众神若是听了你们的话，我们就不在这里了。"（HD, 261）

日耳曼人是一个健康豪迈、孔武有力的民族。日耳曼人骑马从来不用马鞍，马鞍只适合娇贵的罗马人，战士们渴了，就摘下头盔去溪流边上舀水喝；日耳曼人打猎，首选目标是体型庞大、性格凶猛的野牛，罗马人打猎则专挑狍子或者鸟类。（HD, 204）豪迈的日耳曼人总是大口喝酒、大口吃肉，他们的酒量和酒胆同样惊人，动辄就是端起硕大的牛角酒盅[1]仰脖子喝干，罗马人喜欢的酒具则是小巧玲珑的杯子碟子；日耳曼人端起酒盅的时候，还会拿出"风萧萧兮易水寒，壮士一去兮不复还"的英雄气魄。马尔西人首领卡特瓦尔德和已经罗马化的弗拉维乌斯干杯之前就立下豪言壮语：喝下这口酒，你我中间肯定有一人要换个地点喝下一口酒，要么在 Walhalla，要么在 Elysium（HD, 238）。Walhalla 是北欧人的极乐之地瓦尔哈拉，前述的德意志英灵殿就以它命名；Elysium 则是希腊神话所讲述的极乐之地，属于南欧，所以席勒的《欢乐颂》开篇所呼唤的 Tochter aus Elysium 中文通常译为"来自极乐世界的女儿"[2]。

赫尔曼三部曲所刻画的日耳曼人，不仅质朴豪迈，而且有情有义。他们彼此间充满了友情、亲情和柔情。他们讲义气，讲究共患难、同生死。西格马在战场上身负重伤，他的朋友霍斯特当即表示你死我也死，立刻就要冲向战场拼死复仇。西格马则坚决阻拦。他表示很不喜欢生死与共这一日耳曼习俗，要求霍斯特留下宝贵的生命，以便对付未来的罗马军团。他还说，如果霍斯特牺牲了，他九泉之下也要恨霍斯特。同样感人的是，西格马也不希望他的噩耗影响即将举行的庆功宴，所以要求周围的人别把事情告诉赫尔曼。西格马的事情当然瞒不住赫尔曼。闻讯赶来的赫尔曼向父亲深情地告白："你是天底下最好的父亲"（HD, 125），同时他宣布取消庆功宴。赫尔曼不仅有最好的父亲，他还有最好的妻子。图斯内尔达被囚禁在罗马的时候（她在前述的日耳曼尼库斯的扫荡战中被俘），尽管度日如年、日渐憔悴，但还是请日耳曼部落特使转告赫尔曼顾全大局："千万别为了我的缘故做他本来不会做的事情……他对祖国的爱必须甚于对我的

---

[1] 在当今德国，冠名为奥丁的一升装牛角酒盅依然是广受欢迎的旅游纪念品。

[2] 《欢乐颂》的中文译本很多。首句 "Freude, schöner Götterfunken / Tochter aus Elysium" 翻译最贴近原文的是严宝瑜先生的译法："欢乐，你是众神发出的火花 / 你是来自极乐世界的女儿"。Elysium 源于希腊语，在《希汉词典》中被译为"长乐平原"（是英雄和好人死后居住的乐土），参见罗念生、水建馥：《古希腊语汉语词典》，北京：商务印书馆，2004 年，第 370 页。笔者认为，如果将其音译为"伊利希翁"，就可以在语言上与瓦尔哈拉相映成趣。

爱!"(HD, 196)图斯内尔达从罗马释放归来时,恰逢赫尔曼在刚刚爆发的日耳曼部落内战中战斗负伤,她当即大大方方地为赫尔曼舔舐伤口(HD, 293)——舔舐伤口是大自然赋予动物和人类的基本生存智慧。最后,图斯内尔达在得知赫尔曼被杀的消息后立刻倒地身亡。她践行了与赫尔曼以死相伴的誓言。

作为反映古代日耳曼文化的历史画卷,克洛卜施托克的赫尔曼三部曲的最大亮点在于它对蛮族论的颠覆,在于它为日耳曼人塑造了一个文化民族的形象。我们在三部曲中看到,日耳曼人有一个独具特色的文化阶层,有独具特色的文化创造。《赫尔曼战役》的开篇就是一场巧妙安排的文化博览会。这里既有"热闹",也有"门道"。所谓热闹,是指战场的厮杀。我们看到,在这场发生在一个山谷里的史诗级的厮杀中,日耳曼人和罗马人都很英勇,都有各自的神灵护佑,所以双方杀得难解难分,到了第三天也依然不分胜负。这正如德鲁伊祭司长布伦诺所总结的:"日耳曼战神沃旦让罗马人纷纷血溅沙场,罗马战神朱庇特则让德意志人接二连三地抛洒热血。"(HD, 24)所谓门道,是指剧本的叙事方式。因为剧本没有直接描写战场的战况,战场上发生的事情都是剧中的观战者转述的。观战者站在位于山坡高处的一尊石头祭坛的四周,他们一边观战,一边描述和评论战况。他们的描述和评论还不时地化为一阵又一阵排山倒海的歌声和呐喊声,为奋力拼杀的日耳曼人打气助威。他们给读者带来的,是一场"实况转播"。这些"转播人员"却不是等闲之辈。这里面有赫尔曼的老父亲、切鲁西部落首领西格马和他的副官,有祭司长布伦诺和他的德鲁伊祭司团队,还有由维尔多马率领的巴尔德歌队。他们不是无所事事的旁观者,而是身兼数职的职业旁观者。他们既是叙事者又是评论者,同时还要唱歌、呐喊,有时还需要占卜算卦。巴尔德歌队听从歌队队长维尔多马指挥,祭司团队以德鲁伊大祭司布伦诺为核心。德鲁伊祭司团和巴尔德歌队就是古代日耳曼社会的知识和文化阶层的代表。他们身兼占卜、司法、文艺、记事、教育、评论等多种功能,他们是书记官、评论员,同时兼任文工团、啦啦队。因此,他们不仅跟随战士奔赴前线,还出现在日耳曼人几乎所有的公共活动中。一方面,人们需要通过巴尔德歌队的歌声讴歌神灵、赞美君主、鼓舞士气、讲述历史、记录现实、评论时事。当条顿堡森林战役进入白热化的时候，歌队把参战的 22 个日耳曼部落一一呼唤："切鲁西人！卡狄人！马尔西人！森农人……"（HD, 70）[1] 由此，歌手们不仅唱出了日耳曼人的精诚团结、众志成城，使日耳曼部落最终出现了文武齐上阵、老少齐上阵的英雄场面；他们还用歌声宣告了人口普查的结果，让读者知道昔日的日耳曼地区有多少部落、有哪些部落。当然，歌手们也通过不时地呼唤让鲜为人知的北欧神祇的名字回响在人们的耳畔：沃旦、托尔、温戈尔夫以及德意志人的男女先祖德意斯孔（Thuiskon）和赫塔（Hertha）等等。与此同时，作为时事评论员的歌手们对背叛同胞、与罗马人结盟的部落进行了诅咒："让死亡的厄运降临罗马的奴隶/乌比人！"（HD, 70）西格马壮烈牺牲的时候，他们放声高歌："你是那棵最粗壮、最枝繁叶茂的橡树，/你矗立在森林的最深处！/你是那棵最高大、最古老、最神圣的橡树，/啊，祖国！"（HD, 80）当获释的图斯内尔达从罗马归来时，歌队描绘了切鲁西人如何欢呼雀跃，以及人们的喜悦如何感动天地万物，让大大小小的奇迹降临：猎人看见狍子在山岗和草地欢快地起跳，走失的羊儿和牧羊女失而复得，渔夫重新发现鱼儿水中游的溪流，愉快地把渔网撒进水中，等等（HD, 306–309）。另一方面，德鲁伊祭司长相当于日耳曼人的精神领袖，他赏罚分明，德高望重，气度非凡。连前来逮捕他的百夫长都不得不感叹"这个野蛮人令人起敬"（HD, 262），日耳曼裔的罗马士兵则根本不敢给他上镣铐。最后，也是祭司长对罗马人说出了日耳曼人的最强音："请转告凯奇和日耳曼尼库斯：你们可以战胜我们，但是你们永远不可能把德国征服。"（HD, 262）

《赫尔曼战役》的德文标题为：Hermanns Schlacht, ein Bardiet für die Schaubühne，意思是：赫尔曼战役，一部巴尔德舞台诗剧（或简称"一部巴氏剧"）。Bardiet 即"巴氏剧"是以 Barde（音译为"巴尔德歌手"，按照克氏的理解可意译为"日耳曼歌手"）为词根发明创造的一个新词。这一发明创造充分体现了克洛卜施托克的良苦用心。他一方面想告诉世人：

---

[1] 本章所涉及的古代民族的译名全部参照李毅夫、王恩庆等编：《世界民族译名词典》（英汉对照），北京：商务印书馆，1994 年。

德意志人的先祖即古代日耳曼人虽然没有留下历史文献，但这并不说明他们没有文化活动和文化创造，巴尔德歌队的存在就足以反驳日耳曼野蛮论；另一方面，他想让古老的巴尔德歌队文化获得新生，从而掀起一场日耳曼或者说北方文艺复兴。为此，他以身作则，开风气之先，把他的《赫尔曼战役》从内容到形式都写成一部"巴氏剧"。他不仅让巴尔德歌队成为剧中人物和剧中话题，而且努力模仿他所理解的巴尔德艺术创作，制造一种仿古艺术氛围。于是，《赫尔曼战役》的开篇就出现了上述的"实况转播"场面和"实况转播"团队。然而，这个场面是克洛卜施托克的心灵之眼所看到的古代日耳曼人的艺术盛况，这个团队是克洛卜施托克的心灵之眼所看到的古代日耳曼的文化精英团队。事实上，日耳曼人的历史上既没有巴尔德歌队（Barde），也没有德鲁伊祭司团（Druide）。这二者都属于凯尔特文化[1]。凯尔特人是凯尔特人[2]，日耳曼人是日耳曼人。凯尔特人虽然与日耳曼人、斯拉夫人同属罗马人眼里的欧洲蛮族，但凯尔特人因为高度罗马化而在文化上远超日耳曼人和斯拉夫人。换言之，是克洛卜施托克将凯尔特人和日耳曼人混为一谈，由此无中生有地为日耳曼人创造出一个身兼数职的文艺队伍。克洛卜施托克如此走火入魔，至少有三个方面的原因。第一，这是对塔西佗的拉丁文抄本的误读：塔西佗用 baritus / barritus 即大象的吼声来描述日耳曼武士的怒吼声[3]，克洛卜施托克却将其理解为 barditus，并由此认定 Barden 即巴尔德歌队现身战场为战士们歌唱和呐喊[4]。第二，克洛卜施托克受到席卷欧洲的莪相热的误导。1760 年，苏格

---

[1] 德文的《杜登外来语大词典》对 Barde 和 Druide 的解释分别为"中世纪的凯尔特诗人和歌手"和"异教时代的凯尔特祭司"，同时注明前者来自拉丁语和法语，后者来自拉丁语和高卢语。参见 Dudenredaktion (Hg.): *Duden - Das Große Fremdwörterbuch. Herkunft und Bedeutung der Fremdwörter*. 3., überarbeitete Edition, Mannheim u.a.: Dudenverlag 2003, S. 183, S. 363. 另外，权威的英汉词典对 Barde 的释义是"凯尔特族的游吟诗人"。参见《英汉大词典》编辑部编，陆谷孙主编：《英汉大词典》（缩印本），上海：上海译文出版社，1993 年，第 129 页。

[2] 凯尔特人的原始居住地在中欧的西南部地区，即如今的法国北部、瑞士及德国的西南部。

[3] 中译本将 barritus 音译为"拔力吐"，似乎同时兼顾了音、形、意，因为这原本就是日耳曼武士用来自我壮胆的象声词。参见塔西佗：《阿古利可拉传·日耳曼尼亚志》，马雍、傅正元译，北京：商务印书馆，2009 年，第 47 页。

[4] Hans Mayer (Hg.): *Meisterwerke Deutscher Literaturkritik. [1], Aufklärung, Klassik, Romantik*, S.846. 值得注意的是，《杜登外来语大词典》对 barditus 的释义是"日耳曼人在战场上的嗷嗷嚎叫"。参见 Dudenredaktion (Hg.): *Duden - Das Große Fremdwörterbuch. Herkunft und Bedeutung der Fremdwörter*, S.183.

兰人詹姆斯·麦克菲森出版了《莪相作品集》，在整个欧洲引起一股民间文学热和北欧文学热。莪相是苏格兰民间传说人物，据说生活在公元 3 世纪，是一位盲人说唱诗人。在克洛卜施托克眼里，莪相就是北方的荷马，就是建立北方文化自信的理想人物。殊不知，这本《莪相作品集》是一部伪作。麦克菲森声称从盖尔语翻译过来的莪相诗歌实际上都是他本人撰写的。有趣的是，人们不仅喜欢这些诗歌，而且相信这是莪相原作。当这所谓的莪相诗歌风靡德国之时，歌德中了招，所以他的文学替身维特甚至讨厌别人问"你喜不喜欢莪相"，因为"喜欢"所表达的情感太浅薄[1]；赫尔德也中了招，虽然他是发掘和研究民歌的第一人。更有趣的是，赫尔德在听到质疑麦克菲森造假的声音后依然坚称："这不可能是麦克菲森写的！这种东西我们这个世纪写不出来！"[2] 德国人如此喜欢"莪相诗歌"，一是因为他们喜欢雄浑和神秘、质朴和忧伤，二是因为莪相被当作日耳曼人，他们自然有一种同文同种的亲切感。克洛卜施托克甚至产生了与英国人争夺莪相"国籍"的想法，所以他写了一首题为《合理要求》（1775）的诗歌："他们的子孙，居住在苏格兰山区，/ 他们是罗马人未能征服的喀里多人，/ 是德意志的后裔。所以，我们也是 / 歌手和战士莪相的传人，莪相属于德意志，而非英格兰。"[3]

克洛卜施托克走火入魔的第三个原因，是哥本哈根的文化风向。1751 年，他接受丹麦国王弗雷德里克五世提供的薪俸，[4] 前往哥本哈根潜心创作《救世主》。这一去就是二十年。18 世纪五六十年代的哥本哈根，则不仅是一个文人荟萃之地，而且是一个"制造北欧神话的权威作坊"[5]——这里有一个热心构建北欧古代文化的文人圈。这个圈子里有来自瑞士法语区的宫廷学者马利特，他的《丹麦史导论》（1755）堪称北欧文化宝

---

[1] 歌德：《歌德文集》（第六卷），第 34 页。
[2] Hans Mayer (Hg.): *Meisterwerke Deutscher Literaturkritik. [1], Aufklärung, Klassik, Romantik*, S. 248.
[3] Friedrich Gottlieb Klopstock: „Gerechter Anspruch", in: Klaus Hurlebusch (Hg.): *Friedrich Gottlieb Klopstock. Epigramme. Text und Apparat*. Berlin und New York: Walter de Gruyter 1982, Bd.1, S.14f.
[4] 克洛卜施托克不是唯一受到丹麦王室资助的德国作家。在他之前有 J. E. 施莱格尔，在他之后有席勒和黑贝尔。
[5] 克里布斯：《一本最危险的书》，第 173 页。

典,在他的笔下,日耳曼人和凯尔特人、德意志人和斯堪的纳维亚人属于同文同种。这里还有德国作家盖尔斯滕贝格,他所主办的杂志《关于奇特的文学现象的通信》(1766—1770)是宣传和讨论丹麦古代民歌、北欧史诗和北欧神话传说的阵地,他写的《一位北欧游吟诗人的诗》(1766)则成为一部引领时代潮流的作品。这些作品对克洛卜施托克产生了很大的影响[1]。《赫尔曼战役》也是克洛卜施托克客居哥本哈根期间创作的。

第四节　德意志民族意识与赫尔曼神话

克洛卜施托克的赫尔曼三部曲为读者勾勒出一幅饱蘸情感并且充满诗情画意的日耳曼历史画卷。这里有茂密的森林、肥沃的草地、丰沛的水源、挺拔的橡树,这里的山山水水不仅保证日耳曼人丰衣足食、衣食无忧,而且可以成为他们御敌制胜的法宝。生活在这里的人民热爱自由和平等。他们能征善战、勇敢坚毅,同时又宽宏大量,充满温情、友情和仁义;他们自然淳朴,天人合一;他们还有自己的神祇,有独特的文化,可以跟罗马人平分秋色、比肩而立:你有朱庇特,我有沃旦,你有马尔斯,我有托尔,你有伊利希翁,我有瓦尔哈拉。很明显,克洛卜施托克力图借助赫尔曼的故事讲好德国故事,讲好德国故事则以德意志民族意识的觉醒为前提。从德国的人文主义者开始,赫尔曼故事在德国常说常新地讲了四百年。在这场故事会中,克洛卜施托克是一个承上启下的历史人物。他之上有人文主义者、罗恩施坦、J. E.施莱格尔,下有费希特、克莱斯特、格拉贝。因此,我们有必要结合德国历史考察一下赫尔曼叙事与德意志民族意识之间的关系。

众所周知,德国历史始于公元962年。德国历史的起始标志就是亨利一世的儿子、德意志国王奥托一世在罗马由教皇约翰十二世加冕称帝。尽管奥托一世本人来自德国的萨克森王朝,德意志人也构成了这个新兴的"罗马帝国"的主体民族,奥托一世及其后继者的思想意识却与统治法

---

[1] Hermann Hettner: *Geschichte der deutschen Literatur im achtzehnten Jahrhundert*, S. 422.

兰克王国的加洛林王朝的君主们一样非常的"欧洲"。他们把自己当作统领四方的"罗马皇帝",与教皇联手对基督教世界进行双剑统治,所以他们心系南方,不断挥师南下。奥托一世不仅数次"南下",而且获取了对罗马教皇的强势地位——他迫使教皇签署了旨在管束后者的《奥托特权协议》,同时赢得东罗马帝国即拜占庭方面的敬重,并成功与拜占庭方面联姻。他的子孙即奥托二世和奥托三世甚至死在意大利、葬在意大利。奥托三世的母亲来自拜占庭帝国的皇室,所以他更有恢复昔日罗马帝国辉煌的雄心。接替萨克森王朝的霍亨施陶芬王朝同样心系罗马:腓特烈一世在位38年,在意大利待了13年,他对意大利进行的一次又一次的血腥征战使他有了巴巴罗萨即红胡子大王的绰号——这个绰号彰显着血染的风采;他的儿子亨利六世葬在帕勒莫;他的孙儿即腓特烈二世在位38年,在北方仅仅待了9年。凡此种种,说怪也不怪,因为德意志的皇帝们所统治的是一个以德意志人为主体民族的多民族国家。1356年颁布的《金玺诏书》甚至明确规定德意志君主应该掌握四种语言:拉丁语、德语、意大利语和捷克语[1]。而随着帝国疆域和政教关系的不断变化,帝国的名称也出现了微妙调整:一开始,奥托王朝所开辟的帝国就叫"罗马帝国",以复兴昔日的罗马帝国为己任;约两百年后,在腓特烈一世的时代,帝国变成了"神圣罗马帝国",以凸显基督教精神和教会的权威,而虔诚的基督徒腓特烈一世还身先士卒、御驾亲征,最后甚至死在十字军东征的途中。在15世纪,"神圣罗马帝国"添加了"德意志民族"这一限定词:1471年在雷根斯堡召开的帝国会议上,首度出现了"德意志民族的神圣罗马帝国"这一说法[2]。德意志民族意识觉醒了。相应地,德意志和意大利的矛盾日益加剧,二者渐行渐远。一方面,神圣罗马帝国皇帝越来越疏远意大利,最后一位能够亲自在意大利统治的皇帝是霍亨施陶芬王朝的末代皇帝腓特烈二世(1220—1250年在位),最后一个在罗马由教会加冕的神圣罗马帝国皇帝是哈布斯堡王朝的腓特烈三世(1452—1493年在位);另一方面,罗

---

[1] 法语被排除在外,虽然帝国疆域内有大片法语区,参见约翰内斯·弗里德:《中世纪:历史与文化》,李文丹、谢娟译,北京:九州出版社,2020年,第370页。
[2] Dieter Langewiesche: *Nation, Nationalismus, Nationalstaat in Deutschland und Europa*. München: Verlag C. H. Beck 2000, S. 29.

马教廷在德意志地区越来越不得人心，人们的不满与批评与日俱增。罗马教廷和罗马法被视为束缚德意志人的两把"枷锁"[1]。与此同时，意大利和德意志的人文主义者也开始隔空辩论。他们一面自吹自擂，一面搞地域黑。民族意识觉醒的意大利人，不仅怀念昔日的、属于自己的罗马帝国，而且发现自己是天底下最不幸的民族；因他们虽然创造并守护了灿烂的古代文明，但却长期受到周遭蛮族尤其是卑劣的北方蛮族即德国人的统治、压迫和侵害。因此，他们不得不对德意志人恶语相向。薄伽丘斥责日耳曼人"天生奸诈"[2]；那不勒斯国王罗伯特立足于托马斯·阿奎那有关德国人不把抢劫视为罪的论断，认为德国人不适合做皇帝[3]；彼得拉克不仅把"当权者来自莱茵河"视为罗马人的一大悲哀[4]，而且把阿尔卑斯山脉誉为抵御"德国盗匪"的天然屏障[5]。德国人同样充满怨气。他们在历陈意大利人的各种道德污点之后，对罗马教廷更是大加挞伐，斥之为"抢掠德国人"和"满足意大利人的贪欲"的工具[6]。此外，他们还论证和讴歌德意志的优越和伟大，从自然到人文，从现实到历史，从风俗道德到技术发明，等等。不管有聊无聊，想到哪里说到哪里：从德意志大地的富饶美丽（德意志物产丰富，而且没有洪水猛兽）到德意志人的笃信虔诚（德意志贡献的圣人最多）再到德意志人才济济（从查理大帝到众多的基督教圣人再到发明印刷术的古登堡）[7]。

在这场旷日持久的辩论中，德国人存在先天的、难以克服的文化软肋：他们属于后发民族，他们的文字历史过于短暂。公元765年[8]世上才有了第一本德语书，那是一册题为Abrogans的拉丁语同义词汇编。公元788年，拉丁语文献中才出现theodiscus即"德语"这个词。严格讲，德

---

[1] 克里布斯：《一本最危险的书》，第102页。

[2] Caspar Hirschi: *Wettkampf der Nationen. Konstruktion einer deutschen Ehrgemeinschaft an der Wende vom Mittelalter zur Neuzeit*. Göttingen: Wallstein 2005, S. 246.

[3] Hirschi: *Wettkampf der Nationen*, S. 243.

[4] 弗里德：《中世纪：历史与文化》，第364页。

[5] Hirschi: *Wettkampf der Nationen*, S. 245.

[6] Hirschi: *Wettkampf der Nationen*, S. 249.

[7] Hirschi: *Wettkampf der Nationen*, S. 278, S. 286, S. 317f.

[8] 这一年是中国唐朝的永泰元年。诗仙李白已经离世，诗圣杜甫即将离世。

国人所取得的一切文明成果都要归功于罗马－基督教－拉丁文化，他们在中世纪的文化和教育也落后于南欧地区，欧洲最古老的大学全都出现在南欧和西欧[1]。南下取经是他们的历史命运，他们命中注定要"南面"受学、称弟子国。在人文主义兴盛的15、16世纪更是如此。德意志人文主义运动的第一人彼得·鲁德就是从意大利费拉拉大学学成归来的，德意志人文主义运动的兴起就以鲁德1462年在莱比锡大学发表的就职演讲为标志。面对上述的先天缺陷，情急之下的德意志人文主义者不惜胡编乱造、虚构历史。有的说德语有3822年的历史，甚至宣称天堂中就用"雷声般的德语"来宣判驱逐令；有的声称"德意志王国在特洛伊王国之前已经存在了700年"；有的则非常机智地跟希腊人攀亲戚，说德意志人是希腊人的直系后裔。德国的"首席人文主义者"康拉德·蔡尔提斯声称他的家乡维尔茨堡就是希腊人建立的。一个因匿名撰写《百章书》而被称作"莱茵河上游的革命家"的人文主义者，不仅宣称最早的语言是德语而非希伯来语，宣称"亚当是一个德意志人"，还自圆其说地讲述了拉丁语的起源：那是一个叫拉丁努斯的希腊人为德意志人的奴隶发明的语言，因为德意志人的奴隶来自四面八方，彼此交流十分困难[2]。来自图宾根的人文主义者倍倍尔则感叹德意志人只做不说——成百上千的丰功伟绩没有一件记录在案。有的人还怀疑有人对记录德意志古人丰功伟绩的作品进行了恶意销毁。不过，就在德国的人文主义者为讲好德国故事进行花式虚构之时，他们遇上了罗马人给他们雪中送炭的好事：塔西佗的《日耳曼尼亚志》重见天日。该书的一份誊写稿最早在德国的赫尔斯菲尔德帝国修道院[3]被发现。1455年前后，手稿几经周折来到罗马，最后到了埃涅阿斯·西尔维奥·皮科洛米尼[4]手里。皮科洛米尼是知名的人文主义者，历任罗马教廷枢机主教秘书、罗马教廷驻德意志特使、神圣罗马帝国皇帝腓特烈三世的幕僚（还被封为

---

[1] 在欧洲最古老的二十所大学中，前五名依次为博洛尼亚大学、牛津大学、萨拉曼卡大学、巴黎大学、剑桥大学。德意志地区的最古老的大学布拉格查理四世大学和维也纳大学分别位居十七和二十。当今德国最古老的大学海德堡大学未能进入前二十。

[2] Hirschi: *Wettkampf der Nationen*, S. 153f.

[3] 如今位于德国黑森州北部。

[4] 皮科洛米尼是一位饱学之士。他为自己选择的教宗名称特意和奥维德的《埃涅阿斯纪》呼应：pio Enea，意即虔诚的埃涅阿斯，所以中文译为"埃涅阿"比"埃尼亚"之类更好。

"桂冠诗人")、锡耶纳主教,并在1458年当选为教宗庇护二世。皮科洛米尼高度重视《日耳曼尼亚志》,他想借助此书敦促德国人参加十字军东征,以夺回1453年被土耳其人占领的君士坦丁堡(他本人在1464年御驾亲征的途中死去)。1471年,庇护二世的侄子,锡耶纳主教弗朗西斯科·托德斯希尼·皮科洛米尼抱着同样的目的率领教廷使节团赴雷根斯堡参加德意志帝国会议。在雷根斯堡,他一面让德国人传抄《日耳曼尼亚志》,一面让随行的修辞学教授、有在世的奥维德和西塞罗之称的詹南托尼奥·坎帕诺从《日耳曼尼亚志》的文本出发,对德国人发表鼓动演说。他既要刺激德国人的荣誉心("你们是真正的战斗民族"),也想唤起他们的感激之情("抚今追昔,看看是谁让你们从野蛮时代进入文明时代的")[1]。的确,塔西佗的《日耳曼尼亚志》让德国人如获至宝。这个稳妥的历史文本不仅让德国人得以把自身历史追溯到罗马时代的日耳曼人,而且整体上勾勒出比较积极和正面的日耳曼人形象,如血统纯正[2];如民风淳朴,实行一夫一妻并且禁止弑婴和节育[3];如政治民主[4];如骁勇善战,还在一场战役中让几乎打遍天下无敌手的罗马军队遭受重创[5];等等。在1472—1474年间,《日耳曼尼亚志》分别在博洛尼亚、威尼斯和纽伦堡出版。1498年,在蔡尔提斯的努力下,《日耳曼尼亚志》在维也纳再版。他还想青出于蓝而胜于蓝,与画家丢勒携手创作图文并茂的恢宏巨制《日耳曼尼亚图解》,以全面展示日耳曼尼亚的人种、地貌和历史。遗憾的是,两位大师壮志未酬,这部鸿篇巨制成为未竟之作。值得一提的是,蔡尔提斯在再版《日耳曼尼亚志》的时候巧妙地屏蔽了塔西佗有关活人献祭的日耳曼陋习的表述[6]。

无独有偶。《日耳曼尼亚志》重见天日不久,塔西佗的《编年史》的

---

[1] 德国著名政治学家明克勒认为坎帕诺用心险恶,因为"这个精于世故的意大利人来了个一箭双雕:把他不怎么喜欢的德意志人送去抗击土耳其人,好让这两个文明的大敌互相残杀,同归于尽"。参见赫尔弗里德·明克勒:《德国人和他们的神话》,李维、范鸿译,北京:商务印书馆,2017年,第151页。

[2] 塔西佗:《阿古利可拉传、日耳曼尼亚志》,第48页。

[3] 塔西佗:《阿古利可拉传、日耳曼尼亚志》,第56—57页。

[4] 塔西佗:《阿古利可拉传、日耳曼尼亚志》,第52页。

[5] 塔西佗:《阿古利可拉传、日耳曼尼亚志》,第66页。

[6] 克里布斯:《一本最危险的书》,第107页。

一份誊写稿也重见天日。这是 1508 年一位学者在德国的科尔维帝国修道院[1]发现的。文稿随后神秘失踪，最后出现在罗马，到了有藏书嗜好的教皇利奥十世手里。利奥十世促成了该书的印刷和出版。对于德国人而言，塔西佗的《日耳曼尼亚志》和《编年史》是相得益彰的两个历史文本。如果说前者让德国人拥有了一部光荣的古代历史，后者就让德国人见识了自己的民族英雄和开国君主 Arminius 即阿米尼乌斯——马丁·路德将其译成德文 Hermann，也就是赫尔曼[2]。在《日耳曼尼亚志》里面，条顿堡森林战役被一笔带过，塔西佗只是说日耳曼人"曾经从一位恺撒手中掠去了瓦茹斯所率领的三个军团"，阿米尼乌斯连名字都没出现[3]。而在《编年史》中，塔西佗不仅描绘了阿米尼乌斯的诸多生平事迹，而且还把他称为"日耳曼的解放者"[4]。第一个读到《编年史》并且拿来大做文章的德国人，恰恰是民族意识最强烈的人文主义者乌尔里希·冯·胡腾。1515 年，被其恩主美因茨大主教送到罗马求学的胡腾偶然发现了这本书。随后，他用拉丁文撰写了一部题为《阿米尼乌斯》的亡灵对话录（1519）。对话录在他死后的 1529 年发表。该书是德意志思想史上的一个重要的里程碑，因为它在世界历史即欧洲历史的视域中为德意志民族英雄定位，让阿米尼乌斯与人们已知的伟大的历史人物比肩而立，如迦太基统帅汉尼拔，如马其顿国王亚历山大大帝，如享有"非洲征服者"美誉的罗马大将大斯基皮奥。需要强调的是，在德意志人文主义者中间，胡腾堪称数一数二的民族主义者。他不仅把德意志的不幸归咎于罗马教廷，将其腐败堕落骂得体无完肤，其言论之激烈之犀利堪比抗罗英雄马丁·路德；[5]他还呼吁德国的人文主义者用德语写作，他本人也身体力行，甚至主动把自己用拉丁文撰写的文字全部改写成德文。胡腾用心良苦，而且实属不易。在他的时代，德意志人文主义者几乎全是拉丁化人士。无论他们如何热衷于祖国叙事，无论他们如何宣传和论证德意志的辉煌，他们都难以为自己的母语感

---

[1] 科尔维如今位于德国北威州最东边的城市赫克斯特附近。2014 年，科尔维修道院被列为世界文化遗产。
[2] 克里布斯：《一本最危险的书》，第 115 页。
[3] 塔西佗：《阿古利可拉传、日耳曼尼亚志》，第 66 页。
[4] 塔西佗：《编年史》（上册），王以铸、崔妙因译，北京：商务印书馆，2017 年，第 147 页。
[5] 范大灿主编：《德国文学史（修订版）》（第一卷），北京：商务印书馆，2019 年，第 236—237 页。

到自豪。对于他们，德语是"一种野蛮的语言"[1]。他们普遍嫌自己的德语姓氏土里土气，纷纷将其拉丁化或者希腊化。马丁·路德的战友、被誉为"德意志之师"的菲利普·梅兰希顿（Melanchton），原名施瓦茨艾尔德（Schwarzerdt），意思是黑土地，而梅兰希顿就是希腊语的黑土地；蔡尔提斯（Celtis）本名比克尔（Pickel），意思是鹤嘴锄，蔡尔提斯则是拉丁语里的鹤嘴锄；鲁道夫·阿格里科拉（Agricola）本名鲍曼（Baumann），意思是农夫，而拉丁语的农夫就是阿格里科拉[2]。令人唏嘘的是，人文主义者对外国人名同样进行拉丁化处理。在今天的世界，这种拉丁化译名几乎有些害人害己：这一方面可能误导德国人，让他们把 Konfuzius 即孔子视为罗马人[3]，另一方面，警惕性不高的中文译者则可能闹出诸如"门修斯"之类的翻译笑话。总之，在昔日的德意志人文主义者中间，胡腾是最彻底的民族主义者，难怪胡腾对后世影响最大。他的雕像早早地进入了瓦尔哈拉英灵殿；浪漫主义画家卡斯帕·大卫·弗里德里希创作了著名的油画《胡腾墓》；二战期间，纳粹德国设立了乌尔里希·冯·胡腾步兵师，希特勒亲自提议把一艘 H 级战列舰命名为乌尔里希·冯·胡腾。如今多个德、奥城市都有街道和学校以胡腾冠名，一些极右组织也喜欢打着胡腾的旗帜。

胡腾创作的对话集《阿米尼乌斯》，为德国的赫尔曼叙事开启了先河。在他之后，讴歌和刻画赫尔曼的文艺作品陆续涌现。在 17 世纪末，巴洛克戏剧家和小说家丹尼尔·卡斯帕·罗恩施坦就抛出一部皇皇巨著——标题文字长达七行、篇幅达三千多页的长篇小说《宽宏大量的将领阿米尼乌斯或者赫尔曼》（1689—1690）。其写法也很巴洛克：一方面，内容庞杂，颇有通史和百科全书气魄，同时又随意虚构，与罗马史家的叙述相距甚远；另一方面，罗恩施坦继承了美化北方、丑化南方的人文主义传统，把德意志民族描写成一个健康朴素、朝气蓬勃、前途无量的民族，意大利则

---

[1] 克里布斯：《一本最危险的书》，第 103 页。
[2] 20 世纪最有名的德语名字拉丁化的实例是奥迪汽车品牌。奥迪（Audi）是霍尔希（Horch，意为"倾听"）的拉丁语形态。
[3] 有德国电视台的知识问答节目为证。

是一个腐败颓废、暮气横秋的国度。[1] 18 世纪中期，施莱格尔兄弟的大伯约翰·埃利亚斯·施莱格尔创作了五幕戏剧《赫尔曼》（1749）。约翰·埃利亚斯·施莱格尔虽然把日耳曼人与罗马人的冲突描写为骄奢淫逸的文化民族与健康淳朴的自然民族的冲突，从而延续了由人文主义者开辟的"德吹"传统，但他终究是戈特舍德的好学生，也受过法兰西启蒙思想的熏陶，因此，他不仅从文明冲突和文明对话的角度评论赫尔曼战役，而且按照法国古典主义的文艺样板塑造英雄形象，重点在于展示理性与情感、个人好恶与集体利益的矛盾和对立。难怪摩西·门德尔松把约翰·埃利亚斯·施莱格尔的《赫尔曼》称为德国"最优秀的法式剧本之一"[2]，难怪他的剧本很快译成了法文，并于 1772 年作为第一部来自德国的戏剧在巴黎的法兰西喜剧院上演。可以说，约翰·埃利亚斯·施莱格尔的《赫尔曼》虽然是民族主义的题材，但并未走向国粹主义，正如他创作《卡努特大帝》的主要动因是为丹麦人整理国故，而非制造北方神话。具有世界主义情怀的约翰·埃利亚斯·施莱格尔与聚焦德意志－北欧文化的克洛卜施托克形成鲜明对照。后者对于自己的恩主丹麦王国[3]的语言、文学、历史毫无兴趣。

克洛卜施托克的赫尔曼三部曲，尤其是《赫尔曼战役》在社会上引起很大反响。尽管这是一部适合阅读、不适合上演的剧作。克洛卜施托克原本只想对塔西佗的《日耳曼尼亚志》进行本土化和诗意化的改写，把犹如一张白纸的德国远古历史变成一幅色彩斑斓、栩栩如生的历史画卷，所以他根本就没有考虑如何把剧本搬上舞台的问题。不出所料，他的赫尔曼三部曲赢得许多热情洋溢的读者。作家格莱姆读完之后不仅直呼"我的神圣的克洛卜施托克"，而且感叹说："啊，如果我是皇帝，我就不惜拿出打一场伯罗奔尼撒战役的钱，把这部巴氏剧搬上舞台。"[4] 黑森－洪堡的封邦伯爵弗里德里希五世读完剧本后专程前往赫尔曼战役遗址所在的德特莫尔

---

[1] 该书的内容简介详见：范大灿主编：《德国文学史（修订版）》（第一卷），第 361—365 页。
[2] Gesa von Essen: *Hermannsschlachten*, S. 72.
[3] 在物质上受惠于丹麦王国的德国诗人还有席勒和黑贝尔。席勒的《审美教育书简》的诞生得益于丹麦的奥古斯滕堡公爵的慷慨资助，黑贝尔创作的剧本《抹大拉的玛利亚》则要归功于丹麦国王克里斯蒂安八世资助的巴黎之行。
[4] Klopstock: *Hermann-Dramen*. Bd. 2: Apparat, S. 142.

德。当他"凭吊条顿堡森林战场、站在山顶呼吸德意志的空气，然后在千年橡树的树荫下休憩"时[1]，他还突发奇想，觉得应该在遗址上修建一座赫尔曼纪念碑——百年之后弗里德里希五世的梦想化为了现实。年事已高的作曲家格鲁克骑士摩拳擦掌，想把剧本变成歌剧并在维也纳剧院上演。出版商、翻译家、记者克拉默不仅把剧本译成了法语，而且在其译序中把克洛卜施托克称为"德国的栽相"[2]。克拉默是克洛卜施托克的朋友和崇拜者（他是哥廷根林苑社成员），也是立场坚定的法国大革命的拥护者[3]。传奇诗人舒巴特在《祖国纪事报》上把克洛卜施托克和盖尔斯滕贝格誉为"德国人的文学星空中的两颗巨星"[4]。

不过，由克洛卜施托克和盖尔斯滕贝格掀起的这股"北风"并未成为德国文学和文化界的主流。这一方面是因为在18世纪的欧洲大陆，法国享有绝对的文化霸权，从柏林到华沙再到莫斯科，从王公贵族到学者教授，都在说法国话，读法国书，法语和拉丁语是学术刊物通用语言。普鲁士国王弗里德里希二世是名气最大的精法人士，他连德语都不屑于说，更不屑于写；长期主宰德国文坛的戈特舍德几乎是法国古典主义文学的代言人。另一方面，18世纪后期德国文坛的主流是世界主义，是言必称希腊罗马。具体讲，就是以魏玛四杰为代表的文坛主流反应冷淡。如前所述，魏玛四杰都曾是大大小小的克粉，但他们一度所欣赏、所崇拜的，是那个讴歌自然、抒发内心情感、为感伤文学开辟道路的克洛卜施托克。克洛卜施托克的爱国情怀和国粹热忱则让他们感觉无所适从，因为他们把自己的思想和热忱用在了其他地方。赫尔德是文化相对主义者，无意与其他民族在文化上争输赢比高低；维兰德是一个乐见世界大同的启蒙文学家，深信文学的发展更多的是依靠横向吸收而非纵向继承；歌德、席勒更是胸怀世界，放

---

[1] Klopstock: *Hermann-Dramen*, Bd. 2, S. 221.

[2] Klopstock: *Hermann-Dramen*, Bd. 2, S. 353.

[3] 1794年，他因公开宣布要翻译不久前力主把路易十六送上断头台的巴黎市长杰罗姆·佩蒂翁写的东西而被丹麦管辖的基尔大学革除教职，并且被驱逐出境。随后，他在汉堡做短暂逗留后前往法国，定居巴黎。克洛卜施托克写过一首题为《致法国人克拉默》（1790）的诗歌献给这位忠实的朋友。

[4] Klopstock: *Hermann-Dramen*, Bd. 2, S. 370.

眼世界。席勒是"一位书写全球化的作家"[1]，歌德既是"世界文学"的倡导者，又是知名的"意粉"——他深爱意大利的天空、柠檬树和古代文化遗址，所以他拒绝"把沃登代替朱庇特、以托尔来代替玛尔斯"，拒绝"舍弃那些描摹得轮廓明晰的南方的形象"[2]。可以说，从温克尔曼到歌德、席勒再到施莱格尔兄弟和荷尔德林，18世纪后半期的德国文化有一条十分明显的希腊化发展脉络。不言而喻，克洛卜施托克对于诸如言必称希腊的现象感到极度不适乃至义愤填膺。他写过一首题为《崇洋媚外》（1780）的诗歌。他在诗中写道："你们尽管小看自己的祖国，/数典忘祖的德国人！/你们仰望外国，看得/瞠目结舌！"[3]然而，让他无可奈何的是，在他的时代，歌德、席勒所领头的"南下"队伍远比他和盖尔斯滕贝格所招呼的"北上"队伍更为声势浩大，热情也更为持久。他和盖尔斯滕贝格所大力推动的"北方文艺复兴"持续时间也就十年左右——从1765年到1775年，基本属于昙花一现。

---

[1] 吕迪格尔·萨弗兰斯基：《德意志理想主义的诞生：席勒传》，毛明超译，北京：社科文献出版社，2021年，第666页。
[2] 歌德：《歌德文集》（第五卷），刘思慕译，北京：人民文学出版社，1999年，第566页。
[3] Günter Hartung: „Wirkungen Klopstocks im 19. und 20. Jahrhundert", in: Hans-Georg Werner (Hg.): *Friedrich Gottlieb Klopstock. Werk und Wirkung*, S. 211-235, hier S.217.

第二章
克莱斯特的《赫尔曼战役》

黄燎宇

第一节 一部令人情何以堪的战争剧

对于克洛卜施托克,弗里德里希·施莱格尔有过一句中肯的评论:克洛卜施托克的"高贵的民族情感在那个时代很难产生共鸣,谁都不理解他"[1]。老年歌德在回首往事时对克粉所进行的嘲讽更是一语道破了克洛卜施托克孤掌难鸣的时代背景。他在《诗与真》里面写道:"由克洛卜施托克所唤起的爱国心情其实没有发泄的余地",见不着外敌的年轻人便去"虚构一些暴君,各地的君侯和他们的臣僚自成为他们诋毁的对象……"[2],歌德言之有理。克洛卜施托克死后不到三年,由于外敌入侵,德国人的爱国之心立刻有了用武之地。19 世纪初,随着拿破仑战争的战火蔓延,尤其在法军击溃第四次反法同盟并占领普鲁士大片土地之后,诸多德国知识分子才仿佛从梦中惊醒,随之爆发出巨大的爱国热忱。在此过程中,越来越多的人对赫尔曼神话产生了兴趣。据统计,从 1750 年至 1850 年的一百年间,德国涌现了 200 多种以赫尔曼为题材的文艺创作,其中包括文学、

---

[1] Gerhard Kozielek: „Klopstocks ‚Gelehrtenrepublik' in der zeitgenössischen Kritik", in: Hans-Georg Werner (Hg.): *Friedrich Gottlieb Klopstock. Werk und Wirkung*, S. 49-61, hier S. 58.
[2] 歌德:《歌德文集》(第五卷),第 564—565 页。

音乐及造型艺术作品[1]。在外敌入侵、山河破碎的日子里，一些爱国人士奋笔疾书、慷慨陈词，赫尔曼神话不言而喻地成为借古喻今的理想话题。费希特在1807—1808年间发表的《对德意志民族的演讲》和克莱斯特在1808年创作的剧本《赫尔曼战役》都涉及这一话题。由于他们不仅分别属于最重要的哲学家和文学家[2]，而且对德国民族主义思想的发展产生过重要的影响，下面我们重点对这两个文本进行分析。

我们先讨论克莱斯特的五幕剧《赫尔曼战役》。克莱斯特的《赫尔曼战役》与克洛卜施托克的赫尔曼三部曲有着截然不同的创作背景和写作目的。一个聚焦历史和文化，旨在"反对异族的精神统治"[3]，尤其是来自南方的文化压迫；一个聚焦当下，写的是军事和政治，其目的在于唤醒同胞，号召同胞们反抗异族统治，并彻底消灭来自西南方向即法兰西的占领军。由于有不同的诉求，克莱斯特的剧本所讲述的赫尔曼战役与克洛卜施托克笔下的赫尔曼战役就有了很大的不同。克莱斯特的剧本所讲述的故事可概述如下：

公元1世纪初，罗马皇帝奥古斯都派遣罗马元帅瓦鲁斯征讨莱茵河地区的日耳曼各部落。在此形势下，切鲁西部落首领赫尔曼腹背受敌。东南面有他的日耳曼宿敌马博德率军与他对峙，西面有罗马军队大兵压境，瓦鲁斯指挥的三个军团准备入侵日耳曼地区。为此，瓦鲁斯还使用了两面手法。他一面偷偷与马博德联系，表示愿意和他结盟对付赫尔曼；一面向赫尔曼表示，自己可以协助他攻打马博德的部落。

赫尔曼审时度势，把抗击罗马军队入侵视为当务之急，把日耳曼人的内部纷争搁置起来。作为战略家，他当机立断做出了敌友选择：德国人不

---

[1] Gesa von Essen: *Hermannsschlachten*, S. 8.
[2] 从如下几个事实可以看出克莱斯特的文学史地位：（1）1853年，堪称德国文学史之父的格奥尔格·戈特弗里德·盖尔维努斯在其《德意志民族文学史》中就把克莱斯特誉为19世纪"最有才华的剧作家"。参见 Ingo Breuer (Hg.): *Kleist-Handbuch. Leben-Werk-Wirkung*. Sonderausgabe. Stuttgart, Weimar: Verlag J. B. Metzler 2013, S. 469f.；（2）根据20世纪60年代黑森州的一项统计，在给中学生推荐的作家作品中，克莱斯特排名第三，仅次于歌德和席勒。参见 Ingo Breuer (Hg.): *Kleist-Handbuch*., S. 470f.；（3）我国国内的五卷本《德国文学史》把克莱斯特称为"在德国文学中仅次于歌德和席勒的大作家"。参见范大灿主编：《德国文学史（修订版）》（第三卷），北京：商务印书馆，2020年，第244页。
[3] Hermann August Korff: *Geist der Goethezeit. Versuch einer ideellen Entwicklung der klassisch-romantischen Literaturgeschichte. IV. Teil, Hochromantik*. Leipzig: Koehler & Amelang 1956, S. 277.

打德国人，德国人要众志成城，抗击罗马人。作为战术家，他从敌强我弱的现实出发，决定采取麻痹敌人、巧取对手的策略。面对立场不一的日耳曼部落首领——有主战的、有主张归顺罗马的，他表现出识时务者为俊杰的样子。他接受了罗马特使送来的最后通牒。与此同时，他悄悄联络马博德，对其称臣示好，希望马博德与他联手抗罗。为了向将信将疑的马博德证明自己的诚意，他把自己的两个孩子作为人质送到马博德跟前，由此获得了马博德的信任。

随后，瓦鲁斯的三个军团浩浩荡荡开进了日耳曼地区。赫尔曼一面与瓦鲁斯当面周旋，向其尽表臣服和忠心，一面悄悄在日耳曼部落内部进行战争动员和军事部署，待时机成熟之后，他对迷失在条顿堡森林的罗马军团发起突袭，联合马博德的武装对其进行前后夹击。结果，罗马军团大败，瓦鲁斯自杀，罗马特使和罗马战俘被处以极刑，日耳曼内部的降罗派首领则是人头落地。此外，赫尔曼和马博德在由谁来统领日耳曼部落的问题上彼此谦让，最后众人将赫尔曼推举为王。

克莱斯特描绘的赫尔曼战役，是日耳曼部落武装对罗马正规军的一场战斗，是一场以小胜大、以弱胜强的成功战例。日耳曼人武装通过伪装、周旋、诱骗，把强大的罗马军队带入他们人生地不熟的森林沼泽，然后利用天时地利人和，将其一举消灭。这一故事情节与罗马史家的记述基本吻合，其他作家描写赫尔曼战役也大多遵循这一基本史实。然而，如果细读文本，我们就会发现克莱斯特的剧本写得非常另类，跟克洛卜施托克的写法更是大相径庭。克莱斯特的《赫尔曼战役》有三大笔触特别需要我们关注和讨论，因为赫尔曼是一个在三重意义上令人"情何以堪"的爱国英雄。

首先，赫尔曼违背和践踏了一切的人性和人道原则。克莱斯特对战场厮杀几乎一笔带过，他所刻画的赫尔曼也不是一般意义上的战斗英雄形象，我们看不见他如何在战场上身先士卒、勇猛杀敌。克莱斯特的剧本所浓墨重彩的，是赫尔曼在战前的思考、策划和准备。他所塑造的赫尔曼，更多的是一个意志坚定、头脑清醒、足智多谋的政治家。作为谋略家的赫尔曼对敌我双方的实力有着清醒的认识。他很清楚敌人如何强大。一方面，罗马人有令人生畏的硬实力。罗马军团是一支战斗力超强、闻名遐迩的胜利之师、威武之师。他们所向披靡，无论东方西方，打遍世界无对手。最后，他们"两只脚傲慢地踏在东西两方；这儿他踏在安息人强悍的脖子上，那儿他又践踏勇敢的高卢人，现在我们德意志人也被他蹂躏"（HS, 4[1]）。另一方面，罗马人有令人生畏的软实力。罗马军团又是一支文明之师、友善之师。罗马军团不仅"装备齐全，精通战术，能守能攻"，而且军纪严明。对于冒犯平民百姓生命财产的官兵，一律严惩不贷。轻者押送到日耳曼部落首领跟前，听其发落，重者由罗马军官就地正法。罗马军人哪怕损毁一棵日耳曼人敬拜的橡树，也要设立军事法庭进行审判。此外，罗马人懂得刚柔并济，对日耳曼部落实施怀柔政策。罗马军队统帅瓦鲁斯督促官兵尊重日耳曼人的习俗，还特意吩咐官兵要像敬拜奥林匹斯众神一样敬拜日耳曼众神。尤其令人唏嘘的是，勇武刚强的罗马人同时还风度翩翩，他们身上还不时地闪现人性的光辉和伟大。罗马特使温提丢斯对赫尔曼妻子图斯内尔达大献殷勤的时候，图斯内尔达不仅芳心萌动，而且对整个罗马民族都产生了好感；当图伊斯坎部落发生火灾时，是一个罗马军官奋不顾身冲进了火海，救出了日耳曼小孩……

反观日耳曼人，他们几乎万事不如人。他们是落后的野蛮人，他们不仅武器不行，而且不懂战术。他们只有"赤裸裸的胸膛和简陋的武器"（HS, 21）。更令对阵形势雪上加霜的，是日耳曼部落内部的分裂、不和、人心不齐。这里的部落彼此对立，彼此算计，彼此争夺利益，他们在争斗中对罗马军队的到来浑然不觉或者毫不在意。这正如卡狄部落酋长沃尔夫所感叹的："啊，德意志，豺狼已经闯进你的羊栏，而你的牧人在为一把羊毛争吵。"（HS, 7）况且，日耳曼部落里面还有太多的亲罗派，有的干脆成为罗马人的军事盟友，乌比人就集体投入罗马人的怀抱，成为罗马辅助部队即"伪军"。

面对这等形势，赫尔曼制定了自己的对敌策略：以柔克刚，出奇制胜，大打人民战争。因此，必须让日耳曼人团结一心、众志成城，必须建立统

---

[1] 克莱斯特的《赫尔曼战役》剧本译文引自克莱斯特：《赫尔曼战役》，刘德中译，上海：上海文艺出版社，1961年。后文将以 HS 指代该译本，并在正文中以括号形式标明页码。个别译文有改动。

一战线，必须联合一切可以联合的力量对付罗马人。于是，赫尔曼发起一场轰轰烈烈的反罗宣传战。他的宣传战搞得很极端。他不择手段，无所不用其极。为了抹黑敌人、煽起仇罗烈焰，他不惜夸大其词、添枝加叶，甚至捏造事实，散布假消息。譬如，罗马军队在一场平乱行动中摧毁了三个日耳曼村落，他让人四处宣传七个日耳曼村落被毁。再如，罗马军人在与一个日耳曼妇女发生争端时砸死了后者的婴儿，他便让人编造婴儿的父亲一同被活埋的故事。如果日耳曼部落内部有人不会夸大其词、不会造谣诽谤或者不理解为何要夸大事实、造谣诽谤，就会受到他的蔑视，就会被他斥为"德意志的笨伯"（HS, 60-62）。又如，瓦鲁斯率领的大部队出发后，他吩咐日耳曼人穿上罗马军服，远远地、不动声色地跟在后面，然后对沿途百姓实施抢掠，以嫁祸罗马军队。还有，为了唤起妻子图斯内尔达对温提丢斯的仇恨，赫尔曼声称截获了温提丢斯派人送给罗马皇后利维娅的一封信，这封信让图斯内尔达变得怒不可遏。更有甚者，一心要抹黑敌人的赫尔曼，对罗马人的良好军纪深感失望，因为他们军纪太好就闹不出事端，所以他诅咒罗马人的军纪"该死"，他还发誓说："如果没有人惹出事来，我就在条顿堡的每个角落放火！"（HS, 101）他说到做到。最后，当日耳曼姑娘哈莉被罗马军人轮奸，随后被深感耻辱的父亲刺死之后，他竟然让哈莉的父亲和族人将其尸体砍成十五块，然后给每一个日耳曼部落送一块。这下他如愿以偿。日耳曼地区随之燃起了仇恨罗马人的熊熊大火。日耳曼人同仇敌忾，把来犯的敌人一举消灭。

赫尔曼不仅把战前的宣传战搞得残酷无情，战斗结束后他对待敌人和俘虏照样残酷无情。他不懂得怜悯和慈悲，不理会缴枪不杀的文明规则，对已经缴械投降的敌人，他照杀不误。当被俘的罗马军官塞普梯缪斯提醒他缴枪不杀是先贤哲人的共识时，他竟然嘲笑塞普梯缪斯书读多了，被西塞罗之流忽悠[1]。他赫尔曼可不会心慈手软。塞普梯缪斯仿佛是秀才遇到兵有理说不清，只好自认倒霉："我的对手不是英雄好汉！在东方和西方征服王族的人，竟被日耳曼狗仔撕裂。这将是我墓上的碑文。"（HS,

---

[1] Dieter Borchmeyer: *Was ist deutsch? Die Suche einer Nation nach sich selbst*. Berlin: Rowohlt 2017, S. 116.

151）罗马人得不到赫尔曼的饶恕，对于和罗马人结盟的日耳曼人，赫尔曼同样不予饶恕。当乌比部落酋长阿里斯坦在战斗结束后试图为自己申辩时，赫尔曼根本不予理会，说话间就让他人头落地。

最后，赫尔曼杀红了眼，几乎难以收手。在进入条顿堡地区的罗马人被杀得一个不剩之后，他带着他的部落武装杀向了莱茵河畔，以便彻底消灭在日耳曼土地上的罗马人。而他的终极目标，是挥师南下、进军罗马，对罗马进行屠城，把罗马城变成一片废墟和焦土，让罗马城"只剩下一面黑旗 / 在荒芜的废墟上空飘扬！"（HS, 181）这一恐怖的愿景就成了剧本的结尾。

克莱斯特笔下的赫尔曼，不再是克洛卜施托克所浓墨重彩的高贵的野蛮人，他不再淳朴善良，不再宽厚仁慈，而且根本就是一个热血沸腾的战士。他只是一个运筹帷幄的军师，他自始至终都冷酷无情、不择手段，为了打败敌人而无所不用其极。正因如此，《赫尔曼战役》是一部存在巨大争议的、在其接受过程中大起大落的作品。19世纪中后期，在争取民族统一的运动蓬勃兴起之后，特别是在德意志第二帝国建立之后，《赫尔曼战役》成为人们的热捧对象。1875年，当巨大的赫尔曼纪念碑在德特莫尔德森林公园的一处高地高高竖起的时候，柏林剧团和梅宁根宫廷剧团同时把《赫尔曼战役》搬上了舞台。梅宁根版的《赫尔曼战役》大获成功。随后，该剧不仅在德语国家上演103次，而且还前往俄罗斯各地巡演。1912年，在纪念德意志解放战争胜利一百周年之际，《赫尔曼战役》再次被搬上舞台。德皇威廉二世亲临柏林剧场观看。在德意志第三帝国，克莱斯特的《赫尔曼战役》几乎成为各大剧场的头号保留节目。它符合纳粹提倡的爱国精神、阳刚精神（"钢铁浪漫"）和残酷对敌的原则，主管纳粹德国意识形态工作的阿尔弗雷德·罗森贝格在1927年就高调撰文赞美《赫尔曼战役》，还把"憎恨是我的职责 / 复仇是我的德行"（HS, 117）这句赫尔曼誓言奉为至理名言[1]。因此，《赫尔曼战役》在纳粹德国的剧场独领风骚，仅在1933/1934演出季就上演了146场。二战结束后，情况发生逆转。

---

[1] Dieter Borchmeyer: *Was ist deutsch?* S. 120-121.

在1949年诞生的德意志联邦共和国，克莱斯特的文学地位没有受到动摇，他依然属于热门的经典作家，但是《赫尔曼战役》被打入冷宫。在联邦德国七十年的历史上，《赫尔曼战役》仅上演一次。相关研究和评论文字也不多，权威的金德勒版《德语文学代表作》辞典则根本没有收录《赫尔曼战役》[1]。人们在谈到这部作品的时候，多半要对其进行负面和严厉的批评，强调其"反启蒙"的倾向[2]，或是闪烁其词，让人感觉这是一个伟大的作家一不小心写出的一部失败的作品，"恨不得将它从克莱斯特的创作中一笔勾销"[3]。《赫尔曼战役》受到冷落，并不只是因为它在纳粹德国大红大紫。早在魏玛共和国时期就有人斥之为"德国文学绝无仅有的仇恨之作"[4]。提出如此尖锐批评的，不是随便一个什么人，而是魏玛古典文学研究大家、堪称德语文学研究第一人的弗里德里希·贡道尔夫[5]。贡道尔夫对这部作品的批判和否定态度源于他的启蒙和人道理想，而赫尔曼的所作所为就是对18世纪中后期所确立的启蒙－人道理想的无视和否定。启蒙主义和人道主义讲人类大爱，提倡宽容与和解，捍卫普遍的、共通的人性，反对用人的特定的身份和属性压制普遍和共通的人性。赫尔曼则没有人类和人性的概念。他这里只有民族概念，他眼里只有罗马人和日耳曼人。罗马人是侵略者和压迫者，日耳曼人是被侵略者和被压迫者，所以他恨罗马人，所以他必须领导日耳曼同胞进行反抗。这是压倒一切的仇恨，这是一场正义的战争。为了取得这场斗争的胜利，他可以残酷无情、不择手段。有高尚的目的，就不存在卑劣的手段。

由此，我们面对着两种价值取向即人道主义和爱国主义的碰撞和对垒。如果拿克莱斯特的《赫尔曼战役》（1808）和莱辛的《智者纳旦》（1778）进行比较和对照，我们可以清楚地看到二者的差别所在。《智者

---

[1] Heinz Ludwig Arnold (Hg.): *Heinrich von Kleist*. München: Ed. Text + Kritik 1993, S. 54.

[2] Heinz Ludwig Arnold (Hg.): *Heinrich von Kleist*. München: Ed. Text + Kritik 1993, S. 54.

[3] Barbara Vinken: *Bestien. Kleist und die Deutschen*. Berlin: Merve Verlag 2011, S. 14.

[4] Dieter Borchmeyer: *Was ist deutsch?* S. 122.

[5] 贡道尔夫的学问既让托马斯·曼服气，也让后来成为纳粹宣传部长的戈贝尔崇拜。前者把贡道尔夫撰写的《歌德》和贝尔特拉姆撰写的《尼采》视为划时代的学术著作；后者最大的愿望是师从贡道尔夫，但门庭若市的贡道尔夫却宣布不再招生。参见 Thomas Mann: *Briefe 1889-1936*, Hg. von Erika Mann, Frankfurt a. M.: Fischer 1979, S. 153.

纳旦》写的是中世纪十字军东征期间发生的事情,《赫尔曼战役》写的是古日耳曼的历史。然而,这两部五幕剧所涉及的核心话题却惊人地相似,甚至可以说它们关涉同一个话题。这就是普遍人性与身份特性的冲突。《智者纳旦》刻画的是宗教属性与人性的冲突,其问题可以概括为"我们首先是一个人还是一个基督徒";《赫尔曼战役》讲民族属性与人性的冲突,其问题可以概括为"我们首先是一个人还是一个德国人"。面对同一个选择题,二者给出的答案截然相反。《智者纳旦》选择了人性,提倡理解和宽容,所以它一面让基督教圣殿骑士奋不顾身地从火海中救出犹太人家中的女孩,从而促成一段基督徒和犹太人的友谊——在前启蒙时代犹太人是基督徒眼里的败坏之人、肮脏之人、邪恶之人;一面用著名的戒指寓言消解宗教隔阂,最终让原本水火不容、势不两立的三大一神教普天同庆、亲如一家。在联邦德国,《智者纳旦》不仅成为启蒙政治话语的头号样板戏,而且早就被赋予救赎乃至救火功能。二战结束后,它是柏林剧院上演的第一部戏剧。借助《智者纳旦》,犯下滔天大罪的德国人站在瓦砾废墟上向世界传递了和解信号;20世纪90年代初,德国发生系列恶性排外事件之后,人们随即马上把《智者纳旦》频频搬上舞台;在美国发生"9·11"事件、美国总统布什声称要进行"十字军东征"后,德国各地的剧场纷纷上演《智者纳旦》。据统计,该剧在2001年的演出场次达24次。相反地,《赫尔曼战役》不仅宣传爱国主义,而且把民族属性放在第一位,坚持敌我分明、你死我活。当罗马军官从火中救出日耳曼小孩的时候,赫尔曼只担心这感人的一幕会让自己变得心慈手软,"成为德意志伟大事业的叛徒"(HS, 117);妻子告诫他别对罗马人进行集体妖魔化的时候,他干脆置若罔闻。最终,他的确没有变得心慈手软。他不仅指挥日耳曼同胞把来犯的罗马人杀了个精光,而且发誓要把在罗马的罗马人也杀个精光,哪怕是通过他的子子孙孙来实现其宏愿。

其次,赫尔曼的所作所为有损德国人的民族形象。在剧本的第五幕第九场,瓦鲁斯发现自己的军队在条顿堡森林陷入包围圈。他这才恍然大悟,发现自己以盟友相待的赫尔曼原来一直在欺骗和麻痹自己。于是,他发出仰天叹息:"赫尔曼呀!赫尔曼!长着黄头发和蓝眼睛的人,竟和普尼尔人一样奸诈？"（HS, 142）瓦鲁斯说的普尼尔人，也就是迦太基人，也就是如今的黎巴嫩人的祖先腓尼基人。在罗马时代，迦太基人以奸诈和惯于背叛著称，其头发一般为黑色。瓦鲁斯谴责赫尔曼对不起自己的金发碧眼，这既是对金发碧眼的礼赞，又是对金发碧眼的讽刺。其思想前提当然是金发碧眼与阴险狡诈互不兼容，这等下作的事情不应该是金发碧眼所为，等等。瓦鲁斯的话自然是有来头、有典故的。金发碧眼是日耳曼人的种族特征。这是塔西佗在《日耳曼尼亚志》中的记载或者说论断。塔西佗在这本小册子中把"金色的头发、蓝色的眼睛、魁梧的身躯"[1]描绘为典型的日耳曼外貌特征，同时又把"天性淳朴，又没有感染奸巧机诈"[2]定义为典型的日耳曼性格特征。换言之，在罗马人眼里，金发碧眼、高大威猛的日耳曼人显示出一种天真无邪，或者借用温克尔曼的话说"高贵的单纯"。总之，他们与阴险狡诈、一头黑头发的腓尼基人形成鲜明反差。应该说，塔西佗为德国人的祖先日耳曼人勾勒出一幅不错的肖像。正因如此，他的《日耳曼尼亚志》被一代又一代的德国民族主义者视为旷世宝典。纳粹党卫军头目希姆莱在1943年秋指派一支特遣队突袭了一幢位于意大利亚得里亚海滨小镇安科纳的别墅，因为有情报说塔西佗的手稿藏匿于此[3]……现在，克莱斯特笔下的赫尔曼让日耳曼民族的良好形象毁于一旦。这是怎么回事？难道是克莱斯特一时糊涂，踢了一记乌龙球？当然不是。克莱斯特写《赫尔曼战役》的时候，不仅脑子不糊涂，反倒高度清醒，几乎处于夹叙夹议的反讽佳境。要知道，有关赫尔曼的做法很不日耳曼的论调并非来自读者，而是来自剧中人物。就是说，其始作俑者是剧作家本人。克莱斯特知道自己在做什么。他是故意让他笔下的日耳曼英雄去日耳曼化，让他普尼尔化。如果考虑到《赫尔曼战役》旨在借古喻今，我们可以把普尼尔人视为法国人的代表。就是说，赫尔曼所做的事情与法国人所做的事情如出一辙。黑头发黑眼睛的法国人做得出来的，金发碧眼的德国人照样能做。金发的野蛮人既可以跟雄狮一样横冲直撞，也可以跟狐狸一样奸诈

---

[1] 塔西佗：《阿古利可拉传、日耳曼尼亚志》，第48页。
[2] 塔西佗：《阿古利可拉传、日耳曼尼亚志》，第58页。
[3] 克里布斯：《一本最危险的书》，第1—2页。

狡猾。

说到这里，我们就算解开了这"情何以堪"的谜团。原来，赫尔曼是"学坏的"，他在对敌斗争中使用的各种坏招阴招都是他"学坏"的结果。他跟谁学的？跟法国人学的。为什么跟法国人学习？因为法国人是强者。19世纪初的法国，国运如日中天。拿破仑所指挥的法军横扫欧陆，五强俱乐部中的四强——英国、俄国、奥地利、普鲁士——联手抗法的时候也无法阻挡法军的恢宏气势。奥地利一战再战，一败再败；普鲁士军队在法军面前更是一溃千里，法军在1806年的耶拿-奥尔施塔特战役中把普军打得落花流水，迫使普鲁士王室搬迁至东普鲁士的柯尼斯堡，同时对拿破仑俯首称臣。在克莱斯特看来，昔日的罗马帝国有多么强大，如今的法兰西帝国就有多么强大，尽管在法军创下近代历史上空前绝后的战绩——占领莫斯科——时他已撒手人寰。法军是战无不胜的胜利之师。以夷制夷，这是弱者和败者的明智选择。具有普鲁士务实精神的克莱斯特，也转向了师夷长技以制夷的实用主义。他对法军的方方面面进行观察和研究，其中包括法军的媒体宣传策略。为此，他浏览了《巴黎新闻》《帝国新闻》等法国报纸。最后，他把自己的研究成果变为一篇题为《法国新闻写作教科书》的讽刺文章，以戏仿的形式对法国人的媒体宣传策略进行揭露和批判。颇具讽刺意味的是，他还活学活用，让来自法国的反面教材变成了赫尔曼的正面教材，他所揭露和批判的东西在赫尔曼的宣传实践中清晰可见，其中包括法国媒体所遵循的"两条最高的基本原则"：一是"民众不知道的事情，就不会引起民愤"，二是"对民众说上三遍的事情，民众就信以为真"[1]。从这个意义上讲，克莱斯特和施泰因、哈登堡等普鲁士改革派政治家们一样用心良苦。对于他，法式对敌宣传就是一项具体而微的普鲁士军队改革举措。

最后，爱国者赫尔曼制造的第三个"情何以堪"，是指他为了稳住和迷惑敌人而牺牲自己的男性尊严，最后几乎变成了一个"双角男"。双角，是指牛羊头上的双角。德文有个成语叫 jemandem Hörner aufsetzen，字面

---

[1] Heinrich von Kleist: „Lehrbuch der französischen Journalistik", in: *Kleist SW*, Bd. 2, S. 361-367, hier S. 361.

意思是"给某人头上插上双角",其引申意思是"给某人戴绿帽",因为无论牛角还是羊角都是暧昧的象征。于是,德文就有了 Gehörnter Mann 即"双角男"这一说法,意思如同中文的"绿帽男"。我们说爱国者赫尔曼把自己变成了"双角男",是因为一心要打败罗马人,一心要打赢条顿堡森林战役的赫尔曼,不仅牺牲个人的权势、地位和亲生骨肉——他向老对手马博德表示臣服并把自己的两个孩子送过去做人质,还搭上了自己的妻子。他用美人计来对付罗马特使温提丢斯,而担负美人计重任的不是别人,是他的妻子图斯内尔达。他交给图斯内尔达的重任,就是通过一场有惊无险、无伤大碍的调情和周旋,稳住送来最后通牒的温提丢斯。然而,由于图斯内尔达并非训练有素的色诱女间谍,女性的情感和直觉对她的影响多于赫尔曼给他灌输的政治概念,赫尔曼所设计的美人计就变成了一场微妙的游戏。图斯内尔达很快就陷入理智和情感的冲突,赫尔曼被迫卷入一场精神拔河比赛。图斯内尔达很快感受到温提丢斯的真情实感和风度魅力,所以她不忍心继续作为诱饵与之周旋,她恳求赫尔曼:"我求你,以后别让／这罗马人来缠我。"(HS, 42)更为糟糕的是,通过与温提丢斯的交往,图斯内尔达对赫尔曼以种族划分敌我、划分善恶的做法产生了怀疑,所以她反过来教育赫尔曼:"对罗马的仇恨使你瞎了眼,因为整个罗马在你看来是极其凶恶,所以你不能想象个别的罗马人会是真诚的。"赫尔曼则很有耐心。他一面鼓励图斯内尔达继续演戏,一面继续在她面前对罗马人和温提丢斯进行抹黑。他不仅坚持罗马人都是应该予以消灭的坏人这一看法,而且把风度翩翩的温提丢斯描绘成一个"把橙汁吸尽以后就会把橙皮掷到垃圾堆上"(HS, 46)的渣男。最后,赫尔曼被迫使用毒招,通过一封据称是拦截下来的密信彻底摧毁了图斯内尔达对温提丢斯的印象,于是,温提丢斯在黑夜中被骗至熊苑,在此等待他的,不是甜蜜的约会,而是一只饥肠辘辘的母熊……赫尔曼赢了。

赫尔曼真的赢了吗?出现这一疑问,是因为对温提丢斯惨无人道的行刑过程中出现了吊诡的一幕:当温提丢斯被母熊撕咬并发出惨叫的时候,图斯内尔达隔着围栏对着温提丢斯大喊:"告诉她,你爱她,／她就会安静下来,把头发送给你!"喊叫之后,图斯内尔达便晕倒在女侍的怀中。这是一个耐人寻味的场景，藏在里面的魔鬼细节绝对不能忽略。譬如，行刑者是一只母熊而不是公熊。这不是偶然，因为母熊就是图斯内尔达的替身，而中文译者把母熊的代词译为"她"而非"它"，可谓精准理解了作者的意图。再如，复仇给图斯内尔达带来的不是满足和快乐，而是伤心和休克，她的休克是爱恨交加的结果，也是意识和下意识碰撞和纠缠的结果。还有，图斯内尔达喊话的主题是爱，是头发。而头发代表的是爱和恨或者说爱和恨的纠结。当初，温提丢斯曾偷偷剪下图斯内尔达的一缕金发，然后躲在一旁对这缕金发忘情地亲吻，并细心珍藏；现在，他却在致罗马皇后利维娅的信中写道，切鲁西是罗马人喜欢的日耳曼金发的原产地，他还说，随信献上的这缕金发在罗马市场上买不到，因为它来自切鲁西部落最尊贵的夫人的头顶，等赫尔曼死去，他妻子的一头金发就将全部剪下，等等。很明显，驱使图斯内尔达杀死温提丢斯的，不是日耳曼人对罗马人的仇恨，而是一个女人对一个男人的仇恨。图斯内尔达不是为祖国为同胞复仇，她是在为她自己复仇，为受伤害的女性感情和女性尊严复仇。因此，虽然赫尔曼陷害了温提丢斯，同时欺骗了图斯内尔达，但是，图斯内尔达最后的表现却令赫尔曼的胜利大打折扣。在图斯内尔达这里，赫尔曼以民族身份特性压制普遍人性的努力，对罗马人进行群体妖魔化的努力没有取得成功。他输了。他所输掉的，不仅是他的民族主义原则，还有他的男性尊严。更有甚者，赫尔曼的故事有可能使古代日耳曼英雄的标配——双角头盔——遭受污名化。至少，当克劳斯·派曼 1982 年导演的《赫尔曼战役》以头戴双角头盔的英雄赫尔曼胜利归来的画面收场时，观众有可能浮想联翩，甚至产生出乎导演预料的邪念。

第二节　《赫尔曼战役》与德意志三国演义

《赫尔曼战役》写于 1808 年。对于克莱斯特，这是德意志民族的至暗时刻。此时，德意志已被法兰西打得灰头土脸。法国大革命爆发不久，德意志双雄即奥地利和普鲁士就主动参与了反法同盟，先后与法兰西第一共和国和法兰西第一帝国交战,结果都是一败涂地,被打出五强俱乐部。普鲁士在第一次反法同盟失败后就与法国签署了《巴塞尔和约》(1795),换来十年的和平与安稳;十年后,普鲁士参加第四次反法同盟,败得更惨,被迫签署《提尔西特和约》(1807),国土损失一半。奥地利则是斗志昂扬,但战斗的结果却是一系列丧权辱国的协议,如《坎波福米奥条约》(1797)、《吕内维尔和约》(1801)、《普雷斯堡和约》(1805)、《美泉宫和约》(1809)。普、奥的系列败绩导致德意志领土大量丢失,奥地利把莱茵河西岸地区割让给法国,普鲁士则失去易北河以西地区。第四次拿破仑战争之后的德意志不仅四分五裂、山河破碎,而且还上演起一部可悲的三国演义。参与这德意志三国演义的主角,一者为老大奥地利,一者为老二普鲁士,一者叫莱茵邦联。昔日威风凛凛的普奥双雄现在都老实了,温顺了,各自偏安一隅,任凭法军威震四方。

莱茵邦联1806年7月12日在巴黎宣告成立,正是普、奥陷入一蹶不振的时候,它成为德意志地区与普、奥比肩而立的第三国。莱茵邦联是由法国扶持起来的德意志小邦联盟。其成员来自德意志西部和南部地区。联盟成员既彼此结盟,又与法国结盟。参加莱茵邦联的各邦不仅对法国俯首称臣,而且在各自境内按照法国模式全面推进社会、司法、教育改革,打破教会和贵族的特权,实施《拿破仑法典》,整个社会颇有欣欣向荣的气象。莱茵邦联不断成长壮大,成员越来越多,陆续加入的新成员还包括新组建的、由拿破仑的弟弟杰罗姆担任国王的威斯特法伦王国。在其鼎盛的1811年,莱茵邦联的成员国多达39个,领土面积达32万平方公里(相当于二战之后联邦德国的面积),人口约1400万。签署《提尔西特和约》之后的普鲁士王国,人口约为450万,领土约16万平方公里,签署《美泉宫和约》之后的奥地利帝国人口为2400万,领土为60万平方公里。一时间,莱茵邦联与普、奥之间几乎有点此消彼长的意味。对克莱斯特而言,这个莱茵邦联不是德意志的荣光,而是德意志的耻辱。

首先,莱茵邦联的出现就是饱受内部分裂和外部干涉的德意志屈辱历史的象征。这已经是德意志历史上的第二个莱茵邦联。1658年,美因茨选帝侯和神圣罗马帝国首相就曾发起一个旨在反对神圣罗马帝国皇帝和勃兰登堡公国的莱茵联盟。该联盟也在巴黎宣告成立，也受到外部势力的庇护。路易十四的法国和称霸一方的瑞典就是其盟友和保护伞。

其次，1806 年 8 月 1 日，莱茵邦联的 16 个成员国发表退出德意志民族的神圣罗马帝国的宣言。五天后，神圣罗马帝国皇帝约瑟夫二世宣布逊位。可以说，是莱茵邦联给了摇摇欲坠的德意志第一帝国最后一击，是莱茵邦联充当了这个千秋帝国的掘墓人。

再者，莱茵邦联使拿破仑战争和德意志解放战争中的敌我阵线出现混乱，战争的性质模糊不清，因为法、德交战的时候常常出现德国人打德国人的场景。早在莱茵邦联成立之前就有南德诸邦跟着法军打奥地利。他们为此受到拿破仑的奖赏。譬如，巴伐利亚公国不仅摇身变为主权独立的王国，而且得到一部分奥地利被迫割让的领土。1813 年打响的德意志解放战争同样是一场交织着德意志内战的抗法战争。在莱比锡大会战前夕，萨克森公国和符腾堡王国的军队倒是幡然醒悟，调转了枪口，加入了反法阵营。莱比锡大捷之后，莱茵邦联自然解体。

最后，莱茵邦联不仅是法军的盟友和附庸，而且被迫充当其盾牌和炮灰。这在拿破仑远征俄国的时候尤其明显。1812 年拿破仑远征俄国的时候，莱茵邦联的损失尤其惨重：20 万人随法军开进俄国，但活着回来的只有 5 万人。其中，威斯特法伦派去的 2.5 万名官兵只剩下 700 人，巴伐利亚派出 3 万人，仅回来 3000 人。值得一提的是，独立于法国和莱茵邦联的奥地利和普鲁士碍于拿破仑横扫一切的威风也各自派遣了 3 万和 2 万士兵参与远征。由于地位不同，其士兵的伤亡情况远好于莱茵邦联。好在克莱斯特在 1811 年就已撒手人寰，没有经历这一惨淡的历史篇章。

《赫尔曼战役》既表达了克莱斯特面对山河破碎、外族欺凌的历史现实而产生的愤怒和悲哀，也寄托了他对祖国前途的希望。1808 年的欧洲时局让他在德意志历史的至暗时刻看到了一丝光明，产生了复国的梦想。1808 年 5 月，西班牙爆发了波澜壮阔的反法起义，打响了西班牙解放斗争的枪声。无论是西班牙的正规军还是西班牙游击队，都让法军受到重创和牵制。与此同时，奥地利方面紧张备战，摆出再次与法军决一雌雄的架势。消息传来，克莱斯特深感振奋。所以他一鼓作气地写完了《赫尔曼战役》。

1809年初,他把一份《赫尔曼战役》的誊写稿寄给了从事业余创作的维也纳宫廷秘书海因里希·约瑟夫·冯·柯林,请他设法让剧本在维也纳城堡剧院上演。他还告诉柯林,《赫尔曼战役》是专门为"伟大的一刻"撰写的。就是说,他把自己的剧本视为给期待中的奥地利反法军事大捷的献礼。

1809年4月,他与史学家、政治家,后来成为哥廷根七君子之一的弗里德里希·达尔曼一道从德累斯顿出发前往奥地利,想亲历那伟大的一刻。但是,他所期待的军事大捷没有到来。尽管奥地利与大英帝国结成了第五次反法同盟,尽管奥军在离维也纳不远的阿斯佩恩打了一个小小的胜仗——克莱斯特和达尔曼还看过硝烟尚未消散的战场,但是奥军后来在决定性的瓦格拉姆战役中失利。随之而来的,是与奥军的反法战役相呼应的蒂罗尔地方起义遭到镇压。克莱斯特的希望落空了。他和达尔曼被迫改道,前往比较安全的布拉格。他对《赫尔曼战役》上演和出版的希望化为了泡影,他对祖国解放和统一所怀有的希望也化为泡影。因此,《赫尔曼战役》是一部真正意义上的遗憾之作,也是一部真正意义上的乌托邦作品,它寄托着克莱斯特无法实现的情感和梦想。在《赫尔曼战役》中,他的心灵之眼看见了德意志的团结和统一,看见了德意志的胜利和解放。与此同时,他在他的想象世界里尽情地报仇雪恨,把敌人杀了个精光。罗马人被杀得一个不剩,与罗马人结盟的乌比部落酋长阿里斯坦也人头落地。罗马人是让克莱斯特恨之入骨的法国人的替死鬼,阿里斯坦则代表让克莱斯特恨得咬牙切齿的莱茵邦联。他既不能饶恕来犯的法国人,也不能饶恕做法国人走狗的莱茵邦联。他必须让阿里斯坦人头落地。值得注意的是,阿里斯坦被判处死刑之前与赫尔曼的如下对话:

> 赫尔曼:"倒霉的人,
> 你也许没有读过我在战斗的这一天
> 向德意志人民发出的号召?"
> 阿里斯坦(高傲地):"我好像读过
> 你号召我为日耳曼作战的亲笔写的字条!
> 可是,日耳曼跟我有何相干?

我是乌比的酋长，
一个自由邦土的统治者，我有充分权利跟任何人
甚至跟瓦鲁斯结盟！"
赫尔曼："你会问我：日耳曼在哪里？她何时存在？
是否在月亮里？在太古时代？
还会问各式各样戏谑的话，
以致使我无法回答；
可是现在，我向你保证，现在你
立刻明白我这话的意思：
把他推出去斩首。"
阿里斯坦（失色）："什么，你这暴君！你丝毫不顾忌……"（HS, 179–180）

赫尔曼审问犯下叛国罪或者通敌罪的阿里斯坦，但是阿里斯坦不仅毫不知罪，反倒理直气壮地提出反问。赫尔曼则是带着恶毒的嘲讽宣判他的死刑，并立即执行，来了一个真正意义上的快刀斩乱麻，或者说一个真正意义上的斩断戈尔迪之结。这是一个发人深省的场面。赫尔曼与阿里斯坦的对话，就是爱国者克莱斯特与包括莱茵邦联在内的没有祖国观念的德意志同胞的虚拟对话。他想跟他们谈国家、谈民族、谈德意志，他们却听不进也听不懂。谈话结果无异于夏虫语冰。

达尔曼对《赫尔曼战役》评价甚高。他在给德国文学史的奠基人盖尔维努斯的信中写道："人们评论最少的《赫尔曼战役》"是克莱斯特"最好的作品"。对于达尔曼而言，这部剧作的最大亮点就是"把莱茵邦联奴颜婢膝的嘴脸刻画得入木三分"。达尔曼和克莱斯特是志同道合者。两人都想推动德意志地区的抵抗运动，两人都对莱茵邦联深恶痛绝。在《赫尔曼战役》中，代表莱茵邦联的是辛布里部落首领福斯特、内尔维部落首领古埃耳塔尔、乌比人部落首领阿里斯坦。这几个部落与罗马结盟。阿里斯坦说的话，可以说是莱茵邦联的共同心声。在第三幕的第五场，赫尔曼与几个首领谈起当年发生在罗马人和日耳曼人之间的阿里奥维斯特战役，顺

便问阿里斯坦在阿里奥维斯特战役打响时人在哪里。阿里斯坦竟回答说：

> 阿里斯坦在乌比，
> 在莱茵河的这边，在他应该在的地方。
> 阿里斯坦从来没有拔出剑来对付罗马皇帝，他可以大胆地说：
> 当他们刚在日耳曼的门槛上／出现的时候，他就是他们的朋友。
> （HS, 81）

拿乌比部落来影射莱茵联盟再合适不过。历史上的乌比部落原本在莱茵河右岸。他们是最早与罗马帝国媾和、贸易并且充当罗马军团的辅助部队即伪军的日耳曼部落。后来，由于他们与敌视罗马人的日耳曼部落的摩擦和冲突日渐增多，罗马人便把他们从莱茵河右岸迁到了左岸。其核心居住区域就在今天的科隆地区。因此，乌比人算是科隆人的祖先，而科隆这一地名也来自拉丁文"Colonia Claudia Ara Agrippinensium"，逐字翻译是"克劳迪乌殖民城－阿格里平娜人祭坛"，简单地说就是罗马殖民地。被克莱斯特描绘为民族罪人的乌比人不仅在今天的科隆人眼里不是民族罪人——科隆城南的一条环路命名为乌比人环路（德文：Ubierring），耐人寻味的是，德国官方与学界似乎也把罗马帝国时代的科隆历史视为德国历史，譬如，2021年德国官方高调纪念犹太人定居德国1700年，其依据就是罗马皇帝君士坦丁在公元321年颁布诏书、允许犹太人在科隆担任公职。总之，乌比人代表着科隆人，以及所有加入莱茵邦联的德意志邦国。可以说，《赫尔曼战役》中乌比人如何与罗马人打成一片，克莱斯特时代生活在法占区和莱茵邦联的德国人就如何与法国人和谐相处。法国文化给这些德国人打上了深深的烙印。其中，以科隆为代表的莱茵兰地区法国化程度最高。其结果，就是科隆到巴黎的心理距离也要小于科隆到柏林的心理距离，而莱茵兰人与普鲁士人在文化气质方面的差异也大于跟法国人的差异。这正如历史学家戈洛·曼所说，经历法国直接管辖的二十年后，"莱茵兰地区再也没有恢复像一个图林根小城市那种单纯的'德意志'气质"[1]。有

---

[1] Golo Mann: *Deutsche Geschichte des 19. und 20. Jahrhunderts*, S.72.

趣的是，1815年的维也纳会议把莱茵省（大致相当于今天的莱茵兰地区）划给普鲁士之后，莱茵兰人始终是普鲁士人眼里的异类，被普鲁士人称作"半个法国人"。同样有趣的是，二战之后德、法两国实现历史性和解，有一个莱茵兰人发挥了关键性作用。这就是联邦德国首任总理阿登纳。阿登纳是土生土长的科隆人，纳粹上台之前担任科隆市长达十六年之久。他富有莱茵兰气质，对普鲁士充满厌恶。一战结束后，为了让莱茵兰摆脱普鲁士的控制，身为科隆市长的阿登纳曾在市政厅正式提出成立一个独立的"西德意志共和国"的倡议。据说每当他坐火车去柏林的时候，过了易北河就要拉上车厢窗帘——易北河右岸是传统的普鲁士地区[1]。

需要指出的是，莱茵兰始终属于敏感的边陲地区。在罗马帝国时代，这里是罗马帝国和日耳曼地区分界区域。加洛林帝国分裂后，莱茵河地区成为东、西法兰克王国即如今的德、法两国之间的中间地带，但莱茵兰地区的地标莱茵河则主要在德语地区流淌。近代以来，尤其在进入路易十四时代之后，法国人便有了以莱茵河为法、德之间的自然疆界的想法。根据阿恩特的考证，从黎塞留、柯尔贝尔这类法国政治家到拉辛、布瓦洛这类法国文人都提出过把莱茵河左岸划归法国的要求[2]。1793年，新成立的法兰西共和国政府声称比利牛斯山、阿尔卑斯山、莱茵河都应成为其"天然疆界"[3]。因此，当法军在1794年击溃普、奥军队并进入德意志地区后，立刻占领了莱茵河左岸地区，普鲁士和奥地利则先后在《巴塞尔和约》和《吕内维尔和约》中确认把莱茵河左岸割让给法国。颇具讽刺意味的是，第六次反法同盟将法军追赶到莱茵河边的时候，普、奥两国都想偃旗息鼓，若不是沙皇亚历山大一世力主乘胜追击、打到巴黎，莱茵河左岸地区可能会永远属于法国。最后，是维也纳和会把莱茵兰地区划给了普鲁士。但法国方面并未就此甘心。1840年，法国方面正式提出把莱茵河划定为界河，同时向普鲁士发出了战争威胁。两国之间由此爆发莱茵河危机。德国国歌

---

[1] 赫尔弗里德·明克勒：《德国人和他们的神话》，第384—385页。
[2] Wilhelm Baur: *Ernst Moritz Arndt. Sein Leben, seine Ansichten und seine Lieder. Eine Biographie.* Hamburg: Severus Verlag 2017, S.125-126.
[3] 邢来顺、吴友法主编：《德国通史·第三卷：专制、启蒙与改革时代（1648—1815）》，南京：江苏人民出版社，2019年，第319页。

《德意志之歌》（1841）就是德国自由派诗人霍夫曼·冯·法勒斯雷本在莱茵河危机的刺激下创作的。无独有偶，法国国歌《马赛曲》原名《莱茵军团战歌》（1792），是工兵上尉鲁热在斯特拉斯堡创作并敬献给法国的莱茵军团的，而莱茵军团的存在就是要抵御反法同盟的入侵。德、法两国至今使用的国歌都和莱茵河有着千丝万缕的关系。

阿里斯坦所代表的，并不只是莱茵河流域或者莱茵兰地区的德国人，也并不只是莱茵邦联成员。他还代表一切没有祖国观念、没有帝国观念的德国人和一切亲法或者投靠法国的德意志邦国，如东南方向的巴伐利亚和偏东北方向的萨克森－魏玛公国。巴伐利亚是拿破仑的铁杆盟友，巴伐利亚与普鲁士的隔阂在莱茵联盟解散一百年之后依然存在。一战期间，当合并波罗的海三国的问题成为舆论焦点后，巴伐利亚人多半是事不关己的样子，说什么"东普鲁士关我们什么事？它跟中国一样遥远。它不在巴伐利亚"[1]。萨克森－魏玛公国的首都是魏玛。就是说，德国人引以为豪的精神之都也属于莱茵邦联。魏玛人也不在乎德意志民族的神圣罗马帝国存在与否，魏玛人对法国人也没有恶感。"文学君主"歌德在得知莱茵邦联发表脱离神圣罗马帝国宣言的当天在日记中写道："晚饭不错……仆人和马夫发生争执，这比罗马帝国的瓦解更让我们揪心。"[2] 此外，他虽然在1793年随魏玛公爵参加过反法同盟炮击美因茨的战役，但那只是履行公务，并不影响他对法国和对拿破仑的态度。他甚至不把发生在1806年秋的普法战争当回事。在决定普鲁士命运的耶拿战役打响的头一天，他还若无其事地在他主管的魏玛剧院看演出。尽管后来进入魏玛的法军有诸多不端行为，甚至还闯入他家，但这并未唤起他对征服者的厌恶或者仇恨。1808年10月2日，他与拿破仑在埃尔福特进行了历史性的会面。事后他说自己这辈子都没有经历过比觐见拿破仑"更荣耀、更高兴的事情"[3]。他还喜欢佩戴拿破仑颁发给他的法兰西荣誉军团勋章，还自比色彩学领域

---

[1] Dieter Langewiesche: *Nation, Nationalismus, Nationalstaat in Deutschland und Europa*, S. 62.
[2] Rüdiger Safranski: *Goethe. Kunstwerk des Lebens*. Frankfurt a. M.: Fischer 2015, S. 472.
[3] Rüdiger Safranski: *Goethe. Kunstwerk des Lebens*. S.485.

的拿破仑[1]。跟歌德一样敬佩拿破仑的，还有哲学家黑格尔。歌德觐见拿破仑仅隔十天，黑格尔就在耶拿城巧遇拿破仑骑马兜风。黑格尔的敬佩之意油然而生，直呼拿破仑是"马背上的世界精神"[2]——拿破仑大概没有得到过比黑格尔这声惊叹更哲学、更诗意的赞誉。事实上，不仅在莱茵邦联，在法军占领的所有地区的德国人都普遍存在对拿破仑和法国军队的好感。游击理论大师卡尔·施米特对克莱斯特的《赫尔曼战役》评价极高，将其誉为"所有时代最伟大的游击战作品"[3]。但他同时不无嘲讽地指出一个发人深省的事实："拿破仑可以自诩的是，在法国占领德国土地的许多年里，没有一个德国平民向穿法国军服的人放过一枪。"[4] 就是说，克莱斯特所宣传、所翘首盼望的西班牙式的抗法游击战在德国没有出现，也不可能出现。这既有民族气质原因[5]，也和法军的形象有关。作为侵略军来到德意志地区的法军，同时也是一支解放军。他们给德国人带来了思想、文化和政治的大解放。他们像是传播先进文明的播种机，走到哪里，就把新思想带到哪里，就在哪里打破旧制度，如取消等级制，如解放犹太人（虽然这一点不符合许多基督徒的心愿）。尽管如此，"解放战争"的称号不属于拿破仑征服德国的战争，而是属于1813—1815年的抗法战争，虽然这场被德国人自己命名的"解放战争"把德国带入一个"复辟时代"。

面对祖国沦陷和人心的涣散，爱国者克莱斯特有一种哀其不幸、怒其不争的愤懑和悲哀。他为德国感到双重的悲哀和愤懑。一方面是人们普遍缺乏祖国观念和民族认同感，既不知道德国是什么，也并不希望见到一个统一的德国。德意志各邦的君主如此，德意志的知识精英同样如此。赫尔曼被阿里斯坦激怒，就是因为阿里斯坦不仅反问"日耳曼与我有何相干"，而且声称自己想跟谁结盟就跟谁结盟，包括罗马人，赫尔曼知道他还有一

---

[1] Rüdiger Safranski: *Goethe. Kunstwerk des Lebens*. S. 492-493.

[2] Harro Zimmermann (Hg.): *Schreckensmythen - Hoffnungsbilder. Die Französische Revolution in der deutschen Literatur*. Frankfurt a. M.: Athenäum 1989, S. 87-88.

[3] 卡尔·施米特：《游击队理论——"政治的概念"附识》，朱雁冰译，载于施米特：《政治的概念》，刘小枫编，刘宗坤等译，上海：上海人民出版社，2015年，第146页。

[4] 施米特：《游击队理论——"政治的概念"附识》，朱雁冰译，载于施米特：《政治的概念》，第180页。

[5] 在20世纪的两次世界大战中，作为侵略军的德军总是以一命顶十命、一命顶百命的狠劲儿，或者干脆以屠城来报复游击战，成为游击战的克星。

连串问题跟在后面:日耳曼在哪里?她何时存在?是否在月亮里?在太古时代?等等。克莱斯特在此影射的,就是以歌德、席勒为代表的德国文化精英。他们不仅把德意志民族看作文化统一的民族即文化民族,而非政治民族即政治统一的民族,而且把文化事业视为头等大事,随时准备为了文化利益而牺牲政治利益。"日耳曼在哪里?"这一问题就来自席勒著名的格言诗《德意志帝国》:

> 德国?
> 可是它在哪里?
> 我找不到这个国家。
> 学术王国在哪里出现,
> 政治王国就在哪里隐退。

歌德的思想与席勒如出一辙。他把德国的文化繁荣归功于德国未能实现的政治统一,认为德国文化的发达得益于邦国林立的政治现实,所以他担心政治统一会妨碍德国文化的繁荣和发展。他在晚年对爱克曼说:"试设想自从几百年以来,我们在德国只有维也纳和柏林两个都城,甚或只有一个,我倒想知道,在这种情况下德国文化会像什么样,以及与文化携手并进的普及全国的繁荣富足又会像什么样!"[1]另一方面,德意志诸侯忙于彼此之间的争斗,大敌当前依然如故。"啊,德意志,豺狼已经闯进你的羊栏,而你的牧人在为一把羊毛争吵"(HS, 7),卡狄部落首领发出如此感叹。更有甚者,有的人还勾结域外势力,以争取自身利益。普奥争霸时也是如此。严格讲,19世纪初的德国历史不是什么例外,而是常态化的德国历史。因为一部德国历史就是一部充满内斗、内耗和"里通外国"的历史。在中世纪,既有政教之争即皇帝和教皇之间的斗争,又有德意志各邦诸侯彼此之间的纷争以及诸侯与皇帝的利益冲突,后者常常导致诸侯与罗马教皇联手对付皇帝。在近代,马丁·路德的宗教改革一面强化了德意志民族意识和抗罗意识,一面则在德意志民族内部制造了教派分裂并激

---

[1] 爱克曼辑录:《歌德谈话录》,第162页。

化了信仰新教的诸侯与信仰天主教的皇帝之间的矛盾，先是引来施马卡尔登战争，最后导致了三十年战争的爆发。这场交织着内战和欧战的战争给德国造成了严重的打击和伤害：人口损失三分之一左右（男性阵亡过半），城镇被大面积摧毁，战后签署的《威斯特伐利亚和约》一面限制和消解皇权，一面维护和强化各邦的权利和利益，神圣罗马帝国几乎变得名存实亡。与此同时，法国渔翁得利，不仅将其疆域拓展到莱茵河畔，而且如昔日的罗马教廷一样频频干预德国事务，为其内斗和内乱火上浇油。让这一切雪上加霜的是，奥地利和普鲁士作为德意志双雄崛起，并列成为欧洲五强。可是，一山不容二虎。德意志兄弟中的老大奥地利和老二普鲁士展开了两百多年的争霸赛，而且几乎每一次较量和斗争都有德意志各邦和外国势力参与进来。在第一次西里西亚战争（1740）中，从奥地利手中抢夺富饶的西里西亚的普鲁士就毫不犹豫地与法国结盟，向法国输送利益。普鲁士王弗里德里希二世更是直言不讳："获得西里西亚以后，我们的现实利益要求我们与法国和奥地利王室的所有敌人结盟。西里西亚和洛林是两姊妹，姐姐嫁给了普鲁士，妹妹嫁给了法国。"[1]难怪日后神圣罗马帝国皇帝约瑟夫二世把弗里德里希二世称为"外国支持的对立皇帝"[2]。拿破仑战争期间，普、奥在无可奈何之中，在经过算计之后，先后都确认过法国对莱茵河左岸地区的主权，并由此出卖了帝国的利益。及至19世纪中叶，普、奥争霸日趋白热化，俾斯麦甚至对法国的"划江而治"方案怦然心动，严肃地考虑以美因河为界将德国一分为二，南德归奥地利，北德归普鲁士。1871年实现的德国统一，是普鲁士在1866年打败奥地利和奥地利退出德意志大家庭的结果。需要指出的是，昔日的德意志老大奥地利在普法战争中保持了"节操"：当法国方面建议奥地利赶紧为普奥之战复仇的时候，奥皇弗兰茨·约瑟夫却回答说，他的一言一行必须符合他的"德意志君主"的身份。这是血浓于水的表态。在随后的七十年里，普、奥倒真是保持了这种血浓于水的关系：一战期间，他们是并肩作战的盟友；一

---

[1] Manfred Scheuch: *Historischer Atlas Deutschland. Vom Frankenreich bis zur Wiedervereinigung*. Wien: Brandstätter 1997, S. 69.

[2] Manfred Scheuch: *Historischer Atlas Deutschland. Vom Frankenreich bis zur Wiedervereinigung*, S. 71.

战之后，奥地利要回归德国，但是被协约国阻止；1938年，纳粹德国领袖、奥地利人希特勒让奥地利实现了回归……

以上这些都是在克莱斯特身后发生的事情了。敏锐的克莱斯特却早已看出德国历史之痛，早已看出其时代的症结所在，所以他想唤醒和教育自己的同胞，所以他做了一件非常基础又非常先锋的事情——对同胞们进行爱国启蒙教育。《赫尔曼战役》就是一本旨在进行爱国教育的教材。克莱斯特把自己的诸多相关思考写进了剧本，包括他对普、奥关系的殷切期待，所以剧本里面出现了赫尔曼与马博德握手言和、联合作战，最后还彼此让位这一感人故事，虽然这是一个彻底偏离史实的文学虚构。根据罗马史家的记述，马博德领导的马科曼尼部落根本就没有参加条顿堡森林战役，马博德也从未与赫尔曼和解，他被赫尔曼打败之后就率领残部远走他乡，最后扎根波希米亚。除了剧本，克莱斯特还通过诗歌和政论来宣传他的爱国思想和爱国教育理念，如颂歌《日耳曼尼亚女神对孩子的谆谆教导》（1809），如《德国人的教理问答》（1809，以下简称《教理问答》）。也许因为考虑到作品的宣传功能，克莱斯特把复杂而沉重的话题写得举重若轻、通俗易懂。下面我们就看看他是如何阐释德国人这一概念和对爱国者的基本要求。

《教理问答》的第一课开篇就借助一个生在迈森的小孩与父亲的问答来定义什么是德国人：

> 问：孩子，说说你是谁。
> 答：我是一个德国人。
> 问：德国人？开玩笑。你生在迈森，迈森所在的国家名叫萨克森！
> 答：我生在迈森，迈森所在的国家名叫萨克森，但是萨克森所属的国家是德国，父亲，你的儿子是德国人。[1]

---

[1] Heinrich von Kleist: „Katechismus der Deutschen. Abgefasst nach dem Spanischen, zum Gebrauch für Kinder und Alte", in: *Kleist SW*, Bd. 2, S. 350-360, hier S.350.

这两句看似轻松并且充满稚气的对话体现出克莱斯特的良苦用心和深刻用意。他发现，德国的联邦传统或者说分裂传统导致许多德国人只爱自己的邦国，譬如萨克森人爱萨克森，巴伐利亚人爱巴伐利亚，符腾堡人爱符腾堡，但是人们普遍没有德国这一概念。这是一种富有德国特色的邦国爱国主义。克莱斯特想让德国人从邦国爱国主义转向帝国爱国主义，想让德国人在帝国层面建立身份认同，让他们意识到帝国的臣民彼此之间是血浓于水的关系。他笔下的赫尔曼就是一个典范。大敌当前，赫尔曼当众表态："如果要我承认一位君主，我宁愿向一个德意志人称臣，也不愿向一个罗马人屈服。"（HS, 51–52）赫尔曼说到做到。他主动向宿敌马博德示好，对马博德表示绝对的信任，同时做出俯首称臣的姿态。克莱斯特本人也一个典范。他是普鲁士人，隶属普鲁士王国，但他心系普鲁士的宿敌奥地利，心系维也纳，因为这里是帝国首都，这里有皇帝。有皇帝才有帝国，有帝国才有祖国，尽管神圣罗马帝国刚刚宣布解体，尽管帝国皇帝刚刚宣布退位。面对国破山河在的可悲现实，克莱斯特把希望寄托在从神圣罗马帝国皇帝变为奥地利帝国皇帝的弗兰茨二世身上，他相信昔日的帝国能够随着昔日皇帝的东山再起而复兴。因此，《教理问答》在第一课的结尾就把弗兰茨二世"东山再起"和卡尔大公"披挂上阵"之日定为帝国复兴之日[1]，又在第八课的结尾宣布皇帝是九大神圣价值之一："上帝、祖国、皇帝、自由、爱、忠诚、美、科学、艺术。"[2] 需要补充的是，克莱斯特还写过一首题为《致奥皇弗兰茨一世》（1809）的诗歌，并写过两首题为《致卡尔大公》（分别在 1809 年 3 月和 4 月）的诗歌。精心构建德国理念的普鲁士人克莱斯特与萨克森人克洛卜施托克不谋而合。克洛卜施托克同样认为德国历史的一大悲哀在于德国人没有德国的概念，所以他在赫尔曼三部曲中描写了卡狄人首领阿尔普的女儿因为高喊赫尔曼是"祖国的解放者"而遭到阿尔普呵斥这一细节。在阿尔普眼里，卡狄人跟切鲁西人不是同类，赫尔曼则告诫说："我们都是德国人。"（HD, 195）克洛卜施托克

---

[1] Heinrich von Kleist: „Katechismus der Deutschen. Abgefasst nach dem Spanischen, zum Gebrauch für Kinder und Alte", S. 350f.

[2] Heinrich von Kleist: „Katechismus der Deutschen. Abgefasst nach dem Spanischen, zum Gebrauch für Kinder und Alte", S. 356.

也跟克莱斯特一样心系奥地利，心系维也纳。他撰写过著名的"维也纳行动方案"，希望在维也纳建立与法兰西科学院分庭抗礼的德意志科学院，他还把赫尔曼三部曲的第一部献给了远在维也纳的约瑟夫皇帝。

《教理问答》第二课就对什么叫爱国进行了界定。父亲在此对儿子循循善诱。他在确认儿子热爱祖国之后追问儿子为何热爱祖国，问儿子是否因为"上帝赐予它丰富的果实，有许多美丽的艺术品装扮它，有数不清的英雄、政治伟人和智者讴歌它的辉煌"？随后父子出现如下对话：

> 答：你在误导我。
> 问：我在误导你？
> 答：罗马和尼罗河三角洲比德国得到了更多的馈赠，无论是果实还是美丽的艺术品还是其他一切伟大和辉煌的事物。但如果你的儿子命中注定要生活在罗马和埃及，他将感到悲哀，永远不会像爱德国这样爱罗马和埃及。[1]

毫无疑问，爱国是一条绝对律令。爱国者不问自己的国家哪里可爱，也不在乎自己的国家是否比其他国家更美丽、更富饶或者更古老、更先进。克莱斯特所提倡的爱国主义几乎有点"子不嫌母丑"的倔强和纯粹，全然没有克洛卜施托克们那种"谁不夸咱家乡好"的文人雅兴。同样值得注意的是，克莱斯特要求爱国者做到爱憎分明。爱，是爱自己的祖国，恨，是恨来犯的外敌。爱恨都要化为行动，爱国者的当务之急，就是把来犯的法国人赶尽杀绝。于是，在颂歌《日耳曼尼亚女神对孩子的谆谆教导》里面就出现了如下一段充满杀戮想象的大合唱：

> 紧随皇帝的队伍，离开
> 你们的茅屋，你们的家园，
> 让排山倒海的海水

---

[1] Kleist: „Katechismus der Deutschen. Abgefasst nach dem Spanischen, zum Gebrauch für Kinder und Alte", S. 351.

把法兰克人淹没，

广场、草场和荒地
全都堆满白色的尸骨，
把乌鸦狐狸所鄙弃的，
扔进河里餵食鱼群，
累累尸骨让莱茵河堰塞。[1]

不过，克莱斯特最想杀死的法国人是拿破仑。他的《教理问答》在第一课就告诫世人是拿破仑"用武力把德国打得粉碎"，然后在第七课又给拿破仑勾勒了如下一幅恶人肖像：这是一个"令人厌恶的人，是恶的开端和善的终结，是罄竹难书的罪人，是一个让天使们在末日审判时累得上气不接下气的罪人"[2]。当黑格尔为自己在路上偶遇"世界精神"而扬扬得意的时候，克莱斯特就抱怨："怎么没人出来对着这个邪恶的世界精神一枪爆头？"[3]现在，由于无法奢望在现实世界中出现一颗射向拿破仑的子弹，克莱斯特只能幻想对拿破仑进行末日审判。

克莱斯特是德国文学中的独行侠，他远离魏玛，不受歌德待见，但这并不妨碍他日后成为文学座次最靠近歌德、席勒的经典作家。他也是德国文学中的民族思想先驱，国难当头之时他专心致志对现实政治进行思考。当其他作家忙于艺术的神圣化和宗教化的时候，克莱斯特把爱国主义变成了一门宗教，变成了一个终极价值和一项神圣的事业。可是，他既没看见他所企盼的法军的溃败和德国的解放，也没看见民族思想如何在19世纪中叶的德国勃兴，没看见普、奥如何持续争霸和终极决斗。他提早结束了自己的生命：1811年11月21日，年仅34岁的克莱斯特在柏林西郊的万湖湖畔举枪自杀。

---

[1] Heinrich von Kleist: „Germania an ihre Kinder. Eine Ode", in *Kleist SW*, Bd. 1, S. 25-28, hier S. 26f.
[2] Heinrich von Kleist: „Katechismus der Deutschen. Abgefasst nach dem Spanischen, zum Gebrauch für Kinder und Alte", S. 354.
[3] Harro Zimmermann (Hg.): *Schreckensmythen - Hoffnungsbilder*, S. 88.

第三节　费希特《对德意志民族的演讲》
——赫尔曼战役与德国的文化命运

法军入侵并占领德国之后，克莱斯特和费希特分别变成了拿破仑在德国文学界和哲学界的"头号仇敌"[1]。他们二人都表现出强烈的反法情绪，并为此奋笔疾书。克莱斯特一蹴而就，完成了《赫尔曼战役》，同时还撰写了诸多短小精悍、旨在进行反法和爱国主义教育的文字；费希特则是勇敢地走上柏林科学院的讲坛，发表了享誉四方的《对德意志民族的演讲》。他们都有"戏剧"人生[2]。克莱斯特一生都在军人、文人和政治家几个身份之间来回切换，最终饮弹自尽。费希特一生交织着学术和政治热忱。他崇拜康德，初次拜访康德就拿出一部与康德的三大批判相呼应的《对一切天启批判的尝试》——这是最好的拜师见面礼[3]；法国大革命爆发后，费希特欣喜若狂，把法国誉为自己的"精神家园"，甚至希望"法国兼并德国"[4]；法军入侵、德国沦陷之后，他成为文化抗战英雄；1813年解放战争打响后，他的妻子（也是克洛卜施托克的外甥女）在参加柏林保卫战中的伤员救护工作时染上斑疹伤寒，并传染给费希特，导致费希特在1814年1月病逝。尤其值得关注的是，爱国者费希特和爱国者克莱斯特都在各自的爱国宣传中拿赫尔曼神话大做文章。费希特对赫尔曼神话的理解体现在他的《对德意志民族的演讲》中。

《对德意志民族的演讲》由十四篇演讲稿组成。所有的演讲稿均来自费希特于1807年12月13日至1808年3月20日在柏林科学院的圆形大厅发表的公开演讲。尽管赫尔曼或者阿米尼乌斯的名字没有出现在

---

[1] Borchmeyer: *Was ist deutsch? Die Suche einer Nation nach sich selbst*. S. 123.

[2] 贺麟先生把歌德、黑格尔、费希特称为德国的三大爱国哲人。其实克莱斯特远比歌德有资格获得"爱国"称号。参见贺麟：《德国三大哲人：歌德、黑格尔、费希特的爱国主义》，北京：商务印书馆，1989年。

[3] 其德文标题为：Versuch einer Kritik aller Offenbarung，梁志学先生为了避开"批判"一词而将其译为《试析一切天启》。这一翻译有可能辜负费希特的良苦用心，因为他一面通过 Kritik 表明自己与康德一脉相承，一面通过 Versuch（尝试）表达自己的谦虚，活脱脱一个"向老师学习，向老师致敬"。

[4] 邢来顺、吴友法主编：《德国通史·第三卷》，第307页。

十四篇演讲稿中间的任何一篇的标题上面，但是费希特在多篇演讲中都对塔西佗的《日耳曼尼亚志》和赫尔曼战役进行了笔酣墨饱的演绎和评论，借此阐述了他的民族主义思想和他对如何克服国土沦陷带来的民族危机进行的思考。费希特的非凡之处，在于他对塔西佗赋予赫尔曼的光荣称号——"日耳曼的解放者"——进行了系统而独到的阐释和发挥。费希特承认，赫尔曼战役是一场野蛮与文明的对垒。日耳曼部落属于野蛮一方，罗马帝国代表文明。所谓文明，就是先进的物质文明和技术文明，是值得拥有的东西。所以，"连阿米尼乌斯这样的日耳曼英雄人物也不拒绝学习战术"（F, 132）[1]。费希特在这里所指的，是赫尔曼曾留学罗马、在罗马学习军事技术这一事实。但是赫尔曼并未因此妄自菲薄。他并不认为日耳曼人为了获得文明的好处就该罗马化。他的高明恰恰在于他很清楚日耳曼人为此所要付出的代价："他们在接受这些好处时就必定会成为别的什么人，成为半个罗马人而不是德意志人。"（F, 132）费希特指出，那些"以为摆脱野蛮的唯一途径就是要成为罗马人"的日耳曼人，迁徙到罗马人的早期国土之后全都"成了罗马人"。而同样可悲的是，昔日的罗马人在最初面对希腊人的时候也曾妄自菲薄，因为他们"蛮不在乎地跟着希腊人学，称自己为野蛮人"（F, 78）。由此，费希特把德意志人依然做德意志人上升为绝对律令乃至最高生命法则："一个真正的德意志人只有为了做德意志人、永远做德意志人和把自己的孩子培养成德意志人，才会愿意活着。"（F, 132）最后，经过浴血奋战成功抵御罗马人的日耳曼人不仅"把自由留给了自己的孩子们"，而且他们的独立也造福人类，因为否则"人类的历史就会朝着另外的、我们无法相信是可喜的方向发展"（F, 132-133）。

费希特从政治、文化、种族、语言几个方面对德意志人通过赫尔曼战役赢得的自由和独立进行了阐释。首先，德意志人保持了以民主共和为基本特征的日耳曼传统，因为"按照日耳曼人的原始习俗，依然有一

---

[1] 费希特的演讲引自费希特：《对德意志民族的演讲》，梁志学、沈真、李理译，北京：商务印书馆，2017年。后文将以 F 指代该版本，并在正文中以括号形式标明页码。个别地方译文有变动。另外，费希特在演讲中没有说"赫尔曼"，一直说的是"阿米尼乌斯"。

种在某个权力受限制的首脑统治下的联邦制,而在其他国家,政府体制则大多数按迄今存在的罗马方式转变为君主专制"(F, 56)。换言之,保持独立的日耳曼人保持了自己的良政。其次,原地不动的德意志人保持了淳朴的民风和良好的品格。费希特断言:"凡是留在祖国的德意志人,都保留着早先扎根于它们的土地的一切德行,如忠诚和正直,如荣誉感和简单纯朴。"(F, 98)再者,拒绝罗马文明的德意志人还成功地"保持和发展了本源民族的原始语言"(F, 56)。就是说,他们保持了语言的纯洁性,从而保证了种族的纯洁,因为最终保证种族纯洁的不是血统而是语言。他指出:"今天不论对哪一个有日耳曼人血统的民族成员来说,要表明其血统比其他民族纯净得多,都决不是一件容易的事情。"(F, 57)他特别强调,日耳曼人即便原地不动也难以保持血统的纯洁,因为德意志的土地上至少还生活着斯拉夫人。总之,语言是一个种族最根本的标志。通过语言才能识别谁是德意志人。语言才真正构成了一个国家和种族的疆域:"各个国家最初的、原始的、真正的天然疆界,是它的内在疆界。讲同一种语言的人们早已在有一切人为技巧以前,通过单纯的天性,靠许多不可见的纽带联结在一起了。"他还说:"住在某些山川之内的人们绝不是由于住在同一地域,才成为一个民族,相反地,人们是由于早已通过一个更高的自然规律而成为一个民族,才住在一起,而且如果他们很幸运,他们才有山河的掩护。"(F, 199-200)费希特这一观点与克洛卜施托克不谋而合。后者曾在致友人的信中写道:"我觉得每一个用我们的语言书写的人都应被视为德国人,不管他生在何处,是在阿尔卑斯山,还是在波罗的海最远端的海岸,或者基本生活在外国。"(Briefe, 28)因此,保持语言的纯洁堪称一个国家和民族的头等大事。而要保持民族语言的纯洁,必须拒绝外来语:一方面,人们使用外来语多半出于虚荣,因为"在两个词意思相同的情况下,用日耳曼语词根构成的词几乎毫无例外地有卑贱和笨拙的意思,而另一个用拉丁语词根构成的词则有更高贵和更卓越的意思"(F, 79);另一方面,"在没有学过其他语言的德意志人听来",外来语是"一种毫无意义的音响",而最好的例子就是"三个声名狼藉的词汇":一个是 Humanität,即博爱,一个是

Popularität，即民望，第三个是 Liberalität，即自由（F, 64）。费希特相信思想和语言的统一，他担心德国人从洋腔洋调走向洋人的思维，所以他对他的时代所盛行的洋腔洋调忧心忡忡，所以他感叹"德意志精神当前在德意志人当中已经所剩无几"（F, 101），还感叹"如今的德意志哲学食洋不化，没有德意志特色"（F, 104）。

费希特呼吁德意志人保持纯洁的民族特性，是因为他对德意志民族的文化优越性深信不疑。保持德意志民族特性，就保持了德意志民族对其他民族的文化优越性。在阐述这种优越性的时候，费希特几乎秉持"德意志，德意志高于一切"的调门。譬如，他在第四讲的开篇写道："前面已经说过，这几讲提倡的现代人类的教育方法必须首先由德意志人应用于德意志人，而且它原本就最适合于我们的民族。（……）正由于日耳曼人具有这种特点，所以他们有接受这种教育的能力，非其他一切欧洲民族所能及。"（F, 54-55）具体讲，就是"德意志民族优于其他日耳曼民族；日耳曼民族优于斯拉夫民族"（F, 55）。再譬如，他说外国的天才或者是轻盈而迷人的"气妖"或者是忙忙碌碌、有序工作的"蜜蜂"；德意志的思想家则要么深入矿井，以开采大块的思想矿石，要么如雄鹰一般高高腾飞，飞向临近太阳的远方（F, 82），也就是说，高深二字非德意志思想莫属。又譬如，他认为德语的表达力独一无二，也许唯有希腊语可以媲美，因为"若要讨论德语的内在价值，一种与希腊语具有同等地位、和希腊语同样原始的语言就会昂首阔步现身竞技场"（F, 68）。有趣的是，让德语和希腊语攀亲戚并且让二者并驾齐驱几乎构成了一个源远流长的德意志传统。昔日的德意志人文主义者就喜欢颂扬他们声称与德意志文化同根而生的希腊文化，以打压罗马人；克洛卜施托克认为"德语和希腊语比拉丁语和希腊语的关系更近"[1]；在第三帝国，有人把克洛卜施托克和诗人斯特凡·格奥尔格誉为"雅利安人所能创造的两种顶级文化——日耳曼和古希腊——的神圣相遇"[2]。而当许多逃离纳粹德国的知识分子前往法国的地中海沿岸地区

---

[1] Günter Hartung: „Wirkungen Klopstocks im 19. und 20. Jahrhundert", in: Hans-Georg Werner (Hg.): *Friedrich Gottlieb Klopstock. Werk und Wirkung*, S. 211-235, hier S. 217.

[2] Günter Hartung: „Wirkungen Klopstocks im 19. und 20. Jahrhundert", S. 226.

时,留在德国做"内心流亡"的戈特弗里德·本恩感到大惑不解。他认为吸引德国流亡者的应该是希腊海岸的"多利安精神",而不是"操拉丁语的沿海地区"。[1] 二战之后,背着历史包袱的海德格尔底气十足地通过法国记者告诉世人:世界上只有两种语言能够从事哲学思考,一者为德语,一者为希腊语[2]。

很明显,费希特看不上法语和法国文化。对于他,法国人就是拉丁化的日耳曼人,就是他在演讲中借助赫尔曼的故事所针砭的那种罗马化的日耳曼人。因此,法语是很不纯正的,它失去了德语那种原初性。相应地,法兰西的政治也变了味,走向了君主专制。昔日有历代专制的法兰西国王,如今又新出了一个名为拿破仑一世的皇帝。拿破仑不仅自我加冕,把法兰西政体从共和变为帝制,而且还有称霸欧洲、一统天下的野心,所以费希特对拿破仑满腔仇恨。当然,费希特在他的演讲中通篇没有提法兰西和拿破仑的名字,他保持了起码的谨慎。他有前车之鉴:1806年,纽伦堡出版家 J. 帕尔姆就因为出版了针砭法国的《受尽凌辱的德国》一书而被拿破仑下令就地正法。

对德意志民族的特殊性和优越性深信不疑的费希特无疑是一个民族主义者。但需要指出的是,作为民族主义者的费希特依然是一个浪漫主义者。浪漫主义的基本特征是脱离现实,不接地气。民族主义者费希特的浪漫主义,就体现在他张嘴文化、闭嘴精神。他不在乎社会和政治,不在乎物质和现实。正因如此,他的一些言论还可能与人们通常所理解的民族主义背道而驰。譬如,他反对民族的统一,因为他担心统一的德意志民族国家会走向集权和专制,放弃"传承下来的各个部族的共和政体",而共和体制一直是"德意志文化的首要源泉,是保障它的独特性的优越手段"(F, 139-140)。倘若费希特生活在赫尔曼的时代,他一定会参加克洛卜施托克在《赫尔曼之死》里面所刻画的对赫尔曼的公审;倘若费希特活到1871年,亲眼见证普鲁士如何统一德国,他未必会出现在欢呼雀跃的人群当

---

[1] Günter Hartung: „Wirkungen Klopstocks im 19. und 20. Jahrhundert", S. 226f.
[2] Martin Heidegger: *Nur noch ein Gott kann uns retten*, in: *Der Spiegel*, Jg. 1976, Ausgabe 23, S. 193-219, hier S. 217.

中。又如，费希特反殖民、反扩张，还明确反对德意志人去争夺什么"海洋自由"。他的理由很简单："德意志人不需要海洋自由。他们的资源丰富的国土和他们的勤劳，给他们保证了过文明人的生活所需要的一切。"（F, 205）他甚至祈求神明保佑，祈求有利的命运能够保护德意志人"不间接参与掠夺世界其他民族的行径"（同上）。费希特代表德意志民族做出如此高风亮节的表态，是因为他本人的根本追求在于文化而非物质，对于他，一箪食，一瓢饮，足矣。再譬如，他认为精神胜利的意义大于物质或者军事胜利的意义。他在科学院大厅演讲所面对的是"垂头丧气、迷失方向"的德意志同胞，他的演讲的宗旨自然是鼓舞士气、振奋人心。但他并没有呼吁同胞们拿起刀枪拿起武器，他主张精神胜利法。他告诫他的听众："事到如今，你们不应用身体做武器去战胜他们；你们应该单凭你们的精神在他们面前站起来，并昂首挺胸。"（F, 235）

　　费希特安然无恙地在法军占领下的柏林发表了对德意志民族的演讲。不过，他的安然无恙属于情理之中的事情。他的演讲从文化到文化，而且始终翱翔在精神的天空，很少触碰政治触碰现实。西边的法兰西或者拿破仑的确没有理由逮捕他，更甭说枪毙他。但是不排除南边有人惦记他。直白地说，梵蒂冈可以将他绳之以法。因为他说到了宗教改革。因为他以一种足以招惹火刑的方式议论宗教改革：在第六篇演讲的开头，他不仅把梵蒂冈永远的伤痛——宗教改革——誉为"德意志民族最近的一次伟大的、在某种意义上是完美的、举世瞩目的成就"，从而把整个的德意志民族定格在新教，把整个的德意志民族定义为与罗马天主教对立的民族。更要命的是，他发表了史无前例的反罗言论。他破天荒地把基督教的腐败与基督教的亚洲起源联系在一起，从而提醒人们基督教是外来宗教，是域外之物。他说"起源于亚洲的基督教，由于它的腐败而更加变得具有亚洲气息。它只劝诫默默地听从和盲目地信仰，而这对于当时的罗马人来说甚至都是某种陌生的、外来的东西"（F, 87）。回头看来，1799 年他因为受到无神论的指控被耶拿大学开除一点不冤。

　　罗马教廷早在 17 世纪的一份文件中就明确说明有五个德意志历史人物不宜宣传：第一个是公元前 58 年指挥日耳曼部落联军与恺撒打仗

的阿里奥维斯特，第二个是阿米尼乌斯（赫尔曼），第三个是红胡子大王巴巴罗萨，第四个是制造了1527年5月6日的"罗马之劫"的雇佣兵首领格奥尔格·冯·弗伦茨贝格，第五个是马丁·路德。[1] 这五个历史人物的共同特征是抗罗，无论他们抗击的是共和的罗马还是帝制的罗马，是世俗的罗马（罗马帝国）还是神圣的罗马（罗马教廷）。费希特的《对德意志民族的演讲》再次印证了罗马教廷的政治敏感性。《漫漫西行路》的作者，德国历史学家海因里希·奥古斯特·温克勒把费希特与诗人恩斯特·莫里茨·阿恩特、体操之父雅恩并称为"19世纪早期德国民族主义的三大祖师爷"，并且指出他们都是旗帜鲜明的新教徒[2]。近代以来，从路德搞宗教改革到费希特搞民族主义再到普鲁士统一德国，以及德意志帝国成立之初俾斯麦所发起的文化斗争，德意志地区的新教徒不断给罗马教廷制造麻烦，梵蒂冈对德国也有了难以化解的敌意和猜疑。1918年，当德国投降的消息传到梵蒂冈之后，教皇本笃十五世情不自禁地喊出"路德输掉了战争"[3]；2009年，当梵德关系因为默克尔公开表示教皇应该就英国主教、皮尤兄弟会成员威廉姆斯否定犹太大屠杀一事表明态度而出现风波后，教皇本笃十六世认为，事情的根源不在于涉犹问题在德国社会的高度敏感性，而在于德国社会存在根深蒂固的反天主教情结[4]。

在梵蒂冈看来，谁讲述赫尔曼的英雄故事，谁就有分裂欧洲、割裂历史之嫌，谁就在有意无意地破坏基督教世界乃至西方世界的统一。历史证明梵蒂冈是有先见之明的。但无论是昔日的德意志人文主义者还是克洛卜施托克、费希特，都没意识到这一点。人文主义者都是虔诚的基督徒，克洛卜施托克有"神圣的歌手"的美名，费希特也无意做无神论

---

[1] Dieter Langewiesche und Georg Schmidt (Hg.): *Föderative Nation. Deutschlandkonzepte von der Reformation bis zum 1. Weltkrieg*. München: Oldenbourg 2000, S. 39.

[2] Heinrich August Winkler: *Deutschlands sonderbarer Weg*. Siehe zeit.de/zeit-geschichte/2010/03/Text-Interview (16.9.2023).

[3] Helmut Plessner: *Die verspätete Nation*, S. 55.

[4] 参见《法兰克福汇报》的相关报道：„Merkel lobt 'wichtiges und gutes Signal' des Vatikans", siehe https://www.faz.net/aktuell/politik/der-fall-williamson-merkel-lobt-wichtiges-und-gutes-signal-des-vatikans-1770771.html（访问日期2023年9月27日）。

者或者敌基督，魏玛官方对他的警告和惩罚还让他感觉委屈。他们没有意识到，欧洲的文化根基和统一的纽带是两希文明，即希腊－罗马文明和希伯来－基督教文明，这二者都源于南欧，然后从南向北传递。德国人早已接受两希文明，而且是两希文明的好学生。他们至少从查理曼时代起就是两希文明的模范生。他们自视为罗马帝国的接班人，他们还大搞加洛林文艺复兴，同时又手持利剑传播基督教[1]。查理大帝把易北河到奥得河的德意志两河流域变成了基督教地区，还迫使萨克森人皈依了基督教。皈依基督教的萨克森人又变成了优秀的基督徒。萨克森王朝的一大功绩，就是把基督教向东传到斯拉夫地区。奥托大帝的心脏之所以葬在马格德堡大教堂，就是因为马格德堡是昔日的基督教在最东边的桥头堡。后来的条顿骑士团又把基督教传到波罗的海沿岸的东欧地区，使隶属斯拉夫民族的波兰成为最为虔诚的天主教国家，而且至今如此。如果教堂建筑的恢宏可以成为衡量宗教虔诚的标准，那么，德意志人就是欧洲中世纪最虔诚的民族。因为在当今世界最高的十座教堂中，有六座为德意志人所建造。其中，乌尔姆教堂是世界第一高，科隆大教堂是为了安放东方三圣王的圣髑而修建，而且耗时五百多年。[2]他们的确有理由自称"神圣罗马帝国"，他们因为笃信基督而有别于，且超越了昔日的罗马帝国。然而，自近代以来，德国人却从基督教界的模范生变成了麻烦生。他们中间不仅出了一个让罗马天主教一分为二的马丁·路德，还开始关注条顿堡森林大捷的始作俑者赫尔曼。这是一个不祥之兆，这表明他们把目光转向了两希文明之前或者之外的日耳曼大森林。他们试图去森林里寻找他们的日耳曼国粹，他们试图建立独立于两希传统的第三个传统即德意志－日耳曼传统。这些寻根者是民族主义者和国粹派，他们走的是一条艰难而漫长的否定之路，因为他们"只有否定了整整一个

---

[1] 据说，仅在费尔登（在如今的联邦德国的萨克森州境内）开设的审判法庭上，查理曼就让四千多拒绝皈依基督教的异教徒人头落地。参见 Manfred Scheuch: *Historischer Atlas Deutschland. Vom Frankenreich bis zur Wiedervereinigung*, S. 17.
[2] 这六座教堂里面还有法国的斯特拉斯堡大教堂、奥地利的维也纳斯特凡教堂以及林茨新主教堂。当初修建教堂的时候这几个地方都在神圣罗马帝国境内。

世纪和这一世纪的发展道路,才能把德国引向条顿狂的理想"[1]。尽管如此,克洛卜施托克和费希特们通过赫尔曼神话播下的思想种子在 19 世纪全都开花结果。让克洛卜施托克引以为豪的瓦尔哈拉,先是在雷根斯堡的多瑙河畔变成了一座巍峨的圣殿(1842),虽然这座瓦尔哈拉英灵殿并非北欧建筑风格,而是完全模仿雅典的帕特农神庙建造而成;瓦尔哈拉后来又在征服整个欧洲的瓦格纳歌剧(《尼伯龙根的指环》)中大放异彩,最终成为 19、20 世纪德国人的一个精神梦乡。一向对德国国粹嬉笑怒骂的海涅在路过德特莫尔德城的时候也禁不住戴着反讽的面具对赫尔曼表示敬意。他在《德国,一个冬天的童话》(1844)中写道:

> 赫尔曼若没有率领一群
> 金发的野蛮人赢得战斗,
> 我们都会成为罗马人,
> 也不会有德意志的自由!
> 只有罗马的语言和习俗
> 如今会统治我们的祖国,
> 明兴甚至有灶神女祭师,
> 施瓦本人叫做吉里特![2]

简言之,是赫尔曼为日耳曼人赢得了自由。想到这些,海涅心中的感激之情油然而生,所以深情地呼唤:"赫尔曼,这都要归功于你,/所以为你在德特摩尔德城/立个纪念碑,是理所当然,/我自己也曾署名赞成。"[3]海涅所署名赞成修建的赫尔曼纪念碑,于 1838 年在德特莫尔德市(如今属于联邦德国的北威州)——当时被认定的条顿堡森林大捷所发生的地

---

[1] 中共中央马克思恩格斯列宁斯大林著作编译局编译:《马克思恩格斯全集》,第四十一卷,北京:人民出版社,1982 年,第 148 页。
[2] 海涅:《德国,一个冬天的童话》,冯至译,北京:人民文学出版社,2015 年,第 201 页。吉里特是罗马公民的尊称。
[3] 海涅等:《德国,一个冬天的童话》,第 204 页。

方[1]——森林公园内的一个高地破土动工，于1875年落成。赫尔曼纪念碑整体高达53.44米——赫尔曼手持的宝剑就长达7米，是当时世界最高的人物纪念雕像。德国人的自由男神把这一世界纪录保持了十年，然后在1886年被美国的自由女神塑像打破——矗立在纽约港的自由女神塑像高达93米。日耳曼国粹热也给格林兄弟的思想打上了深深的烙印。格林兄弟不仅让他们的童话扎根莽莽苍苍的德意志-日耳曼树林，而且十分看重其日耳曼民族身份。当新教徒和天主教徒在首届日耳曼学大会（1846）期间发生矛盾时，新当选为日耳曼协会主席的雅各布·格林就告诫与会者要团结、不要分裂，因为"在成为基督徒之前，我们都是德国人"[2]。很明显，格林已把民族或者说种族身份置于宗教身份之上。

第四节 结 语

时过境迁。经历了20世纪两次世界大战的德国被迫放弃了民族主义，开始回归欧洲大家庭。1957年3月25日，联邦德国与西欧五国共同签署了旨在促进欧洲一体化的《罗马条约》，德国成为昔日的欧洲经济共同体和如今的欧盟的核心成员。德国人再次实现了华丽转身。他们不再抗罗，他们的"罗马意识"[3]或者说欧洲意识最为强烈。这正如德国学者所指出的，"在欧共体内没有哪个国家像联邦德国这样迫不及待地要和欧洲融为一体"[4]。他们是欧洲一体化最真诚、最得力的促进者，逐渐地，他们在欧盟内部占据了核心地位，发挥起领导作用。相应地，日耳曼国粹派在德国几乎销声匿迹。对于德国主流意识形态而言，赫尔曼不再是民族英雄，他一手打造的条顿堡森林大捷还给德国人留下了永远的遗憾，造成了永远的伤害，因为他是分裂者，因为他抗拒罗马、抗拒主流，早早地让德国人

---

[1] 根据现代考古发掘的结果，真正的遗址在Kalkriese，距离德特莫尔德市100公里左右。

[2] Bernd Heidenreich und Ewald Grotte (Hg.): *Die Grimms. Kultur und Politik*. Frankfurt a.M.: Societäts-Druckerei 2003, S. 241.

[3] 欧盟的总部虽然在布鲁塞尔，但是欧洲的精神和文化之都依然是罗马。

[4] Dieter Langewiesche: *Nation, Nationalismus, Nationalstaat in Deutschland und Europa*, S.190.

走上了特殊道路，远离了高度发达的罗马文明。2000年发表在柏林的《每日镜报》的一篇文章就彻底否定赫尔曼战役，说它"名为胜仗，实为败仗"[1]；每年接待50万游客的赫尔曼纪念碑，德国官方也没好意思申请列入世界文化遗产。更有甚者，当有人在北威州小镇赫费尔霍夫的某个街角摆放了一个具有"棱角风"的赫尔曼雕像复制品之后，竟然掀起轩然大波。绿党领导人不仅指出赫尔曼是欧洲的分裂者，而且为赫尔曼手中的利剑指向位于西方的法国感到不安。[2]深谙当代德国民族心曲的马丁·瓦尔泽对于这种欧洲认同强迫症有过入木三分的刻画。在他看来，德国人总是"在家是巴伐利亚人，在外是欧洲人"[3]，德国知识界对于赫尔曼神话避之唯恐不及。他在一篇小说中以闲来之笔描写了一个左派知识分子。此人听说美国密苏里州的一座城市取名赫尔曼而愤愤然[4]，因为赫尔曼是一个"阴谋家"，因为赫尔曼"避免了日耳曼人被训练成罗马人"。与此同时，这个不认同赫尔曼的文化人也不认可德国的统一，他希望德国人永远做政治分裂的"文化民族"[5]。

如果说昔日的德国国粹派去条顿堡森林认祖归宗有否定历史之嫌，如今德国的主流对赫尔曼的彻底否定同样有否定历史之嫌。赫尔曼战役不仅是一桩不容否认的史实，而且具有不容忽视的当代意义。赫尔曼战役之后，罗马人退守莱茵河左岸和多瑙河南岸，同时在两河之间的空白区域修建Limes，即罗马长城（比中国长城小一号），由此，莱茵河、罗马长城、多瑙河组成一条大致从西北到东南方向的对角线，几乎与我国的胡焕庸线相映成趣。如果说胡焕庸线是中国的自然和人文地理分界线，那么，莱茵河－罗马长城－多瑙河一线就是一条延续近两千年而依然有效的多功能分界线。这条线标志着罗马帝国与日耳曼蛮族的对立，标志着天主教地区与

---

[1] Ingo Bach: „Römer in Deutschland: Der Sieg, der eine Niederlage war", siehe https://www.tagesspiegel.de/gesundheit/romer-in-deutschland-der-sieg-der-eine-niederlage-war-702166.html（访问日期2023年9月27日）。

[2] Meike Oblau: „‚Kantiger Hermann' sorgt für Streit", siehe https://www.westfalen-blatt.de/owl/kreis-paderborn/hoevelhof/kantiger-hermann-sorgt-fur-streit-858583（访问日期2023年9月27日）。

[3] Martin Walser: *Deutsche Sorgen*. Frankfurt a.M.: Suhrkamp Verlag 1997, S. 457.

[4] 赫尔曼崇拜在19世纪赴美的德国移民中间很常见，一些德裔集聚地也有赫尔曼雕像。

[5] 马丁·瓦尔泽：《寻找死亡的男人》，黄燎宇译，浙江文艺出版社，2018年。

新教地区的对立，以及普鲁士与奥地利、普鲁士与南德地区的对立。有趣的是，这条线也决定德国人过不过狂欢节，过狂欢节的都在分界线的左边和南边，如科隆、美因茨、慕尼黑。这些地区的人早年亲罗，后来亲法，如今也比较"洋气"。因此，莱茵河－罗马长城－多瑙河一线既是文化和宗教的分界线，也是政治分界线，它既切割欧洲，也切割德国。

没有赫尔曼，也许就没有这条古老而神奇的分界线。

第五篇 历史

传说与事实

第一章
浪漫主义史学

张一博

第一节　导言：作为一种思潮的浪漫主义史学

在德意志浪漫主义时代，人们通常想到的浪漫主义思潮泛滥的领域是文学、艺术和哲学等，但同一时期的德国史学则似乎并没有卷入浪漫主义的思潮，德国的史学著作很少被称作浪漫主义的著作，而同时期的英国历史学家卡莱尔（Thomas Carlyle）、法国历史学家米什莱（Jules Michelet）的著作则经常被冠以浪漫主义史学的标志。在近代德国史学谱系中，贯穿着一条从启蒙史学到历史主义史学（Historismus），再到历史社会科学（historische Sozialwissenschaft）的发展脉络，在这个脉络里，浪漫主义史学没有其痕迹。其实，早在德意志浪漫主义时期，人们便提出了浪漫的历史书写（romantische Geschichtsschreibung）的说法。在19世纪末20世纪初，史学史作为一门学科形成之时，德国历史学家在他们的史学史著作中不是用历史主义概括18世纪末到19世纪中叶的德意志史学的特征，而是采用了浪漫主义这一标志。富埃特（Eduard Fueter）在《近代史学史》（*Geschichte der neueren Historiographie*）中将黑格尔、尼布尔（Barthold Georg Niebuhr）、兰克（Leopard von Ranke）及其弟子德罗伊森（Johann Gustav Droysen）等人都归入浪漫主义史学之列。[1] 不过，在 20 世纪初，德国史家格奥尔格·冯·贝娄（Georg von Below）用浪漫主义概括 19 世纪初到中叶的历史书写。[2] 而在约恩·吕森（Jörn Rüsen）和弗里德里希·耶格尔（Friedrich Jaeger）的《历史主义史》（*Geschichte des Historismus: Eine Einführung*）中，这些历史学却被视为历史主义的代表，如兰克等人就被归入历史主义发展的第一阶段。[3]

正如以赛亚·伯林（Isaiah Berlin）在《浪漫主义的根源》一书中指出，浪漫主义与历史主义系出同源，都是对启蒙时期世界主义的一种反叛。[4] 浪漫主义和历史主义这两个概念往往纠葛在一起，很难将它们清楚地区分开来。因此在本章中，笔者无意辨析这两个概念的内涵和外延[5]，而是试图将浪漫主义作为一个概念工具，借此从另一个维度去审视近代德意志史学的发展。为了阐述和说明哪些人可以被归到这一谱系，他们的著作和思想的哪些内容与浪漫主义思潮密切相关彼此互动，笔者首先将对浪漫主义和浪漫主义史学做出界定。

19 世纪中叶德意志自由主义者如海涅（Heinrich Heine）等人为表明自己不同的立场，把施莱格尔兄弟、蒂克和布伦塔诺等人归入浪漫主义，将浪漫主义视为反动、保守的代名词，是中世纪文艺的复活，从而明确地构建了一种立场和特征鲜明的思想谱系。[6] 我们知道，浪漫的定义是在 18 世纪末浪漫主义思潮发生之时那些被后世视为浪漫主义的思想家们自己提出

---

[1] Eduard Fueter: *Geschichte der neueren Historiographie*. München und Berlin: Oldenbourg 1911, S. 415-499.

[2] Ernst Schulin: *Traditionskritik und Rekonstruktionsversuch*. Göttingen: Vandenhoeck & Ruprecht 1979, S. 24.

[3] Jörn Rüsen und Friedrich Jaeger: *Geschichte des Historismus. Eine Einführung*. München: C. H. Beck 1992, S. 73f.

[4] 可参见伯林：《浪漫主义的根源》，第 66—67 页。

[5] 历史主义作为德意志史学的重要遗产，素来不乏学界垂注，相关研究极为深厚。如德国学者奥托·奥克斯勒（Otto Gerhard Oexle）、约恩·吕森、弗里德里希·耶格尔，美国学者格奥尔格·伊格尔斯（Georg Iggers）、彼得·瑞尔（Peter Reill）、弗里德里克·拜泽尔（Frederick Beiser）等人均从不同维度对历史主义做出研究。可参见 Otto Gerhard Oexle: „Die Geschichtswissenschft im Zeichen des Historismus. Bemerkungen zum Standort der Geschichtsforschung", in: *Historische Zeitschrift* Bd. 238, H.1 (Feb., 1984); Jörn Rüsen und Friedrich Jaeger: *Geschichte des Historismus: Eine Einführung*, München: C. H. Beck 1992. 格奥尔格·伊格尔斯：《德国的历史观：从赫尔德到当代历史思想的民族传统》，彭刚、顾杭译，译林出版社，2014 年；Peter Reill: *The German Enlightenment and the Rise of Historicism*, Berkeley: University of California Press 1975; Frederick C. Beiser: *The German Historicist Tradition*. Oxford: Oxford University Press, 2011。

[6] 参见海涅：《论浪漫派》，张玉书译，北京：人民文学出版社，1979 年。

来的。诺瓦利斯那句经典名言："当我给卑贱物一种崇高的意义,给寻常物一幅神秘的模样,给已知物以未知物的庄重,给有限物一种无限的表象,我就将它们浪漫化了"[1],就是对浪漫的一种概括。浪漫主义作为对启蒙的一种解构,并不是一种系统的、内在一致的思想体系,20世纪奥地利文学批评家列奥·施皮策(Leo Spitzer)认为,相较于古典主义,"浪漫主义更为复杂,因为诞生于反叛者,自然会有一定的无政府状态"[2]。浪漫主义包含各种不同的声音,与其说它是一个学派,不如说是一个缤纷复杂的思想光谱。

在历史学领域,不同史家基于对浪漫主义的不同理解所建构出的浪漫主义史学系谱也有所不同。富埃特的《近代史学史》设有专章讨论浪漫主义的历史书写,从历史观念论、地方史、语文学等方面进行考察,把黑格尔、尼布尔、兰克、德罗伊森等人都纳入其中。汤普森的《历史著作史》则将那些与兰克史学观点相左的历史学家也归入浪漫主义谱系。[3] 不同时代有不同的史学史,从不同史家所建构的浪漫主义史学系谱可以看出,每个时代都有对浪漫主义史学的不同认识,基于不同的理解,不同史家所建构的浪漫主义史学谱系有所不同。从渊源上来说,那些被归类为浪漫主义史学的历史学家之间的观点也互相抵牾,甚至彼此争辩不休。尽管如此,他们都处于18—19世纪欧洲社会大转型时期,面对同样的欧洲历史、社会现实和切身体验,面对同样的时代大问题,共同承担反思启蒙的任务。在法国大革命和早期工业化的冲击下,一切坚固的东西都烟消云散,人们身处传统与当下的巨大断裂之中。浪漫主义思潮并非只是思想世界的空中楼阁,而是植根于当时具体的历史语境之中的现实思考和关切,是对时代变迁的一种具体回应。为了把握浪漫主义史学,我们首先要把握浪漫主义史学所处的宏观历史背景。

---

[1] 萨弗兰斯基:《荣耀与丑闻:反思德国浪漫主义》,卫茂平译,上海:上海人民出版社,2014年,第13页。
[2] Leo Spitzer: "Geistesgeschichte vs. History of Ideas as Applied to Hitlerism", in: *Journal of History of Ideas*, Vol. 5, No. 2 (Apr., 1944), p. 192.
[3] 汤普森不仅将莫泽尔、赫尔德归为浪漫主义史家,还将施洛塞尔(F. C. Schlosser)、盖尔维努斯等人也纳入其中,参见J. W. 汤普森:《历史著作史》(下卷第三分册),孙秉莹、谢德风译,李活校,北京:商务印书馆,2017年,第208—232页。

英国史家艾瑞克·霍布斯鲍姆（Eric Hobsbawm）曾在《革命的年代》一书中将英国工业革命与法国政治革命称为双元革命，在他看来，这场双元革命不单是英法两国的历史事件，而是覆盖了更广泛地区的并行的火山喷发口。[1] 双元革命不仅改变了英法的社会结构、思想状态，而且这种变化也影响了德意志地区，成为浪漫主义思潮得以生长的一个历史背景。1789 年，当诺瓦利斯、施莱格尔等德意志知识分子听闻法国大革命爆发的消息后，欣喜不已，一时认为他们的理想就要在法国得以实现，一个混合君主、贵族和民主的完美共和国即将出现。但随着国王路易十六被处死，雅各宾派上台，大批的教士和贵族被送上断头台，法国笼罩在革命恐怖之中，这些德意志的浪漫主义者便惊醒，开始反思为何启蒙理性最终走向了暴政。弗里德里克·拜泽尔（Frederick Beiser）指出，"在 18 世纪末，诺瓦利斯、弗里德里希·施莱格尔和施莱尔马赫仍然坚持自由、平等、博爱的理念"[2]，浪漫主义者并不反对启蒙的基本理念，而是批判理性滥用所导致的利己主义和机械论，希望为现代性找到另外一条出路。换言之，浪漫主义反对的是法国式启蒙，而在基本理念上他们与德意志启蒙一脉相承。这两种启蒙都认可教化（Bildung）为启蒙的核心，不过两派对教化的形式的认识有所不同。与启蒙哲学家将理性视为教化的核心不同，浪漫主义者将信仰与爱（Glauben und Liebe）视为教化的核心和实现的途径。

从另一个角度看，拿破仑入侵德国，侵占德意志的土地，迫使神圣罗马帝国终结，与此同时，若干德意志地区的现代化改革开始进行，这些巨变导致了德意志地区的四分五裂，而传统的等级秩序开始瓦解。这些浪漫主义者预感到在未来个体将从传统等级社会中被抽离出来，从而丧失归属感（Zugehörigkeit）。在他们看来，启蒙导致了现代人共同体意识的丧失，启蒙所带来的激进的批判主义不仅导致怀疑主义，而且导致无政府主义，这将毁坏所有的社会义务和共同体意识。[3] 浪漫主义者希望从过去的历史

---

[1] 艾瑞克·霍布斯鲍姆：《革命的年代：1789—1848》，王章辉等译，北京：国际文化出版公司，2006 年，第 2 页。

[2] Frederick C. Beiser: *Enlightenment, Revolution, and Romanticism: The Genesis of Modern German Political Thought 1790-1800*, Cambridge: Harvard University Press 1992, p. 228.

[3] Frederick C. Beiser: *Enlightenment, Revolution, and Romanticism*. p. 231.

中，尤其从中世纪的等级社会中寻找解救的方子，解决现代化和工业化所带来的种种弊端。在历史书写中，这种观念和态度便体现为对中世纪的怀念，通过对中世纪等级社会的追溯和理想化，将自己的政治理想投射到中世纪的历史，并借此批判和聚焦法国大革命及其后果。汤普森指出，德意志浪漫主义史家给中世纪史染上了一层落日余晖。[1]

在双元革命的冲击下，德意志思想的转变并不仅仅表现为对过去的怀恋，还触发了现代历史意识的转型。德国概念史家莱因哈特·科塞勒克（Reinhard Koselleck）认为，在1750—1850年这一鞍型期（Sattelzeit）中历史意识发生了巨变。1750年之前人类的经验空间（Erfahrungsraum）处于连续性之中，过去的经验可以指导当下的生活，也即历史是生活之师（historia magistra vitae），历史的主要功能在于政治训导和道德训诫，正如弗里德里希大王所言："历史就像统治者的学校。"[2] 但是自18世纪以后，尤其是在法国大革命的冲击下，过去、现在和未来所共享的经验空间不再存在，过去的经验失去了作为典范的价值。托克维尔指出："过去已经不再能为未来提供借鉴，精神正在步入黑暗的深渊。"[3] 历史不再是储存范例的宝库，而仅仅是过去。过去与现在的断裂使得它不再对现在有指导作用，但这也为客观认识过去提供了可能。浪漫主义史学正是兴起于这一转型过程之中。一方面，浪漫主义史学家认识到过去与现在的断裂，历史只是过去，每个时代的历史学家都受制于其所处的时代、社会地位和情绪心态。这也就是约翰·克拉德尼乌斯（Johann Martin Chladenius）所提出的视角（Sehepunkt）理论的观点[4]。虽然视角理论的提出早于法国大革命，但是对这一观念的广泛接受则是在18世纪末期之后。哥廷根学派的代表人物约翰·加特勒（Johann Christoph Gatterer）曾言："所有人都有他们自己的立场（Standort），都有他们自己的角度（Gesichtspunkt）。这些立场和

---

[1] 汤普森：《历史著作史》（下卷第三分册），第222页。

[2] Reinhart Koselleck: „Historia Magistra Vitae: über die Auflösung des Topos im Horizont neuzeitlich bewegter Geschichte", in Reinhart Koselleck: *Vergangene Zukunft: Zur Semantik geschichtlicher Zeiten*. Berlin: Suhrkamp 1995, S.44.

[3] 托克维尔：《论美国的民主》下卷，董果良译，北京：商务印书馆，1991年，第882页。

[4] Jörn Rüsen: *Historik: Theorie der Geschichtswissenschaft*. Köln: Böhlau 2013, S. 59f.

视角使一件事、一种清晰和事物的某一面忽而重要，忽而不重要，又忽而不为人知，并且根据不同的预期（Aussichten）来决定事件的选择。"[1] 另一方面，出现了一种指向未来的历史哲学，在现代社会的冲击下，既然过去与现在共享的经验空间不复存在，历史意识不再以过去为导向，于是便面向未来。科塞勒克指出，18—19 世纪之交，经验空间与期待视域（Erwartungshorizont）发生断裂，一种新的开放的未来观由此产生。从浪漫主义思潮中，我们也可以看到这种变化，即新的历史哲学的兴起。黑格尔在《历史哲学》中便对法国大革命做出这样的评价："这是一个光辉灿烂的黎明，一切有思想的存在，都分享到了这个新纪元的欢欣。"[2] 在黑格尔看来，历史哲学的目的是构建出一条世界历史发展的规律。

与双元革命同期发生的还有另一层面的变化，即德意志民族意识的形成。德国史家汉斯－乌尔里希·韦勒（Hans-Ulrich Wehler）认为，近代德意志民族主义是对现代化危机、革命和拿破仑入侵的一种反应。[3] 大革命的冲击与随之而来的拿破仑入侵，神圣罗马帝国被迫宣告结束，这些政治的巨变导致人们心理的巨变，传统的"帝国爱国主义"（Reichspatriotismus）和"邦国爱国主义"（Landespatriotismus）遭受冲击，德意志知识界不得不开始思考如何塑造德意志民族的认同。在当时的一些德意志知识分子看来，德意志民族并不像法兰西民族是人为构造的一个现代民族，而是从历史和传统中形成的有机体，其历史与传统构成了德意志民族的核心。这一观念也反映在 18 世纪末至 19 世纪中叶的历史书写中，如韦勒便指出，无论德意志文化民族主义抑或国家民族主义，都是通过回溯历史塑造新的认同，从而赋予民族主义一种支撑或者释放政治能量。[4] 这个观念在历史书写中具体体现可概括如下。一方面，通过研究古希腊和中世纪的历史，追溯德意志民族的起源。弗里德里希·施莱格尔曾自豪地宣称德意志人是新

---

[1] Johann Christoph Gatterer: „Abhandlung vom Standort und Gesichtspunkt des Geschichtsschreibers oder der teutsche Livius", in: *Allgemeine historische Bibliothek*, Bd. 5. Halle: Gebauer 1768, S.6.
[2] 黑格尔：《历史哲学》，王造时译，上海：上海书店，2001 年，第 441 页。
[3] Hans-Ulrich Wehler: *Deutsche Gesellschaftsgeschichte*, Bd. 1. München: C. H. Beck 1987, S. 506.
[4] Hans-Ulrich Wehler: *Deutsche Gesellschaftsgeschichte*, Bd. 1, S. 520.

时代的希腊人（Griechen der Neuzeit），[1]古典学家沃尔夫（Friedrich August Wolf）等人也希望通过古希腊文明塑造德意志精神。另一方面，它表现为对启蒙史学的世界主义的反思，而认为每个时代都有其独特价值。赫尔德批判启蒙史学将过去视为一文不值的线性发展观，强调民族是在历史中生成的。

从思想史角度来看，浪漫主义并非仅仅是德意志思想对走向极端的法国大革命的一种应激反应，而是在德意志历史传统中有其深厚的根源。作为德意志浪漫主义一个层面的浪漫主义史学，自然也承续了德意志历史的传统。我们尝试重新审视近代德意志史学的发展，以揭示其中的浪漫主义因素。我们将选择哥廷根学派、弗里德里希·施莱格尔的《普遍史讲义》和兰克与施洛塞尔的世界史书写三个个案，试图展现浪漫主义史学的发展过程。

在 18 世纪末 19 世纪初的哥廷根大学，浪漫主义思潮已经开始涌动。浪漫主义者关注历史传统与当下时代的关系，有机性、注重历史传统和塑造共同体认同等浪漫主义的因素从他们的著作中展现了出来，这也使得他们的历史书写既不同于人文主义史学传统，又与法国启蒙史学相异。法国大革命后，浪漫主义思潮从幕后走向台前，成为席卷德意志思想界的一股狂风，改变了德意志思想界的整体面貌，这一阶段的浪漫主义史学也呈现出新的形态。以弗里德里希·施莱格尔的《普遍史讲义》为例，他在该书中借助中世纪的普遍史书写框架叙述世界历史，塑造了一种新的宏大叙事。他还借助中世纪的等级社会宣传自己的政治理想，试图经由中世纪为现代性寻求另一种出路。浪漫主义思潮形塑了一代人的世界观，在 19 世纪中叶以后受浪漫主义影响的史学家在史学专业化的大背景下书写历史，这一时期的浪漫主义史学的性质被史学专业化的话语所包裹，隐匿在客观的论述和脚注之中。以兰克与施洛塞尔的世界史书写为例，在当时他们都在为世界史书写如何协调史料批判与整合历史寻求出路，虽然方式有所不同，但是他们都带有一定程度的浪漫主义特质，如兰克世界史背后的帝权

---

[1] Hans-Ulrich Wehler: *Deutsche Gesellschaftsgeschichte*, Bd. 1, S. 518.

转移观念，施洛塞尔为塑造德意志民族认同而撰写的世界史。

传统史学史研究背后存在一条主线，即历史研究最终走向专业化，而专业化的核心是客观治史和解释，因此人们通常关注这种专业化观念在史学史中的演进过程。受这种观念的影响，近代德国史学史多关注从历史书写（Geschichtsschreibung）到历史研究（Geschichtsforschung, Geschichtswissenschaft）的转型，并建构出一条从启蒙史学到历史主义的线性叙事模式。在这个模式下，史学史研究更多地关注德意志新教地区的历史学家，聚焦于他们的研究方法，将他们视为专业化史学的代表，却忽视了在这个观念宰制下被压抑的低音，即南德地区的那些史学家和他们的作品。事实上，近代德国史学史除了北德新教专业史家，还存在着多重声音。传统历史主义史学史只关注专业史学的发展，奥托·奥克瑟勒曾批评布拉克所建构的近现代史学史谱系是一个单线的发展，所建构的历史主义模型也只关注近代史研究者，忽视了那些古代史研究和中世纪研究与历史主义的关系。[1] 就此而论，我们可以着手探讨在同时期存在的其他类型的历史书写。当我们从浪漫主义的视角出发，就会看到在当时存在的其他潜流，发现这一时期"历史书写的竞争叙事"（konkurrierende Narrative der Geschichtsschreibung）。[2] 另一方面，鲜活的思想个体的内部具有多面性，历史主义这一概念无法概括其全部思想，当我们将视野的棱镜调整几度，就会看到不一样的风景，进而揭示和展现近代德意志史家身上的那些浪漫主义色彩。

第二节　浪漫主义的前奏

早在18世纪中下叶，在汉诺威地区便已经出现了一种不同于传统人文主义史学和法国启蒙史学的历史观念，以约翰·加特勒、奥古斯特·施

---

[1] Otto Gerhard Oexle: „Einmal Göttingen-Bielefeld einfach: auch eine Geschichte der deutschen Geschichtswissenschaft", in: *Rechtshistorisches Journal*, 11/1992, S. 59f.
[2] 关于德国历史书写中的竞争性叙事可参见 Franziska Metzger: *Geschichtsschreibung und Geschichtsdenken im 19. und 20. Jahrhundert*. Bern: Haupt Verlag 2011, S. 37。

洛策尔（August Ludwig Schlözer）为代表的哥廷根学派（Göttinger Schule）是这种观念的典型代表。哥廷根学派通过著书、授课、创办专业杂志和专业组织等形式，用专业的语言和方法书写和研究历史。虽然这些史家的身份背景、研究路径都有所不同，但是他们的著作都或多或少体现和贯彻了有机性、注重历史传统和塑造共同体认同等浪漫主义观念。他们的其他历史观念也反映了这一时期的历史意识的转型。

一、哥廷根学派

哥廷根学派以18世纪中下叶至19世纪初活跃于哥廷根大学的一批历史学家为核心，根据时间先后与师承关系可分为两代。第一代为哥廷根大学草创时期在此执教的历史学家们，如格奥尔格·格鲍尔（Georg Christoph Gebauer）、约翰·史慕斯（Johann Jacob Schmauss）和约翰·科勒（Johann David Köhler）。他们基本上延续了传统的研究路径，彼此之间的联系并不紧密，没有形成一个统一的学术共同体。1759年加特勒接替了科勒的教席，施洛策尔于1769年、路德维希·施皮特勒（Ludwig Spittler）则于1779年来此任教，阿诺德·黑伦（Arnold Heeren）于1799年接替了施皮特勒的教席。这四位历史学家在执教于哥廷根时期创办了一些专业期刊，如《万有历史书库》（*Allgemeine Historische Bibliothek*）、《历史期刊》（*Historisches Journal*），而且还成立了专业的历史组织，通过这些组织和杂志形成了统一的学术共同体。虽然哥廷根学派历史学家的研究领域有所不同，但基本上都主张从传统的人文主义历史书写中脱离出来，将历史学视为一门学术研究，要以一种系统的方法来研究过去。[1]

伊格尔斯指出："哥廷根学派这一称谓并不准确，在他们内部存在巨大的差异。"[2] 这种差异首先表现在他们的政治观念中。施洛策尔奉行沃尔夫的国家观念，推崇启蒙的官僚制的绝对主义，在他看来，国家的目的

---

[1] Donald R. Kelley: *Fortunes of History: Historical Inquiry from Herder to Huizinga*. New Haven: Yale University Press 2003, pp. 10-11.

[2] Georg Iggers: "The University of Göttingen 1760-1800 and the Transformation of Historical Scholarship", in: *Storia della Storiografia*, 2/1982, p.18.

是为了大多数人的福祉。与之相反，施皮特勒则更推崇传统的等级制国家。[1] 哥廷根学派内部的差异也影响了后世学者对该学派的界定和评判。从史学史的角度看，哥廷根学派通常被视为德意志启蒙史学的代表。富埃特的著作虽然没有采用哥廷根学派这一概念，但是已经将施洛策尔、加特勒和施皮特勒归为一派，认为他们深受伏尔泰历史观影响，将其视为德意志的伏尔泰学派；由于黑伦的研究领域和关注点受《论法的精神》影响更大，因此被归入了孟德斯鸠学派。[2] 狄尔泰将哥廷根学派视为"德意志历史研究的大本营"，认为他们让世俗的科学摆脱了宗教视角的束缚。他强调，哥廷根学派不仅包括严格意义上的历史学家，而且包括法学家、神学家、语文学家和哲学家。[3] 后来的史学史研究多关注哥廷根学派与历史学科学化的关系，如伊格尔斯便强调哥廷根学派在史料批判上所做出的贡献。[4] 但是若从政治思想史的角度着眼，其中的若干成员则被归到了早期保守主义的谱系，拜泽尔便将施洛策尔、雷贝格（A.W. Rehberg）、布兰德斯（Ernst Brandes）和施皮特勒视为汉诺威学派（Hannoverian School）的代表，强调他们是早期保守主义者，一种中庸的和保守的启蒙者。[5]

哥廷根学派的历史书写正好处于近代历史意识的转型时期，因此他们的历史观念具有多面性和复杂性。一方面，他们力图突破传统百科全书式的历史书写，批判"历史是生活之师"这一传统观念，通过研究重大历史事件，展现世界历史的连续性。另一方面，他们认为过去与现在并未完全割裂，希望去寻找过去与现在的联系。[6] 但若从浪漫主义的角度来看待

---

[1] Georg Iggers: "The University of Göttingen 1760-1800 and the Transformation of Historical Scholarship", p. 24.

[2] Eduard Fueter: *Geschichte der neueren Historiographie*, S. 372, S. 386f.

[3] Wilhelm Dilthey: *Studien zur Geschichte des deutschen Geistes*. Leipzig: B. G. Teubner 1976, S. 261.

[4] Georg Iggers: "The University of Göttingen 1760-1800 and the Transformation of Historical Scholarship", pp. 11-37.

[5] Frederick C. Beiser: *Enlightenment, Revolution, and Romanticism: The Genesis of Modern German Political Thought 1790-1800*, pp. 302-303.

[6] Ulrich Muhlack: *Geschichtswissenschaft im Humanismus und in der Aufklärung. Die Vergangenheit des Historismus*. München: C. H. Beck 1991, S.118-144; Michael Harbsmeier: "World Histories Before Domestication: The Writing of Universal Histories, Histories of Mankind and World Histories in Late Eighteenth Century Germany", in: *Culture and History*, 5/1989, pp. 93-131；范丁梁：《现代德国史学历史知识的认知建构及其诉求转向》，载于《天津社会科学》2019年第4期，第151—160页。

他们的历史书写，则会发现哥廷根学派带有强烈的浪漫主义色彩，可谓浪漫主义史学的先声。他们的历史书写强调国家不再是一种基于理性的机械，而是基于历史传统的有机体。在其历史书写中，他们不再过多强调世界主义，而是力图叙述具有德意志特征的历史。由于当时史学的专业化尚处萌芽阶段，哥廷根学派的成员并非都是现代意义上的历史学家，正如卡洛·安东尼（Carlo Antoni）所说："哥廷根学者严格来说并不能称为历史学家（Historiker），而是法学家、神学家和语文学家，但他们将自己的学科历史化了。"[1]因此在这里笔者所关注的并非只限于现代意义上的历史学家的历史作品，而且还包括他们有关国情学（Statistik）[2]的研究，在这个基础上展示他们的浪漫主义特质。

哥廷根大学于1737年由德意志汉诺威选帝侯即英国国王乔治二世（George August）创立，并以其名字命名为乔治·奥古斯特大学（Georg-August-Universität zu Göttingen），明希豪森（Gerlach Adolf Freiherr von Münchhausen）出任哥廷根大学总监。明希豪森曾在哈勒大学求学，深受哈勒大学以研究为导向的学风影响，力图将哥廷根大学建设成一所不同于中世纪大学的研究型学校。哈勒曾发生虔信派排挤启蒙主义者的事件，为避免这类事件在哥廷根重演，明希豪森宣称教派纷争不应介入学术研究。[3]因此在明希豪森的治下，哥廷根大学充满了学术自由的风气。由于这所大学具有英国背景，许多英国年轻人也前来求学，阅读洛克、吉本和弗格森等英国人的著作成为当时的风尚，英国经验主义在此也颇为流行。有学者就此认为，"在哥廷根占主导的不是思辨的精神而是经验的实用主义"[4]。与此同时，伏尔泰、孟德斯鸠等法国启蒙思想家的著作在当时也很受欢

---

[1] Luigi Marino: *Praeceptores Germaniae. Göttingen 1770-1820*. Göttigen: Vandenhoeck & Ruprecht 1995, S. 256.

[2] 关于国情学研究可参见庄超然：《国势学与历史书写——论内曼的东亚历史研究》，北京外国语大学全球史研究院2019年博士学位论文，该文简要回顾了哥廷根学派的国情学研究。

[3] Rudolf Vierhaus: „Die Universität Göttingen und die Anfänge der modernen Geschichtswissenschaft im 18. Jahrhundert", in Hartmut Boockmann und Hermann Wellenreuther (Hg.): *Geschichtswissenschaft in Göttingen. Eine Vorlesungsreihe.* Göttingen: Vandenhoeck & Ruprecht 1987, S. 11.

[4] Rudolf Vierhaus: „Die Universität Göttingen und die Anfänge der modernen Geschichtswissenschaft im 18. Jahrhundert", S. 12.

迎。当时的《哥廷根文人汇报》（*Göttingische Gelehrte Anzeigen*）、《万有历史书库》、《历史期刊》经常刊发一些英法著作的书评，介绍英法近期出版的书籍。此外，若干唯物主义者（Materialisten）和雅各宾派的人物也前往哥廷根学习。由此可见，当时的哥廷根思想界呈现出一种多元的活跃景象。

经验主义和实用主义影响了哥廷根学派的历史书写和历史意识，成为当时历史书写的一个重要原则。一方面，他们认识到现在的制度、法律并非理性建构的产物，而是从历史中演化生成的，因此历史研究需要经验的分析而非理性的推演。约翰·平特（Johann Stephan Pütter）便著有《德意志帝国今日国家制度的历史发展》（*Historische Entwicklung der heutigen Staatsverfassung des Teutschen Reiches*）。另一位哥廷根法学家丹尼尔·尼特布拉特（Daniel Nettelbladt）则宣称："如果不了解德意志帝国的历史发展，便无法理解德意志的法（das deutsche Recht）。"[1] 另一方面，一种新的实用主义出现了。它不再是传统意义上的实用主义，即以为人们可以以历史论证一切，历史为"鉴于往事，有资于治道"的历史。这是一种隐形的实用主义。它批判传统的道德训诫和政治教导，摒弃百科全书式的历史书写，强调史料批判，但是并没有完全放弃历史的现实功用。施洛策尔在其《普遍史概论》（*Vorstellung seiner Universal-Historie*）中虽然提到普遍史应该"没有推理，没有描述，没有道德说教，只有根据实用性所挑选出的事实，而且事实应该依次排列，使读者自身联想到去做评判"，普遍史"只是搜集、整理和叙述"[2]。不过，需要说明的是，这种事实并非全面地呈现历史的每个细节，而是挑选出重大事件串成一条线。对于施洛策尔来讲，过去与现在并未完全断裂，而是希望展现"过去的世界如何与当下相连接"[3]。经验主义传统对哥廷根学派历史书写的影响，我们可以通过当

---

[1] Daniel Nellelbladt: *Systema elementare universae Inrisprudentiae positivae*. 2. Aufl. Halle 1762, S. 12, 转引自 Luigi Marino: *Praeceptores Germaniae. Göttingen 1770-1820*. Göttingen: Vandenhoeck & Ruprecht 1995, S. 263。

[2] August Ludwig Schlözer: *Vorstellung seiner Universal-Historie*. Göttingen und Gotha: Johann Christian Dietrich 1772, S. 26.

[3] August Ludwig Schlözer: *Vorstellung seiner Universal-Historie*, S.4.

时的国情学窥探其要点，而新的实用主义则体现在当时的普遍史书写中。因此，笔者将聚焦于施洛策尔、加特勒和黑伦等几位哥廷根学派的代表人物，分析他们的史学思想和学术传承，以展现哥廷根学派异于法国启蒙史学，又不同于历史主义史学的浪漫主义层面。

二、哥廷根学派的国情学研究

国情学不同于现代意义上的统计学，而类似于国情研究，是国家学的一个分支。据统计，早在18世纪中叶，该词便在德语世界中被使用，通常被视为国家知识（Staatskunde）或者国家学（Staatswissenschaft）的代名词。[1] 在1811年的《高地德语方言语法批评词典》（*Grammatisch-Kritisches Wörterbuch der Hochdeutschen Mundart*）中，它被定义为"一种有关一国的自然和政治制度的科学"[2]。早在17世纪，赫尔曼·康林（Hermann Conring）便已经开始进行这方面的研究，并出版《公开信息》（*Notitia rerum publicarum*）一书。戈特弗里德·阿亨瓦尔（Gottfried Achenwall）在哈勒求学期间接受了康林的研究方法，随后将这种研究带到了哥廷根。[3] 因此施洛策尔将阿亨瓦尔视为哥廷根国情学的创建者，[4] 自阿亨瓦尔之后，哥廷根许多学者如加特勒、施洛策尔和黑伦等人都曾开设国情学课程，出版相关书籍，哥廷根大学成了国情学研究的重要阵地。由于国情学主要研究一国的制度、法律、地理、人口和气候等诸多方面，因此与历史学关系紧密，在许多层面相互交叉和重叠。施洛策尔曾说："国情学是静态的历史，历史是连续的国情学。"[5] 同时代的加特勒也将国情学归入历史辅助

---

[1] 转引自 *Deutsches Wörterbuch von Jacob Grimm und Wilhelm Grimm*, digitalisierte Fassung im Wörterbuchnetz des Trier Center for Digital Humanities, Bd. 17, Sp. 951。2023年10月7日访问。

[2] Johann Christoph Adelung: *Grammatisch-Kritisches Wörterbuch der Hochdeutschen Mundart*, Bd.4. Wien: Pichler 1811, S. 304.

[3] Michael Behnen: „Statistik, Politik und Staatengeschichte von Spittler bis Heeren", in: Hartmut Boockmann und Hermann Wellenreuther (Hg.): *Geschichtswissenschaft in Göttingen. Eine Vorlesungsreihe*, S. 83.

[4] Ludwig August Schlözer: *Theorie der Statistik. Nebst Idden über das Studium der Politik überhaupt*. Göttingen: Vandenhoeck & Ruprecht 1804, S. 2.

[5] Ludwig August Schlözer: *Theorie der Statistik. Nebst Idden über das Studium der Politik überhaupt*, S.86.

学科。[1] 由于国情学的研究主体是国家，透过当时的国情学研究的变化也可看到背后的国家观念的转变，即从一种启蒙的机械国家观念向浪漫主义的有机国家观念的转变，而哥廷根学派国情学的浪漫主义色彩也就可以借此被揭示出来。

施洛策尔出生于维滕堡一个福音派牧师家庭，早年在维滕堡大学学习神学并取得博士学位，后转入哥廷根大学学习，在此期间对地理学、东方语言和国情学产生了兴趣。在哥廷根大学时期他研习了医学、自然科学、法学（Jurisprudenz）和国家学。1764 年他获聘为教授，然后前往圣彼得堡任职，先后担任圣彼得堡科学院助理和研究员。1770 年他回到哥廷根任教，直至去世。[2] 施洛策尔一生著作丰硕，涉及领域非常广泛，尤以国情学、普遍史和俄国史的著作最为著名。1793 年施洛策尔出版《普遍国家法与国家制度学说》（*Allgemeines StatsRecht und StatsVerfassungslere*），随后出版《国情学理论及有关一般政治研究的观念》（*Theorie der Statistik. Nebst Ideen über das Studium der Politik überhaupt*），这两本书系统论述了施洛策尔的国情学思想。他认为，"国情学包含一国值得关注的事务（Merkwürdigkeit）的基本知识"[3]，在该书的另一处他强调历史所书写的都是国家值得关注的事务（StatsMerkwürdigkeit），因此历史书写者必须是国情学家，换言之，历史是全部，而国情学是其中的部分。[4] 这样，他就将历史学与国情学直接结合在了一起。

什么是一国值得关注的事务？施洛策尔就此列举了很多方面，诸如农业、贸易、工业以及对于统治有益或不利的那些事情。[5] 但是，最为重要的事务则是人口。在他看来，国情学主要应该服务于现实生活，"国情学

---

[1] 加特勒将编年学、地理学、游记、谱系学、纹章学（Heraldik）、钱币学（Numismatik）、古文书学（Diplomatik）和古代知识（Altertumskunde）、国情学（Statistik）归为历史辅助学科，参见 Marcus Conrad: *Geschichte(n) und Geschäft. Die Publikation der „Allgemeinen Welthistorie"im Verlag Gebauer in Halle (1744-1814)*, S. 157.

[2] https://www.deutsche-biographie.de/sfz78545.html#ndbcontent，2023 年 10 月 7 日访问。

[3] Ludwig August Schlözer: *Theorie der Statistik*, S. 7.

[4] Ludwig August Schlözer: *Theorie der Statistik*, S. 93.

[5] Ludwig August Schlözer: *Theorie der Statistik*, S. 93.

的知识应该与国家的真正情况相结合"[1]。这些观点其实反映了他对于国家的理解，他服膺德意志启蒙思想家沃尔夫的国家理论，将大多数人的幸福视作国家的主要目的。施洛策尔认为，"国家是一种发明（Erfindung），人们为了自己的幸福而创建了国家，就像创建火灾保险公司（BrandCassen）那样，而最有教益的国家学说应是：将国家视为人们为了一个确定目的而人为组装的一架机器"[2]。他认为，统治者应该拥有更多的臣民，并且使得他们变得勤劳且理性。[3] 由此可见，在他看来，国情学的主要目的是为统治者服务，这就是施洛策尔的机械国家观。

但在哥廷根大学，施洛策尔的这个观念并未得到广泛的认可，而是受到了黑伦的许多批评。阿诺德·黑伦出生于一个新教牧师家庭，1779 年前往哥廷根学习，跟随施皮特勒研究教会史，随海因学习语文学。1799 年，他接替施皮特勒担任历史学教授，此后一直在哥廷根任教，直至去世。[4] 与施洛策尔不同，黑伦的主要研究领域集中于古代史、近代欧洲史领域，在当时也开设国情学的相关课程。黑伦有关国情学的研究主要反映在《关于古代世界最高贵民族的政治、交往和贸易的观念》（*Ideen über die Politik, den Verkehr und den Handel der vornehmsten Völker der alten Welt*）和《欧洲国家体系及其殖民地史》（*Geschichte dse Europäischen Staatensystems und seiner Kolonien*）两书中。与施洛策尔不同，黑伦关注的是一国的法律、制度在历史中的演进，国情学不再是一种静止的历史，而应该从流动的历史中来把握国情。他在《关于古代世界最高贵民族的政治、交往和贸易的观念》中将重点放在两个方面，国家制度（Staatsverfassungen）和商业关系（Handelsverhältnisse），而在对波斯的研究中，他主要关注波斯的法律制度在历史中的演进。[5] 据德国学者克里斯托弗·贝克－绍姆

---

[1] Luigi Marino: *Praeceptores Germaniae. Göttingen 1770-1820*, S. 367.

[2] Ludwig August Schlözer: *Allgemeines StatsRecht und StatsVerfassungsLere*. Göttingen: Vandenkoek & Ruprecht 1793, S. 3f.

[3] Michael Behnen: „Statistik, Politik und Staatengeschichte von Spittler bis Heeren", S. 81.

[4] https://www.deutsche-biographie.de/sfz78545.html#ndbcontent, 2023 年 10 月 7 日访问。

[5] Horst Walter Blanke: „Verfassungen, die nicht rechtlich, aber wirklich sind A. H. L. Heeren und das Ende der Auflärungshistorie", in: *Berichte zur Wissenschaftsgeschichte*, 6/1983, S. 152.

（Christoph Becker-Schaum）的研究，黑伦的国情学课程讲义重点讨论的也是制度、国民经济学（Nationalökonomie）和国家行政（Staatsverwaltung）。[1]虽然黑伦的国情学研究范围较之施洛策尔有了扩展，推进到制度机构（Verfassungseinrichtungen）、财政、立法、军事力量、手工业以及与之相对应的工业、本国以及与殖民地的贸易、教育和出版等诸多方面，但在他看来，国情学最核心的内容应该是制度的精神和民族的气质（die Mentalität der Bevölkerung），正如他所言"国情学必须集中于一国的精神、制度、行政，国家不是一个机器而是道德化的人格"[2]。

三、哥廷根学派与普遍史书写

除国情学外，哥廷根学派的另一个主要研究领域便是普遍史。虽然人们将希罗多德、波利比乌斯视作普遍史书写的开始，即描绘已知世界的历史，但真正意义上的普遍史在西方的出现仍要追溯到基督教史学时期。自基督教兴起，希腊化世界的历史书写传统与基督教观念相结合，许多基督教史家试图从基督教角度书写世界历史，并提出六大时代与四大帝国两个概念，作为普遍史书写的基本框架。六大时代主要指：根据上帝六天创世，人类历史将经历六个阶段，最终历史将终结于世界末日，这成为普遍史圣史的书写框架。四大帝国则指：根据但以理预言，人类历史将经历四大帝国的统治，这成为普遍史俗史的书写框架。[3]这一尝试尤其以中世纪弗莱辛的奥托（Otto von Freising）所著的《双城史》（*Chronica sive Historia de duabus civitatibus*，又称《编年史》）最具代表性，但奥托的《双城史》仍然只是一部关注西方的历史。随着新航路开辟，大量异域知识传到欧

---

[1]　Christoph Becker-Schaum: *Arnold Hermann Ludwig Heeren: Ein Beitarg zur Geschichte der Geschichtswissenschaft zwischen Auflärung und Historismus.* Frankfurt a. M.: Peter Lang 1993, S. 321-366, 转引自庄超然:《国情学与历史书写——论内曼的东亚历史研究》，第 43 页。

[2]　Michael Behnen: „Statistik, Politik und Staatengeschichte von Spittler bis Heeren", S. 86, S. 88.

[3]　根据《旧约·但以理书》记载，巴比伦王尼布甲尼撒曾梦到一个巨像，头是精金的，胸膛和臂膀是银的，肚腹和腰是铜的，腿是铁的，脚是半泥半铁。一块非人手凿出来的石头打在这像的半泥半铁的脚上，把脚砸碎，金银铜铁泥都一并碎裂，打碎这像的石头变成了一座大山，充满天下。以色列先知但以理为尼布甲尼撒解释，金银铜铁分别指世界历史上依次出现的四个伟大帝国，巨像的碎裂和大山则代表四个帝国毁灭之后，神的王国降临。（2: 37—45）

洲，传统普遍史书写框架不能容纳这些新的知识，一种新的百科全书式的普遍史书写应运而生。17—18 世纪出现了大量长短不一的普遍史，其中以 17 世纪中叶由英国学者乔治·萨尔（George Sale）主编的多卷本《普遍史：从创世至今》（*An Universal History from Earliest Account of Time to the Present, compiled from Original Authors and illustrated with Maps, Cuts, Notes, Chronological and other Tables*）最为知名，该书甫经出版便被翻译成法语、德语和意大利语等多种语言，在欧洲广为传播，在德意志地区尤为流行。[1] "萨尔普遍史"在德意志地区出版之际，正值德意志的启蒙晚期（Spätaufklärung），它在世界历史书写中体现了背离传统汇编式世界史的趋势，开始寻求整合世界历史。[2] 而以加特勒和施洛策尔为代表的哥廷根学派在这一转型中扮演了重要角色，因此该书成为哥廷根学派批判的靶子。接下来，笔者将基于加特勒与施洛策尔对"萨尔普遍史"的批评和哥廷根学派的普遍史书写，阐述哥廷根学派既不同于传统史学又不同于专业化史学的独特历史观念。

当"萨尔普遍史"在德国出版后，加特勒曾在其主编的《万有历史书库》中评价说，它不是一部普遍史，只是一部历史档案全集（allgemeines historisches Archiv），或者说是一部历史大全（*Corpus historicum*）。[3] 在加特勒看来，世界历史并不是对每个民族面面俱到的描绘，而应是一部通过共时性与历时性的方法去展现同时期不同民族、帝国间交往连接的历史，尤其应该呈现历史上的重大事件。[4] 对于如何书写一部好的普遍史，加特

---

[1] 关于"萨尔普遍史"的相关研究，可参见 Franz Borkenau-Pollak: *An Universal History of the World from the Earliest Account of Times etc. 1736ff*, PhD diss., Universität Leipzig, 1924; Guido Abbattista: "The Business of Paternoster Row: Towards a Publishing History of the Universal History (1736-65)", in: *Publishing History*, 17/1985, pp. 5-50; Guido Abbattista: "The English Universal History: Publishing, Authorship and Historiography in an European Project (1736-1790)", in: *Storia della Storiografia*, 39/2001, pp.100-105; Zhang Yibo: "The Decline of a Tradition: The Changing Fate of Sale's *Universal History* and the Transformation of Modern European Historiography", trans. Mengxi Li Seeley, in: *Chinese Studies in History*, Vol. 53, Issue 2, 2020, pp. 107-121; 张乃和：《近代英国首部集体编纂的世界史初探》，载于《世界历史》2015 年第 5 期；张一博：《"萨尔普遍史"的中国历史建构与欧洲近代学术转型》，载于《江海学刊》2022 年第 2 期。

[2] Hans Schleier und Drik Fleischer (Hg.): *Wissen und Kritik. Texte und Beiträge zur Methodologie des historischen und theologischer Denkens seit der Aufklärung*, Bd.11, Kamen: Hartmut Spenner 1997, S. XXV.

[3] Johann Christoph Gatterer (Hg.): *Allgemeine Historische Bibliothek*, Bd. 1. Halle: Gebauer 1767, S. 68.

[4] André de Melo Araujo: *Weltgeschichte in Göttingen. Eine Studie über das spätaufklärerische universalhistorische Denken, 1756-1815*. Bielefeld: transcript Verlag 2012, S. 75.

440 | 德意志浪漫主义

勒提出了两项原则，即共时性和历时性原则。

> 第一项原则是，人们需要将每个民族和国家的重大事件按照时间顺序依次排序，以期获得一种关于一个国家先后变化发展的系统认识。第二项原则是，人们需要将存在于同一时期的帝国和王国用一种共时性联系的视角去叙述。[1]

加特勒认为这两项原则缺一不可，如果只遵循历时性原则就会阻碍共时性的认识，如果只遵循共时性原则则会导致这些历史的脱节，历史事件成为彼此分离的部分。如何兼顾这两项原则？加特勒提出了一种新的方案："人们必须将开始的基础和后来的具体的历史叙述相分离，前者应该遵循历时性原则，而观察后者又需要借助一种共时性的表格。"[2] 除了共时性和历时性原则外，加特勒世界史观的另一关键词是重大事件。加特勒认为，"历史是一门重大事件的科学"[3]。这类重大事件的标准并非一成不变，而是根据不同时代的不同立场被挑选出来的，因此书写普遍史应该从当下的立场出发选择重大事件，以描绘世界历史发展的趋向。

与加特勒同期的施洛策尔则对如何整合世界历史做出了更为详细的论述。1772—1773 年间，施洛策尔出版了《普遍史概论》（*Vorstellung seiner Universal-Historie*）一书，在书中概述了他的普遍史思想。在前言中，施洛策尔便提到自己并不效仿英国的"世界史"，对于施洛策尔而言，

> 我们从各地区、各民族、各个时代，从其原因和影响追溯东西方的人类历史的起源、兴起和衰落，并且用一种联系的视角考察世界大事（Weltbegebenheiten）。一言以蔽之，我们将这样研究普遍史。[4]

---

[1] Johann Christoph Gatterer: „Von der Historie überhaupt und der Universalhistorie insonderheit", in Horst Walter Blanke und Dirk Fleischer(Hg.): *Theoretiker der deutschen Aufklärungshistorie*, Bd. 1. Stuttgart-Bad Cannstatt: frommann-holzboog 1990, S. 307.

[2] Johann Christoph Gatterer: „Von der Historie überhaupt und der Universalhistorie insonderheit", S. 307.

[3] Johann Christoph Gatterer: „Von der Historie überhaupt und der Universalhistorie insonderheit", S. 303.

[4] August Ludwig Schlözer: *Vorstellung seiner Universal-Historie*, S.1f.

第一章　浪漫主义史学 ｜ 441

对此施洛策尔提出了两种不同的世界史研究方法，一种为所有特殊史（Specialhistorie）的聚合（Aggregat），他认为这种研究方法只是一种事件的并列和汇总，而另一种方法则是从聚合的特殊史中寻找材料，对世界史进行系统化整合。[1] 施洛策尔认为："如果仅是一种聚合，没有系统，那么读者便只是了解单一的民族，而非世界，亦不能了解人类历史。"[2] 同时期的黑伦也痛斥传统的事无巨细的历史书写，他指出，作为一个（历史）研究者应该有两种特质。第一，一种整体的世界历史眼光，第二，作为一个历史学家，应致力于系统化，而非在传统的知识中迷失方向。[3] 无论加特勒、施洛策尔还是黑伦都不再主张面面俱到地书写历史，而是要通过挑选出来的世界大事展现世界大势和发展主线，构建一种整合的世界历史，让人们对世界历史有一个更为整体的认识。诚然，这种挑选的标准也并非具有永恒意义，而是每个时代都有自己的角度和标准。这样的观念反映了转型之后的现代历史意识，哥廷根学派的观念也改变了世界历史书写的模式：世界历史的篇幅可大可小，而大纲类的世界历史、写给儿童的世界历史也流行了起来。[4] 它们也影响了后来施莱格尔等人的世界史著作。

上面考察的哥廷根学派的两个主要方面的研究，即国情学和普遍史的研究，已经展现出浪漫主义因素的潜滋暗长。国情学是对不同民族和国家的各种机构、制度、产业和教育等的研究，其目的不仅在于对上述各种情况的客观的或外在的陈述，而是冀图以此达到对一个民族或国家独特的精神和道德化的品格的认识，这就是说，国情学透露了对不同民族和国家的特殊性或个性的关注。而哥廷根学派对普遍史或世界史的系统研究不仅超出了传统的框架，而且依照一定的哲学观念，试图通过重大事件把握世界

---

[1] 关于施洛策尔的世界史观念可参见 André de Melo Araujo: *Weltgeschichte in Göttingen. Eine Studie über das spätaufklärerische universalhistorische Denken, 1756-1815*。

[2] August Ludwig Schlözer: *Vorstellung seiner Universal-Historie*, S. 18.

[3] Horst Walter Blanke: „Verfassungen, die nicht rechtlich, aber wirklich sind A. H. L. Heeren und das Ende der Aufklärungshistorie", S. 146.

[4] 在当时出现了各种类型的写给儿童的世界史，如施洛策尔的《世界小史》《写给儿童的世界史》。参见 August Ludwig Schlözer: *Kleine Weltgeschichte*. Gotha: Dieterich 1769; *Vorbereitung zur Weltgeschichte für Kinder*. Göttingen: Vandenhoeck & Ruprecht 1779。

[6] August Ludwig Schlözer: *Vorstellung seiner Universal-Historie*, S. 61.

历史的发展趋势和规律。因为重大事件的选择受到当代观念的指导，而标准也为当代人所制定，因此这样的规律和认识就具有相当大的主观性。不仅如此，他们也想通过梳理不同民族和国家的重大事件把握这个民族或国家独特的变化发展路线。所有这些都是浪漫主义的重要因素。哥廷根学派的历史观念影响了后来的浪漫主义史家，如在19世纪曾与兰克分庭抗礼的施洛塞尔便延续了哥廷根学派的传统。[1]但需要说明的是，哥廷根学派的历史观念虽然包含了上述的浪漫主义因素，但与浪漫主义思想仍有一定的区别。他们虽然批判法国启蒙史家对中世纪的污名化，但并未像之后的浪漫主义那样将中世纪视为完美的黄金时代，而且他们的宗教观念也较为淡薄，如施洛策尔的《普遍史概论》便弱化了《圣经》记载的权威性，声称"历史并非从创世开始，而是从有书写的记载开始"[2]。哥廷根学派的研究领域并不仅限于国情学与普遍史，语文学、北方民族史、东欧史等都是他们研究的重点。

第三节　浪漫主义史学的高潮：施莱格尔的普遍史书写

一、被史学史遗忘的哲学家

与哥廷根学派同一时期，还存在另一股不同的潮流，它采用另一种方式对世界历史进行整合，即构建和演绎世界史背后的宏大叙事，寻找历史事件在世界历史上的意义。欧洲社会的变化，尤其是科学革命和启蒙运动的推进，激发了人们对寻找历史背后规律的历史哲学的兴趣。伏尔泰的《风俗论》批判了那种事无巨细的历史书写，他认为，"史书中那些不能说明任何问题的细节，就像一支军队的行李辎重，是个累赘"[3]，并企图用一种线性进步的视角描绘人类如何走向理性状态。随后，孔多塞

---

[1] Georg Iggers: "The University of Göttingen 1760-1800 and the Transformation of Historical Scholarship", p. 36.

[2] August Ludwig Schlözer: *Vorstellung seiner Universal-Historie*, S. 61.

[3] 伏尔泰:《风俗论:论各民族的精神与风俗以及自查理曼至路易十三的历史》(上册),梁守锵译,北京:商务印书馆,2000年,第9页。

在《人类精神进步史表纲要》中也阐述了人类如何走向完善。这种努力在德意志地区的表现最为突出，并有力地推动了近代西方史学科学化。德意志地区早期的历史哲学深受法国启蒙思想的影响，瑞士作家伊萨克·伊赛林（Isaak Iselin）在 1764 年出版的《论人类历史》（*Über die Geschichte der Menschheit*）沿用伏尔泰的观念，以文明为研究单位，在世界历史中展现人类如何走向完善。[1] 在法国大革命的剧烈冲击下，德意志哲学家开始反思启蒙思想的线性进步观，从而出现了一种整合新的世界历史的潮流。他们希望了解他们所生活的世界如何一步步演化而来，并尝试从世界历史中发现这种变化的动力和规律。18 世纪末至 19 世纪中叶，在德意志地区出现了许多讨论世界历史的作品[2]，如席勒在耶拿大学所做的有关普遍历史的演讲的讲稿[3]，赫尔德的《关于人类形成的另一种哲学》（*Auch eine Philosophie der Geschichte zur Bildung der Menschheit*）、威廉·冯·洪堡的《对世界历史的思考》（*Betrachtungen über die Weltgeschichte*）以及黑格尔的《历史哲学》等都属于这一类型。弗里德里希·施莱格尔的《普遍史讲义》（*Vor lesungen über Universalgeschichte*）也是这一尝试的代表。施莱格尔在哥廷根大学接受了系统的语文学训练，熟悉史料批判等历史方法；与此同时，他深受哥廷根学派和德意志当时的哲学思潮影响，摒弃了传统的百科全书式的普遍史书写，尝试从哲学的维度构建新的世界历史叙事。从施莱格尔的《普遍史讲义》中，我们既可以看到哥廷根学派的史料批判和寻求世界历史连续性的影子，又能够感受到普遍史书写背后的浪漫主义特质。

作为早期浪漫主义的代表，有关施莱格尔的研究汗牛充栋，但大多集中在文学和哲学领域。哲学家和诗人是后世给他贴的标签，在《新德意志人物志》（*Neue Deutsche Biographie*）中施莱格尔被归为哲学家、文学理

---

[1] Ulrich Muhlack: *Geschichtswissenschaft im Humanismus und in der Aufklärung. Die Vergangenheit des Historismus*, S.139-140.

[2] 在当时存在许多有关世界历史的作品，但他们使用的词汇不一，如 Universalgeschichte、allegemeine Geschichte、Weltgeschichte、Menschengeschichte 等，但这些作品大都区分了自己与传统的 Universalhistorie，希望摆脱传统的关注每个细节的普遍史，对世界历史进行一种整合。

[3] 汉译参见席勒：《何为普遍历史？为何学习普遍历史？》，卢白羽译，载于刘小枫编：《从普遍历史到历史主义》，北京：华夏出版社，2017 年，第 158—178 页。

论家、诗人和语言学家。[1] 很少有人会将他与历史学家联系起来，在现代史学史谱系中，施莱格尔并不处于中心位置。[2] 殊不知，施莱格尔不仅著有大量文学、哲学著作，而且还对历史研究保有强烈兴趣，并曾在 1805—1806 年讲授普遍史。他的手稿经后人整理后，被冠以《普遍史讲义》之名出版。虽然在当下的史学史著作中施莱格尔处于边缘，但如果我们回到施莱格尔所处的时代，就可以看到施莱格尔确实也是历史学家。路德维希·瓦赫勒（Ludwig Wachler）在《历史研究与艺术的历史》（*Geschichte der historischen Forschung und Kunst*）中考察了施莱格尔的作品，并将其纳入德意志地区近代史研究的范围。[3] 施莱格尔如何去书写普遍史？他的作品与之前的世界历史书写又有何不同？从他的普遍史作品中如何可以看出浪漫主义思潮的烙印？这些正是笔者将通过考察《普遍史讲义》所试图揭示的新特征。

首先，笔者将简要概括该书的主要内容和基本框架。它由四卷组成。第一卷被称为"不可考的古代史"（die dunkle alte Geschichte）[4]，主要

---

[1] https://www.deutsche-biographie.de/sfz78430.html#ndbcontent，2023 年 10 月 7 日查询。

[2] 有关施莱格尔的历史哲学研究可谓汗牛充栋，但施莱格尔的作品一般不被视为历史书写，在史学史上处于边缘位置，参见 Stefan Jaeger: *Performative Geschichtsschreibung. Forster, Herder, Schiller, Archenholz und die Brüder Schlegel*. Berlin und Boston: De Gruyter 2011, S. 311；对施莱格尔的历史观的研究是近些年德意志浪漫主义研究的重点，但多从历史哲学入手，具体可参见 Klaus Behrens: *Friedrich Schlegels Geschichtsphilosophie (1794-1808). Ein Beitrag zur politischen Romantik*. Tübingen: Niemeyer 1984; Ernst Behler: „Unendliche Perfektibilität Goldenes Zeitalter. Die Geschichtsphilosophie Friedrich Schlegels im Unterschiede zu der von Novalis", in: *Geschichtlichkeit und Aktualität. Studien zur deutschen Literatur seit der Romantik*, Hg. von Klaus Detlef Müller u. a., Tübingen: Niemeyer 1988; Edith Höltenschmidt: *Die Mittelalter-Rezeption der Brüder Schlegel*. Paderborn u. a.: Ferdinand Schöningh 2000; Walter Jaeschke: „Die durchaus richtige Bestimmung des Begriffs. Zum Geschichtsdenke des frühen Friedrich Schlegel", in: *Das neue Licht der Frühromantik. Innovation und Aktualität frühromantischer Philosophie*. Hg. von Bärbel Frischmann und Elizabeth Millan-Zaubert, Paderborn u. a.: Ferdinand Schöningh 2009, S. 97-110.

[3] 瓦赫勒曾在两处提到施莱格尔，一处涉及德意志地区的近代史，一处为德意志地区的文学史：Ludwig Wachler: *Geschichte der historischen Forschung und Kunst. Seit der Wiederherstellung der litterärischen Cultur in Europa*. Göttingen: Johann Friedrich Röwer 1813, S. 893, S. 897。在德国史家布拉克的定位中该书处于启蒙到历史主义的转折时期，是德意志地区第一本可被称为史学史的著作，参见 Horst Walter Blanke: *Historiographiegeschichte als Historik*. Stuttgart-Bad Cannstatt: Frommann-Holzboog 1991, S.194。

[4] 施莱格尔的这一划分，与施洛策尔大体一致，施洛策尔将世界历史划分为六个时代，即原初世界（Urwelt）、黑暗世界（Dunkle Welt）、前世界（Vorwelt）、古代世界（Alte Welt）、中世纪（Mittelalter）、新世界（Neue Welt），其中前三个时代由于没有确信的历史，被施洛策尔视为黑暗（dunkel），此处 dunkel 可译为"不可考"。参见 Andreas Pigulla: „Zur Chinarezeption in der Europäischen Aufklärungshistoriographie", in: *Bochumer Jahrbuch zur Ostasianforschung*, Bd.10. Bochum: Studienverlag Dr. Norbert Brockmeyer 1987, S.299。

讲述了从史前史到古希腊罗马的早期历史，其中主要涉及印度、埃及、巴比伦、波斯、古希腊罗马以及斯基泰和日耳曼民族的历史。第二卷被称为"可考的古代史"（die bekannte alte Geschichte），该卷从马其顿帝国一直写到穆罕默德，其中涉及亚历山大帝国、罗马帝制、民族大迁徙、基督教和伊斯兰教的兴起等内容。第三卷为中世纪的历史，详细介绍了中世纪时期欧洲各国的等级制，以及在中世纪发生的一些重大历史事件，如十字军东征，最后还论及蒙古和土耳其的历史。第四卷主要是近代史部分，以及施莱格尔对整个世界历史发展阶段的哲学总结。

施莱格尔认为，宗教改革是世界进入近代的开端，因此他将近代史分为三个阶段。第一阶段为1500—1650年，主要叙述了宗教改革和新航路开辟的历史，以及宗教改革后随之而来的宗教战争；第二阶段为1650—1740年，专制王权是这一时代的基本特征；第三阶段是1740年至他所生活的年代。

纵观施莱格尔的《普遍史讲义》，可以看到在其表面下隐藏着另一种深层次结构，即中世纪普遍史叙事结构：六大时代和帝权转移（translatio imperii）。在最后的哲学概括中，他将世界历史分为七个阶段，而历史最终将走向神的王国。对于帝国转移，施莱格尔不再沿用传统的四大帝国模式，而是指出，世界历史上存在三次普世帝国（Universalmonarchien）的转移，即从亚洲到地中海，最后到德意志。他认为，德意志普世帝国在普遍史发展中占据核心位置（Fluchtpunkt）。[1] 由此可见施莱格尔的普遍史存在两条线索，一条为世俗历史的发展，另一条则为世俗历史发展背后的神学结构。施莱格尔的普遍史书写与近代早期所流行的百科全书式普遍史不同，虽受哥廷根学派影响，但与其世界历史书写也不完全一样。为何会出现这种类型的普遍史？这是不是中世纪普遍史的一种单纯的回归呢？

二、整合世界历史的新尝试

为回答这一系列问题，我们在这里先对施莱格尔与早年哥廷根学派的

---

[1] Stefan Jaeger: *Performative Geschichtsschreibung. Forster, Herder, Schiller, Achenholz und die Brüder Schlegel*, S. 329.

关系做一个简要介绍，以说明他早年的历史学训练如何影响他的历史书写，尤其是他对于世界历史的理解。在哥廷根大学期间，施莱格尔师从著名的古典学家克里斯蒂安·海因（Christian Gottlob Heyne）学习语文学，后又转入莱比锡学习历史和法学。[1] 适逢哥廷根学派兴盛，各种类型的世界史著作流行一时，除了先前提到的加特勒和施洛策尔的普遍史外，还有雷摩尔（J. A. Remer）的《通史手册》（Handbuch der Allgemeinen Geschichte）等其他著作。雷摩尔的《通史手册》的每一章中都附有参考文献。[2] 据研究，1795 年之后施莱格尔阅读过加特勒、雷摩尔以及施洛策尔等人的书籍，对哥廷根学派的世界史书写有较为清晰的了解。[3] 在施莱格尔的普遍史中，我们可以看到哥廷根学派的影响。在《普遍史讲义》开篇他便指出："历史的法则只有在整合中才能被认知和领悟，在专门历史（spezielle Geschichte）中它们无法被全部发现。"[4]

虽然施莱格尔深受哥廷根学派"整合历史"观念的影响，但在具体实践上，两者并不完全相同。哥廷根学派，尤其是施洛策尔和加特勒，虽然主张对世界历史进行整合，但并没有抛弃非西方地区的历史，而是将其整合进世界历史的叙述框架中。施莱格尔则不同，他主要以西方历史为主，其他民族之所以能被纳入其中也只是由于他们与西方发生了联系。例如，在论述蒙古和土耳其历史之前，他指出，"这两个民族的历史之所以重要，是因为他们和欧洲发生了联系，而非他们的宗教、习俗和制度"[5]。若我们对比两者有关中国的描绘，这一差异性则更为明显。加特勒在其《普遍史手册》第二卷中便有关于中国、朝鲜等地的记载，但内容很少。而后出版的《普遍史导论》（Einleitung in die synchronistische Universalhistorie zur Erläuterung seiner synchronistischen Tabellen）增加了一些有关中国历史的内容，但是在古代史部分基本上延续了传统的《圣经》叙述，中国历史被放入了近代史的框架中。施洛策尔的世界历史框架则不同，他打破了传统

---

[1] https://www.deutsche-biographie.de/sfz78430.html#ndbcontent, 2020 年 1 月 5 日访问。

[2] Friedrich Schlegel: *Vorlesungen über Universalgeschichte*, in: *KFSA* Bd. 14, S. xxv-S. xxvii.

[3] Friedrich Schlegel: *Vorlesungen über Universalgeschichte*, in: *KFSA* Bd. 14, S. xxviif.

[4] Friedrich Schlegel: *Vorlesungen über Universalgeschichte*, in: *KFSA* Bd. 14, S. 4.

[5] Friedrich Schlegel: *Vorlesungen über Universalgeschichte*, in: *KFSA* Bd. 14, S. 206.

上基于《圣经》叙事的古代史，在上古史部分，就出现了有关中国的内容，他称当时的中国为"形成中的民族"（werdendes Volk）。在古代史部分，中国也占有较大篇幅。他甚至将其与同时期的罗马和波斯都归入主要民族（Hauptvolk）之中。[1] 然而在施莱格尔的普遍史中，中国只是出现在个别篇章里，如在论述印度历史时曾提及中国文化受印度影响。[2] 虽然施莱格尔承认中国文明曾经有过辉煌历史，但这只是过往云烟。他认为："中国，毫无疑问属于最有教养的民族。虽然在中国，不像在印度那样发现了许多宗教的痕迹，但是在很早它就已经僵化了。人们可以说，中国本质上已经僵化。在今后民族的发展的历程中，这一种族与那些野蛮的、未开化的种族相比所占分量还要小。"[3] 哥廷根学派与施莱格尔的普遍史中不同的中国形象反映了他们的世界历史观念的差异。

施莱格尔整合世界史的准则与加特勒、施洛策尔等人亦不相同。加特勒认为："人们应该将每个民族和国家的重大事件放在编年的序列中，前后彼此对照地阐述和学习，以求对历史上相继出现的诸国家的变迁有一个系统化的认识。"[4] 因此他主张用一种共时性和历时性的方法展现不同民族间的交往与连接。虽然施洛策尔在具体实践上与加特勒不同，但是他也主张"世界历史应该成为一个图景，一个完整的统一体（Continuum）"[5]，应该从原因和影响追溯东西方人类历史的起源和衰落，用一种联系的视角考察世界大事。[6] 由此可见，无论加特勒还是施洛策尔都更关注世界历史上各民族间的联系。反观施莱格尔则不同，他在开篇便提出"历史是最普遍、最具一般性、最高的科学"[7]，据此他区分了两类历史：普遍史

---

[1]　1772 年施洛策尔的《普遍史概论》出版，但在该书中并没有太多有关中国的内容，1775 年再版时又增添了一些中国历史。关于中国史在加特勒和施洛策尔论著中所占比重参见 Andreas Pigulla: *China in der deutschen Weltgeschichtsschreibung vom 18. bis zum 20. Jahrhundert.* Wiesbaden: Horrassowitz 1996, S. 89f.。

[2]　Friedrich Schlegel: *Vorlesungen über Universalgeschichte*, in: *KFSA* Bd. 14, S. 30.

[3]　Friedrich Schlegel: *Vorlesungen über Universalgeschichte*, in: *KFSA* Bd. 14, S. 252.

[4]　Andreas Pigulla: „Zur Chinarezeption in der Europäischen Aufklärungshistoriographie", S. 283.

[5]　August Ludwig Schlözer: *Weltgeschichte nach ihre Haupt Theilen im Auszug und Zusammenhange.* Göttingen: Verlag der Witwe Vandenhoeck 1785, 1. Theil, S. 90.

[6]　August Ludwig Schlözer: *Vorstellung seiner Universal-Historie*, S. 1f.

[7]　Friedrich Schlegel: *Vorlesungen über Universalgeschichte*, in: *KFSA* Bd. 14, S. 3.

（Universalgeschichte）和专门史（Spezialgeschichte）。在他看来，"专门史是纯历史的，是真正的历史（eigentliche Geschichte），而普遍史则是一种哲学的历史"[1]。普遍史不仅是历史，而且还是一种哲学，因此书写普遍史的目的不仅是呈现历史事件，更重要的是追寻历史发展的规律，普遍史研究的对象是道德的发展，即宗教和政治，而像技术发明这种人类科学和艺术的进步并不属于这一范畴，它们只是间接地属于普遍史。[2] 施莱格尔关注历史上的政治和宗教的发展，不过，他强调这种发展具有一种延续性，换言之他从当下的视角出发去追溯德意志的历史，由此梳理出一条从印度到当下的线性叙事。该书的第一部分便讨论了印度的形成（Bildung）[3]，在他看来印度是最为古老的文化，世界其他文明的发展是印度文明的扩散过程，从其他文化中可以看到印度文明的影子，埃及文化不过是印度文化的复本，根据语言、宗教、神话等方面的比较研究则可以看出印度文明与古希腊、波斯、德意志文化的亲缘性。[4] 在具体的行文中，施莱格尔也在多处揭示普遍史中的诸文化与德意志文化的关系，如印度种姓制与德意志等级制，波斯的武士与德意志的骑士制度。[5] 这个论述的背后其实是施莱格尔的帝权转移思想，即从亚洲到地中海，再到德意志。

三、施莱格尔普遍史的浪漫主义内涵

在施莱格尔所处的年代，在法国大革命和工业化的冲击下，人们感受到传统与当下的断裂。为何理性最终走向了暴政，如何在这一急剧变动的社会中重新找到自己的位置，是当时思想家们所共同思考和关切的问题，浪漫主义可谓对这一系列问题的一种回应。施莱格尔同样也试图回答这些

---

[1] Friedrich Schlegel: *Vorlesungen über Universalgeschichte*, in: *KFSA* Bd. 14, S. 5.

[2] Friedrich Schlegel: *Vorlesungen über Universalgeschichte*, in: *KFSA* Bd. 14, S. 3.

[3] 在这里 Bildung 并不是通常意义上的教育、教化之意，而是指其原意即按照某种形象塑造成型。Bildung 这一概念的使用正好契合施莱格尔的世界历史观，即世界诸文明的原型是印度文化。关于 Bildung 这一概念的不同意涵，可参见谷裕：《德语修养小说研究》，北京：北京大学出版社，2013 年，第 3—17 页。

[4] Friedrich Schlegel: *Vorlesungen über Universalgeschichte*, in: *KFSA* Bd. 14, S. 19，在 另 一 处 关 于 埃及历史的描述中，施莱格尔认为埃及曾经是印度的殖民地，参见 Friedrich Schlegel: *Vorlesungen über Universalgeschichte*, in: *KFSA* Bd. 14, S. 31。

[5] Friedrich Schlegel: *Vorlesungen über Universalgeschichte*, in: *KFSA* Bd. 14, S. 28, S. 43.

问题。先前学者主要关注施莱格尔的哲学观念和文学观念，对他的中世纪观念的研究也多集中在文学史作品，而他的普遍史书写与浪漫主义的关系则多被忽略。然而，细读施莱格尔的《普遍史讲义》，我们可以看到，这部作品中的一些内容，如对于中世纪等级制度的怀念，对宗教改革的批判以及对中世纪普遍史书写框架的继承等，不仅折射出当时的浪漫主义思想，更反映了一种新的历史哲学观念。

因为"普遍史是一种哲学的历史"[1]，所以对施莱格尔来说，如何从纷繁的历史事件中寻找出历史发展的规律是普遍书写的重要目的。在论述了世界历史的发展之后，在《普遍史讲义》的最后一章，他从哲学的视角总结了历史上各时代的特征。他将世界历史划分为七个阶段，从人类诞生一直到永恒的上帝之国。第一阶段和最后阶段分别是伊甸园和上帝之国，形成一种不再具有时间维度的框架，即人类背离上帝秩序和回归上帝秩序的永恒时代。[2] 但是施莱格尔对于伊甸园的表述，既不同于中世纪传统神学框架下的普遍史，也不同于早期萨尔等人对《圣经》的实证化解释，他将伊甸园时代看作原初的自然状态。中间的五个时代则是施莱格尔根据历史发展总结而成，每个时代内部都存在善恶互相对立的特征，每个时代特征的背后都展现了上帝的准则。在紧接着第一时代的第二时代，人类已经堕落；这个时代动荡不安，它是由诸民族的堕落和混杂着堕落的神的准则和自然的准则所造就的。在这一时期，各种宗教——一出现，神的准则通过英雄精神（Heldengeist）展现出来。[3] 施莱格尔认为第三阶段神的准则通过教化展现，这种教化并不是自然的，而可以从更早的历史中，从更高的天启（Offenbarung）中找到踪迹。这一时期主要对应古典时代。第四阶段则是爱的宗教与秩序的回归，等级制、基督教福音是这一时期的特征，与善的原则相对立的是没有行动性（Untätigkeit）。这一时期主要对应中世纪。第五阶段和第六阶段主要对应自宗教改革以来的历史，敌基督的统治已经

---

[1] Friedrich Schlegel: *Vorlesungen über Universalgeschichte*, in: *KFSA* Bd. 14, S. 5.

[2] Johannes Endres (Hg.): *Friedrich Schlegel Handbuch: Leben-Werk-Wirkung*. Stuttgart: J. B. Metzler 2017, S. 261.

[3] Friedrich Schlegel: *Vorlesungen über Universalgeschichte*, in: *KFSA* Bd. 14, S. 250.

显现，历史将终结于上帝之国。[1]

施莱格尔普遍史的浪漫主义色彩不仅体现在对于世界历史发展的抽象哲学认知上，而且还体现在对历史事件的具体表述之中。在第三卷，施莱格尔主要讲述了中世纪的历史，即从查理曼一直到宗教改革。在他看来查理曼是中世纪帝制的缔造者，"在查理大帝时期，中世纪的等级制度和国家机构已经形成，首先出现了一种固定的制度和全西方民族的基督教共同体（christlicher Verein）的概念，并集中于对时代精神的追求"[2]。宗教改革之后，基督教共同体土崩瓦解，这标志着中世纪的结束。施莱格尔《普遍史讲义》所论述的中世纪历史，并非单纯地将历史事件按照时间顺序编排，而是把重点放在中世纪的制度和精神上，通过展现中世纪的制度来彰显时代精神，即爱与秩序的回归。对他来说，秩序与自由是中世纪的核心。

中世纪制度中哪些因素体现出了自由与秩序？这一论述与当时的浪漫主义思潮有何种关联？这又如何反映了施莱格尔的历史观念？施莱格尔批判了对中世纪的错误理解，即通过现代人的视角去评判中世纪，用现代的文学、技术发明对比中世纪。他认为道德的发展是评判一个民族和时代价值的唯一准则，与宗教相关联的政治和道德的制度在其中占据主要位置，时代精神则蕴含在诗和哲学中，我们不仅应该去认识这种鲜活的时代精神，而且还应该去重新发掘它。[3] 不过，在他看来，这种蕴含时代精神的诗歌和哲学并非仅是字面含义的诗歌和哲学，也是一种诗性的制度和习俗。正如他在讨论西班牙的浪漫精神时提到的，"浪漫的精神不只关涉西班牙的诗歌艺术和想象力，还关涉到整个地区的制度和习俗"[4]。施莱格尔突出了中世纪制度中所蕴含的自由因素。通过与罗马帝国的比较，他认为中世纪德意志帝国比罗马帝国更好更高贵，前者并不像罗马一样是一个专制帝国，而是基于普遍自由和各基督教小邦联合的超君主

---

[1] Friedrich Schlegel: *Vorlesungen über Universalgeschichte*, in: *KFSA* Bd. 14, S. 252.

[2] Edith Höltenschmidt: *Die Mittelalter-Rezeption der Brüder Schlegel*. Paderborn u. a.: Ferdinand Schöningh 2000, S.187.

[3] Friedrich Schlegel: *Vorlesungen über Universalgeschichte*, in: *KFSA* Bd. 14, S. 166.

[4] Friedrich Schlegel: *Vorlesungen über Universalgeschichte*, in: *KFSA* Bd. 14, S. 182.

制（Obermonarchie）。[1] 在这种超个体的结合中，个体的自由得以在封建制（Lehnswesen）和基督教的等级国家中保存。因此，他详细描述了各民族的封建法（Lehnverfassung）并希望以此来展现这种来自日耳曼的自由传统如何存在于秩序之中，使得个体性与统一相结合。[2] 在中世纪，欧洲成为一个民族（Volk）抑或一个国家（Nation），[3] 然而宗教改革则打破了基督教共同体，自宗教改革以来欧洲便陷入了一连串的混战之中，而中世纪德意志的帝国等级制也开始瓦解。[4]

《普遍史讲义》的中世纪论述也体现了他的共和思想。早在1796年施莱格尔已经发表了《论共和制概念》一文，在该文中他将共和视为一种国家政制而非国家形式，借此批判康德的世界公民国家的观念，表达自己的世界共和国的愿景。[5] 不过，该文主要从理论上探讨共和主义，而且带有强烈的卢梭色彩，即主张公意至上。与此不同，《普遍史讲义》则是将他的共和主义理想寄托于历史之中，他在书中多次阐述了他心目中的理想政治体制，即等级制。他批判了近代以来形成的绝对专制，认为等级制下的君主个人相比于专制君主更为自由，有权力和幸福。在他看来，专制者最终将沦为他的家族抑或朝臣、宫廷的玩偶。[6] 这一观念与1796年的论文截然不同，前者服膺古典的直接民主制，后者则主张等级制。在关于古希腊政治的讨论中，施莱格尔提到"政体在或长或短的发展后，自身将会被损坏，自由会陷入放纵之中，平等将处于群氓的统治之下"。施莱格尔认为，"唯一能持续的政制是等级式的，即祭司、贵族和君主的混合，同时这也是最古老的、最好的制度"[7]。这种观念贯穿该书始终，施莱格尔借

---

[1] Friedrich Schlegel: *Vorlesungen über Universalgeschichte*, in: KFSA Bd. 14, S. 141.

[2] 施莱格尔曾在多篇文章中强调中世纪是一个个体自由与统一完美结合的时代，参见 Edith Höltenschmidt: *Die Mittelalter-Rezeption der Brüder Schlegel*, S. 188f。

[3] 施莱格尔的原话为："欧洲人是否应成为一个民族或一个国家，或许只有在中世纪时实现了这两者。"参见 Edith Höltenschmidt: *Die Mittelalter-Rezeption der Brüder Schlegel*, S. 189。

[4] 施莱格尔在论述宗教改革的后果时，列举了一连串的战争和混乱，如农民战争、英国内战以及之后的专制统治等。参见 Friedrich Schlegel: *Vorlesungen über Universalgeschichte*, in: *KFSA* Bd. 14, S. 214-217。

[5] Friedrich Schlegel: *Kritische und theoretische Schriften*. Stuttgart: Reclam 1978, S. 3-20.

[6] Friedrich Schlegel: *Vorlesungen über Universalgeschichte*, in: *KFSA* Bd. 14, S. 242.

[7] Friedrich Schlegel: *Vorlesungen über Universalgeschichte*, in: *KFSA* Bd. 14, S. 63.

此试图从各种文明中寻找等级制的变体。

为何短短几年时间，施莱格尔对共和的理解却发生了 180 度的急转弯？这一变化与当时的时代背景有何关联？他和其他的浪漫主义者预感到，如果个体从传统等级制中抽离出来，个体的归属感在未来将会消失，共同体意识也将消失。他们希望从中世纪的等级社会中寻找良方以排解他们所感受的危机。不过，在早期，施莱格尔接受了自文艺复兴以来的将中世纪视为一个混乱时代的观念；在后期，他则把中世纪看作一个回归秩序的时代。[1] 其实，《普遍史讲义》中的共和思想也只是施莱格尔早期的一种思考，而不代表施莱格尔全部的历史观念。

第四节　浪漫主义的余音：史学专业化下的竞争性历史书写

一、普遍史书写的困境

普遍史兼具历史和哲学的双重特性。一方面，普遍史书写需要依托可信的具体史实；另一方面，普遍史又要覆盖世界历史的整体，以期把握其发展的主线。这两个方面的协调并非易事，而是充满了张力。德国学者斯特凡·耶格尔（Stephan Jaeger）将普遍史书写所面临的挑战总结为两点："首先，由于普遍史的混杂性，它是历史也是哲学，人们很难选择合适的体裁去书写普遍史；其次，普遍史学家面对来自不同时代和文化的史料和事件时，不可能独立地进行批判性的研究。"[2] 诚然，18 世纪末至 19 世纪中叶正值德意志地区史学科学化时期，以系统的史料批判方法研究历史成为当时的一股潮流。在这一思潮的影响下，如何处理史料批判与世界历史书写之间的关系，成为当时普遍史书写面临的一大挑战。

早在 18 世纪末哥廷根学派时期，已经有学者关注到这一问题。"萨尔普遍史"被翻译成德文后，受到了哥廷根学派的批评，虽然加特勒和施

---

[1]　参见 Asko Nivala: *The Romantic Idea of the Golden Age in Friedrich Schlegel's Philosophy of History*. New York: Routledge 2017, p. 225。

[2]　Stefan Jaeger: *Performative Geschichtsschreibung. Forster, Herder, Schiller, Archenholz und die Brüder Schlegel*, S. 326.

洛策尔对该书的主要抨击点是这部书主题涣散，但值得注意的是，史料批判也是当时关注的内容。施洛策尔在一篇评价"萨尔普遍史"的德文书评中认为，该书在俄国史和波兰史部分存在史料缺失，并不能满足当下的研究。[1] 但是，当时大多数人更关心的是如何构建世界历史的一致性，即使是施洛策尔的普遍史，人们也更关注它整合历史的一面。如卡尔·布雷耶（Carl Friedrich Breyer）在《论普遍史概念》（*Ueber den Begriff der Universalgeschichte*）一文中，回顾了德意志启蒙时期的普遍史书写，将施洛策尔与莱辛、赫尔德、席勒归在一起，认为施洛策尔旨在用普遍史的方法研究历史上人类的理念。[2] 而在当时颇为流行的史学方法论丛书中提到普遍史也是强调整合历史的一面，如弗里德里希·提特曼（Friedrich Wilhelm Tittmann）认为普遍史是一种特殊史的聚合（Aggregat），而特殊事件在整体中之所以有意义，或作为整体的代表，或因为它对整体产生了影响。[3] 同时期的布雷耶、李迪克（Theodor Liedtik）、余斯（Friedrich Rühs）等人在他们的方法论著作中都强调了普遍史的整合，肯定赫尔德在这个领域的重要贡献，认为他从人类的历史学家（Historiker der Menschheit）走向了真正的历史哲学家。[4]

与此同时，仍然存在批判普遍史哲学化的声音。19 世纪上半叶是现代人文学科开始从传统哲学中分离出来自成体系的时代，[5] 各个学科都希望通过制定一套系统的研究方法，与其他学科区分开来，并确立自己的学科自主性，因此一时就出现了大量的方法论丛书。在历史学领域，论述史学方法的书籍大量出版。在这些著作中，史料批判又成为历史学研究的重要

---

[1]　Marcus Conrad: *Geschichte(n) und Geschäft. Die Publikation der „Allgemeinen Welthistorie" im Verlag Gebauer in Halle (1744-1814)*, S. 112.

[2]　D. Carl Wilh. Friedrich Breyer: *Ueber den Begriff der Universalgeschichte*. Landshunt: Weber'schen Buchhandlung 1805, S. 16.

[3]　Stefan Jordan: *Geschichtstheorie in der ersten Hälfte des 19. Jahrhundert. Die Schwellenzeit zwischen Pragmatismus und Klassischem Historismus*. Frankfurt a. M.: Campus 1999, S.109.

[4]　Stefan Jordan: *Geschichtstheorie in der ersten Hälfte des 19. Jahrhundert. Die Schwellenzeit zwischen Pragmatismus und Klassischem Historismus*, S. 110.

[5]　这里的哲学并非我们现在意义上狭义的哲学，而是泛指所以追求真理为目标的学科，在学科建制上，它与神学、法学、医学并称为"四大系科"。在 19 世纪初，Philosophie 几乎涵盖了现今所有的人文社会科学和自然科学。参见吕和应：《德罗伊森时代的学科之争——兼论德国现代史学的诞生》，载于《历史研究》，2015 年第 3 期，第 148 页。

准则，其中以余斯和瓦赫姆特（Wilhelm Wachsmuth）的著作最为流行。处于历史学与哲学之间的普遍史，则成为他们批判的靶子。余斯在《历史研究教学法论稿》（*Entwurf einer Propädeutik des historischen Studiums*）中批评普遍史的哲学化，即构建世界历史发展的普遍规律，如康德、孔多塞、伊赛林和赫尔德等早期历史哲学家的哲学化尝试都成为他批判锋芒的所向。他认为，

> 将普遍准则强加给历史，这是极大的错误，像普遍史那样，人类的历史（die Geschichte der Menschheit）不再是史学的了（historisch），而哲学化的普遍史是完全从观念中构建出来的，它抛却了所有的事实和事件发生的条件，只是属于哲学。[1]

与余斯同时期的瓦赫姆特，也表达了类似的观点，他反对人类史中"思辨的阴霾"，并列举了三条非历史的研究方法，其中一条便是"哲学化的处理方式"[2]。由此可见，他们表面上批判普遍史，实则是借普遍史的靶子批判历史学的哲学方法，诚然他们并非将哲学作为攻击的对象，而是将这种单纯依靠理性推演世界历史发展普遍规律的方法视为异端，通过区分历史学与哲学的不同方法来确立历史学的独立性。需要说明的是，在余斯看来，哲学也是历史研究的一种辅助知识，他将历史研究的辅助学科分为三种，即历史研究的方法、历史的基础科学和史学批判的辅助学科，在这里，哲学被归入历史的基础科学之中。瓦赫姆特也承认哲学对历史研究的重要性，认为人类史（文化史）不是一种纯粹历史材料的混合，而阐明历史与哲学的科学的关系，以及历史哲学的概念也是非常重要的。[3]

上述批判的另一层面则是强调史料批判对普遍史书写的重要性。史料批判一直是历史研究的基石，但多数人强调的是在单一领域下进行史料批

---

[1]　Friedrich Rühs: *Entwurf einer Propädeutik des historischen Studiums*. Berlin: Realschulbuchhandlung 1811, S. 12f.

[2]　Wilhelm Wachsmuth: *Entwurf einer Theorie der Geschichte*. Halle: Hemmerde und Schwetschke 1820, S.46.

[3]　参见 Friedrich Rühs: *Entwurf einer Propädeutik des historischen Studiums*, S. 1f; Wilhelm Wachsmuth: *Entwurf einer Theorie der Geschichte*, S. 46。

判，而余斯则认为普遍史书写要对每个部分都做精细的研究。但是如何处理涉及历史上各个时期和民族的庞杂史料，余斯并没有给出一个具体的方法。在他看来，书写普遍史不可能达到完美的程度，因为它是一种理念，是历史的原型（der Urtypus der Geschichte），存在于每个人的脑海中。[1]

斯蒂凡·约尔丹将19世纪上半叶的德意志历史学称为过渡时期（Schwellenzeit），即处于摆脱启蒙史学的实用主义但还没有彻底走向历史主义的过渡阶段。这一阶段已经出现了大量系统论述史学研究方法的书籍，但是在这些作者看来，史料批判是历史研究的核心，历史研究只需呈现真实史料即可。如何将这些史料关联起来，构造一种叙事，并据此对历史进行理解和解释，则是兰克和德罗伊森要做的工作。[2]

如果说整合历史，构建世界历史发展规律是普遍史的"道"，那么历史书写的史料批判则可谓是"术"，在19世纪上半叶史学开始走向专业化的时代，对史料进行批判、甄别、分类，成为历史学书写的不二法门。在这一进程中，普遍史书写中道、术分裂，哲学化的普遍史被历史学家贬斥为非历史的哲学著作。面对世界各地浩如烟海的史料，历史学家应该如何运用史学方法去书写普遍史，如何弥合、整合历史与史料批判之间的张力？这一系列的问题在19世纪中后叶现代历史学业已形成的时候进一步凸显出来，不同的历史学家对这些问题给出了不同的解决思路。其中尤以兰克与施洛塞尔的著作最为典型，两者基于不同的历史观对这一问题给出了不同的解决方法。

二、兰克的世界史书写

利奥波德·冯·兰克（Leopold von Ranke）经常被人视为近代德国历史学之父，他的那句"如史直书"（wie es eigentlich gewesen）被后世许多历史学家奉为圭臬。谈到兰克的贡献，人们想到的主要就是他在客观治民族国家叙事和史料批判等方面的贡献。兰克也被后世纳入历史主义史、

---

[1]　Friedrich Rühs: *Entwurf einer Propädeutik des historischen Studiums*, S. 11f.

[2]　参见 Stefan Jordan: *Geschichtstheorie in der ersten Hälfte des 19. Jahrhundert. Die Schwellenzeit zwischen Pragmatismus und Klassischem Historismus*; 吕和应：《19世纪德国史学中的"研究"概念》，载于《浙江大学史学理论前沿论坛会议论文集》，2017年，第114—130页。

的谱系，梅尼克、吕森都将兰克视为历史主义的代表。其实，兰克一生不仅从事许多有关西欧民族国家的研究，撰写了《英国史》和《宗教改革之后的德国史》等著作，晚年还致力于世界史的书写。[1] 值得注意的是，在同代人眼里，兰克与浪漫主义密不可分，比如兰克的弟子当时便认为兰克的著作是浪漫的想象、情感的支撑和批判的语文学的混合。[2] 当时的史学史学者也认为兰克与浪漫主义有密切的关系，兰克同时代的史学史家弗兰茨·韦格勒便认为兰克深受浪漫主义的影响，尤以约翰内斯·冯·缪勒（Johannes von Müller）对他的影响为大。[3] 富埃特的《近代史学史》亦将兰克纳入浪漫主义史学谱系，并且强调"兰克拒绝浪漫主义的思辨的教条式的建构，而接受了与自己对现实的经验观察相一致的浪漫主义的学说"[4]。兰克的历史著作如何体现了浪漫主义的精神，反映了哪些浪漫主义的色彩？兰克一生著述丰富，涉及领域非常之广，思想复杂且多面，无法用一种思想流派来概括，而对兰克著作和思想的整体研究，并非此处的任务，亦为笔者力所未逮。因此，笔者将集中在兰克的世界史书写，尤其是被先前学者所忽视的《世界史》第三卷第二部分的古代史家批判，以阐明他关于世界历史发展的思考，以及如何处理史料批判与整合历史之间的关系，从而揭示他的浪漫主义色彩。

　　在这里，笔者可以先略述现代兰克研究的一些新趋势。兰克作为"客观史学之父"，有关他的研究可谓汗牛充栋，不过关于兰克的世界史书写

---

[1]　值得注意的是，兰克当时已经失明，主要靠口述完成《世界史》。兰克早年便对世界历史书写有所思考，据埃伯哈德·柯瑟尔（Eberhard Kessel）研究，早在 19 世纪 30 年代兰克就首次提出"普遍历史"这一观念，但是兰克正式写作世界历史则是到了晚年，笔者主要基于对兰克晚年的《世界史》的观察，探讨在具体的史学实践中兰克如何协调史料批判与整合历史之间的张力，有关兰克整体的世界历史观念不再赘述。关于兰克早期的"普遍历史"观念可参见 Eberhard Kessel: „Rankes Idee der Universalhistorie", in *Historische Zeitschrift*, Bd. 178, 1954, S. 269-308。汉译参见柯瑟尔：《兰克的普遍历史观念》，王师译，载于刘小枫编：《从普遍历史到历史主义》，第 296—316 页。

[2]　Kasper Risbjerg Eskildsen: "Leopold Ranke's Archival Turn: Location and Evidence in Modern Historiography", in: *Modern Intellectual History*, Vol. 5, Issue 3 (Nov., 2008), p. 441.

[3]　Franz von Wegele: *Geschichte der Deutschen Historiographie*. München und Leipzig: Oldenbourg 1885, S. 1044. 约翰内斯·冯·缪勒（1752—1809）为瑞士历史学家，曾著有《瑞士史》《欧洲各国通史》等著作，他也曾在哥廷根大学求学。他的历史著作很关注情感的作用，斯太尔夫人曾称赞他的著作以一种诗化的情感来描写历史中的人和冲突。缪勒的作品在德意志地区颇为流行，也影响到了兰克、施洛塞尔等人。参见易兰：《西方史学通史》第五卷，上海：复旦大学出版社，2011 年。

[4]　Eduard Fueter: *Geschichte der neueren Historiographie*, S. 474.

的研究相对而言并不算多，但在 1986 年纪念兰克逝世 100 周年的纪念会议上曾有多位学者讨论兰克的世界史观。这些论文关注两个方面。其一为兰克世界史观与民族国家观念的关系。列奥那德·克瑞格早在 1977 年便提及这个问题，他指出，兰克力图从德意志的视角出发书写世界历史，他的民族史研究背后亦以世界史观念为支撑。此后，一些学者在克瑞格研究的基础上更进一步，讨论兰克的世界史与民族国家史之间的关系。恩斯特·舒林指出，兰克的世界史关注国家体系，尤其是 16 世纪以来欧洲近代国家体系的形成。其二为兰克世界史观念的哲学基础。埃伯哈德·柯瑟尔为整理兰克早年的"论普遍历史"讲演手稿所写的专文中提到，兰克史学背后的普遍历史观念反映了特殊与普遍之间的张力。富尔维奥·特西托勒通过兰克早年关于路德的研究，探讨兰克的普遍史观念与路德主义之间的关系，认为兰克借助路德主义反对目的论的理性主义。维纳·巴特霍德则比较了黑格尔和兰克的世界史观念，认为两者虽然有所差异但却拥有共同的政治立场。国内学者易兰在其博士论文中也关注到兰克的世界历史与宗教的关系。[1]

兰克一生丰富的著述主要集中在民族国家史书写，直至晚年 85 岁时才开始着手写作世界历史，[2] 不过，该书并未完稿，只写到近代史部分。1881—1885 年期间，兰克出版了世界史的前六卷，在他去世后，第七卷才

---

[1]　参见 Leonard Krieger: *Ranke, The Meaning of History*. Chicago: The University of Chicago Press 1977; Ernst Schulin: „Universalgeschichte und Nationalgeschichte bei Leopold von Ranke", in Wolfgang J. Mommsen(Hg.): *Leopold von Ranke und die moderne Geschichtswissenschaft*. Stuttgart: Klett-Cotta 1988, S. 37-71; Eberhard Kessel: „Rankes Idee der Universalhistorie", in: *Historische Zeitschrift*, Bd. 178, 1954, S. 269—308. 汉译参见柯瑟尔：《兰克的普遍历史观念》，王师译，载于刘小枫编：《从普遍历史到历史主义》，第 296—316 页；Fulvio Tessitore: „Rankes 'Lutherfragement' und die Idee der Universalgeschichte", in Wolfgang J. Mommsen (Hg.): *Leopold von Ranke und die moderne Geschichtswissenschaft*. Stuttgart: Klett-Cotta 1988, S. 21-36; Wermer Berthold: „Die Konzeption der Weltgeschichte bei Hegel und Ranke", in Wolfgang J. Mommsen (Hg.): *Leopold von Ranke und die moderene Geschichtswissenschaft*. Stuttgart: Klett-Cotta 1988, S. 72-90; 易兰：《兰克史学研究》，复旦大学博士论文，2005 年。

[2]　兰克并没有刻意区分普遍史（Universalgeschichte）与世界史（Weltgeschichte）。从兰克开设的世界历史课程，人们了解到，兰克在早期曾使用普遍史这一概念，如他在法兰克福的文理中学任教时，曾开设"普遍史"（Universalgeschichte）的相关课程，此后 1825 年在柏林大学开设了"世界通史"（Allgemeine Weltgeschichte）课程，次年开设"在普遍关联中的世界史"（Weltgeschichte in universalem Zusammenhang）课程，但随后将该课程改为"普遍史"（Die Universalgeschichte）。由此可见，这两个概念在兰克那里是可以混用的。参见 Leonard Krieger: *Ranke, The Meaning of History*. Chicago: The University of Chicago Press 1977, p. 369。

458　｜　德意志浪漫主义

正式面世。而后由阿尔弗雷德·多弗（Alfred Dove）、格奥尔格·温特尔（Georg Winter）和特奥多·魏德曼（Theodor Wiedemann）共同接续兰克的工作，包括兰克的近代史讲义遗稿在内，完成九卷本的世界史。多弗、温特尔和魏德曼不仅续编了兰克的世界史，而且对兰克生前所著的几卷进行了修订，将每卷一分为二，并且对其中的第一卷、第四卷和第五卷在史料上做了进一步的修正和补充。[1] 通过他们三人的工作，兰克的世界史上启古典时期，下迄近代早期，成为我们今天所见到的样子。

在第一卷序言部分，兰克梳理了近代早期普遍史的世俗化的发展。他认为，自古以来历史学家一直遵循四大帝国的模式书写世界史，直到 18世纪这一传统才发生变化，世界历史书写不再以四大帝国为核心，而是以整体生活的进步为主线，[2] 而"萨尔普遍史"可谓是这一转型的代表。与加特勒、施洛策尔等哥廷根学派历史学家一样，兰克对"萨尔普遍史"的面面俱到也持批判态度。他认为：

> 描述每个民族的历史是不可能的。一个诸民族史的汇集，无论它涉及范围的大小，绝不是我们意谓的"世界史"[3]，因为如果这样，很难直接看出事件之间的相互联系性，欲认识此种关系，就必须探索那些结合及支配所有民族的伟大事件及其命运的序列，而这是世界史研究的任务。[4]

---

[1] Andreas Pigulla: *China in der deutschen Weltgeschichtsschreibung vom 18. bis zum 20. Jahrhundert*, S. 172f.

[2] 在英文版与德文版中关于"整体生活的进步"表述并不相同，德文版为 der Fortgang des allgemeinen Lebens，而英文版则将其翻译为"文明的普遍进步"（the general progress of civilisation），这也反映了兰克对近代早期世俗化的世界史的认识，即强调这种世界史涵盖一切且具有线性进步的特征。Leopold von Ranke: *Weltgeschichte. Die älteste historische Völkergruppe und die Griechen*, Erster Theil, Erste Abtheilung. 2. Aufl. Leipzig: Duncker & Humblot 1881, S. VII; Leopold von Ranke: *Universal History, The Oldest Historical Group of Nations and the Greeks*, ed. by G. W. Prothero, New York: Charles Scribner's Sons 1884, p. xi.

[3] 此处德文用的是"世界史"，而英译本为"普遍史"（Universal History），值得注意的是，中译本用的也是"世界史"。中译本翻译了兰克《世界史》的部分内容，并整合为三卷，但并未翻译第三卷第二部分的古代史家批判。参见 Leopold von Ranke: *Weltgeschichte. Die älteste historische Völkergruppe und die Griechen*, Erster Theil, Erste Abtheilung, S. VII; Leopold von Ranke: *Universal History, The Oldest Historical Group of Nations and the Greeks*, p. xi; 利奥波德·冯·兰克：《世界史》，陈天笑译，长春：吉林出版集团股份有限公司，2017 年。

[4] Leopold von Ranke: *Weltgeschichte. Die älteste historische Völkergruppe und die Griechen*, Erster Theil, Erste Abtheilung, S. VI-VII.

虽然在如何整合历史的态度上，兰克与哥廷根学派相一致，但是他并没有完全服膺德意志启蒙史家和历史哲学家所构建的世界历史书写框架，即文明的发展历程。兰克认为，"历史的发展并不只是依靠文明的推动，而是受许多不同因素的刺激，尤其是不同民族间为了获得领土和霸权的相互对抗"[1]。因此在兰克看来，世界史研究的主题也应包括各民族间的政治竞争。

除了批判"萨尔普遍史"，兰克也对当时普遍史书写所面临的如何协调史料批判与整合历史之间的矛盾做出了回应。兰克正是在这一背景下思考如何书写世界历史，为协调史料批判与整合历史而寻找新的出路。兰克认为，"如果缺乏民族史的坚实基础，那么世界史将会沦为幻想和哲学。但也不能仅依赖国别史。国家的历史应该放在人类历史中去理解"[2]。对此兰克提出如何将具体的国别史与世界历史发展统合在一起的想法：

> 我们难道应该只去研究和理解人类的整体生活，而不去探求那些重要民族的特殊性吗？人们不能忽视历史批判原则，即研究每一处细节。所以只有批判性地研究历史事件才能被称为历史。我们也应该有一种整体性的视角去理解历史，但是错误的前提将会导致错误的结论。一方面是批判性的研究，另一方面是整体性的理解，两者都必不可少。[3]

虽然兰克提出这样的原则，但是他也意识到这件事并不容易。据他自己所述，他曾与好友讨论这一问题，最终结论是"虽然要做到完美很难，但我们必须要去尝试"[4]。其实兰克的这一观念在当时并不新奇，早在18

---

[1] Leopold von Ranke: *Weltgeschichte. Die älteste historische Völkergruppe und die Griechen*, Erster Theil, Erste Abtheilung, S. VIII.

[2] Leopold von Ranke: *Weltgeschichte. Die älteste historische Völkergruppe und die Griechen*, Erster Theil, Erste Abtheilung, S. VIII-IX.

[3] Leopold von Ranke: *Weltgeschichte. Die älteste historische Völkergruppe und die Griechen*, Erster Theil, Erste Abtheilung, S. IX.

[4] Leopold von Ranke: *Weltgeschichte. Die älteste historische Völkergruppe und die Griechen*, Erster Theil, Erste Abtheilung, S. IX.

世纪上半叶余斯便提出普遍史书写要对每一部分都做精细研究。但是他认为，普遍史并不能够将之付诸落实，它只是人们脑海中的一种理想。然而兰克则更近一步，不仅提出整合历史与史料批判相结合的原则，而且还将其用在了具体的历史研究之中，他的《世界史》便是这一原则的具体表现。

兰克《世界史》第一卷为"最古老的历史族群和希腊人"，叙述了埃及、犹太、亚述、波斯帝国以及希腊的历史，第二卷则重点叙述了罗马共和国的历史，第三卷为罗马帝国的历史；在此卷之后则将重点放在了欧洲中世纪，如加洛林王朝、德意志帝国（神圣罗马帝国）的兴衰、叙任权之争等内容，并提及了东罗马帝国和阿拉伯的历史。这就是兰克《世界史》前七卷即兰克亲自书写的世界史的主要内容。

纵览兰克的《世界史》则会发现，它的主要内容是西方历史，换言之，欧洲民族国家如何形成的历史，非西方地区在兰克的《世界史》中并没有什么地位。以中国为例，据皮谷拉研究，兰克的整部《世界史》只提到了中国 20 次。[1] 诸如印度等古老文明的历史也被兰克排除在世界史之外。这一点与先前的世界历史书写并不相同。虽然兰克自己也曾强调"世界史不是尽可能地呈现所有已知的民族，而是呈现'占支配地位的民族'（vorwaltende Nationen）"，但是兰克所谓的占支配地位的民族，和哥廷根学派所指的"重要民族"并不是一个概念。施洛策尔、加特勒虽然也主张关注重要民族的重大事件，但是他们所列举的重要民族并不单纯指西方国家，如阿拉伯、中国等非西方世界在他们的历史叙述中也有相应的位置。[2] 当时普遍史哲学化作为整合历史的另一股潮流，也没有完全忽视非西方地区的历史。施莱格尔在其《普遍史讲义》中也主张以西方历史为主，但他仍然关注了印度文明，并强调印度文明是西方文明的母本。[3] 然而兰克

---

[1] Andreas Pigulla: *China in der deutschen Weltgeschichtsschreibung vom 18. bis zum 20. Jahrhundert*, S. 173.

[2] 施洛策尔关注那些在世界上或者大部分地区发挥重要作用的民族，并且根据他们在历史上所发挥的作用分为"征服民族""主要民族"和"重要民族"，其中阿拉伯被归入"主要民族"之中，而在他的普遍史中中国历史也占较大比重，同时期的加特勒在他的普遍史著作中对中国历史也有很多描绘。可参见 August Ludwig Schlözer: *Vorstellung seiner Universal-Historie*, S. 20; Andreas Pigulla: *China in der deutschen Weltgeschichtsschreibung vom 18. bis zum 20. Jahrhundert*, S. 89f。

[3] Friedrich Schlegel: *Vorlesungen über Universalgeschichte*, S. 19.

第一章　浪漫主义史学　｜　461

的《世界史》并无意去构建一条印度文明向世界扩散的历史发展路径，只是关注西方内部文明的兴起。对于兰克为何将非西方历史排除在世界史之外，学界的主流意见是强调兰克的民族国家观念及其背后的西方中心主义意识。[1] 诚然，近代民族国家的兴起影响了兰克历史观的形成，他关注民族国家的演进和相互之间的竞争，而非西方国家则一直处于停滞状态没有发展，更没有形成民族国家。但若从兰克的史料观出发，我们则可发现，兰克这种处理方式反映了兰克协调史料批判与整合历史的探索。

正如埃伯哈德·柯瑟尔所言："对个别研究越是精确，对世界历史的理想图景越是广阔，那么这一任务看上去就越是艰巨。"[2] 兰克在世界史书写上也面临这一问题，既要对史料进行详细的考证，又要去勾勒世界历史发展的面貌，那么就需要对史料、研究对象都做出进一步的甄别。[3] 在《世界史》序言中，兰克指出："只有批判地研究历史事件才能称之为历史。"[4] 因此甄别选择史料是兰克书写世界史的一个基本原则，而文字文献是兰克所倚重的重要史料。

> 可信的文字记录关系到历史从何处开始。但是这一领域所涉繁多。我们将从这一意义 [5]，把历史与文字联系在一起，世界历史包含所有民族和所有时代的事件，但是应该认识到，这并不是进一步去测定历史的起源，而是科学地探究世界历史。[6]

在叙述古代东方历史时，兰克主要采用《圣经》和希罗多德的记载，

---

[1] 可参见刘小枫：《兰克的〈世界史〉为何没有中国》，《中国文化》第 43 期，第 177—196 页。

[2] Eberhard Kessel: „Rankes Idee der Universalhistorie", in: *Historische Zeitschrift*, Bd. 178, 1954, S. 271.

[3] 兰克在《世界史》中多次强调这一点，不仅在第一卷"导言"中曾提到应该将个别的研究与整体的视角相结合，而且在之后的叙述中也经常提及这一点。如在第三卷中兰克便指出："本书的任务一方面包含整体，同时也要对细节进行研究。"参见 Leopold von Ranke: *Weltgeschichte. Das altrömische Kaiserthum. Mit kritischen Erörterungen zur alten Geschichte*, Dritter Theil, Zweite Abtheilung. 3. Aufl. Leipzig: Duncker & Humblot 1883, S. IX.

[4] Leopold von Ranke: *Weltgeschichte. Die älteste historische Völkergruppe und die Griechen*, Erster Theil, Erste Abtheilung, S. IX.

[5] 此处"意义"代指上文"可信的文字记录关系到历史从何处开始"。

[6] Leopold von Ranke: *Weltgeschichte. Die älteste historische Völkergruppe und die Griechen*, Erster Theil, Erste Abtheilung, S. VI.

叙述的中心为埃及、犹太和波斯等地区，中国被忽略了。在处理编年问题上，兰克将《圣经》编年与希腊罗马的历史记载相对比，排斥中国的纪年，认为中国的纪年过于夸张。[1]

兰克不仅将世界史研究的范围收缩至有文字记载的西方历史，而且还对所使用的文字材料进行了系统的批判。在第三卷第二部分中，兰克对古代史所用的史料进行了分类，并对其真实性进行了系统的考证和甄别。在该卷开篇兰克便指出，"通过对不同记载（Zeugnisse）的比较研究将可以尽可能地获取事实的真相，而这些内容可以成为本书的基础"[2]。在该卷兰克系统地探究了诸如约瑟夫斯、西西里的狄奥多罗斯（Diodorus Siculus）、阿庇安（Appian）和波利比乌斯以及塔西佗等古典作家的作品，结合他们的生平、作品内容以及比较其所记载内容与其他作家所记载的内容，以判断哪些记载是真实可信的。

以西西里的狄奥多罗斯为例，兰克对他评价并不高，他说，

> 在希罗多德、修昔底德这样的历史书写者登上世界舞台之时，也存在另一种形式的史学家（Historiker），[3] 他只是将事件简单地排列，既不像希罗多德的作品那样主张一种艺术的表达，也不像修昔底德那样主张一种批判的研究。狄奥多罗斯便是这种形式的历史书写者。[4]

---

[1] Andreas Pigulla: *China in der deutschen Weltgeschichtsschreibung vom 18. bis zum 20. Jahrhundert*, S. 186.

[2] Leopold von Ranke: *Weltgeschichte. Das altrömische Kaiserthum. Mit kritischen Erörterungen zur alten Geschichte*, Dritter Theil, Zweite Abtheilung, S. X.

[3] 值得注意的是，兰克在这里并没有严格区分 Geschichtsschreiber 与 Historiker，而是将这两个概念混用，如兰克将希罗多德和修昔底德视为历史书写者（Geschichtsschreiber），而将狄奥多罗斯称作历史学家（Historiker），但是在后面的行文中又将狄奥多罗斯称为"历史书写者"。自19世纪中叶以来，历史学家的德语单词发生了变化，Geschichtsschreiber 逐渐被 Geschichtsforscher 或 Historiker 所取代。前者指古典史家及其近代的效仿者，而后者则是指强调考证的历史研究者，如在《近代史家批判》中兰克批判的对象便是近代的那些历史书写者（Geschichtsschreiber），不过由于《近代史家批判》作为一个"过渡文本"有时也会混用这两个概念。到了1828年在提及近代史家时，兰克则开始使用 Historiker 来指代它们，不过，在其晚年的《世界史》中，他却混用 Geschichtsschreiber 和 Historiker。这也从侧面反映出 Historiker 在当时已经是一个非常流行的用法，无须再加以辨析。关于 Geschichtsschreiber 与 Historiker 在19世纪上半叶的使用情况，可参见吕和应：《兰克〈罗马与日耳曼民族史·第一版序言〉的思想史解读》，载于《世界历史评论·当代史学主流：主题与结构》，上海：上海人民出版社，2017年，第76—77页，注释5。

[4] Leopold von Ranke: *Weltgeschichte. Das altrömische Kaiserthum. Mit kritischen Erörterungen zur alten Geschichte*, Dritter Theil, Zweite Abtheilung, S. 42.

随后兰克又比较了狄奥多罗斯的记载与普鲁塔克、修昔底德等人的记载的差异，他指出，狄奥多罗斯在叙述雅典瘟疫时曾引用修昔底德的著作，但是却偏离了修昔底德的记载。[1] 不过，兰克并没有因此完全否定狄奥多罗斯著作的价值，"我将指出，不应像前人那样轻易否定狄奥多罗斯的记载，而且在没有查明哪些权威人士曾效仿狄奥多罗斯时，更不应轻易否定"[2]。在兰克看来，狄奥多罗斯有关亚历山大大帝的记载最值得关注，兰克将其与阿里安（Arrian）的记载进行对照研究，"当我们将（狄奥多罗斯）的记载和其他的记载，特别是阿里安的相关记载联系起来看，便可以阐明狄奥多罗斯记载的价值"[3]。随后他系统地探究了亚历山大东征的许多细节和亚历山大的家庭生活，以解决如下两个问题：第一，了解狄奥多罗斯的细节记载有哪些是真实可信的；第二，探讨这些记载之间是否存在联系，因为我们可以通过了解狄奥多罗斯著作的特征去弥补无法查明原始来源这一缺陷。[4]

除了通过对校同时期古典史家的作品来判断哪些内容可信以外，在这一卷中兰克还运用史源学（Quellenkunde）的方法来探究古典作品的史料来源。兰克通过比较阿庇安与普鲁塔克的具体叙述，尤其是用词上的同一性，得出结论说，他们拥有共同的史料来源，即他们都采用了阿西纽斯·波利奥（Asinius Pollio）的相关记载。但是对于试图通过这些散见于其他著作中的片段来重构波利奥的著作，兰克则表示怀疑，认为这将是一项"危险的工作"[5]。

勾勒世界历史发展的主要脉络，是兰克书写世界史的一个重要目的，旨在说明西方民族国家如何从世界历史中脱胎而来；相关的论述在行文中

---

[1] Leopold von Ranke: *Weltgeschichte. Das altrömische Kaiserthum. Mit kritischen Erörterungen zur alten Geschichte*, Dritter Theil, Zweite Abtheilung, S. 43.

[2] Leopold von Ranke: *Weltgeschichte. Das altrömische Kaiserthum. Mit kritischen Erörterungen zur alten Geschichte*, Dritter Theil, Zweite Abtheilung, S. 44.

[3] Leopold von Ranke: *Weltgeschichte. Das altrömische Kaiserthum. Mit kritischen Erörterungen zur alten Geschichte*, Dritter Theil, Zweite Abtheilung, S. 45.

[4] Leopold von Ranke: *Weltgeschichte. Das altrömische Kaiserthum. Mit kritischen Erörterungen zur alten Geschichte*, Dritter Theil, Zweite Abtheilung, S. 47.

[5] Leopold von Ranke: *Weltgeschichte. Das altrömische Kaiserthum. Mit kritischen Erörterungen zur alten Geschichte*, Dritter Theil, Zweite Abtheilung, S. 204-237.

随处可见。然而，在这一脉络的背后还隐藏着一种中世纪的普遍史叙事结构，即帝权转移。前文已经提及，施莱格尔用帝权转移的框架，主张世界历史上存在三次普世帝国的转移[1]。兰克的观念与施莱格尔很相似，也提出与普世君主权相类似的概念。在第三卷前言中，兰克认为罗马帝国肩负着一种普遍历史的使命，即将地中海周边的那些起源不同的民族整合在一起，形成一个同质的共同体。[2]他随后的叙述也多次涉及帝权观念，如论及拜占庭帝国乱象时，他提出帝权将从东方转移到西方，即从拜占庭转移到加洛林王朝，而这一帝权又被奥托一世所继承，即罗马帝国的法权被德意志所继承。德国中世纪史家维尔纳·格兹（Werner Goez）曾这样评价兰克的帝权转移理论："对于兰克来说，'帝权转移'终归是将世间的最高权力象征转移到另一个国家。围绕自己的意志用最为重要的方式来展现有序的世俗权力，这也属于帝国的形式之一。而在中世纪，德意志人承担了这一使命，这便是兰克所谓的'帝权转移'。"[3]

三、施洛塞尔的世界史书写：为德意志民族而写的世界史

兰克的《世界史》在当时风靡一时，但据德国思想史家迪尔特·朗格维什（Dieter Langewiesche）研究，到1900年德国市面上有20部世界史著作，多数为面向公众的大部头作品。这些著作语言通俗，配有大量插图。在当时，也出版了许多面向学生的世界史教科书，在1895年达43种之多。[4]在这些不同种类的世界史著作中，稍早于兰克《世界史》的施洛塞尔的世界史著作最为知名。

我们所熟知的近代德国史学知识，通常将施洛塞尔视为逆历史科学化

---

[1] 关于施莱格尔的"帝权转移"观念可参见 Stefan Jaeger: *Performative Geschichtsschreibung: Forster, Herder, Schiller, Archenholz und die Brüder Schlegel*, S.329。

[2] Leopold von Ranke: *Weltgeschichte. Das altrömische Kaiserthum. Mit kritischen Erörterungen zur alten Geschichte*, Dritter Theil, Zweite Abtheilung, S. 4.

[3] Werner Goez: *Translatio Imperii. Ein Beitrag zur Geschichte des Geschichtsdenkens und der politischen Theorien im Mittelalter und in der frühen Neuzeit*. Tübingen: J.C.B. Mohr 1958, S. 395.

[4] Dieter Langewiesche: „Die Geschichtsschreibung und ihr Publikum. Zum Verhältnis von Geschichtswissenschaft und Geschichtsmarkt", in Dieter Hein, Klaus Hildebrand und Andreas Schulz (Hg.): *Historie und Leben. Der Historiker als Wissenschaftler und Zeitgenosse. Festschrift für Lothar Gall zum 70. Geburtstag*. München: Oldenbourg 2006, S. 319.

潮流的顽固派。早在 1846 年，兰克的弟子、中世纪史家格奥尔格·魏茨（Georg Waitz）在评论当代德意志史家时，便将德意志地区史学家分为北德和南德两大流派，施洛塞尔是南德学派的代表。魏茨认为北德的历史学家们是博学的、客观的，而且致力于不偏不倚地展现历史真相。南德的历史书写者们则更多从当下视角出发，并不放弃对历史发展的评判。与此同时，叙贝尔也有过类似的表述，认为兰克注重史料批判，而施洛塞尔的历史书写带有主观的哲学色彩。魏茨、叙贝尔的这一划分也影响了以后的史学史家对德意志史学的判断，如韦格勒在其著作中便提出兰克学派和海德堡学派两个概念。前者以兰克为代表，强调史料批判，后者则以施洛塞尔为代表，注重从当下视角看历史。富埃特在《近代史学史》中也强调施洛塞尔继承启蒙史学的传统。在英语学界中，阿克顿勋爵在《德国历史学派》一文中认为施洛塞尔的作品并没有什么价值，以施洛塞尔为代表的这批史学家们并不去研究史料。这一观点被古奇和汤普森所接受，在他们的史学史著作中施洛塞尔被塑造成一个兰克的反对者，逆史学科学化的保守派。由于古奇和汤普森的史学史被后世奉为经典，成为后人认识近代历史学发展的重要作品，他们对施洛塞尔的描绘也影响了后世对他的认识。[1]

　　但是，如果回到施洛塞尔的年代，人们则会发现，他的著作备受好评，他的世界史在当时非常流行。[2]1842 年，当施洛塞尔计划着手书写多卷本世界历史时，《汇报副刊》（Beilage zur Allgemeinen Zeitung）甚至评价说，在世的这些德国历史学家，没有谁比施洛塞尔更合适承担这项任务以追求历史的尊严。《汇报副刊》的评论还认为施洛塞尔有着"对真相的爱""客

---

[1]　传统史学史书写通常将施洛塞尔放在浪漫主义谱系中，与尼布尔、兰克为代表的近代德意志史学相对立。参见 Georg Waitz: „Deutsche Historiker der Gegenwart", in W. Adolf Schmidt (Hg.): *Allgemeine Zeitschrift für Geschichte*, Bd. 5. Berlin: Veit & Comp 1846, S. 520-535; Heinrich von Sybel: „Zur Beurtheilung Friedirch Christoph Schlosser's", in Heinrich von Sybel (Hg.): *Historische Zeitschrift*, Bd. 8. München: J. G. Cotta'schen Buchhandlung 1862, S. 117-140; Franz von Wegele: *Geschichte der Deutschen Historiographie*, S. 1061-1068; Eduard Fueter: *Geschichte der neueren Historiographie*, S. 411-413; Lord Acton: "German Schools of History", in: *The English Historical Review*, Vol. 1, No. 1(Jan., 1886), pp. 7-42; 汤普森：《历史著作史》（下卷第三分册），第 193—194 页；乔治·皮博迪·古奇：《十九世纪历史学与历史学家》，耿淡如译，北京：商务印书馆，1998 年，第 216—222 页。

[2]　Franz von Wegele: *Geschichte der Deutschen Historiographie*, S. 1068.

观"和"不偏不倚"等特质。[1] 这些特质后来被视为兰克学派的特征，当时却用于赞美兰克的对手施洛塞尔。其中的原因何在？

我们看到，有关施洛塞尔的研究主要关注他的历史哲学思想。早在他去世后不久，奥托卡·洛伦兹便对施洛塞尔的历史观展开了研究，他指出，认为施洛塞尔代表主观史学而兰克代表客观史学的观点，是当时人们对施洛塞尔的刻板印象。洛伦兹认为，两者的分歧不在于主客观，而在于对历史评判的认识。洛伦兹关注施洛塞尔的历史观与哲学的关系，强调康德、赫尔德对施洛塞尔世界史书写的影响。同时期的格奥尔格·韦伯在施洛塞尔传记中也批判了将施洛塞尔视为主观史学的代表的观点，他从历史书写既是科学也是艺术这一角度出发讨论了施洛塞尔的历史观，并多次提到施洛塞尔对史料批判的关注。狄尔泰将施洛塞尔归类到启蒙史学之中，强调他的思想与康德历史哲学的关系。在狄尔泰看来施洛塞尔世界史的读者是德意志大众，书写历史的目的是教化民众，而历史的功用在于评判。近些年，随着历史主义史学研究的兴起，一些学者开始关注启蒙史学到历史主义史学的转型，学者们将施洛塞尔放到这一转型过程中进行研究。如米歇尔·戈特洛布考察了施洛塞尔将史料批判与启蒙思想相结合的途径，并将其视为启蒙史学与历史主义史学之间的代表。易兰将施洛塞尔归类于浪漫主义史学流派。[2]

早在 19 世纪末 20 世纪初，便有学者将兰克与施洛塞尔作比较，如格奥尔格·韦伯认为兰克与施洛塞尔就像文学史中的歌德与席勒，但是这些比较多是泛泛之论，鲜有学者将其放在 19 世纪德意志史学背景下做系统分析。近年来，人们开始关注复数的史学专业化，不再将史学专业化视为一个同质的范式，而关注其中的多样性。在这个背景下，一些学者开始系

---

[1] „Schlosser und seine neue Weltgeschichte", in: *Beilage zur Allgemeinen Zeitung*, 30. Mai. 1842. 笔者所用版本为慕尼黑巴伐利亚图书馆所藏 *Allgemeine Zeitung für das Jahr 1842*。

[2] 参见 Dr. Georg Weber: *Friedrich Christoph Schlosser der Historiker. Erinnerungsblätter aus seinem Leben und Wilken*. Leipzig: Verlag von Wilhelm Engelmann 1876; Ottokar Lorenz: *Friedrich Christoph Schlosser und über einige Aufgaben und Principien der Geschichtsschreibung*. Wien: Commission bei Karl Gerold's Sohn 1878; Wilhelm Dilthey: *Vom Aufgang des geschichtlichen Bewusstseins. Jugendaufsätze und Erinnerungen*. Göttingen: Vandenhoeck & Ruprecht 1988, S.104-164; Michael Gottlob: *Geschichtsschreibung zwischen Aufklärung und Historismus. Johannes von Müller und Friedrich Christoph Schlosser*. Frankfurt a. M.: Peter Lang 1989; 易兰：《西方史学通史》第五卷，上海：复旦大学出版社，2011 年，第 150—152 页。

统地讨论兰克与施洛塞尔的异同。施蒂格穆勒认为兰克学派与施洛塞尔对史学功用的认识存在差异，在前者看来，历史要呈现历史的世界，而后者则注重历史的功用。在史学专业化的背景下，史料批判成为历史学家身份的象征，于是施洛塞尔成为批判的对象。荷兰学者赫尔曼·保罗借助学者角色（scholarly personae）这一概念分析兰克与施洛塞尔的论战，认为它所呈现的是两种不同学者美德的斗争，施洛塞尔在史学史的衰落中代表着传统学者美德的衰落。[1]

接下来笔者将首先概要地叙述施洛塞尔的《世界史》，然后进一步讨论他在历史书写中处理史料批判与整合历史之间关系的方式与兰克有什么不同。同时代的史学史家韦格勒指出："施洛塞尔带有 18 世纪人的思维方式和教养，但又经历了 19 世纪之初德意志民族的形成和历史学的兴起等巨变。"[2] 而在历史书写方面，他身上所体现的则为启蒙的实用主义史学观念与新形成的现代历史意识的混杂。与当时诸多历史学家一样，施洛塞尔也求学于哥廷根大学，在 1794—1797 年间，他在那里学习神学、古典语文学、国家学和历史学。当时的哥廷根聚集了德意志地区最为知名的历史学家，施洛塞尔选修了当时哥廷根学派的代表人物施洛策尔、施皮特勒和艾希霍恩（Johann Gottfried Eichhorn）等人的课程。[3] 艾希霍恩是一位具有强烈德意志民族情感的学者，他立志于复兴德意志的事业，教导他的学生热爱德意志及其历史。他主要通过研究德意志不同时代的法律文献，追溯不同时代的法律观念和制度之间的历史联系和连续性，以培养学生和受众的德意志民族精神。[4]

哥廷根的求学经历使施洛塞尔对当时哥廷根学派所奉行的实用主义历史学有了深入的了解，对施洛策尔的世界历史观产生了浓厚的兴趣，他自

---

[1] 参见 Dagmar Stegmüller: „Friedrich Christoph Schlosser und die Berliner Schule", in Ulrich Muhlack (Hg.): *Historisierung und gesellschaftlicher Wandel in Deutschland im 19. Jahrhundert.* Berlin: Akademie Verlag 2003, S. 49-60; Herman Paul: "Ranke vs. Schlosser: Pairs of Personae in Nineteenth-Century German Historiography", in Herman Paul (ed.): *How to be a Historian: Scholarly Personae in Historical Studies, 1800-2000.* Manchester: Manchester University Press 2019, pp. 36-52.

[2] Franz von Wegele: *Geschichte der Deutschen Historiographie*, S. 1062.

[3] https://www.deutsche-biographie.de/sfz78528.html#ndbcontent，2023 年 10 月 7 日访问。

[4] 古奇：《十九世纪历史学与历史学家》，第 132—133 页。

己的历史书写观念也由此形成。施洛塞尔评价施洛策尔说：

> 对此人们必须承认，虽然施洛策尔在他那狂悖的方式上走得很远，但他却为我们这一时代所需要的历史研究方式开辟了一条道路。他将伏尔泰、博林布鲁克的基本理念融入我们的历史研究中，但他也将伏尔泰、博林布鲁克所缺乏的史料批判，即学术性研究、细节性的基础知识和历史学的辅助学科，与启蒙式的历史观念相结合。[1]

施洛塞尔深入研究过康德、费希特、谢林的著作，对施莱格尔兄弟的著作也很有兴趣，在他身上我们可以看到浪漫主义的影子，其中最为显著的就是如何从历史中塑造德意志民族。与施莱格尔等人不同，施洛塞尔并未将自己的政治理想投射到遥远的中世纪，而是将视角放在现代，尤其是法国大革命。施洛塞尔认为，18 世纪的历史主线是新时代的光明战胜中世纪的黑暗，书写 18 世纪的历史就是为展现自由的市民阶层的兴起。[2]

施洛塞尔在书写世界历史时也面临兰克的问题。普遍史究竟是历史还是哲学？如何在历史书写中呈现整合历史与史料批判的结合？但是，施洛塞尔的答案却与兰克不同。施洛塞尔认为，传统的百科全书式普遍史已经不合时宜，整合历史以展现世界历史的发展主线是书写历史的一个重要目的。他的《世界历史综述》（*Weltgeschichte in zusammenhängender Erzählung*）、《普遍史视角下的古代世界及其文化的历史》（*Universalhistorische Uebersicht der Geschichte der Alten Welt und ihrer Kultur*）和《18—19 世纪史》（*Geschichte des achtzehnten Jahrhunderts und des neunzehnten bis zum Sturz des französischen Kaiserreichs*）都贯彻了以整体的视角看待历史的观念。

---

[1] Friedrich Christoph Schlosser: *Geschichte des achtzehnten Jahrhunderts und des neunzehnten bis zum Sturz des französischen Kaiserreichs*, Bd. 3. Heidelberg: J.C.B. Mohr 1844, S. 236.

[2] Michael Gottlob: *Geschichtsschreibung zwischen Aufklärung und Historismus. Johannes von Müller und Friedrich Christoph Schlosser*, S. 260f. 值得注意的是，施洛塞尔的这一观念与传统浪漫主义史家不同，这也引起了当时一些天主教史家的尖锐批判。如约翰·波默尔（Johann Friedrich Böhmer）曾评价施洛塞尔的著作，认为这些代表群氓的观点令人作呕。参见 Thomas Brechenmacher: *Großdeutsche Geschichtsschreibung im neunzehnten Jahrhundert. Die erste Generation (1830-48)*. Berlin: Duncker & Humblot 1996, S. 461。

在《普遍史视角下的古代世界及其文化的历史》一书开头，施洛塞尔区分了普遍史和世界史 [1]：

> 在此，我们在一定程度上质疑那种对普遍史和世界史等同的表述，因为我们将前者视为人类的历史，将其作为一种综合性的整体来看待，而将后者视为按照时间顺序排列的各民族的历史。研究每一个时代所发生的事情，研究它们的原因，它们所发生的方式，并且为后世而保存下来。或者从大量被保存的材料中整理出对时代有益的内容，这是书写政治史的任务，尽可能不让他的思想干涉研究，这是他的最高准则。但是如果展现个体与整体的联系，并通过他的整体叙述去贯彻他的思想，他必须表达自己的观点，也必须放弃从档案、文献和实物材料中揭示那些只能猜测而无法证明的内容；他也将谨慎地避免把自己的判断和历史本身混为一谈。[2]

虽然施洛塞尔将历史视为"一种联系的整体"，但是他并没有完全沿袭施洛策尔的整合历史的观念，在他看来，施洛策尔对世界历史的认识过于强调物质层面，忽视了诗和哲学在历史中的作用，因此施洛策尔的普遍史只是建构了一种物质层面的机械主义的因果关系，"并不能从整体上去了解人类本质上对自由的必然需求，而只是去认识物理的舒适和物质上的富裕" [3]。

施洛塞尔将历史分为内史和外史，内史即文学性的意识，[4] 而外史则是政治关系。在施洛塞尔看来，内史与外史的结合是"新时期的政治史和

---

[1] 据施洛塞尔说，《普遍史视角下的古代世界及其文化的历史》的底本为《世界历史综述》的古代部分，他对前者做了进一步的加工和修订。但这种区别很微妙，就如在后面的表述中，他也经常混用普遍史与世界史这两个概念。值得注意的是，施洛塞尔所主张的世界史也是一种整合性的世界历史。

[2] Friedrich Christoph Schlosser: *Universalhistorische Uebersicht der Geschichte der alten Welt und ihrer Cultur*, Ersten Theils, Erste Abtheilung. Frankfurt a. M.: Franz Varrentrapp 1826, S. 1f.

[3] Friedrich Christoph Schlosser: *Geschichte des achtzehnten Jahrhunderts und des neunzehnten bis zum Sturz des französischen Kaiserreichs*, Bd. 4, S. 229.

[4] 施洛塞尔此处所讲的文学并非狭义的文学，而是包括文学、哲学、神学等精神层面的内容，施洛塞尔也将其称为"教养史"（Bildungsgeschichte）。

470 | 德意志浪漫主义

整体的文学史的结合"[1]，构成了世界历史书写的重要内容。它的目的是展现一个时代的精神需求和民族的整体精神。以《18—19世纪史》为例，施洛塞尔将18世纪分为四个阶段，每个阶段都产生了与当时的政治环境相应的思想。第一阶段为绝对主义国家背景下兴起的激进文学，第二阶段是在内部危机下冲击传统封建社会的新思想和意识，第三阶段为与德意志传统社会土崩瓦解同时兴起的进步观念，第四阶段则是与传统的没落和法国文学的衰落并行的德意志文学的兴起，以及复辟时代的出现。这一时期的历史主线就是古老的、以贵族制为标志的旧欧洲的衰落，和以市民阶层的兴起为象征的新社会的出现。[2]

施洛塞尔将历史视为文化史，而文学作品就是史料，这对历史认识具有特殊意义。施洛塞尔以莱辛为例指出，他的作品是文学的历史效用的典范，[3]尤其是莱辛的作品对德意志教养的形成发挥了重要的作用。

> 莱辛通过无与伦比的修辞学和文学，以及这个时代不会再出现的一种批判方式，完成并巩固了新德意志的教养。在他身上不仅凝聚了成为一个德意志思想和生活的改革者所必备的才能，而且为完成这项事业，他将性格与信念也融为一体，这通常是罕见的。莱辛对真理充满了纯粹的热情，他脱离了那种迂腐、空洞的德意志学术界的弊病。[4]

自19世纪以来，对史料的系统批判成为历史研究的核心，在此基础上形成了一整套史料批判方法，其中史料分等是史料批判的基础。材料根据其产生的时间与历史事件发生的时间的远近关系被分为原始史料和二手史料，并且以这一分等为基础整理、辨别和对勘史料，这成了研究历史的

---

[1] Friedrich Christoph Schlosser: *Geschichte des achtzehnten Jahrhunderts und des neunzehnten bis zum Sturz des französischen Kaiserreichs*, Bd. 1. Heidelberg: J.C.B. Mohr 1843, S. 1.

[2] Michael Gottlob: *Geschichtsschreibung zwischen Aufklärung und Historismus. Johannes von Müller und Friedrich Christoph Schlosser*, S. 282f.

[3] Michael Gottlob: *Geschichtsschreibung zwischen Aufklärung und Historismus. Johannes von Müller und Friedrich Christoph Schlosser*, S. 250.

[4] Friedrich Christoph Schlosser: *Weltgeschichte für das deutsche Volk*, Bd. 17. Oberhausen und Leipzig: Ad. Spaarmann 1855, S. 113.

基本功。虽然不同学者对史料具体划分不同，但大多基本上沿用了这个二分模式，比如，在当时颇为流行的史学方法论书籍中史料等级是论述的重头戏。受史料等级制的影响，引证新史料便是历史学家工作的基础。这一倾向在兰克身上表现得尤为明显，在《近代史家批判》中兰克列举了圭恰迪尼作品中的种种错误，而之所以会有这些错误则是由于圭恰迪尼没有使用原始史料。[1] 诚然，新材料可以产生新的研究，但是在世界史书写中却面临巨大困难，由于历史学家个人能力有限，使用原始材料去书写世界历史势必会导致论述范围的狭窄化。兰克虽然系统地批判研究所使用的史料，但是大多集中于西方历史，其他民族的历史无从涉及。

施洛塞尔并未服膺当时流行的史料等级观，在《世界历史综述》第一卷开端，施洛塞尔便辛辣地讽刺了这种史料等级观下"无史料便无史学"的倾向。

> 在今天，书写和对待历史的方法已经发生了翻天覆地的变化，特别是在追溯史源上，像我们的父辈那样去夸大史料变得相当罕见。因此我必须讨论这一问题，但是可能也只是无济于事。那些在最近的德国史前言中所提到的人们，他们可笑地将引文比作建筑的框架，他们不会去读我的著作，也不会从整体上做出评论。[2]

施洛塞尔对世界历史的理解和他的史料观进而也影响了他的历史实践。如何书写世界历史，如何认识非西方文明，施洛塞尔在具体的史学实践中给出了与兰克所不同的答案。以中国为例，在兰克的世界史中并没有中国的位置，其重要原因在于兰克认为有关中国历史的记载都不真实。然而，在施洛塞尔的世界史中，中国具有重要位置。在《普遍史视角下的古代世界及其文化的历史》一书的开篇，施洛塞尔便讲述中国，认为中国是最为古老的民族之一。他并没有像近代早期普遍史那样去讨论中国上古历史的真实性，而是直接从夏商周三代开始讲起。施洛塞尔认为，夏商历史

---

[1] 利奥波德·冯·兰克：《近代史家批判》，孙立新译，北京：北京大学出版社，2016年，第16—31页。

[2] Friedrich Christoph Schlosser: *Weltgeschichte in zusammenhängender Erzählung*, Bd. 1. Frankfurt a. M.: Franz Varrentrapp 1815, S. VII.

已经无从可考，真正的历史则是从周朝开始。关于中国的叙述，施洛塞尔主要采用传教士的回忆录，所述内容不仅包括中国历史上的一些重大政治事件，也包含中国的行政制度、宗教、思想、文学、教育等内容。[1]

这些内容后来也被收进《给德意志民族的世界史》之中，在该书第一卷中施洛塞尔就提到中国，简要地论述了中国的历史并较为详尽地讨论了有关中国的政府、宗教、思想和文化等诸多方面。虽然施洛塞尔世界史对中国的描述较之兰克的所占篇幅要多，但是他与当时其他学者对中国的认识并无二致，都强调中国是一个停滞的帝国。如在《普遍史视角下的古代世界及其文化的历史》中，施洛塞尔提到中国的制度自古以来没有发生很大变化，[2]在《给德意志民族的世界史》中施洛塞尔也提到在中国的思想中缺乏进步发展。[3]为何施洛塞尔一方面着重描绘中国历史，另一方面却并未对中国历史做出积极评价？这与施洛塞尔对历史的理解密切相关，他认为历史的重要目的在于评判，即用一种当下的视角去看待历史。历史并不只是专业历史学家才能涉足的领域，施洛塞尔的预设读者是广大德意志人民，了解异域知识是民众阅读历史的重要目的。[4]

通过对施洛塞尔的世界历史书写的讨论，可以看出他与兰克的诸多不同。在史料范围上，兰克将史料局限于所谓的档案，或者描述政治事件的材料。施洛塞尔则将文学作品也纳入史料范围。在对待哲学的态度上，兰克将史料批判视为世界历史书写的基础，对世界史哲学化予以驳斥，认为它们只是一种空想。施洛塞尔则与之不同，他虽然也主张史料批判是世界历史书写的基础，甚至为准备写世界史前往巴黎档案馆搜集史料[5]，但他

---

[1] Friedrich Christoph Schlosser: *Universalhistorische Uebersicht der Geschichte der alten Welt und ihrer Cultur*, Ersten Theils, Erste Abtheilung, S. 72-105.

[2] Friedrich Christoph Schlosser: *Universalhistorische Uebersicht der Geschichte der alten Welt und ihrer Cultur*, Ersten Theils, Erste Abtheilung, S. 72.

[3] Friedrich Christoph Schlosser: *Weltgeschichte für das deutsche Volk*, Bd. 1. Oberhausen und Leipzig: Ad. Spaarmann 1876, S. 24.

[4] 关于兰克与施洛塞尔的预设读者对其历史书写的影响，可参见 Herman Paul: "Ranke vs. Schlosser: Pairs of Personae in Nineteenth-Century German Historiography", pp. 36-52。

[5] 在自传中施洛塞尔提到过在巴黎查找档案，为自己写作世界史做准备。参见 Friedrich Christoph Schlosser: „Schlossers Selbstbiographie", in: Dr. Georg Weber: *Friedrich Christoph Schlosser der Historiker. Erinnerungsblätter aus seinem Leben und Wirken*, S. 46f.

第一章 浪漫主义史学 | 473

却并未排斥哲学，而是主张批判性方法只是第一步，随后则应该进行哲学化的构建，并采用当代的视角看待历史。[1] 对此，米歇尔·戈特洛布评价道："对施洛塞尔而言，史料研究与哲学的结合是历史意识的基础。"[2] 在史学研究范围上，兰克将世界史局限在政治外交史领域，施洛塞尔则主张一种更为广义的文化史研究，他对兰克那种将史料局限于档案，将历史局限于政治史的做法不满，并不认为仅从外交文件和档案中能够获得足够的内容。[3] 在世界史书写上，兰克的世界史集中于西方，而在施洛塞尔看来，非西方的历史也属于世界史的一部分。

这些不同反映了兰克与施洛塞尔历史观念的差异，即历史是一种狭义的政治史还是广义的文化史。在兰克看来，世界史要展现近代欧洲民族国家的兴起，而施洛塞尔则认为历史并非只是外交史，而是要展现时代整体的精神风貌，是政治史和文学史的结合。[4]

四、结　语

19世纪中叶，随着史学科学化的发展，学科之争日益激烈，历史学需要建立一套自己的方法论以确立自己的学科地位。在这一背景下，普遍史书写作为一种混杂历史与哲学双重性质的体裁遭到许多历史学家的质疑。普遍史属于历史还是哲学？如何处理普遍史内部史料批判与历史整合之间的关系？这成为当时许多历史学家思考的问题。兰克和施洛塞尔面临同样的难题，但是给出了看似不同的解决方式。通过深入探究两者具体的世界历史书写，我们可以看出看似不同的路径背后其实存在一些共享的历史观念。

---

[1]　Franz von Wegele: *Geschichte der Deutschen Historiographie*, S. 1063f.

[2]　Michael Gottlob: *Geschichtsschreibung zwischen Aufklärung und Historismus. Johannes von Müller und Friedrich Christoph Schlosser*, S. 212.

[3]　Michael Gottlob: *Geschichtsschreibung zwischen Aufklärung und Historismus. Johannes von Müller und Friedrich Christoph Schlosser*, S. 214.

[4]　因此施洛塞尔的世界史核心是政治史和文化史，对于当时德国颇为流行的法制史和民族经济史基本没有涉及。施洛塞尔的研究在当时也遭到了一些学者的批判，如韦格勒便认为施洛塞尔并不能写出政治史，他虽然尝试去理解历史人物，但却充满了偏见。参见 Franz von Wegele: *Geschichte der Deutschen Historiographie*, S. 1067。

首先，史学科学化已经成为当时史家的广泛共识，无论兰克还是施洛塞尔都遵循一种系统的研究方法，彼此之间的批判也是从是否客观的角度展开。彼此的观点立场被专业化话语所包裹，隐匿在密密麻麻的注释和客观的历史论述中。其次，他们虽然都在书写世界历史，但落脚点却都是德意志。兰克曾提到帝权最终落在了德意志的身上，而他书写德意志历史时怀揣着一腔爱国主义的情愫。[1] 施洛塞尔历史书写的落脚点也是德意志民族，从他的书名《给德意志民族的世界史》便可以看出这一点。他希望通过历史去激发德意志民族情感。这就直接接续了当时的浪漫主义思潮，在法国大革命后通过历史塑造德意志民族认同成为历史书写的重要任务。虽然兰克和施洛塞尔成名的时代已经离浪漫主义盛期相对遥远，但是他们青年时期都曾受过大革命的冲击以及浪漫主义思潮的洗礼，浪漫主义的影子一直闪现在他们的作品中。

历史主义作为一种统摄的解释框架，在勾勒出近代德意志史学发展趋向的同时，塑造了一条从启蒙史学到历史主义史学的线性发展脉络。在这一脉络下，历史书写都朝向史学专业化这个目标，一些历史学家被标记为历史主义的先驱和代表，成为传统史学史谱系中的一座座高峰。然而同时期的另外一批历史学家却在传统史学史中被边缘化。我们重审近代德意志史学的发展，发现近代德意志史学其实并非一条清晰的线性脉络，而是一幅多元的学术图景。当我们抛弃历史主义而改用浪漫主义这一概念时，发现浪漫主义史学并非一个同质化的流派，而是一支缤纷多彩的思想谱系。比如早期的哥廷根学派与后来的施莱格尔、施洛塞尔等人虽然有学术传承，但是在看待中世纪的问题上并不相同。因此，我们在文中所列举的例子并不能涵盖浪漫主义史学的全部。在兰克、施洛塞尔之后，浪漫主义思潮仍然在史学界发挥影响，如施洛塞尔的弟子盖尔维努斯、弗里德里希·劳默尔的著作也表现出一定的浪漫主义性质。笔者尝试以哥廷根学派、施莱格尔、兰克和施洛塞尔为例，勾勒出浪漫主义史学的发展线索，展现浪漫主义史学在不同时代所呈现的不同形态。浪漫主义史学很难给出一个明确的

---

[1] Werner Goez: *Translatio Imperii. Ein Beitrag zur Geschichte des Geschichtsdenkens und der politischen Theorien im Mittelalter und in der frühen Neuzeit*, S. 393.

定义，我们只能通过什么不是浪漫主义史学来做界定。需要明确的是，近代德意志史家深受浪漫主义思潮的影响，他们的作品中或多或少都蕴含一些我们今天称之为浪漫主义的因素：强调德意志民族性、反思传统法国世界主义和早期面面俱到的人文主义世界史书写。这似乎构成了他们的一种共性。浪漫主义史学这一概念工具就像一个多棱镜，它正好可以从另一个维度去审视和分辨近代德意志的历史书写，把曾经被边缘化的历史学家、曾经被认为互相对立水火不容的史学家们放在一个思想谱系中考察，从而发现近代史学中的新风景。

第二章
浪漫主义与普鲁士改革

徐 健

　　浪漫主义作为文学概念，早已为人们所熟悉；与政治的关系，也因为施米特对浪漫主义政治立场的关注，而成为一种政治哲学，尽管施米特认为浪漫主义在政治上其实无足轻重。至于浪漫主义与历史的关系，通常人们的关注点在于它对后来历史主义史学产生的影响，在于它影响了近代以来历史研究的观念和方法。不过，历史的真实远比我们想象的复杂，浪漫主义与历史的关系不仅是作为历史经验，为历史学家们提供思考、分析和解释历史的方法和手段，更重要的还在于它嵌入了历史进程之中，或者说它的思想和行动构成了历史本身，至少是历史的一个局部或片段。

　　浪漫主义运动兴起和活跃于18世纪末至19世纪30年代之间。这个时期，恰好处于莱因哈特·科塞勒克提出的"鞍型期"内（Bridge Period或Sattelzeit）。按照这一理论的解释，"鞍型期"内，现代概念体系开始形成，它是由欧洲政治、经济和社会环境的深层变革所衍生的，主要体现为三个方面的变化：政治上从绝对主义向民主政治过渡，经济上从重商主义向工业化社会和市场经济转型，社会领域则从传统等级社会向尊重平等和个人自由的公民社会迈进。不过，在社会史学家科塞勒克的体系中没有涉及精神层面的因素。实际上，这个时期恰好也是民族特性的成型期，是民族文化和民族历史形成所谓"模式"或"特点"的关键时期。经济、社会和政治的变革是建立在普遍意义上的，而精神和文化则不然，它既可以是抽象概念的产物，也可以从过去的历史传统和社会结构中生长出来，宗教、等级、君主制以及传统社会的习俗、惯例等都可以成为构建特定时期民族文化的基本元素。

浪漫主义正是这个时期出现的试图构建民族精神特质的一场思想塑造运动。它受启蒙思想和法国革命的冲击，经过初期的欢呼雀跃和后期的反思批判，逐渐形成自己的思想脉络，尽管这个过程凌乱而复杂。浪漫主义者们思考社会和政治的方法是双重的，一方面，他们努力寻找和发现历史和社会结构中那些"生命"的元素，另一方面则以"特殊的敏感"，紧紧抓住那个时期在身边发生的一系列历史事件。他们将自己的思考和"设计"加诸历史，又以历史的形式将观察和思考表达出来，并且进一步地，尝试用它去改造现实世界。在这个意义上说，浪漫主义与历史的关系非同一般，它发掘历史、经验历史并试图创造历史，赋予了那个转型时代更为复杂的内涵，并且更紧要的是，从这个时期出发所导出的国家和民族的独特气质，确定了未来历史的方向。

因此，研究18、19世纪之交那个"百年未有之大变局"时代所产生的浪漫主义，对于中国学界意义重大。而评价浪漫主义运动，即使是批判，也需要将它放在历史的情境中认真思考。在《政治的浪漫派》再版前言中，施米特承认，"只有从历史的角度，把浪漫派与上个世纪宏大的历史结构联系在一起，批判才能达到更有意义的深度"[1]。

第一节　浪漫主义与普鲁士的结合

浪漫主义为什么能够与普鲁士发生联姻？或者为什么有人会把19世纪一场广泛的欧洲运动说成是德国所特有的，说成是易北河以东普鲁士的现象？

浪漫主义的精神运动产生于18世纪末，其主要的代表人物，尤其是

---

[1]　施米特：《政治的浪漫派》，冯克利译，上海：上海人民出版社，2004年，第8页。

后期[1] 醉心于国家理论和政治实践的政治浪漫主义者与普鲁士都有着千丝万缕的联系，或者是精神上的联系，或者是以普鲁士为活动舞台，身体力行。诺瓦利斯、弗里德里希·施莱格尔、米勒以及后来的格雷斯，他们主要的活动场所或思考的对象是普鲁士。费希特、施莱尔马赫、谢林、阿恩特（Ernst Moritz Arndt）和克莱斯特（Heinrich von Kleist）虽不属于前者那个小圈子，但与浪漫主义人士也有着丰富联系，他们也主要活跃在普鲁士。

柏林的宗教氛围也许是原因之一。历史学家格奥尔格·贝娄说："浪漫主义虽然不是新教精神的产物，但确实是新教土壤及其国家即普鲁士的产物。"[2] 普鲁士是新教国家，但崇尚宗教宽容。早在勃兰登堡马克时期，选侯约阿希姆二世（Joachim II, 1535—1571 年在位）改宗新教，于 1540 年颁布《教会法规》，确立了路德教的领导地位。选侯约翰·西吉斯蒙德在位时期（Johann Sigismund, 1608—1819），则改宗加尔文教。不过，勃兰登堡 - 普鲁士一直保留着宗教宽容的传统，一般而言，各教派可以保留自己的信仰，邦君也避免使用"强迫信仰"的特权，以防止教派争端和政治分裂。这个传统在弗里德里希二世时期（Friedrich II, 1740—1786 年在位，又被称为弗里德里希大王）发挥到了极致。在《论政府形式和君主责任》中，国王坦言，

> 没有一个国家，它的臣民会有相同的宗教思想，他们完全不同，有不同的教派。……回溯社会的起源，就会发现这样的事实，统治者没有权力指导臣民信仰什么。……在宗教信仰自由的地方，人们平静安康，而有宗教迫害的地方，则会引发血腥的、长久的、毁灭性的内战。[3]

---

[1] 通常以 1806 年德意志神圣罗马帝国解体为时间界限，将浪漫派分为前期和后期。前期是情感的迸发，表现得灿烂而活跃，后期则转为深沉的思考，尤其是对与民族精神相关的政治问题的思考。

[2] Georg von Below: *Die deutsche Geschichtsschreibung von den Freiheitskriegen bis zu unsern Tagen.* München und Berlin: Oldenbourg 1924, S. 4.

[3] http://germanhistorydocs.ghi-dc.org/subdocument.cfm?documentid=3549，2023 年 10 月 7 日访问。

因此在普鲁士，官方宗教总是充满各种思想和情感，激进的无神论理性主义、兼具神秘色彩的虔信主义，如"摩拉维亚兄弟会"等在这里都有自己的活动空间。信奉虔敬派的父亲培养出信奉启蒙理性的儿子，青年时代的炼金术士长大后变成自然神论者，这些现象在普鲁士非常普遍。

一个事实是，18世纪的德语文学作家无一例外都来自新教家庭，浪漫主义文学的重要代表都出自新教家庭，他们使用的德语是在宗教改革后才发展起来并进入文学殿堂的。施米特笔下的政治浪漫主义代表诺瓦利斯、米勒及施莱格尔的家庭也都拥有新教背景。普鲁士是新教的大本营，而新教天生具有革命性。马丁·路德所发起的宗教改革将天主教世界捅出了一个巨大的窟窿，激发了普遍而持续的反叛精神。1789年法国大革命的爆发，一开始就吸引了一批具有革命情怀的浪漫主义者，他们是法国革命精神的拥趸，对雅各宾主义和民族民主有着强烈诉求，对政治变革和社会改造充满期望，当然他们所追随的并不是法国式变革的内在精髓，而仅仅是革命的话语和形式。革命赋予了浪漫主义者另一种类似于宗教的信念。不过，随着法国革命的激进化，本身具有无政府主义者气质的浪漫主义革命派最终也冷却了热血。

不能否认，浪漫主义运动是从新教的土壤中生长起来的，也在信奉宗教宽容的普鲁士大放光彩。改革时期，有两个与宗教有一定关系，至少是名义上有关系的社团为政治浪漫主义提供了活动场所，即1811年的"基督教德国圣餐会"和1814年成立的"金龟子会"（Maikäferei）。在一段时期内，两个社团产生过不小的影响。当然，在普鲁士，宗教行为必须从属于国家利益，它只能作为信仰和文化，而不能成为政治的意识形态。因此，当浪漫主义的诗人、作家以各种手段和形式表达不安分的反叛勇气，提出治国理政的思想观念时，他们是被允许的，但当他们最终皈依天主教，并以此作为政治的意识形态后，作为浪漫主义的政治运动也就宣告终结了。[1]

---

[1] "基督教德国圣餐会"的主旨是建立强大的普鲁士，驱除外国影响，拯救历史传统。它主要呈现的是浪漫主义的文学运动，与宗教并无实质关联。而"金龟子会"也是另一种形式的浪漫-保守派社团，由布伦塔诺倡议成立，初衷也是以合法性和基督性对抗法国革命。该组织成员除了浪漫主义者，还包括了许多重要的贵族保守派政治家，如福斯-布赫（Karl von Voss-Buch）、施托尔贝格（Cajus Stolberg）、比洛（Friedrich Karl von Bülow）等。不过，它存在明显缺陷，布伦塔诺是天主教徒，盖拉赫兄弟（Brüder Gerlach）也试图把政治和宗教混合，与"摩拉维亚兄弟会"特别是塔登（Adolf von Thadden）还有千丝万缕的联系。1813年，"基督教德国圣餐会"被取缔；1819年，"金龟子会"被关停。

当然，对于政治的浪漫主义者而言，普鲁士真正吸引他们的还是政治。这个国家在两个层面上为浪漫主义运动奠定了基石，即它是一个开明的军事 – 官僚 – 王权绝对主义国家，同时它也一直对个人权利和全民福祉怀有强烈的好感。确实，弗里德里希二世的普鲁士被视为欧洲"开明专制"的典范，人民可以争辩，可以随便说，但必须服从。而国王本人则是"开明君主"的楷模。而且，这个开明君主接受了沃尔夫的"君王指南"，这在后者那本《政治学》或《关于人的社会学的理性思考》中得到了解释，它的意图就是要指导普鲁士的君主们在地球上建立一个完全的福利国家。《普鲁士国家通用法典》（简称 ALR）于 1784 年着手修订，1794 年最终颁布。对这部法典，托克维尔评价说，它"模仿了 1791 年法国宪法中的《人权宣言》，但本质上又完好保存了传统社会的等级特权"[1]。该法典为解释普鲁士体制提供了完美注脚，它也有理由使得那些对政治具有强烈热情的浪漫主义者如施莱格尔兄弟和格雷斯等深深以为，普鲁士不仅是德国传统邦国中最有潜力的国家，也是最有可能通过改造现存权力结构，发展出新型政治形态的国家。浪漫主义者围绕普鲁士所展开的斗争就是为了实现这个时代的基本目标，他们渴望普鲁士成为他们理想中的浪漫国家。

1797 年，继 1786 年弗里德里希二世去世之后，王位再度更迭。弗里德里希·威廉二世（Friedrich Wilhelm II, 1786—1797 年在位）逝世，弗里德里希·威廉三世（Friedrich Wilhelm III, 1797—1840 年在位）登基，使政治浪漫主义者萌生了在普鲁士进行内部变革的强烈希望。1798 年，诺瓦利斯在《普鲁士年鉴》上发表了著名的格言式篇章《信仰与爱：国王与王后》，赞美路易丝王后，推崇模范家庭，塑造道德楷模，以普鲁士王室为榜样，畅想君主制国家的理想形态——爱和忠诚。在随后发表的《基督教共同体或欧洲》（1799）中，更是从普鲁士出发，提出了规划欧洲秩序的新蓝图。具有诗人气质的诺瓦利斯要以普鲁士为舞台，描绘其生命、诗歌与思想的浪漫图景，但不幸早逝。他的离世虽然使他免受因对普鲁士浪漫化期望的落空而带来的痛苦，但也并未阻止他的战友们在他去世后继续在

---

[1] 转引自 Matthew Levinger: *Enlightened Nationalism: The Transformation of Prussian Political Culture, 1806-1848*. New York: Oxford University Press 2000, p. 26。

普鲁士活跃，以普鲁士为"试验田"。

1806 年 10 月 14 日，普鲁士兵败耶拿，王室逃亡梅梅尔[1]，国家山河破碎，但却为浪漫主义者找到了施展抱负的又一次机会。1807 年开始的普鲁士改革，随处可见浪漫主义者活动的身影，浪漫的政治思想也以不同形式表现出来。在普鲁士历史的危机时刻，带有浪漫色彩的政治人物投身到了复兴普鲁士的运动之中。

不过，像革命者和诗人、文学家、杂志出版商这样的早期浪漫主义者对普鲁士注定是要失望的。当一切都要赋之以信仰与爱，哲学、诗歌、科学和艺术，甚至国家理论和政策实践都要被赋予浪漫色彩，一定会遭到冷遇和误解。浪漫主义者是带着怨恨离开普鲁士的。即便是弗里德里希·施莱格尔，唯一一位在普鲁士国家获得职位的政治浪漫主义者，在波恩的教职上也很快感到了失望和痛苦。但是，无伤大雅，对于他们表达的新信仰、新福音、新天才和新总汇艺术，斯太尔夫人说，本来就"没人拿他们当真"[2]。

然而，还是有一类浪漫主义者在普鲁士获得了某种成功，至少他们有可能按照自己的理想推动普鲁士走上浪漫主义的道路。这些人产生了影响，一个非常重要的原因是，他们从梦幻转向了更为真实的世界，不是简单地想象过去，回忆历史，以过去和历史否定现在，而是从普鲁士的历史和社会结构中发现可以推动改造的元素，并形成自己带有现实主义色彩的思想体系。而能够将他们与真实世界紧紧勾连在一起的，就是梅尼克笔下具有"确定社会特征的氛围"，即作为普鲁士血脉之一的传统的贵族等级制度。

普鲁士的等级制度并非特例，它与欧洲其他国家一样，是从中世纪延续下来的一种经济 - 社会 - 政治模式。进入 17、18 世纪的绝对君主制时代，等级虽然受到抑制，但君主与等级的"二元社会和权力结构"并没有被破坏，反而以新的形式巩固下来，形成"等级导向的君主制"[3]。按照

---

[1] "Memel"，今天称"Klaipeda"，位于立陶宛境内，靠近波罗的海最南端。1807 年，普鲁士王室在此短暂居住，1808 年迁回柯尼斯堡。

[2] 施米特：《政治的浪漫派》，第 36 页。

[3] Günter Birtsch: „Der Preussische Hochabsolutismus und die Stände", in: Peer Baumgart (Hg.): *Ständetum und Staatsbildung in Brandenburg-Preussen*. Berlin: De Gruyter 1983, S. 403.

常规，新君继位后都要召集等级的"效忠会议"，重新明确君主与等级的关系。在易北河以东的广大地区，包括勃兰登堡马克、波莫瑞、东普鲁士和西普鲁士在内，等级制度构成了普鲁士君主制度牢固的政权基础。

代表地方权力的等级制度是一个完整的体系，主要包括地主、市民和自由农民，农奴并无等级权利，其意见由"主人"——地主来代表。市民阶层和有地的自由农民虽然勉强保持自身的独立地位，但并不强大。真正掌握等级权力的是地主贵族。因此，等级机构本质上是封建贵族利益的重要代表。不过，普鲁士的等级制度并不是因循守旧、故步自封的，在革命到来之前它也开始了缓慢变革。开明的君主以及地方贵族已经意识到自由与生产效率之间的关系，在领地农庄中，赋予部分农奴以一定的身份自由。同时，与国际市场的联系在扩大，波罗的海谷物贸易将易北河以东的地主贵族与城市、农民联系在一起，构成了日趋紧密的、新型的"利益共同体"。

法国革命是由第三等级领导的，对第一和第二等级的贵族形成巨大冲击，它不仅剥夺了贵族等级的财产，也废除了他们包括政治权力和社会权利在内的一切特权。公民权的确立破除了社会中所有传统等级的壁垒，让人人在法律面前实现了身份平等。

但是在普鲁士，法国革命并没有以相同的剧目上演。与法国革命爆发之前的社会不同，在普鲁士发生的改革并非源于等级制度的落后和腐朽，传统的社会结构在拿破仑战争中也没有受到冲击。耶拿溃败、宫廷东迁，以及1807年7月7—9日《提尔西特和约》的签订，虽然使普鲁士丧失了易北河以东的所有土地，但东部四个省份——勃兰登堡、波莫瑞、西里西亚和普鲁士却安然无恙。不仅如此，国家的溃败、中央政府的瘫痪还进一步激励了由贵族所把持的地方等级政治，无论是支付法国的战争赔偿还是复兴战后地方经济，等级团体发挥作用的空间迅速扩大，这也为贵族抵制即将到来的改革提供了制度基础。

偏安东隅，使国家得到了宝贵的喘息机会，社会各方有时间静下心来，认真思考压力之下国家可能的未来。普鲁士改革发生了，它汇聚了一批时代精英，来自不同的邦国，其中也包括一些浪漫主义者。他们集中在

第二章　浪漫主义与普鲁士改革 | 483

战败的普鲁士，思考如何避免类似法国的革命在普鲁士－德国发生，改革的方向是否应该与法国革命的原则一致。未来的普鲁士国家在经济、政治和社会结构上应该是怎样一种形态？普鲁士的历史和传统可以提供什么样的经验和要素？借助等级制的历史和现状，浪漫主义者在普鲁士似乎大有可为。

作为运动的浪漫主义就是这样嵌入了特殊时代的普鲁士历史，而要研究浪漫主义，也只有将它与普鲁士的历史结合才能真正理解。梅尼克是从普鲁士改革中发现德意志的民族性和自由精神的，在他的《世界主义与民族国家》中，浪漫主义的世界观与民族主义是相通的。而在曼海姆那里，德国尤其是普鲁士的等级制和浪漫主义就代表着"最初的保守主义立场"。可见，浪漫主义运动在普鲁士确实"开辟出了无数条道路，涌现出了无数匹骏马"[1]，而探究浪漫主义如何从那个时代的普鲁士产生，又为什么与那个时代分离，或被吸收转化，或被排斥抛弃，确实是德国政治史和观念史的重要问题。

本章选取的两位政治人物——亚当·米勒和施泰因，在普鲁士改革的这个特定时期，以不同的方式介入其中，或是以浪漫主义政治思想的设计者和行动者，或是以浪漫主义政治改革领导人的身份，虽然都以失败告终，但对普鲁士的历史产生了重要影响。施米特说，"浪漫派和政治保守派是同义词"[2]，历史学家们也认为，浪漫主义和保守主义在德国思想的发展中有摩擦，但在基本的思想原则上立场是一致的。[3]米勒和施泰因在普鲁士的思想和行动证实了他们的观点。

第二节　亚当·米勒：浪漫主义政治思想的设计者

亚当·米勒（Adam Müeller, 1779—1829），柏林财政部一名小官僚的

---

[1]　梅尼克：《世界主义与民族国家》，孟钟捷译，上海：上海三联书店，2012 年，第 46 页。

[2]　施米特：《政治的浪漫派》，第 31 页。

[3]　Hartwig Brandt: *Landständische Repräsentation im deutschen Vormärz. Politisches Denken im Einflussfeld des monarchischen Prinzips*. Neuwied und Berlin: Luchterhand 1968.

儿子，出身新教家庭。1798—1801 年在哥廷根大学学习法律和历史，受到了法学家古斯塔夫·胡果（Gustav Hugo）和历史学家施洛策尔及阿诺德·黑伦的影响。此后，他在柏林的勃兰登堡马克委员会当了一段时间的候补法官，又去波森受聘为哈扎 – 拉德里兹（Haza–Radlitz）家的家庭教师，并在此完成了他的第一本哲学著作《对立学说》（或称《矛盾学说》，*Die Lehre vom Gegensatz*）。随后，他游历了瑞典、丹麦。1805 年，随他的精神导师根茨（Friedrich Gentz）去维也纳，于 4 月 30 日改宗天主教，但当时没有公开。

1805—1809 年，米勒住在德累斯顿，其间做了关于诗歌、艺术的讲座，影响不大。但 1808—1809 年冬季他开始讲授国家学理论，最后以《论国家艺术的要素》（另译《治国术》，*Die Elemente der Staatskunst*）为题，于 1811 年结集出版。这个系列讲座为他聚拢了人气，挣得了名声，吸引了不少政治家。1809 年，在法国人开进德累斯顿前，他带着友人的妻子索菲（Sophie von Haza–Radlitz）回到了普鲁士，并思考如何活跃柏林"真正而又严肃的"公共舆论。8 月 29 日，他给当时普鲁士财政参事，也是他的熟人斯泰格曼（Friedrich August von Staegemann）递交了一份"关于在普鲁士出版官方报纸的备忘录"，而后得偿所愿。1811 年，他与海因里希·冯·克莱斯特创办了《柏林晚报》，后又经营《德意志国家通讯》（*Die Deutschen Staatsanzeigen*）。1809—1811 年，米勒在柏林做了一系列关于弗里德里希二世个性和普鲁士君主制的演讲，后编辑成册，以《弗里德里希二世及普鲁士君主制的特点》（*Ueber König Friedrich II und die Natur,Würde und Bestimmung der Preussischen Monarchie*）为题，成为颇有影响的历史政治读本。1813 年德意志解放战争开启时，米勒离开了普鲁士，重返奥地利，并最终于 1829 年逝于维也纳。虽然在普鲁士，米勒未曾担任过一官半职，报刊主编的正式位置也与他失之交臂，这多少令他失望。但在维也纳，他最后被任命为帝国参事，直接为首相办公厅，即为梅特涅服务，并受封骑士称号。

米勒是以浪漫的造反派起家的，他曾自嘲青年时代是"病态的，吹毛求疵的"，但不同于其他浪漫主义者，米勒不仅没有接受 1789 年思想的影响，而且表现出了对法国大革命的仇恨。他一开始接触的是保守的，甚至反革命的思想，但又不是单纯的反革命。在这方面，他受到了哥廷根学派的影响，这些学者们始终与法国革命的热情保持距离，对当时所发生的重要事件采取审慎的批判。米勒的思想渊源非常复杂，虽然人们可以清晰地看到他与根茨、伯克（Edmund Burke）、克莱斯特，甚至费希特的密切关系，在思想上他们彼此影响和模仿。比如，从他的老师根茨那里，米勒了解了现实的物质世界，理解了国际贸易和国家的意义；从伯克那里，则懂得了传统、风俗、直觉、情感等非理性因素对于有生命的国家的价值。即使是他与费希特的关系，梅尼克也坚信，虽然在精神上米勒比费希特少了力量，但却包含了更大的敏锐性，更了解民族国家的知识，并且，他的那套理论并非没有精神的独创性。

米勒的确建立了自己的一套理论体系。年仅 26 岁时出版的《对立学说》，奠定了浪漫保守主义的哲学基础。这本书的出版直接受到根茨、诺瓦利斯、施莱格尔兄弟和费希特等的鼓励，后人称之为"浪漫主义世界观的纲领性论著"。但施米特却认为，《对立学说》是部万花筒，国民经济学、自然哲学、医学、文学和占星术都碰一碰，却都不得要领。[1] 米勒提出该学说的宗旨是要在大革命后，冲击启蒙思想所编织的机械藩篱，把思想的玄思（包括宗教、哲学、自然和艺术等）植入现实的土壤。

启蒙理性主义的"线性演绎"是米勒竭力反对的，正是为了克服它可能带来的僵死性，米勒特别引入了"对立"理论。他指出：一切生活都建立在自然和精神、社会和政治的彼此矛盾和互相对立、紧张之上，比如爱与恨、战争与和平等。不过，对立思想仍然有可能出现"僵死"，因为每一种对立都会试图割断其对立面。为此，米勒又进一步提出了"动态"的概念，即把思考的对象置于运动和变化之中，强调过程而非静止的概念本身。当然，"动态"的概念也是理性的，它不像人们通常批评的浪漫主义思想那样，是非理性或反理性的。"动态"的优点在于突破了启蒙思想的局限性。浪漫的理性和启蒙的理性，"一个是无边际的思想图景，另一个

---

[1]　施米特：《政治的浪漫派》，第 43 页。

是僵化而封闭的现实；一个坚决厌恶所有限制，另一个坚决反感所有自由"[1]。正是在这个意义上，曼海姆认为，米勒的浪漫主义实际上是完成了启蒙主义凭借自己永远可能完不成的任务。[2]

通过"动态"概念，对立的事物"交互生存"，或竞争或冲突，并在这个过程中达成一个整体。因此，事物的当前状态往往是变化中的当前共存因素的综合，但不会就此停止，它还会在不断的运动中，形成下一个更高级的综合。这样一来，固定的社会契约是靠不住的，因为它每时每刻都在形成，每时每刻都在被与旧自由一起鼓荡的新自由修改。米勒相信的是"观念"而不是"概念"，他由此否定了机械的"社会契约论"。

"整体性"（Totalität）是米勒所强调的，这是他从诺瓦利斯那里挪用的浪漫主义术语，以"整体性"来包容和超越所有的矛盾和冲突，因为现实世界中的矛盾和冲突往往比二元更复杂。德国宪政史家恩斯特·胡伯就认为，米勒对立思想的核心是"寓于多样性中的整体性"（Einheit in der Vielheit），整体性体现为多样性，而多样性也是整体性的表达。[3]这就是米勒的"生命哲学"。

《对立学说》为米勒最为关切的国家理论奠定了哲学基调，而《论国家艺术的要素》正是他思考政治学的杰作，也是政治浪漫主义的经典。在米勒看来，国家形态，根据对立学说，不能只是形式和秩序，这是"僵死性"国家的表现，而应该是动态的、鲜活的、流动的，像生活本身一样变动不居的。

> 国家以及一切伟大的人类事务都具有这一特性，即它们的本质绝对不会被包裹在或被压缩进词语或定义之中。我们把僵硬的、一成不变的那类形式——如有关国家、生命、人类等的一般科学——称为概念。我们的先辈认为国家的概念是一种强制机构，但是，在新的时代，最好、最重要的国家形式不再是强制的，我们构建出了别的概念，但

---

[1] Adam Müller: *Die Elemente der Staatskunst*. Berlin: J. D. Sander 1809, S. 23.

[2] 曼海姆：《保守主义》，李朝晖译，南京：译林出版社，2002年，第165页。

[3] Ernst R. Huber: *Nationalstaat und Verfassungsstaat. Studien zur Geschichte der modernen Staatsidee*. Stuttgart: Kohlhammer 1965, S. 52.

尚不能立足，因为这种概念不是动态的，而国家，就像我开头所说的那样，却是持续运动的。[1]

也就是说，国家不是我们通常理解的一个个机械存在的政治、经济、军事和法律机构；对国家的认识也不只是简单地了解其资源、物产、土地、人口、财富及流通、法律和慈善状况就足够了的。如果仅限于此，米勒用浪漫主义惯有的生动语言表述道，就如同一个人把自己"关在客厅里号脉、称量食物那样，得到的是少得可怜的知识"[2]。至于政治家，他们的工作当然不能如清理衣橱那么简单，把穿旧的衣服换下即可；或像个高级裁缝，为国家宪法和法律事务剪裁出合身的衣服；或像医生那样，为生病的国家开出单一的、精心配置的药方，似乎药到即能病除。米勒提倡，治理国家的政治家，必须理解并干预国家的本质，"要到国家的核心，也即其运动的中心去"[3]。"政治家和政治学者，要始终处于变动的政治生活中，永远承载着崇高国家机构的荣耀和痛苦，否则就会被永远地排除在外。"

那么，如何才能进入运动的中心呢？米勒以为要经历险境，"海上的风浪越大，舵手的冷静就越值得称赞"。

> 政治家不能将战争状态排除在其国家理论之外，视其为不相容和非自然之事，而应使战争思想渗透和启发其整个理论。他所阐述的理论中不能只有和平没有战争，不能只有静态没有运动。只有这样，政治家的素质才能充分展现。[4]

当然，并不是说米勒崇尚对立最极端的结果——战争，他崇尚的是无所不在的矛盾和冲突，而这种冲突的种子只有在活生生的历史现实中才能发现并存活。米勒强调政治实践而不是政治理论。掌握治国艺术的政治家不应该固守理论，而应该投身实践：

---

[1] Adam Müller: *Die Elemente der Staatskunst*, S. 27.

[2] Adam Müller: *Die Elemente der Staatskunst*, S. 15.

[3] Adam Müller: *Die Elemente der Staatskunst*, S. 7.

[4] Adam Müller: *Die Elemente der Staatskunst*, S. 16.

与理论家相比，实践者们总是更注重情感，他们的学问也更加鲜活，因此我们能够从实践者身上学到更多，他们总是和万能的现实及其永无止境的需求站在一起，并使其保持生命力；实践者们与国家的运动更多地纠缠在一起，并与其他一切存在相联系；实践者处于市民社会之中，而理论家则总是置身其外。[1]

作为政治理论家的米勒同样也想做个政治实践家，把自己放到"运动的中心"去。他开始与普鲁士政治"亲密"接触，观察它、思考它。讲座集《弗里德里希二世及普鲁士君主制的特点》的面世表明，米勒已经从泛泛的国家学理论阐释转向了对具体的普鲁士国家形势的个案分析，他要赋予整体性国家以直观和鲜明的特点，并且希望对症下药，用治国术的药方来解决普鲁士的问题。

对弗里德里希二世的普鲁士国家及其生活，米勒持批判态度。而批判正是为了推动改革，当然是符合浪漫主义精神的改革。

首先，普鲁士是一个巨大的国家工厂，它的公共生活和私人生活是分裂的。公共生活的代表是统治者或国家工厂的管理者，而代表私人生活的则是黄金、虚荣和财富。但是，普鲁士似乎又是一个完整的国家，一个君主制统治下的军事－官僚国家，在弗里德里希的国家秩序下，君主是不受限制的权力所有者，是庞大的思想和企业生产以及商业机构的管理者：

> 君主从旧有的复杂权力关系中挣脱出来，成了权力的唯一所有者。这个人现在开始关心国家的住所、燃料、照明和治安了，给每个劳动者分配日常工作。他以货币和贷款为工具，轻松地做着清晰明确的计算。而劳动者的生活除了大工厂生产之外，与统治者之间没有了其他关系。臣民的自由就在于完成每日机械性的工作，按照君主所满意的那样去行动，去思考，去生活。[2]

---

[1] Adam Müller: *Die Elemente der Staatskunst*, S. 21.

[2] Adam Müller: *Ueber König Friedrich II und die Natur, Würde und Bestimmung der Preussischen Monarchie*. Berlin: J. D. Sander 1810, S. 42.

对此，米勒难以忍受：

> 如果这个天才——指君主弗里德里希二世——没有综观整体的眼光，而只有普通人的世俗眼光，那么这个天才以及他所发挥的作用又如何能被民族所理解呢？……为什么是天才而且总是天才？[1]

更有甚者，政府的权力无所不在，无所不能，它甚至可以"通过捆绑、强迫、驱使，简言之以各种机械手段进行统治"，"为人造的作品编织铁衣"。[2]

这样的国家根本不是米勒所要的"整体国家"。因为所谓统治都是外在的，或者根本就没有统治。公共生活与私人生活是截然分离的，归属"两个主人"，对国家的责任和追求个人利益的私心难以协调。更重要的是民众感受不到上帝、宗教、自由、法律、忠诚以及所有富有力量的思想的结合。因此，米勒提出，他们有责任去解释和解决这个时代的政治问题。而解决的办法，米勒说，就是"要有第三种更高的善，一种理念，一种神性的思想，让责任和私利得到和解，把爱变成责任，把责任变成爱。只有这样，内在的自由和民族性才能真正焕发出来，毕竟，私人生活是自下而上民族性的反映，而公共生活反映的则是自上而下的民族性"[3]。国家与社会之间的对立就这样通过"隐形"的国家思想消除了，民族也就在真正意义上成了"整体国家"。

隐形的国家思想要通过显性的国家建设来实现，米勒开始深入普鲁士政治的核心：培养等级政治，因为弗里德里希的国家是把各等级排除在政治生活之外的。在米勒这里，等级包括贵族地主、商人、企业主以及广大市民。这个划分使他有别于旧的传统地方等级的复辟。因为在旧时代，商人和市民等级是没有政治地位的。而且，米勒相信，等级政治不仅是历史

---

[1] Albrecht Langner: *Adam Müller 1779-1829*. Paderborn u. a.: Ferdinand Schöningh 1988, S. 95.

[2] Adam Müller: *Ueber König Friedrich II und die Natur, Würde und Bestimmung der preussischen Monarchie*, S. 28.

[3] Adam Müller: *Ueber König Friedrich II und die Natur, Würde und Bestimmung der preussischen Monarchie*, S. 45.

的丰富遗产，对未来也是行之有效的。米勒期望通过等级把人组织起来，因为个人是没有前途的，只有通过某种政治形式，归属某个等级，个人才能发挥作用。并且，各等级只有与政府联合才能成为有决定意义的整体。国家内部应始终保持动态的政治结构，它包括两个部分：一是不同等级形成不同政治派别，彼此对立与竞争，实现等级秩序的统一；二是政府和各等级制度之间形成对立，并实现融合，构成国家整体。胡伯认为，德国最早的政党学说是从浪漫主义中产生的，而米勒正是它的创始人。

在米勒的等级政治中，贵族政治是首要的。但是他也注意到，中世纪流传下来的贵族等级受国家政权和经济利己主义的侵蚀正在逐渐解体，走向没落。因此他不遗余力地呐喊：

> 要像英国一样通过继承法，一方面维持其强烈的荣誉观念与纯洁无瑕，另一方面也要维持其身份的珍贵，此外，他要对来源于贵族观念的血统的纯洁性（尤其是男性成员）和家族关系的纯洁性进行严格监督。同时，仅有非常突出的功勋才可以晋身贵族阶层。[1]

其中最重要的当然是"不能抹去贵族从其出身中获得的优越感"，"通过各种法律规定和荣誉奖励，来尽可能地捍卫贵族无形的本质"。

保护贵族地主的财产私有权是米勒最为关切的。"要保留所有特殊家族机构和限制个人使用权的贵族，如信用委员会、长子继承权，以及一切对不可转让的财产和权利的规定。"米勒最为担心的是"一旦地主和农民没落了，最后只剩下商人、企业家和犹太人"。为此，他坚决反对农民解放，反对地产转让。而这个过程实际上在弗里德里希·威廉一世统治时期就已经开始了，在弗里德里希二世治下，王室领地的依附农的解放也成为风尚。

不过，与此同时，米勒也没有忽略市民等级的意义。虽然贵族是国家中"第一个也是唯一一个必要的宪政等级"，"其他所有公共意志、普遍利益和普遍自由的代表都处于次要地位"，但作为使君主了解民意和民众利

---

[1] Adam Müller: *Die Elemente der Staatskunst*, S. 260.

益诉求的手段，市民等级能够充当连接国家边缘和中心，并对君主产生影响的桥梁。市民议会通过人为选举产生，与靠自然出生形成的贵族议会组成二元对立，是国家理想的政治形态。"一旦废除市民社会对有生命力的核心的追求，限制其权力，乃至彻底摧毁它们，与整体国家的统一性原则相矛盾，并会最终毁灭国家自己。"[1] 因为真正的权力只能在无限的束缚中产生，同时，在这种权力与束缚之间无限的冲突中，才能产生普遍自由、权利思想或国家法思想。

为了约束普鲁士强大的军事－官僚国家，焕发真正的内在自由和民族精神，米勒赞同成立一个"民族代表大会"，虽然这不是什么新的想法，因为英国的议会和法国的国民议会早就受到赞美和追随。但米勒的代表制度有所不同，不是立法权与行政权的分离和相互制衡，而是把选举产生的、具有不同等级特征的且能承担责任的代表制度与君主统治结合起来，既尊重和保留传统君主制，又避免绝对君主制的弊端，而且可以充分调动国民参与民族性和公开性的建设，真正实现民族的自由。他说，

> 所有人都要参与公共生活。只有当民众参与公共生活，国家才会产生真正意义上的党派，才会产生伟大的二元性、充满活力的二元性，才会有真正的等级制度。只有这样，意志的永恒统一和坚强的行政才是可能的。这样，我们就不需要依赖天才，在任何环境下，政府自身都可以胜任。[2]

所以，米勒其实是不反对具有最高决策权的君主制的，恰恰相反，在他内心深处，期待着在这个"特殊的国家"发生"一件振奋人心的事"，那位特别的统治者能为"将百年王业推向巅峰"做出贡献。[3] 只是米勒所要的是建立在等级政治基础上的君主制。不过，当对改革的具体方案进行讨论，讨论以何种方式、由哪些成员来组成国民代表大会以及赋予其何种

---

[1]　Adam Müller: *Die Elemente der Staatskunst*, S. 266.

[2]　Albrecht Langner: *Adam Müller 1779-1829*, S. 96.

[3]　Adam Müller: *Ueber König Friedrich II und die Natur, Würde und Bestimmung der preussischen Monarchie*, S. 59.

职能时，米勒却小心地回避了。胡伯认为，浪漫主义典型的行为方式就是回避提出具体问题和确定具体方案。

除了政治制度，对于民族经济米勒也有自己的整体性思路。他反对重农学派，也反对亚当·斯密主义，它们的共同特点是精确到"人头"的统计。

> 重农学派、亚当·斯密，以及那些想在这块土地上有所收获的外国的大人物们，被这个统计政治的完美性吸引了。宏伟的财政计划开始推出：个人要做出牺牲，以便为这个财政方案奠定基础。而实际情况却是根本不需要这种牺牲。地产所有者按估值制定财政方案，经过观察、测量、称重，依此征收赋税。企业制定财政计划则是以牺牲地产所有者为前提。因此每一个人，除了住宅、庭院及利息（通常这些不会被课税），都是国家经济的经营者。总之，在财政计划里，国家是每个个体经济的总和；而在每个具体的财政方案中，个体经济却又不被计算在内。[1]

尽管米勒尊重斯密，希望借助竞争实现力量的平衡，也确实目睹了现代工业的进步、商业的繁荣、纯收入的增长和多样化，以及在很大程度上个人权利中物质部分的全面发展。但他不认为这一切都是安全稳定的，而更像是一场赌博游戏。因为机械的统计带来了专制统治，个体的私利产生了社会的原子化，它致使财产的魅力和生命力、人的内心感受荡然无存。[2]在《柏林晚报》上，米勒尖锐地批评了克劳斯（Christian Jacob Kraus），柯尼斯堡大学经济学教授，亚当·斯密主义在德国的传播者。当然，米勒对斯密主义者的批评是针对哈登堡的，首相在普鲁士推动的经济和财税改革似乎遵循的就是斯密的道路，把个体解放出来了。

"民族司法"也是米勒所关注的。司法不能与国家机构分离，司法中立的前景令人难以想象。从这个意义上，米勒否定了孟德斯鸠三权分立

---

[1] Adam Müller: *Ueber König Friedrich II und die Natur, Würde und Bestimmung der preussischen Monarchie*, S. 52.

[2] 参见 Adam Müller: *Die Elemente der Staatskunst*, S. 83。

的政治原则。在他看来，国家财政、司法和军队是现代民族国家的三大守护神。

1809 年，当米勒再次回到普鲁士时，决计要把《论国家艺术的要素》理论付诸实践。而实际上，该书的出版也正反映了当时普鲁士现实政治中所表现的普遍对立的情绪。1810 年，哈登堡执掌政权，高居首相之职，领导改革，试图通过"自上而下"的办法推动普鲁士政治、经济和社会结构向现代社会转型。而以勃兰登堡贵族为首的地方等级则担心传统特权的丧失，反对中央行政集权化，试图通过"自下而上"的办法建立政权，强化等级制，成为政府的反对派。米勒卷入其中，第一个行动便是计划在柏林办两份政治报纸：官方的和民间的。受当时巴黎出版的拿破仑宣传刊物《总汇通报》（*Le Moniteur universel*）的影响，米勒自信也能在普鲁士办一家类似的官方报纸，作为政府操控新闻机构的有效武器。在 8 月 20 日一封给斯泰格曼的私人信件里，米勒这样写道：

> 我敢在国家参事院的授权下公开出版一份官方报纸，在参事院默许下出版一份匿名的民间报刊。换言之，既给大臣们也给反对派写文章。这样做是有必要的，它将有助于普鲁士公共舆论的复活。[1]

创办两份报纸的意图与他提倡的"对立学说"相符，米勒要开启一个新闻"对立"的时代，不仅要发出市民社会的自由声音，还要担当政府的喉舌。只有这样，他相信，公共舆论才是"鲜活的"、健康的。而哈登堡政府在宣传改革的问题上与米勒不谋而合。政府也希望通过新闻媒体影响公共舆论，对社会共同关心的问题，阐述观点，深入讨论，消除异见，达成共识。不过，在普鲁士复杂的政治形势下，米勒身上存在两种可能性，要么代表政府，要么代表反对派。前者要改革，后者要复辟。在当时，米勒的思想是波动的，很难确定他的方向。唯一能够确定的是，他要创造公共生活的空间，只有让民众参与到公共生活中，只有矛盾和冲突，才会让国家有活力。

---

[1] Ernst R. Huber: *Nationalstaat und Verfassungsstaat*, S. 56.

1810 年 6 月，普鲁士改革进入新阶段。哈登堡采取雷霆手段，与他的办公厅主任斯泰格曼频频出手，推出《税法草案》，要废除一切封建残余，取消各省、各等级之间的差异，实现税收平等化，并将地方财权、债权以及行政权等重要事务移交中央政府。总之，哈登堡是想通过税制改革统合普鲁士行政国家，将等级势力最终纳入中央集权制的行政体制。改革派与反改革派的斗争日趋白热化，而此时的米勒却与弗里德斯多夫贵族、反对派领袖马尔韦茨（Friedrich von der Marwitz, 1777—1837）站在了一起。米勒和马尔韦茨，究竟是前者影响了后者，还是代替后者发声，学界存在着争议。[1] 不过，可以肯定的是，两者都力图捍卫君主与贵族间订立的神圣契约，承认君主主权是得到贵族认可的，政权则在君主与贵族间分配。马尔韦茨曾说："国家不是由那些肩并肩站着的，一些发令一些服从的人构成的，而是由那些相互生活在对方之中的人构成的。它是他们的意志的统一的精神方向。"[2] 这个观点与米勒的对立说如出一辙。

对立斗争的舞台是《柏林晚报》。反对派不断撰文，公开批评政府的政策和目标。双方以报刊为中心，舆论战打得不亦乐乎。

这个时期，米勒还与阿尔尼姆（Achim von Arnim）一道，成立了"基督教德国圣餐会"，集中了一批普鲁士重要的贵族反对派、艺术家和知识分子，仍然以《柏林晚报》为"布道台"，批评自由贸易、官僚制度，还有资本的影响。其间发生的最重要的事件就是 1811 年 2 月 11 日，由米勒起草的抗议书，呈递国王，矛头直接指向哈登堡。文中罗列了哈登堡的种种罪状，说他要在普鲁士搞革命，挑起无产者对有产者、工业对农业、资本对地产、物质主义对神圣原则的战争。更进一步的是，哈登堡还鼓励利己主义，压制利他主义，追求当下，漠视过去，以个体凌驾于家庭，鼓励投机，打击商人和农民，否定民族历史，以能力和知识取代美德和个性，等等。[3]

哈登堡的怒火可想而知，他以行政手段将马尔韦茨、芬肯斯泰因

---

[1]　Gerhard Ramlow: *Ludwig von der Marwitz und die Anfänge konservativer Politik und Staatsanschauung in Preussen.* Berlin: Eberling 1933, S. 39-51.

[2]　曼海姆：《保守主义》，第 121 页，注释 8。

[3]　Wilhelm Mommsen (Hg.): *Deutsche Parteiprogramme. Eine Auswahl vom Vormärz bis zur Gegenwart.* München: C. H. Beck 1951, S. 9-12.

（Finckenstein）送进了斯潘道监狱，《柏林晚报》停刊，反对派阵营被瓦解。虽然文件是由马尔韦茨签署的，但米勒本人也被哈登堡打发到了维也纳，安排了一份可有可无的工作——外交事务记者，离开了权力中心。1813年，解放战争爆发，"基督教德国圣餐会"解散。

骑墙终归是没有出路的。施米特说，哈登堡不愿意再与米勒玩"对立"游戏了。在首相眼里，重用米勒也存在着风险。为他安排公职，如果是朋友，可以发挥作用，而一旦成为敌人，则十分危险。这个出身市民家庭的浪漫主义者，最后彻底倒向了等级贵族，也不想玩"对立"的把戏了。此后，米勒所有的希望都落空了，他申请普鲁士公职遭到了拒绝，去维也纳是他唯一的出路。1813年，奥地利参加反法同盟，米勒谋到了在奥地利任职的机会，在蒂罗尔的奥地利军队中担任地方专员和政府参事，同时负责《蒂罗尔信报》的出版和发行。1815—1826年，米勒任奥地利驻北德总领事，常驻莱比锡。期间，1817年，米勒公开了政治浪漫主义的天主教身份，因为拿破仑战争结束后，欧洲政治形势急速右转，哈登堡改革受到了阻碍，一批保守派官僚聚集在国王周围，逐渐把持了政局。1819年，诗人科采布（August Kotzebue）遭青年学生卡尔·桑德（Karl Sand）刺杀身亡。为了压制德意志邦联内部日益兴起的自由主义和民族主义运动，在梅特涅的主导下，邦联推出了《卡尔斯巴德决议》，而米勒正是决议的起草人之一，他成了彻彻底底的"反动分子"梅特涅的代理人。

对这个结果，曼海姆的分析是中肯的。米勒与等级阶层的结合不能长久，因为后者不能长期得势，因为未来不属于它，所以米勒会失去任何真正的社会支持，跟早期的浪漫主义知识分子一样，成为没有社会属性，没有利益归属的人。不过，19世纪初现实生活中的米勒可没有20世纪的社会学家曼海姆看得那么远，他不是从社会结构出发来安排自己前程的。他的生命离不开政府，他的思想是要与权力结盟的，虽然他痛恨专制政体，但是为了生存，现实主义者米勒不得不到处寻找权力靠山，"把自己的文笔出租给当时的政府"[1]。而更重要的是，米勒的政治思想，即要在世俗

---

[1] 曼海姆：《保守主义》，第127页。

世界取得平衡的对立，在现实中也是根本不可能的幻想，它否定了绝对君主制，但又找不到能够替代它实现平衡的政府体制（这与施泰因有很大的不同），最后只能寄希望于超俗的第三方即"高贵、崇高和神性的东西"。这也决定了米勒思想的最终归属：他只能属于浪漫主义，不能归入保守主义。尽管米勒为它提供了部分思想基础，但他皈依天主教的事实使他无法跻身保守主义者的行列，因为"德国保守主义的发展几乎是独立于天主教的"[1]。

浪漫主义的"对立学说"作为普鲁士的显学是短暂的，甚至还没有梅特涅的政治生涯长命。米勒死于 1829 年，终年 50 岁。第二年，1830 年，巴黎发生"七月革命"，复辟时代结束。

第三节　施泰因：浪漫主义的改革家

施泰因(Heinrich Friedrich Karl Reichsfreiherr vom und zum Stein, 1757—1831)，拿骚帝国骑士的后裔。其家族和普鲁士关系密切，家庭成员中有的参加过条顿骑士团，有的则就职于普鲁士宫廷。施泰因 16 岁时就读哥廷根大学，攻读法律，但同时涉猎历史学，对中世纪帝国史和普鲁士历史有浓厚兴趣。1780 年，施泰因开始步入弗里德里希国家官僚体系，任职于威斯特法伦矿产部门，负责矿场改造；此后，又先后出任克勒弗马克矿业局长和威斯特法伦战争与王室领地管理委员会主任，并于 1804 年赴柏林，荣升普鲁士财政和经济事务部大臣。1806 年，普鲁士战败，施泰因随宫廷一路向东逃亡，先经柯尼斯堡后赴梅梅尔，并在此出任普鲁士国家资产部大臣。期间因与弗里德里希·威廉三世发生龃龉，被解职，但旋即又于 1807 年夏复出，开始主持普鲁士改革。

与米勒不同，施泰因不是思想家，他反对抽象理论，轻视政治哲学家，称之为"玩弄辞藻的人"，并嘲笑"治国术"就是一门"抖机灵"的学问。他的改革更多是吸收了时代同仁们的思想精髓。但即使如此，后人在研究

---

[1]　曼海姆：《保守主义》，第 143 页。

施泰因时，还是想要追溯其思想渊源，虽然很难厘清，甚至还会引发不同派别的争论。其中，关于施泰因是不是浪漫主义者的问题便是见仁见智。至于他与米勒之间是否有直接接触和交往，也无更多史料佐证。

青年时代，施泰因显然是受到了他的同窗好友雷贝格和布兰德斯（Ernst Brandes）影响的，作为"汉诺威学派"的重要成员，他们将英国人伯克的思想传播给了他。施泰因与伯克都看重基层社会的重建，赞同具有差异性的等级社会，尊崇土地贵族，改善依附农地位，焕发乡镇生活的生机。但应该说，本土的思想资源和帝国骑士的出身对施泰因的影响更大，因为它们是他血脉里的东西。兰克说："施泰因身上所特有的精神植根于他成长的土壤。"[1]

施泰因与尤斯图斯·莫泽尔（Justus Möser）的关系一直受到人们的关注。莫泽尔对古老的等级制度、贵族特权做了符合时代的改造，使中世纪的宗团主义与启蒙的政治理论达成了和解。在他的"国家股份制"理论中，等级是国家建构的核心支柱，土地和农民、市民和手工业各得其所，构成了古朴和其乐融融的德意志乡村和城市景象。施泰因应该是接受了这一教诲，1817年12月18日，在给霍维尔男爵（Freiherr von Hoevel）的信中，以及后来对卢梭的批评中，施泰因都表达了对国家契约的看法。他认为，国家和民族不是一件艺术作品，像新开垦的殖民地那样可以人为创造。它是有机生长起来的，国家的健康发展只有与它的历史相连才是可能的。[2]与出身于奥斯纳布吕克贵族世家的莫泽尔一样，在拿骚成长并在威斯特法伦开始从政的施泰因，都想建立一个"有生命力的、充满社团仪式的、有德意志同盟精神的有机体"[3]。

施泰因是一个地地道道的政治家、实践家。他在具体工作中思考和行动，拒绝一切不切实际的东西。普鲁士改革是耶拿战败之后开启的，那个时期，大多数的青年人对法国革命原则欢呼和迷恋是一种正常现象。在

---

[1] 转引自 Fritz Hartung: „Freiherr vom Stein", in: Georg Brodnitz (Hg.): *Zeitschrift für die gesamte Staatswissenschaft*, Bd. 91, H.1, 1931, S.4.

[2] G. H. Pertz: *Das Leben des Ministers Freiherrn vom Stein. Bd.5, 1815-1823*. Berlin: G. Reimer 1850, S.166.

[3] Fritz Hartung: „Zur Geschichte der deutschen Verwaltung im 19. und 20. Jahrhundert", in Otto Büsch u. a. (Hg.): *Moderne Preußische Geschichte 1648-1947*. Berlin: De Gruyter 1981, S. 686.

施泰因及其改革派的圈子里无法排除自由主义的观念，启蒙理性、个体权利等都是他们所追逐的目标。但正如曼海姆所说："这种反应从根本上说究竟只是一种意识形态上的反应，实际历史因素的随后发展几乎将此颠倒过来。"[1]

这个历史因素指的就是现存的国家和等级制度。施泰因是从旧制度下走过来的，对旧制度的状况十分清楚，对他所服务的那个普鲁士国家有切肤之感。他不喜欢弗里德里希国家的政治基础，虽然他认可君主的勤勉和德行，但在所谓的开明专制下，人就像机器零件一样被操控，变得麻木、堕落；而整个官僚机器以及精神状态则日趋僵化、缺乏弹性。1821年8月24日，在给加格恩（Gagern）的信中，施泰因对官僚制度有过一段辛辣评价：

> 官员们领取报酬，只追求工资的获得和增加；他们受过教育，却停留在照本宣科的世界而不是现实世界中；他们对什么都没兴趣，因而与市民阶层没有接触；他们自己就是一个特权阶层，只会写字的特权阶层；他们没有财产，所以财产的一切变动都与他们无关。无论下雨晴天，无论捐税增加还是减少，无论是摧毁旧的权力还是任之存留，这一切他们都毫不关心。[2]

但是，即便如此，施泰因也并不主张推翻现存国家，而希望对旧制度进行适应时代的调整，赋予它新的精神内涵。

同样不能推翻的还有等级制度，这也是施泰因所尊重的自然－历史权利。但他真正熟悉的是他生长的西部的乡村和贵族世界，称它"自主，富有力量"。而对于普鲁士君主制的核心地带东部地区，他所知甚少而且印象极差。在他眼里，这儿的农村单调死寂、缺少活力、令人沮丧。贵族的庄园像野兽的巢穴，周边被墓地包围，肃杀荒凉。不仅如此，东部的贵族等级思想僵化、品行低劣、极端自私自利。对这些，他痛心疾首。

---

[1] 曼海姆：《保守主义》，第118页。

[2] 转引自 Hans-Ulrich Wehler: *Deutsche Gesellschaftsgeschichte*, Bd. 2, S. 304。

如何解决这些问题？施泰因想到的最好的办法是焕发民族精神，推动公民参政。在那份著名的《拿骚备忘录》中，施泰因改革的核心意图得到了充分表述：

> 要活跃共同精神和公民意识，利用沉睡或被误导的力量以及分散的知识，恢复对祖国、独立和民族荣誉的情感。

他接着说：

> 如果财产所有者被排除在所有省行政之外，那么将他与祖国联系在一起的纽带就失去了意义，他那些关于财产和公民身份的知识就产生不了作用，他追求完善、缓解不幸的渴望就会减少，他的业余时光和才能就会付诸娱乐和蹉跎，而这些在另一种环境下本来应该是心甘情愿奉献给国家的。[1]

为此，首先要解放人，把农奴从国家和封建制度的约束中释放出来，通过废除封建领地义务，保障迁徙自由、选择职业自由、土地买卖自由等，让他们经济自立，成为有产者；而后为独立的公民创造条件，让他们参与行政，并逐渐"习惯"于自我管理。1807 年颁布的《十月敕令》是为了解决第一个问题，而 1808 年 10 月 13 日的《乡镇自治条例》和 1808 年 11 月 19 日的《城市自治条例》则是为了配合第二个意图。

当然，等级政治的意义从来没有离开过施泰因的视野，这是他体制改革的核心。但是施泰因对新时期等级的理解发生了变化，它不再限于贵族地主和地产所有者，还包括其他所有的有产者阶层，也就是说它是建立在私有财产和知识能力基础上的，而不再只是依靠出身和世袭。施泰因写道："那些贵族是国家的负担，数量庞大，大部分很穷，向国家要补贴、特权和各种优惠待遇。他们的穷困是缺少教育引起的……也因此无力提高自己

---

[1] "Nassauer Denkschrift zur Staatsreform im Preußen". https://ghdi.ghi-dc.org/sub_document.cfm?document_id=3552，2023 年 10 月 7 日访问。

500 | 德意志浪漫主义

的地位。"[1] 未来，代表贵族等级的应该是他们中的佼佼者，有见识、有财富的那些人。终其一生，施泰因都相信，"健康的"贵族等级是国家必不可少的，即使他不断地呼吁农民和市民的解放。

1808 年 10 月 21 日，政府发布《告普鲁士国家全体居民书》，其中宣称：

> 自由人所拥有的权利，从今以后农民和城市市民可以享有。通过参与政务你们可以实现自我管理，并由此**推广和完善等级制度**。你们当中最诚实和最能干的人应该代表各级政府，各类学者和专家要成为各个行政部门中的顾问。市民们用自己的双手创建自己的政治集体，废除当局政府的监管。[2]

按照施泰因的设计，公民不是以个体身份，而是以某等级代表的身份参与行政的。代表产生的办法依靠等级，由各地各等级推选产生。这是他的代表制的基础和框架。不过，施泰因也是务实的，之所以这么做也是看到了农民解放和公民参政可能带来的好处。

在施泰因主持政局前，普鲁士实际的经济和社会状况已经面临困境。对农村土地的投资已经无利可图，贵族用以抵押土地的债券实际价值跌落至面值的 1/3。城市被饥饿和瘟疫包围，贫困带来了高死亡率。1807—1808 年间，在柏林出生的婴儿有 5846 人，死亡的却达到 4300 人。自杀率快速攀升，柏林每周自杀人数从 6 人上升至 10 人。在勃兰登堡省长约翰·奥古斯特·萨克（Johann August Sack）的一份报告中，官员的情况也很惨，一些下层官员变卖家具，最后只剩下一张床。解放农民，活跃市场经济，提高生产力，改善民生，似乎是当时唯一可行的办法。[3]

法国占领期间庞大的军事开支和战争赔偿，也是一座大山，压得普鲁

---

[1] Herbert Obenaus: *Anfänge des Parlamentarismus in Preußen bis 1848*. Duesseldorf: Droste 1984, S.3 8f.

[2] "Ordnung für sämmtliche Städte der Preußischen Monarchie". https://ghdi.ghi-dc.org/sub_document. cfm?document_id=3553，2023 年 10 月 7 日访问。

[3] Robert M. Berdahl: *The Politics of the Prussian Nobility: The Development of a Conservative Ideology, 1770-1848*. Princeton: Princeton University Press 1988, p.108.

士政府喘不过气来。公民参与政治既可以节省行政开支，还能削弱官僚机构的专制统治，并克服官僚身上的"雇佣精神"和"教条心理"。行政体系的开源节流明显受到了英国自治的启发，在《拿骚备忘录》中，施泰因引用了弗朗索瓦·迪尔维诺（Francis d'Ivernois）爵士对英国公共行政研究的成果。迪尔维诺认为，英国自治由地方乡绅主导，有较高声誉，不领政府薪俸，而是依靠自己的经济实力承担自愿参加地方治理行政所产生的费用，他们不属于"职业官员"。这样做，不失为政府节流的好办法。

施泰因执政时期，由公民参与的等级政治开始在地方和中央各个行政领域中全面推广。在社区和乡镇，要实现最大程度的有产者的治理；省一级要由等级代表参与管理；而在中央层面，则设立某种委员会，比如立法委员会，成员包括等级代表，为政府决策提供专业信息，为政府立法提供法律咨询。当然，最高目标是成立"民族代表会议"。公民，无论是拥有一千公顷土地（相当于 100 胡符）的地主，还是农业、工业或贸易的从业者，不管他是拥有资本还是知识，都有权利成为"民族的代表"。

但是，在具体实施时这套方案遭遇了挫折。乡镇自治最先受到抵制，大多数东部的农民和市民根本无法进入各县的代表机构，所有代表席位都落在了传统贵族手里。省代表会议中，只有东普鲁士省的实践是成功的，1808 年 2 月在施泰因的亲自主持下，会议在"战时首都"柯尼斯堡顺利召开，代表中除了贵族，还有自由农民及市民，有的代表甚至不再接受推选人的授意，而是独立投票。这是历史性的突破。增加税收等重大议题在这次会议上也都获得了通过。但其他省份就没有这样的运气了，西里西亚、波莫瑞和勃兰登堡由于传统势力过于强大，在税率问题上讨论的结果，居然是贵族应纳税率低于农民。

"民族代表制"方案是施泰因委托卡尔·冯·雷迪格（Karl von Rehdiger）设计的，但它的困难不仅仅在于究竟是"两院制"还是"三院制"这种形式上的冲突，[1] 而在于施泰因想减少贵族家族的代表权，选拔

---

[1]　由贵族和高级教士代表"显贵"组成上院，由有产者和受教育阶层组成第二院，由国家参事院充当第三院。但施泰因有不同意见，他反对文官和军官代表（第三院的主要成员）参与，因为他们没有独立人格，职责是服从，无法表达民意。

那些有才敢干的富裕贵族进入议会，并且腾出位置给更多其他阶层的代表。不过，这个计划没有实现，代表权依然由传统贵族掌握着。

改革不尽如人意，实际的经济和社会条件的制约是原因之一。经济改革起始阶段，在那些依附农还没有得到解放之前，有产者阶层只能是那些曾经的地产拥有者——贵族地主。且不说，有关经济解放的法令也是朝令夕改，等级贵族的强烈抵制使任何一项措施都步履维艰。此外，施泰因内心深处对等级制度是青睐的。尽管他不否定甚至鼓励个人的权利和自由，但这种权利和自由在他这里是有社会性的，划分等级的。有历史学家认为，施泰因的改革就是为等级贵族的利益服务的。比如，《十月敕令》的出台是为了使贵族摆脱庄园里多余的农奴，农民们因此丧失了保护，不仅如此，该法令也为地主有恃无恐地公开吞并那些没有继承权的农民的小块土地提供了便利。而所谓的地方自治实际上也是为了增加而非削弱容克的政治权力。[1]事实上，直到 1810 年哈登堡上台，贵族们一直在利用敕令提供的机会，牺牲农民，扩大地产，改变领地的财政状况。1808 年夏天西里西亚的农民暴动也说明了问题。因此，结合施泰因对贵族等级的各种言论，艾里希·波岑哈特将施泰因改革直接称为"贵族的改革"[2]，也就不足为奇了。

在贵族的领地司法权问题上，施泰因也是模棱两可。1808 年，一位法官曾给施泰因去信，为领主法庭辩护。他提出的理由是，依附关系是一切国家的根基。教育人们服从要从年轻时开始，而贵族承担着这个责任。如果领地丧失了警察和司法权，那么服从也就荡然无存了。另有一封呈给国王的请愿书，其中也写道：保留现存制度是国王所应允的，其中领主法庭是最重要的，是"我们最亲的权利"，它是纽带，通过忠诚和情感，把地主和依附民紧紧联系在一起。[3]这个态度施泰因应该是接受的，因为直至 1808 年 11 月他离职前，领地司法改革始终没有提上日程。

尽管作为改革的领导者，施泰因必须讲求实际，解决现实问题，但他

---

[1]　Klaus Epstein: "Stein in German Historiography", in: *History and Theory*, Vol. 5, No. 3, 1966, p. 254.

[2]　Erich Botzenhart: „Adelsideal und Adelsreform beim Freiherrn vom Stein", in: *Westfälisches Adelsblatt*, Bd. 5, 1928, S. 210-241.

[3]　Robert M. Berdahl: *The Politics of the Prussian Nobility: The Development of a Conservative Ideology, 1770-1848*, p.122.

也有个人情感和等级烙印。不过我们仍然可以看到，在施泰因身上有理想主义的色彩。1821 年 11 月 8 日，在给友人的一封信中，施泰因写道："国家，绝不是初级产品生产和加工的联合会，不是农业经济和工场产品的协作机构。国家的目的是促进宗教、道德、精神和物质的发展。"1820 年 3 月 28 日，在与施皮格尔（Spiegel）伯爵通信时，他再度表达了对国家的看法，国家的主要功能不是做民众的衣食父母，"在我看来，它是宗教 - 道德、知识和政治的完美体现"[1]。在这个问题上，施泰因与米勒观点一致。在《论国家艺术的要素》中，米勒关于国家有这样一段经典表述：

> 国家不是简单的制造商和管理机器，也不是机械的社会。它把社会中物质和精神的需要紧紧连在一起，它是社会生活的化身，伟大、精力充沛，代表着整体有生命力的发展。[2]

既然是整体的"有机国家"，行政与立法当然是合二为一的，孟德斯鸠的三权分立在普鲁士既没有理论市场也没有实践场所。在 1806 年 4 月的一份备忘录中，施泰因称："普鲁士没有国家宪法，最高权力不是在国家首脑和国民代表之间分配的。"[3] 虽然"自治"（Selbstverwaltung）是施泰因一生的主题，但不同于英国建立在议会政治基础上的行政权与立法权完全分离的地方自治，施泰因所提倡的是在行政领域进行的分权管理，参与行政事务的公民既有行政权也有立法权。

让民族中最优秀的人参与公共事务，为各个等级中拥有杰出才能者提供机会，实现国家的最大幸福，并在此基础上赋予全体人自由、责任和共同参与权——这是施泰因最大的政治。

施泰因执政生涯只有不到两年的时间。他个性中的漫不经心，以及在外交中的不善于转圜，最终给他带来了厄运。在一封信中，他不加掩饰地谈及要以西班牙为榜样，实现德意志的崛起，但不慎落到法国人手里。于

---

[1] Fritz Hartung: „Freiherr vom Stein", in: *Zeitschrift für die gesamte Staatswissenschaft*, S.14, Anhang 2.

[2] Ernst R. Huber: *Nationalstaat und Verfassungsstaat. Studien zur Geschichte der modernen Staatsidee*, S. 54.

[3] Ernst R. Huber: *Deutsche Verfassungsgeschichte seit 1789*, Bd. 1. Stuttgart: Kohlhammer 1957, S. 291.

是，在拿破仑的压力下，加上内部政敌的攻击，1808 年，施泰因被免去所有职务，彻底离开了普鲁士。之后他曾前往奥地利的波希米亚，但到 1812 年，当他再度出现在政治舞台上时，却已是沙皇亚历山大一世的座上客了。此时，他寄希望于靠俄国来拯救欧洲的自由，拯救德意志的"尊严和独立"。

在此后的政治生涯中，施泰因小心维护着他作为欧洲的"世界公民"同时又是德意志民族主义者的声誉。对此，梅尼克的评价是，"邦国与民族的纯粹政治使命恰好与统一并解放欧洲的普世使命相合，在政治浪漫主义的意义上，健康的国家利己主义与普世主义也是相通的"[1]。弗利茨·哈通也竭力强调施泰因并没有因此丢掉德意志性，即使作为沙皇的谋士，他也还是德国人，还在为德国做事。如 1813 年 1 月，他亲赴东普鲁士领导解放战争，当然是作为沙皇的顾问。维也纳会议上，他为德国问题的处置而左右协调。[2]

但是，在未来的德意志国家的形态上，施泰因明显产生了对于逝去"帝国"的幻想。在 1812 年 9 月 17 日的《彼得堡备忘录》中，施泰因提出了战后德国的政体问题：

> 有一种观点是要恢复帝国体制，但问题是哪一种帝国？是建立在威斯特法伦体系上的帝国，还是 1802 年法国统治下具有奴性的邦君帝国？……不管哪种，旧的帝国体制是不可能恢复了，因为它已经腐烂了。[3]

不过，他并没有完全摒弃所有帝国体制，10—13 世纪德意志皇帝统治下的帝国是施泰因的理想形态。在他看来，那个时期的德意志强大，富于智慧，法律也是昌明和自由的。

实际上，施泰因对逝去帝国的"记忆"是源于对现实的失望，对梅特

---

[1] 梅尼克：《世界主义与民族国家》，第 119—120 页。

[2] Fritz Hartung: „Freiherr vom Stein", in: *Zeitschrift für die gesamte Staatswissenschaft*, S.18.

[3] http://germanhistorydocs.ghi-dc.org/subdocument.cfm?documentid=3597，2023 年 10 月 7 日访问。

第二章　浪漫主义与普鲁士改革　｜　505

涅的奥地利和哈登堡的普鲁士，他都不满意。1815 年后的德意志邦联不是他所期待的那个能够代表德意志人民的国家，就像他在 1813 年 8 月末的《布拉格备忘录》[1] 中所表达的那样：一个由奥地利皇帝来治理的帝国，皇帝在帝国法院的监督下行使行政权，并负责军事、外交和财政。加强帝国议会的立法权，并将宣战权转交给帝国皇帝。德意志邦联显然不是。不过，施泰因付之于"浪漫"的历史时代不应该是 10—13 世纪，而是 15 世纪，"最后的骑士"马克西米利安一世（1459—1519）在位期间，曾经推行政治改革，加强中央集权，遏制政治分裂；建立法律体制，在帝国范围内实现"恒久法律和秩序"；建立等级代表制，维护和保障各等级权利——尽管这一切都没有实现。

施泰因对过去历史的追忆是与当时德意志国家制度的建构密切相关的，对未来德国的统一问题他也颇为关注：究竟是由奥地利还是普鲁士来领导德国的未来？他倾向历史上具有帝国特质的奥地利，当然，他也在竭力提高普鲁士的政治地位。不过，吊诡的是，这个时期施泰因几乎所有的《备忘录》都是呈给欧洲最大的"反动派"亚历山大一世的，而且《备忘录》中所描述的德意志历史也并不准确。施泰因传记作家施密特（W. A. Schmidt）批评说，充满着"错误、矛盾和天真"，"根本不理解 1815 年的欧洲局势"[2]。而女诗人、历史学家胡赫（Richard Huch）更是指责施泰因美化中世纪帝国的荣光，反对贵族绝对主义，鼓吹社会公正，具有"帝国思想"。甚至认为施泰因是潜在的革命性帝国的制造者，1814 年还做过当皇帝的游戏。[3] 当然，后面的指摘没有被证实。

曼海姆在批评米勒思想的"浪漫"气质时，强调其将"历史"浪漫化，将等级制意识形态化。其实，在施泰因的身上，这种痕迹也十分明显，尤其在后期，在他脱离政治岗位，离开政治实践的场所之后。

然而，与米勒不同的是，对未来的等级政治，施泰因的理想不仅一直没有完全破灭，而且是通向未来的。1815 年国王的宪法许诺，鼓舞了施泰

---

[1] http://germanhistorydocs.ghi-dc.org/subdocument.cfm?documentid=3598，2023 年 10 月 7 日访问。

[2] Klaus Epstein: "Stein in Historgraphy", p. 246.

[3] Klaus Epstein: "Stein in Historgraphy", p. 258.

因继续推动省等级代表制度的热情。1823 年 6 月 5 日，普鲁士颁布《省等级会议法》。主要内容如下：

> 建立省等级会议；地产是拥有等级代表身份的条件；省等级会议是各省各等级组成的法定机构；所有涉及具体省份的国家立法草案，均交由省等级会议讨论；本省乡村基层事务，由省等级会议出具决议，国王保留批准和监督权。[1]

应该说，该法案部分实现了施泰因的设想。传统等级界限在突破，有产者以等级即地主 - 农民 - 市民为选举单位开始参政议政。1826 年，西威斯特法伦等级会议首次召开，讨论批准《省等级会议法》。三等级代表比例大致为 1：1：1。相对于东部各省贵族代表均超过半数，西部省份的等级制改革显然成效很大。施泰因是等级会议的当然领袖，但法律赋予会议的权限在他看来实在太有限了，等级会议只有商议权，而无决策权，更无行政权。君主 - 官僚制度依然是普鲁士的根本。施泰因所开启的改革，特别是"公民参政"代替官僚政治的目标与现实越来越远了。

施泰因的晚年，致力于德意志历史和文化研究。1819 年，他出资新建了德意志文献集成研究所，希望通过编辑德意志早期历史文献史料，激发人们对早期德意志历史的理解和同情。1826 年，在施泰因推动下，研究所出版了第一卷成果《德意志文献集成》（*Monumenta Germaniae Historica*，简称 MGH）。对德意志中世纪历史的迷恋并未使施泰因丧失对现代的信念。虽然他对时代不满，复辟的政治以及解放了的农民和手工业者的无产者化也都让他感到失望。但施泰因并不想以牺牲现代来赞美过去或中世纪。在时代的喧嚣中，他没有放弃引导人们向善。直到最后，他还希望通过对"不成熟"民众的政治教育，就像他为普鲁士改革所设定的方向那样，最终实现自治理想。

1831 年，法国"七月革命"后的第二年，施泰因逝世。

---

[1] „Allgemeines Gesetz wegen Anordnung der Provinzialstände", https://www.verfassungen.de/preussen/gesetze/provinzialstaende23.htm, 2023 年 10 月 7 日访问。

第四节 结 语

普鲁士改革时期的浪漫主义既是一种理论思考，也是一种政治行动。作为理论思考，它不成系统，施米特说它是不完整的，仅是一些思想的"断篇"，只是把它所看到的"对立"转化成一种具有审美平衡性的和谐。作为政治浪漫主义的代表，米勒表现出来的正是这个特征。不过，梅尼克认为，其实浪漫主义也是包含哲学思考的。在米勒身上，折射出的就是那个时代那些理论家们对国家的共同思考。对米勒，梅尼克如此评价：

> 假如米勒能够将其所具有的关于国家的整体观建立在一系列具体经验之上，假如米勒不仅能够将其称之为观念的事物，也能将其称之为概念的事物各得其所，并不再缺失思想的尖锐性与清晰性，那么他本人便有可能由于上述努力而成为一位最伟大的政治思想家。[1]

历史学家克罗齐也指出，存在一种理论与思辨含义上的浪漫主义，是对在启蒙运动中占统治地位的文学学院主义和哲学唯理智论的论战和评判。它闪烁着真理的光芒，是思想激荡的过程，具有批判性，富有诗性，强调激情、个性和自发性，有时甚至会出现极端和冒失，但最终是走向理性的。[2]这样的评价，用之于米勒，似乎也并不为过。

将理论与现实相结合，米勒是有意为之，但是结果并不理想，因为归根到底他只是一介文人，是从"浪漫"的理论出发来指导行动的。他与其他浪漫主义者一样，天生具有高度的敏感性，能够抓住或占有历史中存在的事物，如等级制度、君主制度等，对它们加以"浪漫化"或者再发现，并借助思想的"技巧"把它们提升到更高的解释层面。普鲁士的历史传统和历史经验"构想"出了米勒的思想观念，并进一步被他尝试用于指导普鲁士的历史实践。只是在米勒身上出现了悖论，他"介于不着尘世的理想主义和只专注眼前事务的官吏之间"，"既不是抽象的热心家，也不是狭隘

---

[1] 梅尼克：《世界主义与民族国家》，第97页。

[2] 克罗齐：《十九世纪欧洲史》，田时纲译，北京：中国社会科学出版社，2005年，第30页。

的实践者",而是天生的历史哲学家。[1]

而作为政治家的施泰因则不同,他是从具体实践出发,来思考现实中的理论问题的,但最后却走向了政治浪漫主义。作为改革家,他与米勒一样,善于抓住普鲁士历史中的等级制度和君主制度,并对它们做符合时代要求的改变。但有别于米勒,施泰因并不是以"浪漫化"来理解普鲁士历史的,而是实实在在地生活于一年一年保存下来的传统中,并在其中为它说话,为它行动。作为官僚体系中的一个成员,施泰因试图调动等级政治,将它们作为政治上和历史上有分量的力量发挥作用,而不是把它们作为意识形态。在这个意义上,施泰因可以被视为浪漫的保守主义者。只是,在他退出政治核心圈之后,将历史作为"反思"和"记忆"似乎成了施泰因所追求的价值取向。梅尼克因此评价说,"施泰因男爵在为德意志民族努力奋斗与思考的岁月中,同时也成为政治浪漫主义思想体系发展的承接者——这种政治浪漫主义思想体系后来被称之为神圣同盟"[2]。

在普鲁士改革中出现的浪漫主义,不是什么"反动"或"复辟"的意识形态。施米特解释说,"反动"是由后来的资产阶级革命运动赋予它的。1819年,为了应对拿破仑战争引发的全欧范围的宪政民主热潮,梅特涅颁布《卡尔斯巴德决议》,欧洲进入所谓的"复辟"时期,革命时期广为传播的自由精神陷入低谷,直至19世纪的30年代。而这个阶段恰恰是浪漫主义最活跃的时期。从这个时期开始直到1848年革命发生,欧洲的革命者一直将浪漫主义视为政治对手,他们把它定性为"反动的绝对王权主义的意识形态"[3],说它害怕革命,是"限制真正自由的敌人"。当然,说它"反动",还因为另一个事实,很多浪漫主义者最终皈依了天主教。

浪漫主义的光谱是多彩的,在普鲁士政治实践中的浪漫主义既有保守的浪漫主义,也有真正意义上的浪漫主义或施米特所指称的浪漫派。

---

[1] 曼海姆:《保守主义》,第127页。

[2] 梅尼克:《世界主义与民族国家》,第120页。

[3] 施米特:《政治的浪漫派》,第19页。

第三章
马克思与德意志浪漫主义

方 博

德国哲学被公认为马克思学说的主要思想来源之一，但在通常的阐释中，这一判断里的德国哲学所指的主要是从康德到黑格尔的唯心论传统以及作为黑格尔哲学后继者的青年黑格尔派的哲学，而在这之外的德意志浪漫主义实际上长期不在主流阐释的视野之内。近些年来，国内一些学者也开始强调德意志浪漫主义对马克思的影响。从理论的历史发展的角度来看，主张马克思与浪漫主义有思想关联并非完全没有理据。理论自身的发展必然受其所处的思想环境和社会条件的影响和制约，这是马克思主义的一个基本信条。在马克思的成长时代，浪漫主义在德国是一股影响巨大的思潮，甚至在文学、艺术、现实政治和民族性的塑造等方面的影响可能比德国唯心论哲学还要大。马克思在学生时代的确与浪漫主义有过直接的接触，而且他后来的一些亲密朋友，比如卢格和海涅，都是浪漫主义的重要批判者。因此泛泛地断言马克思与浪漫主义有思想关联毫无问题，但要判断德意志浪漫主义对马克思具体有多大程度的影响则要困难得多。困难一方面当然因为对思想史上的观念关系进行精确认定的难度更大，另一方面则因为被笼统称为德意志浪漫主义的庞大集合内部的思想异质性及其与德国唯心论的剪不断理还乱的关系。伯林将康德和费希特等人一概归入浪漫主义的做法丝毫无助于对这一问题的厘清和解决。[1]

本章的关注点在马克思，而非浪漫主义，因此对浪漫主义的界定将主要从马克思的角度出发。在此意义上，不仅康德、费希特和黑格尔，甚至是谢林也不被纳入浪漫主义的行列，虽然他与浪漫主义之间的确共享了不少极为相似的基础信念。[2] 出于同样的原因，本章也不会严格区分早期和后期德意志浪漫主义的思想。虽然当代的研究极力揭示这两者之间的深刻差别，但在马克思的时代，这些差别未必进入了公共意识。拜泽尔就指责海涅和卢格对浪漫主义的批判犯了时代错乱的错误，即将早期和后期的浪漫主义混为一谈。[3] 鉴于没有任何证据表明马克思曾经花费过更多心力去深入研究德意志浪漫主义，所以没有理由认为他对后者的整体认知与海涅和卢格相比会有多么重大的差异，甚至对马克思而言，这样的区分可能也并无必要。从这个角度来看的话，大多数强调德意志浪漫主义对马克思的重要影响的当代研究者也犯了时代错乱的错误，即将当代研究在同情视角下才发掘出来的德意志浪漫主义的某些思想要素，甚至是进步的、革命的浪漫主义形象，[4] 当成了在马克思的时代就已经可以轻易获取的公共知识，进而论证它们对马克思的影响。

我们在这里的基本判断是：德意志浪漫主义的影响对于马克思的思想发展没那么重要，相反，马克思有意识地抵制一切浪漫主义的东西。因此本章将主要关注这一问题：基于马克思自己所表达的对浪漫主义的几乎全然否定的批判立场，如何回应那些强调浪漫主义对马克思的影响甚至试图将马克思的思想予以浪漫化阐释的主张？为此我将首先考察青年马克思与德意志浪漫主义的短暂邂逅以及随之而来的自觉批判，然后在此基础上对强调浪漫主义对马克思的思想有重要影响的几种代表性的阐释提出反驳，最后我将处理一个基于外部视角的批评，即认为马克思关于人的自由的发

---

[1] 伯林：《浪漫主义的根源》，第四、五章。

[2] 关于谢林与浪漫主义之间的复杂关系还可以参考先刚：《谢林是一个浪漫主义者吗？》，载于《世界哲学》2015 年第 2 期，第 13—21 页。

[3] Frederick C. Beiser: *Enlightenment, Revolution and Romanticism: The Genesis of Modern German Political Thought 1790-1800*, p. 224.

[4] 关于反动与进步的德意志浪漫主义的辨析可以参考 Ludwig Marcuse: „Reaktionäre und Progressive Romantik", in: *Monatshefte*, Bd. 44, Nr. 4/5 (Apr.-Mai., 1952), S. 195-201。

展的设想中包含着浪漫主义的要素。在马克思早期的思想发展过程中，当遭遇理论上的困境，他有时候的确会不自觉地陷入浪漫主义，但随着理论范式的突破，原先的浪漫主义也随之消失。而马克思的思想中也可能有与浪漫主义同源的观念，但他对此有清醒的自觉，并努力去消除这些观念的浪漫主义基底。

第一节　马克思对浪漫主义的批判

马克思是在一种以理性主义的启蒙精神为主的智识氛围中接受的家庭教育和中学教育，这种影响清楚地反映在他的中学毕业作文之中，但这一精神状态并没有顺理成章地延续到他的大学时代。可能部分因为与燕妮的热恋，部分因为波恩大学的浪漫主义氛围，马克思在大学第一年就彻底坠入了对古典文学和浪漫主义的狂热之中。他在第一学期选修的六门课程中就有三门文学课，并在两个学期中连续选修了大施莱格尔讲授的"荷马问题"和"普罗佩尔提乌斯的《哀歌》"。在此期间，他给燕妮写了很多情致缱绻的诗歌，并尝试创作了各种体裁的文学作品，里面充满了浪漫主义的各种惯常意象，诸如精灵、海妖等等。马克思的这一精神状态直到被父亲强令转学到柏林大学一段时间之后才有所转变。在 1837 年 11 月写给父亲的那封著名的信中，他描述了对此前的诗歌创作和精神状态的自我反思："对我当时的精神状态来说，抒情诗必然成为首要的题材，至少也是最愉快最合意的题材。然而它是纯理想主义的，其原因在于我的观念和我迄今为止的整个成长过程。我的天国、我的艺术如同我的爱情一样都变成了非常遥远的彼岸。一切现实的东西都模糊了，而一切正在模糊的东西都失去了轮廓。对当代的抨击，漫无边际，异常奔放的感情，毫无自然的东西，纯粹的凭空想象，现有之物与应有之物的截然对立，以修辞上的刻意追求代替充满诗意的构思，不过或许也有某种热烈的感情和奋发向上的追求，——这是我赠给燕妮的头三本诗集的特点。"[1] 在这段话中，现有

---

[1]　《马克思恩格斯全集》第 47 卷，北京：人民出版社，2004 年，第 6—7 页。

512　｜　德意志浪漫主义

之物与应有之物的对立这一将长期困扰马克思的问题第一次被表达了出来，但它尚未包含通常意义上的政治和社会关切。沉湎于浪漫主义的马克思并不关心政治和社会议题，就像麦克莱伦所指出的，马克思的那些诗歌"包括了德国浪漫主义的，除政治上反进步和民族主义之外所有的著名主题"[1]。恩格斯在1892年9月28日写给梅林的信中也说过，马克思在波恩和柏林期间读过亚当·米勒和冯·哈勒的国家学著作（这些东西当然没什么理想性可言），但并没有留下什么印象。[2] 对那时候的马克思而言，浪漫主义所导致的是在情感（"爱情"）、创作（"艺术"）和精神追求（"天国"）等方面与现实生活的疏远，这意味着主观臆想和不确定性。马克思声称他曾拿浪漫主义者的理想主义（Idealismus）和康德、费希特的唯心主义（Idealismus）作比较，这说明他对二者是有区分意识的。但他在对康德法哲学体系的模仿中同样自行领会到了黑格尔对康德的批评：空洞的形式主义和无力的应然，[3]"现有之物与应有之物的对立"至此才真正具有了政治意义。马克思因此进一步转向了黑格尔，他也将自己从浪漫的理想主义向黑格尔哲学的这一转变描述为"转而向现实本身去寻求思想"，并声言："如果说神先前是超脱尘世的，那么现在它们已经成为尘世的中心。"[4] 这表明，将马克思与浪漫主义在诸如关注现实和批判现代市民社会等议题上的某些相似之处回溯到他在学生时代对浪漫主义的浅尝辄止，非但毫无根据，反而可能是对马克思思想发展的真实过程的一个颠倒。

除了学生时代的这一短暂邂逅之外，浪漫主义再也没在任何时候构成过马克思思考的重心，虽然他在探讨其他主题的时候偶尔会顺便提到与之相关的浪漫主义的思想。在一封写于1842年3月20日的信中，马克思告知卢格他要写一篇论宗教艺术的文章，并"写出一个论浪漫派的结尾作为附录"。而在4月27日的信中，他宣称四篇在内容上相互联系的文章几乎已经脱稿，包括《论宗教艺术》《论浪漫派》《历史法学派的哲学宣言》

---

[1] 戴维·麦克莱伦：《马克思传》，王珍译，北京：中国人民大学出版社，2016年，第17页。

[2] 《马克思恩格斯文集》第10卷，北京：人民出版社，2009年，第638页。

[3] 黑格尔：《法哲学原理》，范扬、张启泰译，北京：商务印书馆，2021年，第157—158页。

[4] 《马克思恩格斯全集》第47卷，第13页。

和《实证哲学家》。[1] 我们现在只能看到其中的《历史法学派的哲学宣言》。在马克思眼里，如果说"胡果就是还没有接触到浪漫主义文化的自然人"，那他在《莱茵报》时期主要的理论对手就是被"浪漫派用幻想修剪"和用"神秘的烟雾所掩盖"的历史法学派。[2] 马克思对历史法学派的批判很大程度上当然也可以被视为对浪漫主义的批判，所以他才会在《评部颁指令的指控》一文中宣称《莱茵报》所发挥的作用之一就是"反对浪漫主义思潮"[3]。但对浪漫主义的反对显然并非最终目的。不管是马克思还是《莱茵报》，批判的矛头最终指向的是由当时的普鲁士法律修订大臣萨维尼所主导的反动的和封建的立法。而在此之后，浪漫主义更只是间或出现在马克思的某些句子或段落中，甚至都不再构成任何章节的主题。

即使终身保持着对文学的强烈兴趣，"浪漫派"或"浪漫主义"这些表述在马克思的笔下几乎从未有过正面的意义，这甚至能与他对谢林偶尔有所肯定的评价形成对比。洛维极力论证浪漫派对马克思的影响，而他所能找到的最有力证据无非是马克思和恩格斯合写的《共产党宣言》中的一段文字，关于以瑞士人西斯蒙第为代表的小资产阶级的社会主义：

> 这种社会主义非常透彻地分析了现代生产关系中的矛盾。它揭穿了经济学家的虚伪的粉饰。它确凿地证明了机器和分工的破坏作用、资本和地产的积聚、生产过剩、危机、小资产者和小农的必然没落、无产阶级的贫困、生产的无政府状态、财富分配的极不平均、各民族之间的毁灭性的工业战争，以及旧风尚、旧家庭关系和旧民族性的解体。[4]

洛维认为这表明马克思明确地承认了他在智识上受益于浪漫主义。[5] 洛维对浪漫主义的界定当然要比本章的界定宽泛得多，不仅包括卡莱尔和

---

[1]　《马克思恩格斯全集》第 47 卷，第 27—29 页。

[2]　《马克思恩格斯全集》第 1 卷，北京：人民出版社，1956 年，第 229、238 页。

[3]　《马克思恩格斯全集》第 1 卷，第 429 页。

[4]　《马克思恩格斯文集》第 2 卷，北京：人民出版社，2009 年，第 56—57 页。

[5]　Michael Löwy: "Maxism and Revolutionary Romanticism", in: Telos, Vol. 49, 1981, p. 88.

西斯蒙第这些后来被认为属于广义的浪漫主义阵营的作家，甚至还包括历史人类学家毛勒、摩尔根等人，似乎所有对前资本主义社会的兴趣和研究都是浪漫主义的。一个显然的事实是，马克思对各种社会主义思潮的了解并非来自德意志浪漫主义，他也不用浪漫主义去称呼其中的反动思潮。当然从外部视角来看，《共产党宣言》中对小资产阶级的社会主义的某些描述，包括前一小节对封建的社会主义的评价，的确比较接近浪漫主义者的思想。比如小资产阶级的社会主义

> 按其实际内容来说，或者是企图恢复旧的生产资料和交换手段，从而恢复旧的所有制关系和旧的社会，或者是企图重新把现代的生产资料和交换手段硬塞到已被它们突破而且必然被突破的旧的所有制关系的框子里去。它在这两种场合都是反动的，同时又是空想的。[1]

而封建的社会主义则

> 半是挽歌，半是谤文，半是过去的回音，半是未来的恫吓，它有时也能用辛辣、俏皮而尖刻的评论刺中资产阶级的心，但是它由于完全不能理解现代历史的进程而总是令人感到可笑。[2]

但如果我们进一步对比马恩此前的独立著述的话，会发现两人在这个问题上的措辞有一些细微的差别。与马克思相比，恩格斯对反动的社会主义的评价可能会稍留余地，例如他在《英国工人阶级状况》中如此评价"青年英国"（在《共产党宣言》中被视为封建的社会主义的代表之一）：

> "青年英国"的目的是恢复昔日"美好的英国"以及它曾经有过的辉煌和浪漫的封建主义；这个目的自然是不可能实现的，甚至是可笑的，这是对整个历史发展的嘲笑。但是这些人怀着善良的心愿，勇敢地起来反对现存制度，反对流行的种种偏见，有勇气承认现存制度

---

[1] 《马克思恩格斯文集》第 2 卷，第 57 页。

[2] 《马克思恩格斯文集》第 2 卷，第 54—55 页。

下的卑鄙行为，这毕竟是难能可贵的。[1]

这段引文的前一句与我们前面所引的对封建的社会主义的批评不仅在内容上，在修辞上也是比较相近的，马克思当然会同意这样的批评。但后一句所表达的有所肯定在马克思自己独立撰写的与浪漫主义相关的文本中则几乎不可能出现。在《1844 年经济学哲学手稿》中，他还将西斯蒙第对现代工业的批评称为纯粹的幻想："这些幻想的特色是它们一刻也没有离开庸人的那种一本正经的、小市民的、'[自]制的'平庸的狭隘眼界；虽然如此，它们仍然不失为纯粹的幻想。"[2] 洛维对马克思主义与浪漫主义关系的很多论述实际上主要指向的是恩格斯，但即使是恩格斯，也不会同意他和马克思对现代生产关系的矛盾的分析受益于浪漫主义者，正如他在给梅林的信中所说的："这种极力把唯物史观的发现归功于历史学派当中的普鲁士浪漫主义者的主张，对我来说确实是新闻。"[3]

马克思对浪漫主义者及其理论品格的批判几乎没有任何保留，他既不会认为浪漫主义者的理论诉求里包含什么值得肯定的道德内容，也不太可能认为他们"非常透彻地分析了现代生产关系中的矛盾"。就像他在《1844 年经济学哲学手稿》中所说的："浪漫主义者为此流下的感伤的眼泪，我们可没有。他们总是把土地的买卖中的卑鄙行为同土地私有权的买卖中包含的那些完全合理的、在私有制范围内必然的和值得期待的后果混为一谈。"[4] 在马克思看来，浪漫主义者在基本的认知方法上存在着致命的缺陷，所以并不能把握现实的矛盾关系。在他的笔下，与浪漫主义式的认知联系在一起的通常是诸如"幻想"（Phantasie）、"臆想"（Einbildung）这样的词。正如他在《评普鲁士最近的书报检查令》中所说的：在"浪漫主义的不确定性、敏感的内心世界和主观的激昂情绪"中，"外在的偶然性已不再表现为它那种实际的确定性和局限性，而表现为某种奇妙的灵光、

---

[1] 《马克思恩格斯文集》第 1 卷，北京：人民出版社，2009 年，第 484 页。

[2] 《马克思恩格斯全集》第 3 卷，北京：人民出版社，2002 年，第 286 页。

[3] 《马克思恩格斯文集》第 10 卷，第 637 页。

[4] 《马克思恩格斯全集》第 3 卷，第 260 页。

表现为某种虚构的深奥和壮观"。[1] 即使是在关注人的现实需求的政治经济学中，浪漫派也无法把握现实的物质生产关系及其包含的矛盾。在马克思看来，浪漫主义的政治经济学对现代工业社会的批判仅仅是情绪化的反动，它是封建土地所有者的政治经济学，在理论层次上远远低于以李嘉图和穆勒等人为代表的现代英国政治经济学。在《1844 年经济学哲学手稿》中他就借对奢侈和节约问题的讨论引出了这一对比："国民经济学家关于奢侈和节约的争论，不过是已弄清了财富本质的国民经济学同还沉湎于浪漫主义的反工业的回忆的国民经济学之间的争论。"[2] 而《资本论》中对米勒的批判则清楚地表明了马克思对浪漫主义者所谓的关注具体现实的方法的不屑一顾：

> 我们这位弥勒所用的方法，具有一切行业的浪漫主义的特征。它的内容是由日常的偏见构成的，是从事物最表面的假象取来的。然后，这种错误的平庸的内容被用神秘的表达方法"提高"和诗化了。[3]

但马克思显然也不会像后来的卡尔·施米特那样，认为浪漫主义是将一切都当作审美契机的主体化的机缘论。[4] 相反，在他看来，在浪漫主义的各种诗化和审美的表象下隐藏着一个不变的内核，即对前现代社会尤其是对封建制度的颠倒黑白的美化。这种美化在已经建立了现代国家制度的法国表现为反革命和复辟的思想，而在仍然部分停留在封建制度之中的德国则表现为对现行的反动秩序的维护，这就是马克思所批判的历史法学派和德意志浪漫主义的基本政治立场。可能也正是出于这样的原因，马克思对他所认为的与浪漫主义相关的人与事的批判绝无保留，浪漫主义在他看来根本上就是逆时代潮流而动的自由之敌。《〈黑格尔法哲学批判〉导言》中对历史法学派的批判充分表达了马克思的愤怒：

---

[1] 《马克思恩格斯全集》第 1 卷，第 128 页。

[2] 《马克思恩格斯全集》第 3 卷，第 351 页。

[3] 《马克思恩格斯文集》第 7 卷，北京：人民出版社，2009 年，第 448 页。引文中的"弥勒"即"米勒"。

[4] 施米特：《政治的浪漫派》，第 21 页。

有个学派以昨天的卑鄙行为来说明今天的卑鄙行为是合法的，有个学派把农奴反抗鞭子——只要鞭子是陈旧的、祖传的、历史的鞭子——的每一声呐喊都宣布为叛乱。

而接下来一个稍显和缓的评价似乎是针对浪漫派的：

那些好心的狂热者，那些具有德意志狂的血统并有自由思想的人，却到我们史前的条顿原始森林去寻找我们的自由历史。但是，如果我们的自由历史只能到森林中去找，那么我们的自由历史和野猪的自由历史又有什么区别呢？[1]

但在这段话里马克思不仅嘲笑了这些人对过去的幻想和虚假的自由意识，"野猪的自由历史"也指向了他在《关于林木盗窃法的辩论》里曾批判过的"精神的动物王国"：

不自由的世界要求不自由的法，因为这种动物的法是不自由的体现，而人类的法是自由的体现。封建制度就其最广泛的意义来说，是精神的动物王国，是被分裂的人类世界，它和有区别的人类世界相反，因为后者的不平等现象不过是平等的色彩折射而已。[2]

对于马克思而言，历史法学派和浪漫主义的区别仅仅是没有慰藉没有幻想的锁链和缠绕了鲜花的锁链的区别。在革命与复辟的二分法之中，他不太可能会接受一个进步的、革命的浪漫主义形象。浪漫主义是对启蒙思想的反动，在此意义上，它的确是现代社会的产物，但这一反动的结果是向封建制度的倒退，因此在浪漫主义者身上我们能看到很多自相矛盾的东西。而在马克思看来，"这并没有什么奇怪，我们看到的就是当前的基督徒兼骑士的，现代兼封建的，简言之，即浪漫主义原则的众多代表之一"[3]。

---

[1] 《马克思恩格斯全集》第 3 卷，第 201—202 页。

[2] 《马克思恩格斯全集》第 1 卷，第 248 页。

[3] 《马克思恩格斯全集》第 1 卷，第 162 页。

第二节 对几种肯定阐释的反驳

以上的分析表明，马克思本人对德意志浪漫主义采取了一个毫无保留的自觉批判态度。即便如此，仍然有阐释者试图从内部的视角，即以马克思本人的文本和表达为依据，去肯定浪漫主义对马克思的正面影响。

最为激进的阐释立场是将马克思解释为一个浪漫主义者，这以维塞尔为代表。在《马克思与浪漫派的反讽》一书中，维塞尔宣称马克思是一个浪漫主义诗人，"科学社会主义的观点本质上是变形的诗歌，其无产阶级的'发现'，即科学社会主义庞大体系的关键要素，是受到马克思早期（1836—1837）诗歌兴趣的极大推动"[1]。他由此以浪漫主义的反讽概念为切入点去分析马克思的无产阶级概念，并得出结论："在马克思的无产阶级中，人们能够很容易认出一个'神话学形象'，尽管这是懒散的、退化的、隐蔽的神话学形象。"[2]我国学者刘聪在她的专著中完全接受了维塞尔的结论，并对此进行引申，力图更为全面地审视马克思与德意志浪漫主义的关系，以"还原一个真实而完整的马克思"[3]。但在维塞尔的阐释中，"马克思是一个浪漫主义诗人"与其说是他的结论，还不如说是他的前提，他并没有证明这个前提。维塞尔实际上也承认这一点：

> 对青年马克思而言，这些诗歌是关于人的现实本质有意义的叙述，这也是可能的。在这种情况下，诗歌应该是理解马克思思想演进的关键。接下来对马克思诗歌的研究，可以视为就后一种可能性而提出的看法。如果我的论点是对的，那么，理解马克思的诗是理解马克思哲学的关键。[4]

---

[1] 维塞尔：《马克思与浪漫派的反讽——论马克思主义神话诗学的本源》，陈开华译，上海：华东师范大学出版社，2008年，第1页。

[2] 维塞尔：《马克思与浪漫派的反讽——论马克思主义神话诗学的本源》，第251页。

[3] 刘聪：《通往"蓝花"的深处——马克思与德国浪漫派研究》，北京：中央编译出版社，2013年，第2—3页。

[4] 维塞尔：《马克思与浪漫派的反讽——论马克思主义神话诗学的本源》，第6页。

但即使从这样一个假定的前提出发，维塞尔对马克思的阐释在细节上也缺乏严格意义上的论证，而是充满了各种猜测和臆想。维塞尔当然不会没有注意到马克思在给父亲的信中对自己的思想转变所作的陈述，他也承认马克思在这封信里"不仅宣称他在浪漫主义的诸神中失掉了信仰，而且宣称他转意归向黑格尔哲学"。但他为自己的阐释给出的解释是，因为黑格尔最终也无法解决应有之物与现有之物的对立问题，所以马克思必定也要背弃黑格尔哲学，他因此断言马克思再次"转向了浪漫派的哲学观，即转向了作为反讽的辩证法的哲学"。但维塞尔对此并没有提供任何有意义的论证，相反，他的论述里充满了诸如此类的猜测："人们不知道马克思到底读了多少施莱格尔的书。马克思可能已经从某些人，诸如黑格尔、索尔格，甚至间接通过海涅而得出了关于施莱格尔和反讽的想法。"[1] 在双重意义上，维塞尔对马克思的阐释的确是一种浪漫主义的阐释：他不仅用浪漫主义来阐释马克思，这一阐释本身也是浪漫主义的。

另一种相对和缓的阐释立场并不认为马克思是一个浪漫主义者，但主张浪漫主义在内容上构成了马克思思想发展的一个不可或缺的环节。例如，布雷纳斯认为马克思在 1840—1850 年间，"达到了对浪漫主义的和启蒙 – 功利主义的社会批判潮流的熔合（fusion）"[2]。其他一些人则不满足于这种含糊的描述，试图进一步将马克思与浪漫主义的关系纳入辩证关系之中予以更精确的解释。比如，我国学者何中华认为浪漫主义构成了启蒙主义的反题，马克思的思想则进一步构成了两者的合题。[3] 这种解释所面临的最大的问题是，在马克思眼中浪漫主义在理论层次上是低于作为现代社会的意识形态的启蒙思想的。在一般意义上的确可以说浪漫主义是对启蒙思想的一个反动（Reaktion），但反动并不意味着就可以构成辩证法意义上的反题（Antithese）。鉴于正题、反题和合题并非意义明确的逻辑范畴，我们需要明确浪漫主义作为反题所对应的范畴。如果从马克思在《哲学的贫困》

---

[1]　维塞尔：《马克思与浪漫派的反讽——论马克思主义神话诗学的本源》，第 134、163、164 页。

[2]　Paul Breines: "Marxism, Romanticism, and the Case of Georg Lukács: Notes on Some Recent Sources and Situations", in: *Studies in Romanticism*, 1976 (16), p. 475.

[3]　何中华：《马克思的历史地思与浪漫主义》，载于《哲学研究》2019 年第 1 期，第 11 页。

中所提到的"肯定、否定、否定之否定"来理解的话，浪漫主义只是对现代社会的情绪化的反动和逃避，它本身并没有能力揭示现代社会关系的真正矛盾，因此并无资格充当启蒙思想的反题。正如马克思所言：

> 浪漫派属于我们这个时代，这时资产阶级同无产阶级处于直接对立状态，贫困像财富那样大量产生。这时，经济学家便以饱食的宿命论者的姿态出现，他们自命高尚，蔑视那些用劳动创造财富的活人机器。他们的一言一语都仿照他们的前辈，可是，前辈们的漠不关心只是出于天真，而他们的漠不关心却已成为卖弄风情了。[1]

何中华认为浪漫主义高于启蒙思想之处是它的历史性意识，并认为浪漫主义者在向封建制度倒退方面"背叛了自身的历史意识"[2]，似乎浪漫主义就其自身的思想方法而言应该是进步的，在马克思看来弥漫于浪漫主义之中的对过去的美化和推崇反倒是无关紧要的错误。如果浪漫主义凭借其历史性意识得以充当启蒙思想的反题的话，那它们之间的辩证关系似乎只有借助黑格尔经常使用的"抽象、具体和绝对"的范畴才能获得理解。在这种辩证关系中，不仅启蒙思想必须被视为单纯的抽象普遍性，为了将具体范畴留给浪漫主义，黑格尔哲学所包含的历史感和现实感也必须被否定。可能正是出于这样的原因，何中华不仅批评康德对自然与自由之间的鸿沟的弥合缺乏历史的力量，还认为在黑格尔那里，"历史不过是充当了检验逻辑的工具"[3]。可惜这种对康德和黑格尔的片面理解现在基本上已不再被主流的阐释所接受。[4] 而浪漫主义的所谓关注具体现实的方法，正如前面所引的马克思对米勒的批评所表明的，所能得到的只是"错误的平庸的内容"，它并无资格作为启蒙思想的反题占据具体范畴的位置。

另一种试图在辩证关系中解释马克思与浪漫主义关系的思路不是将浪漫主义视为反题，而是视为肯定的正题，这以洛维为代表。在洛维看来，

---

[1] 《马克思恩格斯文集》第 1 卷，第 615 页。

[2] 何中华：《马克思的历史地位与浪漫主义》，第 12 页。

[3] 何中华：《马克思的历史地位与浪漫主义》，第 11、15 页。

[4] 贝克：《费希特和康德论自由、权利和法律》，黄涛译，北京：商务印书馆，2015 年，第 227 页。

浪漫主义的确代表了一个前现代的立场，但它所对应的并非封建社会，而是原始共产主义社会。洛维试图通过马克思和恩格斯在19世纪60年代之后对毛勒和摩尔根的著作的兴趣来证明，原始社会代表了一个马克思也有所肯定的过去，并构成了通往未来的共产主义社会的正题。[1]但这一阐释存在一个明显的时间错乱：在获知原始社会的历史存在之前，马克思早就发展出了他的共产主义思想。马克思对原始社会的兴趣只是为了补充他的历史学和人类学知识，而他对共产主义的推导以及后续的修正，既不依赖于原始社会的历史存在，也不依赖于对这一存在的理论假定。甚至《1844年经济学哲学手稿》中所展现的异化历史在逻辑上也无须假定一个时间上在先的非异化状态，正如吉登斯所指出的：

> 异化的劳动这一概念所表明的并不是"自然人"（没有被异化）与"社会人"（被异化的）之间的张力，而是表明一种特定的社会形式——即资本主义——所蕴含的潜力与这种潜力实现之不可能性之间的张力，把人与动物分开的并不仅仅是由于人与其他物种之间存在生物性的差异，而是人类社会长期进步所创造出来的文化成就。[2]

历史唯物主义作为实证的历史科学绝不容忍对历史的任何浪漫主义态度，马克思因此不可能接受对过去的社会形态的推崇，即使是一个尚未产生阶级和剥削的社会。《1857—1858年经济学手稿》中的这段话表明了马克思的态度：

> 在发展的早期阶段，单个人显得比较全面，那正是因为他还没有造成自己丰富的关系，并且还没有使这种关系作为独立于他自身之外的社会权力和社会关系同他自己相对立。留恋那种原始的丰富，是可笑的，相信必须停留在那种完全的空虚化之中，也是可笑的。资产阶级的观点从来没有超出同这种浪漫主义观点的对立，因此这种浪漫主

---

[1] Michael Löwy: "Marxism and Revolutionary Romanticism", p. 88.

[2] 吉登斯：《资本主义与现代社会理论》，郭忠华、潘华凌译，上海：上海译文出版社，2013年，第21—22页。

义观点将作为合理的对立面伴随资产阶级观点一同升入天堂。[1]

即使马克思那时候尚未获知原始社会的历史存在，但这段话仍然可以适用于原始社会：在低下的生产力条件下，虽然平等但极度简单的社会关系绝不代表一种合理的关系，它也无法为未来真正的共同体提供可供参考的组织形式。相反，只有通过资本主义才能"在产生出个人同自己和同别人相异化的普遍性的同时，也产生出个人关系和个人能力的普遍性和全面性"[2]，而这是单纯留恋前资本主义社会的原始丰富性或原初的非异化状态的浪漫主义观点所无法把握到的。资产阶级观点与浪漫主义观点的对立是囿于个体主义之内的对立，它们都无法超出个体性把握现实的社会物质生产关系对个体的塑造作用，这一对立没有任何辩证法意义。在黑格尔和马克思研究中普遍存在的对辩证法的滥用实际上是一种逻辑神秘主义。

因此最后一种，可能也是最为可取的阐释策略便是，不再从理论整体上去断定马克思与浪漫主义的关系，而只在具体的观点上去发掘浪漫主义对马克思的影响。基于对浪漫主义的不同理解和各自的论证需要，不同的研究者会从不同的方面入手，其中甚至会有一些相互对立的主张。比如莱文认为马克思受到了浪漫主义的保守主义的影响，因此相对于激进的个体主义更为强调"社会条件所施加于政治行动的限制"[3]。与之相反，古德纳则认为马克思这方面的思想主要来自与浪漫主义相对的古典主义，马克思真正受到浪漫主义影响的是"斗争、个体承诺和努力，以及阶级团结和革命意志"[4]。我国学者刘森林则从关注现实方面强调马克思对早期德意志浪漫主义的继承、批判和超越。[5] 这些研究表明，在马克思与德意志浪漫主义之间的确存在一些至少是表面相似的观念。就这些观念做外在的比较是有意义的，但要

---

[1] 《马克思恩格斯全集》第 30 卷，北京：人民出版社，1995 年，第 112 页。

[2] 《马克思恩格斯全集》第 30 卷，第 112 页。

[3] Michael Levin: "Marxism and Romanticism: Marx's Debt to German Conservatism", in: *Political Studies*, Vol. 22, No. 2, 1974, p. 406.

[4] Alvin Gouldner: "Romanticism and Classicism: Deep Structures in Social Science", in: *Diogenes*, Vol. 21, 1973, p. 96.

[5] 刘森林：《切入现实：马克思对德国早期浪漫派的批判和超越》，载于《中国社会科学》2015 年第 8 期，第 6 页。

在理论上证实浪漫主义对马克思的影响，不仅缺乏直接的文本证据，甚至从观念史的角度来看也未必能够成立。绝大多数研究者都会承认，马克思和德意志浪漫主义者在基本方法和基础信念方面都存在根本的差异，因此这些观念上的相似性可能来自他们共享了那个时代的德国思想界的一些共同议题，比如对启蒙的批判、对现代工业社会的批判和对历史性的强调，而在马克思之前，这些议题也并不专属于浪漫主义者。如果将某些单独的观念从浪漫主义的理论整体中切割出来，可能会与马克思的某些主张相似。但这并不意味着马克思之所以提出这些主张是受了浪漫主义者的影响，就像恩格斯所说的："有句谚语说得好，某些动物偶尔也会发现一颗珍珠；而在普鲁士的浪漫主义者中，这样的动物比比皆是。"[1] 从观念史的角度来看，即使不考虑浪漫主义的直接影响，就像主流的马克思研究所业已证明的，我们仍然可以解释以上所列举的那些观念是如何在马克思思想中产生的，而这似乎也更为符合马克思的自我陈述。莱文实际上也承认，他所论述的马克思从浪漫主义者那里获取的观念，在黑格尔哲学中也有系统的表述，因此他只是提供了一个补充的视角，而不对它们在观念史中的恰当位置进行定义。[2] 刘森林为了证明马克思对具体现实的关注受到了浪漫主义者的影响，提供了一个文本证据，即马克思写于 1837 年的一句诗："康德和费希特喜欢在太空遨游，寻找一个遥远的未知国度；而我只求能真正领悟在街头巷尾遇到的日常事物！"刘森林认为这"显示了他对抽象、不甚关心具体事物的观念论哲学的不满"[3]。但很显然，马克思在这首题为《黑格尔：讽刺短诗》的诗中是以黑格尔的口吻讽刺黑格尔哲学与日常现实的联系过分紧密。[4] 这恰恰表明，马克思对具体事物的关注并非源自他在学生时代对浪漫主义的沉迷。当然，黑格尔哲学也不是驱使他去关注现实事物的直接动力，正如他在《〈政治经济学批判〉序言》中所坦白的，《莱茵报》时期"第一次遇到要对所谓物质利益发表意见的难事"才是真正促使他"去研究经济问题的最初动因"。[5]

---

[1]　《马克思恩格斯文集》第 10 卷，第 639 页。

[2]　Michael Levin: "Marxism and Romanticism: Marx's Debt to German Conservatism", p. 413.

[3]　刘森林：《切入现实：马克思对德国早期浪漫派的批判和超越》，第 8 页。

[4]　麦克莱伦：《马克思传》，第 19 页。

[5]　《马克思恩格斯文集》第 2 卷，第 588 页。

第三节　克服浪漫主义

我们当然不是要否认德意志浪漫主义对马克思有所影响，要证明这一点实际上并不可能。以上的分析仅仅表明：马克思对德意志浪漫主义有充分自觉的批判，要在马克思的语境中证明后者对他的思想的形成有重要的正面影响缺乏令人信服的证据。因此在马克思与德意志浪漫主义的关系问题上，真正需要严肃对待的反倒是来自马克思研究外部的批评。这些批评并不关心马克思本人对浪漫主义的态度，也无意从马克思的文本和经历中寻找证据证明他的思想的浪漫主义根源，而是从外部的视角，尤其是从浪漫主义研究的视角指出马克思的思想中同样包含了浪漫主义的要素，甚至它的结构就是浪漫主义的。浪漫主义在这里意味着消极的东西，它与马克思主义所宣称的科学性相对立。比如，施米特就认为马克思主义是革命的浪漫主义，"在马克思主义中，人民以无产阶级的形式，再次成为真正的革命运动的执行者，它把自身等同于人类，把自身理解为历史的主宰"[1]。伯林则认为德国人热衷于在我们之外寻找历史的决定力量是一种浪漫主义的历史阴谋论：

> 人们总是试图寻找隐蔽的敌人，有时寻找更大而化之的概念，诸如经济力量、生产力力量、阶级斗争的力量（马克思就是这样），或是更为模糊、更形而上学的观念，诸如历史和理性的诡计等等（黑格尔就是这样）。[2]

这一类批评的问题首先在于，浪漫主义往往是一个过于宽泛的思想集合，在这一视角下，18 世纪末之后的德国思想家很少能够免于被指责沾染上了浪漫主义，伯林认为康德也是浪漫主义者就是一个实例。甚至伯林本人也可能会因为他的反启蒙的价值多元论被施米特视为自由主义浪漫主义

---

[1]　施米特：《政治的浪漫派》，第 68 页。
[2]　伯林：《浪漫主义的根源》，第 109 页。

者，而施米特关于主权决断的政治神学则被萨弗兰斯基视为一种"主权的政治浪漫主义"[1]。基于外部视角的批评的另一个问题是，它们往往过于空泛而缺乏对马克思的思想细节的引证，因此除非从整体上反驳他们对浪漫主义的阐释，否则无法在论证上替马克思辩护。维塞尔对马克思的无产阶级概念的浪漫化理解，实际上跟施米特很相似，但他更多地介入了对马克思的文本和思想细节的阐释，正因为如此，我们才能讨论他的论证的得失。但这些外部的批评确实提醒我们需要去思考这样的问题：即使马克思本人对浪漫主义有自觉的批判，他自己会不会在某个时刻也陷入了他所批判的浪漫主义？由此我们将会发现：在马克思早期的思想发展过程中，当遭遇理论上的困境，他有的时候的确会不自觉地倒退回浪漫主义，但随着理论范式的突破，原先的浪漫主义迷误也随之消失；而马克思的思想中也的确有一些与浪漫主义同源的观念，但他对此有清醒的自觉，并努力去消除这些观念中的浪漫主义色彩。

在转向黑格尔哲学后，马克思第一次陷入浪漫主义是在《莱茵报》上讨论林木盗窃法的问题之时。这一问题的背景是：莱茵省议会有意通过立法将捡拾他人林木上掉下的枯枝的行为规定为盗窃。马克思从道德直觉出发强烈反对这一立法提案，"如果法律的这一条款被通过，那么就必然会把一大批不是存心犯罪的人从活生生的道德之树上砍下来，把他们当作枯树抛入犯罪、耻辱和贫困的地狱"[2]。换言之，这不仅会使得一大批无辜之人变成罪犯，还会剥夺那些以捡拾枯枝为生的贫民的谋生手段，马克思因此没有采取将捡拾枯枝界定为民事侵权行为的辩护策略，而是极力论证这一行为本身的合理性。问题在于：依据现代物权法原理，枯枝作为林木的自然孳息在权利上自然也应当归属于林木的所有人。马克思对此当然很清楚，他因此转而诉诸所谓的中世纪的穷人的习惯法，这种习惯法要求维持枯枝在权属上的不确定状态。习惯自身并不能证明法的合理性，马克思因此尝试为这一习惯辩护：

---

[1]　萨弗兰斯基：《荣耀与丑闻：反思德国浪漫主义》，第 375 页。

[2]　《马克思恩格斯全集》第 1 卷，第 243 页。

我们将会看到，作为整个贫苦阶级习惯的那些习惯能够以可靠的本能去理解财产的这个不确定的方面，我们将会看到，这个阶级不仅感觉到有满足自然需要的欲望，而且同样也感到有满足自己正当欲望的需要。[1]

但以人的自然本能和欲望来论证法的合理性，这恰恰是他在《历史法学派的哲学宣言》中批判过的胡果的方法："对胡果的理性来说，只有动物的本性才是无可怀疑的东西。"[2] 从诉诸中世纪的习惯法要求一种所有权的不确定状态开始，马克思实际上已经接近了浪漫主义的立场，而当他试图进一步论证枯枝与林木上的树枝在权属上的差别时，则完全陷入了浪漫主义：

> 自然界本身仿佛提供了一个贫富对立的实例：一方面是脱离了有机生命而被折断了的干枯的树枝树杈，另一方面是根深叶茂的树和树干，后者有机地同化空气、阳光、水分和泥土，使它们变成自己的形式和生命。这是贫富的自然表现。贫民感到与此颇有相似之处，并从这种相似感中引伸出自己的财产权；贫民认为，既然自然的有机财富交给预先有所谋算的所有者，那么，自然的贫穷就应该交给需要及其偶然性。在自然力的这种活动中，贫民感到一种友好的、比人类力量还要人道的力量。代替特权者的偶然任性而出现的是自然力的偶然性，这种自然力夺取了私有财产永远也不会自愿放手的东西。[3]

当树枝与树干相连的时候，它属于林木的所有人，而它一旦跟树干分离，就变成了无主物，造成所有权状态的改变的并非权利主体的某个法律行为，而是大自然的友好的、人道的安排，这是彻头彻尾的浪漫主义。向浪漫主义的这一倒退暴露了马克思的理论困境：在黑格尔的理性国家之中无法解决普遍贫困的问题，在坚持现代国家的所有权制度的前提下，也无

---

[1] 《马克思恩格斯全集》第 1 卷，第 252 页。

[2] 《马克思恩格斯全集》第 1 卷，第 233 页。

[3] 《马克思恩格斯全集》第 1 卷，第 252—253 页。

法为捡拾枯枝的行为进行理性辩护。马克思对此已有所意识："贫苦阶级的存在本身至今仍然只不过是市民社会的一种习惯，而这种习惯在有意识的国家制度范围内还没有找到应有的地位。"[1] 这就是他所遇到的"要对所谓物质利益发表意见的难事"，但他那时候还完全找不到解决问题的思路，只能以浪漫的诗化来掩盖自身的理论困境。而当他洞悉了普遍贫困在现代社会的结构性根源，并转向对现代社会更基础的批判之后，这一立法层面的问题以及它的浪漫主义答案也就以一种釜底抽薪的方式被消解了。

马克思再次陷入浪漫主义是在他跟鲍威尔争论犹太人解放的问题的时候。虽然《论犹太人问题》现在被越来越多的人所重视，但必须指出的是，马克思在这篇文章里同样陷入了浪漫主义。鲍威尔的基本主张是：在德国，犹太人除非能与基督徒一起从宗教中解放出来，否则不可能获得解放。马克思则认为：鲍威尔混淆了政治解放与人的真正的解放，即使犹太人并未从宗教中解放出来，他们也可以作为公民在政治国家中获得政治解放，只要德国在政治上成为一个现代国家。

> 人把宗教从公法领域驱逐到私法领域，这样人就在政治上从宗教中解放出来。宗教不再是国家的精神；因为在国家中，人——虽然是以有限的方式，以特殊的形式，在特殊的领域内——是作为类存在者和他人共同行动的；宗教成了市民社会的、利己主义领域的、一切人反对一切人的战争的精神。[2]

问题是，如果人在市民社会之中是相互敌对的利己主义者，如何能够想象他们在国家之中会作为类存在者与他人共同行动？马克思这里所使用的理论框架来自黑格尔，但黑格尔为了保证政治国家能够超越市民社会的特殊性的对立，诉诸独立于市民社会之外的王权和官僚等级，以及立法中的中介要素，这些都是马克思所不能接受的。这也使得政治解放的前提，即市民社会与政治国家的分离成了问题。马克思当然可以进一步诉诸现代

---

[1] 《马克思恩格斯全集》第 1 卷，第 253 页。

[2] 《马克思恩格斯全集》第 3 卷，第 174 页。

国家的宪政，但正如鲍威尔所批评的："宪政自由主义是享有优先权的人提出的体系，是有局限性的、有自身利益的自由体系。它的基础还是偏见，它的本质还是宗教的。"[1] 在分裂对立的个人和群体中间，有什么力量能在宪法中规定人在政治上的平等？有什么力量能保证仅仅形式上拥有平等政治权利的公民在政治中不会陷入分裂对立？在《黑格尔法哲学批判》中，马克思批评等级要素是"政治国家的浪漫幻想"[2]，但在《论犹太人问题》里，他自己也陷入了关于公民的浪漫幻想：

> 国家，特别是共和国对宗教的态度，毕竟是组成国家的人对宗教的态度。由此可以得出结论：人通过国家这个中介得到解放，他在政治上从某种限制中解放出来，是因为他与自身相矛盾，他以抽象的、有限的、局部的方式超越了这一限制。[3]

马克思对鲍威尔的一些批评当然是对的，鲍威尔将宗教对立当成人在现实中的根本对立，对宗教解放的可能性条件也缺乏认识。但妄想相互对立的市民在政治国家中能够摆脱利己主义，作为平等的公民追求具有普遍性的政治目标，这是公民浪漫主义。[4] 这一思想的源头并非德意志浪漫主义，而是卢梭，卢梭曾试图通过公民宗教去解决公民的塑造问题，[5] 这当然也是马克思所不能接受的。这一困境表明马克思那时候虽然对黑格尔法哲学进行了批判，但仍然受限于后者的理论框架。而等到他真正创建了自己的理论，意识到政治国家不过是市民社会的表现形式，这一公民浪漫主义也就随之消失了：

> 国家内部的一切斗争——民主政体、贵族政体和君主政体相互之

---

[1] 鲍威尔：《犹太人问题》，载于聂锦芳、李彬彬编译：《马克思思想发展历程中的"犹太人问题"》，北京：中国人民大学出版社，2017 年，第 110 页。

[2] 《马克思恩格斯全集》第 3 卷，第 116 页。

[3] 《马克思恩格斯全集》第 3 卷，第 171 页。

[4] Peter Furth: *Phänomenologie der Enttäuschungen. Ideologiekritik nachtotalitär.* Frankfurt a. M.: Fischer 1991, S. 62.

[5] 卢梭：《社会契约论》，何兆武译，北京：商务印书馆，2005 年，第 180 页。

间的斗争，争取选举权的斗争等等，不过是一些虚幻的形式——普遍的东西一般来说是一种虚幻的共同体的形式——，在这些形式下进行着各个不同的阶级间的真正的斗争。[1]

在以上两个例子里，马克思并不是因为受到浪漫主义的影响才犯了错误，而是因为在旧的理论框架内无法解决问题才不得已陷入了浪漫主义，而当他建立了新的范式，这些浪漫主义的迷误也就随着消失了。但马克思的确在他自己的体系中有意识地接纳过可能与浪漫主义同源或相似的观念，其中最有代表性的是他关于人的自由与感性解放的思想。在《1844年经济学哲学手稿》里，马克思虽然也将自由与普遍性概念相联系，并从人的自我意识和意向性开始论述自由，但马克思更为强调感性是人的本质能力，并因此赋予了自由以不同的内涵。感性必须是一切科学的基础，人的自由的实现因此指向的是感性的解放，并最终体现为合乎美的规律的创造活动：

> 动物只是按照它所属的那个种的尺度和需要来构造，而人懂得按照任何一个种的尺度来进行生产，并且懂得处处都把内在的尺度运用于对象；因此，人也按照美的规律来构造。[2]

在手稿的"笔记本 III"中，马克思也从审美的角度对资本主义进行了批判，并设想了一个扬弃了异化从而实现了人的感性解放的美的世界。因为美学主题在马克思此前的文本中并未出现过，这一部分关于美的突兀讨论自然引人注目。这种认为人的自由的最终实现既不体现为内在的道德完善性，也不体现为外在的理性秩序（伦理的或政治的）的建立，而是体现在审美-艺术的创造活动之中的思想，显然与康德、费希特和黑格尔都有所不同。而马克思虽然援引了费尔巴哈的感性概念，但费尔巴哈的思想中同样缺乏类似的美学内涵。因此对这一思想的来源的追问很自然就指向

---

[1]　《马克思恩格斯文集》第1卷，第536页。

[2]　《马克思恩格斯全集》第3卷，第274页。

了以强调审美和艺术著称的德意志浪漫主义，比如麦克莱伦就认为马克思的这一美学思想来自席勒的《审美教育书简》[1]，而维塞尔则在这一论断的基础上对席勒和马克思的美学思想作了更多的比较[2]。席勒虽然在严格意义上并不属于德意志浪漫主义，但正如拜泽尔指出的，《审美教育书简》是早期浪漫主义者的圣书。[3] 所以如果麦克莱伦的溯源是正确的（虽然他并没有提供更多的证据），那的确可以说马克思的这一思想与德意志浪漫主义具有同源性。当然，从外部批判的视角来看，马克思的这一思想源自何处无关紧要，关键在于：这种相似性是否会为马克思招致跟浪漫主义一样的批评？鉴于马克思后来在《1857—1858 年经济学手稿》中仍在谈论自由个性的社会，在《资本论》中也谈论人的能力的自我发展的目的王国，很难说他后来放弃了这一人类学 – 美学的维度。在《审美教育书简》中，我们的确能找到一些与后来的马克思相似的观念，比如对感性的强调、批判现代社会的强制分工造成的人的片面化和碎片化等等，但也能找到更多的差异和对立，甚至在这些表面的相似性之下也能发现更深层次的差异。

　　对于席勒而言，审美 – 艺术活动自身并非自由的表现或确证，而首先是通往自由的手段。只有通过审美 – 艺术教育，人才能培育出美的性格以调和自然性格和道德性格的对立，从而恢复天性中的完整性，"只有在这种条件下，理想中的国家才能成为现实，国家与个人才能达到和谐统一"[4]。审美教育在席勒这里实际上承担了类似于卢梭的公民宗教的教化作用，其目的首先是为理想的国家塑造合格的公民。席勒当然不会接受公民生活与市民生活的分裂，这有损于人的生活和性格的完整性。但在他看来，通过艺术就可以超越和弥合现实生活的各种束缚和对立，"高尚的艺术不沾染任何时代的腐败，它超越时代"，因此理想的生活状态和理想国

---

[1]　麦克莱伦:《马克思主义以前的马克思》，李兴国等译，北京：社会科学文献出版社，1992 年，第 195 页。

[2]　Leonard Wessell: "The Aesthetics of Living Form in Schiller and Marx", in: *The Journal of Aesthetics and Art Criticism*, Vol. 37, No. 2 (Winter 1978), pp. 189-201.

[3]　Frederick C. Beiser: *Enlightenment, Revolution and Romanticism: The Genesis of Modern German Political Thought 1790-1800*, p. 229.

[4]　席勒:《席勒经典美学文论》，范大灿等译，上海：上海三联书店，2015 年，第 218 页。

第三章　马克思与德意志浪漫主义　| 531

家的实现所需要的仅仅是"勇敢的意志和生动的感觉"[1]。席勒也设想过美的王国，但这是一个只对个别审美主体显现的世界，它既不同于感性的物质王国，也不同于理性的道德王国，

> 在这里，人摆脱了一切（包括物质的与道德的）强制，通过自由给予自由是它的基本法则，平等的理想得到实现。这样的审美国家实际上只存在于个别卓越出众的人当中。[2]

席勒的这些思想已经包含了德意志浪漫主义关于审美和艺术的几乎所有重要的观念，而这种浪漫的理想主义显然难以逃脱施米特的主体化的机缘论的批评。

在《1844年经济学哲学手稿》中，马克思对艺术的定位从一开始就不同于席勒以及浪漫主义者，甚至可以说，他对艺术的理解从一开始就摒弃了任何可能的浪漫主义基质。艺术并不是可以通达某个目的的手段，而是对现实世界的反映并最终被现实世界的生产关系所决定，"宗教、家庭、国家、法、道德、科学、艺术等等，都不过是生产的一些特殊的方式，并且受生产的普遍规律的支配"[3]。也正因为如此，艺术才能表现和确证现实世界的自由，如果世界是一个普遍自由的世界，那这种自由必然会普遍反映为人的自由自觉的艺术创造活动。对于马克思而言，人的自由的实现必须在社会历史进程之中展开，它受制于一系列在历史中生成的社会条件，所以像席勒那样认为希腊人具有性格的完整性的想法无非是对过去的浪漫幻想。在低下的社会生产力条件下，不仅雅典城邦的公共生活必须建立在奴隶制之上，甚至那些在黑格尔意义上已经知道自己是自由人的雅典公民，因为作为人的本质的客观展开的对象世界的粗陋和扭曲，也不可能发展出全面而丰富的感性能力，因为，

> 不仅五官感觉，而且连所谓精神感觉、实践感觉（意志、爱等

---

[1] 席勒：《席勒经典美学文论》，第242、246页。

[2] 席勒：《席勒经典美学文论》，第362页。

[3] 《马克思恩格斯全集》第3卷，第298页。

等），一句话，人的感觉、感觉的人性，都是由于它的对象的存在，由于人化的自然界，才产生出来的。[1]

浪漫主义者的思想中当然也包含有历史性的维度，但一方面，历史对他们而言主要表现为界限，因此他们在政治上普遍趋向保守；而另一方面，浪漫主义者又认为，个体，尤其是天才，可以在审美－艺术活动中超越一切界限，政治上的保守主义与主体化的审美机缘论就此结合了起来。而在马克思看来，正因为人的历史性的存在，历史固然构成了人的存在和一切活动的前提，但历史自身的变化也会揭示出人的新的存在形态的可能性。推动历史变化的动力当然不是天才的创造性，也不是由政治和教育的艺术家所主导的审美教育，而归根结底是人的物质生产活动。正是基于这样的唯物主义立场，马克思在审美视角下对资本主义的批判毫无浪漫主义的乡愁和感伤，因为恰恰是资本主义自身的发展揭示了自由的新形态和人的感性解放的可能性：

> 通过私有财产及其富有和贫困——或物质的和精神的富有和贫困——的运动，正在生成的社会发现这种形成所需的全部材料；同样，已经生成的社会，创造着具有人的本质的这种全部丰富性的人，创造着具有丰富的、全面而深刻的感觉的人作为这个社会的恒久的现实。[2]

这当然不仅仅是——像麦克莱伦的书名所暗示的那样——成为马克思主义者之前的马克思的思想，同样的思想在《1857—1858年经济学手稿》以更为精确的语言被复述了一遍："全面发展的个人——他们的社会关系作为他们自己的共同的关系，也是服从于他们自己的共同的控制的——不是自然的产物，而是历史的产物。要使这种个性成为可能，能力的发展就要达到一定的程度和全面性，这正是以建立在交换价值基础上的生产为前提的，这种生产才在产生出个人同自己和同别人相异化的普遍性的同时，

---

[1]　《马克思恩格斯全集》第3卷，第305页。
[2]　《马克思恩格斯全集》第3卷，第306页。

第三章　马克思与德意志浪漫主义　｜　533

也产生出个人关系和个人能力的普遍性和全面性。"[1] 马克思的思想中始终包含有理想性的维度，但它的基础是唯物主义的，跟浪漫主义毫无相似之处。如果因为这一理想性而批评马克思的思想中包含有浪漫主义要素，这种泛浪漫主义的批评也将因其过于宽泛而毫无意义。

---

[1]　《马克思恩格斯全集》第 30 卷，第 112 页。

索引

人名翻译对照表

A

阿庇安（Appian, c. 95—c. 165）463, 464

阿登纳，康拉德（Konrad Adenauer, 1876—1967）401

阿多，皮埃尔（Pierre Hadot, 1922—2010）164, 176

阿多诺，西奥多（Theodor W. Adorno, 1903—1969）189 及以下

阿恩特，恩斯特·莫里茨（Ernst Moritz Arndt, 1769—1860）281, 285 注，402, 416

阿尔文，理查德（Richard Alewyn, 1902—1979）194, 202

阿格里科拉，鲁道夫（Rudolf Agricola, 1443—1485）380

阿亨瓦尔，戈特弗里德（Gottfried Achenwall, 1719—1772）436

阿克顿勋爵（Lord Acton, 1834—1902）466

阿里奥维斯特（Ariovist, 101 BC—54 BC）416

阿里斯托芬（Aristophanes, 446 BC—386 BC）254

阿尔尼姆，阿希姆·冯（Achim von Arnim, 1781—1831）29, 323, 495, 188, 205

埃希特迈耶，特奥多尔（Theodor Echtermeyer, 1863—1932）302

艾伯拉姆斯，迈耶·霍华德（Meyer Howard Abrams, 1912—2015）208, 165 注

艾希霍恩，约翰·戈特弗里德（Johann Gottfried Eichhorn, 1752—1827）468

艾兴多夫，威廉·冯（Wilhelm von Eichendorff, 1786—1849）192

艾兴多夫男爵，约瑟夫·卡尔·本尼迪克特·冯（Joseph Karl Benedikt Freiherr von Eichendorff, 1788—1857），186 及以下

爱伦·坡，埃德加（Edgar Allan Poe, 1809—1849）167

爱默生，拉尔夫·沃尔多（Ralph Waldo Emerson, 1803—1882）156

安东尼，卡洛（Carlo Antoni, 1896—1959）434

奥古斯丁（Augustinus, 354—430）161

奥古斯都（Gaius Octavius Augustus, 63 BC—14 AD）225, 355, 385

奥古斯特·封·普鲁士王子（Prinz August von Preußen, 1779—1843）117

奥克瑟勒，奥托·盖尔哈特（Otto Gerhard Oexle, 1939—2016）431

奥兰治王子，威廉一世（William I, Prince of Orange, 1772—1843）349

奥利金（Origenes, 185—254）191

奥托二世（Otto II., 955—983）375

奥托三世（Otto III., 980—1002）375

奥托一世（Otto I., 912—973）354, 374, 375, 465

奥维德（Ovid, 43 BC—17 AD）378

B

巴尔特，卡尔·弗里德里希（Carl Friedrich Bahrdt, 1740—1792）64

巴尔扎克，奥诺雷·德（Honoré de Balzac, 1799—1850）336

巴赫，约翰·塞巴斯蒂安（Johann Sebastian Bach, 1685—1750）334

巴特，卡尔（Karl Barth, 1886—1968）168

巴特霍德，维纳（Wermer Berthold, 1923—2017）458

柏拉图（Platon, 428/7 BC—348/7 BC）161, 164, 166, 171, 182

拜泽尔，弗里德里克·查尔斯（Frederick Charles Beiser, 1949—）427, 433, 511, 531,
    425 注

薄伽丘，乔万尼（Giovanni Boccaccio, 1313—1375）252, 334, 376

保尔，让（Jean Paul, 1763—1825）93, 213, 343

保罗，赫尔曼（Herman Paul, 1978—）468

鲍尔，斐迪南·克里斯蒂安（Ferdinand Christian Baur, 1792—1860）314

鲍威尔，布鲁诺（Bruno Bauer, 1809—1882）528-529

贝多芬，路德维希·凡（Ludwig van Beethoven, 1770—1827）334-335

贝恩斯多夫男爵，约翰·哈特维希·恩斯特·冯（Johann Hartwig Ernst von Bernstorff,

1712—1772）349, 367

贝尔特拉姆，恩斯特（Ernst Bertram, 1884—1957）351

贝克 - 绍姆，克里斯托弗（Christoph Becker-Schaum, 1952— ）438

贝勒尔，恩斯特（Ernst Behler, 1928—1997）234

贝娄，格奥尔格·冯（Georg von Below, 1858—1927）23, 425, 479

贝特曼·霍尔维格，特奥巴登·冯（Theobald von Bethmann Hollweg, 1856—1921）
348

倍倍尔，海因里希（Heinrich Bebel, 1473—1518）377

本笃十五世（Benedikt XV., 1854—1922）416

本恩，戈特弗里德（Gottfried Benn, 1886—1956）414

本森，克里斯蒂安·卡尔·约西亚·冯（Christian Karl Josias von Bunsen, 1791—
1860）316

本雅明，瓦尔特（Walter Benjamin, 1892—1940）95, 116, 191, 201, 205

彼得拉克，弗朗切斯科（Francesco Petrarca, 1304—1374）252, 334, 376

俾斯麦，奥托·冯（Otto von Bismarck, 1815—1898）269, 315, 405, 416

毕达哥拉斯（Pythagoras, c. 570—c. 495BC）198

毕尔格，戈特弗里德·奥古斯特（Gottfried August Bürger, 1747—1794）29, 230

毕尔肯，西格蒙德（Sigmund von Birken, 1856—1939）206

毕希纳，格奥尔格（Georg Büchner, 1813—1837）111

庇护六世（Pius VI., 1717—1799）279

波岑哈特，艾里希（Erich Botzenhart, 1901—1956）503

波德莱尔，夏尔（Charles Baudelaire, 1821—1867）167

波尔曼，亚历山大·冯（Alexander von Bormann, 1936—2009）202

波利奥，盖乌斯·阿西纽斯（Gaius Asinius Pollio, 75 BC—4 AD）464

波利比乌斯（Polybius, c. 200—c. 118 BC）439, 463

波墨，雅各布（Jakob Böhme, 1575—1624）159, 169, 172, 205

波拿巴，杰罗姆（Jérôme Bonaparte, 1784—1860）396

波拿巴，拿破仑（Napoleon Bonaparte, 1769—1821）152, 318, 322, 393, 397

波义耳，罗伯特（Robert Boyle, 1627—1691）157

伯克，埃德蒙（Edmund Burke, 1729—1797）200, 486, 498

伯利克里（Perikles, c.495—429 BC）225

伯林，以赛亚（Isaiah Berlin, 1909—1997）4, 16, 20-22, 35-36, 82, 425, 510, 525

勃兰兑斯，格奥尔格（Georg Brandes, 1842—1927）2, 10, 15

勃兰特，塞巴斯蒂安（Sebastian Brant, 1457/58—1521）305

博德默尔，约翰·雅各布（Johann Jakob Bodmer, 1698—1783）29, 341, 342, 347, 349

博厄斯，乔治（George Boas, 1891—1980）4, 21

博林布鲁克子爵（第一代），亨利·圣约翰（Henry St. John, 1. Viscount Bolingbroke, 1678—1751）469

博纳文图拉（Bonaventura, 1221—1274）161

博伊斯，约瑟夫（Joseph Beuys, 1921—1986）110

布拉克，霍斯特·瓦尔特（Horst Walter Blanke, 1954—2022）431, 445 注

布莱克，威廉（William Blake, 1757—1827）156

布赖丁格，约翰·雅各布（Johann Jakob Breitinger, 1701—1776）341-342

布兰德斯，恩斯特（Ernst Brandes, 1758—1810）433, 498

布雷纳斯，保尔（Paul Breines）520

布雷耶，卡尔·威廉·弗里德里希·冯（Carl Wilhelm Friedrich von Breyer, 1771—1818）454

布鲁门伯格，汉斯（Hans Blumenberg, 1920—1996）160

布伦塔诺，克莱门斯（Clemens Brentano, 1778—1842）29, 189, 205, 264, 266, 268, 310, 323, 425, 480 注

布什，乔治·沃克（George Walker Bush, 1946— ）391

布瓦洛，尼古拉（Nicolas Boileau, 1636—1711）401

布瓦瑟雷，约翰·苏尔皮茨·梅尔基奥·多米尼库斯（Johann Sulpiz Melchior Dominikus Boiserée, 1783—1854）284

C

蔡尔提斯，康拉德（Conrad Celtis, 1459—1508）377, 378, 380

查理大帝（Charlemagne/Karl der Große, 747—814）320, 342, 353, 376, 417, 451

D

达尔曼，弗里德里希·克里斯托弗（Friedrich Christoph Dahlmann, 1785—1860）398,
399

大卫，雅克－路易（Jacques–Louis David, 1748—1825）152

但丁·阿利吉耶里（Dante Alighieri, 1265—1321）191, 252, 334

德尔图良（Tertullian, c. 155—c. 220）324

德里达，雅克（Jacques Derrida, 1930—2004）47

德罗斯特－菲舍林，克莱门斯·奥古斯特（Clemens August Droste zu Vischering,
1773—1845）315, 317, 318, 321, 328

德罗伊森，约翰·古斯塔夫（Johann Gustav Droysen, 1808—1884）424–425, 426, 456

狄尔泰，威廉（Wilhelm Dilthey, 1833—1911）433, 467

迪尔维诺，弗朗索瓦（François d'Ivernois, 1757—1842）502

笛卡尔，勒内（René Descartes, 1596—1650）42, 65 注 , 156, 218, 333

蒂克，路德维希（Ludwig Tieck, 1773—1853）40 注 , 44, 77, 81, 111 注 , 167, 169, 175,
187, 198, 338, 340, 425

蒂利希，保罗（Paul Tillich, 1886—1965）35, 344

丢勒，阿尔布莱希特（Albrecht Dürer, 1471—1528）378

多弗，阿尔弗雷德（Alfred Dove, 1844—1916）459

E

莪相（Ossian）342, 367, 372, 373, 382

恩格斯，弗里德里希（Friedrich Engels, 1820—1895）513–518, 521–524

F

法勒斯雷本，霍夫曼·冯（August Heinrich Hoffmann von Fallersleben, 1798—1874）
402

腓特烈二世（Friedrich II., 1194—1250）375

腓特烈三世（Friedrich III., 1415—1493）375, 377

腓特烈一世（Friedrich I., 1122—1190）375

费尔巴哈，路德维希（Ludwig Feuerbach, 1804—1872）530

费舍尔，弗里德里希·特奥多尔（Friedrich Theodor Vischer, 1807—1887）303

费希特，约翰·戈特利布（Johann Gottlieb Fichte, 1762—1814）5–6, 12–13, 31, 40–
50, 53, 57, 58, 62, 76, 89, 92–96, 102, 105, 158, 169, 170, 175, 241 注, 245 注, 280, 335,
339, 343, 348, 374, 385, 410–418, 469, 479, 486, 510–513, 524, 530

芬克·冯·芬肯斯泰因伯爵，弗里德里希·路德维希·卡尔（Friedrich Ludwig Karl,
Graf Finck von Finckenstein, 1745—1818）495–496

丰特奈尔，伯纳德·勒·博维尔·德（Bernard le Bovier de Fontenelle, 1657—1757）
215, 234, 241, 244

冯塔纳，特奥多尔（Theodor Fontane, 1819—1898）186, 188

弗格森，亚当（Adam Ferguson, 1723—1816）434

弗拉维乌斯（Flavus）358–361, 369

弗莱明，保尔（Paul Fleming, 1609—1640）30

弗莱辛的奥托（Otto von Freising, c. 1114—1158）439

弗兰茨二世（Franz II., 1768—1835）407

弗朗索瓦一世（François Ier/Franz I., 1494—1547）334

弗雷德里克五世（Frederick V, 1723—1766）349, 366, 373

弗里德里希，卡尔（Karl Friedrich, 1728—1811）349, 350, 352

弗里德里希，卡斯帕尔·大卫（Caspar David Friedrich, 1774—1840）152, 203–204, 380

弗里德里希二世（Friedrich II., 1712—1786）334, 363, 382, 405, 479, 481, 485, 489, 490,
491

弗里德里希五世（Friedrich V., 1748—1820）350, 381, 382

弗里德里希·威廉一世（Friedrich Wilhelm I., 1688—1740）320, 491

弗里德里希·威廉二世（Friedrich Wilhelm II., 1744—1797）481

弗里德里希·威廉三世（Friedrich Wilhelm III., 1770—1840）316, 318, 481, 497

弗里德里希·威廉四世（Friedrich Wilhelm IV., 1795—1861）315

弗伦茨贝格，格奥尔格·冯（Georg von Frundsberg, 1473—1528）416

弗吕瓦尔德，沃尔夫冈（Wolfgang Frühwald, 1935—2019）188, 192, 197, 268

伏尔泰（Voltaire, 1694—1778）296, 333, 363, 433, 443, 444, 469

福格特，约翰内斯（Johannes Voigt, 1786—1863）32

福柯，米歇尔（Michel Foucault, 1926—1984）76

福斯，约翰·海因里希（Johann Heinrich Voss, 1751—1826）347

富凯，弗里德里希·海因里希·卡尔·德·拉·莫特（Friedrich Heinrich Karl de la Motte Fouqué, 1777—1843）29

富埃特，爱德华（Eduard Fueter, 1876—1928）424, 426, 433, 457, 466

G

盖尔策，海因里希（Heinrich Gelzer, 1847—1906）301–303

盖尔斯滕贝格，海因里希·威廉·封（Heinrich Wilhelm von Gerstenberg, 1737—1823）367, 374, 382–383

盖尔维努斯，格奥尔格·戈特弗里德（Georg Gottfried Gervinus, 1805—1871）300–301, 345, 475

盖瑟尔，约翰纳斯·巴普蒂斯特·雅各布·冯（Johannes Baptist Jacob von Geissel, 1796—1864）315

戈特洛布，米歇尔（Michael Gottlob, 1950— ）467, 474

戈特舍德，约翰·克里斯托弗（Johann Christoph Gottsched）340, 341, 381, 382

歌德，约翰·沃尔夫冈·冯（Johann Wolfgang von Goethe, 1749—1832）211–212, 216, 226–232, 255, 335–352, 382–385

格奥尔格，斯特凡（Stefan George, 1868—1933）351, 413

格鲍尔，格奥尔格·克里斯托弗（Georg Christoph Gebauer, 1690—1773）432

格拉贝，克里斯蒂安·迪特里希（Christian Dietrich Grabbe, 1801—1836）34, 374

格莱姆，约翰·威廉·路德维希（Johann Wilhelm Ludwig Gleim, 1719—1803）381

格雷斯，约瑟夫（Joseph Görres, 1776—1848）201, 312 及以下

格里高利十六世（Gregor XVI., 1765—1846）317

格林，雅各布（Jacob Ludwig Karl Grimm, 1785—1863）30 及以下，419

格鲁克，克里斯托弗·威利巴尔德（Christoph Willibald Gluck, 1714—1787）349, 382

格吕菲乌斯，安德烈亚斯（Andreas Gryphius, 1616—1664）119

格兹，维尔纳（Werner Goez, 1929—2003）465

根茨，弗里德里希·冯（Friedrich von Gentz, 1764—1832）117, 485–486

贡道尔夫，弗里德里希（Friedrich Gundolf, 1880—1931）351, 390

古德纳，阿尔文·沃德（Alvin Ward Gouldner, 1920—1980）523

古登堡，约翰内斯（Johannes Gutenberg, c.1400—1468）376

古奇，乔治·皮博迪（George Peabody Gooch, 1873—1968）28–33, 466

圭恰迪尼，弗朗切斯科（Francesco Guicciardini, 1483—1540）472

H

哈贝马斯，尤尔根（Jürgen Habermas, 1929—　）18–19, 34

哈登堡，卡尔·奥古斯特·冯（Karl August von Hardenberg, 1750—1822）393

哈尔斯多夫，格奥尔格·菲利普（Georg Philipp Harsdörffer, 1607—1658）206

哈格多恩，弗里德里希·冯（Friedrich von Hagedorn, 1708—1754）349

哈根，弗里德里希·海因里希·冯·德（Friedrich Heinrich von der Hagen, 1780—1856）29

哈勒，卡尔·路德维希·冯（Karl Ludwig von Haller, 1768—1854）513

哈曼，约翰·格奥尔格（Johann Georg Haman, 1730—1788）64, 163, 173, 309, 343

哈通，弗利茨（Fritz Hartung, 1883—1967）505

哈扎－拉德里兹，索菲·冯（Sophie von Haza–Radlitz, 1950—2016）485

海德格尔，马丁（Martin Heidegger, 1889—1976）184, 209, 414

海顿，约瑟夫（Joseph Haydn, 1732—1809）335

海姆，鲁道夫（Rudolf Haym, 1821—1901）242

海涅，海因里希（Heinrich Heine, 1797—1856）10, 34, 418–419, 425, 510–511

海因，克里斯蒂安·戈特洛布（Christian Gottlob Heyne, 1729—1812）438, 447

海泽，卡尔·威廉·路德维希（Karl Wilhelm Ludwig Heyse, 1797—1855）140–141

汉密尔顿，艾玛（Emma Hamilton, 1765—1815）350

汉尼拔（Hannibal, 247 BC—183 BC）378

豪则，路德维希（Ludwig Häusser, 1818—1861）32

荷尔德林，约翰·克里斯蒂安·弗里德里希（Johann Christian Friedrich Hölderlin, 1770—1843）158, 213, 347, 348, 383

荷马（Homer, c. 8th century BC）29, 127, 255, 349, 512

贺拉斯（Horaz, 65—8 BC）225

赫尔德，马利亚·卡洛琳娜（Maria Karoline Herder, 1750—1809）125

赫尔德，约翰·戈特弗里德（Johann Gottfried Herder, 1744—1803）163, 173, 225, 240, 248–249

赫尔蒂，路德维希·克里斯托夫·海因里希（Ludwig Christoph Heinrich Hölty, 1748—1776）347

赫尔墨斯，格奥尔格（Georg Hermes，1775—1831）317–318

赫费，奥特弗利德（Otfried Höffe, 1943— ）90, 92

赫姆斯特惠斯，弗兰斯（Frans Hemsterhuis, 1721—1790）170, 171, 182

赫西俄德（Hesiod, c. 750—c. 650 BC）196

黑格尔，格奥尔格·威廉·弗里德里希（Georg Wilhelm Friedrich Hegel, 1770—1831）18–19, 36–37, 233, 429, 525 及以下

黑伦，阿诺德·赫尔曼（Arnold Hermann Heeren, 1760—1842）432–433，436, 438–439

黑塞，赫尔曼（Hermann Hesse, 1877—1962）167

亨德尔，格奥尔格·弗里德里希（Georg Friedrich Händel, 1685—1759）335, 349

亨里希，迪特（Dieter Henrich, 1927—2022）41

亨利六世（Heinrich VI., 1165—1197）375

亨利一世（Heinrich I., 876—936）353–355, 374

洪堡，威廉·冯（Wilhelm von Humboldt, 1767—1835）242, 350, 444

洪堡，亚历山大·冯（Alexander von Humboldt, 1769—1859）159, 164–165

胡伯，恩斯特·鲁道夫（Ernst Rudolf Huber, 1903—1990）487, 491, 493

胡果，古斯塔夫·康拉德（Gustav Conrad Hugo, 1764—1844）485, 514, 527

胡赫，理卡达·奥克塔维娅（Ricarda Octavia Huch, 1864—1947）283, 506

胡腾，乌尔里希·冯（Ulrich von Hutten, 1488—1523）379–380

糊涂者查理（Charles the Simple, 879—929）354

华兹华斯，威廉（William Wordsworth, 1770—1850）90, 350

霍布斯，托马斯（Thomas Hobbes, 1588—1679）222, 333

霍布斯鲍姆，艾瑞克（Eric Hobsbawm, 1917—2012）332, 427

霍夫曼斯塔尔，胡戈·冯（Hugo von Hofmannsthal, 1874—1929）167

霍维尔男爵，弗里德里希·亚历山大·约瑟夫·拉斐尔·冯（Friedrich Alexander Joseph Raphael Freiherr von Hövel, 1766—1826）498

J

吉本，爱德华（Edward Gibbon, 1737—1794）434

吉登斯，安东尼（Anthony Giddens, 1938—）522

吉尔塔纳，克里斯托弗（Christoph Girtanner, 1760—1800）103-104

济慈，约翰（John Keats, 1795—1821）167

加格恩男爵，海因里希·威廉·奥古斯特（Heinrich Wilhelm August Freiherr von Gagern, 1799—1880）499

伽利雷，伽利略（Galileo Galilei, 1564—1642）162

加特勒，约翰·克里斯托弗（Johann Christoph Gatterer, 1727—1799）428, 431, 440 及以下，447 及以下，461

K

卡尔大公（Erzherzog Karl, 1771—1847）407

卡尔德隆·德·拉·巴尔卡，佩德罗（Pedro Calderón de la Barca, 1600—1681）291 及以下

卡莱尔，托马斯（Thomas Carlyle, 1795—1881）167, 424, 514

卡斯蒂廖内伯爵，巴尔达萨尔（Baldassare Castiglione, 1478—1529）149-150

卡维尔，斯坦利（Stanley Cavell, 1926—2018）90

开普勒，约翰尼斯（Johannes Kepler, 1571—1630）348

凯奇纳·西弗勒斯，奥鲁斯（Aulus Caecina Severus）359, 368, 371

恺撒，盖乌斯·尤利乌斯（Gaius Iulius Caesar, 100 BC—44 BC）379, 415

坎帕诺，詹南托尼奥（Giannantonio Campano, 1429—1477）378

康德，伊曼努尔（Immanuel Kant, 1724—1804）11, 17-18, 40 及以下，64 及以下，177, 184

康拉德一世（Konrad I., c. 881—918）353

康林，赫尔曼（Hermann Conring, 1606—1681）436

柯尔贝尔，让－巴普蒂斯特（Jean-Baptiste Colbert, 1619—1683）401

柯勒律治，塞缪尔·泰勒（Samuel Taylor Coleridge, 1772—1834）90, 350

柯林，海因里希·约瑟夫·冯（Heinrich Joseph von Collin, 1771—1811）398

柯瑟尔，爱伯哈德（Eberhard Kessel, 1907—1986）458, 462

科采布，奥古斯特·弗里德里希·斐迪南·冯（August Friedrich Ferdinand von Kotzebue, 1761—1819）111, 496

科尔夫，赫尔曼·奥古斯特（Hermann August Korff, 1882—1963）339

科勒，约翰·大卫（Johann David Köhler, 1684—1755）432

科塞勒克，莱因哈特（Reinhart Koselleck, 1923—2006）214, 429, 477

科施，威廉·弗兰茨·约瑟夫（Wilhelm Franz Josef Kosch, 1879—1960）186

克尔凯郭尔，索伦（Søren Aabye Kierkegaard, 1813—1855）96

克拉德尼乌斯，约翰·马丁（Johann Martin Chladenius, 1710—1759）428

克拉默，卡尔·弗里德里希（Carl Friedrich Cramer, 1752—1807）382

克拉苏，马尔库斯·里基尼乌斯（Marcus Licinius Crassus, 115—53 BC）357

克莱斯特，海因里希·冯（Heinrich von Kleist, 1777—1811）87 及以下，111, 347, 384 及以下

克劳斯，克里斯蒂安·雅各布（Christian Jacob Kraus, 1753—1807）493

克鲁克霍恩，保尔（Paul Kluckhohn, 1886—1957）167

克伦威尔，奥利弗（Oliver Cromwell, 1599—1658）265

克罗齐，贝奈戴托（Benedetto Croce, 1866—1952）508

克罗泽，格奥尔格·弗里德里希（Georg Friedrich Creuzer, 1771—1858）201

克洛卜施托克，弗里德里希·戈特利布（Friedrich Gottlieb Klopstock, 1724—1803）28, 233, 302, 345 及以下

克瑞格，列奥那德（Leonard Krieger, 1918—1990）458

孔多塞侯爵（Marie Jean Antoine Nicolas Caritat, Marquis de Condorcet, 1743—1794）241, 443, 455

库尼施，赫尔曼（Hermann Kunisch, 1901—1991）194

库尔提乌斯，恩斯特·罗伯特（Ernst Robert Curtius, 1886—1956）214

L

拉斐尔，桑蒂（Raffaello Santi, 1483—1520）148-151, 340

拉梅内，费利西泰·德（Félicité de Lamennais, 1782—1854）321

拉姆道尔，弗里德里希·威廉·巴西利乌斯·冯（Friedrich Wilhelm Basilius von Rahmdor, 1757—1822）204

拉普，赫利伯特（Heribert Raab, 1923—1990）323

拉瓦特尔，约翰·卡斯帕（Johann Caspar Lavater, 1741—1801）350

拉辛，让（Jean Racine, 1639—1699）401

莱布尼茨，戈特弗里德·威廉（Gottfried Wilhelm Leibniz, 1646—1716）333-334

莱马鲁斯，赫尔曼·塞缪尔（Hermann Samuel Reimarus, 1694—1768）339

莱文，米歇尔（Michael Levin）523, 524

莱辛，戈特霍尔德·埃夫莱姆（Gotthold Ephraim Lessing, 1729—1781）114, 129, 233, 296-297, 471

莱茵哈德伯爵，卡尔·弗里德里希（Carl Friedrich Reinhard, 1761—1837）281

赖希哈特，约翰·弗里德里希（Johann Friedrich Reichardt, 1752—1814）98

赖因霍尔德，恩斯特·克里斯蒂安·戈特利布·延斯（Ernst Christian Gottlieb Jens Reinhold, 1793—1855）41

赖因霍尔德，卡尔·莱昂哈德（Karl Leonhard Reinhold, 1757—1823）64

兰波，让·尼古拉·阿蒂尔（Jean Nicolas Arthur Rimbaud, 1854—1891）167, 207

兰克，利奥波德·冯（Franz Leopold von Ranke,1795—1886）33, 424 及以下，430, 443, 456 及以下

朗格维什，迪尔特（Dieter Langewiesche, 1943— ）465

劳默尔，弗里德里希·路德维希·格奥尔格·冯（Friedrich Ludwig Georg von Raumer, 1781—1873）32, 475

雷，约翰（John Ray, 1627—1705）162

雷贝格，奥古斯特·威廉（August Wilhelm Rehberg, 1757—1836）433, 498

雷迪格，卡尔·冯（Karl von Rehdiger, 1765—1826）502

雷摩尔，尤利乌斯·奥古斯特（Julius August Remer, 1738—1803）447

雷瑙，尼古拉斯（Nikolaus Lenau, 1802—1850）34

黎塞留，阿尔芒-让·迪·普莱西·德（Armand-Jean du Plessis de Richelieu, 1585—1642）401

李迪克，特奥多尔（Theodor Liedtik）454

李嘉图，大卫（David Ricardo, 1772—1823）517

李斯特，弗朗茨（Franz Liszt, 1811—1886）186

里姆，安德烈亚斯（Andreas Riem, 1749—1814）64

利希滕贝格，格奥尔格·克里斯托弗（Georg Christoph Lichtenberg, 1742—1799）350

利奥十世（Leo X., 1475—1521）379

利维娅·德鲁西拉（Livia Drusilla, 58 BC—29 AD）388, 395

列维纳斯，伊曼努尔（Emmanuel Levinas, 1906—1995）47

卢登，海因里希（Heinrich Luden, 1778—1847）31

卢格，阿诺德（Arnold Ruge, 1802—1880）302, 510, 511, 513

卢卡奇，格奥尔格（György Lukács, 1885—1971）36, 344

卢克莱修（Lukrez, c. 99—c. 55 BC）166, 347

卢梭，让-雅克（Jean-Jacques Rousseau, 1712—1778）81, 215, 221, 452, 529

鲁德，彼得（Peter Luder, 1415—1472）377

鲁热·德·利尔，克劳德·约瑟夫（Claude Joseph Rouget de Lisle, 1760—1836）402

路德，马丁（Martin Luther, 1483—1546）295-296, 346, 379, 416, 458

路德维希一世（Ludwig I., 1786—1868）314

路易·费迪南·冯·普鲁士王子（Prinz Louis Ferdinand von Preußen, 1772—1806）117

路易十六（Louis XVI, 1754—1793）66, 427

路易十四（Louis XIV, 1638—1715）215, 225, 333, 397

路易丝王后（Luise Auguste Wilhelmine Amalie Herzogin zu Mecklenburg, 1776—1810）481

罗本伯爵，奥托·海因里希（Otto Heinrich Graf von Loeben, 1786—1825）187, 205

罗伯斯庇尔，马克西米连·德（Maximilien de Robespierre, 1758—1794）265

罗伯特一世（Robert I., 1278—1343）376

罗恩施坦，丹尼尔·卡斯帕·冯（Daniel Casper von Lohenstein, 1635—1683）374, 380

罗森贝格，阿尔弗雷德·恩斯特（Alfred Ernst Rosenberg, 1893—1946）389

罗素，伯特兰·阿瑟·威廉（Bertrand Arthur William Russell, 1872—1970）344

洛夫乔伊，阿瑟·奥肯（Arthur Oncken Lovejoy, 1873—1962）4, 20 及以下，36, 217, 256

洛克，约翰（John Locke, 1632—1704）333, 434

洛伦兹，奥托卡（Ottokar Lorenz, 1832—1904）467

洛维，米歇尔（Michael Löwy, 1938—）514, 516, 521, 522

吕森，约恩（Jörn Rüsen, 1938—）425, 457

M

马博德（Marbod, c. 30 BC—37 AD）364, 385 及以下

马蒂尼，弗里茨（Fritz Martini, 1909—1991）347

马尔韦茨，弗里德里希·奥古斯特·路德维希·冯（Friedrich August Ludwig von der Marwitz，1777—1837）495–496

马克思，卡尔（Karl Marx, 1818—1883）511 及以下

马克西米利安一世（Maximilian I., 1459—1519）506

马利特，保罗·亨利（Paul Henri Mallet, 1730—1807）367, 373

麦克菲森，詹姆斯（James Macpherson, 1736—1796）373

麦克莱伦，戴维（David McLellan, 1940—）513, 531, 533

曼，戈洛（Golo Mann, 1909—1994）400

曼，托马斯（Thomas Mann, 1875—1955）195, 344

曼海姆，卡尔（Karl Mannheim, 1893—1947）484, 487, 496, 499, 506

毛勒，格奥尔格·路德维希·冯（Georg Ludwig von Maurer, 1790—1872）515, 522

梅兰希顿，菲利普（Philipp Melanchton, 1497—1560）380

梅林，弗兰茨·埃尔德曼（Franz Erdmann Mehring, 1846—1919）345, 513, 516

梅尼克，弗里德里希（Friedrich Meinecke, 1862—1954）482, 484, 505, 508 及以下

梅斯梅尔，弗兰茨·安东（Franz Anton Mesmer, 1734—1815）159

梅特涅，克莱门斯·文策尔·洛塔尔·冯（Klemens Wenzel Lothar von Metternich, 1773—1859）

286, 497, 509

门策尔，沃尔夫冈（Wolfgang Menzel，1798—1873）325

门德尔松，摩西（Moses Mendelssohn, 1729—1786）264, 381

门德尔松·巴尔托迪，雅各·路德维希·费里克斯（Jakob Ludwig Felix Mendelssohn
　　Bartholdy, 1809—1847）186

孟德斯鸠（Montesquieu, 1689—1755）362–363, 367, 493, 504

孟宁豪斯，温弗里特（Winfried Menninghaus, 1952— ）107

弥尔顿，约翰（John Milton, 1608—1674）333, 341, 346, 349, 350

米开朗基罗·博那罗蒂（Michelangelo Buonarroti, 1475—1564）340

米勒，亚当·海因里希（Adam Heinrich Müller, 1779—1829）485 及以下

米什莱，儒勒（Jules Michelet, 1798—1874）424

明谷的圣伯尔纳（Bernard de Clairvaux, c. 1090—1153）196

明希豪森男爵，格拉赫·阿道夫（Gerlach Adolf Freiherr von Münchhausen, 1688—
　　1770）434

摩尔根，路易斯·亨利（Lewis Henry Morgen, 1818—1881）515, 522

莫里茨，卡尔·菲利普（Karl Philipp Moritz, 1756—1793）274

莫维庸，以利亚撒·德（Eleazar de Mauvillon, 1712—1779）334

莫泽尔，弗里德里希·卡尔·冯（Friedrich Karl von Moser, 1723—1798）64

莫扎特，沃尔夫冈·阿玛多伊斯（Wolfgang Amadeus Mozart, 1756—1791）335

默克尔，安格拉（Angela Merkel, 1954— ）416

默里茨，卡尔·菲利普（Karl Philipp Moritz, 1756—1793）200

莫泽尔，尤斯图斯（Justus Moeser, 1720—1794）498

缪勒，约翰内斯·冯（Johannes von Müller, 1752—1809）29, 31, 457

穆罕默德（Mohammed, 571—632）446

穆勒，约翰·斯图亚特（John Stuart Mill, 1806—1873）517

N

纳尔逊子爵（Horatio Nelson, 1. Viscount Nelson, 1758—1805）350

内弗，克利斯蒂安·戈特利布（Christian Gottlob Neefe, 1748—1798）349

尼布尔，巴托尔德·尼布尔（Barthold Georg Niebuhr, 1776—1831）424, 426

尼采，弗里德里希·威廉（Friedrich Wilhelm Nietzsche, 1844—1900）20, 34, 344, 348

尼库莱，弗里德里希（Friedrich Nicolai, 1733—1811）274—275

尼特布拉特，丹尼尔（Daniel Nettelbladt, 1719—1791）435

牛顿，艾萨克（Isaac Newton, 1643—1727）156, 218, 240, 333

诺瓦利斯（Novalis, 1772—1801），原名弗里德里希·冯·哈登贝格（Friedrich von Hardenberg）5, 12, 43 及以下，166 及以下，275 及以下

O

欧伯莱特，雅各布·赫尔曼（Jacob Hermann Obereit, 1725—1798）29

欧根公爵，卡尔（Karl Eugen, 1728—1793）350

欧里庇得斯（Euripides, c. 480—c. 406 BC）225, 255

P

帕尔姆，约翰·菲利普（Johann Philipp Palm, 1766—1806）414

帕拉塞尔苏斯（Paracelsus, 1493—1541）159, 162, 170, 172–173

帕斯卡尔，布莱士（Blaise Pascal, 1623—1662）157, 162

佩罗，夏尔（Charles Perrault, 1628—1703）215

皮谷拉，安德里亚斯（Andreas Pigulla）461

皮科洛米尼，埃涅阿斯·西尔维奥 / 庇护二世（Enea Silvio Piccolomini/Pius II., 1405—1464）377, 378

皮科洛米尼，弗朗西斯科·托德斯希尼（Francesco Todeschini Piccolomini, 1439—1503）378

品达（Pindar, c. 518 BC—c. 438 BC）347

平特，约翰·斯蒂凡（Johann Stephn Pütter, 1725—1807）435

普莱斯纳，赫尔穆特（Helmut Plessner, 1892—1985）344

普鲁塔克（Plutarch, c. 46 AD—after 119 AD）176, 464

普罗佩尔提乌斯（Propertius, c. 50 BC— c. 15 BC）512

普罗提诺（Plotin, 205—270）161, 170

普吕什，诺埃尔 – 安托万（Noël-Antoine Pluche, 1688—1761）162

Q

乔治二世（Georg II., 1683—1760）434

切鲁西人赫尔曼（Hermann der Cherusker, 17 BC—21 AD）364–365, 368

屈恩，索菲·冯（Sophie von Kühn, 1782—1797）169

R

荣格，卡尔·古斯塔夫（Carl Gustav Jung, 1875—1961）43

S

萨尔，乔治（George Sale, 1697—1736）440, 450,

萨弗兰斯基，吕迪格尔（Rüdiger Safranski, 1945— ）4, 526

萨克，约翰·奥古斯特（Johann August Sack, 1764—1831）501

萨克斯，汉斯（Hans Sachs, 1494—1576）300

萨穆埃尔，理查德·赫伯特（Richard Herbert Samuel, 1900—1983）167

萨丕尔，爱德华（Edward Sapir, 1884—1939）22

萨维尼，弗里德里希·卡尔·冯（Friedrich Carl von Savigny, 1779—1861）514

塞德林，奥斯卡（Oskar Seidlin, 1911—1984）194, 202

塞万提斯·萨维德拉，米格尔·德（Miguel de Cervantes Saavedra, 1547—1616）237,
252, 334

桑德，卡尔·路德维希（Karl Ludwig Sand, 1795—1820）496

沙多，约翰·戈特弗里德（Johann Gottfried Schadow, 1764—1850）350

沙夫茨伯里伯爵（第三代），安东尼·阿什利 – 柯柏（Anthony Ashley Cooper, 3rd Earl
of Shaftesbury, 1671—1713）170

沙米索，阿德尔贝特·冯（Adelbert von Chamisso, 1781—1838）197

莎士比亚，威廉（William Shakespeare, 1564—1616）212, 225, 247 及以下

圣佩甫，夏尔 – 奥古斯丁（Charles-Augustin Sainte-Beuve, 1804—1869）336

施蒂格穆勒，达格玛（Dagmar Stegmüller）468

施托尔贝格伯爵，弗里德里希·利奥波德（Graf Friedrich Leopold zu Stolberg–Stolberg, 1750—1819）266

施托尔贝格伯爵，克里斯蒂安（Christian zu Stolberg–Stolberg, 1748—1821）266

施多姆，特奥多尔（Theodor Storm, 1817—1888）186, 188

施莱尔马赫，弗里德里希·丹尼尔·恩斯特（Friedrich Daniel Ernst Schleiermacher, 1768—1834）73, 100, 105, 108, 153

施莱格尔，多萝苔娅·弗里德里克（Dorothea Friederike Schlegel, 1764—1839）188, 281

施莱格尔，卡尔·威廉·弗里德利希·冯（Karl Wilhelm Friedrich von Schlegel, 1772—1829）66 及以下，84 及以下，238 及以下，280 及以下，443 及以下

施莱格尔，卡洛琳娜（Caroline Schlegel, 1763—1809）125

施莱格尔，约翰·埃利亚斯（Johann Elias Schlegel, 1719—1749）366, 381

施莱格尔，奥古斯特·威廉（August Wilhelm von Schlegel, 1767—1845）117 及以下

施洛策尔，奥古斯特·路德维希·冯（August Ludwig von Schlözer, 1735—1809）436 及以下，485

施洛塞尔，弗里德里希·克里斯托弗（Friedrich Christoph Schlosser, 1776—1861）465 及以下

施米特，卡尔（Carl Schmitt, 1888—1985）26, 268 及以下，277, 477 及以下，517 及以下

施密特，威廉·阿道夫（Wilhelm Adolf Schmidt, 1812—1887）506

施密特，阿诺（Arno Schmidt, 1914—1979）351

施皮策，列奥（Leo Spitzer, 1887—1960）426

施皮格尔，斐迪南·奥古斯特·冯（Ferdinand August von Spiegel, 1764—1835）317, 504

施皮特勒，路德维希·提莫忒乌斯（Ludwig Timotheus Spittler, 1752—1810）432 及以下，438, 468

施泰因，海因里希·弗里德里希·卡尔·冯（Heinrich Friedrich Karl Reichsfreiherr vom und zum Stein, 1757—1831）31, 189, 393, 484, 497 及以下

施特劳斯，大卫·弗里德里希（David Friedrich Strauß, 1808—1874）314

施滕策尔，古斯塔夫（Gustav Adolf Harald Stenzel, 1792 — 1854）32

施托金格，路德维希（Ludwig Stockinger）213

史慕斯，约翰·雅各布（Johann Jacob Schmauss, 1690—1757）432

叔本华，阿图尔（Arthur Schopenhauer, 1788—1860）291

舒巴特，卡尔·恩斯特（Karl Ernst Schubarth, 1796—1861）249

舒伯特，戈特希尔夫·海因里希（Gotthilf Heinrich Schubert, 1780—1860）159, 347 注

舒林，恩斯特（Ernst Schulin, 1929—2017）458

舒曼，罗伯特（Robert Schumann, 1810—1856）186, 195

司各特，沃尔特（Walter Scott, 1771—1832）336

司汤达（Stendhal），原名马里－亨利·贝尔（Marie-Henri Beyle）20

斯宾诺莎，巴鲁赫·德（Baruch de Spinoza, 1632—1677）81, 94, 131, 158, 170

斯丛狄，彼得（Peter Szondi, 1929—1971）125, 139

斯太尔夫人（Madame de Staël, 1766—1817）336, 350

斯基皮奥·阿非利加，普布利乌斯·科尔内利乌斯（Publius Cornelius Scipio Africanus, 235 BC—183 BC）379

斯密，亚当（Adam Smith, 1723—1790）333, 493–494

斯泰法尼，约翰·戈特利布（Johann Gottlieb Stephanie, 1741—1800）335

斯泰格曼，克里斯蒂安·弗里德里希·奥古斯特（Christian Friedrich August Staegmann, 1763—1840）485, 494–495

斯特芬斯，亨利希（Henrich Steffens, 1773—1845）187

苏格拉底（Sokrates, 469—399BC）96, 101, 106

梭罗，亨利·大卫（Henry David Thoreau, 1817—1862）90, 156

索尔格，卡尔·威廉·斐迪南（Karl Wilhelm Ferdinand Solger, 1780—1819）140 及以下

索福克勒斯（Sophokles, 497/496—406/405 BC）249 及以下

T

塔索，托尔夸托（Torquato Tasso, 1544—1595）254, 334

塔西佗，普布利乌斯·科尔涅利乌斯（Publius Cornelius Tacitus, c.56 AD—c.120）355, 362, 372, 378–379, 392

泰勒曼，格奥尔格·菲利普（Georg Philipp Telemann, 1681—1767）349

泰纳，希波利特（Hippolyte Adolphe Taine, 1828—1893）20

汤普森，詹姆斯·韦斯特福尔（James Westfall Thompson, 1869—1941）426, 428, 466

特拉克尔，格奥尔格（Georg Trakl, 1887—1914）167

特西托勒，富尔维奥（Fulvio Tessitore, 1937—）458

提比略·恺撒·奥古斯都（Tiberius Caesar Augustus, 42 BC—37 AD）361

提特曼，弗里德里希·威廉（Friedrich Wilhelm Tittmann, 1784—1864）454

图斯内尔达（Thusnelda, c. 10 BC—after 17 AD）358 及以下

托克维尔，阿列克西·德（Alexis de Tocqueville, 1805—1859）428, 481

托马斯·阿奎那（Thomas Aquinas, 1225—1274）376

W

瓦尔泽，马丁（Martin Walser, 1927—）420

瓦格纳，理查德（Richard Wagner, 1813—1883）34, 418

瓦赫勒，路德维希（Ludwig Wachler, 1767—1838）445

瓦赫姆特，威廉（Wilhelm Wachsmuth, 1784—1866）455

瓦肯罗德，威廉·海因里希（Wilhelm Heinrich Wackenroder, 1773—1798）150–152, 164, 266, 271 及以下

瓦鲁斯，普布利乌斯·昆克提利乌斯（Publius Quinctilius Varus, 47/46 BC—9 AD）355 及以下

威廉二世（Wilhelm II., 1859—1941）389

威廉姆斯，理查德·尼尔森（Richard Nelson Williamson, 1940—）416

威斯特法伦，燕妮·冯（Jenny von Westphalen, 1814—1881）512

韦伯，格奥尔格（Georg Weber）467

韦伯，马克斯（Max Weber, 1864—1920）18, 76

韦格勒，弗兰茨·萨韦尔·冯（Franz Xaver von Wegele, 1823—1897）457, 466, 468

韦克尔林，格奥尔格·鲁道夫（Georg Rodolf Weckherlin, 1584—1653）30

韦勒，汉斯 – 乌尔里希（Hans–Ulrich Wehler, 1931—2014）429

韦勒克，雷内（René Wellek, 1903—1995）16, 165–166, 286, 338

维尔纳，亚伯拉罕·戈特洛布（Abraham Gottlob Werner, 1750—1817） 179

维尔纳，扎查里亚斯（Zacharias Werner, 1768—1823） 266

维兰德，克里斯托弗·马丁（Christoph Martin Wieland, 1733—1813） 298, 335, 343 及以下

维尼，阿尔弗雷德·德（Alfred de Vigny, 1797—1863） 336

维塞尔，莱昂纳德（Leonard P. Wessell, 1939— ） 168, 519–520, 526, 531

维瑟，本诺·冯（Benno von Wiese, 1903—1987） 283

维特根斯坦，路德维希（Ludwig Wittgenstein, 1889—1951） 51, 64

维耶塔，西尔维奥（Silvio Vietta, 1941— ） 213

魏茨，格奥尔格（Georg Waitz, 1813—1886） 466

魏德曼，特奥多（Theodor Wiedemann, 1823—1901） 459

魏尔，盖尔哈特（Gerhard Wehr, 1931—2015） 168

温克尔曼，约翰·约阿希姆（Johann Joachim Winckelmann, 1717—1768） 148–150, 216, 252, 282, 290

温克勒，海因里希·奥古斯特（Heinrich August Winkler, 1938— ） 416

温特尔，格奥尔格（Georg Winter, 1856—1912） 459

沃尔夫，弗里德里希·奥古斯特（Friedrich August Wolf, 1759—1824） 242, 430

沃尔夫，克里斯蒂安（Christian Wolff, 1679—1754） 334, 438, 481

沃尔夫拉姆·冯·埃申巴赫（Wolfram von Eschenbach, c. 1170—c. 1220） 305

沃格林，埃里克（Eric Voegelin, 1901—1985） 35–36

伍尔灵斯，赫尔伯特（Herbert Uerlings, 1955— ） 168

X

西吉斯蒙德，约翰（Johann Sigismund, 1572—1619/1620） 479

西塞罗，马尔库斯·图利乌斯（Marcus Tullius Cicero, 106 BC—43 BC） 378, 388

西斯蒙第，让·沙尔·列奥纳尔·西蒙德·德（Jean Charles Léonard Simonde de Sismondi, 1773—1842） 514, 515, 516

西西里的狄奥多罗斯（Diodorus Siculus, 1st century BC） 463–464

希罗多德（Herodot, c. 484—c. 425 BC） 439, 462–463

索引 | 555

希姆莱，海因里希·鲁伊特伯德（Heinrich Luitpold Himmler, 1900—1945）354, 392

希特勒，阿道夫（Adolf Hitler, 1889—1945）380, 406

席勒，约翰·克里斯托弗·弗里德里希·冯（Johann Christoph Friedrich von Schiller, 1759—1805）133 及以下，218 及以下

夏鹏蒂尔，朱莉·冯（Julie von Charpentier, 1778—1811）169

小日耳曼尼库斯（Germanicus, 15BC—19AD）355—356, 359, 368, 371

谢林，弗里德里希·威廉·约瑟夫（Friedrich Wilhelm Joseph Schelling, 1775—1854）14, 17, 125 及以下，158, 511

谢林，卡尔·弗里德里希·奥古斯特（Karl Friedrich August Schelling, 1815—1863）125

休谟，大卫（David Hume, 1711—1776）42

修昔底德（Thukydides, c.460—c.400 BC）463, 464

叙贝尔，海因里希·冯（Heinrich von Sybel, 1817—1895）466

Y

雅恩，约翰·弗里德里希·路德维希·克里斯托弗（Johann Friedrich Ludwig Christoph Jahn, 1778—1852）416

雅尔克，卡尔·恩斯特（Karl Ernst Jarcke, 1801—1852）188, 306

雅各比，弗里德里希·海因里希（Friedrich Heinrich Jacobi, 1743—1819）64, 93

亚里士多德（Aristoteles, 384—322 BC）42, 112, 125, 129

亚历山大大帝（Alexander der Große, 356 BC—323BC）379, 464

亚历山大一世（Alexander I., 1777—1825）401, 505, 506

尧斯，汉斯·罗伯特（Hans Robert Jauß, 1921—1997）237

耶格尔，弗里德利希（Friedrich Jaeger, 1956—　）425

伊弗兰，奥古斯特·威廉（August Wilhelm Iffland, 1759—1814）111

伊格尔斯，格奥尔格·格尔森（Georg Gerson Iggers, 1926—2017）432–433

伊赛林，伊萨卡（Isaak Iselin, 1728—1782）444, 455

余斯，弗里德里希（Friedrich Rühs, 1781—1820）454 及以下

约阿希姆二世（Joachim II, 1505—1571）479

约尔丹，斯蒂凡（Stefan Jordan, 1967—） 456

约翰十二世（Johannes XII., c. 930/937—964） 374

约瑟夫二世（Joseph II., 1741—1790） 352, 357, 397, 405

约瑟夫斯（Flavius Josephus, c. 37 AD—c. 100 AD） 463

约瑟夫一世，弗兰茨（Franz Joseph I., 1830—1916） 405, 407

地名翻译对照表

A

阿尔卑斯山（Alpen） 152, 272, 376, 401, 412

阿拉伯（Arabien） 355, 461

阿雷曼（Alamannia/Alemannia） 354

阿斯佩恩（Aspern） 398

埃尔福特（Erfurt） 402

埃及（Ägypten） 162, 169, 446, 449, 461

爱丁堡（Edinburgh） 284

安科纳（Ancona） 392

奥博韦德施泰特庄园（Schloss Oberwiederstedt） 166

奥得河（Die Oder） 417

奥地利（Österreich） 364, 393, 396, 398, 405–406

奥地利帝国（Kaisertum Österreich） 396, 407

奥格斯堡（Augsburg） 265, 339

奥斯纳布吕克（Osnabrück） 498

B

巴登（Baden） 349, 352

巴伐利亚（Bayern） 350, 354, 397, 402, 407

巴伐利亚公国（Herzogtum Bayern）397

巴黎（Paris）187, 283, 291, 322, 337

柏林（Berlin）118, 272, 479, 485, 501

柏林大学（Universität zu Berlin）512

柏林剧团（Berliner Schauspielhaus）389

拜占庭帝国（Byzantinisches Reich）375, 465

班贝格（Bamberg）272–273

北德邦联（Norddeutscher Bund）364

北欧（Nordeuropa）366 及以下

北莱茵 - 威斯特法伦州（Nordrhein–Westfalen）319 注

比利牛斯山（Pyrenäen）401

比利时（Belgien）350

波恩（Bonn）317, 482, 513

波恩大学（Universität Bonn）316–317, 513

波兰（Polen）417

波罗的海（Ostsee）412, 417, 483

波罗的海三国（Baltische Staaten）402

波莫瑞（Pommern）483, 502

波森（Posen）485

波斯（Persien）289, 438, 448, 461, 463

波斯波利斯（Persepolis）289

波希米亚（Böhmen）406, 505

勃兰登堡马克（Mark Brandenburg）479, 483, 485

博洛尼亚（Bologna）378

布拉格（Prag）190, 398

布雷斯劳（Breslau）187

D

大西洋（Atlantik）355

丹麦（Dänemark）349, 366, 373, 381

德尔斐神庙（Delphi）178

德累斯顿（Dresden）204, 398, 485

德特莫尔德（Detmold）381–382, 389

德意志邦联（Deutscher Bund）364, 496, 506

德意志民族的神圣罗马帝国（Heiliges Römisches Reich Deutscher Nation）280, 333,
  352, 363, 375

底格里斯河（Tigris）288

蒂罗尔（Tirol）187, 398, 496

东法兰克王国（Ostfrankenreich）353–354

东欧（Osteuropa）417

多瑙河（Donau）190, 203, 265, 418, 420–421

E

俄国（Russland）350, 397, 505

F

法兰克福（Frankfurt）266, 363–364

法兰西喜剧院（Comédie-Française）381

凡尔赛宫（Château de Versailles）364

梵蒂冈（Vatikanstadt）415–416

非洲（Afrika）332, 355, 379

费拉拉大学（Università degli Studi di Ferrara）377

弗莱贝格矿学院（Bergakademie Freiberg）168, 169, 179

弗里德斯多夫（Friedersdorf）495

弗里斯兰（Friesland）354

符腾堡王国（Königreich Württemberg）397

G

哥本哈根（Kopenhagen）349, 366, 373

哥廷根（Göttingen）432 及以下

哥廷根大学（Georg-August-Universität Göttingen）340, 432, 434

H

哈尔茨山（Harz）192

哈勒大学（Universität Halle）187, 334, 434

哈默尔（Hameln）282

海德堡（Heidelberg）187, 205, 313, 323, 466

海德堡大学（Universität Heidelberg）168, 187

汉堡（Hamburg）192, 342, 347, 350

汉诺威（Hannover）431, 434

赫尔斯菲尔德帝国修道院（Reichsabtei Hersfeld）377

赫费尔霍夫（Hövelhof）420

黑森－洪堡（Hessen-Homburg）350, 381

恒河（Ganges）288

华沙（Warschau）382

J

基训河（Gihon）288

加洛林帝国（Karolingerreich）401

迦太基（Karthago）379, 392

君士坦丁堡（Konstantinopel）378

K

卡尔斯鲁厄（Karlsruhe）349

卡莱（Carrhae）357

卡塞尔（Kassel）281

柯尼斯堡（Königsberg）393, 497, 502

柯尼斯堡大学（Albertus–Universität Königsberg）493

科布伦茨（Koblenz）322

科尔维帝国修道院（Reichsabtei Corvey）379

科隆（Köln）313 及以下

克勒弗（Kleve）497

奎德林堡（Quedlinburg）348

L

拉蒂波尔（Ratibor）186

莱比锡（Leipzig）169, 447, 496

莱比锡大学（Universität Leipzig）377

莱比锡会战（Völkerschlacht bei Leipzig）267, 276, 397

莱茵河（Rhein）265, 315, 402, 421

莱茵兰（Rheinland）314 及以下

莱茵 / 莱茵邦联（Rheinbund）364, 396 及以下

雷根斯堡（Regensburg）203, 350, 363, 375, 378

联邦德国（Bundesrepublik Deutschland）351, 364, 390, 396, 401

鲁博维茨宫（Schloss Lubowitz）186, 192

罗马（Rom）377 及以下，385 及以下

罗马帝国（Römisches Reich）411, 417, 451, 461, 465

东罗马帝国（Oströmisches Reich）375, 461

罗马共和国（Römische Republik）461

洛林（Lothringen/Lorraine）354, 405

M

马格德堡大教堂（Dom zu Magdeburg）417

马其顿（Makedonien）379, 446

迈森（Meißen）406

索引 | 561

曼海姆（Mannheim）342

梅梅尔（Memel）482

梅宁根宫廷剧团（Meininger Hoftheater）389

美国（USA）117, 156, 284, 344, 391, 419, 420

美因茨（Mainz）276, 315, 379, 396, 402

密苏里州（Missouri）420

明登（Minden）315

明斯特（Münster）317–318

莫斯科（Moskau）382, 393

慕尼黑（München）314, 421

N

拿骚（Nassau）497, 500

那不勒斯（Neapel）376

奈斯（Neisse）187

奈斯河（Neiße）186

瑙姆堡（Naumburg）348

尼罗河（Nil）176, 408

尼罗河三角洲（Nildelta）176, 408

纽伦堡（Nürnberg）378, 414

纽约港（New York Harbor）419

O

欧洲（Europa）165, 265, 271, 275 及以下

P

帕德博恩（Paderborn）318

帕特农神庙（Parthenon）350, 418

帕提亚帝国（Partherreich）357

普福达中学（Landesschule Pforta）348

普鲁士（Preußen）268, 273, 286, 298, 299, 306, 314–324, 328–329, 333–334, 350, 363–364, 384, 393, 395–397, 400–402, 405, 407, 414, 416, 421, 477 及以下

R

瑞典（Schweden）397, 485

瑞士（Schweiz）159, 341, 349, 444, 514

S

萨克森公国（Herzogtum Sachsen）166–168, 364, 397

萨克森和魏玛公国（Herzogtum Sachsen–Weimar）402

塞纳河（Seine）352

圣彼得堡（Sankt Petersburg）437

圣彼得堡科学院（Kaiserliche Akademie der Wissenschaften Sankt Petersburg）437

施瓦本（Schwaben）418

斯巴达（Sparta）67, 254

斯潘道监狱（Festung Spandau）496

斯特拉斯堡（Straßburg）402

苏格兰（Scotland）333, 373

T

特里尔（Trier）310, 315, 317–319

特洛伊（Troja）377

条顿堡森林（Teutoburger Wald）354–362, 368, 371, 379, 382, 386, 391, 394, 406, 417, 419, 420

图宾根神学院（Evangelisches Stift Tübingen）348

图林根（Thüringen）166, 168, 354, 400

W

瓦尔哈拉英灵殿（Walhalla）350, 353, 380, 418

瓦格拉姆战役（Schlacht bei Wagram）398

万湖（Wannsee）409

威尔士（Wales）302

威尼斯（Venedig）378

威斯特法伦（Westfalen）314–315, 319, 329, 397

维尔茨堡（Würzburg）377

维滕堡（Wittenberg）437

维滕堡大学（Universität Wittenberg）168, 437

维也纳（Wien）398, 404, 408, 485, 496

维也纳城堡剧院（Burgtheater Wien）398

魏玛（Weimar）211 及以下

魏玛剧院（Weimarer Hoftheater）402

乌尔姆教堂（Ulmer Münster）417

X

西班牙（Spanien）291, 293, 397, 451, 504

西里西亚（Schlesien）159, 187, 306, 405, 503

上西里西亚（Oberschlesien）186, 192

第一次西里西亚战争（Erster Schlesischer Krieg）405

希腊（Griechenland）216, 220 及以下, 414, 446, 461

锡耶纳（Siena）378

Y

雅典（Athen）67, 350, 418, 464, 532

亚琛（Aachen）353

亚得里亚海（Mare Adriatico）392

亚历山大帝国（Alexanderreich）446

亚述（Assyrisches Reich）461

亚洲（Asien）415, 446, 449

耶路撒冷（Jerusalem）75, 179, 185

耶拿（Jena）211 及以下

耶拿大学（Universität Jena）31, 117, 125, 340, 415, 444

耶拿 – 奥尔施塔特战役（Schlacht bei Jena und Auerstedt）393

易北河（Elbe）354, 396, 401, 417, 478

意大利（Italien）375 及以下

印度（Indien）288–289, 446, 448 及以下，462

印度河（Indus）288

英国（Großbritannien）167, 217, 434, 502, 515

英格兰（England）333, 373

幼发拉底河（Euphrat）288

Z

中国（China）15, 447 及以下，461, 463, 473

作品名翻译对照表

《18—19 世纪史》（Geschichte des achtzehnten Jahrhunderts und des neunzehnten bis zum Sturz des französischen Kaiserreichs）469

《1844 年经济学哲学手稿》（Ökonomisch–philosophische Manuskripte aus dem Jahre 1844）517

《1857—1858 年经济学手稿》（Ökonomische Manuskripte 1857/58）522

A

《阿尔采斯特》（Alceste）335

《阿米尼乌斯》（Arminius）379, 380

《阿塔纳修斯》（Athanasius）319 及以下

《哀歌》（Elegien）512

《埃达》（Edda）367

《埃尔温》（Erwin）147

《艾兴多夫全集》（Sämtliche Werke des Freiherrn Joseph von Eichendorff）186

《爱弥尔》（Émile ou De l'éducation）81

《爱米丽雅·伽洛蒂》（Emilia Galotti）251

《奥尔良的童贞女》（Die Jungfrau von Orléans）212

《海因里希·冯·奥夫特丁根》（Heinrich von Ofterdingen）167

《奥托特权协议》（Diploma Ottonianum）375

B

《巴黎新闻》（Journal de Paris）393

《巴塞尔和约》（Friede von Basel）318, 396, 401

《拔刺少年》（Dornauszieher）87

《百科全书》（Das Allgemeine Brouillon）[Novalis, 1798/1799] 167, 170–171, 177

《百科全书》（Encyclopédie ou Dictionnaire raisonné des sciences, des arts et des métiers）[Denis Diderot etc., 1751—1772] 65

《百章书》（Buch der hundert Kapitel）377

《柏林晚报》（Berliner Abendblätter）493–496, 485

《柏林月刊》（Berlinische Monatsschrift）65

《悲剧艺术》（Über die tragische Kunst）112, 115

《彼得堡备忘录》（Petersburger Denkschrift）505

《编年史》（Annalen）378–379

《波罗的海海岸线上的十字架》（Kreuz an der Ostsee）203–204

《波拿巴穿越圣伯纳关隘》（Bonaparte franchissant le Grand-Saint-Bernard）152

《捕鸟者亨利》（Heinrich der Vögler）352

《不来梅同人》（Bremer Beiträgen）341

《布拉格备忘录》（Prager Denkschrift）506

C

《城市自治条例》（Städteordnung）500

《崇洋媚外》（Auslandsangaffer）366, 383

《纯粹理性批判》（Kritik der reinen Vernunft）42, 335

《错过的星象》（Unstern）188

D

《大理石像》（Das Marmorbild）188, 194, 206

《大卫》（David）352

《丹东之死》（Dantons Tod）111

《丹麦史导论》（Introduction à l'histoire du Danemark）373

《当进攻时》（Dum acerbissimas）317

《德国，一个冬天的童话》（Deutschland. Ein Wintermärchen）343

《德国历史学派》（German Schools of History）466

《德国人的教理问答》（Katechismus der Deutschen）406

《德国神话》（Deutsche Mythologie）30

《德国诗歌史》（Geschichte der deutschen Dichtung）32

《德意志悲苦剧的起源》（Ursprung des deutschen Trauerspiels）191, 201

《德意志的特点和艺术》（Von deutscher Art und Kunst）342

《德意志帝国》（Das deutsche Reich）404

《德意志帝国今日国家制度的历史发展》（Historischen Entwicklung der heutigen Staatsverfassung des Teutschen Reiches）435

《德意志法古事志》（Deutsche Rechtsaltertümer）32

《德意志国家通讯》（Deutsche Staatsanzeigen）485

《德意志民间故事》（Die teutschen Volksbücher）323

《德意志民族史》（Geschichte des teutschen Volkes）31

《德意志民族文学史》（Geschichte der poetischen National-Literatur der Deutschen）32, 300, 345

《德意志缪斯年鉴》（Der deutsche Musenalmanach）197

索引 | 567

《德意志史》（Deutsche Geschichte vom Tode Friedrichs des Großen bis zur Gründung des Deutschen Bundes）32

《德意志史料集成》（Monumenta Germaniae Historica）31

《德意志万有文库》（Allgemeine deutsche Bibliothek）342

《德意志文献集成》（Monumenta Germaniae historica）507

《德意志文学史》（Geschichte der poetischen Literatur Deutschlands）[Joseph von Eichendorff, 1857] 197, 202, 275, 299 及以下, 306, 311

《德意志信使》（Der Teutsche Merkur）343

《德意志学者共和国》（Die deutsche Gelehrtenrepublik）352

《德意志与革命》（Teutschland und die Revolution）323

《德意志语言史》（Geschichte der deutschen Sprache）30

《德意志之歌》（Deutschlandlied）402

《德语辞典》（Deutsches Wörterbuch）30

《德语语法》（Deutsche Grammatik）30

《帝国新闻》（Journal de l'Empire）393

《第九交响曲》（9. Sinfonie）335

《蒂罗尔信报》（Bote für Tirol）496

《蒂迈欧篇》（Timaeus）161

《对德意志民族的演讲》（Reden an die deutsche Nation）410 及以下

《对立学说》（Die Lehre vom Gegensatz）485–487

《对世界历史的思考》（Betrachtungen über die Weltgeschichte）444

《对一切天启批判的尝试》（Versuch einer Kritik aller Offenbarung）410

F

《法国新闻写作教科书》（Lehrbuch der französischen Journalistik）393

《法兰克尼亚诸帝治下的德意志史》（Geschichte Deutschlands unter den Frankischen Kaisern）32

《法兰西信使》（Mercure de France）343

《法哲学原理》（Grundlinien der Philosophie des Rechts）19, 36

《费希特研究》（Fichte-Studien）43–44, 46, 53, 62

《风俗论》（Essai sur les mœurs et l 'esprit des Nations）443

《风信子和玫瑰花》（Hyacinth und Rosenblüthe）181

《弗兰茨·施特恩巴德的漫游》（Franz Sternbalds Wanderungen）187–188

《弗里德里希二世及普鲁士君主制的特点》（Über König II und die Natur, Würde und
Bestimmung der preußischen Monarchie）489

《浮士德》（Faust）34, 191, 201, 212, 275

G

《高地德语方言语法批评词典》（Grammatisch-Kritisches Wörterbuch der Hochdeutschen
Mundart）436

《告普鲁士国家全体居民书》（Ordnung für sämmtliche Städte der Preußischen Monarchie）
501

《哥廷根文人汇报》（Göttingische Gelehrten Anzeigen）435

《革命的年代》（The Age of Revolution: Europe 1789—1848）427

《格林童话集》（Kinder- und Hausmärchen）30

《给德意志民族的世界史》（Weltgeschichte für das deutsche Volk）473, 475

《公开信息》（Notitia rerum publicarum）436

《共产党宣言》（Manifest der Kommunistischen Partei）514, 515

《共和八年雾月出使巴黎的收获》（Resultate meiner Sendung nach Paris im Brumaire
des achten Jahres）326

《古代凯尔特人欣然赴死的颂歌》（Ode von der Freudigkeit der alten Celten zu sterben）
367

《古今文学史》（Geschichte der alten und neueren Literatur）280 及以下

《关于悲剧的通信》（Briefwechsel uber das Trauerspiel）114

《关于古代世界最高贵民族的政治、交往和贸易的观念》（Ideen über die Politik, den
Verkehr und den Handel der vornehmsten Volker der alten Welt）438

《关于教条主义与批判主义的通信》（Briefe über Dogmatismus und Kritizismus）131, 138

《关于林木盗窃法的辩论》（Debatten über das Holzdiebstahlsgesetz）518

《关于奇特的文学现象的通信》（Briefe über Merkwürdigkeiten der Litteratur）374

《关于人的社会学的理性思考》（Vernünftige Gedanken von dem gesellschaftlichen Leben der Menschen）481

《关于人类形成的另一种哲学》（Auch eine Philosophie der Geschichte zur Bildung der Menschheit）444

《关于若干美学对象之随感》（Zerstreute Betrachtungen über verschiedene ästhetische Gegenstände）134

《关于圣经的思考》（Biblische Betrachtungen）163

《关于一种自然哲学的若干理念》（Ideen zu einer Philosophie der Natur）158

《关于在绘画和雕刻中模仿希腊作品的一些意见》（Gedanken über die Nachahmung der Griechischen Werke in der Malerei und Bildhauerkunst）216

《关于自然的观点》（Ansichten der Natur）160

《国情学理论及有关一般政治研究的观念》（Theorie der Statistik. Nebst Ideen über das Studium der Politik überhaupt）437

H

《哈姆雷特》（Hamlet）115, 248

《海边僧侣》（Der Mönch am Meer）152, 204

《汉堡剧评》（Hamburgische Dramaturgie）129

《合理要求》（Gerechter Anspruch）373

《赫尔曼》（Hermann, ein Trauerspiel）381

《赫尔曼和图斯内尔达》（Hermann und Thusnelda）352

《赫尔曼和长老们》（Hermann und die Fürsten）352 及以下

《赫尔曼战役》（Die Hermannsschlacht）[Heinrich von Kleist, 1821] 410 及以下

《赫尔曼战役》（Hermanns Schlacht. Ein Bardiet für die Schaubühne）[Friedrich Gottlieb Klopstock, 1769] 352 及以下

《赫尔曼之死》（Hermanns Tod）352, 355, 359, 367, 414

《黑格尔：讽刺短诗》（Hegel. Epigramme）524

《黑格尔法哲学批判》（Zur Kritik der Hegelschen Rechtsphilosophie）529

《红报》（Das rote Blatt）322

《洪堡亲王弗里德里希》（Prinz Friedrich von Homburg）111

《后宫诱逃》（Die Entführung aus dem Serail）335

《胡腾墓》（Huttens Grab）380

《花粉》（Blütenstaub）166, 167, 169, 177

《化石的外在表征》（Von den äußerlichen Kennzeichen der Foßilien）179

《欢乐颂》（Ode an die Freude）346, 369

《唤醒》（Erweckung）198

《汇报副刊》（Beilage zur Allgemeinen Zeitung）466

《霍亨施陶芬家族及其时代》（Geschichte der Hohenstaufen und ihrer Zeit）32

J

《基本法》（Grundgesetz）365

《基督教神秘主义》（Christliche Mystik）314

《基督教共同体或欧洲》（Die Christenheit oder Europa）167, 185

《纪念艾兴多夫》（Zum Gedächtnis Eichendorffs）189, 206

《季节女神》（Die Horen）123, 244

《金发艾克贝尔特》（Der blonde Eckbert）340

《金玺诏书》（Die Goldene Bulle）363

《近代史学史》（Geschichte der neueren Historiographie）424, 426, 457, 466

《警句和反思》（Maximen und Reflexionen）200

K

《卡尔德隆戏剧》（Schauspiele von Don Pedro Calderon de la Barca）291

《卡尔斯巴德决议》（Karlsbader Beschlüsse）496, 509

《卡努特大帝》（Canut, ein Trauerspiel）366, 381

《科学和文化》（Zeitschrift für Wissenschaft und Kunst）187

《克洛卜施托克及莱辛之后的德意志文学史》（Die deutsche poetische Literatur seit
　　Klopstock und Lessing. Nach ihren ethischen und religiösen Gesichtspunkten）301

《快乐的漫游者》（Der frohe Wandersmann）193, 195

《宽宏大量的将领阿米尼乌斯或者赫尔曼》（Großmüthiger Feldherr Arminius oder Herrmann）380

L

《莱茵报》（Rheinische Zeitung für Politik, Handel und Gewerbe）514, 524, 526

《莱茵信使报》（Rheinischer Merkur）322

《浪漫主义的根源》（The Roots of Romanticism）425

《理念》（Ideen）100

《理想国》（Politeia）352

《历史法学派的哲学宣言》（Das philosophische Manifest der historischen Rechtsschule）513, 514, 527

《历史期刊》（Historisches Journal）432, 435

《历史研究教学法论稿》（Entwurf einer Propädeutik des historischen Studiums）455

《历史研究与艺术的历史》（Geschichte der historischen Forschung und Kunst）445

《历史哲学》（Vorlesungen über die Philosophie der Geschichte）429, 444

《历史政治报》（Historisch-politische Blätter für das katholische Deutschland）303, 306

《历史主义史》（Geschichte des Historismus: Eine Einführung）425

《历史著作史》（A history of historical writing）426

《芦苇之歌》（Schilflieder）34

《论悲剧题材产生快感的原因》（Über den Grund des Vergnügens an tragischen Gegenständen）121

《论崇高》（Über das Erhabene）124, 132, 136, 223

《论德国》（De l'Allemagne）336, 350

《论帝国、国家、政治等概念的历史发展》（Ueher die geschichtlfohe Entwickelung der Begriffe von Recht, Staat und Politik）32

《论法的精神》（De l'esprit des lois）433

《论歌队在悲剧中的运用》（Über den Gebrauch des Chors in der Tragödie）135

《论共和制概念》（Versuch über den Begriff des Republikanismus）67, 452

《论古希腊文学的研究》（Über das Studium der griechischen Poesie）84, 113, 115, 237, 292

《论古希腊喜剧的美学价值》（Vom ästhetischen Werte der griechischen Komödie）292

《论国家艺术的要素》/《治国术》（Die Elementen zu Staatskunst）485, 487, 494, 504

《论激情》（Über das Pathetische）122, 135

《论科学与艺术》（Discours sur les sciences et les arts）215

《论浪漫派》（Die romantische Schule）[Heinrich Heine, 1836] 282, 285

《论浪漫派》（Über die Romantiker）[Karl Marx] 513

《论灵魂的得救》（De salute animarum）318

《论木偶戏》（Über das Marionettentheater）87

《论普遍史概念》（Ueber den Begriff der Universalgeschichte）454

《论人类不平等的起源和基础》（Discours sur l'origine et les fondements de l'inégalité parmi les hommes）215–216

《论人类历史》（Über die Geschichte der Menschheit）444

《论世界灵魂》（Von der Weltseele）158

《论谈话中逐渐产生的思想》（Über die allmähliche Verfertigung der Gedanken beim Reden）89

《论无法理解》（Über die Unverständlichkeit）98

《论物的征象》（De signatura rerum）205

《论研究希腊罗马的价值》（Vom Wert des Studiums der Griechen und Römer）240

《论印度人的语言与智慧》（Über die Sprache und Weisheit der Indier）288

《论秀美与尊严》（Über Anmut und Würde）90

《论永久和平》（Zum ewigen Frieden）68, 339

《论犹太人问题》（Zur Judenfrage）528, 529

《论寓像》（Über die Allegorie）200

《论政府形式和君主责任》（Forms of Goverment and the Duties of Rulers）479

《论知识学的概念》（Über den Begriff der Wissenschaftslehre）45

《论质朴的和多情的文学》（Über naive und sentimentalische Dichtung）218, 221 及以下

索引 | 573

《论自然物》（Von den natürlichen Dingen）172

《论宗教》（Über die Religion）73, 152

《论宗教艺术》（Über religiöse Kunst）513

《罗马条约》（Treaty of Rome）419

《逻辑哲学论》（Logisch-philosophische Abhandlung）51

M

《马克思与浪漫派的反讽》（Karl Marx, Romantic Irony and the Proletariat）519

《马赛曲》/《莱茵军团战歌》（La Marseillaise/Chant de guerre pour l'armée du Rhin）
402

《漫漫西行路》（Der lange Weg nach Westen）416

《每日镜报》（Tagesspiegel）420

《美泉宫和约》（Friede von Schönbrunn）396

《美学》（Vorlesungen über die Ästhetik）[Georg Wilhelm Friedrich Hegel, 1835] 139 注,
252

《美学讲演录》（Vorlesungen über die Ästhetik）[Karl Wilhelm Ferdinand Solger, 1829]
141, 147

《弥赛亚》/《救世主》（Messiah）[Georg Friedrich Händel, 1741] 335, 349

《弥赛亚》/《救世主》（Messias）[Friedrich Gottlieb Klopstock, 1749—1773] 165, 302,
349

《摩西的使命》（Die Sendung Moses）176

《魔杖》（Wünschelrute）197

N

《拿破仑法典》（Code Napoléon）396

《拿骚备忘录》（Nassauer Denkschrift）500, 502

《尼伯龙根的指环》（Der Ring des Nibelungen）34, 418

《尼伯龙人之歌》（Nibelungenlied）30, 308

《诺瓦利斯文集》（历史注疏版）（Schriften: Die Werke Friedrich von Hardenbergs.

Historisch–Kritische Ausgabe）167

O

《欧那尼》（Hernani）337

《欧洲国家体系及其殖民地史》（Geschichte dse Europäischen Staatensystems und seiner
Kolonien）438

P

《帕西法尔》（Parzival）305

《判断力批判》（Kritik der Urteilskraft）89, 92, 123, 200, 217

《批判启蒙》（Kritik an der Aufklärung）97

《批评的诸种概念》（Concepts of Criticism）338

《披着面纱的塞斯神像》（Das verschleierte Bild zu Sais）176

《评部颁指令的指控》（Randglossen zu den Anklagen des Ministerialreskripts）514

《评普鲁士最近的书报检查令》（Bemerkungen über die neueste preußische
Zensurinstruktion）516

《普遍国家法与国家制度学说》（Allegemeines StatsRecht und StatsVerfassungslere）
437

《普遍史：从创世至今》（An Universal History from Earliest Account of Time to the Present,
compiled from Original Authors and illustrated with Maps, Cuts, Notes, Chronological and
other Tables）440

《普遍史导论》（Einleitung in die synchronistische Universalhistorie zur Erläuterung seiner
synchronistischen Tabellen）447

《普遍史概论》（Vorstellung seiner Universal–Historie）435, 441

《普遍史讲义》（Vorlesungen über Universalgeschichte）430, 444 及以下，451 及以下

《普遍史视角下的古代世界及其文化的历史》（Universalhistorische Uebersicht der
Geschichte der Alten Welt und ihrer Kultur）470, 473

《普鲁士国家通用法典》（Allgemeines Landrecht für die Preußischen Staaten）481

《普鲁士历史》（Geschichte Preußens von den ältesten Zeiten bis zum Untergange der

索引 | 575

Herrschaft des Deutschen Ordens） 32

《普鲁士年鉴》（Jahrbücher der Preußischen Monarchie unter der Regierung von Friedrich Wilhelm III.） 481

《普鲁士史》（Geschichte des preußischen Staats） 32

Q

《虔诚的记忆》（Gedächtnis der Frömmigkeit） 192

《虔敬之歌》（Geistliche Lieder） 167

R

《人类精神进步史表纲要》（Esquisse d'un tableau historique des progrès de l'esprit humain） 444

《人类最古老的证明》（Älteste Urkunde des Menschengeschlechts） 163

《认识你自己》（Kenne dich selbst） 178

《日耳曼尼亚女神对孩子的谆谆教导》（Germania an ihre Kinder） 406, 408

《日耳曼尼亚图解》（Germania illustrata） 378

《日耳曼尼亚志》（Germania） 377 及以下

S

《塞斯的学徒》（Die Lehrlinge zu Sais） 166 及以下

《山丘与林苑》（Der Hügel, und der Hain） 340

《山峰上的十字架》（Das Kreuz im Gebirge） 203

《少年神号》（Des Knaben Wunderhorn） 29, 188, 205, 323

《少年维特的烦恼》（Die Leiden des jungen Werther） 342, 346

《少年维特的快乐》（Freuden des jungen Werthers） 343

《什么是启蒙》（Beantwortung der Frage: Was ist Aufklärung?） 11

《神谱》（Theogonie） 196

《神曲》（La divina commedia） 191

《审美教育书简》（Über die ästhetische Erziehung des Menschen） 115, 126, 134, 219,

531

《省等级会议法》（Allgemeines Gesetz wegen Anordnung der Provinzialstände） 507

《圣彼得大教堂》（Die Peterskirche） 136

《圣经》（Bibel） 161-162, 295, 346, 352, 463

《创世记》（Genesis） 161, 196

《启示录》（Offenbarung） 162

《罗马书》（Römerbrief） 161

《诗人和他们的伙伴》（Dichter und ihre Gesellen） 188

《诗学》（Poetik） 112, 129

《诗学对话》（Gespräch über die Poesie） 85

《诗与真》（Dichtung und Wahrheit） 188, 384

《十月敕令》（Oktoberedikt） 500, 503

《十字军史》（Geschichte der kreuzzüge） 32

《实证哲学家》（Die positiven Philosophen） 514

《世界历史综述》（Weltgeschichte in zusammenhängender Erzählung） 470

《世界史》（Weltgeschichte） 457, 461-462, 465

《世界主义与民族国家》（Weltbürgertum und Nationalstaat） 484

《试论悲剧性》（Versuch über das Tragische） 125

《受尽凌辱的德国》（Deutschland in seiner tiefen Erniedrigung） 414

《双城史》（Chronica sive Historia de duabus civitatibus，又称《编年史》） 439-440

《思想录》（Pensées） 162

《颂歌与哀歌》（Oden und Elegien） 340

《所罗门》（Salomo） 352

T

《唐璜和浮士德》（Don Juan und Faust） 34

《天主教徒》（Der Katholik） 323

《条顿骑士团史》（Geschichte des Deutschen Ritter-Ordens in seinen zwölf Balleien in Deutschland） 32

索引 | 577

《通史手册》（Handbuch der Allgemeinen Geschichte）447

W

《瓦尔赫哲学辞典》（Walchs Philosophie Lexikon）162

《万物皆空》（Es ist alles eitel）119

《万有历史书库》（Allgemeine Historische Bibliothek）432, 435, 440

《妄想的话》（Die Worte des Wahns）176

《威廉·麦斯特的学习时代》（Wilhelm Meisters Lehrjahre）77, 175, 212, 227, 248

《威洛比的鸟类学》（Willughby's Ornithologia）162

《为德国人写的批判诗学试论》（Versuch einer Critischen Dichtkunst vor die Deutschen）341

《我的志向》（Mein Vorsatz）347

《我们和你们》（Wir und Sie）335

《物性论》（De rerum natura）209, 347

X

《希腊的群神》（Die Götter Griechenlands）218

《先验唯心论体系》（System des transzendentalen Idealismus）163, 180

《乡镇自治条例》（Kreis– und Gemeindeordnung）500

《橡树林中的教堂》（Abtei im Eichwald）204

《新德意志人物志》（Neue Deutsche Biographie）444

《新教与浪漫主义：对时代及其对立面的理解》（Der Protestantismus und die Romantik. Zur Verständigung über die Zeit und ihre Gegensätze）302

《信仰与爱：国王与王后》（Glauben und Liebe oder Der König und die Königin）167, 481

《学苑》（Lyceum）98, 112, 114

Y

《雅典娜神殿》（Athenäum）91, 98, 103, 105, 106, 112, 166, 171, 211, 212

《亚当之死》（Der Tod Adams）352

《颜色学》（Farbenlehre）157

《夜颂》（Hymnen an die Nacht）24, 167, 169, 276

《一个热爱艺术的修士的内心倾诉》（Herzensergießungen eines kunstliebenden
　Klosterbruders）164, 266, 271, 283

《一个无用人的生涯》（Das Leben eines Taugenichts）186, 188, 193

《一位北欧游吟诗人的诗》（Gedichte eines Skalden）367, 374

《一种隐喻学的范式》（Paradigmen zu einer Metaphorologie）160

《伊菲革尼亚》（Iphigenie auf Tauris）230

《伊西斯的面纱》（Le voile d'Isis: Essai sur l'histoire de l'idée de nature）164, 176

《以摩西五经为主线略论人类社会之发轫》（Die Sendung Moses）223

《艺术哲学》（Philosophie der Kunst）126, 132–133

《英国工人阶级状况》（Die Lage der arbeitenden Klasse in England）515

《英国史》（Englische Geschichte）457

《犹太人》（Die Juden）339

《愚人船》（Das Narrenschiff）305

《宇宙》（Kosmos）160

《预感和现时》（Ahnung und Gegenwart）188, 202

《月夜》（Mondnacht）195, 197, 199

Z

《赠诗》（Xenien）275

《哲学的贫困》（Das Elend der Philosophie）520

《哲学杂志》（Philosophisches Journal）339

《政治的浪漫派》（Politische Romantik）268, 478

《政治经济学批判》（Zur Kritik der politischen Ökonomie）524

《植物地理学的观念》（Ideen zu einer Geographie der Pflanzen）165

《致奥皇弗兰茨一世》（An Franz den Ersten, Kaiser von Österreich）407

《致卡尔大公》（An den Erzherzog Karl）407

《智者纳旦》（Nathan der Weise）339

《众神，英雄和维兰德》（Götter, Helden und Wieland）343

《庄严弥撒曲》（Missa Solemnis）335

《资本论》（Das Kapital）517, 531

《自然的超自然主义——浪漫主义文学的传统与革命》（Natural Supernaturalism: Tradition and Revolution in Romantic Literature）208

《自然科学的夜的一面》（Ansichten von der Nachtseite der Naturwissenschaft）159

《自然与精神的类比——诺瓦利斯的文体原则》（Die Analogie von Natur und Geist als Stilprinzip in Novalis' Dichtung）168

《自然哲学体系纲要》（Entwurf eines Systems der Naturphilosophie）158

《宗教改革之后的德国史》（Deutsche Geschichte im Zeitalter der Reformation）457

《总汇通报》（Le Moniteur universel）494

《祖国纪事报》（Vaterländische Chronik）382

《醉舟》（Le Bateau ivre）207

术语翻译对照表

A

爱欲（Eros）182–183, 209

鞍型期（Sattelzeit）208, 214, 428, 477

B

邦国爱国主义（Landespatriotismus）364, 407, 429

保守主义（Konservatismus）41, 63, 191, 509, 533

暴民统治（Ochlokratie）71

悲剧性（Das Tragische）119 及以下

被生的自然（natura naturata）158

本能 / 冲动（Trieb）243

感性冲动（sinnlicher Trieb）126, 223

形式冲动（Formtrieb）126

游戏冲动（Spieltrieb）126, 221

本体论（Ontologie）137, 144

本原行动（Tathandlung）42 及以下

必然 / 必然性（Notwendigkeit）119 及以下

辩证法（Dialektik）520, 523

表现力（Darstellung）60

表象（Vorstellung）43, 57–58, 60, 91, 96

不可知论（Agnostizismus）314

C

阐释学（Hermeneutik）108, 116

超君主制（Obermonarchie）451–452

超验（Transzendenz）60, 177, 202, 303 及以下

城邦（polis）67, 532

崇高（erhaben）89 及以下，132 及以下，200, 232

创世说（Kreationismus）56

创制（poiesis）161, 166, 172

纯粹理性（Reine Vernunft）177

存在（Sein）46, 47, 56

存在主义（Existentialismus）145

错误（Harmatia）129

D

大宇宙 – 小宇宙（Makrokosmos–Mikrokosmos）159

德国古典哲学（Klassische Deutsche Philosophie）40 及以下，76, 93, 116, 335 及以下

德国唯心主义 / 德国唯心论（Deutscher Idealismus）2, 6, 13, 33, 243, 510

索引 | 581

德意志特殊道路（Deutscher Sonderweg）344

敌基督（Antichrist）417, 450

帝国爱国主义（Reichspatriotismus）364, 407, 429

帝国主义（Imperialismus）326

帝权转移（translatio imperii）430, 446, 449, 465

动物磁力学说（Animalischer Magnetismus）159

断篇（Fragment）92, 96, 110, 171, 258

多情（sentimentalisch）218 及以下

多神论（Polytheismus）25

多元主义（Pluralismus）72

F

法国大革命（Französische Revolution）67, 219, 332, 427 及以下

法权（Recht）69–70, 75, 465

反讽（Ironie）88, 96–97, 107, 148 及以下，520

反思（Reflexion）13, 48 及以下

反题（Antithese）269, 520–521

反转次序（ordo–inversus）52, 54, 55, 56

泛神论（Pantheismus）170, 191, 306

范畴（Kategorie）50, 86, 102 注

非理性主义（Irrationalismus）24

非我（Nicht–Ich）45, 47, 76, 95, 158

风景（Landschaft）202

封建法（Lehnverfassung）452

封建制（Lehnswesen）275, 452, 500, 518

否定（Negation）43, 56

复魅（Wiederverzauberung）185, 191–192

G

改宗（Konversion）264 及以下

概念（Begriff）60, 200

概念史（Begriffsgeschichte）76, 428

感伤文学（Empfindsamkeit）305, 338, 382

感受力（Sensibilität）77

感应（Sympathie）170, 209

戈尔迪之结（Gordischer Knoten）399

个体主义（Individualismus）42, 72, 309, 523

工具理性（Instrumentelle Vernunft）76, 78, 94

工业化（Industrialisierung）329, 426, 428, 449, 477

公民宗教（religion civile）529, 531

功利主义（Utilitarismus）67, 78, 520

共产主义（Kommunismus）522

共和制 / 共和主义（Republikanismus）66 及以下

共济会（Freimaurerei）159

古典主义（Klassizismus）21, 41, 112, 148, 211 及以下

古今之争（Querelle des Anciens et des Modernes）211 及以下

关系（Verhältnis）99

观念 / 理念（Idee）142, 201–202

观念史（Ideengeschichte）164, 176, 217, 484, 524

国家理性（Staatsräson）325

国家学（Staatswissenschaft）436–437, 468, 485, 489, 513

国家知识（Staatskunde）436

国情学（Statistik）436 及以下

H

合目的性（Zweckmäßigkeit）91, 122–123, 247

合题（Synthese）55, 126–128, 137, 141, 520

和谐（Harmonie）118, 127, 216 及以下，254

赫尔墨斯主义（Hermetik）159

互为再现说（Wechselrepräsentationslehre）170

化学婚仪（Chemische Hochzeit）183

J

机械（Mechanismus）156 及以下，434, 437, 470, 504

机缘主义（Occasionalismus）4, 26, 268–269

基督教德国圣餐会（Christlich–deutsche Tischgesellschaft）480, 480 注，495, 496

极权主义（Totalitarismus）63

协同创作（Sympoesie）44, 82, 99, 108, 109

加尔文教（Calvinismus）321, 479

假设（Hypothese）92

假象（Schein）56–57

假象命题（Scheinsatz）46

渐进（progressiv）100, 113, 221, 256

渐进的总汇诗（progressive Universalpoesie）112–113, 171, 175, 224, 256

矫饰（Manier）226, 247 注

教化 / 教养（Bildung）80 注，81, 96, 241 注，449 注

教条主义（Dogmatismus）131, 138

阶级斗争（Klassenkampf）525

接受美学（Rezeptionsästhetik）141, 171

结构主义（Strukturalismus）108

金龟子会（Maikäferei）480, 480 注

金玫瑰十字会（Rosenkreuzer）159

经验（Erfahrung）68, 214, 273, 428–429

净化（Katharsis）112

静观（contemplatio）91, 180

救赎史（Heilsgeschichte）82, 292, 323

绝对精神（Absoluter Geist）158, 160, 163, 166, 170

绝对之物 / 绝对者（das Absolute）56, 128, 137–139, 146–147

君主专制 / 绝对主义（Absolutismus）432, 471, 477, 481

K

卡巴拉（Kabbalah）99 及以下，101 注

卡巴拉主义（Kabbalismus）159, 172

开明专制（Aufgeklärter Absolutismus）481, 499

科学主义（Szientismus）78, 209, 314

可臻完美性（Perfektibilität）233, 246

客体 / 对象（Objekt）46, 50, 58, 88, 200

客体性（Objektivität）53

空间（Raum）50, 97, 101

狂飙突进（Sturm und Drang）229, 248–249, 305, 340, 367

L

浪漫化（romantisieren）174, 426, 509

浪漫主义（Romantik）1 及以下，40 及以下，156 及以下，264 及以下，424 及以下

浪漫主义史学（romantische Geschichtsschreibung）424 及以下

政治浪漫主义（Politische Romantik）35, 479, 481–482, 505, 509

理想 / 理想形式（Ideal）115, 229

理想主义 / 唯心主义（Idealismus）241, 254, 258, 513

理性（Vernunft/raison）11 及以下，344

理性主义 / 唯理主义（Rationalismus）22, 78, 213 及以下，220 及以下，486

历史社会科学（historische Sozialwissenschaft）424

历史书写（Geschichtsschreibung）424, 431

历史研究（Geschichtsforschung/Geschichtswissenschaft）431

历史主义（Historismus）299, 424 及以下，456, 467, 475, 477

利害（Interessen）91, 248

索引 | 585

炼金术（Alchemie）159, 169, 178

林中寂寞（Waldeinsamkeit）340

另一个神（alter deus）148

流溢说（Emanation）170, 209

逻格斯（Logos）199

M

矛盾逆喻（Oxymoron）149

梅斯梅尔主义（Mesmerismus）159

美（das Schöne）141

美好心灵（Schöne Seele）90

美学的（das Ästhetische）60

美艺术（die schönen Künste）245

密码（Chiffre）173

民主（Demokratie）70–71, 189, 362

民族国家（Nationalstaat）275, 312, 333, 457–458, 494

民族主义 / 国家主义（Nationalismus）33, 189, 325 注，414 及以下，429

民族社会主义 / 纳粹主义（Nationalsozialismus）22, 35–37, 344

命运（Schicksal）115 及以下

模仿（Nachahmung）112, 216, 226, 232 及以下，254

摩拉维亚兄弟会（Herrnhuter Brüdergemeine）480

魔性（Dämon）194

末日审判（Das Jüngste Gericht）409

目的论（Teleologie）119, 123, 157, 458

N

内涵（Konnotation）53, 425

内涵美学（Gehaltsästhetik）114

内心流亡（Innere Emigration）414

能动的自然（natura naturans）158, 180

能动性（Tätigkeit）53

能歌唱的自然（Natura Loquitur）206

能指（Signifikant）47, 181

O

欧洲一体化（Europäische Integration）419–420

偶然（Zufall）26, 91, 129

P

排斥（Antipathie）170

判断（Urteil）88

抛掷（Geworfenheit）184

平等（Gleichheit）68 及以下，130, 518, 529

普遍（allgemein）16 及以下

普遍史（Universalgeschichte）439 及以下

Q

期待（Erwartung）78

期待视域（Erwartungshorizont）214, 429

启蒙 / 启蒙主义 / 启蒙运动（Aufklärung）3, 11, 157, 339, 344

反启蒙（Gegenaufklärung）24, 63, 390, 525

启蒙辩证法（Dialektik der Aufklärung）190

启蒙晚期（Spätaufklärung）245, 440

契合（correspondance）207

前现代（Vormoderne）157, 191, 202, 208, 522

虔敬派（Pietismus）159, 166

青年黑格尔派（Junghegelianer）510

倾向（Tendenz）106

索引 | **587**

情感（Gefühl）11 及以下，48 及以下

情节 / 行为进行（Handlung）93, 113 及以下

情绪（Affekt）122

祛魅（Entzauberung）77, 85, 94, 219

趣味（Geschmack）239, 244, 253

R

人 / 人格（Person）42, 129, 135

人道（Humanität）230, 240, 390

人为（künstlich）217, 222

人文主义运动（Humanismus）201, 374, 377, 379 及以下

认识论（Epistemologie）124, 137, 139, 143, 200

S

三权分立（Gewaltenteilung）72, 493, 504

上帝（Gott）139–140, 163–164, 170, 174, 193

设定（Setzung）43 及以下

社会契约论（contrat social）487

社会主义（Sozialismus）6, 515–516, 519

社交 / 交往（Geselligkeit）82, 96, 99

神化 / 显圣（verklären）292 及以下

神秘学（Esoterik）159, 167

神圣符码（Hieroglyphe）161, 173–174, 193, 202, 206

神正论（Theodizee）129

生命 / 生活（Leben）43, 59–60, 293–294, 527

生态批评（Ecocriticism）156

声景（Soundscape）192, 206

圣爱（Agape）183, 209

圣像画（Ikonographie）204

圣像学（Ikonologie）191

失范（Anomie）130

诗（poesis）161

时代错位（Anachronismus）191

时间（Zeit）50, 52, 89, 97, 101

实存（Existenz）141, 145

实践理性（Praktische Vernunft）44, 177, 184, 219

实体（Substanz）43

实现（Erfüllung）78

实相语言（reelle Sprache）99 及以下

实用主义（Pragmatismus）393, 435–436, 456, 468

实证主义（Positivismus）314

史源学（Quellenkunde）464

世界精神（Weltgeist）19, 101, 198, 403, 409

世界灵魂（Weltseele）160–161, 170

世界心绪（Weltgemüt）177

世界主义（Kosmopolitismus）280, 327, 381–382, 425, 430

世俗化（Säkularisation）73–74, 208, 269, 274

市场经济（Marktwirtschaft）477, 501

事后综合（Synthesis post factum）45

事实（factum）45

事实（Tat）93

视角（Sehepunkt）428

斯多亚派 / 斯多亚主义（Stoizismus）131, 161

宿命论（Fatalismus）130, 521

所指（Signifikat）47, 107, 276

T

他律（Heteronomie）135, 223

索引 | **589**

特殊（das Besondere）16 及以下，200

题辞（Lemma, Inscriptio）201

天才（Genie）228, 232, 250, 490, 533

天启（Offenbarung）124, 139, 141 及以下，450

天人合一（Unio Mystica）183

天主教（Katholizismus）23, 191, 262 及以下

同情（Mitleid）112, 114–115, 145

同一/同一性（Identität）46 及以下，140, 164, 185, 201

同一哲学（Identitätsphilosophie）158, 190, 193

图画（Icon, Pictura）201

图解（Epigramm, Subscriptio）201

图像（Bild）56, 202, 207

W

外延（Denotation）53, 425

唯美主义（Ästhetizmus）78

唯物论（Materialismus）339

唯物史观/历史唯物主义（Historischer Materialismus）516, 522

为艺术而艺术（L'art pour l'art）110

魏玛古典（Weimarer Klassik）212–213

文化相对主义（Kulturrelativismus）226, 239, 382

文学（Poesie）121, 139, 247

文艺复兴（Renaissance）201, 160, 170, 453

北方文艺复兴（Nordische Renaissance）372, 383

加洛林文艺复兴（Karolingische Renaissance）417

我学（Egology）47

无蔽（Unverborgenheit）210

无产阶级（Proletariat）519, 514, 521, 525, 526

无神论（Atheismus）77, 314, 416, 480

无限（das Unendliche）133, 137

无政府主义（Anarchie）266, 329, 427, 480

无中生有（ex nihilo）94

物权法（Sachenrecht）526

物自体（Ding an sich）44, 45, 95, 158

X

习惯法（Gewohnheitsrecht）526–527

先定论（Prädestination）78

先验（apriorisch）158, 221, 226, 235, 257–258

现代性（Modernität）213 及以下，238 及以下

现实主义（Realismus）186, 188, 250, 257

现象（Erscheinung）16, 90, 95, 133, 200–201

乡愁（Heimweh）189

相似性（Analogie）47

想象 / 幻想（Phantasie）59, 198, 516

想象力（Einbildungskraft）57 及以下

象征（Symbol）200

象征主义（Symbolismus）166–167, 207, 209

效果美学（Wirkungsästhetik）114

协同哲思 / 协同哲学（symphilosophieren/Symphonie der Philosophie）82, 171

心绪 / 心性（Gemüt）186, 233, 235

新柏拉图主义（Neuplatonismus）161, 170, 191, 207, 209

新古典主义（Neoklassizismus）16, 165

新教（Protestantismus）23, 74, 264 及以下

信仰（Glaube）11 及以下，73–74, 163, 208, 479

行动（actio）180

行为（Handeln）45

形而上学（Metaphysik）47, 153, 169

索引 | 591

形式（Form）13, 46–50, 56, 86

形式主义（Formalismus）108, 513

虚空无常（Memento Mori）203

虚无主义（Nihilismus）93, 97, 120, 172, 208–209

学校教育 / 机构教育（Erziehung）81

Y

扬弃（aufheben）144, 147, 153, 184, 229

一神论 / 一神教（Monotheismus）56, 266, 391

义务论（Deontologie）79, 90

艺术自律（Kunstautonomie）141, 200, 282, 298

艺术宗教（Kunstreligion）274

异化（Entfremdung）81, 110, 197, 219, 228, 230

意识（Bewusstsein）53, 56, 87–89, 163

意识形态（Ideologie）18–19, 189, 262 及以下，480, 509

意向性（Intentionalität）530

隐喻（Metapher）24, 104, 160, 166, 207

英国经验主义（Britischer Empirismus）434

永恒（das Ewige）146

优美（Grazie/Anmut）88–89

游戏（Spiel）92, 126, 247

有机体（Organismus）90, 171, 429, 434, 498

有趣（das Interessante）248

宇宙 / 万有（Universum）139, 153, 170

语文学（Philologie）74, 238, 299, 426, 457

预表式（Typologie）290

寓像（Allegorie/Sinnbild）199, 201 注，209

寓意画（Emblem）201 及以下

寓意诠释法（Allegorese）161

原初启示（Uroffenbarung）288–289

原美（das Urschöne）182

原始社会（Urgesellschaft）522–523

越山主义 / 越山运动（Ultramontanismus）312, 317 注

Z

再现说（Repräsentation）170

造世主（Poeta Creator）161

占星术（Astrologie）486

征象（signatis/Signatur）172, 173

整体性（Totalität）19, 92, 157–158, 460, 487

正题（These）55, 269, 521–522

政教分离（Laizismus）320–321

知识学（Wissenschaftslehre）42–43, 46, 92–95

知性（Verstand）50, 58, 90–92, 138, 149

直观（Anschauung）202

审美直观（ästhetische Anschauung）137, 208

理智直观（Intellektuelle Anschauung）49–50, 92, 102 注，177

直觉（Intuition）13, 223, 228, 250, 486

质料（Materie）48–50, 55, 57, 84, 106

质朴（naiv）218 及以下

重农学派（Physiocratie）493

重商主义（Merkantilismus）477

主体（Subjekt）158 及以下，180, 185, 190, 225

主体性（Subjektivität）199 及以下

主体主义（Subjektivismus）63, 66

专门历史（spezielle Geschichte）447

专门史（Spezialgeschichte）32, 449

壮游（Grand Tour）192

索引 ｜ 593

状态（Zustand）50, 52, 122, 135

资本主义（Kapitalismus）190, 515, 522–523, 530, 533

资产阶级（Bourgeoisie）20, 300, 522–523

自律 / 自治（Autonomie）94, 101, 135

自然（Natur）156 及以下

自然之书（Buch der Natur/liber naturae）160 及以下

自然之语 / 自然之声（Natursprache）163–164, 172–173

自然状态（Naturzustand）222 及以下

自然征象理论（Signaturenlehre）172

自身（Selbst）48

自为性（Selbsttätigkeit）223

自我（Ich）5, 40 及以下

绝对自我（absolutes Ich）45, 48, 54, 55

自我意识（Selbstbewusstsein）15, 45, 80, 223–224, 530

自由（Freiheit）42 及以下

自由意志（Freier Wille）132, 218, 223

自由主义（Liberalismus）63, 265

自治（Selbstverwaltung）324, 502, 503, 504

宗教改革（Reformation）295 及以下

总汇性（Universalität）24, 212, 250, 255

总汇诗（Universalpoesie）166, 266

著者简介

韩水法，北京大学哲学系、北京大学外国哲学研究所教授。主要研究领域包括康德哲学、政治哲学、韦伯理论和汉语哲学。撰有《康德物自身学说研究》《韦伯》和《批判的形而上学》等著，及《启蒙的第三要义：〈判断力批判〉中的启蒙思想》《汉语哲学：方法论的意义》等论文；译有《实践理性批判》《社会科学方法论》等。

黄燎宇，北京大学外国语学院德语系教授，北京大学德国研究中心主任。主要研究领域包括德语文学和德国问题研究。撰有《思想者的语言》《启蒙与艺术的心灵史》等，编有文集《以启蒙的名义》《托马斯·曼散文》；在国内外重要期刊发表论文近七十篇，出版译著十余部。获第三届鲁迅文学翻译奖和"2016书业年度评选社科翻译奖"。

谷裕，北京大学外国语学院德语系教授，北京大学德国研究中心副主任。主要研究领域包括近现代德语文学、德语文学与基督教文化。著作有《现代市民史诗：十九世纪德语小说研究》《隐匿的神学：启蒙前后的德语文学》《德语修养小说研究》《近代德语文学中的政治和宗教片论》，译作有《一个热爱艺术的修士的内心倾诉》《浮士德》等。另有国内外发表学术论文三十余篇。

徐健，北京大学历史学系教授，中国世界近代史学会（总会）副会长，中国德国史研究会常务理事。主要研究领域包括德国近代史、普鲁士政治制度史、中德关系史研究。著有《近代普鲁士官僚制度研究》《"往东方去"：16—18 世纪德意志与东方贸易》，合编论文集《普鲁士 - 德国和中国：1842—1911》，发表学术论文数十篇。获北京市第十届哲学社会科学优秀成果二等奖。

胡蔚，北京大学外国语学院德语系主任、长聘副教授、博士生导师，慕尼黑大学德文系博士。主要研究方向为：德语抒情诗史、德语自然书写、语文学与学科史等。发表专著 *Auf der Suche nach der verlorenen Welt*，译著《德语名诗 100 首》《德意志文学简史》《不朽哲学家咖啡馆：女孩与哲学家的通信》等，在国内外学术刊物上发表论文三十余篇。

卢白羽，北京大学外国语学院德语系讲师。主要研究领域包括莱辛戏剧与戏剧理论，18 世纪德语诗学理论。著有德文专著 *Lessings Freundschaftsbegriff in seinen dramatischen und dialogischen Werken*，论文《莱辛研究在中国》《德国启蒙悲剧诗学中的激情与教化》《古今之争与德国早期浪漫派对文学现代性的理解——以弗·施勒格尔〈论古希腊诗研究〉为例》等，译有《门德尔松与莱辛》等。

方博，北京大学哲学系长聘副教授。主要研究领域包括马克思主义哲学、德国古典哲学、政治哲学等。著有德文专著 *Politischer Reformismus: Ein philosophischer Entwurf Immanuel Kants*，在国内外重要刊物上发表论文二十余篇。

王歌，自 2023 年在德国柏林自由大学哲学系撰写教授资格论文。主要研究领域包括德国浪漫主义哲学、德国古典哲学、晚期海德格尔、母性伦理等。撰有《"返乡"与"开端"——关于海德格尔的荷尔德林阐释》《德国早期浪漫主义的反启蒙与启蒙——以"自我"概念为契机》等论文。从事青少哲学启蒙的实践，著有《没大没小的为什么：给孩子的哲学启蒙课》，并为三联《少年》撰写哲学专栏。

毛明超，北京大学外国语学院德语系助理教授。主要研究领域为18 至 19 世纪德语文学与美学、中德文学文化交流史等，著有德文专著 *Friedrich Hebbels Arbeit an Schiller*，译有《德意志理想主义的诞生：席勒传》等，在《国外文学》、*Zeitschrift für Germanistik* 等国内外杂志发表中德文论文十余篇。

张一博，中国社会科学院历史理论研究所助理研究员。主要研究领域为近代欧洲思想史、西方史学史。曾在 *Chinese Studies in History*、《世界历史》《史学理论研究》《史学月刊》《史学史研究》等杂志发表多篇文章。主持国家社科基金优秀博士论文资助一项。

陈曦，首都师范大学外国语学院德语系讲师。主要研究兴趣为德国浪漫文学，译有《西班牙史：从 15 世纪至今》《沉思的生活，或无所事事》《禅宗哲学》等。

袁媛，北方民族大学外国语学院讲师，主要研究领域为德语文学与基督教文化。撰有《逾越启蒙——评格雷斯《阿塔纳修斯》《以信仰的名义——论德罗斯特诗歌〈城市和大教堂〉》等论文；译有《从亚历山大的功绩看征服世界与世界和平》《为德国"地缘政治学"申辩》等文。

后 记

韩水法

一、缘 起

经过前后六年的努力,《德意志浪漫主义》终于付梓。简述这项由集体研究和写作成就的工作及其经历,既是主持人的责任,更是为了纪念我们的精诚合作。

2017年下半年,北京大学制定了双一流高等学校建设方案,在这个方案中,北大人文学部设立三个人文学科跨学科平台,每个平台由几个重大项目组成,旨在推动北大人文学科的综合研究。在人文学部主任申丹教授的支持下,我作为主持人与北京大学德国研究中心的黄燎宇、谷裕、徐健和胡蔚等教授一起设计了"德国历史、文学、哲学中的浪漫主义思潮"综合研究项目,参与"现当代外国研究"的平台建设。我们还邀请了王歌、方博、卢白羽,徐健的学生张一博,谷裕的两位学生陈曦和袁媛等一起参与研究和写作。

德意志浪漫主义的研究主题其来有自。在20世纪90年代,我自己曾拟定了一个系统的启蒙研究计划,浪漫主义乃是其中的一个重要部分。2004年北京大学德国研究中心成立,为申请德国学术交流中心(DAAD)的资助,中心设计和制定了为期五年的学术研究项目,题目为"历史记忆与全球化——欧洲启蒙和现代中国视野中的德国文化、历史和社会"。我是这个项目书的主要执笔人之一。这个以启蒙为核心的研究计划，重心其实就是中国视野下的欧洲启蒙运动和思想，包括各种被视为积极的和消极的思潮，德意志浪漫主义自然也包含在其中。当时，欧盟正是德国人举的最高的大旗，所以要求我们从欧洲的整体来理解启蒙，而不仅仅限于德国。自北大德国研究中心受到 DAAD 资助之后，每年都要举办一次学术工作坊；2011 年的工作坊，我提议以浪漫主义为主题，获得了中心成员的赞同。这次工作坊办得有声有色，结束之后大家还意犹未尽，自此之后，浪漫主义就成为德国研究中心的一个主要话题。不唯如此，更重要的是，中心的谷裕、胡蔚、黄燎宇等好几位成员的主要研究领域或直接关涉德意志浪漫主义，或包含、贯穿这个思潮。这就是我们之所以想承担、敢于承担并且能最终完成这一跨学科项目的前提和基础。

上述工作坊的论文后来以专题形式发表于 2014 年出版的《北大德国研究》第四卷，我为这个专题撰写了《"浪漫主义"工作坊题解》，其中有这样一段话：

> 北京大学德国研究中心以浪漫主义为 2011 年工作坊的主题，理由就如德国浪漫主义现象一样是多元的，甚至是彼此矛盾的。这既出于我们的学术兴趣，单纯的学术兴趣，甚至就是审美兴趣——对如此色彩迷离变幻不定的精神现象的惊奇；也出于我们理智的兴趣：具有如此丰富和深刻的精神创造力的民族为何会走上毁灭之路，那个时代的德意志精神的产物至今还以其深刻和博大在影响现代世界，包括中国，无论是积极的还是消极的，甚至后者有其更为绵长的持久性；而德意志最终以一个庸常的德国收场，一种以世界主义，以人类典型自居的族类，将创造力，无论是正义的还是邪恶的，传播到世界的其他地方，而自己最后却落得难以坦诚地、以理智的诚实和彻底的精神来面对自己的全部过去。

当然，今天我们承担这个项目的目的虽然还包括当时那种欲弄清现代德国历史发展及其结局的因果或曰奥秘的初衷，但也站在了更高的位置，

600 ｜ 德意志浪漫主义

从这个虽然展现为德意志人的精神特色的思潮出发，同时反思和研究人类一般精神的性质和状态，从而更加全面地认识和理解现代人类的精神结构和现象。

二、成　员

在项目组成员中，黄燎宇、谷裕和徐健等教授都是在各自领域颇有造诣的资深教授，胡蔚、王歌、方博、卢白羽、毛明超则是脱颖而出的青年才俊。张一博是徐健指导的博士生，由徐健领入项目组，谷裕也携其两位学生陈曦和袁媛参与写作，陈曦当时已是首都师范大学的老师，袁媛在读。

经过几番商量，根据每位成员的专长、积累和兴趣，依照所拟定的大纲，我们做了适当的分工。王歌主要负责第一篇即哲学部分，毛明超承担其中一章；胡蔚和卢白羽负责第二篇，即文学部分，谷裕带领一众学生负责第三篇即宗教部分，黄燎宇负责第四篇即文化部分，徐健带领张一博负责第五篇即历史部分，方博撰写其中第三章，即马克思与德意志浪漫主义。每篇的人员安排并不均衡，但都充分照顾到每位成员的学术擅长和研究兴趣。

无论资深教授还是青年学者对德意志浪漫主义皆在不同程度上持有自己的见解，鉴于这一情况，我们商定，除达成共识的观点，每人都可以表达自己的评价。术语的翻译则要保持大体的统一，但个人若对一些术语持有自己独到的理解，亦可择用其专门的译法。但为了方便读者的理解和核对，我们决定编制若干以汉语和原文对照为主要目的的索引。就一部集体合作的著作而言，上述做法不妨是一个既保证不同观点得以表达，又在一定程度保持统一性的合适的办法。

本著是一项集体合作的成果，我是项目的主持人，亦是全书的主编，如署为主编，是最合适和适当的，但本套丛书有其统一的要求，所以最后的署名方式就是读者现在所见到的形式。

三、过　程

"德国历史、文学、哲学中的浪漫主义思潮"于 2018 年正式立项，当年 4 月 19 日我们就举行了第一次全体成员会议，商定研究的范围和著作的主体结构。就如项目立项主题所标明的那样，起先我们打算从哲学、文学和历史三个方面从事研究和写作。后来，谷裕认为，在德意志浪漫主义运动中，宗教观念以及相应的现象乃是相当重要的组成部分，应予以专门的研究。大家讨论后，认为需要增加这一部分，立为著作的单独一篇。6 月 18 日项目组开会讨论扩展后的提纲，讨论如何安排宗教部分的内容和结构。黄燎宇提议增加有关德意志民族意识和民族性形成的一篇，并由他来承担，这自然是相当不错的设想，得到了大家的首肯。当时，亦有人提议将法律也纳入其中，但因为缺乏相应的人选，所以这个方面的内容就付诸阙如了。

这样，《德意志浪漫主义》的主体结构就大体确定了，即从五个方面入手研究，最终目标是写就由五篇组成的著作。因为项目组成员对相关题目多少做过研究，素有积累，于是，此后的任务就是从新的视野着眼，更新材料，以新的方法从事系统的研究和写作。经商定，从那时起着手准备，到年底每人拟定自己所承担的部分的大纲，然后集体讨论全书的总体纲目。2018 年 11 月 18 日，我们又举行了全体成员会议，每位成员各自报告研究和写作的进度、遇到的问题和未来的计划，在这个基础上，各位成员再次调整和确定了自己的主要研究方向和写作方案。全书的整体格局也在这次会议上确定下来，即全书共有哲学、文学、宗教、文化和历史五篇。所谓文化（或政治）一篇主要研究浪漫主义运动中的德意志民族意识及民族性的形成，这部分由黄燎宇执笔，因此偏重于从文学的角度来思考和阐述。每位成员也叙述了对所写部分的人物、事件和思想的基本的学术评价定位。相应地，每篇的章节也大致拟定，虽然在后来的写作中仍有增删。

2018 年 12 月 14 日项目组召开了一次沙龙，集体讨论每人在研究和撰写中所遇到的各种疑难和问题。这次会议的录音已由胡蔚整理了出来。现在看来，它是一篇有关集体合作项目如何处理学术难题、达成共识的出色的现场记录，稍加润色，即可发表。随后大家就进入紧张的研究和撰写之中。2019年9月2日我们举办了名为"十九世纪德国哲学、文学与历史中的浪漫主义思潮"的工作坊，邀请若干校外专家参加，就已经完成的部分进行了开放式的讨论。

到2020年9月，多数成员已经完成了初稿，至2021年年底，除了部分章节，全书基本完成。我通读了全书，提出了一些问题和若干修改意见，各位成员在此基础上又进一步完善了原稿。至2022年12月全书全部成稿，我又通读了全稿，并在电子文档上以批注标明疑问之处和修改的建议，尤其是体例的修改。其中若干章节因为体例和表达的问题，我直接动手做了一些修改，甚至较大的改动，以便本著在整体上协调一致。毫无疑问，这个稿子的大部分已经相当成熟，也很出色。不过，若干成员本着精益求精的态度，对自己的部分还是又做了较大的修改。

在本著成稿之前，我们项目组一共举行了15次会议，其中4次为邀请校内外专家共同参加的工作坊，11次为专门的审稿讨论会——从分别审阅单独的篇章到全书的统稿会。本著的写作进度因不同篇章的难度差异和其他原因，进度并不一致，但每位作者都同样地努力和认真。这也正是本著能够顺利完成的根本条件。

2023年6月8日，王歌在大幅度地修改原稿之后最终定稿，全书的所有篇章终于都改定完毕。我调整了全书五篇的标题，使之前后呼应和一致，本书最终成稿。我在审读之后，将成稿发给项目成员的同时，发给了主持这个跨学科平台并一直关心此书的申丹教授，以及负责此书编辑的北京大学出版社资深编辑田炜副编审。

2023年6月9日下午，我和胡蔚、毛明超与田炜一起在哲学系115室讨论编辑事宜。田炜非常爽快地表示要尽快将此书编辑出来，同时也提醒我们，各种手续有些烦琐，我们要有耐心。胡蔚的学生张皓莹参加此次会议，我们请她充实和完善我先前随读随记而成的两个索引，即人名、地名和著作名，以及术语索引。皓莹经过一个假期仔细认真的工作，在赴德留学之前，将其扩展为四个索引对照表，即人名、书名、地名和术语的索引

兼汉 – 德、英对照表。

2023 年 12 月 2 日，北京大学德国研究中心、北京大学外国哲学研究所和北京大学人文学部在北大民主楼 208 室共同举办了名为"德意志浪漫主义再考察"的人文论坛，除项目组成员，我们还邀请了本校西方文学的学者和京内德国文学和哲学等领域的专家。与会者从不同角度，尤其是在欧洲文学整体的视野之下重新思考德意志浪漫主义与英国、法国浪漫主义和一般文学的关系，评价德意志浪漫主义的现代意义。在会上，大家就北大出版社《德意志浪漫主义》预印本提出了若干建设性的意见。

四、致　谢

本著由九位教师和两位同学历经近六年时间合作完成，可谓一项重大的工程。项目组所有成员以严谨的学术态度努力工作和精诚合作，这是本著能够顺利完成的根本保证。作为项目主持人，我要感谢项目组的所有成员，亦即本著的每一位作者。毛明超同时担任本项目组的秘书，承担了许多行政事务，张皓莹同学编辑和完善了索引，亦要表示专门的谢意。

我们要感谢北京大学的双一流建设计划，感谢北京大学人文学部跨学科平台项目，它们使得这个项目得以建立，并最终成就了本著。北大人文学科文库总主编申丹教授对本项目和本著的进展给予了经常的关注，我们谨致特别的谢忱。

我们也特别感谢北京大学出版社田炜女士，她认真细致的工作使得本著以现在这样的高质量呈现在读者面前。

2024 年 1 月 1 日改就